J.R. Ward vit dans le sud des États-Unis avec son mari. Diplômée de droit, elle a travaillé dans le milieu de la santé à Boston et a été chef de service dans un des plus grands centres médicaux du pays. Elle a toujours été passionnée d'écriture et son idée du paradis ressemble à une journée passée devant son ordinateur en compagnie de son chien avec une cafetière pleine toujours à portée de main. Sa série *La Confrérie de la dague noire* connaît un succès phénoménal dans le monde entier et sa nouvelle série *Anges déchus* est en train de suivre le même chemin.

Du même auteur, chez Milady,
en poche :

La Confrérie de la dague noire :
1. *L'Amant ténébreux*
2. *L'Amant éternel*
3. *L'Amant furieux*
4. *L'Amant révélé*
5. *L'Amant délivré*
6. *L'Amant consacré*
7. *L'Amant vengeur*
8. *L'Amant réincarné*
9. *L'Amant déchaîné*
10. *L'Amant ressuscité*

Anges déchus :
1. *Convoitise*
2. *Addiction*
3. *Jalousie*
4. *Extase*

Aux éditions Bragelonne,
en grand format :

La Confrérie de la dague noire :
Le Guide de la Confrérie de la dague noire
7. *L'Amant vengeur*
8. *L'Amant réincarné*
9. *L'Amant déchaîné*
10. *L'Amant ressuscité*

www.milady.fr

J.R. Ward

L'Amant ressuscité

La Confrérie de la dague noire – 10

Traduit de l'anglais (États-Unis) par Éléonore Kempler

Bragelonne

Milady est un label des éditions Bragelonne

Cet ouvrage a été originellement publié en France par Bragelonne

Titre original : *Lover Reborn*

Publié avec l'accord de NAL Signet,
membre de Penguin Group (U.S.A.) Inc.

ISBN : 978-2-8112-1136-3

Bragelonne – Milady
60-62, rue d'Hauteville – 75010 Paris

E-mail : info@milady.fr
Site Internet : www.milady.fr

Dédié à Toi.
Cela fait longtemps,
trop longtemps,
que tu n'as pas eu de foyer.

Remerciements

Avec mon immense gratitude aux lecteurs de *La Confrérie de la dague noire* et une ovation aux Cellies !

Merci infiniment de votre soutien et de vos conseils : Steven Axelrod, Kara Welsh, Claire Zion et Leslie Gelbman.

Merci également à tout le monde chez New American Library : ces livres sont vraiment le résultat d'un travail d'équipe.

Merci à tous nos modérateurs, pour tout ce que vous faites par pure gentillesse !

Toute mon affection à la Team Waud : vous vous reconnaîtrez. Cela n'aurait tout simplement pas pu avoir lieu sans vous.

Rien de tout cela ne serait possible sans mon mari aimant, qui est mon conseiller, mon gardien et mon voyant, ma formidable mère qui m'a donné tellement d'amour que je ne pourrai jamais lui en rendre assez, ma famille (de sang comme d'adoption) et mes très chers amis.

Oh, et la meilleure moitié de WriterDog, bien entendu.

« Les vivants et les morts sont tous les mêmes.
Chacun ne fait que chercher un foyer. »

Lassiter

Printemps

Chapitre premier

— L'enfoiré se dirige vers le pont ! Il est à moi !

Tohrment attendit qu'un sifflet lui réponde et, quand il l'entendit, se lança à la poursuite de l'éradiqueur, les poings serrés. Ses rangers martelaient les flaques d'eau au rythme de sa foulée, aussi régulière qu'un piston. Il dépassa des bennes à ordures et des tacots garés, provoqua la fuite de quelques rats et sans-abri, franchit une barricade, sauta par-dessus une moto.

À 3 heures du matin, le centre-ville de Caldwell, dans l'État de New York, offrait juste assez d'obstacles pour que les choses restent amusantes. Malheureusement, ce moucheron d'éradiqueur devant lui l'emmenait dans une direction qu'il ne voulait pas prendre.

Quand ils atteignirent la rampe d'accès au pont, Tohr avait envie de tuer ce crétin, bien entendu. Contrairement aux paisibles quartiers que constituait le dédale de ruelles autour des clubs, on pouvait être certain qu'il y aurait de la circulation au-dessus de l'Hudson, même à une heure aussi avancée. Oui, bien sûr, le pont suspendu Herbert G. Falcheck ne serait pas embouteillé, mais il y aurait quelques voitures, et Dieu savait que, de nos jours, chaque humain au volant possédait un iPhone.

Il existait une règle dans la guerre opposant les vampires à la Société des éradiqueurs : « Restez à distance des humains, bordel ! » Cette race d'orangs-outans fouineurs à deux pattes constituait donc une source de complication potentielle, et la dernière chose dont on avait besoin, c'était la confirmation que Dracula n'était pas une fiction, et les morts-vivants pas seulement les stars d'une série télé sympa.

Personne ne souhaitait faire les gros titres, que ce soit à la télé ou dans la presse.

Internet ne posait pas de problème à cause de l'absence de crédibilité du média.

Ce principe de discrétion était la seule chose sur laquelle l'ennemi et la Confrérie de la dague noire étaient d'accord, la seule règle respectée par les deux parties. Donc, oui, les tueurs pouvaient, disons… viser votre *shellane* enceinte, lui loger une balle dans la tête et la laisser pour morte, emportant non seulement sa vie mais la vôtre. Mais interdiction d'énerver les humains.

Simplement parce que c'était mal.

Malheureusement, ce fils de pute désorienté et dégingandé ne semblait pas avoir reçu l'info.

Mais ce n'était rien qu'une dague noire dans la poitrine ne puisse corriger.

Alors qu'un grognement montait dans sa gorge et que ses crocs s'allongeaient, Tohr plongea en lui-même et ouvrit les vannes à une haine brûlante, qui remplit son réservoir et raviva instantanément son énergie chancelante.

Il avait parcouru un long chemin depuis ce jour cauchemardesque où son roi et ses frères étaient venus lui apprendre que sa vie était finie. En tant que mâle lié, sa femelle était le cœur palpitant dans sa poitrine et, en l'absence de sa Wellsie, il n'était plus que l'ombre de lui-même, une forme sans substance. Seules la traque, la capture et la mise à mort l'animaient. Et la certitude qu'il se réveillerait la nuit suivante et trouverait d'autres proies à éliminer.

Si l'on exceptait la *revhanche* à laquelle il se livrait pour venger ses chers disparus, il aurait tout aussi bien pu se trouver dans l'Estompe bénie avec sa famille. Franchement, cette option aurait été préférable et, qui sait, il serait peut-être chanceux cette nuit-là. Dans le feu du combat, il subirait peut-être une vilaine blessure mortelle qui le soulagerait de ses fardeaux.

Un mâle pouvait toujours espérer.

Le beuglement d'un klaxon suivi de crissements de pneus fut le premier signe que Capitaine Complication avait trouvé ce qu'il cherchait.

Tohr parvint au sommet de la rampe d'accès juste à temps pour apercevoir brièvement le tueur rebondir sur le capot d'une Toyota quelconque. L'impact fit piler la berline, mais ne ralentit pas l'éradiqueur une seule seconde. Comme tous les siens, l'enfoiré était plus fort et plus résistant que quand il n'était qu'un simple humain, car le sang noir et huileux de l'Oméga le dotait d'un moteur plus puissant, d'une suspension plus nerveuse et d'une meilleure direction… ainsi que de pneus de course, en l'occurrence.

Mais son GPS était vraiment à chier.

À la fin de sa roulade, le tueur se remit sur ses pieds de l'autre côté de la chaussée comme un cascadeur professionnel et, naturellement, poursuivit sa course. Il était néanmoins blessé, et son odeur répugnante de talc pour bébé était plus prononcée.

Tohr arriva au niveau de la voiture juste au moment où deux humains ouvraient leurs portières, s'extirpaient du véhicule et commençaient à agiter les bras comme s'il y avait le feu.

— Police de Caldwell, cria-t-il en les dépassant à toute vitesse. Nous sommes à sa poursuite !

Cela les apaisa et limita les dégâts. Il était pratiquement certain que les humains s'étaient désormais transformés en simples spectateurs ayant de forts penchants pour la photo, ce qui était parfait : quand toute cette affaire serait terminée, il saurait où les trouver pour effacer leurs souvenirs et prendre leurs téléphones portables.

Pendant ce temps-là, l'éradiqueur paraissait se précipiter vers la voie piétonne… Pas sa meilleure idée. Si Tohr avait été à la place de cet imbécile, il se serait emparé de la Toyota pour essayer de s'enfuir…

— Oh… non…, grommela Tohr entre ses dents.

Visiblement, le but de cet enfoiré n'était pas la voie piétonne, mais le rebord du pont lui-même : le tueur sauta par-dessus la clôture qui longeait le trottoir et atterrit sur la mince saillie de l'autre côté. Prochain arrêt : le fleuve Hudson.

Le tueur jeta un coup d'œil derrière lui et, dans la lueur orangée des lampadaires, il arborait l'expression arrogante d'un ado de seize ans qui vient de descendre un pack de bière devant ses potes.

Tout dans l'ego. Rien dans le ciboulot.

Il allait sauter. Ce salopard allait sauter.

Quel con. Même si la potion magique de l'Oméga donnait aux tueurs un surcroît de puissance, cela ne voulait pas dire pour autant qu'ils échappaient aux lois de la physique. La petite formule d'Einstein selon laquelle l'énergie est égale à la masse multipliée par la vitesse d'accélération allait toujours s'appliquer… donc, quand ce crétin heurterait la surface de l'eau, il s'exploserait et subirait de sérieuses lésions corporelles. Ce qui ne le tuerait pas mais l'immobiliserait définitivement.

Ces enfoirés ne pouvaient pas mourir à moins qu'on ne les poignarde. Et ils pouvaient passer l'éternité dans un purgatoire de décomposition.

Vachement triste.

Avant le meurtre de sa Wellsie, Tohr aurait probablement laissé filer. Sur l'échelle variable des priorités qu'engendrait cette guerre, il était plus important d'envelopper ces humains dans une couverture d'amnésie et d'aller aider John Matthew et Vhif, qui avaient toujours du pain sur la planche dans cette ruelle. À présent ? Pas de quartier : d'une façon ou d'une autre, lui et son tueur allaient faire connaissance.

Tohr bondit par-dessus la barrière de sécurité, se retrouva sur la voie piétonne et sauta sur la clôture. S'agrippant au grillage, il fit basculer ses jambes par-dessus le sommet et atterrit, rangers en premier, sur le parapet.

L'air bravache de l'éradiqueur vacilla un peu, tandis qu'il commençait à reculer.

— Quoi, tu croyais que j'avais le vertige ? demanda Tohr d'une voix grave. Ou qu'un mètre cinquante de grillage me tiendrait à distance ?

Le vent leur hurlait dans les oreilles, plaquant leurs vêtements contre leurs corps et sifflant entre les poutrelles d'acier. Loin, très, très loin en bas, les eaux noires d'encre du fleuve n'étaient plus qu'une vague étendue sombre, semblable à celle d'un parking.

Elles devaient être aussi dures que de l'asphalte.

— J'ai un flingue, beugla l'éradiqueur.

— Alors sors-le.

— Mes amis vont me rejoindre !

— Tu n'as pas d'amis.

L'éradiqueur était une nouvelle recrue : ses cheveux, ses yeux et sa peau n'étaient pas encore décolorés. Dégingandé et nerveux, c'était probablement un drogué aux neurones grillés, ce qui expliquait sans doute pourquoi il avait succombé aux boniments incitant à rejoindre la Société.

— Je vais sauter ! Je vais sauter, putain !

Tohr empoigna l'une de ses deux dagues et tira la lame noire de son fourreau de poitrine.

— Alors cesse de jacasser et envole-toi.

Le tueur regarda par-dessus le rebord.

—Je vais le faire! Je jure que je vais le faire!

Une rafale venue d'une autre direction les frappa, faisant flotter le long manteau en cuir de Tohr au-dessus du vide.

—C'est pas un problème pour moi. Je te tuerai ici ou en bas.

L'éradiqueur jeta un nouveau coup d'œil, hésita, puis se lança: il sauta dans le vide, battant des bras comme s'il essayait de conserver son équilibre pour atterrir les pieds devant.

Ce qui, de cette hauteur, ne ferait sans doute que lui enfoncer les cuisses dans la cavité abdominale. Mais bon, c'était toujours mieux qu'avaler sa propre tête.

Tohr rengaina sa dague et se prépara à sauter à son tour, en prenant une profonde inspiration. Ensuite...

Alors qu'il décollait du rebord et ressentait les premiers effets de la gravité, l'ironie de la situation ne lui échappa pas. Il avait passé trop de temps à espérer la mort, à prier la Vierge scribe d'emporter son corps et de l'envoyer là-haut rejoindre ses chers disparus. Le suicide n'avait jamais été une option; si l'on se tuait, impossible de rejoindre l'Estompe... et c'était la seule raison pour laquelle il ne s'était pas ouvert les veines, n'avait pas avalé le canon d'une arme à feu ni... sauté du haut d'un pont.

Au cours de sa chute, il songea un instant avec délices que c'était fini, que l'impact qui surviendrait dans une seconde et demie marquerait la fin de ses souffrances. Il n'avait qu'à légèrement modifier sa trajectoire tandis qu'il plongeait, puis ne pas se protéger la tête et laisser l'inévitable se produire: le trou noir, probablement la paralysie, la mort par noyade.

Sauf que ce genre d'idée, où il partait pour de bon, ne pouvait pas se réaliser. Celui qui appelait de ses vœux une telle fin devait savoir que, contrairement à l'éradiqueur, il avait une issue.

Apaisant son esprit, il se dématérialisa en pleine chute : L'instant d'avant la gravité le tenait entre ses griffes ; le suivant, il n'était plus qu'un nuage invisible de molécules qu'il dirigeait à son gré.

Plus bas, le tueur heurta la surface de l'eau, mais sans émettre le « plouf » de quelqu'un sautant dans une piscine, ni le bruit métallique d'un nageur s'élançant d'un plongeoir. L'enfoiré allait à la vitesse d'un missile touchant sa cible, et l'explosion ressembla à un craquement sonique, tandis que des hectolitres du fleuve Hudson se soulevaient en gerbes.

Tohr, de son côté, choisit de reprendre forme sur une pile en béton située à droite du point d'impact. Trois… deux… un…

Bingo.

Une tête émergea en aval du point d'entrée toujours bouillonnant. Elle ne s'accompagna pas de mouvements de bras et de jambes pour tenter de retrouver un accès à l'oxygène, ni de bruits de respiration.

Il n'était pas mort cependant : on pouvait leur rouler dessus avec une voiture, les cogner jusqu'à se casser le poing, leur arracher les bras et/ou les jambes, faire tout ce que l'on voulait… ils restaient toujours vivants.

Ces enfoirés étaient les tiques du monde souterrain. Et il allait devoir se mouiller.

Tohr ôta son imperméable, le plia avec précaution et le déposa à l'endroit où la partie supérieure de la pile rejoignait sa large base immergée. Piquer une tête avec ce qu'il avait sur le dos et c'était la noyade garantie ; en outre, il devait protéger ses calibres .40 et son portable.

En deux bonds, afin d'avoir assez d'impulsion pour franchir la distance, il plongea, les bras tendus au-dessus de la tête, les paumes jointes, le corps droit comme un « I ». Contrairement à l'éradiqueur, il pénétra dans l'eau d'un mouvement fluide et élégant, même si la surface de l'Hudson se trouvait trois mètres cinquante à quatre mètres plus bas.

C'était froid. Vraiment glacé.

Après tout, on était à la fin du mois d'avril dans le nord de l'État de New York, ce qui laissait encore un bon mois avant d'atteindre des températures un peu plus clémentes.

Expirant par la bouche tandis qu'il remontait des profondeurs, il se lança dans un crawl puissant. Quand il atteignit le tueur, il empoigna sa veste pour tirer le corps jusqu'à la berge.

Où il en finirait avec lui. Afin de pouvoir partir à la recherche du suivant.

Quand Tohr bascula du haut du pont, John Matthew vit sa vie défiler devant ses yeux, comme s'il était celui dont les pieds avaient quitté la terre ferme pour le vide.

Il se trouvait sur la rive, sous la rampe de sortie du pont, occupé à achever le tueur qu'il poursuivait, quand cela arriva : du coin de l'œil, il vit quelque chose tomber du grand monument au-dessus du fleuve.

Tout d'abord, cela n'avait eu aucun sens. N'importe quel éradiqueur doté d'un peu de jugeote aurait su que ce n'était pas une issue adaptée. Sauf qu'alors tout était devenu trop évident. Une silhouette se tenait sur le rebord du pont, son manteau de cuir tourbillonnant comme un linceul.

Tohrment.

— *Non !* avait hurlé John sans émettre le moindre son.

— Putain de merde, il va sauter, cracha Vhif derrière lui.

John s'avança, même si c'était inutile, puis ouvrit la bouche en un cri muet tandis que la personne qui ressemblait le plus à un père pour lui sautait à son tour.

Plus tard, John se ferait la réflexion que les expériences de ce genre étaient d'habitude réservées aux personnes ayant frôlé la mort. Après avoir additionné la série d'événements aboutissant à la certitude d'une destruction imminente, votre esprit passait en mode diapositives, vous montrant des fragments de votre vie telle que vous l'aviez toujours connue : John assis à la table de Tohr et de Wellsie la première nuit de son entrée dans l'univers vampire… l'expression sur le visage de Tohr quand les tests sanguins avaient démontré que John était le fils d'Audazs… ce moment cauchemardesque où la Confrérie était venue leur annoncer que Wellsie était morte…

Puis vinrent les images du deuxième acte : Lassiter ramenant à la maison un Tohr anéanti qui n'était plus que l'ombre de lui-même… Tohr et John pétant les plombs ensemble à l'évocation du meurtre… Tohr retrouvant graduellement sa force… la propre *shellane* de John apparaissant dans la robe rouge que portait Wellsie lors de son union avec Tohr…

Merde, le destin était vraiment une saloperie. Il pouvait débarquer à tout moment et pisser partout sur vos plates-bandes.

Et voilà qu'à présent, il chiait dans les massifs de fleurs.

Sauf qu'alors Tohr disparut brusquement dans les airs. Un instant, il était en chute libre, le suivant il n'était plus là.

Merci mon Dieu, se dit John.

— Merci, petit Jésus, souffla Vhif.

Quelques secondes plus tard, depuis l'extrémité d'un pylône, une flèche noire s'enfonça dans le fleuve.

Sans échanger un regard ni une parole, Vhif et lui coururent dans cette direction, atteignant la rive caillouteuse au moment où Tohr refaisait surface, saisissait le tueur et se mettait à nager. Pendant que John se mettait en position pour l'aider à hisser l'éradiqueur sur la terre ferme, son regard ne quitta pas le visage pâle et triste de Tohr.

Le mâle paraissait mort, même si, techniquement, il était en vie.

—*Je le tiens*, signa-t-il en se penchant, attrapant le bras le plus proche et soulevant le corps dégoulinant hors du fleuve. La chose atterrit en boule et offrit une excellente imitation de poisson, les yeux exorbités, la bouche ouverte, tandis qu'un petit cliquetis provenait de son gosier grand ouvert.

Mais peu importait, c'était Tohr le problème, et John observa le frère qui émergeait de l'eau : son pantalon en cuir adhérait à ses cuisses maigres, son débardeur formait comme une seconde peau sur sa poitrine plate, ses cheveux noirs coupés court étaient toujours au garde-à-vous, même mouillés.

Il ne lâcha pas l'éradiqueur du regard.

Ou ignora consciencieusement l'examen de John.

Sans doute les deux.

Tohr tendit le bras et saisit le tueur à la gorge. Dévoilant des crocs d'une longueur effrayante, il gronda :

—Je te l'avais dit.

Puis il sortit sa dague noire et se mit à le poignarder.

John et Vhif durent reculer. C'était cela ou se retrouver aspergés.

—Il aurait pu se contenter de frapper la poitrine et en finir, marmonna Vhif.

Sauf que tuer l'éradiqueur n'était pas le but. Il fallait le profaner.

La lame noire aiguisée s'enfonça dans chaque centimètre carré de chair, à l'exception du sternum, qui était l'interrupteur général. À chaque nouveau coup, Tohr expirait bruyamment et inspirait profondément lorsqu'il dégageait la lame, le rythme de sa respiration orchestrant l'horrible scène.

—À présent, je sais comment on épluche la salade.

John se passa une main sur le visage, et espéra qu'il ne ferait pas d'autre commentaire.

Tohr ne ralentit pas. Il s'arrêta, tout simplement. Ensuite, il se pencha sur le côté en s'appuyant d'une main sur le sol gorgé d'huile. Le tueur était… eh bien, déchiqueté, oui, mais il n'en avait pas terminé.

Personne ne l'aiderait, néanmoins. En dépit de l'évident épuisement de Tohr, John et Vhif savaient bien qu'il ne fallait pas intervenir dans la mise à mort. Ils avaient déjà assisté à ce genre de scène. Le dernier coup devait revenir à Tohr.

Après quelques instants de récupération, le frère se remit en position, tenant la dague à deux mains et l'élevant au-dessus de sa tête.

Un cri rauque jaillit de sa gorge quand il enfonça la pointe dans la poitrine de ce qu'il restait de sa proie. Une vive lumière apparut, qui éclaira l'expression tragique sur son visage, conférant un aspect de héros de comics à ses traits déformés et terrifiants, saisis l'espace d'un instant… et pour l'éternité.

Il ne détourna pas les yeux de la lumière, même si ce soleil fugace était trop brillant pour être soutenu.

Après cet ultime effort, le frère s'effondra aussi sûrement que si sa colonne vertébrale était en caoutchouc, à court d'énergie. Visiblement, il avait besoin de se nourrir, mais ce sujet, comme tant d'autres, était tabou.

— Quelle heure est-il ? demanda-t-il entre deux halètements.

Vhif consulta sa montre.

— 2 heures.

Tohr leva la tête, détournant ses yeux rougis du sol souillé qu'il observait fixement, et regarda en direction du centre-ville d'où ils étaient venus.

— Et si on rentrait au complexe ?

Vhif sortit son téléphone portable.

— Butch n'est pas loin…

— Non.

Tohr se redressa pour s'asseoir par terre.

— N'appelle personne. Je vais bien, il faut seulement que je reprenne mon souffle.

Quelle connerie. À ce moment précis, il était aussi mal en point que John. Même si bon, d'accord, un seul d'entre eux devait supporter les assauts des rafales à dix degrés alors qu'il était trempé.

John agita la main dans le champ de vision du frère.

— *On rentre à la maison maintenant…*

Portée par la brise, comme une alarme résonnant dans une maison vide, l'odeur du talc pour bébé leur titilla les narines.

La puanteur eut l'effet que n'avait pas eu la séance de récupération au sol : Tohr se mit debout. Disparue, la pénible impression de désorientation… Merde, si on lui avait fait remarquer qu'il était encore trempé comme une soupe, il aurait probablement été surpris.

— Il y en a d'autres, grogna-t-il.

Quand il s'élança, John maudit ce fou.

— Viens, dit Vhif. Allons-y. La nuit va être longue.

Chapitre 2

— Fais une pause… détends-toi… amuse-toi…

Tandis que Xhex marmonnait devant un public composé de meubles anciens, elle passa de la chambre à la salle de bains. Puis refit le chemin en sens inverse. Et… se retrouva de nouveau au royaume du marbre.

Dans la pièce qu'elle partageait désormais avec John, elle s'arrêta devant le Jacuzzi aussi profond qu'un bassin. À côté des robinets en laiton se trouvait une étagère en argent sur laquelle étaient disposées différentes lotions, crèmes et autres stupides cosmétiques féminins. Et ce n'était pas tout. Près des lavabos ? Une autre étagère remplie cette fois de parfums Chanel : Cristalle, Coco, N° 5, Coco Mademoiselle. Puis venait le joli panier en osier contenant les brosses à cheveux, certaines à poils courts, d'autres à poils durs ou avec des piquants métalliques. Dans les placards ? Une rangée de vernis à ongles OPI avec assez de nuances de rose pour donner la nausée à Barbie elle-même, auxquels il fallait ajouter les quinze marques différentes de mousse coiffante, de gel et de laque.

Vraiment ?

Et qu'on ne la lance pas sur le sujet du maquillage Bobbi Brown.

Qui, d'après eux, venait de s'installer ici ? Une de ces bécasses de Kardashian ?

Et à ce sujet… Seigneur, elle n'arrivait pas à croire qu'elle connaissait à présent Kim, Kourtney, Khloe, Kris ; le frère,

Rob ; le beau-père, Bruce ; les petites sœurs, Kendall et Kylie ; de même que les différents mari(s), petit(s) ami(s) et ce gamin, Mason…

Croisant son propre regard dans le miroir, elle songea : Eh bien, voilà qui était intéressant. Elle avait réussi à se cramer les neurones grâce aux émissions télé.

C'était sans doute moins salissant qu'une lobotomie, pour des résultats similaires.

— Ce truc devrait être vendu avec une mise en garde.

Tout en dévisageant son reflet, elle reconnut les cheveux noirs rasés, la peau pâle et le corps tendu et musclé. Les ongles coupés court. L'absence totale de maquillage. Elle portait même ses propres vêtements, le débardeur noir et le pantalon en cuir qu'elle avait enfilés chaque nuit pendant des années.

Enfin, à l'exception de quelques nuits plus tôt, où elle avait porté quelque chose d'entièrement différent.

Peut-être cette robe était-elle la raison pour laquelle tout cet attirail de fille avait fait son apparition après la cérémonie d'union : Fritz et les *doggen* avaient peut-être supposé qu'elle avait tourné une page. Ou alors c'était tout simplement l'habituel lot d'accueil réservé à toute *shellane* récemment unie.

Se détournant du miroir, elle posa les mains à la base de son cou, sur le gros diamant carré que John lui avait offert. Serti dans du platine robuste, c'était le seul bijou qu'elle puisse imaginer porter toute sa vie : résistant, solide, capable de supporter une bonne bagarre sans risque d'être arraché.

Dans ce nouvel univers de produits de beauté pour le corps, les cheveux et de trucs qui cocotaient, au moins John la comprenait encore. Quant aux autres ? Pouvait-on parler d'« éducation » ? Ce ne serait pas la première fois qu'elle endosserait le rôle du prof devant un groupe de mâles qui croyaient que, parce qu'elle avait des seins, sa place était dans une cage dorée. Si quelqu'un essayait de la transformer en poulette de la *glymera* ? Elle scierait les barreaux, poserait une bombe au pied de la cage et suspendrait ses restes fumants à l'un des lustres du vestibule.

Retournant dans la chambre, elle ouvrit le placard et sortit la robe rouge qu'elle avait portée durant la cérémonie. C'était la seule robe qu'elle avait jamais mise, et elle devait reconnaître qu'elle avait apprécié la façon dont John la lui avait retirée avec les dents. Et oui, bien sûr, les nuits à paresser avaient été géniales ; c'étaient ses premières vacances depuis une éternité. Ils n'avaient fait que coucher ensemble, se nourrir l'un de l'autre, manger de la nourriture délicieuse, et recommencer avec des interludes de sommeil.

Mais à présent John était de retour sur le champ de bataille, alors qu'elle ne devait pas recommencer à se battre avant le lendemain soir.

Il ne s'agissait que de vingt-quatre heures : un simple délai, pas une impasse.

Alors quel était son problème, putain ?

Cet attirail féminin avait peut-être tout simplement réveillé la râleuse en elle. Elle n'était pas cloîtrée, personne ne la forçait à changer, et cette overdose télévisuelle à base de Kardashian siliconées relevait de sa propre faute. Quant aux produits de beauté ? Les *doggen* avaient seulement voulu faire preuve de gentillesse à son égard, et c'était la seule façon qu'ils connaissaient.

Les femelles dans son genre n'étaient pas nombreuses. Et pas seulement parce qu'elle était à moitié *symphathe*…

Fronçant les sourcils, elle tourna la tête.

Lâchant le satin, elle se dirigea vers la grille émotionnelle qui se trouvait dehors, dans le couloir.

Pour ses sens *symphathes*, la structure tridimensionnelle de tristesse, de chagrin et de honte était aussi réelle que n'importe quel bâtiment que l'on pouvait physiquement toucher, observer ou traverser. Sauf qu'en l'occurrence, il était malheureusement impossible de réparer les dégâts infligés aux fondations, ou le trou dans le toit, ou de remédier au fait que le système électrique n'était plus opérationnel : elle avait beau percevoir les émotions d'une personne comme s'il s'agissait d'une maison, il n'existait pas d'ouvriers pour venir arranger ce qui n'allait pas, pas plus que de plombiers, d'électriciens ou de peintres. Le propriétaire devait effectuer lui-même les travaux quand les lieux étaient cassés, abîmés ou détruits ; personne d'autre ne pouvait le faire à sa place.

Alors qu'elle débouchait dans le couloir aux statues, Xhex sentit un tremblement secouer sa propre petite maison intérieure. Mais bon, la silhouette boiteuse vêtue d'une longue robe devant elle était sa mère.

Seigneur, cela lui paraissait toujours étrange à dire, même si ce n'était que dans sa tête… et qu'elle éprouvait le même sentiment à propos de plein d'autres choses.

Elle se racla la gorge.

— Bonsoir… euh…

Il ne lui semblait pas naturel de lancer un « *mahmen* », « mère » ou « maman ». PersOnne, le nom auquel répondait la femelle, n'était pas non plus agréable à dire. Mais après tout, comment appeler une femelle qui avait été enlevée par un *symphathe*, forcée à concevoir puis, piégée par la biologie, contrainte de porter le fruit de ce viol ?

Prénom et nom : Je et Désolée. Second prénom : Suis.

Quand PersOnne se retourna, la capuche qu'elle portait couvrait son visage.

— Bonsoir. Comment te portes-tu ?

Le français sonnait bizarrement dans la bouche de sa mère, suggérant que la femelle était plus habituée à parler en langue ancienne. Et la révérence qu'elle lui fit, parfaitement inutile, était de guingois, probablement à cause de la blessure à l'origine de sa claudication.

Son odeur n'était pas estampillée « Chanel ». À moins qu'ils n'aient récemment créé une fragrance « Tragédie ».

— Je vais bien.

Disons plutôt agitée et ennuyée.

— Où vas-tu ?

— Nettoyer le salon.

Xhex ravala une grimace et un « n'y va pas ». Fritz ne laissait personne mis à part les *doggen* lever le petit doigt dans la demeure… et PersOnne, en dépit du fait qu'elle était venue ici pour s'occuper de Souffhrance, résidait dans une chambre d'amis, mangeait à table avec les frères et était acceptée ici en tant que mère d'une *shellane* unie. Ce n'était nullement une servante.

— Oui, euh… voudrais-tu…

Faire quoi ? se demanda Xhex. Que pouvaient-elles donc faire ensemble ? Xhex était une guerrière et sa mère…, un fantôme de chair et d'os. Cela leur faisait peu de points communs.

— C'est bon, dit gentiment PersOnne. C'est une gêne…

Le tonnerre gronda dans le vestibule en bas, aussi brutalement que si des nuages s'étaient formés, que des éclairs étaient apparus et que la pluie avait commencé à tomber. Alors que PersOnne esquissait un mouvement de recul, Xhex jeta un regard furieux par-dessus son épaule. Que diable…

Rhage, alias Hollywood, alias le plus grand et le plus beau des frères, sauta carrément sur le palier du premier étage. Quand il eut atterri, il tourna la tête vers elle, le regard incandescent.

— John Matthew a appelé. Tout le monde est requis dans le centre-ville. Prends tes armes et rejoins-nous à la porte principale dans dix minutes.

— Putain, souffla Xhex en tapant dans ses mains.

Quand elle se tourna de nouveau vers sa mère, la femelle tremblait mais essayait de le cacher.

— Tout va bien, dit Xhex. Je suis une bonne combattante. Je ne me ferai pas blesser.

Jolies paroles. Sauf que ce n'était pas ce qui inquiétait la femelle : sa grille émotionnelle montrait sa peur… de Xhex.

Pff. Compte tenu du fait que cette dernière était une métisse *symphathe*, PersOnne devait forcément penser « danger » avant « fille ».

— Je vais te laisser, annonça-t-elle. Ne t'inquiète pas.

Tandis qu'elle regagnait sa chambre au pas de course, elle ne parvenait pas à ignorer la douleur dans sa poitrine. Mais elle ne pouvait pas non plus faire abstraction de la réalité : sa mère ne l'avait pas désirée.

Et c'était toujours le cas.

Qui pouvait l'en blâmer ?

Sous la capuche de sa robe, PersOnne regarda la grande femelle forte et sans merci qu'elle avait engendrée se précipiter au combat contre l'ennemi.

Xhexania ne semblait absolument pas troublée par l'idée d'aller affronter des éradiqueurs mortels : en effet, le sourire méprisant qu'elle avait affiché en entendant l'ordre du frère suggérait qu'elle s'en réjouissait même.

PersOnne sentit ses genoux faiblir en pensant à ce qu'elle avait mis au monde, cette femelle aux membres puissants et au cœur vengeur. Aucune femelle de la *glymera* n'aurait ainsi répondu à cet ordre ; mais après tout, on ne leur demandait jamais une telle chose.

Mais sa fille était en partie *symphathe*.

Douce Vierge scribe…

Et pourtant, quand Xhexania s'était retournée, son visage avait eu une expression qu'elle s'était empressée de dissimuler.

PersOnne se dépêcha et descendit le couloir en boitant jusqu'à la chambre de sa fille. Devant la lourde porte, elle frappa doucement.

Il fallut un moment avant que Xhexania ouvre.

— Salut.

— Je suis désolée.

Il n'y eut pas de réaction. Visible.

— Pourquoi ça ?

— Je sais ce que c'est que de ne pas être désirée par ses parents. Je ne veux pas que tu…

— C'est bon.

Xhexania haussa les épaules.

— Ce n'est pas comme si j'ignorais mes origines.

— Je…

— Écoute, je dois me préparer. Entre si tu veux, mais je te préviens : je ne m'habille pas pour prendre le thé.

PersOnne hésita sur le seuil. À l'intérieur, la pièce était pleine de vie : le lit était défait ; des pantalons en cuir pendaient sur des chaises ; deux paires de bottes gisaient par terre ; deux verres à pied se trouvaient sur une table basse dans un coin près de la chaise longue. Tout autour, l'odeur d'union d'un mâle au sang pur, exotique et sensuelle, imprégnait l'air.

Imprégnait Xhexania elle-même.

Il y eut une succession de cliquetis et PersOnne regarda de l'autre côté de la chambre. Devant le placard, Xhexania vérifiait le fonctionnement d'un pistolet à l'air terrifiant. Elle maîtrisa parfaitement son geste lorsqu'elle le glissa dans un holster sous son bras avant d'en sortir un autre. Puis vinrent les balles et un couteau…

— Tu ne te sentiras pas mieux à mon sujet si tu restes plantée là.

— Je ne suis pas venue pour moi.

Cela interrompit le mouvement de ses mains.

— Pourquoi, alors ?

— J'ai vu l'expression sur ton visage. Je ne veux pas de cela pour toi.

Xhexania tendit le bras et sortit une veste en cuir noir de la penderie. Tout en l'enfilant, elle poussa un juron.

— Écoute, ne faisons pas semblant de croire que l'une d'entre nous souhaitait ma naissance, d'accord ? Je t'absous, tu m'absous, nous sommes les victimes, blablabla. Il faut qu'on énonce clairement cette vérité et nous pourrons enfin poursuivre des chemins séparés.

— Es-tu certaine que c'est ce que tu souhaites ?

La femelle se figea, puis étrécit les yeux.

— Je sais ce que tu as fait. La nuit de ma naissance.

PersOnne recula d'un pas.

— Comment…

Xhexania se désigna du doigt.

— Je suis *symphathe*, rappelle-toi.

La guerrière resurgit en elle et elle se déplaça comme si elle chassait.

— Cela signifie que j'ai accès aux émotions des gens… Ainsi, je perçois la peur que tu éprouves en ce moment même. Et les regrets. Et la douleur. Rien qu'en te tenant devant moi, tu te retrouves dans l'état où tu étais quand c'est arrivé… Et oui, je sais que tu t'es planté une dague dans le ventre plutôt que d'affronter un futur avec moi. Donc, comme je viens de le dire : si toi et moi nous évitions tout simplement et nous épargnions des complications ?

PersOnne leva le menton.

— En effet, tu es métisse.

Xhex haussa les sourcils.

— Je te demande pardon ?

— Tu ne distingues qu'une partie de mes sentiments pour toi. Ou peut-être refuses-tu de concevoir, pour des raisons qui t'appartiennent, que je puisse t'aimer.

En dépit du fait que la femelle était bardée d'armes, elle parut brusquement vulnérable.

— Dans tes maladroites tentatives d'autoprotection, ne romps pas les ponts entre nous, chuchota PersOnne. Nous n'avons pas besoin de forcer notre relation si elle n'existe pas. Mais ne l'empêchons pas de se développer s'il y a une chance. Peut-être... peut-être devrais-tu simplement me dire si je peux t'aider ce soir, ne serait-ce qu'un tout petit peu. Nous commencerons par là... et nous verrons ce qu'il en résultera.

Xhexania s'écarta et se mit à faire les cent pas. Avec son corps tendu et musclé pareil à celui d'un mâle et sa tenue très masculine, elle dégageait une énergie virile. Elle s'arrêta devant le placard et, au bout d'un moment, sortit la robe rouge que Tohrment lui avait donnée la nuit de son union.

— As-tu nettoyé le satin ? demanda PersOnne. Et je ne suis pas en train de sous-entendre que tu l'as souillé. Mais il faut prendre soin des tissus raffinés afin de les préserver.

— Je ne savais pas par où commencer.

— Me permets-tu de le faire, dans ce cas ?

— Ça ira.

— S'il te plaît. Permets-moi de le faire.

Xhexania l'examina. À voix basse, elle demanda :

— Pourquoi diable veux-tu faire cela ?

La vérité était aussi simple que quatre mots et aussi complexe qu'une langue tout entière.

— Tu es ma fille.

Chapitre 3

Dans le centre-ville de Caldwell, Tohr réussit à se débarrasser du froid, de la douleur et de l'épuisement qui l'assaillaient et se remit en chasse : l'odeur de sang frais d'éradiqueur agissait comme une drogue sur son corps, lui donnant un coup de fouet et la force de continuer.

Derrière lui, il entendit ses deux compagnons se rapprocher et comprit parfaitement qu'ils n'étaient pas à la recherche de l'ennemi… mais il leur souhaita bonne chance pour essayer de le faire rentrer à la demeure. L'aube était la seule chose qui puisse y arriver.

En outre, plus il serait exténué, plus il aurait de chances de dormir une heure ou deux.

Au coin d'une ruelle, il s'arrêta en dérapant. Devant lui, sept éradiqueurs encerclaient deux guerriers, qui n'étaient ni Z. et Fhurie, ni V. et Butch, ni Blaylock et Rhage.

Celui de gauche brandissait un fauchon. Un grand fauchon très aiguisé.

— Fils de pute, marmonna Tohr.

Le mâle à la lame incurvée était campé sur l'asphalte tel un dieu, son arme levée, et son visage difforme souriait par anticipation comme s'il allait s'asseoir devant un bon repas. À côté de lui se tenait un vampire que Tohr n'avait pas vu depuis une éternité et qui ne ressemblait plus en rien au type qu'il avait croisé autrefois dans l'Ancienne Contrée.

On aurait dit qu'Affhres, fils d'Affhres, était tombé en mauvaise compagnie.

John et Vhif s'arrêtèrent à ses côtés, et le second jeta un coup d'œil au spectacle.

—Dis-moi que ce n'est pas notre nouveau voisin.

—Xcor.

—Il est né avec cette tronche ou quelqu'un lui a arrangé le portrait ?

—Qui sait ?

—Eh bien, si c'était censé être une rhinoplastie, il a besoin d'un nouveau chirurgien.

Tohr se pencha vers John.

—Dis-leur de ne pas venir.

—*Je te demande pardon ?* signa le gamin.

—Je sais que tu as envoyé des messages aux frères restés à la maison. Dis-leur que c'est une erreur. Tout de suite.

Quand John fit mine de protester, il interrompit la conversation.

—Tu veux que ça dégénère en bataille rangée ici ? Si tu appelles la Confrérie à la rescousse, il appellera ses salopards, et soudain on se retrouvera dos au mur sans la moindre stratégie. Nous gérerons la situation tout seuls ; je suis sérieux, putain, John. J'ai déjà affronté ces mecs, toi non.

Lorsque le regard dur de John croisa le sien, Tohr eut le sentiment, comme toujours, qu'ils avaient vécu ensemble ce genre de situations depuis bien plus longtemps que quelques mois.

—Tu dois me faire confiance, fils.

John répondit en articulant un juron, sortit son téléphone et commença à pianoter.

Ce fut à ce moment précis que Xcor remarqua la présence des visiteurs. En dépit du nombre d'éradiqueurs devant lui, il se mit à rire.

— Voilà ces satanées dagues noires… qui arrivent juste à temps pour nous sauver ! Vous voulez qu'on s'agenouille ?

Les tueurs se retournèrent ; grave erreur. Xcor ne perdit pas un instant et frappa un coup circulaire qui en toucha deux au niveau des reins. Il les avait pris par surprise. Tandis que les deux éradiqueurs tombaient à terre, les autres se divisèrent en deux groupes, le premier se jetant sur Xcor et Affhres, l'autre se précipitant sur Tohr et ses compagnons.

Tohr poussa un rugissement et affronta la charge à mains nues, sautant en avant et saisissant le premier tueur qui passa à sa portée. Il visa la tête, qu'il empoigna violemment, avant de lever le genou et d'exploser le visage de l'enfoiré. Puis il le fit tournoyer en l'air avant de balancer le corps désarticulé sur une benne à ordures.

Tandis que le bruit du choc s'estompait, Tohr affronta le suivant. Il aurait préféré jouer plus des poings, mais il n'allait pas perdre son temps : au bout de la ruelle, déjà sept autres bleus tombaient comme des serpents d'un arbre et passaient par-dessus une clôture grillagée.

Il tira ses deux dagues, planta ses bottes sur l'asphalte et réfléchit à une stratégie offensive pour accueillir les nouveaux venus. Merde… on pouvait dire ce que l'on voulait concernant l'éthique, la sociabilité et l'élégance de Xcor, mais il fallait reconnaître que l'enfoiré savait se battre. Il balançait son fauchon comme s'il ne pesait rien et il avait le don pour évaluer les distances : des morceaux d'éradiqueurs volaient dans tous les sens, des mains, une tête, un bras. Le salopard était incroyablement efficace, et Affhres était loin d'être incompétent lui aussi.

Contre toute attente, et bien malgré eux, Tohr et son équipe adoptèrent le rythme des salopards : Xcor menait le premier assaut sur les lames en attente à l'entrée de la ruelle, tandis que son lieutenant s'occupait de la seconde vague, afin que personne ne se retrouve bloqué. Après quoi, Tohr, John et Vhif liquidaient la masse restante, envoyant un par un les tueurs fraîchement blessés à l'abattoir.

Alors qu'ils fanfaronnaient au début, ils se battaient désormais très sérieusement. Xcor ne faisait plus aucun mouvement superflu avec sa large lame ; Affhres ne sautait plus partout ; John et Vhif demeuraient sur la zone.

Et Tohr était dans la vengeance jusqu'aux genoux.

Ce n'étaient que de nouvelles recrues, qui n'avaient guère à offrir en termes de technique de combat. Mais leur nombre était tel que le vent pouvait tourner...

Un troisième groupe franchit la clôture.

Quand ils atterrirent l'un après l'autre sur la chaussée, Tohr regretta l'ordre qu'il avait donné à John. Il avait laissé la vengeance parler. Au diable ces conneries où il prétendait vouloir éviter la confrontation Confrérie/bande de salopards ; il avait voulu se réserver les mises à mort. Résultat ? Il avait mis les vies de John et de Vhif en danger. Xcor et Affhres... ils pouvaient mourir ce soir, demain, dans un an, il s'en fichait. Quant à lui... eh bien, il existait un millier de façons différentes de sauter d'un pont.

Mais ses camarades... ? Ils méritaient qu'on les sauve. John était le *hellren* de quelqu'un, à présent. Et Vhif avait une longue vie devant lui.

Il n'était pas juste que ses pulsions suicidaires les conduisent à une fin prématurée.

Xcor, fils d'un géniteur inconnu, avait son amante entre les mains. Son fauchon était la seule femelle qu'il ait jamais aimée et, ce soir, alors qu'il affrontait ce qui avait commencé par être sept ennemis, avant de passer à quatorze, puis à vingt et un, elle récompensait sa loyauté en l'aidant à réaliser une performance sans pareille.

Tandis qu'ils se déplaçaient ensemble, elle était une extension, non seulement de ses bras, mais aussi de son corps, de ses yeux, de son cerveau. Ce n'était pas un soldat avec une arme : unis l'un à l'autre, ils devenaient un fauve aux mâchoires puissantes. Et pendant qu'ils combattaient de concert, il sut que c'était ce qu'il avait cherché. C'était pour cela qu'il avait traversé l'océan jusqu'au Nouveau Monde : pour entamer une nouvelle vie sur une nouvelle terre qui grouillait encore d'ennemis de valeur.

Quand il était arrivé, néanmoins, son ambition avait identifié un but encore plus élevé. Et cela signifiait que les autres vampires dans cette ruelle se trouvaient sur sa route.

À l'extrémité de l'impasse, Tohrment, fils de Nhuisance, valait le coup d'œil. Xcor avait beau détester le reconnaître, le frère était un combattant incroyable, avec ses dagues tourbillonnantes qui accrochaient la lumière des réverbères, la fluidité de ses mouvements, son équilibre et son adresse d'exécution… C'était la perfection, tout simplement.

S'il avait été l'un des mâles de Xcor, ce dernier aurait tout à fait pu envisager de le supprimer pour l'empêcher de menacer sa position dominante : il était primordial pour un chef d'éliminer ceux qui représentaient un défi potentiel à son statut… même si sa bande était loin d'être composée d'incapables ; après tout, eux aussi avaient dû éliminer les plus faibles.

Le Saigneur lui avait enseigné cela, sans compter tout le reste.

Certaines choses au moins s'étaient révélées vraies.

Il n'y aurait cependant jamais de place pour quelqu'un comme Tohrment dans sa bande de salopards : ce frère et sa clique ne s'abaisseraient déjà pas à partager un repas avec lui, alors encore moins à s'associer professionnellement.

Même s'ils faisaient brièvement alliance, ce soir. À mesure que le combat progressait, lui et Affhres s'étaient mis à coopérer avec les frères, séparant les éradiqueurs en petits groupes à la pointe de l'acier, après quoi ils étaient renvoyés à l'Oméga par les trois autres.

Deux frères, ou aspirants à la Confrérie, accompagnaient Tohr, et tous deux étaient plus imposants que lui… En réalité, Tohrment, fils de Nhuisance, n'était plus aussi massif qu'autrefois. Peut-être se remettait-il d'une récente blessure ? Quelle qu'en soit la cause, Tohr avait choisi ses renforts avec sagesse. Celui de droite était un mâle immense, dont la taille prouvait que le programme de reproduction de la Vierge scribe avait une raison d'être. L'autre avait plus la taille et la corpulence de Xcor et de ses mâles… autant dire qu'il n'était pas petit. Tous deux se battaient sans accroc ni hésitation, et ne montraient pas la moindre peur.

Quand le combat s'acheva enfin, Xcor respirait bruyamment et avait les avant-bras et les biceps endoloris par la fatigue. Tous ceux qui avaient des crocs étaient debout. Tous ceux qui avaient du sang noir dans les veines avaient disparu, renvoyés à leur créateur maléfique.

Tous les cinq demeuraient en position, les armes à la main, haletants, les yeux écarquillés, chacun cherchant un signe d'agressivité chez l'autre.

Xcor jeta un regard à Affhres et lui fit un très léger signe de tête. Si d'autres membres de la Confrérie avaient été appelés à la rescousse, ce ne serait pas le genre de confrontation dont ils sortiraient vivants. S'il n'y avait que ces trois-là ? Lui et son lieutenant avaient une chance, mais il y aurait des blessés.

Il n'était pas venu à Caldwell pour mourir, mais pour devenir roi.

— J'attends avec impatience de te revoir, Tohrment, fils de Nhuisance, annonça-t-il.

— Tu pars déjà ? rétorqua le frère.

— Croyais-tu que j'allais m'incliner devant toi ?

— Non, ça requiert de l'élégance.

Xcor sourit froidement, dénudant ses crocs qui s'allongeaient. Sa mauvaise humeur était tenue en laisse par le contrôle qu'il exerçait sur lui-même et le fait qu'il avait déjà commencé à œuvrer auprès de la *glymera*.

— Contrairement à la Confrérie, nous, simples soldats, travaillons vraiment pendant la nuit. Alors, au lieu d'embrasser un anneau pour respecter quelque antique coutume, nous allons chercher et exterminer d'autres ennemis.

— Je sais pourquoi tu es là, Xcor.

— Vraiment. Lirais-tu dans les pensées ?

— Tu vas te faire tuer.

— En effet. Ou alors ce sera l'inverse.

Tohrment secoua lentement la tête.

— Considère qu'il s'agit d'une mise en garde amicale. Retourne d'où tu viens avant que ce que tu as mis en branle ne te mène tout droit à une mort prématurée.

— J'aime l'endroit où je suis. L'air est vivifiant de ce côté-ci de l'océan. Comment va ta *shellane*, au fait ?

Il obtint ce qu'il souhaitait quand il sentit comme un courant d'air froid le balayer : il avait entendu dire que cette femelle, Wellesandra, avait été tuée depuis un moment déjà au cours de la guerre et il ne répugnait pas à utiliser toutes les armes à sa disposition contre l'ennemi.

Et le coup avait bien porté. Immédiatement, les serre-livres de chaque côté du frère s'approchèrent et l'attrapèrent. Mais il n'y aurait ni combat, ni dispute. Pas ce soir.

Xcor et Affhres se dématérialisèrent, se dispersant dans la fraîche nuit de printemps, sans se soucier d'être suivis. Les deux soldats devaient s'assurer que Tohr aille bien, ce qui signifiait qu'ils le dissuaderaient de céder à un coup de tête et à la colère, qui risqueraient de le conduire dans une embuscade.

Ils n'avaient aucun moyen de savoir que Xcor était incapable de communiquer avec le reste de ses troupes.

Lui et Affhres reprirent forme au sommet du plus haut gratte-ciel de la ville. Avec ses soldats, ils avaient toujours eu un point de ralliement qui permettait à la bande de se réunir de temps à autre pendant la nuit, et ce toit qui dominait le paysage et était facile à distinguer depuis tous les quadrants du champ de bataille paraissait approprié.

Xcor appréciait la vue depuis les hauteurs.

—Il nous faut des portables, déclara Affhres par-dessus le vacarme du vent.

—Vraiment ?

—Ils en ont.

—Tu veux dire : « l'ennemi » ?

—Oui. Les deux.

Comme Xcor n'ajoutait rien, son bras droit marmonna :

—Ils ont des moyens de communication…

—Dont nous n'avons pas besoin. Si tu t'autorises à t'appuyer sur des moyens externes, ils deviendront des armes contre toi. Nous nous sommes très bien débrouillés sans cette technologie pendant des siècles.

—Mais c'est une nouvelle ère, dans un nouveau pays. Les choses sont différentes, ici.

Xcor jeta un coup d'œil par-dessus son épaule, échangeant la vue de la ville contre celle de son second. Affhres, fils d'Affhres, était un bon exemple des standards de reproduction : des traits parfaits, un corps à l'avenant qui, grâce aux leçons de Xcor, n'était désormais plus seulement décoratif, mais utile ; en vérité, il s'était endurci au fil des années, gagnant enfin le droit de se déclarer du sexe mâle.

Xcor sourit froidement.

—Si les tactiques et les méthodes des frères sont si efficaces, pourquoi l'espèce a-t-elle été attaquée ?

— Ce sont des choses qui arrivent.

— Et parfois, elles sont le résultat d'erreurs… d'erreurs fatales.

Xcor se remit à observer Caldwell.

— Tu devrais considérer à quel point il est facile de commettre des erreurs pareilles.

— Tout ce que je dis…

— C'est le problème avec la *glymera* : ils cherchent toujours l'issue la plus simple. Je croyais avoir corrigé cette tendance chez toi il y a des années. Aurais-tu besoin qu'on te rafraîchisse la mémoire ?

Quand Affhres la boucla, le sourire de Xcor s'élargit.

Concentrant son attention sur l'étendue urbaine, il savait que, aussi noire que soit la nuit, son avenir était vraiment brillant.

Et pavé des cadavres de ceux de la Confrérie.

Chapitre 4

— Où trouvent-ils toutes ces nouvelles recrues, bordel ? demanda Vhif, tandis qu'il ratissait la scène du combat, en pataugeant dans le sang noir.

John l'entendit à peine, même si son ouïe était en parfait état. Depuis que ces salopards avaient disparu, il n'avait pas quitté Tohr d'une semelle. Le frère semblait s'être remis du coup bas que Xcor lui avait assené, mais il était encore très loin d'être détendu.

Tohr essuya ses lames noires sur ses cuisses, prit une profonde inspiration et parut s'extirper d'un maelström intérieur.

— Euh… la seule hypothèse plausible est Manhattan. Il faut une population importante. Avec beaucoup de mauvaise graine à la périphérie.

— Qui donc est le Grand éradiqueur ?

— Un petit merdeux, aux dernières nouvelles.

— Pile dans le rayon de l'Oméga.

— Mais il est intelligent.

À l'instant même où John allait aborder le thème du carrosse de Cendrillon se transformant en citrouille, il tourna brusquement la tête.

— Il y en a d'autres, gronda Tohr.

Oui, mais ce n'était pas là le problème.

La *shellane* de John se trouvait dans les ruelles.

Immédiatement, toute pensée déserta son esprit ; c'était comme si l'on avait tiré la chasse d'eau. Qu'est-ce qu'elle fichait dehors ? Elle n'était pas de service. Elle aurait dû être à la maison…

Alors que la puanteur d'un éradiqueur vivant lui emplissait les narines, une profonde conviction lui étreignit la poitrine : *elle ne devrait absolument pas être là.*

— Il faut que j'aille récupérer mon manteau, annonça Tohr. Restez ici et je vous accompagnerai.

Aucune chance.

À la seconde où Tohr se dématérialisa pour retourner sur le pont, John décampa, martelant l'asphalte de ses rangers tandis que Vhif lui hurlait un truc qui se finissait par : « Espèce d'enfoiré ! »

Il s'en foutait. Contrairement aux diversions déchaînées et délirantes de Tohr, cette situation-ci était importante.

John traversa la ruelle, remonta une rue transversale, sauta par-dessus deux rangées de voitures garées, fit un détour à fond de train…

Elle était là, sa compagne, son amante, sa vie, se préparant au combat contre quatre éradiqueurs devant un immeuble abandonné, flanquée d'un immense traître blond à la langue trop bien pendue.

Rhage n'aurait jamais dû l'embarquer là-dedans. John avait appelé des renforts, mais n'avait certainement pas fait allusion à Xhex ! Deuxième point, il leur avait finalement dit de rester à la maison, à la demande de Tohr. Qu'est-ce qu'ils foutaient…

— Salut ! s'exclama joyeusement Rhage, comme s'il les avait invités à une petite fête. Je me suis dit qu'on devrait prendre l'air ce soir dans le magnifique centre-ville de Caldwell.

Bien sûr. C'était dans des moments pareils que le fait d'être muet était vraiment emmerdant.

Espèce de sale conn...

Xhex tourna la tête pour le regarder... et l'événement survint à ce moment-là. L'un des éradiqueurs lança un couteau, et ce fils de pute avait bon pied, bon œil : la lame fendit l'air, pointe en avant.

Jusqu'à ce qu'elle s'arrête brusquement... dans la poitrine de Xhex.

Pour la seconde fois de la soirée, John hurla sans émettre le moindre son.

Comme il plongeait en avant, Xhex se retourna vers le tueur, les traits contractés en une expression de rage. Sans perdre le tempo, elle saisit la poignée de l'arme et l'arracha de sa propre chair... mais combien de temps ses forces dureraient-elles ? Il s'agissait d'un coup direct...

Seigneur ! Elle allait essayer de se faire l'enfoiré. Même blessée, elle le pourchasserait bec et ongles... et se ferait tuer.

L'unique pensée qui traversa l'esprit de John fut qu'il ne voulait pas ressembler à Tohr. Il ne voulait pas arpenter cet enfer sur Terre.

Il ne voulait pas perdre Xhex ce soir, ni demain, ni plus tard. Jamais.

Ouvrant la bouche, il cracha tout l'air de ses poumons. Il n'eut pas conscience qu'il se dématérialisait, mais il se retrouva sur l'éradiqueur si vite que c'était la seule explication. Refermant la main sur la gorge de la créature, il jeta ce tas de merde sur le dos en y mettant tout son poids. Quand ils heurtèrent le sol, il lui explosa le nez et lui brisa probablement une pommette et une orbite d'un seul coup de tête.

Mais il n'allait pas s'arrêter là.

Tout éclaboussé de sang noir, il découvrit ses crocs et les plongea dans la gorge de son ennemi pour le déchiqueter tandis qu'il le maintenait à terre. Son instinct de destruction était si bien aiguisé et affûté qu'il aurait continué jusqu'à mordre la chaussée ; mais sa raison le rappela à l'ordre.

Il devait évaluer la gravité de la blessure de Xhex.

Tirant une dague, il leva haut le bras et regarda le tueur droit dans les yeux. Ou ce qu'il en restait.

John enfonça la lame si profondément et si violemment que, une fois l'éclair de lumière et l'explosion disparus, il dut saisir l'arme à deux mains et tirer de toutes ses forces pour la dégager de l'asphalte. Se précipitant, il pria pour voir Xhex…

Elle allait plus que bien et luttait contre un autre membre du quatuor, même si une tache rouge s'épanouissait sur sa poitrine et que son bras droit pendait mollement.

John faillit perdre la tête.

D'un bond, il se jeta entre sa compagne et l'ennemi, et prit un coup qui lui était destiné en la poussant en arrière : une batte de base-ball lui fit voir trente-six chandelles et il perdit temporairement l'équilibre.

Exactement le genre de coup qui aurait mis Xhex à terre et lui aurait valu un cercueil.

D'un geste vif, il reprit ses marques puis, de ses deux mains, empêcha l'éradiqueur de le transformer en *home run* une seconde fois.

Un rapide coup de poing et il frappa l'éradiqueur en plein visage avec sa batte personnelle, lui offrant un feu d'artifice sous le crâne l'espace d'une fraction de seconde. Puis ce fut l'heure de donner le coup de grâce.

— C'est quoi ce bordel ? lui hurla Xhex tandis qu'il maintenait le tueur au sol.

Il n'avait aucun moyen de communiquer correctement, attendu qu'il avait les mains autour de la gorge de son adversaire. Mais bon, cela n'aiderait pas sa compagne de savoir à quoi il pensait.

D'un seul geste, John renvoya le tueur à l'Oméga avant de se relever. Son œil gauche, celui qui avait été explosé par la batte, commençait à enfler, et il sentait son pouls battre dans son visage. Pendant ce temps, Xhex saignait toujours.

—Ne me refais jamais ça! siffla-t-elle.

Il voulut tendre un doigt dans sa direction mais, s'il le faisait, il serait incapable de parler.

—*Alors ne te bats pas quand tu es blessure… blessa… blessée!*

Merde, il n'était même pas en état de communiquer, ses doigts embrouillaient les mots.

—J'allais très bien!

—*Tu saignes, bordel…*

—C'est une plaie mineure…

—*Alors pourquoi n'arrives-tu pas à lever le bras?*

Ils se rapprochèrent l'un de l'autre, et pas dans le bon sens du terme, la mâchoire tendue en avant et les épaules rentrées dans une attitude agressive. Et comme elle ne répliqua pas à sa dernière remarque, il comprit qu'il avait deviné juste… Il sut également qu'elle souffrait.

—Je m'occupe de moi-même, John Matthew, cracha-t-elle. Je n'ai pas besoin que tu regardes par-dessus mon épaule sous prétexte que je suis une femelle.

—*J'aurais fait la même chose pour l'un des frères.* (Enfin, la plupart du temps.) *Alors ne commence pas à me balancer tes conneries féministes…*

—Des conneries *féministes*?

—*C'est toi qui en fais une question de sexe, pas moi.*

Elle étrécit les yeux.

—Oh, vraiment. C'est marrant, je n'en suis pas persuadée. Et si tu crois que la volonté de me défendre par moi-même est une revendication politique, c'est que tu t'es uni à la mauvaise femelle, bon sang!

—*Ça n'a rien à voir avec le fait que tu sois une femelle!*

— Tu parles !

Sur ce, elle inspira profondément, comme pour lui rappeler que l'odeur d'union qu'il dégageait était si puissante qu'elle recouvrait la puanteur de tout ce sang d'éradiqueur répandu autour d'eux.

John montra les crocs et signa :

— *Ça a à voir avec ta stupidité qui est un handicap sur le champ de bataille.*

Xhex demeura bouche bée. Et, au lieu de répliquer, elle se contenta de le dévisager.

Brusquement, elle plaqua son bras valide sur sa poitrine et fixa du regard un point situé derrière l'épaule gauche de John, avant de lentement secouer la tête d'avant en arrière.

Comme si elle regrettait non seulement ce qui venait tout juste d'arriver, mais peut-être aussi même de l'avoir rencontré.

John poussa un juron et se mit à faire les cent pas, pour découvrir que tout le monde dans la ruelle – à savoir Tohr, Vhif, Rhage, Blaylock, Zadiste et Fhurie – assistait au spectacle. Et ça alors, chacun des mâles arborait une expression qui fit songer à John qu'il était vraiment, sincèrement, parfaitement et profondément heureux que ses dernières paroles n'aient pas été prononcées à haute voix.

— *S'il vous plaît,* signa-t-il d'un air menaçant.

En réponse, tous détournèrent la tête et s'absorbèrent dans la contemplation du ciel noir, de la chaussée ou des murs en briques bordant la ruelle. Puis, des murmures masculins se firent entendre par-dessus la brise puante, comme si un groupe de critiques de cinéma discutait de la séance.

Il se foutait de leur opinion.

Et dans cet instant de colère, il se foutait également de celle de Xhex.

Dans la demeure de la Confrérie, la robe d'union de sa fille dans les bras, PersOnne faisait face à un *doggen* qui cherchait à contrarier ses efforts pour découvrir l'emplacement de la buanderie du premier étage. Si la robe était la bienvenue là-bas, ce n'était visiblement pas le cas de la femelle.

— Non, répéta-t-elle. Je m'en occuperai.

— Maîtresse, je vous en prie, c'est une simple…

— Dans ce cas, me laisser la laver ne vous posera aucun problème.

Le *doggen* fronça tellement les sourcils que c'était un miracle qu'il arrive encore à la regarder.

— Peut-être… devrais-je simplement vérifier auprès du Supérieur Perlmutter…

— Et peut-être devrais-je lui dire à quel point vous m'avez rendu service en me montrant les détergents… et combien cela m'a été utile.

Même si elle avait relevé sa capuche et dissimulé son visage, le *doggen* parut jauger assez correctement ses intentions : elle ne céderait pas, et ce, quel que soit le membre du personnel en face d'elle. La seule option était de la jeter en travers de son épaule et de l'éloigner… ce qui n'arriverait jamais.

— Je suis…

— Sur le point de me montrer le chemin, n'est-ce pas ?

— Euh… oui, maîtresse.

Elle inclina la tête.

— Merci.

— Puis-je prendre…

— La tête ? Oui, je vous en prie. Merci.

Il n'allait pas porter la robe à sa place. Ni la laver. Ni la suspendre. Ni la remettre à sa propriétaire.

C'était une affaire entre elle et sa fille.

Avec une mine abattue digne d'un paria, le serviteur fit demi-tour et se mit en route, la menant au bout du long couloir orné de magnifiques sculptures en marbre représentant des mâles dans différentes postures. Puis il franchit une porte à battant, tourna à gauche et emprunta un autre passage.

À partir de là, le décor changea. Le parquet n'était plus recouvert d'un tapis persan mais d'une simple moquette couleur crème parfaitement propre. Il n'y avait aucune œuvre d'art sur les murs immaculés et les fenêtres n'étaient pas recouvertes de longues draperies de couleur agrémentées de franges et de pompons, mais de lourds rideaux de coton de la même teinte claire que la moquette.

Ils venaient d'entrer dans la partie de la demeure réservée au personnel.

La séparation des lieux était identique dans la demeure de son père : une norme pour la famille. Une autre pour les serviteurs.

Ou tout du moins était-ce ce qu'elle avait entendu dire. Elle ne s'était jamais rendue dans les communs de la maison quand elle y vivait.

— Vous devriez trouver… (le *doggen* ouvrit une porte) tout ce que vous cherchez.

Grande et spacieuse, la pièce faisait la taille de l'appartement dont elle disposait dans la maison de son père. Sauf qu'il n'y avait pas de fenêtre. Ni de lit monumental avec ses meubles assortis. Ni de placards remplis de vêtements venus de Paris, ni de tiroirs pleins de bijoux, ni de paniers contenant des rubans.

Elle se sentait à sa place ici à présent. D'autant que le *doggen* détaillait les différentes machines telles que les lave-linge et les sèche-linge, puis expliquait le fonctionnement de la planche à repasser et des fers.

Oui, elle se sentait désormais bien plus chez elle dans les quartiers des serviteurs que dans les chambres des invités. C'était le cas depuis qu'elle… avait emménagé ici.

En réalité, si elle parvenait à convaincre quelqu'un, n'importe qui, de la laisser occuper une chambre dans cette partie de la demeure, ce serait préférable. Mais hélas, en tant que mère d'une *shellane* unie à l'un des meilleurs guerriers de la maisonnée, on lui accordait des privilèges qu'elle ne méritait pas.

Le *doggen* se mit à ouvrir les placards, lui montrant toutes sortes d'ustensiles et de mixtures qu'il présenta sous les noms de nettoyeur vapeur, détachant, presse…

Une fois la visite terminée, elle traversa la pièce et se hissa maladroitement sur la pointe de son pied valide pour suspendre le cintre de la robe à un crochet.

— Savez-vous s'il y a des taches ? demanda le *doggen* pendant qu'elle défroissait la jupe.

PersOnne examina chaque centimètre carré du dos de la robe, du corsage et des manches courtes.

— Je ne vois que celle-ci. (Elle se pencha avec précaution pour ne pas trop peser sur sa mauvaise jambe.) Là, à l'endroit où l'ourlet touche le sol.

Le *doggen* imita son geste et examina la légère tache sur le tissu. Ses mains pâles étaient assurées et ses sourcils froncés par la concentration au lieu de la contrariété.

— Oui, je pense qu'il faut un nettoyage à sec manuel.

Il l'emmena à l'autre bout de la pièce et lui décrivit un processus de lavage qui prendrait facilement plusieurs heures. Parfait. Mais avant de le laisser partir, elle insista pour qu'il demeure à côté d'elle durant les premiers traitements. Comme il s'agissait pour lui de l'aider davantage, tous deux trouvèrent leur compte à exécuter ce travail ensemble.

— Je crois que je suis prête à continuer toute seule, finit-elle par dire.

— Très bien, maîtresse. (Il s'inclina et sourit.) Je vais descendre et m'efforcer de préparer le Dernier Repas. Si vous avez besoin de quoi que ce soit, appelez-moi, je vous en prie.

D'après ce qu'elle avait appris depuis son arrivée ici, cela nécessitait un téléphone...

— Ici, dit-il en se dirigeant vers le plan de travail. Appuyez sur « étoile » et « 1 » et demandez-moi, je m'appelle Greenly.

— Vous vous êtes montré très serviable.

Elle détourna rapidement la tête, pour ne pas le voir s'incliner devant elle et n'inspira profondément que lorsque la porte se fut refermée derrière lui.

Une fois seule, elle mit les mains sur ses hanches et renversa la tête en arrière pour remplir correctement ses poumons.

Quand elle avait emménagé ici, elle s'était attendue à lutter... et c'était le cas, sauf qu'elle n'affrontait pas les obstacles prévus.

Elle n'avait pas considéré à quel point il lui serait difficile d'exister dans une demeure aristocratique. La maison de la Première famille, en l'occurrence. Au moins, quand elle se trouvait là-haut avec les Élues, d'autres rythmes et d'autres règles existaient, nul ne lui était inférieur. Ici ? La position élevée qu'on lui imposait la privait bien souvent d'oxygène.

Douce Vierge scribe, elle aurait peut-être dû demander au serviteur de rester. Car le besoin inné chez elle de conserver son sang-froid lui avait donné une contenance. Maintenant qu'elle n'avait plus à se cacher de personne, elle luttait pour respirer.

Elle allait devoir ôter sa robe.

Boitillant jusqu'à la porte, elle voulut la fermer à clé, mais découvrit qu'il n'y avait pas de verrou. Elle ne s'attendait pas à cela.

Entrebâillant le panneau, elle passa la tête dehors et scruta le long couloir.

Tous les serviteurs devaient se trouver en bas, préparant à manger pour les habitants de la maison. Encore plus significatif : il était impossible que quiconque hormis les *doggen* se trouve dans cette partie de la demeure.

Elle était donc à l'abri des regards.

Après avoir refermé la porte, elle dénoua la ceinture autour de sa taille, rabattit sa capuche en arrière, puis se déshabilla, se défaisant ainsi du poids qu'elle portait chaque fois qu'elle se trouvait en public. Ah, quel soulagement. Levant les bras, elle s'étira les épaules et le dos, avant de pencher la tête d'un côté puis de l'autre. Son dernier geste fut de soulever sa lourde tresse et de la passer par-dessus son épaule pour soulager un peu sa nuque.

À l'exception de cette première nuit où elle était arrivée dans cette maison et avait rencontré sa fille – ainsi que le frère qui avait tenté de lui sauver la vie si longtemps auparavant –, nul n'avait aperçu ses traits. Et nul ne les verrait plus désormais. Depuis lors, elle s'était toujours couvert la tête, et continuerait de le faire.

Donner la preuve de son identité avait été un mal nécessaire.

Comme toujours, elle portait, sous sa robe, une simple chemise de lin qu'elle avait fabriquée elle-même. Elle en possédait beaucoup et, quand elles étaient trop usées, elle les recyclait en serviettes de toilette. Elle ignorait où elle trouverait le tissu pour coudre les suivantes ici, mais ce n'était pas un problème. Afin de se revigorer sans devoir se nourrir, elle se rendait régulièrement de l'autre côté, et pourrait profiter d'une de ses visites là-bas pour obtenir ce dont elle avait besoin.

Ces deux endroits étaient si différents… Et pourtant, les heures s'écoulaient de la même façon pour elle : infinies, solitaires…

Non, pas tout à fait solitaires. Elle était venue de ce côté pour retrouver sa fille et, maintenant que c'était fait, elle allait…

Eh bien, ce soir, elle allait laver cette robe.

Caressant le fin tissu, elle ne put empêcher les souvenirs de jaillir comme un geyser, à son plus grand déplaisir.

Elle avait possédé des dizaines de robes comme celle-ci. Elles remplissaient le placard de ses quartiers nocturnes, ces pièces magnifiques pourvues de portes-fenêtres.

Qui s'étaient révélées bien peu sécurisées.

Comme ses yeux s'embuaient de larmes, elle lutta contre l'attraction morbide du passé. Elle avait traversé ce trou noir trop de fois pour en garder le compte…

— Tu devrais brûler cette robe.

PersOnne se retourna si vite qu'elle manqua de déchirer la robe posée sur le plan de travail.

Sur le seuil se tenait un mâle massif avec des cheveux blonds et noirs. En vérité, il était si large qu'il remplissait le cadre de la porte double, mais ce n'était pas le plus étonnant.

Il semblait luire.

Mais bon, il était couvert d'or, des anneaux et des clous brillaient à ses oreilles, à ses sourcils, à ses lèvres et à son cou.

PersOnne se jeta sur ce qui la recouvrait d'ordinaire, et il demeura calme tandis qu'elle s'enroulait dans sa robe.

— Ça va mieux ? demanda-t-il d'une voix douce.

— Qui êtes-vous ?

Son cœur battait si fort que les trois mots sortirent précipitamment de sa bouche. Elle n'était pas à l'aise avec les mâles dans les espaces clos. Or elle se trouvait dans un espace très restreint avec un mâle très viril.

— Je suis un de tes amis.

— Alors pourquoi n'ai-je pas encore fait votre connaissance ?

— Certaines personnes diraient que tu as eu de la chance d'avoir été épargnée, murmura-t-il. Tu m'as vu aux repas.

Elle supposait que c'était vrai. Elle gardait généralement la tête baissée et les yeux rivés sur son assiette mais, en effet, à la périphérie, il s'était trouvé là.

— Tu es très belle.

Deux choses l'empêchèrent de céder à la panique : tout d'abord, elle n'avait pas décelé de sous-entendu dans sa voix, ni aucune tension sexuelle, ni rien qui lui donne l'impression d'être une proie ; d'autre part, il avait changé de position pour s'adosser au chambranle, lui laissant la place de déguerpir si elle le voulait.

Comme s'il savait ce qui la rendait nerveuse.

— Je t'ai laissé du temps pour t'adapter à ton nouvel environnement et prendre tes marques, murmura-t-il.

— Pour quelle raison feriez-vous cela ?

— Parce que tu es ici pour une raison très importante, et que je vais t'aider.

Le mâle soutint son regard de ses yeux blancs dépourvus de pupille, même si le visage de PersOnne était dans l'ombre… comme s'il ne faisait pas que la regarder mais qu'il lisait aussi en elle.

Elle recula d'un pas.

— Vous ne me connaissez pas.

C'était au moins une vérité solide sur laquelle elle pouvait s'appuyer : même si cet individu connaissait ses parents, sa famille, son lignage, il ne la connaissait pas, elle. Elle n'était plus celle qu'elle avait été autrefois : l'enlèvement, la naissance et sa mort avaient fait table rase de tout cela.

Ou, plus précisément, avaient tout réduit à néant.

— Je sais que tu peux m'aider, dit-il. Que dis-tu de cela ?

— Cherchez-vous une servante ?

C'était difficile à imaginer, étant donné le nombre de serviteurs que comptait la maison, mais là n'était pas le sujet.

Elle refusait de servir un mâle dans son intimité, de quelque façon que ce soit.

— Non. (Il souriait, à présent, et elle dut reconnaître qu'il avait un peu l'air… gentil.) Tu sais, tu n'es pas obligée de te comporter en servante.

Elle leva le menton d'un cran.

— Tout travail est honorable.

C'était un fait qui lui avait échappé avant que sa vie soit complètement chamboulée. Douce Vierge scribe, elle avait été une gamine gâtée, trop choyée et ayant tous les droits. Et s'être défaite du sentiment méprisable de sa propre importance était la seule chose positive qui était sortie de tout cela.

— Je ne dis pas le contraire.

Il inclina la tête, comme s'il l'imaginait ailleurs, dans d'autres vêtements. Ou peut-être avait-il tout simplement la nuque raide, qui sait ?

— J'ai cru comprendre que tu étais la mère de Xhex.

— Je suis la femelle qui l'a mise au monde, en effet.

— J'ai entendu dire qu'Audazs et Tohr l'avaient fait adopter juste après sa naissance.

— En effet. Ils m'ont protégée tout au long de ma grossesse.

Elle passa sous silence le moment où elle avait dérobé la dague de Tohrment et l'avait utilisée contre sa propre chair : elle avait déjà bien trop parlé à ce mâle.

— Tu sais, Tohrment, fils de Nhuisance, passe beaucoup de temps à t'observer pendant les repas.

PersOnne eut un mouvement de recul.

— Je suis certaine que vous vous trompez.

— Ma vue est parfaite. Comme la sienne, apparemment.

Voilà qu'elle riait, l'éclat bref et dur s'échappant de sa gorge.

— Je peux vous assurer que ce n'est pas parce que je lui plais.

Le mâle haussa les épaules.

—Eh bien, des amis peuvent être en désaccord.

—Avec tout le respect que je vous dois, nous ne sommes pas amis. Je ne vous connais pas…

Brusquement, la pièce s'emplit d'une lueur dorée, si douce et délicieuse qu'elle sentit la chaleur picoter sa peau.

PersOnne fit un autre pas en arrière quand elle comprit qu'il ne s'agissait pas d'une illusion d'optique due à tous les bijoux qu'il portait. Le mâle lui-même était la source de l'illumination, son corps, son visage, son aura irradiaient comme un feu couvert.

Quand il lui sourit, il avait l'air d'un saint homme.

—Je m'appelle Lassiter et je vais te dire tout ce que tu dois savoir à mon sujet. Pour commencer, je suis un ange, ensuite un pécheur, et je ne suis pas ici pour longtemps. Je ne te ferai jamais de mal, mais je suis prêt à te rendre la vie sacrément pénible s'il le faut, pour accomplir mon travail. J'aime les couchers de soleil et les longues marches sur la plage, mais ma femelle idéale n'existe plus. Oh, et mon passe-temps préféré consiste à emmerder les gens. Je suppose que je suis simplement né pour me moquer du monde… probablement à cause de toute cette histoire de résurrection.

PersOnne leva une main, tout en maintenant fermement sa robe en place de l'autre.

—Pourquoi donc êtes-vous là ?

—Si je te l'apprends aujourd'hui, tu résisteras bec et ongles, mais disons seulement que je crois à l'expression « boucler la boucle ». Je n'avais tout simplement pas distingué celle dans laquelle nous nous trouvons avant que tu apparaisses. (Il inclina légèrement la tête.) Prends soin de toi… et de cette superbe robe.

Sur ce, il disparut, comme un nuage se dissipe, emportant la chaleur et la lumière avec lui.

PersOnne s'effondra contre le plan de travail. Il lui fallut un moment pour prendre conscience que sa main lui faisait mal. Baissant la tête, elle l'observa de loin, découvrant les articulations blanchies et la chair contractée sur les pans de sa robe comme si cet appendice appartenait à quelqu'un d'autre.

Il en allait toujours ainsi quand elle regardait une partie de son corps.

Mais au moins, elle pouvait commander à sa chair : son cerveau ordonna à la main rattachée au bras, lui-même relié au torse, de se relâcher et de se détendre.

Comme le membre obéissait, elle releva brièvement la tête en direction de l'endroit où s'était tenu le mâle. La porte était fermée. Sauf que… il ne l'avait pas refermée, si ?

Était-il même seulement venu ?

Elle se précipita pour regarder dans le couloir. Dans toutes les directions… il n'y avait personne.

Chapitre 5

Après presque deux siècles d'union, Tohr avait une assez bonne idée de la façon dont se déroulait une dispute entre un mâle entêté et une femelle colérique. Et à quel point il était ridicule de se sentir nostalgique en voyant la manière dont John et Xhex se dévisageaient d'un œil mauvais.

Seigneur, lui et sa Wellsie avaient vécu quelques scènes mémorables en leur temps.

Encore une chose dont il devait faire le deuil.

Obligeant son cerveau épuisé à réintégrer les rails du temps présent, il s'interposa entre les deux vampires, estimant que la situation nécessitait un rappel à la réalité. S'il s'était agi de deux autres personnes, il n'aurait pas gaspillé sa salive. Les histoires d'amour ne le regardaient pas – qu'elles finissent bien ou mal – mais cela concernait John. Il était… le fils qu'il avait espéré avoir autrefois.

— Il est temps de rentrer au complexe, dit-il. Vous avez tous les deux besoin de soins.

— Reste en dehors de ça…

— *Reste en dehors de ça…*

Tohr tendit le bras et referma la main sur la nuque de John Matthew, lui enserrant le cou jusqu'à ce que le mâle soit forcé de le regarder.

— Ne te comporte pas en crétin.

— *Oh, bien entendu, mais toi, tu as le droit de te comporter en crétin…*

— Tu as mis le doigt dessus, fiston. C'est le privilège de l'âge. Maintenant ferme-la et monte dans la voiture, putain.

John fronça les sourcils comme s'il venait juste de remarquer que Butch avait amené l'Escalade.

— Quant à toi, reprit Tohr d'une voix plus douce en s'adressant à Xhex, rends service à tout le monde et fais examiner ton épaule. Après ça, tu pourras le traiter d'abruti, de sale con et de tout autre nom d'oiseau qui te passera par la tête mais, pour l'instant, ta blessure est en train de cicatriser de trois ou quatre mauvaises façons différentes. Tu dois voir rapidement nos chirurgiens et, vu que tu es une femelle raisonnable, je sais que tu vois l'intérêt de ce que je raconte…

Tohr pointa l'index sur le visage de John.

— Ferme… -la. Et non, elle va se ramener toute seule au complexe. N'est-ce pas, Xhex. Elle ne montera pas dans ce 4 × 4 avec toi.

John commença à signer, mais s'arrêta net quand Xhex déclara :

— Très bien. Je pars tout de suite vers le nord.

— Bien. Allons, fils. (Tohr poussa John en direction de la voiture, prêt à le traîner par les cheveux s'il le fallait.) C'est le moment de faire une petite balade.

Merde, John était tellement énervé que l'on aurait pu faire frire un œuf sur son front.

Quelle connerie. Tohr ouvrit rapidement la portière passager et fourra le combattant sur le siège avant comme un sac de voyage, une série de clubs de golf ou, peut-être, un panier de courses.

— Es-tu capable d'attacher ta ceinture tout seul comme un grand… ou dois-je le faire pour toi ?

John retroussa la lèvre supérieure pour dévoiler ses crocs.

Tohr se contenta de secouer la tête et s'appuya d'un bras contre le 4×4 noir. Mince, il était crevé.

— Écoute-moi en tant que mâle qui s'est retrouvé dans ta situation un million de fois : vous avez besoin d'air en ce moment. Chacun dans son coin, le temps de se calmer ; puis vous mettrez les choses à plat et… (Sa voix se fit bourrue.) Eh bien, la réconciliation sur l'oreiller est un grand moment, si ma mémoire ne me joue pas des tours.

John Matthew articula silencieusement quelques variations autour du mot « putain ». Puis il cogna l'arrière de son crâne contre l'appuie-tête. Deux fois.

À noter : charger Fritz de vérifier que le siège n'avait subi aucun dommage.

— Fais-moi confiance, fils. C'est le genre de choses qui va vous arriver de temps en temps, alors tu ferais bien d'affronter la situation de façon rationnelle dès à présent. Il m'a fallu une bonne cinquantaine d'années avant de trouver une meilleure façon de gérer les disputes. Apprends de mes erreurs.

John tourna la tête et commença à articuler :

— *Je l'aime tellement. Je mourrais si quelque chose devait lui arr…*

Quand il s'arrêta net, Tohr prit une profonde inspiration en dépit de sa poitrine douloureuse.

— Je sais. Crois-moi… je sais.

Il referma la portière et contourna la voiture pour rejoindre Butch. Une fois la vitre baissée, il dit doucement :

— Roule lentement et prends le chemin le plus long. Essayons de faire en sorte que Xhex ait déjà été opérée quand il arrivera. La dernière chose dont nous ayons besoin, c'est qu'il énerve Manny en salle d'op'.

Le flic hocha la tête.

— Hé, tu veux que je te raccompagne ? Tu n'as pas l'air dans ton assiette.

— Ça va.

— Tu es certain de connaître la signification de ces deux mots ?

— Oui. À plus.

En se retournant, il s'aperçut que Xhex était partie, et sut qu'il y avait de fortes chances qu'elle ait fait ce qu'elle avait annoncé. Même si elle était aussi remontée que John, il doutait qu'elle fasse des bêtises quand il s'agissait de sa santé ou de leur avenir.

Après tout, les femelles n'étaient pas seulement le beau sexe, elles étaient aussi le plus raisonnable. C'était d'ailleurs l'unique raison pour laquelle l'espèce avait survécu si longtemps.

Tandis que l'Escalade s'éloignait à la vitesse d'un escargot, Tohr songea que Butch n'allait guère s'amuser durant le trajet de retour. Difficile de ne pas se sentir désolé pour le pauvre vieux.

Ce fut alors qu'il fit face à son propre public. On aurait dit que le flic de Boston n'était pas le seul à avoir les oreilles qui traînent et, sans surprise, chaque mâle lui renvoya une de ses phrases :

— Il est temps de retourner au centre d'entraînement.

— Tu as besoin de soins.

— Sois un mâle raisonnable, je sais que tu vois l'intérêt de ce que je raconte.

— Ne te comporte pas en crétin.

Rhage résuma cette petite séance d'imitation en deux mots :

— Rentre. Immédiatement.

Bordel de merde.

— Vous aviez planifié cela, les mecs ?

— Oui, et si tu ne capitules pas immédiatement (Hollywood mordit dans sa sucette au raisin) on recommencera, mais avec la chorégraphie, cette fois-ci.

— Épargnez-moi.

— Très bien. À moins que tu n'acceptes de rentrer à la maison, nous exécuterons les mouvements de danse.

Histoire d'illustrer son propos, l'abruti joignit les mains derrière la tête et se mit à remuer les hanches de façon obscène. Le tout accompagné d'un :

— Oh oh, c'est qui le patron… ?

Les autres dévisagèrent Rhage comme si une corne lui était poussée au milieu du front. Rien d'inhabituel. Et Tohr comprit que, en dépit de cette diversion ridicule, s'il ne cédait pas, ils allaient tous l'emmerder à mort.

Rien d'inhabituel non plus.

Rhage pivota, montra ses fesses et se mit à claquer son postérieur comme s'il s'agissait d'une pâte à pain.

Le seul avantage ? Les conneries qu'il débitait étaient étouffées.

— Pour l'amour de la Vierge scribe, mets fin à nos souffrances et rentre à la maison, putain, marmonna Z.

Quelqu'un d'autre ajouta :

— Tu sais, je n'aurais jamais cru qu'il y avait des avantages à être aveugle…

— Ou sourd…

— Ou muet, ajouta quelqu'un d'autre.

Tohr regarda autour de lui, dans l'espoir qu'une créature puant le sandwich à la viande périmé depuis trois jours jaillirait de l'obscurité.

Raté.

La situation risquait d'empirer dans quelques instants si Rhage décidait de se lancer dans une démonstration de la danse du robot. Ou de *La Macarena*. Ou d'interpréter *Twist and Shout* en leur tapant sur le cul.

Ses frères ne le lui pardonneraient jamais.

Une heure et demie…

Ils avaient mis une heure et trente satanées minutes pour rentrer à la maison.

D'après ce que John pouvait en juger, la seule façon de rallonger encore le chemin aurait été que Butch fasse un détour par le Connecticut. Ou peut-être le Maryland.

Quand ils s'arrêtèrent enfin devant la grande demeure en pierre, il n'attendit pas que l'Escalade soit garée, ni même qu'elle ralentisse. Il déverrouilla la portière et sauta, tandis que le 4 × 4 roulait encore. Courant comme un dératé, il franchit les marches du perron d'un seul bond et, après avoir déboulé dans le hall, approcha tellement le visage de la caméra de sécurité qu'il manqua de briser l'objectif avec son nez.

Le portail en bronze massif s'ouvrit relativement vite, mais il aurait été incapable de dire qui lui en avait fait l'honneur. Et il ne prêta aucune attention au vestibule aux couleurs incroyables, avec ses colonnes de marbre et de malachite et son haut plafond peint. Pas plus qu'à la mosaïque sur le sol qu'il traversa ventre à terre, ni à celui ou celle qui hurlait son nom.

Il atteignit la porte dissimulée sous l'escalier monumental et se jeta dans le tunnel souterrain relié au centre d'entraînement, après avoir tapé les codes de sécurité si férocement que ce fut un miracle qu'aucun clavier ne soit brisé. Il entra par le placard du bureau, contourna à toute allure la table, franchit la porte en verre et…

— Ils sont en train de l'opérer, annonça V. à cinquante mètres de là.

Le frère se tenait dans le couloir devant la principale salle d'examen, une cigarette roulée entre les dents, un briquet dans sa main gantée.

— Il y en a encore pour une vingtaine de minutes.

Un bruit de friction, et une petite flamme apparut, puis V. approcha la source de chaleur de l'extrémité de sa clope. Quand il exhala la fumée, l'odeur du tabac turc flotta paresseusement dans le couloir.

Frottant sa tête douloureuse, John eut l'impression d'avoir été mis au coin au sens métaphorique du terme.

— Elle va s'en remettre, dit V. dans un nuage de fumée.

Il n'avait désormais plus de raison de se précipiter, et pas seulement parce qu'elle était sur la table d'opération. Il était parfaitement évident que l'on avait installé V. dans le couloir pour qu'il serve de barrière vivante : John n'entrerait pas dans cette pièce avant que le frère l'y autorise.

C'était sans doute intelligent. Compte tenu de son humeur, il aurait été parfaitement capable de briser la porte comme dans un dessin animé, en ne laissant que les contours de sa silhouette sur le panneau… et, bien entendu, c'était exactement ce que l'on souhaitait en plein milieu d'une démonstration de scalpel.

Privé de cible, John traîna sa carcasse jusqu'au frère.

— *Ils t'ont demandé de monter la garde, pas vrai ?*

— Non. Je fais juste une pause cigarette.

— *Ouais, c'est ça.*

John s'installa contre le mur à côté du mâle et fut tenté de se cogner la nuque contre le béton, mais il ne voulait pas courir le risque de faire du bruit.

Il était trop tôt, se dit-il. Trop tôt pour se retrouver à la porte pendant que l'on opérait Xhex. Trop tôt pour qu'ils se disputent. Trop tôt pour que toute cette tension et cette colère soient retombées.

— *Je peux en fumer une ?* signa-t-il.

V. haussa un sourcil mais ne tenta pas de le raisonner. Il se contenta de tirer un sachet de tabac et des feuilles à rouler.

— Tu veux le faire toi-même ?

John secoua la tête. Pour commencer, même s'il avait regardé V. rouler ses cigarettes un nombre incalculable de fois, il ne l'avait jamais tenté lui-même. En outre, il n'était pas certain d'avoir les mains assez assurées.

V. s'en chargea en quelques instants et alluma son briquet après lui avoir tendu la clope.

Tous deux se penchèrent sur la flamme. Juste avant que John embrase le bout de sa cigarette, V. dit :

— Un conseil : elles sont fortes, alors n'aspire pas trop violemment.

Nom de Dieu.

Les poumons de John ne se contentèrent pas de rejeter l'âcre fumée ; ils se convulsèrent. Et alors qu'il crachait ses bronches, V. lui reprit l'objet du délit. Cela l'aida, car il put ainsi poser les deux mains sur ses cuisses pour se pencher en avant et mieux supporter les haut-le-cœur.

Quand les étoiles disparurent de son champ de vision trouble, il tourna la tête vers V… et sentit ses couilles se recroqueviller et hiberner dans son bas-ventre. Le frère avait pris la roulée de John et l'avait ajoutée à la sienne, et voilà qu'il fumait les deux en même temps.

Génial. Comme s'il n'avait pas assez l'impression d'être une mauviette.

V. tenait les deux cigarettes entre son index et son majeur.

— À moins que tu ne veuilles retenter le coup ? (Quand John fit un geste de dénégation, cela lui valut un hochement de tête approbateur.) Bonne idée. Encore une bouffée et tu finis à la corbeille à papier, et pas pour jeter tes mouchoirs, pas vrai ?

John se laissa glisser le long du mur jusqu'à ce que son coccyx touche le sol.

— Où est Tohr ? Il est déjà rentré ?

— Oui. Je l'ai envoyé manger. Je lui ai dit qu'il n'avait pas le droit de revenir ici sans une déclaration sous serment attestant qu'il s'était avalé un repas entier, dessert compris.

— *Il a failli se faire tuer ce soir.*

— On pourrait dire la même chose de nous tous. C'est l'essence de ce boulot.

— *Tu sais que c'est différent avec lui.*

Il n'obtint qu'un grognement en guise de réponse.

À mesure que le temps passait et que V. fumait comme un pompier, John ressentait l'envie de poser une question impossible.

Il était à la limite de passer les bornes de la décence, mais le désespoir la lui fit franchir. Sifflant doucement pour que Viszs le regarde, il se servit de ses mains avec précaution.

— *Comment meurt-elle, V. ?*

Quand le frère se raidit, John signa :

— *J'ai entendu dire que tu avais parfois la vision de ces choses. Et si je sais qu'elle mourra de vieillesse, je pourrai beaucoup mieux supporter l'idée qu'elle soit sur le champ de bataille.*

V. secoua la tête en fronçant les sourcils au-dessus de ses yeux couleur de diamant, ce qui eut pour effet de déformer le tatouage sur sa tempe.

— Tu ne devrais pas envisager de modifier ta vie en fonction de mes visions. Ce ne sont que des instantanés d'un moment dans le temps… qui pourrait se situer la semaine prochaine, l'année suivante ou dans trois siècles. Je ne vois que l'événement sans son contexte et ne suis pas capable de déterminer le lieu ni la date où il se produira.

Sentant sa gorge se serrer, John répliqua :

— *Alors elle mourra de mort violente.*

— Ce n'est pas ce que j'ai dit.

— *Que lui arrivera-t-il ? Je t'en prie.*

V. détourna le regard de façon à contempler le mur du couloir en béton. Et dans ce silence, John était terrifié à l'idée d'apprendre ce que le frère voyait, tout en brûlant de le savoir.

— Désolé, John. J'ai fait l'erreur de donner cette information à quelqu'un, une fois. Ça l'a soulagé à court terme, vraiment, mais… au final, c'était une malédiction. Donc, oui, je sais d'expérience qu'ouvrir la boîte de Pandore ne mène nulle part. (Il lui jeta un coup d'œil.) C'est marrant, la plupart des gens ne veulent pas savoir, hein. Et je pense que c'est bien et que c'est ainsi que les choses doivent être. C'est la raison pour laquelle je ne peux pas voir ma propre mort. Ni celle de Butch ou de Souffhrance. Ils sont trop proches. Nous sommes censés vivre notre vie à l'aveugle, c'est la seule façon de ne pas tenir tout pour acquis. Mes visions ne sont pas naturelles ; ce n'est pas bien, petit.

John sentit un fort bourdonnement naître sous son crâne. Il savait que V. parlait de façon raisonnable, mais le besoin de savoir le démangeait. Néanmoins, un simple regard à la mâchoire contractée de V. lui apprit qu'il ferait fausse route s'il essayait d'approfondir la question.

Il n'obtiendrait rien de lui.

À part peut-être un coup de poing.

Mais c'était horrible de se tenir à proximité d'une telle connaissance, de savoir qu'il existait en ce bas monde un livre que l'on ne devait pas lire, qu'il était interdit de lire… et que l'on mourait néanmoins d'envie de tenir entre ses mains.

C'était seulement que… sa vie entière se trouvait dans cette pièce avec Doc Jane et Manny. Tout ce qu'il était et qu'il serait jamais était étendu sur une table d'opération, dans les vapes, en train de se faire réparer parce que l'ennemi l'avait blessé.

Fermant les paupières, il revit la folie sur le visage de Tohr quand le frère avait attaqué cet éradiqueur.

Oui, songea-t-il, il savait désormais au plus profond de lui-même ce que ressentait exactement le mâle.

L'enfer sur Terre vous poussait vraiment à faire de belles conneries.

Chapitre 6

Plus haut, dans la salle à manger d'apparat, la nourriture qu'avalait Tohr avait une texture mais aucun goût. De la même façon, les conversations animées autour de la table n'étaient qu'un bruit de fond sans intérêt pour lui. Et les gens à sa gauche et à sa droite n'étaient que des esquisses en deux dimensions, rien de plus.

Il était assis avec ses frères, les *shellanes* et les hôtes de la demeure, mais tout lui semblait noyé dans un brouillard lointain et flou.

Enfin, presque tout.

Une seule chose dans la vaste pièce attirait son attention.

De l'autre côté de la porcelaine et de l'argenterie et en partie cachée par les bouquets de fleurs et les candélabres ouvragés, une silhouette vêtue d'une robe était assise, immobile et réservée, sur une chaise exactement en face de la sienne. Avec sa capuche rabattue sur la tête, la seule chose que l'on distinguait de la femelle sous le vêtement étaient ses deux mains délicates qu'elle utilisait de temps à autre pour couper un morceau de viande ou prendre un peu de riz.

Elle avait un appétit d'oiseau et était silencieuse comme une ombre.

Et il n'avait pas la moindre idée de la raison de sa présence ici.

Il l'avait enterrée dans l'Ancienne Contrée. Sous un pommier, espérant que le parfum de ses fleurs l'apaiserait dans la mort.

Dieu savait que la fin de sa vie avait été difficile.

Et pourtant, elle était de nouveau en vie. Arrivée avec Souffhrance depuis l'autre côté, elle était la preuve vivante que, quand il était question de la Vierge scribe et de sa miséricorde, tout était possible.

— Voulez-vous encore un peu d'agneau, seigneur ? proposa un *doggen* en retrait derrière lui.

L'estomac de Tohr était aussi plein qu'une valise, mais il sentait encore une mollesse au niveau de ses articulations et une impression de flottement dans sa tête. Estimant que manger valait mieux que l'épreuve consistant à boire du sang, il hocha la tête.

— Merci, vieux.

Tandis que l'on remplissait son assiette de viande et qu'il se portait volontaire pour une nouvelle portion de riz pilaf, il regarda les autres autour de lui, uniquement pour avoir le sentiment de faire quelque chose.

Kolher était assis au bout de la table, car le roi présidait à tout. Beth aurait dû occuper le fauteuil voisin mais, au lieu de cela, elle était comme d'habitude sur les genoux de son *hellren*. Et comme de coutume également, Kolher montrait plus d'intérêt à faire manger sa femelle qu'à se sustenter lui-même : même s'il était désormais totalement aveugle, il nourrissait sa *shellane* des morceaux qu'il prélevait dans sa propre assiette, levant sa fourchette pour qu'elle se penche et accepte ce qu'il lui offrait.

La fierté qu'il éprouvait si visiblement à son égard, la satisfaction qu'il trouvait à prendre soin d'elle, cette satanée chaleur entre eux donnaient à son visage aristocratique aux traits durs une expression presque tendre. Et de temps à autre, il dénudait ses longs crocs, comme s'il attendait avec impatience de se retrouver seul avec elle et de plonger en elle… de bien des manières.

Ce n'était pas le genre de spectacle que Tohr avait envie de voir.

Tournant la tête, il aperçut Vhen et Ehlena assis côte à côte, jouant les tourtereaux. Et Fhurie et Cormia. Et Z. et Bella.

Rhage et Mary...

Fronçant les sourcils, il pensa à la façon dont la Vierge scribe avait sauvé la femelle de Hollywood. Elle était aux portes de la mort, mais en avait été arrachée et avait reçu une longue vie.

En bas à la clinique, Doc Jane avait vécu la même chose. Morte, puis ressuscitée, elle avait désormais de longues années en perspective à partager avec son *hellren*.

Le regard de Tohr s'arrêta sur la silhouette en robe en face de lui.

La colère bouillonnait dans son ventre distendu, ajoutant à la pression : cette aristocrate tombée en disgrâce, désormais connue sous le nom de PersOnne, était également de retour, putain, la Mère de l'espèce lui avait accordé le don d'une nouvelle existence.

Mais sa Wellsie ?

Morte et enterrée. Elle n'était plus que souvenirs et cendres.

Pour toujours.

Pendant que sa mauvaise humeur empirait pour de bon, il se demanda qui il fallait acheter ou sucer pour obtenir ce genre de dérogation. Sa Wellsie était une femelle de valeur, exactement comme ces trois-là... Pourquoi n'avait-elle pas été épargnée ? Pourquoi n'était-il pas comme les autres mâles, impatient de vivre le reste de sa vie avec sa compagne, bordel ?

Pourquoi lui et sa *shellane* n'avaient-ils pas obtenu miséricorde quand ils en avaient eu le plus besoin...

Il la dévisageait.

Non... il l'observait d'un air furieux.

De l'autre côté de la table, Tohrment, fils de Nhuisance, concentrait son attention sur PersOnne, le regard dur et menaçant, comme s'il ne supportait pas, non seulement sa présence dans cette maison, mais aussi le simple fait qu'elle respire et que son cœur batte.

L'expression ne mettait pas ses traits en valeur. À dire vrai, il avait beaucoup vieilli depuis la dernière fois qu'elle l'avait vu, même si les vampires, en particulier ceux issus d'une lignée puissante, ne paraissaient guère être âgés de plus de vingt-cinq ou trente ans jusqu'à leur mort. Et ce n'était pas le seul changement qu'elle avait constaté chez lui. Il souffrait d'une perte de poids persistante : peu importait la quantité de nourriture qu'il ingurgitait à table, il n'avait plus assez de chair sur les os et son visage s'était marqué à cause de ses joues creuses, de sa mâchoire trop saillante et de ses yeux caves, cernés d'ombres.

Son infirmité physique, quelle qu'elle soit, ne l'empêchait pourtant pas de se battre. Il ne s'était pas changé avant le repas, et ses vêtements humides étaient tachés de sang rouge et d'huile noire, rappelant crûment à quoi les mâles passaient leurs nuits.

Mais il s'était lavé les mains.

Où était sa compagne ? se demanda-t-elle. Elle n'avait vu aucune trace de l'existence d'une *shellane*… Peut-être était-il demeuré sans attaches durant toutes ces années ? À coup sûr, s'il avait une femelle, elle serait là pour le soutenir.

Baissant la tête sous sa capuche, elle reposa sa fourchette et son couteau à côté de son assiette. Elle n'avait plus d'appétit pour la nourriture.

Pas plus qu'elle n'avait faim des échos du passé. Mais cela, elle ne pouvait pas le refuser poliment…

Tohrment était aussi jeune qu'elle quand ils avaient passé tous ces mois ensemble dans cette cabane fortifiée de l'Ancienne Contrée, qui les avait abrités contre le froid de l'hiver, l'humidité du printemps, la chaleur de l'été et les rafales de l'automne. Ils avaient eu quatre saisons pour regarder son ventre se gonfler de vie, un cycle complet du calendrier durant lequel lui et son mentor, Audazs, l'avaient nourrie, protégée et soignée.

Sa première grossesse n'aurait pas dû se dérouler ainsi. Une femelle de son milieu n'aurait pas dû vivre de cette manière. Le destin ne lui avait rien accordé de ce qu'elle avait imaginé.

Mais comme c'était arrogant de sa part d'avoir imaginé quoi que ce soit ! Il n'y avait pas eu, et il n'y avait toujours pas, de retour possible. À partir du moment où elle avait été enlevée et arrachée à sa famille, elle avait été altérée à jamais, aussi sûrement que si elle avait eu le visage aspergé d'acide, le corps brûlé jusqu'à devenir méconnaissable ou avait perdu un membre, la vue ou l'ouïe.

Mais ce n'était pas cela le pire. Il était déjà atroce qu'elle ait été souillée, mais que ce soit le fait d'un *symphathe* ? Et que l'angoisse ait déclenché ses premières chaleurs ?

Elle avait passé quatre longues saisons sous ce toit de chaume, consciente qu'un monstre grandissait en son sein. En effet, elle avait perdu son statut social dès lors qu'on l'avait enlevée et que l'on avait volé à sa famille ce qu'elle avait de plus précieux : sa virginité. Avant son enlèvement, en tant que fille du *menheur* du Conseil, elle était une denrée rare et de grand prix, le genre d'objet que l'on enfermait à double tour et que l'on ne sortait pour le faire admirer qu'en de grandes occasions, tel un merveilleux bijou.

Au moment des faits, son père prenait ses dispositions pour l'unir à quelqu'un qui lui aurait offert un style de vie encore plus luxueux que celui qu'elle avait connu depuis sa naissance…

Avec une clarté terrible, elle se rappela qu'elle était en train de se coiffer quand elle avait entendu le léger déclic de la porte-fenêtre.

Elle avait reposé sa brosse sur la coiffeuse.

Alors, quelqu'un d'autre qu'elle avait défait le loquet…

Depuis ce temps, il lui arrivait de s'imaginer, dans les moments de calme, qu'elle avait rejoint les quartiers souterrains de sa famille cette nuit-là. Sauf qu'en réalité, elle ne se sentait pas bien – probablement l'imminence de sa période de chaleur – et était demeurée à la surface car elle disposait là-haut de plus de moyens de se distraire de son agitation intérieure.

Oui… parfois, elle faisait comme si elle les avait suivis au sous-sol et, une fois en bas, avait fini par parler à son père de l'étrange silhouette qui apparaissait souvent devant sa chambre, sur la terrasse.

Elle se serait sauvée.

Elle aurait sauvé le guerrier en face d'elle de sa colère…

Elle s'était servie de la dague de Tohr. Juste après la naissance de sa fille, elle avait saisi l'arme et la lui avait dérobée. Incapable de supporter la réalité de ce qu'elle avait mis au monde, incapable de respirer une nouvelle fois dans cette destinée à laquelle on l'avait condamnée, elle avait tourné la lame contre son ventre.

La dernière chose qu'elle avait entendue avant que la lumière ne l'appelle étaient les cris de Tohr…

Le crissement de sa chaise quand il la repoussa la fit sursauter, et tout le monde à table se tut, suspendit son repas, cessa de bouger, interrompit sa conversation tandis qu'il sortait de la salle.

PersOnne prit sa serviette et se tamponna la bouche sous sa capuche. Nul ne se tournait dans sa direction, comme si personne n'avait remarqué qu'il la regardait fixement. Mais à l'autre extrémité de la table, l'ange aux cheveux blonds et noirs avait les yeux rivés sur elle.

Se détournant de lui, elle vit Tohrment sortir de la salle de billard et traverser le vestibule. Il tenait une bouteille d'un liquide sombre dans chaque main et son visage lugubre ressemblait assez à un masque mortuaire.

Fermant les paupières, elle puisa au fond d'elle-même, cherchant la force dont elle avait besoin pour s'approcher du mâle qui venait de partir si brusquement. Elle était venue de ce côté, dans cette maison, pour réparer les fautes qu'elle avait commises vis-à-vis de la fille qu'elle avait abandonnée.

Mais elle devait également s'excuser auprès d'une autre personne.

Et même si prononcer des paroles de contrition était le but ultime qu'elle recherchait, elle commencerait par la robe, et la rendrait à Tohrment dès qu'elle aurait fini de la laver et de la repasser de ses propres mains. En comparaison, c'était une si petite chose. Mais il fallait bien commencer quelque part, et la robe était visiblement un héritage de la lignée du frère, prêté à sa fille parce qu'elle n'avait pas d'autre famille.

Même après toutes ces années, il continuait de prendre soin de Xhexania.

C'était un mâle de valeur.

PersOnne aurait voulu se retirer plus discrètement que Tohr, mais la salle sombra dans le silence quand elle se leva de son siège. Gardant la tête baissée, elle sortit non pas en passant sous l'arcade, comme Tohrment, mais en utilisant la porte de service qui menait à la cuisine.

Elle dépassa en boitant les fours, les plans de travail et des *doggen* affairés qui la regardèrent d'un air désapprobateur, emprunta l'escalier de service, qui avait de simples murs blanchis à la chaux et des marches en pin…

— Elle appartenait à sa *shellane*.

La semelle souple de sa chaussure en cuir couina quand elle pivota d'un bloc. En bas, l'ange se tenait sur la première marche.

— La robe, reprit-il. C'est la robe que Wellesandra portait la nuit où ils se sont unis, il y aura bientôt deux siècles.

— Oh, dans ce cas je la rendrai à sa compagne…

— Elle est morte.

Un frisson courut le long de sa colonne vertébrale.

— Morte…

— Un éradiqueur lui a tiré une balle dans la tête. (Comme PersOnne restait bouche bée, il ne cilla pas.) Elle était enceinte.

PersOnne posa la main sur la rampe, le corps chancelant.

— Désolé, dit l'ange. Je n'enjolive pas les choses et il faut que tu saches dans quoi tu mets les pieds si tu as l'intention de lui rendre le vêtement. Xhex aurait dû te prévenir… Je suis surpris qu'elle ne l'ait pas fait.

En effet. Même si elles n'avaient pas vraiment passé beaucoup de temps ensemble… et qu'elles avaient surtout évité d'aborder les sujets personnels.

— Je l'ignorais, finit-elle par dire. Les bols de vision de l'autre côté… ils n'ont jamais…

Sauf qu'elle ne pensait pas à Tohrment quand elle les avait utilisés ; elle s'inquiétait de Xhexania et avait concentré ses recherches sur elle.

— Les tragédies, au même titre que l'amour, rendent les gens aveugles, répondit-il comme s'il déchiffrait ses regrets.

— Je ne la lui rendrai pas. (Elle secoua la tête.) J'ai fait assez de dégâts. Lui rapporter la… robe de sa compagne…

— C'est un geste aimable. Je pense que tu devrais le faire. Cela aidera peut-être.

— À quoi ? demanda-t-elle avec indifférence.

— À lui rappeler qu'elle a disparu.

PersOnne fronça les sourcils.

— Comme s'il l'avait oublié.

— Tu serais surprise, ma belle. Il faut briser la chaîne des souvenirs ; donc je te dis de lui rapporter la robe et de le laisser te la prendre.

PersOnne tenta d'imaginer l'échange.

— Quelle cruauté… Non, si vous avez l'intention de le torturer, vous pouvez le faire vous-même.

L'ange haussa un sourcil.

— Ce n'est pas de la torture. C'est la réalité. Le temps s'écoule et il doit passer à autre chose, vite. Rapporte-lui la robe.

— Pourquoi mettez-vous le nez dans ses affaires ?

— Son destin et le mien sont liés.

— Comment est-ce possible ?

— Fais-moi confiance, je n'ai pas inventé toute cette histoire.

L'ange la dévisagea comme s'il la mettait au défi de trouver un mensonge dans tout ce qu'il venait d'énoncer.

— Pardonnez-moi, dit-elle d'une voix enrouée. Mais j'ai infligé assez de peine à ce noble mâle. Je ne ferai plus rien qui puisse le blesser.

L'ange se frotta les yeux comme s'il avait mal à la tête.

— Bon sang de bonsoir ! Il n'a pas besoin qu'on le dorlote. Il a besoin d'un bon coup de pied au cul… et s'il n'en reçoit pas un prochainement, il priera rien que pour se retrouver dans la situation merdique qu'il vit actuellement.

— Je ne comprends rien à tout cela…

— L'enfer compte beaucoup de niveaux différents. Et il se dirige vers l'un d'eux, où il aura l'impression que cette période de souffrance ressemblait seulement à des pointes enfoncées sous les ongles.

PersOnne eut un mouvement de recul, puis dut se racler la gorge.

— Vous n'êtes pas doué avec les mots, monsieur l'ange.

— Vraiment. On ne dirait pas.

— Je ne peux pas… je ne peux pas faire ce que vous souhaitez de moi.

— Si, bien sûr. Il le faut.

Chapitre 7

Quand Tohr s'était servi dans le bar de la salle de billard, il n'avait pas pris la peine de regarder quelles bouteilles il prenait. Mais arrivé sur le palier du premier étage, il découvrit qu'il tenait dans sa main droite la tequila de Vhif et dans sa main gauche… de la liqueur de scotch ?

OK, bon, il était peut-être désespéré, mais avait encore des papilles gustatives, et ce breuvage était merdique.

Il se rendit d'un pas décidé dans le salon au bout du couloir, où il échangea sa bouteille contre un bon vieux rhum. Il ferait peut-être semblant de croire que la tequila était du Coca-Cola et mélangerait les deux.

Dans sa chambre, il referma la porte, ôta le bouchon du Bacardi, ouvrit le bec et descendit la gnôle. Il s'arrêta pour avaler et respirer. Puis recommença l'opération. Et recommença… et encore une fois. La traînée de feu qui descendait de ses lèvres à ses tripes était plutôt agréable, comme s'il avait englouti un éclair, et il garda le rythme, reprenant sa respiration entre chaque goulée, comme s'il était en train de nager un crawl dans une piscine.

Il fit disparaître la moitié de la bouteille en une dizaine de minutes, toujours debout au milieu de la pièce. Ce qui était plutôt stupide, selon lui.

Contrairement au fait de s'enivrer, qui était carrément nécessaire.

Il posa les deux bouteilles par terre et se démena avec ses rangers jusqu'à ce qu'il les ait retirés. Son pantalon en cuir, ses chaussettes et son débardeur suivirent. Une fois nu, il pénétra dans la salle de bains, ouvrit le robinet de la douche et se plaça sous le jet avec une bouteille dans chaque main.

Le rhum dura le temps qu'il se savonne et se shampouine. Au moment de se rincer, il ouvrit la tequila et l'attaqua.

Il ne commença à ressentir les effets de l'alcool qu'une fois sorti de la douche, ce qui émoussa sa mauvaise humeur et fit apparaître la brume orangée de l'oubli. Mais alors même que la vague l'envahissait, il continua à boire, tandis qu'il regagnait sa chambre encore tout dégoulinant.

Il avait envie de descendre à la clinique pour prendre des nouvelles de Xhex et de John, mais il avait la certitude qu'elle allait s'en tirer et qu'ils devraient mettre les choses au point tous les deux. En outre, il était d'une humeur massacrante et Dieu savait que ces deux-là s'étaient déjà suffisamment engueulés dans la ruelle.

Il était inutile d'en remettre une couche.

Il laissa la couette le sécher. Enfin, cela et la chaleur qui s'insinuait doucement à travers la ventilation du plafond. La tequila dura un peu plus longtemps que le rhum, probablement parce que, entre la quantité d'alcool déjà absorbée et le dîner copieux, son estomac affichait complet. Quand il en eut fini avec la tequila, il posa la bouteille sur la table de nuit et s'installa confortablement, ce qui ne fut pas compliqué. Dans son état, il aurait pu être emballé dans un carton et s'en trouver très bien.

Fermant les yeux, il sentit que la pièce se mettait à bouger, comme si son lit se trouvait juste au-dessus d'une bouche d'évacuation et que tout se mettait à tournoyer lentement.

Eh bien... vu la manière agréable dont se déroulait sa cuite, il devrait se souvenir de cette échappatoire. La douleur dans sa poitrine n'était plus qu'un écho assourdi ; sa soif de sang était apaisée et ses émotions aussi froides qu'une plaque de marbre. Même pendant son sommeil, il n'avait pas droit à ce genre de répit…

Le coup frappé à sa porte était si discret qu'il crut qu'il ne s'agissait que d'un battement de son cœur. Mais il recommença. Et encore une fois.

— Putain de bordel de merde…

Il leva la tête de l'oreiller et beugla :

— Quoi ?

Comme il n'obtenait pas de réponse, il se mit debout…

— Oh là. Ouais, d'accord… salut.

Il se rattrapa à la colonne du lit et fit tomber la bouteille de tequila vide. Waouh. Son centre de gravité oscillait désormais entre son petit orteil gauche et le lobe de son oreille droite. Ce qui signifiait que son corps voulait aller dans deux directions opposées.

Atteindre la porte fut comme faire du patin à glace. Sur un manège. Avec un hélicoptère en guise de couvre-chef.

La poignée se révéla être une cible mouvante et la façon dont le panneau se déformait à l'intérieur du chambranle sans le briser était un mystère.

Ouvrant la porte en grand, il s'exclama :

— Quoi ?

Il n'y avait personne. Mais ce qu'il vit le dégrisa instantanément.

En face de lui, dans le couloir, suspendue à l'une des appliques en laiton, se trouvait la robe d'union pareille à une cascade rouge de sa Wellsie.

Il regarda à gauche et ne vit personne. Puis il regarda à droite et vit… PersOnne.

Tout au bout du couloir, la femelle enveloppée d'une robe marchait aussi vite que sa claudication le lui permettait, déplaçant maladroitement son corps frêle sous les épaisseurs de tissu rêche.

Il aurait sans doute pu la rattraper. Mais, merde, il lui avait visiblement foutu la trouille et, s'il n'avait pas été en état de lui faire la conversation à table, il l'était encore moins à présent.

En outre, il était complètement à poil.

Sortant dans le couloir en titubant, il alla examiner la robe. On l'avait visiblement nettoyée avec soin et préparée pour être rangée : ses manches étaient rembourrées de papier de soie et le cintre doté d'une pièce matelassée pour que le corsage ne prenne pas de faux plis.

Durant son examen, les effets de l'alcool lui donnèrent l'impression que la jupe était soulevée par une brise : le tissu rouge sang ondulait et accrochait la lumière qui se reflétait selon différents angles.

Sauf que c'était lui qui bougeait, pas vrai ?

Levant la main, il décrocha le cintre de l'applique et emporta la robe dans sa chambre, refermant la porte derrière lui. Sur le lit, il étendit le vêtement du côté que Wellsie avait toujours préféré – le plus éloigné de la porte – et disposa avec précaution les manches et la jupe, faisant quelques infimes ajustements jusqu'à ce qu'il soit dans une position parfaite.

Puis il éteignit la lumière d'un ordre mental.

Il s'allongea et se recroquevilla sur le flanc, la tête posée sur l'oreiller en face de celui qui aurait dû soutenir la tête de Wellsie.

D'une main tremblante, il effleura le satin du corsage rembourré et sentit sous ses doigts les baleines insérées dans le tissu. La coupe de la robe était conçue pour mettre en valeur un corps féminin tout en courbes.

Cela ne valait pas le buste de sa *shellane*. De même que le satin ne valait pas son corps, ni les manches ses bras.

— Tu me manques… (Il caressa l'échancrure de la robe, là où il aurait trouvé sa taille, où il aurait dû la trouver.) Tu me manques tellement.

Dire qu'elle avait autrefois rempli cette robe. Qu'elle l'avait habitée un bref moment, rien qu'un instantané d'une nuit dans leurs deux vies.

Pourquoi ses souvenirs ne pouvaient-ils pas la ressusciter ? Ils étaient assez forts, assez puissants, une sorte d'invocation qui aurait dû la faire revenir dans cette robe.

Sauf qu'elle ne vivait plus que dans sa tête. Elle était à jamais avec lui, mais pour toujours hors de portée.

Voilà ce qu'était la mort, comprit-il. Une immense fabrique de rêves.

Et tout comme il aurait relu un passage dans un livre, il se rappela le jour de leur union, la façon dont il se tenait si nerveusement d'un côté de la pièce avec ses frères, tripotant sa propre robe de satin et sa ceinture incrustée de pierreries. Son géniteur, Nhuisance, n'était pas encore revenu vers lui, car leur réconciliation n'était survenue qu'à la fin de sa vie, près d'un siècle plus tard. Mais Audazs était présent et il lui jetait un coup d'œil inquiet toutes les deux secondes, sans doute parce qu'il craignait que Tohr ne tombe dans les pommes.

Ce qu'ils étaient deux à penser.

Puis Wellsie avait fait son apparition…

Tohr fit glisser sa paume le long de la jupe en satin. Fermant les yeux, il imagina que la chair tiède et vivante de sa *shellane* remplissait une nouvelle fois la robe, que son souffle tendait les coutures du corsage, que ses très longues jambes soutenaient la jupe au-dessus du sol et que ses longs cheveux roux cascadaient jusqu'aux manchettes de dentelle noire.

Dans sa vision, elle était réelle et elle était dans ses bras, le regardant de sous ses cils, tandis qu'ils dansaient le menuet avec les autres. Ils étaient tous les deux vierges cette nuit-là.

Lui était un crétin maladroit, mais elle avait su exactement quoi faire. Et c'était à peu près ainsi que les choses s'étaient déroulées tout au long de leur union.

Même s'il s'était bien amélioré au lit, et sacrément vite.

Ils étaient le yin et le yang, et pourtant, exactement semblables : lui était caporal au sein de la Confrérie et elle, général à la maison. Ensemble, ils avaient tout…

C'était peut-être pour cela que c'était arrivé, se dit-il. Il avait eu trop de chance, elle aussi, et la Vierge scribe avait dû remettre les compteurs à zéro.

Et voilà, il se retrouvait aussi vide que la robe, parce que celle qui les avait remplis, lui et ce vêtement, avait disparu.

Les larmes qui s'échappaient de ses yeux étaient silencieuses, elles coulaient et trempaient l'oreiller, glissant sur son nez pour tomber l'une après l'autre comme la pluie du rebord d'un toit.

Il passa le pouce sur le satin, comme s'il lui caressait la hanche, ainsi qu'il le faisait quand ils étaient ensemble, et il déplaça sa jambe pour qu'elle soit sur la jupe.

Ce n'était cependant pas pareil. Il n'y avait pas de corps sous lui, et le tissu sentait le citron, il n'avait pas l'odeur de sa peau. Et il était, après tout, tout seul dans cette chambre qui n'était pas la leur.

— Mon Dieu, tu me manques, dit-il d'une voix brisée. Chaque nuit. Chaque jour…

À l'autre extrémité de la chambre plongée dans le noir, Lassiter se tenait dans l'angle à côté de la commode. Tandis que Tohr murmurait à la robe, il se sentait merdique.

Se passant une main sur le visage, il se demanda pourquoi… pourquoi diable, de toutes les façons dont il aurait pu se libérer de l'Entre-Deux, il fallait que ce soit celle-ci.

Ces conneries commençaient à l'atteindre.

Lui. L'ange qui se foutait des autres, celui qui aurait dû être un expert en sinistres, ou un avocat spécialisé dans les dommages à la personne, ou n'importe quoi sur Terre, du moment qu'il s'agissait d'un boulot où emmerder le monde était un atout.

Il n'aurait jamais dû être un ange. Cela exigeait des compétences qu'il n'avait pas et qu'il ne pouvait faire semblant d'avoir.

À l'époque où le Créateur était venu le trouver pour lui offrir une occasion de se racheter, il était trop obnubilé par l'idée de se libérer pour réfléchir aux détails de son ordre de mission. Il avait seulement entendu quelque chose du genre : « Va sur Terre, remets ce vampire sur les rails, libère sa *shellane*, etc. » Après quoi il serait libre de faire ce qu'il souhaitait, au lieu d'être coincé dans ce territoire intermédiaire, « ni ici, ni là-bas ». Cela lui avait semblé être une bonne affaire. Et au début, cela avait été le cas. Il s'était pointé dans les bois avec un Big Mac, avait nourri le pauvre vieux, l'avait ramené ici… et avait attendu que Tohr recouvre assez de force physique pour attaquer la suite : passer à autre chose.

C'était un bon plan. Sauf qu'après, il avait calé.

« Passer à autre chose » voulait dire plus que simplement affronter l'ennemi, à l'évidence.

Il perdait espoir et était sur le point de lâcher l'affaire… quand brusquement cette femelle, PersOnne, avait fait son apparition dans la maison ; et pour la première fois, Tohr avait véritablement fait attention à quelque chose.

C'est alors que la lumière s'était faite dans son esprit : « passer à autre chose » allait exiger de lui plus d'implication dans ce monde.

Bien sûr. Parfait. Aucun souci. S'arranger pour que le type baise, génial. Alors tout le monde gagnerait, en particulier Lassiter lui-même. Et merde, à l'instant où il avait aperçu

PersOnne sans sa capuche, il avait su qu'il était sur la bonne piste. Elle était étonnamment belle, le genre de femelle qui poussait même un mâle qui n'y accordait pas plus d'intérêt que cela à se redresser un peu et à remonter son pantalon. Elle avait la peau blanche comme du lait et des cheveux blonds qui lui arriveraient aux hanches s'ils n'étaient pas nattés. Avec ses lèvres roses, ses yeux d'un joli gris et ses joues colorées comme des fraises, elle était trop resplendissante pour être vraie.

Et visiblement, elle était parfaite pour d'autres raisons : elle souhaitait faire amende honorable et Lassiter supposait qu'avec un peu de chance, la nature reprendrait ses droits, que tout se mettrait en place… et qu'elle tomberait dans le lit du frère.

Bien sûr. Parfait. Aucun souci.

Sauf que non. Cette… exposition… dans le couloir ? Absolument pas. C'était catastrophique. Il y avait un gros souci.

Ce genre de souffrance était un canyon, un purgatoire en soi pour celui qui n'était pas mort. Et, bon sang, l'ange n'avait pas la moindre idée de comment tirer le frère de là.

Franchement, il rencontrait déjà assez de problèmes rien qu'en jouant les témoins.

Et à ce propos, il n'avait pas prévu de respecter son client. Après tout, il était en mission ici, et non là pour faire ami-ami avec la clé menant à sa liberté.

Mais l'ennui était que, alors que l'odeur âcre de la douleur de Tohr montait et emplissait la pièce, il était impossible de ne pas compatir.

Merde, il n'arrivait pas à le supporter.

Se téléportant hors de la pièce, il remonta seul le couloir aux statues jusqu'à l'escalier monumental. Posant les fesses sur la dernière marche, il écouta les bruits de la maison. En bas, les *doggen* débarrassaient la table du Dernier Repas et leurs murmures joyeux ressemblaient à de la musique de chambre en fond sonore, tout en tralalas affairés. Derrière lui, dans le bureau, le roi et la reine… « travaillaient » pour ainsi dire : l'odeur d'union de Kolher imprégnait fortement l'air et le souffle saccadé de Beth était à peine audible. Le reste de la maison était relativement silencieux, les autres frères, leurs *shellanes* et leurs invités s'étaient retirés pour dormir… ou faire d'autres choses à l'instar du couple royal.

Levant les yeux, il contempla le plafond peint qui dominait le sol en mosaïque du vestibule. Au-dessus des guerriers et de leurs montures grimaçantes et féroces, le ciel bleu et les nuages blancs paraissaient un peu ridicules : après tout, les vampires ne pouvaient pas se battre durant le jour. Mais bon, c'était là toute la beauté de l'art que de représenter la réalité au lieu de la vivre : quand on avait un pinceau à la main, on était le dieu que l'on souhaitait pour diriger sa vie, capable de choisir dans le catalogue du sort et dans le paquet de cartes de la destinée ce qui nous semblait le plus avantageux.

Scrutant les nuages, il attendit que la silhouette qu'il cherchait apparaisse, ce qui fut bientôt le cas.

Wellesandra était assise dans un vaste terrain désolé, une plaine grise sans limites hérissée de gros rochers, et un vent sans pitié soufflait sur elle de toutes les directions. Elle n'allait pas aussi bien que la première fois qu'il l'avait vue. Sous la couverture grise qu'elle serrait fortement contre elle et son bébé, elle semblait pâlie : ses cheveux roux s'étaient ternis, son teint était devenu terreux et l'on ne discernait plus la couleur noisette de ses yeux. Et l'enfant dans ses bras, ce petit paquet emmailloté, ne remuait presque plus.

C'était la tragédie de l'Entre-Deux. Contrairement à l'Estompe, on n'était pas censé y rester éternellement. C'était une correspondance pour une destination finale, et il était différent pour chacun. La seule chose identique pour tout le monde ? Si l'on y restait trop longtemps, il était impossible d'en sortir. On ne recevait pas la grâce éternelle.

On ne faisait que passer à un néant semblable au *Dhund*, sans la moindre chance de se libérer un jour du vide.

Et ces deux-là étaient à bout de forces.

— Je fais de mon mieux, leur dit-il. Tenez bon… tenez bon, putain.

Chapitre 8

La première chose que fit Xhex quand elle reprit conscience fut de chercher John dans la salle de réveil.

Il n'était pas assis sur la chaise en face d'elle, ni par terre, dans un coin, ni sur le lit à côté d'elle.

Elle était seule.

Où diable était-il ?

Oh, oui, bien sûr. Elle l'avait sur le dos lorsqu'ils étaient sur le champ de bataille, mais ensuite il l'abandonnait ici. Était-il seulement revenu pendant qu'elle se faisait opérer ?

Poussant un grognement, elle envisagea de rouler sur le flanc, mais avec l'intraveineuse dans son bras et les fils sur sa poitrine, elle décida de renoncer. Ah ! et il y avait cette bonne nouvelle : quelqu'un avait creusé un puits de forage dans son épaule. À plusieurs reprises.

Étendue sur ce lit avec un mauvais sourire sur le visage, elle s'avisa que tout dans cette pièce l'agaçait : le souffle d'air chaud venu du plafond, le bourdonnement des machines derrière sa tête, les draps qui ressemblaient à du papier de verre, l'oreiller, dur comme du bois, et le matelas trop mou…

Mais où était John, putain ?

Pour l'amour de Dieu, elle avait peut-être commis une erreur en s'unissant à lui. Le fait qu'elle l'aime était immuable : elle ne changerait pas cela et n'en avait pas envie. Mais elle aurait sans doute mieux fait de ne pas officialiser les choses. Même si les rôles traditionnellement dévolus aux mâles et aux femelles chez les vampires évoluaient, en grande partie grâce à Kolher qui avait assoupli les anciennes coutumes, il restait encore beaucoup d'idées patriarcales au sujet des *shellanes*. Tant que vous étiez une amie, une petite amie, une amante, une collègue, une mécanicienne, bordel de merde, vous pouviez espérer que votre vie vous appartenait.

Mais elle craignait qu'une fois votre nom inscrit sur le dos d'un mâle – et pire, d'un guerrier au sang chaud – les choses ne changent. Que les attentes n'évoluent.

Votre compagnon commençait à se mettre en travers de votre chemin et à vous croire incapable de vous défendre toute seule.

Mais où donc était John ?

Écœurée, elle se redressa, retira son intraveineuse et clippa l'extrémité du tube pour que la solution saline et les autres produits ne coulent pas sur le sol. Puis elle réduisit l'électrocardiographe derrière elle au silence et, de sa main libre, arracha les électrodes de sa poitrine.

Elle ne toucha pas à son bras droit, immobilisé contre sa cage thoracique : elle avait seulement besoin de marcher, pas d'agiter un drapeau.

Au moins, elle n'avait pas de cathéter.

Posant les pieds sur le linoléum, elle se redressa avec précaution et se félicita d'être une aussi bonne petite patiente. Dans la salle de bains, elle se lava le visage, se brossa les dents et utilisa les toilettes.

Quand elle ressortit, elle s'attendait à voir John sur le seuil de l'une des deux portes.

Niet.

Contournant le lit, elle procéda avec lenteur, parce que son corps était affaibli par les médicaments, l'opération et le fait qu'elle avait besoin de se nourrir… même si, merde à la fin, mordre dans la veine de John était bien la dernière chose qu'elle avait envie de faire. Plus il se tenait à l'écart, moins elle avait envie de voir son cul poilu.

Bon sang de bonsoir.

Arrivée devant le placard, elle ouvrit les portes, se débarrassa de sa brassière d'hôpital et enfila à la place une tenue de chirurgien qui, bien entendu, était trop grande pour elle, puisque taillée pour un mâle. Quelle métaphore. Tout en luttant pour s'habiller d'une seule main, elle maudit John, la Confrérie, le rôle des *shellanes*, les femelles en général… et en particulier le pantalon, sur lequel elle marchait et qu'elle essaya tant bien que mal de raccourcir au niveau des chevilles en roulant les jambes d'une seule main.

Comme elle se dirigeait vers la porte, elle ignora délibérément le fait qu'elle cherchait son compagnon, et se concentra plutôt sur les chansons qui lui passaient par la tête : une petite version a capella des tubes du Top 50, tels que *De quel droit s'était-il interposé dans la bataille*, *Comment avait-il pu l'abandonner ici toute seule* et le toujours populaire *Les mâles sont tous des crétins.*

Lalala.

Ouvrant la porte, elle…

Dans le couloir, John était assis sur le sol dur, les genoux remontés comme des piquets de tente, les bras croisés sur la poitrine. Il intercepta son regard à la seconde où elle fit son apparition ; pas parce qu'il tourna la tête dans sa direction, mais parce qu'il avait déjà les yeux rivés sur la porte de la salle de réveil bien avant qu'elle en sorte.

Les récriminations dans son cerveau se turent aussitôt : il avait l'air d'avoir traversé l'enfer et d'avoir rapporté les flammes du salon du diable à mains nues.

Décroisant les bras, il signa :

— *J'ai pensé que tu apprécierais un peu d'intimité.*

Eh bien merde. Voilà, il foutait en l'air sa mauvaise humeur.

Elle s'avança en traînant les pieds et s'assit par terre à côté de lui. Il ne l'aida pas et elle sut qu'il le faisait exprès : une façon de respecter son indépendance.

— On dirait bien que c'était notre première dispute, dit-elle.

Il hocha la tête.

— *J'ai détesté ça. Tout. Et je suis désolé… c'est juste que… je n'arrive pas à expliquer ce qui m'est arrivé, mais quand je t'ai vue blessée, j'ai pété les plombs.*

Elle poussa un long soupir.

— Ça ne te dérangeait pas que je me batte. Juste avant qu'on s'unisse, tu as dit que tu étais OK.

— *Je sais. Et c'est toujours le cas.*

— Tu en es certain ?

Au bout d'un moment, il hocha de nouveau la tête.

— *Je t'aime.*

— Moi aussi. Je veux dire, je t'aime. Enfin, tu vois.

Mais il ne lui avait pas vraiment répondu, si ? Et elle manquait d'énergie pour continuer. Ils se contentèrent de rester assis sur le sol en silence jusqu'à ce qu'elle finisse par lui prendre la main.

— J'ai besoin de me nourrir, dit-elle d'une voix enrouée. Veux-tu…

Il la regarda droit dans les yeux puis inclina la tête.

— *Toujours*, articula-t-il.

Elle se releva sans son aide et lui tendit sa main libre. Quand il prit sa paume, elle fit appel à toute sa force et le tira. Puis elle le conduisit à la salle de réveil et verrouilla les portes d'un ordre mental pendant qu'il s'asseyait sur le lit.

Il se frotta les mains sur son pantalon en cuir comme s'il était nerveux et, avant qu'elle puisse le rejoindre, il sauta sur ses pieds.

— *Il faut que je me douche. Je ne peux pas m'approcher de toi dans cet état : je suis couvert de sang.*

Seigneur, elle n'avait même pas remarqué qu'il portait toujours sa tenue de combat.

— Très bien.

Ils échangèrent leurs places : elle s'installa sur le lit tandis qu'il se rendait dans la salle de bains pour faire couler l'eau chaude. Il laissa la porte ouverte… si bien que quand il retira son débardeur, elle put admirer les muscles de ses épaules jouer sous la peau.

Son prénom, Xhexania, n'était pas seulement tatoué mais gravé sur son dos en superbes caractères.

Quand il se pencha pour retirer son cuir, ses fesses firent une fantastique apparition, et il fléchit ses cuisses musculeuses pour se défaire de son pantalon une jambe après l'autre. Quand il s'installa sous la douche, il quitta son champ de vision, mais y revint peu après.

Il n'était pas excité, comprit-elle.

C'était la première fois. Surtout alors qu'elle était sur le point de se nourrir sur lui.

John se ceignit les hanches d'une serviette dont il coinça un bout à la taille. Quand il se tourna vers elle, la gravité de son regard l'attrista.

— *Veux-tu que j'enfile un peignoir ?*

Que leur était-il arrivé ? se demanda-t-elle. Et putain, ils avaient traversé trop de choses rien que pour obtenir ce qui aurait dû être un bon moment, pour finalement tout foutre en l'air.

— Non. (Elle secoua la tête et s'essuya les yeux.) Je t'en prie… non…

Il conserva sa serviette tandis qu'il s'approchait d'elle.

Quand il se retrouva devant elle, il s'accroupit et lui tendit son poignet.

— *Nourris-toi. Laisse-moi prendre soin de toi, s'il te plaît.*

Xhex se pencha et lui prit la main. En passant le pouce sur sa veine, elle sentit la connexion entre eux se reformer, le lien qui avait été tranché dans la ruelle se ressoudait, comme une blessure cicatrise.

Tendant le bras, elle lui saisit la nuque et rapprocha sa bouche de la sienne. Elle l'embrassa lentement, avec application, puis écarta les jambes, lui faisant de la place à mesure qu'il s'avançait et logeait ses hanches à cet endroit qui n'appartenait qu'à lui.

Quand la serviette tomba sur le sol, elle posa la main sur son sexe et découvrit qu'il était dressé.

Exactement comme elle l'avait désiré.

Tout en le caressant, elle retroussa la lèvre supérieure et dévoila ses crocs. Puis, inclinant la tête sur le côté, elle fit glisser une pointe acérée comme un rasoir sur son cou.

L'immense corps de John fut agité de tremblements ; elle répéta donc le mouvement, cette fois-ci avec sa langue.

— Viens sur le lit avec moi.

John ne perdit pas de temps, et remplit l'espace qu'elle lui avait laissé en reculant.

Ils se dévisagèrent longuement. Comme s'ils cherchaient à refaire connaissance l'un avec l'autre.

Lui prenant la main, elle la posa sur sa hanche tout en se pelotonnant contre lui. Au moment où leurs corps entrèrent en contact, il resserra sa prise et son odeur d'union envahit la pièce.

Elle avait eu l'intention d'y aller avec lenteur et douceur. Mais leur chair avait d'autres projets. Le désir prit les rênes, et elle le mordit à la gorge d'un coup puissant, prenant ce qu'il lui fallait pour survivre et être au meilleur de sa forme… et le marquant elle aussi à sa façon. En réponse, John plaqua son corps contre le sien, cherchant à enfoncer son pénis en elle.

Tandis qu'elle aspirait son sang à grandes goulées, elle se démenait pour retirer sa tenue ; mais il s'en occupa à sa place, en empoignant le pantalon à la taille et en le tirant si fort que le tissu se déchira net. Puis il posa sa main pile à l'endroit où elle voulait la sentir et commença à caresser son intimité, explorant de ses doigts agiles tous les replis de son sexe et la tourmentant délicieusement avant de la pénétrer. Elle se mit à onduler sous l'assaut de ses longs doigts et trouva rapidement un rythme qui, à coup sûr, les ferait jouir tous les deux, pendant que ses gémissements étaient à moitié étouffés dans sa gorge par le sang qu'elle avalait à une vitesse effrayante.

Après un premier orgasme, elle changea de position – avec l'aide de John – et l'enfourcha. Elle devait rester relativement immobile pour pouvoir garder la bouche collée contre sa gorge, mais il prit la direction des opérations, soulevant le bassin contre elle et effectuant des mouvements de va-et-vient jusqu'à obtenir cette merveilleuse friction qu'ils recherchaient tous les deux.

Quand elle jouit pour la seconde fois, elle dut écarter la bouche de sa chair pour crier son nom. Et tandis qu'il palpitait au plus profond d'elle, elle cessa de remuer et savoura la sensation de ses soubresauts, si familière et pourtant si neuve.

Seigneur… son visage offrait une telle expression… les yeux fermés, les dents découvertes, les muscles de son cou contractés, tandis qu'un filet de délicieux sang rouge s'échappait des marques de morsure qu'elle devait encore refermer.

Lorsqu'il rouvrit enfin les paupières, elle observa attentivement l'expression béate et voilée de ses yeux bleus. Son amour pour elle n'était pas une simple émotion : il avait une composante physique indéniable. C'était ainsi que fonctionnaient les mâles liés.

Peut-être avait-il été incapable de se retenir dans cette ruelle, se dit-elle. Peut-être était-ce le fauve existant sous la carapace civilisée, cette part animale des vampires qui séparait l'espèce de ces humains ternes, qui s'était exprimé en lui.

Plongeant la tête, elle lui lécha le cou pour refermer les plaies, tout en savourant le goût du sang qui subsistait à l'intérieur de sa bouche et de sa gorge. Elle sentait déjà l'énergie se diffuser dans tout son corps à partir de ses entrailles, et ce n'était que le début. À mesure que son corps absorbait ce qu'il lui avait donné, elle se sentait de plus en plus forte.

— Je t'aime, dit-elle.

Sur ce, elle le força à se redresser sur les oreillers de manière à se retrouver assise sur ses genoux, afin que son membre s'enfonce plus profondément en elle. Puis, agrippant sa nuque de sa main libre, elle l'attira contre sa veine et l'y maintint.

Il n'eut pas besoin d'une invitation supplémentaire, et la douleur qui surgit avec sa morsure procura à Xhex un nouvel orgasme qui lui fit contracter son sexe plus fort autour de son pénis, tandis qu'elle intensifiait ses coups de reins et le pressait jusqu'à ce qu'il jouisse en elle.

John referma les bras autour d'elle et elle fronça les sourcils à la vue des biceps de son mâle. Ils étaient énormes, gonflés et, aussi musclée soit-elle, capables de soulever des poids plus lourds, de frapper plus fort et de cogner plus vite qu'elle. Ils étaient plus gros que ses cuisses, plus épais même que sa taille.

En fait, leurs corps n'étaient pas égaux. Il serait toujours plus puissant qu'elle.

C'était une réalité, bien entendu. Mais le poids que l'on était capable de soulever au développé-couché n'était pas un facteur déterminant sur le champ de bataille ; ce n'était pas non plus l'unique façon d'évaluer un combattant. Elle se révélait aussi précise au tir, aussi douée avec une dague, aussi acharnée et tenace que lui dès qu'il s'agissait d'affronter une proie.

Elle devait simplement le lui faire voir.

La biologie était une chose. Mais les mâles eux aussi avaient un cerveau.

Quand ils eurent enfin fini de baiser, John s'étendit à côté de sa compagne, profondément assouvi et somnolent. Aller grappiller un peu de nourriture aurait sûrement été une bonne idée, mais il n'en avait ni l'énergie ni l'envie.

Il ne voulait pas la quitter. Ni maintenant. Ni dans dix minutes. Ni demain, ni la semaine prochaine, ni le mois prochain…

Comme elle se collait contre lui, il attrapa une couverture sur la table de nuit et l'étendit sur eux, même si la chaleur de leurs deux corps leur tenait déjà bien chaud.

Il eut parfaitement conscience du moment où elle s'endormit : sa respiration se fit plus profonde et sa jambe se mit à tressauter de temps à autre.

Il se demanda si elle ne rêvait pas qu'elle lui mettait un coup de pied aux fesses.

Il avait des trucs à travailler ; c'était certain.

Et il n'avait personne avec qui en parler : ce n'était pas comme s'il pouvait demander à Tohr plus que les conseils qu'il lui avait donnés à la volée ce soir. Et les autres frères vivaient tous des relations parfaites. À table, il ne voyait jamais que des couples heureux et souriants… pas vraiment l'oreille compatissante qu'il cherchait.

Il imaginait très bien la réponse : « Vous avez des problèmes ? Vraiment ? Oh, c'est bizarre… vous devriez peut-être appeler la radio ou un truc du genre ? »

La seule chose qui changerait serait l'apparence de son interlocuteur qui aurait soit un bouc, soit une paire de lunettes de soleil, soit un manteau en zibeline, soit une sucette dans la bouche…

Mais il avait cet instant de paix. Et lui et Xhex pouvaient construire à partir de là.

Ils allaient devoir le faire.

« Ça ne te dérangeait pas que je me batte. Juste avant qu'on s'unisse, tu as dit que tu étais OK.»

Et c'était vraiment le cas. Mais c'était avant de la voir se faire poignarder sous ses yeux.

Le problème était que... aussi douloureux que ce soit pour lui de l'admettre... la dernière chose qu'il souhaitait était de devenir comme le frère qu'il admirait le plus. Maintenant qu'il était convenablement uni à Xhex, l'idée de la perdre et de vivre le même cauchemar que Tohr était la chose la plus terrifiante qu'il ait jamais affrontée.

Il ignorait comment le frère réussissait à sortir de son lit chaque soir. Et franchement, s'il ne lui avait pas déjà pardonné d'avoir fui et disparu juste après l'annonce de la mort de sa *shellane*, il l'aurait fait à présent.

Il repensa à ce moment où Kolher et la Confrérie étaient venus les trouver en groupe. Lui et Tohr étaient dans le bureau, ici, au centre d'entraînement. Le frère essayait d'appeler à la maison, inlassablement, priant pour obtenir autre chose que le répondeur...

Dans le couloir en face du bureau, on apercevait des fissures dans les murs de béton massifs, en dépit du fait qu'ils faisaient quarante-cinq centimètres d'épaisseur : l'énergie libérée par Tohr sous le coup de la colère et de la douleur avait été si puissante qu'il les avait littéralement fait exploser jusqu'à Dieu seul savait où, ébranlant les fondations souterraines jusqu'à ce qu'elles se lézardent.

John ignorait toujours où il avait disparu. Mais Lassiter l'avait ramené en mauvais état.

Il était toujours en mauvais état.

Aussi égoïste que ce soit, John ne voulait pas vivre cela. Tohr n'était plus que l'ombre du mâle qu'il avait été autrefois – et pas seulement parce qu'il avait perdu du poids –, et même si personne ne manifestait sa pitié devant lui, chacun des guerriers la ressentait en secret.

Difficile de savoir combien de temps le frère survivrait encore dehors avec les ennemis. Il refusait de se nourrir, si bien qu'il s'affaiblissait, et pourtant chaque soir il se rendait sur le champ de bataille, animé par une soif de vengeance toujours plus vive et dévorante.

Il finirait par se faire tuer. Point barre.

C'était comme trianguler l'impact d'une voiture dans un chêne : une simple question de géométrie. Il suffisait de calculer les angles et les trajectoires et « boum ! », on obtenait Tohr, agonisant sur la chaussée.

Même si, putain, il rendrait certainement son dernier souffle avec un sourire, sachant qu'il allait enfin retrouver sa *shellane*.

C'était peut-être la raison pour laquelle John était aussi inquiet au sujet de Xhex. Il était proche d'autres personnes dans cette maison, comme sa demi-sœur, Beth, Vhif et Blay, et les autres frères. Mais Tohr et Xhex étaient ses véritables références dans la vie… et l'idée de les perdre tous les deux lui était insupportable.

Merde.

Repensant à Xhex sur le terrain, il prit conscience que si elle parcourait ces ruelles pour combattre l'ennemi, elle se ferait blesser de nouveau. Cela leur arrivait à tous régulièrement. Ils réchappaient de justesse à la plupart des blessures, mais on ne savait jamais quand la ligne serait franchie, quand on perdrait la main dans un simple corps à corps et que l'on finirait par être encerclé.

Non qu'il doute d'elle ou de ses capacités, en dépit des railleries qui lui avaient échappé ce soir. Mais il n'aimait pas les probabilités. Un jour, à force de relancer le dé, on finissait par tirer un as. Et en remettant les choses en perspective, la vie de Xhex était plus importante qu'avoir un combattant supplémentaire sur le terrain.

Il aurait dû y réfléchir un peu plus avant de lui balancer un « Oui, c'est bon pour moi, tu peux te battre »…

— À quoi penses-tu ? demanda-t-elle dans l'obscurité.

Comme si ce qui résonnait dans son cerveau l'avait réveillée.

Il changea de position, posa la tête près de la sienne et la secoua en signe de dénégation. Mais il mentait. Et elle le savait probablement.

Chapitre 9

Le soir suivant, Vhif se tenait au fond du bureau de Kolher, dans un coin situé à la jonction de deux murs bleu pâle. La pièce était immense, elle faisait facilement douze mètres sur douze, et avait un plafond assez haut pour vous donner le tournis. Pourtant l'espace était confiné.

Mais après tout, une bonne dizaine de vampires immenses s'entassaient autour du délicat mobilier français.

Vhif connaissait le style français. Sa défunte mère l'appréciait et, avant que sa famille le renie, elle lui avait braillé *ad nauseam* de ne pas s'asseoir sur le fauteuil Louis-machin.

Voilà au moins un domaine où il n'avait pas subi de discrimination au sein de sa propre maison : personne n'était autorisé à s'asseoir sur ces fragiles sièges, excepté elle-même et la sœur de Vhif. Lui et son frère n'y avaient pas droit. Jamais. Et son père y était toléré avec une grimace, sans doute uniquement parce que c'était lui qui avait acheté ces meubles quelques siècles plus tôt.

Bref.

Le décor du centre de commandement de Kolher avait un sens, au moins. Le fauteuil du roi était aussi large qu'une voiture et probablement aussi lourd, ses sculptures robustes mais néanmoins élégantes le désignant comme le trône de leur espèce. Et l'immense bureau devant lui n'était pas vraiment conçu pour une fille, lui non plus.

Ce soir-là, et comme à son habitude, Kolher avait tout du tueur qu'il était : silencieux, concentré et mortel. L'exacte antithèse de l'animatrice Tupperware. À côté de lui, Beth, sa reine et *shellane*, avait la mine posée et grave. Et de l'autre côté, George, son chien guide d'aveugle, ressemblait à… eh bien, un peu à une carte postale. Mais les golden retrievers étaient ainsi : pittoresques et mignons, de parfaits animaux de compagnie.

Plus jeune premier que seigneur des ténèbres.

Après tout, Kolher contrebalançait largement.

Brusquement, Vhif baissa ses yeux vairons sur le tapis d'Aubusson. Il n'avait pas besoin de voir qui se trouvait près de la reine.

Ah, zut !

Sa vision périphérique fonctionnait trop bien ce soir.

Son débauché de cousin, son enculé de cousin Saxton le Magnifique, en costume et avec un Montblanc dans le cul, se tenait à côté de la reine. Il ressemblait à un mélange de Cary Grant et d'un mannequin dans une foutue pub pour parfum.

Non que Vhif soit amer.

Parce que ce type partageait le lit de Blay.

Nan.

Niet. Pas du tout.

Cet enculé…

Avec une grimace, il songea qu'il ferait mieux de changer d'insulte pour une autre plus éloignée de ce que ces deux-là…

Seigneur, il n'était pas capable d'y penser. Pas s'il voulait continuer à respirer.

Blay se trouvait également dans la pièce, mais il demeurait à distance de son amant. Il se comportait toujours ainsi. Que ce soit durant ces réunions ou à l'extérieur, ils étaient toujours séparés d'au moins un mètre.

Ce qui était le seul point positif quand on vivait dans la même maison qu'eux. Personne ne les avait jamais aperçus en train de s'embrasser ni même de se tenir la main.

Pourtant… ce n'était pas comme si Vhif restait éveillé pendant la journée, à se torturer en imaginant toutes les positions du Kama-sutra…

La porte du bureau s'ouvrit et Tohr entra, en traînant sa carcasse. Merde, on aurait dit qu'il venait de tomber d'une voiture en marche sur l'autoroute, ses yeux ressemblaient à deux trous dans la neige, et il vint se placer à côté de John et de Xhex d'une démarche raide.

Suite à cette arrivée, la voix de Kolher interrompit les conversations et tout le monde la boucla.

— À présent que vous êtes tous là, je vais refiler le bébé à Vhengeance. Je n'ai rien d'intéressant à dire à propos de cette affaire, il sera donc plus efficace pour vous faire un topo.

Alors que les frères se mettaient à parler à voix basse, l'enfoiré à crête enfonça sa canne dans le sol et se leva. Comme à l'ordinaire, le métis était vêtu d'un costume noir à fines rayures – Seigneur, Vhif commençait à mépriser tout ce qui ressemblait vaguement à une veste – et d'un manteau de zibeline pour lui tenir chaud. Vu qu'il maintenait ses tendances *symphathes* sous contrôle grâce à des injections régulières de dopamine, il avait les yeux violets et un regard presque pas malfaisant.

Presque. Ce n'était vraiment pas quelqu'un que l'on souhaitait avoir pour ennemi et pas uniquement parce que, comme Kolher, il dirigeait son peuple : en journée, il était le roi de la colonie *symphathe*, dans le nord. Mais les nuits, il les passait ici avec sa *shellane*, Ehlena, et vivait à la mode vampire. Et les deux choses étaient inconciliables.

Il allait sans dire qu'il représentait un atout de grande valeur pour la Confrérie.

— Il y a plusieurs jours, une lettre a été envoyée à chaque chef de famille des lignées survivantes. (Il plongea la main dans son manteau et en tira une feuille pliée en deux qui ressemblait à un vieux parchemin.) Un courrier. En langue ancienne. Le mien a mis un moment à arriver, parce qu'il a d'abord été adressé à la grande demeure dans les Adirondacks. Et non, je n'ai pas la moindre idée de la façon dont ils ont obtenu les adresses et, oui, j'ai eu la confirmation que chacun en avait reçu un.

Appuyant sa canne contre le délicat canapé sur lequel il était assis un peu plus tôt, il déplia le parchemin du bout des doigts, comme s'il n'appréciait pas le contact de cette chose. Puis d'une voix lente et profonde, il lut chaque phrase en langue ancienne :

> *« Mon cher, vieil ami,*
>
> *Je vous écris pour vous informer de mon arrivée dans la cité de Caldwell avec mes soldats. Même si nous nous sommes longuement attardés dans l'Ancienne Contrée, suite aux funestes événements des quelques années écoulées sous l'actuelle juridiction il nous était impossible de demeurer, en toute bonne conscience, là où nous avions autrefois établi notre résidence.*
> *Ainsi que vous l'avez peut-être appris par vos contacts à l'étranger, nos efforts ont permis d'éliminer la Société des éradiqueurs de notre patrie, offrant à notre belle espèce l'assurance de s'y épanouir dans la paix et la sécurité. À l'évidence, il était temps que je fasse venir cette robuste force de protection de ce côté-ci de l'océan : l'espèce, sur ces terres, a subi des pertes insoutenables, dont certaines auraient peut-être pu être évitées si nous étions venus plus tôt.*
> *Je ne demande rien en retour de notre service auprès de l'espèce, même si j'aimerais avoir l'occasion de vous rencontrer, vous, ainsi que le Conseil,*

au moins pour vous exprimer mes plus sincères condoléances pour tout ce que vous avez supporté depuis les attaques. Il est honteux que les choses en soient arrivées là ; c'est une bien triste critique d'une certaine partie de notre société.

Avec toute mon amitié,
Xcor »

Quand Vhen eut achevé sa lecture, il replia le papier et le fit disparaître. Nul ne dit mot.

— J'ai eu la même réaction, marmonna-t-il d'un ton sec.

Cela ouvrit les vannes. Tout le monde se mit à parler en même temps et les jurons fleuris fusèrent.

Kolher tapa du poing sur la table jusqu'à ce que la lampe tressaute et que George aille se cacher sous le trône de son maître. Une fois l'ordre enfin rétabli, l'atmosphère fit penser à un étalon forcé de revenir au calme par un mors : un bref répit, ressemblant davantage à un arrêt temporaire des ruades qu'à un véritable apaisement.

— J'ai cru comprendre que ce salopard était dehors la nuit dernière, dit Kolher.

Tohrment prit la parole.

— Nous avons croisé le fer avec Xcor, en effet.

— Donc ce n'est pas un faux.

— Non, mais il a été écrit par quelqu'un d'autre. Il est analphabète…

— Je vais lui apprendre à lire, à cet enfoiré, marmonna V. En lui enfonçant la Bibliothèque du Congrès dans le cul.

Comme les grognements d'approbation menaçaient de dégénérer, Kolher tapa une nouvelle fois sur son bureau.

— Que savons-nous de son équipe ?

Tohr haussa les épaules.

— En supposant qu'il ait gardé les mêmes, ils sont cinq au total. Les trois cousins. Zypher, cette star du porno…

Rhage s'offusqua à ces mots. Visiblement, même s'il était désormais uni et heureux de l'être, il avait le sentiment que l'espèce n'avait qu'un seul et unique dieu du sexe… et qu'il s'agissait de lui.

— Et Affhres, qui se trouvait avec lui dans la ruelle, ajouta Tohr d'un ton calme. Écoute, je ne vais pas te mentir : il est évident que Xcor joue contre…

Il n'acheva pas sa phrase et Kolher hocha la tête.

— Moi.

— Autrement dit : nous…

— Nous…

— Nous…

D'innombrables voix prononcèrent ce mot, la syllabe fusa de tous les recoins de la pièce, de chaque coussin, de chaque mur contre lequel quelqu'un était appuyé. Et c'était cela. Contrairement au père de Kolher, ce roi-là avait d'abord été un guerrier et un frère, si bien que les liens qui s'étaient formés entre eux n'étaient pas artificiellement dictés par le devoir, mais avaient été créés par le fait que Kolher s'était tenu à leurs côtés sur le champ de bataille et leur avait personnellement sauvé les miches à un moment ou à un autre.

Le roi eut un petit sourire.

— Merci pour le soutien.

— Il faut qu'il crève. (Quand tout le monde se tourna vers Vhengeance, celui-ci haussa les épaules.) C'est clair et net. Arrêtons de nous prendre la tête avec le protocole et les réunions. Contentons-nous de le buter.

— Tu ne crois pas que c'est un peu sanguinaire, mangeur de péchés ? susurra Kolher.

— En tant que roi s'adressant à un autre roi, sache que je te fais un doigt d'honneur. (Il joignit le geste à la parole.) Les *symphathes* sont réputés pour leur efficacité.

— Oui et je reconnais bien là tes origines. Malheureusement, la loi stipule que tu dois attenter à ma vie avant que je puisse t'enterrer.

— Cela en prend le chemin.

— Je suis d'accord, mais nous avons les mains liées. Si j'ordonne l'assassinat d'un mâle par ailleurs innocent, cela ne redorera pas notre blason aux yeux de la *glymera*.

— Pourquoi faudrait-il que tu sois associé à cette mort ?

— Et si ce salopard est innocent, objecta Rhage, alors moi, je suis le lapin de Pâques.

— Oh, très bien, lança quelqu'un. À partir de maintenant, je vais t'appeler « Hollywood le bondissant ».

— Ou « Panpan », cria un autre.

— On pourrait te faire tourner dans une pub pour du chocolat et gagner enfin de l'argent…

— Oh ! s'exclama Rhage. L'idée est qu'il n'est pas innocent et que je ne suis pas le lapin de Pâques…

— Où est ton panier ?

— Je peux jouer avec tes œufs ?

— Allez, sautille mon grand…

— Vous allez la fermer ? Franchement !

Comme les blagues sur les lapins jaillissaient de partout, comme des petits pois dans une bataille de nourriture, Kolher dut taper encore une ou deux fois sur son bureau. L'origine de ces traits d'humour était claire : le stress était tellement élevé que, s'ils n'avaient pas relâché un peu la pression, l'ambiance aurait très vite été plombée. Cela ne voulait pas dire que la Confrérie n'était pas concentrée sur le problème ; au contraire, ils ressentaient tous la même chose que Vhif : ils avaient l'impression d'avoir reçu un coup dans l'estomac.

Kolher était la trame de leur vie, la base de tout, la structure vivante de l'espèce. Après les attaques brutales de la Société des éradiqueurs, ce qui restait de l'aristocratie avait fui Caldwell pour rejoindre ses refuges. La dernière chose dont les vampires avaient besoin, c'était de plus de divisions au sein de leur communauté, notamment sous la forme d'un violent renversement du roi légitime.

Et Vhen avait raison : la situation en prenait le chemin. Merde, même Vhif le comprenait : étape un, insinuer le doute dans les esprits de la *glymera* quant à la capacité de la Confrérie à protéger l'espèce. Étape deux, remplir le « vide » sur le champ de bataille avec les soldats de Xcor. Étape trois, se trouver des alliés au Conseil et attiser la colère et la défiance envers le roi. Étape quatre, détrôner Kolher et surmonter la crise. Étape cinq, apparaître comme le nouveau dirigeant.

Quand l'ordre fut enfin rétabli dans le bureau, Kolher avait l'air franchement mauvais.

— Le premier trou du cul bavard qui me fait encore cogner du poing, je le vire. (Sur ce, il se pencha sous son bureau pour soulever un George tout tremblant de peur, et installa le golden retriever de quarante kilos sur ses genoux.) Vous foutez la trouille à mon chien et ça me met en rogne.

L'animal posa sa grosse tête carrée au creux de son bras et Kolher se mit à caresser la fourrure blonde et soyeuse. La scène était parfaitement incongrue, ce vampire immense à l'air cruel qui apaisait ce beau chien gentil, mais ces deux-là avaient une relation symbiotique et, de chaque côté, la confiance et l'amour étaient aussi épais que le sang.

— Et maintenant, si vous êtes prêts à être raisonnables, poursuivit le roi, je vais vous dire ce que nous allons faire.

Vhen va faire poireauter ce type aussi longtemps que possible.

— Je pense toujours que nous devrions lui planter un couteau dans l'œil gauche, marmonna ce dernier. Mais dans le cas contraire, nous devons faire en sorte qu'il reste à sa place. Il veut voir et être vu et, en tant que *menheur* du Conseil, je peux surseoir à sa demande jusqu'à un certain point. Nous n'avons vraiment pas besoin qu'il murmure à l'oreille de la *glymera*.

— Pendant ce temps, ajouta Kolher, j'irai personnellement rencontrer les chefs de famille, sur leurs territoires.

À ces mots, une explosion de protestations retentit dans la pièce, sans respect pour l'avertissement du roi : tout le monde sauta de son siège, levant la main.

Mauvaise idée, songea Vhif, d'accord avec les autres.

Kolher les laissa dire pendant une minute, comme s'il s'était attendu à leur réaction. Puis il reprit le contrôle de la réunion.

— Je ne peux pas attendre du soutien si je ne le gagne pas… et je n'ai pas rencontré certains d'entre eux en personne depuis plusieurs décennies, voire plusieurs siècles. Mon père voyait son peuple tous les mois, quand ce n'était pas toutes les semaines, pour résoudre les conflits.

— Tu es le roi ! s'exclama quelqu'un. Tu n'es pas obligé de faire ces conneries…

— Vous avez vu cette lettre ? Voilà le nouvel ordre du monde ; si je ne réponds pas de façon préventive, je vais saper mon propre pouvoir. Écoutez, mes frères, si vous étiez sur le champ de bataille, sur le point d'affronter l'ennemi, vous raconteriez-vous des histoires sur l'agencement du territoire ? Vous mentiriez-vous à vous-mêmes au sujet de la disposition des rues, des bâtiments, des voitures, ou sur les conditions météo et le fait qu'il fasse chaud ou froid, qu'il pleuve ou pas ? Non ! Alors pourquoi devrais-je me raconter des salades en prétendant que mon statut de roi est une chose derrière laquelle je peux m'abriter en cas de fusillade ? À l'époque de mon père… c'était l'équivalent d'un gilet pare-balles. Aujourd'hui ? C'est juste un morceau de papier. Il faut que vous le sachiez.

Il y eut un long silence, puis tout le monde regarda Tohr. Comme s'ils avaient l'habitude de se tourner vers lui quand la situation devenait difficile.

— Il a raison, dit le frère d'un ton bourru. (Puis il dévisagea Kolher.) Mais tu dois savoir que tu ne feras pas ça tout seul. Il faut que tu sois accompagné de deux ou trois d'entre nous. Et les entrevues devront être échelonnées sur plusieurs mois : si tu les enchaînes sur une période trop restreinte, tu auras l'air désespéré mais, surtout, je ne veux pas que quelqu'un s'organise pour t'attaquer. Nous devrons fouiller les lieux et… (Là-dessus, il se tut pour jeter un coup d'œil autour de lui.) Il faut que tu aies conscience que la gâchette nous démangera. Nous tirerons pour tuer quand ta vie sera en jeu, qu'il s'agisse d'une femelle, d'un mâle, d'un *doggen* ou d'un chef de famille. Nous ne te demanderons pas la permission, et nous ne nous contenterons pas de blesser. Si tu acceptes ces conditions, nous te laisserons faire.

Nul autre que lui n'aurait pu établir ainsi les règles et sortir d'ici sans boiter : c'était le roi qui donnait des ordres à la Confrérie, et pas l'inverse. Mais c'était le nouvel ordre du monde, comme Kolher l'avait souligné.

Le mâle en question serra les dents un moment. Puis poussa un grognement.

— C'est d'accord.

Alors que tout le monde poussait un soupir de soulagement, Vhif se retrouva en train d'observer Blay. Ah, merde, en parlant de trucs qui craignaient… c'était la raison pour laquelle il le fuyait comme la peste. Un seul coup d'œil et il se retrouva happé et sentit son corps parcouru de multiples réactions, jusqu'à ce que la pièce se mette légèrement à tourner…

Sans raison apparente, Blay leva la tête et croisa son regard.

Ce fut comme se faire électrocuter : son corps sursauta au point qu'il dut dissimuler son trouble en toussant pendant qu'il détournait la tête.

Aussi discret qu'un volcan. Ouais. Fantastique.

— … et pendant ce temps-là, disait Kolher, je veux qu'on découvre où vivent ces soldats.

— Je peux m'en occuper, annonça Xhex. Surtout si je le fais pendant la journée.

Tout le monde tourna la tête dans sa direction. À côté d'elle, John se raidit de la tête aux pieds, et Vhif prononça un juron à voix basse.

En parlant de confrontation… sauf qu'ils en sortaient à peine, pas vrai ?

Mince, parfois, il était vraiment heureux de ne pas être en couple.

Pas encore, se dit John. Bordel de merde, ils recommençaient tout juste à se parler, et à présent ceci ?

S'il avait cru que se battre côte à côte avec Xhex posait un problème, l'idée qu'elle essaie d'infiltrer le territoire de la bande de salopards le mettait au bord de la syncope.

Alors qu'il renversait la tête en arrière contre le mur, il prit conscience que tout le monde y compris le chien le dévisageait. En effet, même le regard brun de George était dirigé vers lui.

— Est-ce que tu te moques de moi ? demanda Xhex. Est-ce que tu te moques de moi, putain ?

Même une fois qu'elle eut parlé, personne ne la regarda. Toute l'attention se concentrait sur John. Visiblement, vu qu'il était son *hellren*, ils attendaient qu'il approuve – ou pas – sa proposition.

Et John paraissait incapable de remuer, coincé dans le bourbier froid entre ce qu'elle souhaitait et la situation où il ne voulait pas les voir atterrir tous les deux.

Kolher se racla la gorge.

— Eh bien, voilà une aimable proposition…

— Une aimable proposition ? cracha-t-elle. Comme si je vous invitais à dîner ?

Dis quelque chose, s'admonesta John. *Lève tes mains et dis-lui*… Quoi ? Qu'il était partant pour qu'elle aille dénicher six mâles dénués de conscience ? Après tout ce que Flhéau lui avait infligé ? Et si elle se faisait capturer et que…

Oh, Seigneur, il se fissurait de toutes parts rien qu'à l'idée. Oui, elle était coriace, forte et capable. Mais elle était aussi mortelle que n'importe qui. Et sans Xhex, il ne voulait absolument pas rester sur cette planète.

Vhengeance attrapa sa canne et se leva.

— Allons parler, toi et moi…

— Pardon ? répliqua-t-elle. « Parler » ? Comme si c'était moi qui avais besoin de faire le point ? Ne le prends pas mal, mais va te faire mordre, Vhen. Vous avez besoin de l'aide que je peux vous apporter.

Comme les autres mâles dans la pièce se mettaient à regarder leurs rangers ou leurs mocassins, le roi *symphathe* secoua la tête.

— Les choses sont différentes désormais.

— De quelle façon ?

— Allons, Xhex…

— Est-ce que vous êtes tous malades ? Rien que parce qu'il a mon nom inscrit dans le dos, je suis brusquement devenue une prisonnière ou quoi ?

— Xhex…

— Oh non, non, tu peux aller te faire voir avec ton air raisonnable. (Elle fusilla tous les mâles du regard, avant de concentrer son attention sur Beth et Souffhrance.) Je ne comprends pas comment vous supportez cela… vraiment.

John essayait de réfléchir à ce qu'il pourrait dire pour empêcher la collision, mais c'était peine perdue. Les deux trains s'étaient déjà percutés de plein fouet et il y avait du métal tordu et des morceaux de moteur fumants partout.

Surtout quand Xhex avança d'un pas résolu vers la porte comme si elle était prête à l'arracher à mains nues, rien que pour prouver qu'elle en était capable.

Quand il fit mine de la suivre, elle l'immobilisa d'un coup d'œil assassin.

— Si tu viens avec moi pour une tout autre raison que me laisser partir à la recherche de Xcor, arrête-toi immédiatement. Parce que tu appartiens à ce groupe anachronique de misogynes. Tu n'es pas de mon côté.

Levant les mains, il signa :

— *Il n'y a rien de mal à vouloir te protéger.*

— Ce n'est pas une question de protection… mais de contrôle.

— *C'est des conneries ! Tu étais blessée il y a moins de vingt-quatre heures…*

— Très bien. J'ai une idée. Je veux te protéger, toi… alors pourquoi n'arrêterais-tu pas de te battre ? (Elle jeta un coup d'œil à Kolher par-dessus son épaule.) Vous allez me soutenir, seigneur ? Et vous, bande d'idiots ? Et si on faisait enfiler une jupe et un collant à John ? Allez, soutenez-moi. Non ? Vous ne trouvez pas que ce serait « juste » ?

La fureur de John explosa et il… Il n'avait pas eu l'intention de le faire. Mais cela arriva.

Il tapa du pied, provoquant un bruit formidable, et… pointa Tohr du doigt.

Un silence gêné et épouvantable s'abattit aussitôt sur l'assemblée.

C'était un peu comme si lui et Xhex avaient lavé leur linge sale devant tout le monde, et qu'il avait en plus enveloppé la tête de Tohr avec les chaussettes puantes et les tee-shirts tachés.

En réponse, le frère se contenta de croiser les bras et d'opiner du chef, une seule fois.

Xhex secoua la tête.

— Il faut que je sorte d'ici. Je dois me vider la tête. John, si tu sais ce qui est bon pour toi, ne me suis pas !

Et sur ce, elle disparut.

À la suite de quoi, John se frotta le visage, en appuyant ses paumes si fort sur la peau qu'il eut l'impression de se remodeler les traits.

— Et si tout le monde sortait pour la nuit ? proposa Kolher d'une voix douce. Je veux parler avec John. Tohr, tu restes.

Inutile de le demander deux fois. La Confrérie et les autres s'en allèrent comme si l'on était en train de voler leurs voitures dans la cour.

Beth resta. Ainsi que George.

Alors que les portes se refermaient, John se tourna vers Tohr.

— Je suis tellement désolé…

— Nan, fils. (Le mâle s'approcha.) Je ne te souhaite pas de te retrouver dans ma situation.

Le frère entoura John de ses bras, et celui-ci se laissa aller, s'effondrant contre le corps autrefois massif… qui parvint néanmoins à le maintenir debout.

La voix de Tohr dans son oreille était assurée.

— C'est bon. Je te tiens. Tout va bien…

John tourna la tête et regarda fixement la porte par laquelle sa *shellane* était sortie. Il voulait la suivre de toutes les fibres de son être… mais ces fibres étaient également ce qui les séparait. Sa raison comprenait parfaitement le point de vue de Xhex, mais son cœur et son corps étaient dominés par quelque chose d'entièrement différent, plus large et primordial. Et cela surpassait tout le reste.

C'était mal. Irrespectueux. Arriéré à un point qu'il n'aurait jamais cru atteindre. Il n'était pas du genre à penser qu'il fallait reclure les femelles, il avait confiance en sa compagne et il voulait qu'elle…

Soit protégée.

Point barre.

— Donne-lui un peu de temps, murmura Tohr. Ensuite nous irons la chercher, d'accord ? Nous irons ensemble, toi et moi.

— Bonne idée, parce que aucun de vous n'ira se battre ce soir, annonça Kolher. (Le roi leva les mains pour couper court à toute discussion.) Vraiment.

Cela les fit taire tous les deux.

— Alors, ça va ? demanda le roi à Tohr.

Le sourire du frère n'avait strictement rien de chaleureux.

— Je suis déjà en enfer… Les choses n'empireront pas simplement parce qu'il m'a utilisé comme un exemple de ce qu'il ne veut pas vivre.

— Tu en es certain ?

— Ne te fais pas de souci pour moi.

— Plus facile à dire qu'à faire. (Kolher fit un geste de la main, comme s'il ne souhaitait pas s'appesantir là-dessus.) On a fini ?

Tohr hocha la tête et se tourna vers la porte mais John s'inclina devant la Première famille avant de suivre le mâle.

Il n'avait pas besoin de se presser. Tohr l'attendait dans le couloir.

— Écoute-moi : c'est bon. Je suis sérieux…

— *Je suis… tellement désolé*, signa John. *Pour tout. Et… merde, Wellsie me manque, elle me manque vraiment.*

Tohr cligna des yeux un instant. Puis, d'une voix calme, il répondit :

— Je sais, fils. Je sais que tu l'as perdue, toi aussi.

— *Penses-tu qu'elle aurait aimé Xhex ?*

— Oui. (Une ombre de sourire passa sur son visage dur.) Elle ne l'a vue qu'une seule fois, et c'était il y a longtemps, mais cela s'était bien passé, et si elles en avaient eu le temps… elles se seraient bien entendues. Et bon sang, après une telle réunion, nous aurions bien eu besoin de renforts féminins.

— *C'est vrai*, ajouta John en essayant d'imaginer un moyen d'approcher Xhex.

Au moins, il devinait où elle s'était rendue : elle était sûrement retournée dans sa cabane au bord de l'Hudson. C'était son refuge, son lieu privé. Et quand il se pointerait devant sa porte, il ne pourrait que prier qu'elle ne le laisse pas dehors.

Mais ils devaient résoudre cette crise d'une façon ou d'une autre.

— *Je crois que je ferais mieux d'y aller seul. Les choses vont sans doute être assez moches.*

Voire très moches, se dit-il.

— Très bien. Mais sache que je suis ici si tu as besoin de moi.

Comme toujours, songea John alors qu'ils se séparaient. Un peu comme s'ils se connaissaient depuis des siècles, au lieu d'à peine quelques années. Mais il supposait que c'était ce qui arrivait quand on croisait le chemin de quelqu'un avec qui l'on était vraiment en phase.

Cela donnait l'impression de se connaître depuis toujours.

Chapitre 10

— Je le ferai.

Au moment où PersOnne prit la parole, le groupe de *doggen* derrière lequel elle s'était faufilée se retourna d'un seul bloc, comme un vol d'oiseaux. Dans leur modeste salle de pause, mâles et femelles s'étaient rassemblés, chacun habillé comme il se devait selon sa fonction, qu'il soit cuisinier, femme de ménage, boulanger ou majordome. Elle les avait découverts en déambulant dans la maison, et elle était femme à tirer parti d'une telle occasion.

Celui qui dirigeait, Fritz Perlmutter, avait l'air sur le point de s'évanouir. Mais après tout, il avait été le *doggen* de son propre père de nombreuses années auparavant et s'était farouchement opposé à sa volonté de se réduire à un rôle de servante.

— Ma très chère dame…

— PersOnne. Mon nom est PersOnne à présent. Adressez-vous à moi de cette seule et unique manière, je vous en prie. Et comme je l'ai dit, je me chargerai de la lessive au centre d'entraînement.

Où qu'il se trouve.

En effet, la nuit précédente passée à laver la robe avait été une sorte de bénédiction pour elle : la tâche lui avait occupé les mains et donné un but qui avait fait que les heures s'étaient écoulées rapidement. Il en avait été de même autrefois, de l'autre côté : le travail manuel était la seule chose qui la calmait et donnait une structure à son existence.

Comme cela lui avait manqué.

En vérité, elle était venue ici pour servir Souffhrance, mais la femelle ne le voulait pas. Elle était venue ici pour tenter d'établir un lien avec sa fille, mais celle-ci venait tout juste de s'unir et avait inévitablement d'autres sujets d'attention. Et elle était venue ici pour trouver une sorte de paix intérieure, mais l'inactivité depuis son arrivée la rendait folle.

Et c'était avant qu'elle manque de se disputer avec Tohrment tôt ce matin.

Mais au moins, il avait pris la robe. Celle-ci avait disparu de l'endroit où elle l'avait suspendue quand il avait répondu d'un air si bourru après qu'elle eut toqué à sa porte…

Brusquement, elle remarqua que le majordome la regardait avec l'air d'attendre quelque chose, comme si ce qu'il venait de dire nécessitait une réponse.

— Emmenez-moi là-bas, je vous en prie, et montrez-moi mes tâches, demanda-t-elle.

À la façon dont le vieux visage ridé s'affaissa, elle supposa que ce n'était pas là la réponse qu'il espérait.

— Maîtresse…

— PersOnne. Et vous, ou l'un des membres de votre personnel, pourriez m'y emmener tout de suite.

L'assemblée parut inquiète, comme si les rumeurs prétendant que le ciel allait peut-être leur tomber sur la tête venaient brusquement de devenir réalité.

— Merci, dit-elle au majordome. De votre assistance.

Reconnaissant clairement qu'il n'allait pas gagner, le *doggen* en chef s'inclina profondément.

— Mais bien entendu, je vais le faire, maît… euh, Pers… euh…

Quand il fut incapable de prononcer son nom, comme si le titre approprié « maîtresse » devait absolument sortir de sa gorge, elle le prit en pitié.

— Vous êtes très serviable, murmura-t-elle. À présent, passez devant.

Après avoir renvoyé les autres, il la fit sortir de la salle de pause, traverser la cuisine puis le vestibule par une autre porte qui lui était inconnue. À mesure qu'ils avançaient, elle se rappela son ancienne identité, lorsqu'elle était encore la fille hautaine d'une lignée fortunée qui refusait de couper sa propre viande, de se brosser elle-même les cheveux ou de s'habiller seule. Quel gâchis. Au moins, à présent qu'elle n'était plus personne et ne possédait plus rien, elle savait parfaitement comment passer les heures de manière significative : par le travail. Le travail était la clé.

— Nous passons par là, expliqua le majordome en tenant ouverte une porte dissimulée sous l'escalier monumental. Permettez-moi de vous donner les codes.

— Merci, répondit-elle, et elle les mémorisa.

Tout en suivant le *doggen* dans le tunnel, un long boyau étroit, elle se dit que, si elle devait rester de ce côté, elle aurait besoin de s'occuper avec des tâches ménagères, même si cela offensait les *doggen*, la Confrérie, les *shellanes*… Cela valait mieux que la prison de ses propres pensées.

Ils sortirent du tunnel en passant par le fond d'un placard et traversèrent une petite pièce pourvue d'un bureau, d'armoires métalliques et d'une porte vitrée.

Le *doggen* s'éclaircit la voix.

— Voici le centre d'entraînement et les installations médicales. Nous avons des salles de classe, un gymnase, un vestiaire, une salle de musculation, une autre dédiée à la kinésithérapie, une piscine, ainsi que de nombreux autres équipements. Des membres du personnel s'occupent de nettoyer en profondeur chaque section. (Il prononça ces mots avec sévérité, comme s'il se fichait qu'elle soit une invitée du roi ; il était hors de question qu'elle perturbe le bel ordonnancement de son planning.) Mais la *doggen* qui s'occupe habituellement de la lessive doit garder le lit, étant donné que c'est une *mitte doggen* et qu'il ne serait pas bon pour elle de se lever. Je vous en prie, allons par là.

Il lui ouvrit la porte vitrée, puis ils sortirent dans le couloir et se dirigèrent vers une pièce dotée d'une porte à deux battants et équipée de façon identique à la buanderie qu'elle avait utilisée la nuit précédente dans la maison principale. Au cours des vingt minutes suivantes, le majordome lui rappela la façon de faire fonctionner les machines, puis il examina avec elle un plan du bâtiment pour qu'elle sache où collecter le linge sale et où rapporter le propre.

Puis, après un silence raide, suivi d'un adieu encore plus raide, elle se retrouva seule, pour son plus grand bonheur.

Debout, au milieu de la buanderie, entourée de lave-linge, de sèche-linge et de tables de pliage, elle ferma les yeux et inspira profondément.

Oh, quelle merveilleuse solitude et quelle joie de sentir le poids du devoir sur ses épaules ! Durant les six heures à venir, elle n'aurait à penser à rien, hormis au sort de serviettes blanches et de draps : elle devait les trouver, les mettre dans les machines, les plier, puis les rapporter au bon endroit.

Il n'y avait pas de place pour le passé ou les regrets ici. Rien que le travail.

Empoignant un panier à roulettes, elle poussa le réceptacle en tissu bleu dans le couloir et se mit à récupérer le linge sale en commençant par la clinique, puis revint à son point de départ quand le panier fut plein. Après avoir effectué un premier chargement dans l'énorme machine, elle ressortit, entra dans le vestiaire et découvrit une montagne de blanc. Il lui fallut deux trajets pour ramasser toutes les serviettes, qu'elle entassa en piles au centre de la buanderie, à côté de la bouche d'évacuation scellée dans le sol de béton gris.

Son dernier voyage l'emmena loin à gauche, tout au bout du couloir, à la piscine. Tandis elle s'y rendait, les roulettes de son chariot émettaient un petit grincement et elle avançait d'une démarche saccadée, ses mains posées sur le rebord du panier lui apportant une stabilité supplémentaire et l'aidant à aller plus vite.

Quand elle entendit de la musique en provenance de sa destination, elle ralentit. Puis s'arrêta.

Les notes et les voix qui s'échappaient du lieu n'avaient aucun sens, puisque tous les membres de la Confrérie et leurs *shellanes* étaient partis pour la nuit. À moins que quelqu'un n'ait laissé la musique allumée après être sorti de l'eau ?

Elle poussa son chariot dans une petite antichambre ornée de mosaïques représentant des mâles athlétiques et se heurta à un mur de chaleur et d'humidité si dense qu'elle eut l'impression de rentrer dans un rideau de velours. Et tout autour d'elle, l'air était imprégné d'une odeur étrange et chimique, qui la poussa à se demander avec quoi ils traitaient l'eau ; de l'autre côté, tout demeurait en permanence neuf et propre, mais elle savait que ce n'était pas le cas sur Terre.

Abandonnant le panier dans la pièce, elle se dirigea vers un lieu semblable à une grotte. Elle tendit la main pour toucher les carreaux tièdes sur le mur, passant les doigts sur le ciel bleu et les plaines vertes, mais évitant les représentations de mâles couverts d'un pagne avec leurs arcs, leurs bâtons de combat et leurs postures de coureurs.

Elle adorait l'eau. La poussée qui la faisait flotter, l'apaisement des douleurs de sa jambe estropiée, la sensation de brève liberté…

— Oh… mon…, fit-elle d'un air surpris en débouchant dans la piscine.

Le bassin était quatre fois plus grand que le plus grand bain de l'autre côté, et ses eaux étaient d'un bleu pâle scintillant, probablement à cause du carrelage qui recouvrait ses profondeurs. Des lignes noires couraient tout du long, délimitant des couloirs, et des nombres étaient inscrits sur le rebord de pierre, indiquant visiblement la profondeur. Au-dessus, le plafond était en forme de dôme et recouvert d'autres mosaïques, les murs étaient garnis de bancs, offrant des places où s'asseoir. La musique jouait toujours et paraissait plus forte, sans l'être trop, et le morceau mélancolique qui passait résonnait de façon agréable.

Comme elle était seule, elle fut incapable de résister et s'approcha du bord du bassin pour tester la température de l'eau de son pied nu.

C'était tentant. Si tentant.

Mais au lieu de céder à l'appel du bain, elle repensa à ses tâches, revint vers son chariot et le poussa jusqu'à un large panier en osier, dont elle transféra le contenu — l'équivalent de son poids en tissu-éponge humide — dans le sac prévu à cet effet.

Quand elle se retourna pour partir, elle s'arrêta et contempla une nouvelle fois l'eau.

Il était impossible que la première machine de draps soit terminée. Il restait encore au moins quarante-cinq minutes d'après ce qu'avait indiqué le compteur sur l'affichage du lave-linge.

Elle regarda l'horloge accrochée au mur.

Je pourrais peut-être me tremper seulement quelques minutes dans la piscine, décida-t-elle. Soulager les douleurs du bas de son dos et de ses jambes lui serait utile, et elle n'avait plus rien à faire en rapport avec son travail pour encore quelque temps.

Elle s'empara d'une serviette propre et pliée et vérifia de nouveau l'antichambre. Elle alla plus loin et regarda dans le couloir.

Personne. Et c'était le moment ou jamais de se baigner : le personnel concentrait ses forces à nettoyer le premier étage de la demeure, car ils devaient effectuer ce travail entre le Premier et le Dernier Repas. Et personne n'était soigné à la clinique, du moins pour le moment.

Elle devait faire vite.

Elle retourna en boitant jusqu'à l'extrémité étroite, ôta sa capuche et défit sa robe, ne conservant que sa chemise. Après une brève hésitation, elle se débarrassa également du vêtement transparent ; il lui faudrait se souvenir d'en apporter une de rechange si elle souhaitait recommencer. Mieux valait rester décente.

Tandis qu'elle pliait ses affaires, elle examina délibérément son mollet tordu, suivant du doigt les cicatrices laissées par les entraves qui formaient une affreuse carte en relief de monts et de vallées sur sa chair. Autrefois, cette jambe fonctionnait à merveille et était aussi belle qu'un dessin d'artiste. C'était le symbole de ce qu'elle était désormais, un rappel de la disgrâce qui avait fait d'elle une personne inférieure… et, avec le temps, meilleure.

Heureusement, il y avait une rampe chromée le long des marches, et elle s'y agrippa pour conserver son équilibre alors qu'elle entrait lentement dans l'eau tiède. En cours de route, elle se rappela sa tresse et l'entortilla plusieurs fois autour de sa tête, puis coinça l'extrémité pour que le chignon tienne en place.

Ensuite… elle se laissa glisser dans l'eau.

Fermant les yeux de bonheur, elle s'abandonna à la sensation d'apesanteur ; l'eau était semblable à une brise tempérée caressant sa chair, son corps reposait doucement dans les bras paisibles de la piscine. Alors qu'elle nageait vers le centre, elle renonça à sa résolution de ne pas se mouiller les cheveux et se mit sur le dos, décrivant des cercles avec ses mains pour rester à la surface.

L'espace d'un bref instant, elle s'autorisa à ressentir quelque chose, à ouvrir la porte à ses sensations.

Et cela se révéla… agréable.

Relégué à la demeure pour la nuit, Tohr n'était pas de service, mais il était coincé à l'intérieur et avait la gueule de bois : trois raisons d'être de mauvaise humeur en plus de son état habituel.

La bonne nouvelle était que, puisque la plupart des habitants étaient sortis ou occupés à leurs affaires, personne d'autre que lui n'aurait à subir sa rogne.

Sur ce, il se dirigea vers le centre d'entraînement, vêtu uniquement de son caleçon de bain. Ayant entendu que la plupart des gueules de bois étaient dues à la déshydratation, il avait décidé non seulement de se rendre à la piscine pour s'immerger… mais aussi d'emporter des rafraîchissements liquides avec lui. Quelle vie saine.

Qu'avait-il embarqué ? Oh, parfait, de la vodka : il l'aimait nature et, en plus, ça ressemblait à de l'eau.

Il s'arrêta dans le tunnel, prit une gorgée de la boisson de V. et avala…

Putain. Il n'oublierait jamais le bruit formidable qu'avait fait John en tapant du pied : on aurait dit le glas que l'on faisait sonner pour les morts. Ni le doigt que le gamin avait tendu dans sa direction.

Il était temps de prendre une nouvelle gorgée… et, oh, pourquoi pas une autre.

Tout en reprenant sa route vers ce qui serait probablement une noyade, il dut admettre qu'il était un cliché ambulant : il avait vu ses frères dans cet état de temps à autre, titubant, la tête lourde et embrumée, d'une humeur massacrante, une bouteille de sérum de l'oubli à la main. Avant qu'on lui enlève Wellsie, il n'avait jamais vraiment compris pourquoi ils se mettaient dans cet état.

Aujourd'hui ? Pff.

On faisait le nécessaire pour passer les heures. Et les nuits où l'on ne pouvait pas sortir se battre étaient les pires… à moins, bien entendu, d'affronter le néant lumineux et étincelant du jour. C'était encore plus minable.

Comme il sortait du bureau et se dirigeait droit vers la piscine, il fut content de ne pas avoir à simuler une expression sur son visage, ni à surveiller son langage, ni à calmer sa colère.

Il poussa la porte de l'antichambre et sa tension artérielle baissa quand la chaude vague accueillante d'humidité le recouvrit. La musique l'aida également : la sono diffusait U2, ce bon vieux *Joshua Tree* retentissait dans la pièce.

Le premier indice lui indiquant que quelque chose clochait fut la présence du chariot de linge sale tout au bout. Et s'il n'avait pas ingurgité d'alcool, il aurait peut-être additionné deux et deux avant de…

Au milieu du bassin, une femelle nue nageait sur le dos. Son visage et ses seins luisants aux tétons durcis affleuraient à la surface de l'eau.

— Putain !

Difficile de savoir ce qui fit le plus de bruit : son juron, la bouteille de vodka se brisant sur le sol carrelé… ou les éclaboussures au milieu du bassin quand PersOnne se redressa et se mit à bafouiller, en couvrant son corps de ses mains tout en essayant de garder la tête hors de l'eau.

Tohr se retourna et se couvrit les yeux de la main…

Ce faisant, un éclat de verre s'enfonça dans la plante de son pied, et la douleur lui fit perdre l'équilibre… qui était déjà bien instable, à cause des pelles qu'il avait roulées à la vodka.

Il tendit une main pour se rattraper au sol… et finit par s'ouvrir également la paume droite.

— Putain de merde, cria-t-il, en s'écartant des tessons.

Quand il roula sur le dos, PersOnne sortit précipitamment de l'eau et renfila sa robe à même sa chair nue. Sa longue tresse se balança tandis qu'elle remettait sa capuche en place.

Poussant un nouveau juron, Tohr leva sa main devant ses yeux pour examiner la blessure. Génial. Au beau milieu de la paume dont il se servait pour manier sa dague, la coupure faisait cinq centimètres de long et plusieurs millimètres de profondeur.

Dieu seul savait ce qu'il avait infligé à son pied.

— J'ignorais que tu étais là, dit-il sans lever la tête ni se tourner vers elle. Je suis désolé.

Du coin de l'œil, il aperçut PersOnne qui s'approchait de lui, son pied nu faisant parfois une apparition sous l'ourlet de sa robe.

— Ne t'approche pas, s'exclama-t-il. Il y a du verre partout.

— Je reviens tout de suite.

— Très bien, marmonna-t-il en levant son pied blessé pour un rapide examen.

Fantastique : l'entaille était plus longue, plus profonde et saignait plus abondamment que celle de la main. Et il y avait toujours un morceau de verre logé à l'intérieur.

Avec un grognement, il saisit le petit triangle et l'arracha. L'éclat avait pris une teinte rougeâtre, à cause du sang, et il s'amusa à le retourner de tous côtés pour en observer les jeux de lumière.

— Tu envisages de te mettre à la chirurgie ?

Tohr jeta un regard au docteur Manny Manello, chirurgien humain et *hellren* de la jumelle de V. Il était venu avec une trousse de secours et affichait son arrogance habituelle.

C'était quoi le problème avec les chirurgiens ? Ils étaient presque aussi égocentriques que les guerriers. Ou les rois.

L'humain s'accroupit à côté de lui.

— T'as une fuite.

— Sans déconner.

Au moment même où il se demandait où était PersOnne, la femelle revint avec un balai, une poubelle à roulettes et une pelle. Sans les regarder lui ou l'humain, elle se mit à nettoyer avec précaution.

Au moins elle avait enfilé des chaussures.

Seigneur… elle était vraiment nue, bordel.

Pendant que Manello sondait la plaie de sa main avant de l'anesthésier pour le recoudre, Tohr observa la femelle du coin de l'œil ; il ne fallait pas la dévisager franchement. Surtout pas après…

Seigneur… elle était vraiment toute nue, bordel…

OK, il était temps de cesser de penser à cela.

Il se concentra sur sa claudication et remarqua que celle-ci était plus prononcée que d'habitude. Il se demanda si elle s'était blessée dans sa précipitation pour sortir de la piscine et s'habiller.

Il l'avait déjà vue dans cet état de panique. Mais une seule fois…

La nuit où ils l'avaient libérée de ce *symphathe*.

Il avait tué ce salopard. Il avait logé une balle dans la tête de son ravisseur, qui était tombé comme une pierre. Puis Audazs et lui l'avaient installée dans un carrosse et s'en étaient retournés vers la demeure de sa famille. L'idée était de la leur ramener. De la rendre à son sang. De la confier à ceux qui, en vertu de toutes les lois, auraient dû l'aider à guérir.

Sauf que quand ils s'étaient approchés de l'imposante maison, elle avait jailli hors du carrosse, alors même que les chevaux n'étaient pas encore à l'arrêt. Et il n'avait jamais oublié cette vision d'elle dans sa chemise de nuit blanche, fonçant à travers champs, courant comme si on la pourchassait, alors même que son épreuve était finie.

Elle savait qu'elle était enceinte. C'était la raison de sa fuite.

Elle boitait déjà, alors.

Cela avait été son unique tentative pour s'échapper. Enfin, jusqu'à celle qui avait suivi la naissance, celle qui avait réussi.

Mon Dieu… il s'était montré si nerveux en sa présence au cours des mois qu'ils avaient passés ensemble dans la cabane d'Audazs. Il n'avait aucune expérience avec les femelles, qu'elles soient de haute ou de basse extraction : oui, d'accord, il avait grandi entouré d'elles tant qu'il avait vécu avec sa mère, mais c'était quand il était enfant, prétrans. Dès l'instant où il avait passé la transition, on l'avait arraché à son foyer et jeté dans ce trou où il fallait tuer ou être tué, le camp d'entraînement du Saigneur… où il avait été trop occupé à rester en vie pour s'intéresser même aux prostituées.

Il n'avait pas encore rencontré Wellsie en personne, à l'époque. Sa mère avait réglé en son nom la promesse d'union quand il avait eu vingt-cinq ans, avant même que sa fiancée soit née…

Il sursauta, poussa un sifflement et Manello leva la tête de son travail d'aiguille.

— Désolé. Tu veux plus de Lidocaïne ?

— Ça va.

La capuche de PersOnne changea brusquement de position quand elle tourna la tête vers lui. Au bout d'un moment, elle reprit son balayage.

C'était peut-être un effet de l'alcool, mais il n'en eut soudain rien à faire des faux-semblants. Il s'autorisa à observer ouvertement la femelle pendant que le bon docteur finissait de recoudre sa paume.

— Tu sais, je vais devoir te donner des béquilles, grommela Manello.

— Si vous m'indiquez de quoi vous avez besoin, je vous le rapporterai ici, dit doucement PersOnne.

— Parfait. Va dans la salle d'équipement au bout du gymnase. Dans la salle de physiothérapie, tu trouveras…

Tandis qu'elle recevait ces instructions, PersOnne hocha la tête, faisant osciller de haut en bas sa capuche. Bizarrement, Tohr tenta de se représenter son visage, mais il était flou. Il ne l'avait pas vue correctement depuis des siècles ; ce bref coup d'œil à l'instant ne comptait pas, car elle se tenait trop loin de lui. Et quand elle s'était dévoilée devant Xhex et lui juste avant la cérémonie d'union, il avait été trop secoué pour faire vraiment attention.

Mais elle était blonde ; cela, il le savait. Et elle avait toujours aimé l'ombre… ou, tout du moins, lorsqu'elle vivait dans la cabane d'Audazs. Déjà à cette époque, elle refusait qu'on la regarde.

— OK, ça va aller, annonça Manello qui inspectait son travail. On va bander ça et passer à la suite.

PersOnne fut de retour au moment même où le chirurgien attachait l'extrémité de la bande de gaze avec un sparadrap.

— Tu peux regarder, si tu le souhaites.

Tohr fronça les sourcils avant de comprendre que Manello s'adressait à PersOnne. La femelle se tenait en retrait et, aussi sûrement que si sa capuche avait été un visage expressif, il pouvait dire qu'elle était inquiète.

— Juste une mise en garde. (Manello se pencha sur le pied de Tohr.) L'entaille est plus profonde que celle à la main ; mais la paume, c'est plus ennuyeux, parce qu'il se bat avec.

Comme PersOnne hésitait, Tohr haussa les épaules.

— Tu peux regarder si tu veux, du moment que tu as l'estomac bien accroché.

Elle les contourna et se plaça derrière le médecin, croisant les bras dans les manches de sa robe si bien qu'elle ressembla à une statue religieuse. Sauf qu'elle était tout à fait vivante : quand il grimaça au moment où l'aiguille contenant l'anesthésiant s'enfonça dans sa chair, elle parut se recroqueviller sur elle-même.

Comme si sa douleur l'affectait.

Tohr détourna le regard pendant l'opération.

— Parfait, c'est fini, annonça Manello un peu plus tard. Et avant que tu poses la question, je te dirai : oui, probablement. Étant donné la vitesse à laquelle vous guérissez tous, tu devrais être en mesure de sortir demain soir. Bordel, vous êtes comme des voitures : vous vous faites démolir, vous allez en réparation et, hop, vous voilà de retour sur la route. Les humains sont tellement longs à se remettre.

Hum, oui. Tohr n'était pas tout à fait prêt à se transformer en 4×4 avec pare-buffle. L'épuisement qu'il ressentait signifiait qu'il devait se nourrir, sinon ces blessures relativement bénignes risquaient de mettre un bon moment avant de se refermer.

Mis à part cette unique séance avec Séléna, il n'avait pas bu de sang depuis…

Non. Il n'irait pas là-bas. Inutile d'ouvrir cette porte.

— Interdiction de marcher sur ce pied, ordonna le chirurgien en retirant ses gants. Du moins pas avant l'aube. Et interdiction de se baigner.

— Aucun problème.

Surtout pour la seconde partie. Après ce qu'il avait vu flotter au beau milieu du bassin, il ne retournerait peut-être jamais à la piscine. Ni dans aucune autre, d'ailleurs.

La seule chose qui avait empêché la situation de dégénérer en bazar total était qu'il n'y avait rien eu de sexuel de son côté. Oui, il avait été sous le choc, mais cela ne voulait pas dire qu'il désirait… vous savez, se la faire ou un truc comme ça.

— Une question, demanda le médecin en se levant et en lui tendant la main pour l'aider à se relever.

Tohr prit sa paume et fut un peu surpris de se retrouver solidement remis sur ses pieds.

— Quoi ?

— Comment est-ce arrivé ?

Tohr jeta un coup d'œil à PersOnne, qui détourna la tête si rapidement que tout son corps suivit le mouvement.

— La bouteille m'a glissé des mains, murmura-t-il.

— Ah, eh bien… les accidents, ça arrive.

Son air de « mais oui, bien sûr » suggérait que Manello ne croyait pas un instant à son bobard.

— Appelle-moi en cas de besoin. Je serai à la clinique pour le reste de la nuit.

— Merci, mec.

— De rien.

Alors… lui et PersOnne se retrouvèrent seuls.

Chapitre 11

Après avoir regardé le guérisseur partir, PersOnne découvrit qu'elle souhaitait s'écarter de Tohrment. On aurait dit que, en l'absence d'une tierce personne, il s'était subitement rapproché. Et qu'il était beaucoup, beaucoup plus grand.

Dans le silence qui suivit, elle eut l'impression qu'ils devraient parler, mais elle avait l'esprit embrumé. « Mortifiée » était un euphémisme, et elle sentait instinctivement que, si elle arrivait simplement à s'expliquer, elle pourrait peut-être se défaire de cette sensation.

Pendant ce temps-là, elle avait bien trop conscience de la présence physique de Tohrment pour être à l'aise. Il était si grand, la dépassant de plusieurs centimètres, presque une tête de plus qu'elle. Et son corps n'était pas aussi frêle que le sien : même s'il était plus mince que dans ses souvenirs, et bien plus léger que celui de ses frères, il était toujours plus large et plus musclé que celui de n'importe quel mâle appartenant à la *glymera*…

Avait-elle perdu sa langue ? se demanda-t-elle.

Et pourtant, alors même qu'elle se posait la question, elle ne pouvait que prendre la mesure de l'impressionnante largeur de ses épaules, des contours massifs de sa poitrine et de ses longs bras méchamment musclés. Non qu'elle le considère comme avenant, cependant. Elle se retrouva brusquement effrayée par toute cette puissance physique…

Tohrment fut celui qui recula d'un pas, avec une expression de dégoût sur le visage.

—Ne me regarde pas comme ça.

Se reprenant, elle se rappela que c'était le mâle qui l'avait libérée. Et non quelqu'un qui lui avait fait du mal. Ou qui le ferait.

—Je suis désolée…

—Écoute, et je veux être clair. Rien en toi ne m'intéresse. J'ignore à quel genre de jeu tu joues…

—Un jeu?

Il tendit un bras puissant en direction du bassin.

—Rester dans l'eau, à attendre que je descende ici…

PersOnne eut un mouvement de recul.

—Quoi? Je ne vous attendais pas! Ni vous ni personne d'autre…

—Quelle connerie…

—Je me suis d'abord assurée que j'étais seule…

—Tu étais nue, flottant là-dedans comme une prostituée…

—Une prostituée?

Leurs voix ricochaient comme des balles, s'entrecroisant lorsqu'ils s'interrompaient mutuellement.

Tohrment avança une hanche.

—Pourquoi es-tu venue ici?

—Je travaille comme blanchisseuse…

—Pas au centre d'entraînement; dans ce foutu complexe.

—Je suis venue voir ma fille…

—Alors pourquoi n'as-tu pas passé de temps avec elle?

—Elle vient de s'unir! J'ai essayé de me rendre disponible…

—Oui, je sais. Mais pas pour elle.

L'irrespect dans sa voix grave donna envie à PersOnne de se recroqueviller, mais son injustice lui donna le courage de se redresser.

— Je n'avais aucun moyen de savoir que vous alliez entrer ici. J'ai cru que tout le monde était sorti pour la nuit.

Tohrment réduisit la distance entre eux.

— Je ne le dirai qu'une fois. Il n'y a rien pour toi ici. Les mâles unis de cette maison sont liés à leurs *shellanes*, Vhif n'est pas intéressé, et moi non plus. Si tu es venue chercher un *hellren* ou un amant, tu n'as aucune chance…

— Je ne veux pas de mâle ! (Son cri le fit taire, mais c'était loin d'être suffisant.) Je ne le dirai qu'une seule fois moi aussi : je préférerais me tuer plutôt que d'accepter un autre mâle en moi. Je sais pourquoi vous me détestez, et je respecte vos raisons, mais je ne vous désire pas, ni vous, ni aucun autre dans votre genre. Jamais !

— Et si tu commençais par garder tes vêtements, dans ce cas ?

Elle l'aurait giflé si elle avait pu lever la main aussi haut. Sa paume commençait même à la démanger.

Mais elle ne lui sauta pas à la gorge pour effacer cette terrible expression de son visage. Levant le menton, elle déclara avec toute la dignité dont elle était capable :

— Au cas où vous auriez oublié ce que le dernier mâle m'a fait, je peux vous assurer que moi pas. Que vous choisissiez de me croire ou que vous préfériez vous bercer d'illusions, cela n'est pas de mon fait… et ne me regarde pas.

Elle le dépassa en boitant et regretta, pour une fois, que sa jambe ne soit plus dans son état d'origine : la fierté était bien mieux servie par une démarche fluide.

Au moment où elle atteignit l'antichambre, elle tourna la tête vers lui. Il n'avait pas bougé, aussi s'adressa-t-elle à ses épaules… et au nom de sa *shellane*, gravé sur son dos.

— Je n'approcherai plus jamais de ce bassin. Vêtue ou non.

Alors qu'elle se dirigeait vers la porte d'un pas chancelant, elle tremblait de la tête aux pieds, et ce ne fut que lorsqu'elle sentit l'air frais du couloir sur son visage qu'elle s'aperçut qu'elle avait oublié la poubelle à roulettes, la serpillière et sa chemise derrière elle.

Elle ne retournerait pas les chercher, c'était certain.

Dans la buanderie, elle s'enferma puis s'appuya contre le mur à côté de la porte.

Brusquement, elle eut la sensation d'étouffer et arracha la capuche de sa tête. Oui, son corps était chaud, et pas seulement à cause de l'épais vêtement qu'elle portait. Une brûlure intérieure s'était enracinée en elle, qui enflammait ses entrailles et emplissait ses poumons d'une fumée âcre, la privant d'oxygène.

Il lui était impossible de concilier le souvenir du mâle qu'elle avait connu dans l'Ancienne Contrée avec l'image de celui qu'elle voyait désormais. Le premier était timide mais jamais, au grand jamais, irrespectueux : c'était une âme douce et aimable qui, bizarrement, excellait dans les arts brutaux de la guerre, tout en conservant sa compassion.

Le second n'était plus qu'une carapace d'amertume.

Et dire qu'elle avait cru que préparer cette robe serait un bienfait…

Elle aurait plus de chance en essayant de déplacer la demeure par la force de son esprit.

Après le départ indigné de PersOnne, Tohr décida que, mis à part le fait que John Matthew n'avait pas réussi à s'entailler la main et le pied jusqu'à présent, il semblait bien que tous deux aient beaucoup en commun : grâce à leurs sales caractères, ils avaient tous les deux enfilé la panoplie du Capitaine Enfoiré qui comprenait, sans frais supplémentaires, la cape du déshonneur, les bottes de la honte et les clés de la Foirage-Mobile.

Seigneur, qu'avait-il dit ?

« Au cas où vous auriez oublié ce que le dernier mâle m'a fait, je peux vous assurer que moi pas. »

Poussant un grognement, il se pinça l'arête du nez. Pourquoi diable avait-il cru, même l'espace d'une seconde, que cette femelle trouverait le moindre intérêt d'ordre sexuel à un mâle ?

— Parce que tu as cru qu'elle était attirée par toi et que ça t'a foutu les jetons.

Tohr ferma les yeux.

— Pas maintenant, Lassiter.

Naturellement, l'ange déchu ne tint aucun compte de cette prière. L'idiot aux cheveux blonds et noirs s'approcha de lui, s'assit sur l'un des bancs, posa les coudes sur ses genoux, et son étrange regard blanc se fit sérieux et grave.

— Il est temps pour nous d'avoir une petite conversation.

— Au sujet de ma sociabilité ? (Tohr secoua la tête.) Ne le prends pas mal, mais je préférerais encore prendre conseil auprès de Rhage, ce qui n'est pas peu dire.

— As-tu déjà entendu parler de l'Entre-Deux ?

Tohr pivota maladroitement sur son pied indemne.

— Je n'ai pas envie de recevoir un cours de maths. Merci.

— C'est un endroit tout à fait réel.

— De même que Cleveland, Detroit. Mais je n'ai pas envie de savoir quoi que ce soit sur ces endroits non plus.

— C'est là que se trouve Wellsie.

Le cœur de Tohr cessa de battre dans sa poitrine.

— De quoi diable parles-tu ?

— Elle n'est pas dans l'Estompe.

OK. Très bien. Il aurait probablement dû enchaîner avec un : « Mais de quoi tu parles, putain ? » Au lieu de quoi, il ne put que dévisager l'ange.

— Elle n'est pas là où tu crois, murmura celui-ci.

La bouche sèche, il parvint à demander :

— Tu veux dire qu'elle est en enfer ? Parce que c'est la seule autre option.

— Non.

Tohr prit une profonde inspiration.

—Ma *shellane* était une femelle de valeur et elle est dans l'Estompe ; il n'y a aucune raison pour qu'elle soit dans le *Dhund*. Quant à moi, j'en ai assez de sauter à la gorge des gens ce soir. Je vais sortir par cette porte (il désigna l'antichambre juste par souci de compréhension) et tu vas me laisser partir. Parce que je ne suis pas d'humeur pour ça.

Il se retourna et commença à boitiller, en s'appuyant sur la béquille apportée par PersOnne.

—Tu es sacrément sûr de quelque chose dont tu ignores tout.

Tohr s'arrêta. Il ferma de nouveau les yeux et pria pour ressentir une émotion, n'importe laquelle, autre que le besoin de tuer.

Raté.

Il jeta un coup d'œil par-dessus son épaule.

—Tu es un ange, pas vrai ? Alors tu es censé être compatissant. Je viens tout juste d'accuser une femelle qui a été violée jusqu'à ce qu'elle soit fécondée d'être une prostituée. Crois-tu sincèrement que je puisse supporter de parler maintenant de ma *shellane* sans disjoncter ?

—Il existe trois lieux dans l'au-delà. L'Estompe, où les gens qui s'aiment sont réunis. Le *Dhund*, où vont les gens injustes. Et l'Entre-Deux…

—As-tu entendu ce que je viens de dire ?

—… où les âmes se retrouvent coincées. Ce n'est pas comme les deux autres…

—Est-ce que ça t'intéresse ?

—… parce que l'Entre-Deux est différent pour tout le monde. En ce moment même, ta *shellane* et ton enfant y sont bloqués à cause de toi. C'est pour cela que je suis venu : je suis ici pour t'aider et pour les aider à sortir de là.

Merde, c'était bien le moment d'avoir un pied bousillé, se dit Tohr, parce que brusquement il perdit tout sens de l'équilibre, à moins que le centre d'entraînement ne se soit mis à tourner autour de l'axe de la maison.

— Je ne comprends pas, chuchota-t-il.

— Il faut que tu passes à autre chose, mon pote. Cesse de t'accrocher à elle pour qu'elle puisse partir…

— Il n'y a pas de purgatoire, si c'est ce que tu suggères…

— D'où crois-tu donc que je vienne ?

Tohr haussa un sourcil.

— Tu veux vraiment que je réponde à cette question ?

— C'est pas drôle. Et je suis sérieux.

— Non, tu mens…

— Tu ne t'es jamais demandé comment je t'avais retrouvé dans ces bois ? Pourquoi je suis resté dans le coin ? T'es-tu demandé l'espace d'un instant pourquoi je perds mon temps avec toi ? Ta *shellane* et ton fils sont coincés et on m'a envoyé ici pour les libérer.

— Mon fils ? souffla Tohr.

— Oui, elle attendait un petit garçon.

Les jambes de Tohr cédèrent sous son poids à cet instant ; heureusement, l'ange bondit de son siège et le rattrapa avant qu'il se casse quelque chose.

— Viens là. (Lassiter le dirigea vers le banc.) Assieds-toi et mets la tête entre tes genoux ; tu es pâle comme la mort.

Pour une fois, Tohr ne répliqua pas ; il s'effondra sur le banc et laissa l'ange le recroqueviller comme un bretzel. Tandis qu'il ouvrait la bouche pour tenter de respirer, il remarqua que les carreaux du sol n'étaient pas d'un bleu turquoise uni, mais présentaient de petites taches blanches, grises et bleu marine.

Une robuste main lui massa le dos et il se sentit étonnamment réconforté.

— Un fils… (Tohr releva un peu la tête et se passa une main sur le visage.) Je voulais un fils.

— Elle aussi.

Il le regarda brusquement.

— Elle ne me l'a jamais dit.

— Elle n'a rien dit parce qu'elle ne voulait pas que tu sois fier comme un paon à l'idée d'avoir deux mâles dans la maison.

Tohr se mit à rire. Ou peut-être s'agissait-il d'un sanglot.

— C'était bien son genre.

— Oui.

— Donc tu l'as vue.

— Oui. Elle ne va pas bien, Tohr.

Soudain, il se sentit…

— Je vais vomir. (Ce qui était mieux que pleurer.) Elle est au purgatoire ?

— Dans l'Entre-Deux. Et il y a une raison qui explique que personne ne soit au courant de son existence. Lorsque tu meurs, tu vas dans l'Estompe… ou le *Dhund*, et tu oublies être passé par là, comme un mauvais souvenir qui s'efface. Mais si ta fenêtre se referme, tu es coincé là-bas pour toujours, et ce n'est pas une partie de plaisir.

— Je ne comprends pas : elle a eu une belle vie. C'est une femelle de valeur, partie trop tôt. Pourquoi ne rejoindrait-elle pas l'Estompe ?

— As-tu entendu ce que j'ai dit ? À cause de toi.

— Moi ? (Il leva les bras au ciel.) Qu'est-ce que j'ai fait de mal, putain ? Je vis et je respire ; je ne me suis pas supprimé et je ne vais pas le faire…

— Tu ne l'as pas laissée partir. Ne le nie pas. Allons, regarde ce que tu viens à peine d'infliger à PersOnne. Tu l'as surprise nue, alors que ce n'était pas sa faute, et tu l'as démolie parce que tu as cru qu'elle te désirait.

— Et c'est donc mal que je ne veuille pas qu'on me reluque ? (Tohr fronça les sourcils.) En outre, comment diable sais-tu ce qui s'est passé ?

— Tu ne crois quand même pas que tu es seul, si ? Et le problème n'est pas PersOnne. C'est toi : tu ne veux pas être attiré par elle.

— Je n'étais pas attiré par elle. Je ne le suis pas.

— Mais ce n'est pas grave si tu l'es. C'est le but…

Tohr tendit le bras, saisit l'ange par le col de sa chemise et attira sa tête contre la sienne.

— J'ai deux choses à te dire. Je ne crois pas un mot de ce que tu me racontes et, si tu sais ce qui est bon pour toi, tu vas la fermer au sujet de ma compagne.

Comme Tohr le repoussait et se remettait debout, Lassiter poussa un juron.

— Tu n'as pas tout ton temps, mon pote.

— Reste hors de ma chambre, bordel !

— Tu es prêt à mettre en jeu son éternité contre ta colère ? Es-tu réellement arrogant à ce point ?

Tohr le fusilla du regard par-dessus son épaule… sauf que le fils de pute avait disparu : il n'y avait plus que du vide sur le banc où s'était tenu l'ange. Et il était difficile de se disputer avec cela.

— Peu importe. Putain de taré.

Chapitre 12

Quand Xhex pénétra dans l'enceinte du *Masque de Fer*, elle eut l'impression d'avoir remonté le temps. Pendant des années, elle avait travaillé dans des clubs de ce genre, où elle avait dû évoluer au milieu de gens tout aussi désespérés que ceux d'aujourd'hui, en gardant toujours l'œil ouvert pour guetter les ennuis… comme ce petit nœud de tension qui s'était formé là-bas dans le fond.

En face d'elle, deux types se préparaient à se battre, deux taureaux gothiques qui grattaient le sol de leurs New Rocks. Juste à côté, une fille aux cheveux noirs et blancs, pourvue d'un décolleté remarquable et vêtue d'un accoutrement débile constitué de courroies de cuir noir, paraissait sacrément contente d'elle.

Xhex avait envie de lui coller une claque sur le dessus du crâne et de l'envoyer balader rien qu'à cause de son attitude.

Le véritable problème n'était cependant pas cette crétine aux seins énormes, mais les deux tas de muscles qui étaient sur le point de se jeter l'un sur l'autre. Elle ne s'inquiétait guère des dommages qu'ils pourraient infliger à leurs nez et mâchoires respectifs ; mais des deux cents autres personnes qui se tenaient bien. Un corps projeté en arrière dans une dizaine de directions potentielles risquait de renverser beaucoup de clients, et l'on n'avait pas besoin de cela.

Elle était sur le point de s'interposer quand elle se rappela que ce n'était plus son boulot. Elle n'était plus responsable de ces idiots, de leurs libidos et de leurs jalousies, de leurs deals et de leur consommation de drogue, de leurs exploits sexuels…

Et, de toute façon, voilà que Trez « Latimer » arrivait pour gérer la situation.

Les humains dans la foule ne voyaient le Maure que comme l'un des leurs, seulement plus grand et plus agressif. Mais elle connaissait la vérité. Cette Ombre était bien plus dangereuse que ce qu'aucun de ces *Homo sapiens* ne l'imaginait. S'il l'avait voulu, il aurait pu leur arracher la gorge en un clin d'œil… puis embrocher leurs carcasses pour les faire rôtir, les cuire quelques heures et les déguster au dîner avec un épi de maïs et une barquette de frites.

Les Ombres avaient une façon bien à eux de se débarrasser de leurs ennemis.

À table, quelqu'un ?

La carrure de Trez fit forte impression, ce qui modifia instantanément la dynamique de la scène : la petite crétine le détailla et parut oublier les noms des deux mecs qu'elle avait mis dans tous leurs états. Pendant ce temps-là, les deux abrutis alcoolisés se calmèrent un peu, et reculèrent d'un pas pour réévaluer la situation.

Excellente idée : à une seconde près, on les aurait forcés à le faire.

Trez croisa le regard de Xhex l'espace d'un instant, puis reporta son attention sur ses trois clients. Comme la fille tentait de se glisser jusqu'à lui, avec force battements de cils et mouvements de poitrine, elle donna l'impression d'être un steak cru placé devant un végétarien : Trez eut l'air vaguement dégoûté.

Par-dessus le vacarme de la musique, Xhex ne saisit que quelques mots çà et là, mais elle devinait assez bien la teneur du message : « Ne jouez pas aux cons. Faites ça dehors. Premier et dernier avertissement avant que vous ne deveniez *persona non grata*. »

Au bout du compte, Trez dut pratiquement arracher au pied-de-biche la harpie qui s'était scotchée à lui : d'une façon ou d'une autre, elle avait réussi à se greffer sur son bras.

Il se débarrassa d'elle d'un « N'y pense même pas » et s'approcha de Xhex.

— Salut.

Son sourire lent et sexy était bien entendu le problème. Et sa voix grave n'arrangeait rien. Ni son corps.

— Salut. (Elle ne put s'empêcher de répondre à son sourire.) Encore des emmerdes avec les filles ?

— Toujours. (Il jeta un coup d'œil alentour.) Où est ton mec ?

— Pas là.

— Ah. (Un silence.) Comment vas-tu ?

— Je ne sais pas, Trez. Je ne sais pas pourquoi je suis là. C'est juste que…

Il tendit le bras et le lui passa autour des épaules pour l'attirer contre lui. Dieu, il sentait toujours pareil, un mélange de Gucci pour Homme et de quelque chose qui n'appartenait qu'à lui.

— Allons, petite, murmura-t-il. Allons dans mon bureau.

— Ne m'appelle pas « petite ».

— OK. Pourquoi pas « bouton d'or » dans ce cas ?

Elle lui glissa un bras autour de la taille et appuya la tête contre son torse tandis qu'ils se mettaient en route.

— Tu aimes que tes couilles soient à leur place ?

— Ouais. Mais je n'aime pas ton expression. Je te préfère bagarreuse et énervée.

— Moi aussi, Trez. Moi aussi…

— Alors c'est d'accord pour « bouton d'or » ? Ou faut-il que je me montre encore plus dur avec toi ? Je te donnerai du « sucre d'orge » s'il le faut.

Dans le fond du club, près du vestiaire où les « danseuses » se changeaient, le bureau de Trez avait une porte semblable à celle d'un frigo à viande. À l'intérieur, on trouvait un canapé en cuir noir, un grand bureau métallique et un banc-coffre doublé de plomb rivé au sol. Point final. Enfin, mis à part les bons d'achat, les reçus, les messages téléphoniques, les ordinateurs portables…

Elle avait l'impression qu'un million d'années s'étaient écoulées depuis sa dernière visite.

— Je suppose qu'iAm n'est pas encore arrivé, dit-elle en désignant du menton le bazar sur le bureau.

Le jumeau de Trez n'aurait jamais supporté ce désordre.

— Il est chez *Sal's*, il cuisine jusqu'à minuit.

— C'est toujours le même emploi du temps, alors.

— On ne change pas une équipe…

Tandis qu'ils s'installaient, lui derrière son bureau, dans un fauteuil semblable à un trône, et elle, sur le canapé, Xhex sentit sa poitrine lui faire mal.

— Raconte-moi, dit-il, l'air grave.

Elle posa la tête sur sa main et croisa la jambe au niveau de la cheville, puis se mit à tripoter les lacets de son ranger.

— Et si je te disais que je veux reprendre mon ancien boulot ?

À la limite de son champ de vision, elle perçut son léger mouvement de recul.

— Je croyais que tu te battais avec les frères.

— Moi aussi.

— Kolher n'est pas à l'aise avec l'idée d'avoir une femelle sur le terrain ?

— Non, c'est John. (Trez jura et elle poussa un profond soupir.) Et vu que je suis sa *shellane*, ce qu'il dit fait loi.

— Il t'a vraiment regardée dans les yeux pour…

— Oh, il a fait plus que cela. (Comme un grognement menaçant s'élevait dans la pièce, elle agita la main en un geste de dénégation.) Non, rien de violent. Mais la dispute… les disputes n'ont pas été une partie de plaisir.

Trez se renfonça dans son siège. Il tambourina des doigts sur le fatras devant lui, les yeux rivés sur elle.

— Bien sûr que tu peux revenir, tu me connais. Et je n'adhère pas à ces notions vampiriques de bienséance ; notre société est matriarcale, aussi n'ai-je jamais compris la misogynie des anciennes coutumes. Pourtant, je m'inquiète pour toi et John.

— On fera aller.

Comment ? Elle n'en avait pas la moindre idée. Mais elle n'accorderait pas plus de crédit à sa peur en mettant des mots dessus.

— Je suis tout simplement incapable de rester assise à la maison sans rien faire, et je ne veux même plus poser les yeux sur eux. Merde, Trez, j'aurais dû savoir que cette union était une mauvaise idée. Je ne suis pas taillée pour ça.

— On dirait que ce n'est pas toi qui poses problème. Même si je comprends d'où vient son raisonnement. Si quoi que ce soit devait arriver à iAm, je péterais les plombs… donc ce n'est pas une bonne idée que nous combattions côte à côte, lui et moi.

— C'est pourtant ce que vous faites.

— Oui, mais on est idiots. Et ce n'est pas comme si nous sortions pour chercher la bagarre toutes les nuits : nous avons chacun un travail de bureau pour nous occuper et ce n'est que quand quelque chose nous retrouve que nous nous en occupons. (Il ouvrit l'un des tiroirs du bureau et lui lança un trousseau de clés.) Il y a un bureau vide au bout du couloir. Si cet inspecteur de la criminelle revient au sujet de Chrissy et de son petit copain mort, nous nous en chargerons s'il le faut. En attendant, je vais te réintégrer au personnel. Tu tombes bien : j'aurais bien besoin d'aide pour organiser les videurs. Mais – et je suis sérieux – ce n'est pas une obligation à long terme. Tu peux partir quand tu le souhaites.

— Merci, Trez.

Tous deux se dévisagèrent par-dessus le bureau.

— Ça va aller, affirma l'Ombre.
— Tu en es certain ?
— Absolument.

À environ un pâté de maisons du *Masque de Fer*, Xcor se tenait sous l'auvent d'une boutique de tatouage, dont l'enseigne, avec ses néons rouges, jaunes et bleus, lui picotait les yeux et lui tapait sur les nerfs.

Affhres et Zypher étaient entrés dans l'établissement depuis une dizaine de minutes.

Mais pas pour un petit dessin.

Bon sang de bonsoir, Xcor aurait préféré que ses soldats se trouvent ailleurs en train d'accomplir une autre mission. Malheureusement, on ne pouvait pas négocier avec le besoin de sang, et il leur fallait toujours trouver une source fiable. Les femelles humaines faisaient l'affaire compte tenu de leur situation, mais leurs forces duraient beaucoup moins longtemps, et cela signifiait qu'ils devaient repartir en chasse presque aussi souvent qu'ils mangeaient.

Oui, ils n'étaient là que depuis une semaine et il sentait déjà les effets d'un ramollissement dans sa chair : dans l'Ancienne Contrée, ils avaient des femelles vampires dignes de ce nom qu'ils payaient pour qu'elles les servent. Ici, ils n'avaient pour l'instant pas ce luxe, et il craignait qu'il ne s'écoule un certain temps avant que ce soit le cas.

Mais s'il devenait roi, le problème serait résolu.

En attendant, il se balançait d'un pied sur l'autre, ce qui faisait légèrement craquer son manteau de cuir. Dans son dos, dissimulé dans son fourreau mais prêt à être utilisé, son fauchon était aussi impatient que lui.

Parfois il aurait juré que l'arme lui parlait. Par exemple, de temps à autre, un humain passait devant l'entrée de la ruelle où il se trouvait : c'était soit un passant isolé et pressé, soit une femme qui s'attardait pour tenter d'allumer une cigarette dans le vent, soit un petit groupe de fêtards. Quels qu'ils soient, il les suivait du regard comme des proies, évaluait la façon dont ils bougeaient, les endroits où ils auraient pu dissimuler une arme et le nombre de bonds nécessaires pour les atteindre.

Et pendant ce temps-là, son fauchon lui parlait à l'oreille, le pressait de passer à l'action.

À l'époque du Saigneur, les humains étaient moins nombreux et moins robustes, tout juste bons à servir de cible d'entraînement et de source de nourriture… ce qui expliquait pourquoi cette espèce de rats sans queue avait fini par accumuler autant de mythes sur les vampires. Mais à présent, les rongeurs avaient envahi le palais qu'était la Terre et étaient devenus une menace.

Quelle honte qu'il ne puisse travailler correctement à Caldwell, et chasser de là, non seulement le Roi aveugle et la Confrérie, mais aussi l'*Homo sapiens*.

Son fauchon était prêt au combat; il en était certain. La lame frémissait dans son dos, le suppliant de l'utiliser avec cette voix plus séduisante que toutes celles qu'il avait jamais entendues de la bouche d'une femelle.

Affhres émergea de la boutique et sortit dans la ruelle. Immédiatement, les crocs de Xcor s'allongèrent et son pénis se mit à durcir, non parce qu'il avait envie de sexe, mais parce que c'était la réaction de son corps.

— Zypher en finit avec elles en ce moment même, l'informa son lieutenant.

— Bien.

Quand la porte métallique s'ouvrit, tous deux plongèrent la main dans leurs manteaux pour empoigner leurs armes. Mais il ne s'agissait que de Zypher… accompagné de trois dames, toutes aussi attirantes qu'un tas de détritus à côté d'une assiette.

Mais à la guerre comme à la guerre. En outre, chacune possédait la principale qualité requise : un cou.

Zypher souriait en s'approchant, mais prenait garde à ne pas montrer ses crocs. Avec son accent traînant, il déclara :

— Voici Carla, Beth et Linda…

— Lindsay, corrigea celle à l'extrémité.

— Lindsay, reprit-il en tendant le bras pour l'attirer plus près de lui. Les filles, je vous présente mon ami… et voici mon chef.

Le soldat ne s'embarrassa pas avec les noms : pourquoi gaspiller son souffle ? Pourtant, en dépit de la présentation incorrecte, elles paraissaient excitées : Carla, Beth et Lin-machin-truc souriaient à Affhres, envoyant un signal positif… jusqu'à ce qu'elles aperçoivent Xcor.

Il avait beau se tenir dans l'ombre, une lumière au-dessus de la porte de la boutique s'était déclenchée automatiquement lorsqu'ils en étaient sortis, et il était évident que les filles n'appréciaient pas ce qu'elles avaient sous les yeux. Deux d'entre elles baissèrent la tête. La dernière se contenta de tripoter la veste en cuir de Zypher.

Le rejet immédiat n'était pas une réaction inconnue. En fait, aucune femelle ne l'avait jamais regardé d'un air d'approbation ou d'attirance.

Heureusement, il s'en fichait.

Avant que le silence devienne gênant, Zypher déclara :

— Bref, ces charmantes demoiselles sont sur le point d'aller travailler…

— Au *Masque de Fer*, précisa Lin-bidule.

— … mais elles ont accepté de nous retrouver ici à 3 heures.

— À la fin du service, ajouta une autre.

Comme le trio femelle se mettait à glousser d'un air coquin exaspérant, Xcor n'éprouva pas plus d'intérêt pour elles qu'elles n'en avaient pour lui. En effet, son ambition était bien plus élevée que celle de Zypher. Le sexe, comme le sang, n'était qu'une fonction biologique malcommode et il était bien trop intelligent pour tomber un jour dans les conneries sentimentales.

Si l'on était déterminé à s'engager sur ce chemin, la castration était plus facile, moins douloureuse et tout aussi définitive.

— Donc, nous avons rendez-vous ? demanda Zypher à la femme.

Celle qui s'était quasiment faufilée sous sa veste chuchota quelque chose qui le força à baisser la tête. Il fronça les sourcils ; il n'était pas bien difficile de comprendre l'idée générale et la femme ne parut pas trop malheureuse de la réponse.

Elle ronronna.

Mais bon, Xcor supposa que c'était là le comportement normal d'une chatte de gouttière en chaleur.

— Nous avons rendez-vous, annonça le vampire en jetant un coup d'œil à Xcor. J'ai promis que nous nous montrerions très gentils avec ces trois-là.

— J'ai ce qu'il nous faut.

— Bien. Parfait.

Il donna une tape sur les fesses de l'une, puis d'une autre. Quant à la troisième, la femme qui tentait de se glisser contre lui, il lui inclina la tête en arrière et l'embrassa goulûment.

Il y eut d'autres gloussements. D'autres regards faussement timides qui n'avaient pas seulement à voir avec le fait qu'elles étaient des prostituées sur le point d'être payées.

Au moment de partir, chacune des filles se retourna vers Xcor, avec une expression sur le visage suggérant qu'il était une maladie à laquelle elles seraient bientôt exposées. Il se demanda qui tirerait la courte paille quand ils se retrouveraient tous… parce qu'il était certain, aussi certain que les jours étaient longs et les nuits toujours trop courtes, qu'il coucherait avec l'une d'elles.

Cela lui coûtait simplement plus cher dans ces cas-là.

— Remarquables exemples de vertu, dit-il sèchement quand il se retrouva seul avec ses soldats.

Zypher haussa les épaules.

— Elles sont ce qu'elles sont. Et elles feront l'affaire.

— Je m'efforce de nous trouver des femelles convenables, ajouta Affhres. Mais ce n'est pas facile.

— Tu devrais peut-être travailler plus dur. (Xcor leva la tête vers le ciel.) À présent mettons-nous au travail. Nous avons assez perdu de temps comme ça.

Chapitre 13

Prostituée ? Prostituée ?

Tandis que PersOnne se rendait de l'autre côté et rentrait dans le sanctuaire où elle avait passé des siècles, elle était incapable de faire sortir ce mot ni sa colère de sa tête.

En bas, dans le centre d'entraînement, le linge propre n'avait jamais été plié aussi brutalement et, une fois ses tâches terminées, rester dans la demeure pour la journée lui avait semblé impossible.

C'était là son unique solution.

Et il était temps qu'elle aille se revigorer, de toute façon.

Debout au milieu du champ de fleurs colorées, elle inspira profondément… et se mit à prier qu'on la laisse tranquille. Les Élues formaient un groupe aimable de femelles sacrées et méritaient mieux que ce qu'elle avait à offrir, même en passant par hasard ; heureusement, elles se trouvaient désormais pour la plupart sur Terre, avec le Primâle.

Retroussant sa robe, elle se mit à marcher entre les tulipes perpétuellement épanouies, avec leurs grosses fleurs teintées de couleurs vibrantes, semblables à des pierres précieuses. Elle poursuivit sa route jusqu'à ce que sa jambe blessée commence à protester, mais continua cependant sa promenade.

Le petit territoire de la Vierge scribe était délimité des quatre côtés par une épaisse forêt et parsemé de bâtiments et de temples de style classique. PersOnne connaissait chaque toit, chaque mur, chaque chemin, chaque bassin… et à présent, dans sa fureur, elle décrivait un large cercle autour d'eux.

La colère l'animait, la poussant à avancer vers… rien ni personne, mais néanmoins à un rythme d'enfer.

Comment lui, qui avait vu sa souffrance, avait-il pu l'insulter de la sorte ? Elle avait été autrefois une vierge violemment privée de ce qu'elle avait eu l'intention d'offrir à celui auquel elle se serait unie.

Prostituée !

Oui, Tohrment n'était plus le mâle qu'elle avait connu autrefois… et, quand cette pensée la traversa, elle se fit la réflexion qu'ils se ressemblaient sur ce point. Elle aussi s'était dépouillée de son ancien moi, sauf que, contrairement à celle de Tohr, sa personnalité actuelle constituait une amélioration.

Au bout d'un moment, sa jambe l'élança tellement qu'elle dut ralentir… puis s'arrêter. La douleur lui permit de clarifier considérablement les choses, en lui faisant prendre conscience de son environnement immédiat, alors que jusqu'à présent, elle se sentait encore sur Terre, du moins en esprit.

Elle se tenait devant le temple des scribes recluses.

Il était vide. De même que tous les autres bâtiments.

Jetant un coup d'œil aux alentours, elle se rendit compte du profond silence qui régnait. Le paysage était complètement désert. C'était comme si, ironiquement, les couleurs étincelantes que l'on avait finalement fait venir ici n'avaient pas seulement remplacé le blanc envahissant, mais avaient chassé toute vie.

Se remémorant le passé, quand il y avait tant à faire, elle comprit que, en vérité, elle ne s'était pas rendue de l'autre côté uniquement pour chercher sa fille, mais aussi pour trouver un autre endroit où s'occuper jusqu'à l'épuisement, afin de ne pas trop réfléchir.

Ici, elle n'avait plus rien à faire.

Douce Vierge scribe, elle allait devenir folle.

Brusquement, l'image des épaules nues de Tohrment, fils de Nhuisance, envahit son esprit au point qu'elle ne vit plus rien d'autre.

WELLESANDRA

Le nom était gravé en langue ancienne sur sa large musculature, symbolisant une véritable union des corps et des âmes.

Après que le destin lui avait arraché une chose pareille, il était à coup sûr aussi abîmé qu'elle. Et elle aussi avait été en colère, au début. Quand elle était arrivée ici après sa mort et que la Directrix lui avait expliqué quels seraient désormais ses devoirs, son état d'engourdissement avait disparu, laissant place à une rage brûlante. Mais elle n'avait pu s'en prendre à personne d'autre qu'elle-même… et c'était ce qu'elle avait fait pendant des décennies.

Du moins jusqu'à ce qu'elle comprenne le « pourquoi » de sa destinée, le dessein caché derrière la tragédie, la voie de son salut.

On lui avait offert une seconde chance pour qu'elle ressuscite dans un rôle voué au service des autres et à l'humilité, afin qu'elle comprenne l'erreur de ses anciennes façons d'être.

Elle ouvrit en grand la porte du temple et pénétra en boitant dans la pièce spacieuse où se trouvaient des rangées de bureaux, surmontés de rouleaux de parchemin et de bouquets de plumes. Sur chaque écritoire, au centre de l'espace de travail, on voyait un bol de cristal rond rempli aux trois quarts d'une eau si pure qu'elle en était presque invisible.

Oui, Tohrment souffrait comme elle avait souffert, et il ne faisait peut-être que débuter le périple qu'elle avait l'impression d'avoir achevé d'innombrables années plus tôt. Et même si la colère était une réaction naturelle face à ses injustes accusations, elle savait également que la compréhension et la compassion étaient des attitudes plus difficiles mais plus précieuses à adopter…

Elle avait appris cela en observant le groupe des Élues.

Même si la compréhension nécessitait la connaissance, se dit-elle en regardant fixement l'un des bols.

Elle s'approcha, embarrassée par la quête qu'elle était sur le point d'entamer, et choisit une écritoire tout au fond de la pièce, très loin des portes et des vitraux dignes d'une cathédrale.

Elle s'assit et ne trouva pas la moindre particule de poussière sur la surface du bureau ou de l'eau, ni d'encre sèche dans le flacon, bien que l'endroit soit déserté depuis longtemps par ces femelles qui observaient les événements de l'espèce sur Terre et consignaient l'histoire qui apparaissait sous leur aimable regard.

PersOnne souleva le bol entre ses paumes et non ses doigts. D'un mouvement à peine perceptible, elle se mit à faire tourner l'eau, en se représentant le dos de Tohrment aussi distinctement que possible.

Bientôt, une histoire se révéla, faite d'images mouvantes tissées de couleurs vives et animées par l'amour.

Jamais auparavant elle n'avait pensé à s'enquérir de lui et de sa vie dans les bols. Les rares fois où elle était venue ici, cela avait été pour s'informer du sort des membres de sa famille et de la vie de sa fille. Mais à présent, elle savait qu'il lui aurait été trop douloureux de contempler les deux guerriers qui lui avaient offert un abri et leur protection.

Lors de son dernier acte, le plus lâche, elle les avait trahis tous les deux.

À la surface de l'eau, elle vit Tohrment avec une femelle rousse de haute stature : ils valsaient, elle dans cette fameuse robe rouge, lui dépouillé de sa chemise et arborant la récente scarification qui reprenait le nom de la femelle en langue ancienne. Il était si heureux, et de façon si flamboyante, que son amour et son union le faisaient resplendir comme l'étoile Polaire.

D'autres scènes suivirent, puisées au fil des années, depuis l'instant où tout avait été nouveau entre eux jusqu'au bien-être procuré par la familiarité, passant de petites demeures à de plus spacieuses, montrant les bons moments où ils riaient ensemble et ceux plus difficiles où ils se disputaient.

C'était ce que la vie avait de mieux à offrir : une personne à aimer et de qui être aimé, avec laquelle on gravait quelque chose sur le tronc du temps qui s'écoulait inexorablement.

Puis vint une autre scène.

La femelle se tenait dans une jolie cuisine reluisante, devant une gazinière. De la viande cuisait dans une poêle, et elle avait une spatule à la main. Mais au lieu de surveiller la cuisson, elle regardait devant elle, les yeux dans le vague, alors que de la fumée commençait à s'élever.

Tohrment apparut sur le seuil et se précipita dans la cuisine. Il cria le nom de la femelle et s'empara d'une petite serviette, puis se dirigea sous un engin fixé au plafond et agita le tissu avec vigueur, tout en grimaçant comme s'il avait mal aux oreilles.

Devant la gazinière, Wellesandra reprit ses esprits et éloigna la poêle brûlée du feu. Elle se mit à parler et, même si aucun son n'accompagnait les images, il était évident qu'elle s'excusait.

Une fois que tout fut rentré dans l'ordre, Tohrment s'appuya contre la paillasse, croisa les bras sur sa poitrine et prononça quelques mots. Puis il se tut.

Il fallut un long moment avant que Wellesandra réponde. Dans les images précédentes, elle était toujours apparue comme quelqu'un de fort et de direct… À présent, son expression était hésitante.

Quand elle eut fini de parler, elle serra les lèvres et regarda son compagnon droit dans les yeux.

Tohrment décroisa lentement les bras jusqu'à les laisser pendre le long du corps, et sa mâchoire s'ouvrit jusqu'à rester bouche bée. Il cligna des yeux à plusieurs reprises…

Quand il bougea de nouveau, ce fut avec la grâce de quelqu'un qui aurait eu tous les os brisés : il tituba jusqu'à sa *shellane* et tomba à genoux devant elle. Levant des mains tremblantes, il lui toucha le bas-ventre, les yeux remplis de larmes.

Il ne prononça pas un mot. Il se contenta de presser sa compagne contre lui, l'enlaçant de ses grands bras puissants, et posa sa joue humide sur son ventre.

Au-dessus de lui, Wellesandra se mit à sourire… à resplendir, véritablement.

Mais plus bas, le visage de Tohr était figé de terreur. Comme s'il savait, même à ce moment-là, que la grossesse dont elle se réjouissait serait une malédiction pour tous les trois…

— Je pensais bien te trouver de ce côté.

PersOnne se retourna brusquement, et l'eau du bol aspergea légèrement sa robe, faisant disparaître l'image.

Tohrment se tenait sur le seuil du temple, comme si l'intrusion de la femelle dans son intimité l'avait attiré jusqu'ici pour protéger ce qui lui appartenait de droit. Sa colère s'était dissipée mais même ainsi, son visage émacié ne ressemblait en rien à celui qu'elle venait d'observer dans le bol.

— Je suis venu présenter mes excuses, dit-il.

Elle reposa le bol avec précaution et regarda la surface de l'eau se calmer, puis remonter lentement à son niveau antérieur, comme reconstituée par un réservoir inconnu et invisible.

— J'ai décidé d'attendre d'avoir un peu dessoûlé…

— Je vous ai observé, dit-elle. Dans le bol. Avec votre *shellane*.

Cela le fit taire.

PersOnne se mit debout et lissa sa robe, même si elle tombait, comme à son habitude, en plis droits et rigides.

— Je comprends à présent pourquoi vous êtes dans un état épouvantable et si prompt à céder à la colère. C'est dans la nature d'un animal blessé de frapper même une main amicale.

Quand elle releva la tête, il fronçait tellement les sourcils que ceux-ci formaient une unique barre sur son front. Cela ne constituait pas vraiment une ouverture à la discussion. Mais il était temps de clarifier les choses entre eux et, de même que le nettoyage d'une plaie infectée, on pouvait s'attendre à ce que ce soit douloureux.

Mais il fallait enrayer l'infection de la chair.

— Depuis combien de temps est-elle morte ?

— Assassinée, dit-il au bout d'un moment. Elle a été assassinée.

— Depuis quand ?

— Quinze mois, vingt-six jours, sept heures. Il faudrait que je consulte une montre pour les minutes.

PersOnne se dirigea vers les fenêtres et contempla l'herbe verte resplendissante.

— Comment avez-vous appris qu'on vous l'avait enlevée ?

— Mon roi. Mes frères. Ils sont venus me voir… et m'ont dit qu'on lui avait tiré dessus.

— Que s'est-il passé après cela ?

— J'ai hurlé. Je me suis dématérialisé pour m'échapper quelque part, n'importe où ailleurs. J'ai pleuré, seul, pendant des semaines dans la nature.

— Vous n'avez pas accompli la cérémonie de l'Estompe ?

— J'ai erré pendant près d'un an. (Il poussa un juron et se frotta le visage.) Je n'arrive pas à croire que tu me demandes cela et encore moins que je te réponde.

Elle haussa les épaules.

— C'est parce que vous vous êtes montré cruel à mon égard à la piscine. Vous vous sentez coupable et j'ai l'impression que vous me devez quelque chose. Ce qui me rend audacieuse et vous descelle les lèvres.

Il ouvrit la bouche. La referma. La rouvrit.

— Tu es très maligne.

— Pas vraiment. C'est simplement évident.

— Qu'as-tu vu dans les bols ?

— Êtes-vous certain de vouloir me l'entendre dire ?

— Tout se rejoue sans cesse en boucle dans ma tête. Ce ne sera pas un scoop, quoi que ce soit.

— Elle vous a annoncé qu'elle était enceinte dans votre cuisine. Vous êtes tombé sur le sol devant elle ; elle était heureuse, mais pas vous.

Quand il pâlit, elle souhaita avoir partagé une autre scène.

Puis il la surprit.

— C'est étrange… mais je savais qu'il s'agissait d'une mauvaise nouvelle. Trop de bonne fortune. Elle en voulait tellement un. Tous les dix ans, nous nous disputions à ce sujet quand elle avait ses chaleurs. Finalement, les choses en sont venues au point où elle allait me quitter si je n'acceptais pas de la laisser essayer. C'était comme choisir entre prendre une balle ou un coup de couteau : dans les deux cas, je savais… bizarrement, que j'allais la perdre.

Se servant de sa béquille, il clopina jusqu'à une chaise, la tira et s'assit. Pendant qu'il manœuvrait difficilement son pied blessé, elle prit conscience qu'ils avaient une chose de plus en commun.

Elle s'approcha de lui d'une allure lente et inégale, puis s'assit au bureau d'à côté.

— Je suis désolée. (Quand il parut légèrement surpris, elle haussa de nouveau les épaules.) Comment pourrais-je ne pas vous offrir mes condoléances devant l'ampleur de votre perte ?

En vérité, après vous avoir vus tous les deux ensemble, je pense que je n'oublierai jamais à quel point vous l'aimiez.

Au bout d'un moment, il murmura d'une voix enrouée :

— Alors nous sommes deux.

Comme ils se taisaient, Tohr examina la petite silhouette couverte d'une capuche assise complètement immobile à côté de lui. Ils étaient séparés d'environ un mètre, chacun installé devant une écritoire. Mais ils paraissaient plus près l'un de l'autre que cela.

— Retire ta capuche pour moi.

Comme PersOnne hésitait, il répliqua :

— Tu as vu le meilleur de ma vie. Je veux voir tes yeux.

Elle leva ses mains pâles, qui tremblaient un peu, et ôta ce qui lui recouvrait le visage.

Elle ne le regarda pas. Elle en était sans doute incapable.

D'un regard froid, il évalua les magnifiques contours de ses traits.

— Pourquoi portes-tu ce truc en permanence ?

Elle prit une profonde inspiration, qui souleva sa robe d'une telle façon qu'il fut forcé de se rappeler qu'elle était probablement toujours nue sous le vêtement.

— Dis-moi, ordonna-t-il.

Quand elle redressa les épaules, il songea que si quelqu'un croyait cette femelle faible, il ferait bien d'y réfléchir à deux fois.

— Ce visage... (elle désigna le parfait ovale de sa mâchoire et ses hautes pommettes roses) ne correspond pas à qui je suis aujourd'hui. Si les gens le voient, ils me traitent avec une déférence inappropriée. Même les Élues le faisaient. Je le couvre parce que, sinon, je propagerais un mensonge, et même si cela ne broierait que moi, c'est suffisant.

— Tu as une façon très spéciale de dire les choses.

— Cette explication n'est-elle pas suffisante ?

— Si. (Quand elle fit mine de relever la capuche, il tendit la main et la posa sur son bras.) Si je promets d'oublier à quoi tu ressembles, la garderas-tu baissée ? Je n'arrive pas à évaluer ton humeur quand tu te caches… et au cas où tu ne l'aurais pas remarqué, on ne parle pas vraiment du temps qu'il fait.

Sa main serrait toujours l'un des pans de la capuche, comme si elle était dans l'incapacité de le lâcher. Puis elle le regarda droit dans les yeux, de façon si directe qu'il sursauta.

C'était la première fois qu'elle le dévisageait vraiment, comprit-il. La toute première fois.

Parlant avec une franchise semblable à la sienne, elle dit :

— Afin que nous soyons tout à fait clairs l'un avec l'autre, sachez que je n'éprouve aucun intérêt envers les mâles. Je suis sexuellement dégoûtée par tout votre genre, vous y compris.

Il se racla la gorge, tira sur son débardeur et remua sur sa chaise, d'un air embarrassé.

Puis il prit une lente inspiration, soulagé.

PersOnne poursuivit :

— Si je vous ai offensé…

— Non, pas du tout. Je sais qu'il n'y a rien de personnel à ta réaction.

— C'est vraiment le cas.

— Pour être honnête, cela rend la situation… plus facile. Parce que je ressens la même chose.

Sur ce, elle esquissa un sourire.

— Nous sommes comme deux gouttes d'eau.

Ils demeurèrent silencieux un moment. Jusqu'à ce qu'il déclare d'un ton brusque :

— Je suis toujours amoureux de ma *shellane*.

— Pourquoi ne serait-ce pas le cas ? Elle était magnifique.

Il se sentit sourire pour la première fois depuis… très longtemps.

— Ce n'était pas seulement son apparence. C'était tout chez elle.

— Je l'ai compris à la façon dont vous la contempliez. Vous sembliez envoûté.

Il prit l'une des plumes et examina sa pointe fine et acérée.

— Mon Dieu… j'étais si nerveux la nuit où nous avons été unis. Je la désirais tellement… et je n'arrivais pas à croire qu'elle serait mienne.

— Était-ce une union arrangée ?

— Oui, par ma *mahmen*. Mon père se fichait de ce genre de choses… ou de moi, en l'occurrence. Mais ma mère s'est occupée de la situation de son mieux, et elle était intelligente. Elle savait que si j'avais une bonne femelle, je serais casé pour la vie. Ou tout du moins… c'était l'idée.

— Votre *mahmen* est-elle toujours en vie ?

— Non, et j'en suis heureux. Elle n'aurait… rien aimé de tout cela.

— Et votre père ?

— Il est mort, lui aussi. Il m'a renié jusqu'à ce qu'il se rapproche du tombeau. Environ six mois avant sa mort, il m'a fait venir auprès de lui, et je n'y serais pas allé sans Wellsie. Elle m'y a forcé, et elle avait raison. Il m'a officiellement reconnu comme son héritier légitime sur son lit de mort. J'ignore pourquoi c'était si important pour lui, mais voilà.

— Qu'est-il advenu d'Audazs ? Je ne l'ai pas aperçu…

— Il a été tué par l'ennemi. Juste avant Wellsie. (Comme elle posait la main sur sa bouche pour étouffer un cri à cette annonce, il hocha la tête.) Cela a été un véritable enfer.

— Vous êtes tout seul, dit-elle d'une petite voix.

— J'ai mes frères.

— Mais les laissez-vous vous consoler ?

Avec un rire bref, il secoua la tête.

— Tu es terrible avec tes questions, tu sais ?

— Je suis désolée, je…

— Non, ne t'excuse pas. (Il reposa la plume dans son support.) J'aime bien discuter avec toi.

Quand il entendit la surprise dans sa propre voix, il eut un rire dur.

— Merde, je marque plein de points dans la catégorie « charme » avec toi ce soir, non ? (Il se frappa les cuisses pour mettre fin à la conversation et se releva à l'aide de sa béquille.) Écoute, je suis aussi venu ici pour effectuer quelques recherches. Sais-tu où est la bibliothèque ? Je n'arrive pas à la trouver.

— Oui, bien entendu. (En se levant, elle rabattit sa capuche sur la tête.) Je vais vous y conduire.

Alors qu'elle passait devant lui, il fronça les sourcils.

— Tu boites plus que d'habitude. Est-ce que tu t'es fait mal à la piscine ?

— Non. Quand je marche trop, c'est douloureux.

— Nous pourrions nous en occuper en bas… Manello est…

— Merci, mais non.

Tohr tendit la main et l'arrêta avant qu'elle franchisse la porte.

— Ta capuche. Laisse-la baissée, s'il te plaît.

Comme elle ne répondait pas, il ajouta :

— Il n'y a personne ici à part nous. Tu n'as rien à craindre.

Chapitre 14

Debout sur la rive de l'Hudson, à environ quinze minutes au nord de Caldwell, John Matthew avait l'impression d'être à des milliers de kilomètres de ses frères.

Derrière lui, la brise dominante soufflait, et l'on apercevait ce qui paraissait être une petite cabane de chasseur, dont on pouvait considérer qu'elle ne valait même pas l'effort d'une démolition, si l'on ignorait la véritable nature de la bâtisse. C'était pourtant une véritable forteresse, avec des murs renforcés par de l'acier, un toit impénétrable et des fenêtres à l'épreuve des balles… et avec assez de puissance de feu dans le garage pour envoyer la moitié de la population de la ville regarder son Créateur dans les yeux.

Il avait supposé que Xhex viendrait ici. Il en était tellement convaincu qu'il n'avait pas pris la peine de suivre sa trace.

Mais elle n'était pas…

Un éclat de phares à sa droite lui fit tourner la tête. Un véhicule remontait l'allée, s'approchant lentement de la cabane.

John fronça les sourcils quand il entendit le moteur : grave, profond, comme un grognement d'avertissement.

Ce n'était ni une Hyundai ni une Honda. Il ne pouvait s'agir d'une Harley, c'était trop régulier.

Quel qu'il soit, le véhicule poursuivit sa route sinueuse jusqu'à l'extrémité du chemin, où l'on avait construit cette grosse maison pour riches. Quelques instants plus tard, des lampes s'allumèrent dans la demeure, inondant de lumière la galerie extérieure et les deux étages.

Le bâtiment ressemblait désormais à une navette spatiale sur le point de décoller.

Mais ce n'étaient pas ses oignons. Et il était temps d'y aller, de toute façon.

Avec un juron silencieux, il dispersa ses molécules dans l'air et se dirigea vers les bas quartiers de Caldwell : cette étendue de bars, de clubs de striptease et de boutiques de tatouage autour de Trade Street.

Le *Masque de Fer* était le second club de Vhengeance, un établissement qui mêlait danse, sexe et drogues, créé pour satisfaire une clientèle gothique que n'accueillait pas son premier club, le *Zero Sum*, qui était plutôt du genre « bling-bling ».

Les gens faisaient la queue pour entrer – comme toujours – mais les deux videurs, Grand Rob et Tom le Muet, le reconnurent et le laissèrent passer devant tout le monde.

Des draperies en velours, des canapés à l'assise profonde, des lumières noires… des femmes vêtues de cuir noir avec un maquillage blanc et des extensions capillaires qui leur arrivaient aux fesses… des hommes en petits groupes, planifiant des stratégies pour tirer un coup… de la musique dépressive accompagnée de paroles qui vous faisaient envisager avec bonheur l'idée de vous tirer une balle dans la bouche.

Mais peut-être s'agissait-il seulement de son humeur.

Et elle était là. Il avait senti l'odeur de son propre sang dans Xhex et il traversa la foule en se concentrant sur ce signal.

Quand il se retrouva devant la porte dérobée qui menait à la partie du club réservée au personnel, Trez sortit de l'ombre. Naturellement.

— Comment vas-tu ? demanda l'Ombre en tendant la paume.

Ils se serrèrent la main, s'étreignirent et se donnèrent une claque dans le dos.

— Tu es là pour lui parler ? (Quand John hocha la tête, Trez ouvrit la porte.) Je lui ai donné le bureau à côté des vestiaires. Va au fond ; elle doit être en train de lire les comptes-rendus de son équipe…

L'Ombre se tut brusquement, mais il en avait assez dit.

Seigneur Dieu…

— Euh, ouais, elle est de retour, marmonna le type, comme s'il avait franchement l'intention de rester en dehors de toute cette histoire.

John se faufila dans le passage et descendit le couloir. Quand il parvint à une porte fermée, il ne vit pas de panneau au nom de Xhex, mais se demanda combien de temps cela durerait.

Et il frappa, même si elle devait savoir qu'il se trouvait là.

Quand elle lui cria d'entrer, il poussa la porte…

Xhex se trouvait dans un coin au fond du bureau : penchée en avant, elle tirait sur quelque chose par terre. Quand elle se redressa avec un regard mauvais, elle se figea ; ce qui apprit à John que, en fait, elle n'avait pas remarqué son arrivée dans le club.

Génial. Elle était si absorbée par son nouvel ex-job qu'elle l'avait complètement oublié.

— Euh… salut.

Baissant de nouveau la tête, elle reprit ce qu'elle était en train de faire et tira sur…

Une rallonge électrique jaillit de sous l'armoire métallique, et son extrémité dentée cingla l'air.

Avant que le câble heurte Xhex, John bondit en avant, attrapa l'objet et encaissa lui-même le coup, la piqûre de la douleur irradiant dans sa poitrine.

— Merci, dit-elle, comme il lui tendait la prise électrique, puis s'écartait. Elle était coincée là-dessous.

—*Alors… tu vas travailler ici, à présent?*

—Oui. Effectivement. Je ne pense pas que l'autre option soit réaliste. Et… (son regard se fit dur) si tu essaies de me dire que je ne peux pas…

—*Mon Dieu, Xhex, tout cela ne nous ressemble pas.* (Il fit le geste de les désigner l'un et l'autre au-dessus du bureau qui les séparait.) *Ce n'est pas nous.*

—En réalité, je suppose que si, puisque nous sommes là, pas vrai?

—*Je ne veux pas t'interdire de te battre…*

—Mais tu l'as fait. Ne faisons pas semblant de croire le contraire. (Xhex s'assit dans le fauteuil de bureau et s'appuya contre le dossier, ce qui le fit grincer.) Maintenant que nous sommes unis, les frères, mais aussi ton roi, chantent la même chanson que toi… non, attends, je n'ai pas fini. (Elle ferma les yeux comme si elle était épuisée.) Laisse-moi parler jusqu'au bout. Je sais qu'ils me respectent, mais ils respectent encore plus la prérogative d'un mâle uni sur sa *shellane*. Ce n'est pas propre à la Confrérie; c'est le tissu même de la société vampire et c'est sans doute parce qu'un mâle lié est un animal dangereux. Tu ne peux rien y changer et je ne peux pas vivre ainsi donc, oui, voilà où nous en sommes.

—*Je peux leur parler, leur faire voir…*

—Ils ne constituent pas la racine du problème.

John éprouvait l'envie folle de cogner dans un mur.

—*Je peux changer.*

Brusquement, les épaules de Xhex s'affaissèrent et ses yeux d'un gris métallique se firent durs.

—Je ne pense pas que tu en sois capable, John. Et moi non plus. Je ne vais pas rester tranquillement assise à la maison et attendre que tu rentres à l'aube chaque nuit.

—*Je ne te demande pas de faire cela.*

— Tant mieux, parce que je ne retournerai pas à la demeure. (John eut l'impression que son cerveau était soudain privé d'oxygène et elle se racla la gorge.) Tu sais, toute cette histoire de lien… je sais que tu n'y peux rien. J'étais énervée quand je suis partie, mais j'ai pris le temps d'y réfléchir depuis et… merde, je sais que si tu pouvais changer ton état d'esprit, penser différemment, tu le ferais. Mais la réalité est que si nous passions encore ensemble quelques mois malheureux pour nous rendre compte de cela, nous apprendrions à nous haïr mutuellement… et je ne le veux pas. Et toi non plus.

— *Alors tu en as fini avec moi*, signa-t-il. *C'est ça ?*

— Non ! Je ne sais pas… je veux dire, merde ! (Elle leva les bras au ciel.) Que puis-je faire d'autre ? Je suis tellement frustrée par rapport à toi, à moi, à tout… je ne suis même pas sûre que ce que je dis ait un sens.

John fronça les sourcils ; il se retrouvait dans la même position délicate qu'elle. Où était le juste milieu ?

— *Il y a plus que cela entre nous.*

— Je veux le croire, dit-elle tristement. Vraiment.

Sur un coup de tête, il contourna le bureau et se planta derrière elle. Empoignant les accoudoirs, il fit pivoter le fauteuil vers lui et tendit les deux mains vers Xhex.

Il n'y avait aucune exigence dans ce geste. Aucune agressivité. Elle choisirait d'agir ou pas.

Au bout d'un moment, Xhex plaça ses mains dans les siennes et ne résista pas quand il la tira pour la mettre debout.

Glissant les bras autour d'elle, il la serra étroitement… puis, d'un mouvement puissant, il la fit basculer sur le côté et la retint entre ses bras musclés, l'empêchant de toucher le sol.

Il riva ses yeux aux siens et unit leurs lèvres une fois, brièvement. Comme elle ne le gifla pas, ni ne lui balança un coup de genou dans les couilles, ni ne le mordit, il baissa la tête et s'empara correctement de sa bouche, la pressant de s'ouvrir à lui.

Au moment où elle le fit, il plaqua son corps contre le sien et l'embrassa à en perdre le souffle. Il fit glisser l'une de ses mains jusqu'à ses fesses, qu'il pressa, et referma l'autre sur sa nuque. Quand elle laissa échapper un grognement guttural, il sut qu'il avait fait valoir son point de vue.

Même s'il n'avait pas de solution immédiate à ce problème de mâle lié, il savait que ce qui les unissait était une certitude dans un univers qui lui avait soudain paru rempli de doutes.

Il interrompit leur baiser, la reposa sur son siège, puis se dirigea vers la porte.

— *Envoie-moi un message quand tu voudras me revoir*, signa-t-il. *Je te laisse de l'espace, mais sache-le : je t'attendrai éternellement.*

Une bonne chose que le fauteuil soit là, se dit Xhex quand la porte se fut refermée derrière John.

Oui, waouh. Quel que soit le problème qui la tarabustait, son corps était aussi fluide et léger que de l'air tiède.

Elle le désirait toujours. Et lui aussi. Ils s'accordaient toujours… au moins sur ce point-là.

Bon sang de bonsoir, ils s'accordaient toujours.

Merde, que faire à présent ?

Eh bien, une idée… serait de lui envoyer un message pour qu'il revienne, les enferme tous les deux et inaugure son nouveau bureau de façon parfaitement indécente.

Elle esquissa même un geste vers son téléphone.

Mais au bout du compte, elle écrivit un message totalement différent.

« Nous résoudrons cela. Je te le promets. »

Reposant l'appareil, elle comprit que c'était à elle et à John d'inventer leur propre avenir, en trouvant la solution pour s'extirper de ces bas-fonds rocailleux et impitoyables que représentait le passage du temps d'une façon qui leur conviendrait à tous deux.

Elle avait cru que ce serait en se battant à ses côtés avec la Confrérie, et lui aussi.

C'était peut-être encore la bonne façon. Ou peut-être pas.

Jetant un coup d'œil à la pièce autour d'elle, elle se demanda combien de temps elle resterait ici…

Un coup puissant frappé à la porte interrompit sa réflexion.

— Oui ?

Grand Rob et Tom le Muet entrèrent, avec leur expression habituelle : comme s'ils étaient sur le point de balancer un crâneur la tête la première pour s'être mal comporté. Et même si John occupait toujours ses pensées, c'était agréable d'avoir à gérer les affaires courantes. Elle avait passé beaucoup de nuits à s'assurer que les choses se passaient sans accroc dans un club.

Elle en était capable.

— Je vous écoute, dit-elle.

Naturellement, Grand Rob s'exécuta.

— Il y a un nouveau joueur en ville.

— Dans quel domaine ?

Il se tapota le nez.

La drogue. Formidable… mais pas vraiment une surprise. Vhen avait été la cheville ouvrière du secteur pendant une décennie, et maintenant qu'il avait tiré sa révérence… L'opportunité, tout comme la nature, avait horreur du vide… et l'argent était une importante motivation.

Super génial. Les bas-fonds de Caldwell ressemblaient déjà à une table branlante infernale ; ils n'avaient pas besoin d'instabilité supplémentaire.

— Qui est-ce ?

— Personne ne le sait. Il est sorti, comme qui dirait, de nulle part et a simplement acheté pour un demi-million de dollars de poudre à Benloise, en liquide.

Elle fronça les sourcils. Non qu'elle doute des sources de son videur, mais cela représentait une grande quantité de produit.

— Ça ne veut pas dire que ce sera vendu à Caldwell.

— On vient de trouver ça sur un client agité dans les toilettes des hommes.

Grand Rob jeta un sachet plastique sur le bureau. Il s'agissait d'une dose standard de sept grammes, à l'exception d'un petit détail. Il était estampillé d'une marque à l'encre rouge.

Putain…

— J'ignore parfaitement ce que ce gribouillis veut dire.

Bien sûr que oui. C'était un caractère en langue ancienne, qui n'avait pas d'équivalent en français. En règle générale, on l'apposait sur les documents officiels et il représentait la mort.

La question était : qui tentait de prendre la place de Vhen… et appartenait à l'espèce ?

— Ce type auprès de qui tu l'as eu, tu l'as laissé partir ? demanda-t-elle.

— Il t'attend dans mon bureau.

Xhex se leva et contourna le bureau. Elle donna un petit coup de poing dans le bras de Grand Rob avant de déclarer :

— Je t'ai toujours aimé.

Chapitre 15

Au sanctuaire, PersOnne conduisit Tohrment jusqu'à la bibliothèque, où elle s'apprêtait à le laisser seul pour effectuer ses recherches, quelles qu'elles soient. Mais quand ils arrivèrent à destination, il lui tint la porte ouverte et lui fit signe d'entrer.

Bien entendu, elle franchit le seuil.

Le temple des livres était long, étroit et haut de plafond, comme s'il avait été construit selon les proportions d'un ouvrage posé sur la tranche. Tout autour, des volumes reliés de cuir et remplis de l'écriture minutieuse de générations d'Élues étaient posés sur des étagères de marbre blanc dans l'ordre chronologique. Les histoires renfermées ici étaient des comptes-rendus véridiques de vies vécues en bas et observées sur l'écran transparent de l'eau.

Tohrment demeura là un moment, conservant son équilibre grâce à la béquille alors qu'il soulevait son pied bandé.

— Que cherchez-vous ? demanda-t-elle en jetant un coup d'œil aux rayonnages les plus proches.

La vue de ces livres la poussa à s'interroger sur l'avenir de la conservation du passé. À présent que les Élues exploraient le monde, elles ne l'archivaient plus beaucoup, voire plus du tout. Cette longue tradition risquait de se perdre.

— L'au-delà, répondit Tohrment. Une idée quant à la section où ça se trouve ?

— Je crois que les chroniques sont rangées par années, non par sujets.

— As-tu déjà entendu parler de l'Entre-Deux ?

— De quoi ?

Il eut un rire dur, tandis qu'il s'avançait en boitant et commençait à examiner les rayons.

— Exactement. Nous avons l'Estompe. Nous avons le *Dhund*. Deux fins opposées dont j'ai toujours supposé qu'elles étaient les seules options quand on mourait. Je cherche la preuve qu'il existe une autre possibilité. Bon sang… oui, elles sont dans l'ordre chronologique, et non thématique. Est-ce que c'est différent ailleurs ?

— Pas à ma connaissance.

— Existe-t-il un système d'index ?

— Uniquement par décennies, me semble-t-il. Mais je ne suis pas experte.

— Merde, cela pourrait me prendre des années pour tout parcourir.

— Peut-être devriez-vous parler avec l'une des Élues ? Je sais que Séléna était scribe…

— Personne n'a besoin d'être au courant. Cela concerne ma Wellsie.

Il ne parut pas saisir l'ironie derrière ces mots.

— Attendez… il existe une autre salle.

Elle lui fit descendre l'allée centrale, puis tourna à gauche, pour l'amener devant ce qui ressemblait assez à une chambre forte.

— Il s'agit de l'endroit le plus sacré : c'est ici que sont archivées les vies de la Confrérie.

Les lourdes portes résistèrent à l'invasion, du moins quand elle tenta de les ouvrir. Mais devant la force de Tohrment, elles cédèrent pour dévoiler une pièce étroite et haute de plafond.

—Ainsi, on nous a enfermés, déclara-t-il d'un ton sec, tout en passant en revue les noms inscrits au dos des volumes. Voyez-vous cela…

Il tira l'un des livres et l'ouvrit en faisant craquer la reliure.

—Ah, Affhres… père de l'actuel Affhres. Je me demande ce que le vieux penserait des fréquentations de son fils.

Tandis qu'il remettait le tome en place, elle ne se cacha pas pour l'observer : s'appuyant contre les étagères, il manipulait avec soin les ouvrages de ses doigts forts mais néanmoins élégants, les sourcils froncés par la concentration.

Ses cheveux noirs étaient épais, brillants et coupés très court. Et cette mèche blanche au niveau du front paraissait parfaitement incongrue… jusqu'à ce qu'elle songe à son regard hagard et fatigué.

Oh, ses yeux. Aussi bleus que les saphirs du Trésor, et tout aussi précieux, d'après elle.

Il était très beau, découvrit-elle.

C'était étrange, mais le fait qu'il soit amoureux d'une autre lui permettait même de le jauger sur ce plan-là : compte tenu des sentiments qu'il éprouvait pour sa *shellane*, il était… inoffensif. Au point qu'elle ne se sentait plus gênée qu'il l'ait aperçue dévêtue. Il ne la considérerait jamais d'un point de vue sexuel. Ce serait offenser son amour pour Wellesandra.

—Y a-t-il autre chose ici ? demanda-t-il, penché en avant sur sa béquille. Je ne vois que… les biographies des frères…

—Attendez, laissez-moi vous aider.

Ensemble, ils examinèrent tout et ne trouvèrent aucun volume de référence concernant le paradis ou l'enfer. Seulement la vie d'un frère, suivie de celle d'un autre, et ainsi de suite…

—Rien, marmonna-t-il. À quoi peut bien servir une bibliothèque si on ne peut rien y trouver ?

—Peut-être que…

Elle s'agrippa au rebord d'une étagère et se pencha maladroitement en avant pour scruter les noms. Enfin, elle découvrit ce qu'elle cherchait.

— Vous pourriez chercher dans l'ouvrage qui vous concerne.

Il croisa les bras sur sa poitrine, d'un air déterminé.

— Elle serait dedans, pas vrai ?

— Elle faisait partie de votre vie et vous êtes le sujet du livre.

— Sors-le.

Plusieurs tomes lui étaient consacrés, et PersOnne tira le plus récent. Elle l'ouvrit, passa la déclaration de lignée du début et parcourut rapidement les différentes pages consacrées à ses prouesses au combat. Quand elle arriva aux dernières lignes, elle fronça les sourcils.

— Qu'est-ce que ça dit ?

En langue ancienne, elle lut à haute voix la date puis l'annotation :

— « *Ce soir-là, il perdit sa* shellane, *Wellesandra, qui portait son enfant, et qui disparut de la surface de la Terre. À la suite de quoi, il quitta la communauté de la Confrérie de la dague noire.* »

— C'est tout ?

— Oui.

Elle retourna le livre pour qu'il puisse lire par lui-même, mais il refusa d'un geste impérieux de la main.

— Nom de Dieu, ma vie est en miettes, et voilà tout ce qu'elles ont écrit.

— Peut-être voulaient-elles se montrer respectueuses de votre chagrin. (Elle reposa l'ouvrage.) Mieux valait sans doute passer cela sous silence.

Il n'ajouta rien et demeura planté là, appuyé sur la béquille qui le maintenait debout, ses yeux pleins de colère rivés au sol.

— Parlez-moi, dit-elle d'une voix douce.

— Bordel de merde ! (Il se frotta les yeux, tant l'épuisement irradiait de sa personne.) Le seul sentiment d'apaisement auquel je m'accroche dans ce cauchemar, c'est de savoir que ma Wellsie est dans l'Estompe avec mon fils. C'est la seule chose qui me fasse vivre. Quand je deviens dingue, je me répète qu'elle va bien et qu'il vaut mieux que ce soit moi qui traverse ce chagrin qu'elle… mieux vaut que ce soit à moi qu'elle manque, ici, sur Terre. Parce que, hein, l'Estompe est censée n'être que paix et amour, pas vrai ? Sauf qu'alors cet ange débarque et se met à raconter qu'il existe une espèce d'Entre-Deux ; et voilà soudain mon unique réconfort… envolé ! Et par-dessus le marché ? Je n'ai jamais entendu parler de cet endroit et je ne peux pas vérifier si…

—J'ai une idée. Venez avec moi. (Quand il se contenta de la dévisager, elle eut une expression montrant qu'elle n'était pas prête à accepter un « non » en guise de réponse.) Venez.

Elle le tira par le bras, le fit sortir de la chambre forte et retourner dans la partie principale de la bibliothèque. Puis elle fouilla dans les rayonnages, passant en revue les dates des volumes afin de localiser les plus récents.

—Quel jour a-t-elle été…

Tohrment lui redonna le jour et le mois, et elle tira le livre approprié.

En le feuilletant, elle sentit la présence du frère dans son dos, mais sans en éprouver de crainte.

—Voilà… voilà, elle est là.

—Oh… mon Dieu. Qu'y a-t-il ?

—Cela dit seulement… oui, la même chose que ce qui est inscrit dans votre volume. Elle a disparu de la surface de la Terre… Attendez un instant.

Elle revint en arrière de quelques pages, puis repartit en avant, pour suivre les histoires d'autres femelles et d'autres mâles décédés à cette date : Untel a rejoint l'Estompe… a rejoint l'Estompe… etc.

Quand PersOnne le regarda de nouveau, elle ressentit un pur moment de frayeur.

— En fait, cela ne dit pas qu'elle y est. Dans l'Estompe.

— Qu'est-ce que tu entends par…

— Le texte dit seulement qu'elle a disparu. Mais il n'indique pas qu'elle est dans l'Estompe.

Au fond du cœur froid et rude de Caldwell, Xcor pistait un éradiqueur.

Il traversa la pelouse morte et rêche d'un parc en se déplaçant silencieusement derrière le non-mort, fauchon en main, prêt à frapper. Ce tueur était un égaré, qui s'était éloigné de la meute que lui et sa bande de salopards avaient attaquée un peu plus tôt.

Il était visiblement blessé et laissait une trace de sang noir parfaitement évidente.

Lui et ses soldats avaient tué ses collègues dans les ruelles ; ensuite ils avaient emporté quelques trophées en souvenir sur l'ordre de Xcor, puis ce dernier s'était séparé d'eux pour retrouver le déserteur solitaire. Affhres et Zypher, pendant ce temps-là, étaient retournés à la boutique de tatouage préparer les femelles pour qu'ils se nourrissent, et les trois cousins étaient repartis à la base panser leurs blessures.

S'ils expédiaient rapidement les femmes, les deux premiers pourraient peut-être dénicher un autre bataillon d'ennemis avant l'aube… même si « bataillon » n'était pas le terme qui convenait. C'était trop professionnel. Les recrues actuelles ne ressemblaient en rien à celles de l'Ancienne Contrée, à l'apogée de la guerre. À peine sorties de l'initiation, celles-ci n'avaient même pas encore pâli et ne paraissaient ni bien organisées, ni capables de travailler de concert durant un combat. En outre, leurs armes étaient pour l'essentiel celles de petits voyous de rue : des cutters, des couteaux à cran d'arrêt, des battes de base-ball… S'ils avaient des flingues, ceux-ci étaient dépareillés et souvent mal réglés.

C'était une armée de bric et de broc, dont la force paraissait essentiellement reposer sur le nombre. Et la Confrérie était incapable d'en venir à bout ? Quelle honte.

Reportant son attention sur sa proie, Xcor commença à se rapprocher.

Il était temps d'en finir, de se nourrir et de disparaître.

Le terrain sur lequel ils venaient d'entrer se trouvait au bord du fleuve et était un peu trop bien éclairé au goût de Xcor. Il était également trop dégagé : parsemé de tables de pique-nique et de grosses poubelles rondes, il n'offrait pas beaucoup de moyens de se cacher des regards indiscrets, mais au moins, la nuit était suffisamment froide pour inciter les humains un tant soit peu raisonnables à rester à l'intérieur. Bien entendu, il y aurait toujours quelques passants. Heureusement, ils avaient tendance à rester dans leur propre univers et, si ce n'était pas le cas, nul ne prêterait attention à leurs histoires.

Devant lui, l'éradiqueur avançait sur un chemin bétonné qui, au lieu de le conduire vers la sécurité, allait tout simplement le mener à sa propre perte… et il était prêt pour sa scène finale. Il commençait à tanguer d'un côté à l'autre, tendant inutilement un bras pour garder un équilibre qui demeurait incertain, le second restant obstinément plaqué sur son ventre. À ce rythme, il allait bientôt s'effondrer par terre, et quel intérêt y aurait-il…

Un sanglot s'éleva au-dessus des bruits étouffés de la nuit.

Puis un autre.

Il était en train de pleurer. Ce satané truc pleurait comme une femelle.

Une vague de rage l'envahit si vite que Xcor manqua de s'étouffer. Brusquement, il rengaina son fauchon et tira sa dague en acier.

Ce qui avait jusque-là été une question de travail devenait désormais une affaire personnelle.

Sur son ordre mental, les lampadaires sur leurs perches au long col s'éteignirent un à un devant et derrière le tueur, et l'obscurité se rapprocha de lui jusqu'à ce que, enfin, même au travers de sa faiblesse et de sa douleur, il comprenne que son heure était venue.

— Oh, putain… non… (Il se retourna sous la lueur du dernier éclairage.) Seigneur, non…

Son visage était d'un blanc saisissant, comme s'il portait un maquillage de scène, mais sa pâleur n'était pas due au fait qu'il était éradiqueur depuis longtemps. Jeune, à peine âgé de dix-huit ou vingt ans, il était tatoué autour du cou et sur les bras et, si la mémoire de Xcor était bonne, il s'était montré plutôt adroit un couteau à la main… même s'il était apparu de façon évidente, lors du corps à corps, que c'était davantage dû à l'instinct qu'à l'entraînement.

Visiblement, il avait été un agresseur dans son ancienne vie ; sa démonstration de force initiale avait prouvé qu'il était habitué à ce que ses adversaires reculent après le premier coup. Mais le temps de sa force et de son ego était passé, et ces larmes pathétiques montraient sa nature profonde.

Lorsque la dernière lampe, celle qui se trouvait au-dessus de lui, s'éteignit, il poussa un hurlement.

Xcor l'attaqua avec une force brutale, jetant tout son poids sur la créature qu'il repoussa sur la pelouse.

Il referma une main sur son visage, lui enfonça un couteau dans l'épaule et l'arracha, déchirant les tendons et les muscles, cisaillant l'os. Un souffle brûlant s'exhala quand l'éradiqueur cria de nouveau, prouvant une fois encore que même les non-morts étaient sensibles à la douleur.

Xcor se pencha et approcha la bouche de l'oreille du mâle.

— Pleure pour moi. Verse des larmes… Pleure jusqu'à ne plus pouvoir respirer.

L'enfoiré suivit son ordre à la lettre, sanglotant ouvertement avec de grandes inspirations rauques et des expirations tremblantes. Supervisant le spectacle, Xcor absorba sa faiblesse par tous ses pores, l'attirant à lui et la maintenant étroitement dans ses propres poumons.

La haine qu'il ressentait dépassait la guerre, dépassait cette nuit et cet instant. Tout au fond de son âme, de sa moelle, son dégoût lui donnait envie d'écarteler l'ancien humain.

Mais il existait une issue plus convenable.

Jetant la créature à plat ventre, il plaça de force ses genoux entre ses cuisses minces et lui écarta les jambes comme s'il s'agissait d'une femelle sur le point de se faire baiser. Il se positionna au-dessus du corps étendu et lui enfonça le visage dans le gazon.

Puis il se mit à l'œuvre.

Il n'était plus question de lever haut sa dague pour le poignarder. Il était désormais temps de manier sa lame en faisant preuve de précision et d'attention.

Pendant que l'éradiqueur se débattait de façon pitoyable, Xcor découpa le col de son tee-shirt sans manches, puis coinça son couteau entre ses dents et déchira le tissu en deux pour exposer les épaules et le dos. Un tatouage représentant une sorte de scène urbaine avait été réalisé de façon assez habile, l'encre rendait un bel effet sur la surface lisse de la peau… tout du moins, là où le sang noir et huileux ne brouillait pas l'image.

Les pleurs et les halètements distordaient l'image, sans arrêt, comme s'il s'agissait d'un film mal cadré.

— Quel dommage de gâcher un tel travail, dit-il d'une voix traînante. Il t'a sans doute fallu du temps pour le faire faire. Et ça a dû être douloureux.

Xcor posa la pointe effilée de sa lame sur la nuque de la créature. Il perça la peau puis s'enfonça, jusqu'à atteindre l'os.

Les pleurs redoublèrent.

Il approcha de nouveau la bouche de l'oreille de cet enfoiré.

— Je ne fais que révéler ce qui est.

D'un geste assuré et ferme, il fit descendre le couteau, traçant les contours des vertèbres proprement empilées, tandis que sa proie couinait comme un goret. Puis il déplaça les genoux pour qu'ils reposent sur l'arrière des jambes du tueur, posa la paume sur son épaule… et plongea la main pour empoigner le sommet de la colonne.

Aucun humain n'aurait survécu à ce qui suivit quand il mit toutes ses forces à accomplir son but. Mais l'éradiqueur demeura animé, même si, après cela, il n'était plus capable de respirer et ne serait plus jamais en mesure de se lever : sa structure centrale, ce qui avait défini sa posture, sa mobilité et sa stature, pendait désormais dans la main de Xcor.

Le tueur pleurait toujours et des larmes coulaient de ses yeux.

Xcor se rassit et inspira lourdement à cause de l'épuisement. Ce serait une bonne chose d'abandonner cet avorton ici dans son état, en le condamnant à demeurer un déchet invertébré pour l'éternité, et il prit un moment pour savourer la souffrance et imprimer dans son esprit cette vision du châtiment.

Se remémorant les années écoulées, il se rappela s'être trouvé dans une position semblable. Réduit à une émotion brute, sur le sol, nu et souillé.

« Tu as aussi peu de valeur que ton visage. Casse-toi. »

Le Saigneur l'avait froidement renvoyé et ses subordonnés s'étaient montrés efficaces et sans pitié : on lui avait empoigné les bras et les jambes et on l'avait porté jusqu'à l'entrée de la caverne qui servait de camp de guerre… puis on l'avait jeté dehors comme un tas de fumier.

Seul dans la froide neige hivernale, Xcor était resté étendu là où il avait atterri, incapable de bouger, à la merci des autres. Néanmoins, lui avait le visage tourné vers le ciel.

Oui, ce n'était pas la première fois qu'on le bannissait. Cela avait commencé avec la femelle qui l'avait mis au monde ; puis cela avait continué avec les différents orphelinats qu'il avait fréquentés, son rejet était une longue histoire. Le campement avait constitué son ultime chance de trouver une communauté où vivre, et il avait refusé d'en être expulsé.

Il avait dû regagner sa place en supportant la douleur. Et le Saigneur lui-même avait été impressionné quand il avait prouvé ce qu'il était capable d'endurer.

Les larmes étaient bonnes pour les enfants, les femelles et les mâles castrés. Dommage que la leçon n'ait pas servi à ce…

— Tu t'es occupé, à ce que je vois.

Xcor leva la tête. Affhres avait surgi de nulle part, sans doute en se matérialisant sur place.

— Les femmes sont-elles prêtes ? demanda Xcor d'un ton bourru.

— Il est l'heure.

Xcor entreprit de rassembler ses forces. Il devait nettoyer ce bazar ; il était hors de question d'abandonner derrière eux un corps parcouru de soubresauts pour que les humains le découvrent et extrapolent à n'en plus finir.

— Il y a des toilettes publiques par là-bas. (Affhres désigna un endroit de l'autre côté de la pelouse.) Finis-en et allons te nettoyer.

— Comme si j'étais un bébé ? (Xcor regarda son lieutenant d'un œil torve.) Sûrement pas. Retourne auprès des putes. Je serai bientôt là.

— Tu ne peux pas apporter tes trophées.

— Et où suggères-tu que je les mette ?

Son ton sous-entendait que « dans ton cul » était une option, tout du moins de son point de vue à lui.

— Pars.

Affhres désapprouvait, mais cela ne l'empêcha pas, en vertu du protocole, de hocher la tête et de disparaître.

Demeuré seul, Xcor jeta un dernier regard à la carcasse profanée.

— Oh, reprends-toi.

Le désir de châtier une fois de plus cette faiblesse lui donna l'énergie de poignarder la créature dans la poitrine. À l'instant où la pointe d'acier s'enfonça, il y eut un claquement, une explosion de lumière… puis il ne resta plus rien hormis une tache sur l'herbe, là où s'était trouvé l'éradiqueur.

Se remettant péniblement debout, il ramassa la colonne vertébrale de sa proie et la mit dans le sac qu'il portait à l'épaule avec ses autres trophées.

Elle était trop grande et son extrémité dépassait de l'ouverture.

Affhres avait raison au sujet de ce macabre paquet de souvenirs.

Il se dématérialisa pour se rendre sur le toit des toilettes publiques, dissimula ses trophées sous le système de ventilation et se téléporta à l'intérieur, où se trouvaient les lavabos et les cuvettes. Il était presque certain que même si l'endroit sentait le désodorisant de synthèse, cela ne couvrirait pas la puanteur douceâtre de viande pourrie de sa proie.

Les lampes s'allumèrent automatiquement sur son passage, créant une brume fluorescente. Les lavabos étaient en acier inoxydable et rudimentaires, mais l'eau était froide et propre. Il se pencha au-dessus de l'un d'eux, mit ses mains en coupe et s'aspergea plusieurs fois le visage.

C'était tellement idiot de perdre du temps à ce petit nettoyage, se dit-il. Les prostituées ne se souviendraient de rien. Et se laver ne rendrait pas son visage plus avenant.

D'un autre côté, mieux valait ne pas les effrayer au point de les faire fuir : c'était une telle corvée de les faire revenir.

Quand il redressa la tête, il se vit dans les feuilles de métal brut censées être des miroirs. Même si son reflet était flou, il remarqua sa laideur et repensa à Affhres l'instant d'avant. En dépit du fait que le soldat avait combattu toute la nuit, son beau visage était apparu frais comme une rose ; sa beauté bien née éclipsait le fait que ses vêtements étaient tachés du sang d'éradiqueur et que son corps était couvert d'hématomes et de coupures.

Xcor, quant à lui, aurait pu se reposer deux semaines d'affilée, manger un repas consistant et se nourrir sur une putain d'Élue, il aurait toujours été repoussant.

Il se rinça le visage une fois de plus. Puis regarda autour de lui, cherchant quelque chose pour s'essuyer. Il n'y avait que des machines fixées au mur pour se sécher les mains à l'air chaud.

Son manteau de cuir était crasseux. De même que son ample tee-shirt noir en dessous.

Il quitta le bâtiment alors que de l'eau froide lui dégoulinait encore du menton et reparut sur le toit. Son sac n'était pas assez à l'abri ici, et il allait devoir laisser son fauchon et son manteau en lieu sûr.

Tenaillé par l'épuisement, il se dit… que tout cela était franchement emmerdant.

Chapitre 16

Très haut, au-dessus du chaos de Caldwell, dans la silencieuse bibliothèque en marbre des Élues, Tohr entendait un hurlement retentir dans sa tête, si fort qu'il était surpris de ne pas voir PersOnne se couvrir les oreilles pour se protéger du vacarme.

Il tendit la main.

— Donne-moi ça.

Lui prenant le volume, il força ses yeux à déchiffrer les caractères en langue ancienne si minutieusement disposés.

« *Wellesandra, compagne du frère de la dague noire Tohrment, fils de Nhuisance, fille de sang de Relhique, disparut de la surface de la Terre cette nuit-là, emportant avec elle son enfant à naître, un fils d'une quarantaine de semaines.* »

En lisant le court passage, il eut l'impression que l'événement venait de survenir un instant plus tôt, et son corps se retrouva submergé par cette vague de chagrin ancienne et familière.

Il dut relire les symboles à plusieurs reprises avant de pouvoir se concentrer non seulement sur ce qui était dit, mais aussi sur ce qui ne l'était pas.

Aucune mention de l'Estompe.

Il passa au crible les autres paragraphes, à la recherche de mentions d'autres décès. Il y en avait un grand nombre…

« *Disparut de la surface de la Terre et rejoignit l'Estompe. Disparut de la surface de la Terre et rejoignit l'Estompe. Disparut de…* (il tourna la page) *la surface de la Terre et rejoignit l'Estompe.* »

—Oh, mon Dieu…

Quand un bruit strident se répercuta dans la pièce, il ne leva pas les yeux. Mais brusquement, PersOnne se mit à lui tirer le bras.

—Asseyez-vous, je vous en prie. Asseyez-vous. (Elle tira plus fort.) Je vous en prie.

Il se laissa tomber, et la chaise qu'elle avait tirée jusqu'à lui rattrapa son poids.

—Y a-t-il la moindre chance qu'elles aient simplement oublié de le mentionner ? demanda-t-il d'une voix rauque.

Il était inutile que PersOnne ou quelqu'un d'autre réponde à cette question. Les Élues recluses accomplissaient une œuvre sacrée, chose qu'elles ne traitaient pas à la légère. Et ce genre d'oubli aurait été une grosse erreur.

La voix de Lassiter résonna dans sa tête : « *C'est pour cela que je suis venu… Je suis ici pour t'aider et pour les aider à sortir de là.* »

— Il faut que je retourne à la demeure, marmonna-t-il.

L'instant d'après il était sur ses pieds, mais cela ne se passa pas bien. Entre la soudaine faiblesse de son corps et ce foutu pied, il se cogna dans l'une des étagères et son épaule dessina une vague dans les livres aux dos si minutieusement alignés. Ensuite, le sol se mit à pencher dans la direction inverse et il perdit l'équilibre.

Quelque chose de petit et de doux l'empêcha de tomber…

Il s'agissait d'un corps. Un minuscule corps de femelle dont les hanches et la poitrine s'imprimaient en lui brusquement et de façon choquante, ce dont il eut parfaitement conscience en dépit de sa confusion mentale.

Immédiatement, la vision de PersOnne dans cette piscine, de sa silhouette nue et luisante d'humidité, explosa comme une mine antipersonnel dans son cerveau, et la déflagration fut si puissante qu'elle balaya tous les principes qui l'avaient animé jusque-là.

Cela arriva très vite : le contact, le souvenir… et l'excitation.

Sous la braguette de son pantalon en cuir, son pénis se raidit de toute sa longueur. Sans la moindre excuse.

— Laissez-moi vous aider à vous rasseoir, l'entendit-il dire de très loin.

— Ne me touche pas.

Il la repoussa et s'écarta d'elle en titubant.

— Ne t'approche surtout pas de moi. Je perds… les pédales…

Il passa devant les rayonnages d'un pas mal assuré, incapable de respirer, incapable… de se maîtriser…

Dès qu'il fut sorti de la bibliothèque, il s'enfuit du sanctuaire et ramena son corps déloyal dans sa chambre à la demeure.

Il était toujours en érection quand il y parvint.

Pff.

Baissant la tête sur les boutons de sa braguette, il tenta de trouver une autre explication à son état. Il avait peut-être un caillot dans le sang ? Un caillot dans le pénis… ou peut-être… merde…

Il était impossible qu'il soit attiré par une autre femelle.

C'était un mâle lié, bon sang.

— Lassiter. (Il regarda autour de lui.) Lassiter !

Où était passé cet ange, bordel ?

— Lassiter ! hurla-t-il.

Voyant qu'il n'obtenait aucune réponse, que personne ne déboulait par la porte, il se retrouva tout seul… avec son érection.

La rage lui fit serrer le poing droit.

D'un geste brutal, il se frappa à l'endroit où cela faisait mal : aux *cojones*…

— Putain !

Ce fut comme se faire heurter par un boulet de démolition, et son gratte-ciel s'effondra, la douleur le fauchant si vite qu'il se retrouva la tête sur la moquette.

Alors qu'il avait un haut-le-cœur et tentait de se mettre à genoux, tout en se demandant s'il ne s'était pas causé de sérieux dommages internes, une voix sèche s'insinua au milieu de sa souffrance.

— Merde, ça doit faire mal. (Le visage de l'ange apparut dans son champ de vision trouble.) Mais le côté positif, c'est que tu vas sans doute pouvoir chanter en soprano sur le CD de Noël.

— Qu'est-ce que…

Difficile de parler. Mais bon, il lui était difficile de respirer. Et chaque fois qu'il toussait, il se demandait si ses couilles n'allaient pas lui remonter dans la gorge.

— Parle-moi… de l'Entre-Deux…

— Tu veux attendre de ne plus être en hypoxie ?

Tohr tendit la main et agrippa le biceps de l'ange.

— Explique-moi, espèce d'enfoiré.

Un principe universel chez les mâles voulait que, quand on voyait un mec se faire frapper à l'entrejambe, on ressentait une douleur psychosomatique dans ses propres bijoux de famille.

Quand Lassiter s'accroupit à côté du corps recroquevillé du frère, il se sentait lui-même vaguement nauséeux et il prit un instant pour palper ce qu'il avait entre les jambes… uniquement pour assurer à tout le monde en bas que, si iconoclaste soit-il, certaines choses étaient sacrées.

— Explique-moi !

Il était impressionnant que Tohr soit encore en mesure de trouver l'énergie de crier. Et, oui, il ne pouvait pas user de l'option « peut-être plus tard quand tu iras mieux » face à un fils de pute capable de s'assener à lui-même un tel coup de poing.

Aucune raison de tourner autour du pot, non plus. Forcément.

— L'Entre-Deux ne dépend pas vraiment de la juridiction de la Vierge scribe ni de celle de l'Oméga. C'est le territoire du Créateur ; et avant que tu le demandes, il s'agit du créateur de toutes choses. Ta Vierge scribe, l'Oméga, tout. Il existe plusieurs façons d'atterrir là-bas, mais la plupart du temps c'est parce que tu ne veux pas lâcher prise ou parce que quelqu'un ne veut pas te laisser partir.

Comme Tohr demeurait silencieux, Lassiter reconnut là les signes d'une prise de tête et prit le pauvre vieux en pitié.

Posant une main sur l'épaule du frère, il dit doucement :

— Respire en même temps que moi. Allez, on va le faire ensemble. Contente-toi de respirer une minute pour digérer la nouvelle…

Ils demeurèrent ainsi une éternité, Tohr plié en deux au niveau des hanches, Lassiter se sentant comme un con.

Au cours de sa longue vie, il avait vu la souffrance sous toutes ses formes. La maladie. Le démembrement. Le désenchantement dans des proportions homériques.

Regardant fixement sa main tendue, il prit conscience qu'il s'était détaché de tout cela. Endurci par la surexposition et son expérience personnelle. Séparé de toute compassion.

Merde, il n'était pas l'ange qui convenait pour ce boulot.

Ils se trouvaient dans une foutue situation, tous les deux.

Tohr leva les yeux, et les pupilles en étaient si dilatées que, si Lassiter n'avait pas su qu'ils étaient bleus, il aurait juré qu'ils étaient noirs.

— Que puis-je faire ? gémit le frère.

Oh ! putain, il ne supportait pas de le voir ainsi.

Brusquement, il se releva et se dirigea vers la fenêtre. Dehors, le paysage était légèrement éclairé et les jardins étaient loin d'être resplendissants dans leurs prémices. Oui, le printemps était un incubateur froid et cruel, situé à des mois de la chaleur complaisante de l'été.

À une vie entière.

— Aide-moi à l'aider, murmura Tohr d'une voix rauque. C'est ce que tu m'as dit.

Dans le silence qui suivit, Lassiter n'avait plus rien. Ni voix. Ni même pensées. Et pourtant, s'il ne sortait pas une solution de ses fesses, il se dirigeait droit vers un enfer fait sur mesure pour lui, sans le moindre espoir de pouvoir en réchapper. Wellsie et son bébé seraient coincés dans le leur et Tohr dans le sien.

Il s'était montré si arrogant.

Il n'avait jamais envisagé que cela ne marche pas. Quand on l'avait approché, il s'était montré désinvolte, confiant, et prêt pour la suite… en ne prenant alors en compte que sa propre liberté.

La possibilité d'une résistance ne l'avait jamais effleuré. Le concept d'échec n'était pas apparu sur ses écrans radar.

Et il ne s'était jamais attendu à s'inquiéter du sort de Wellsie et de Tohr.

— Tu as dit que tu étais ici pour m'aider et pour les aider à sortir de là. (N'obtenant pas de réponse, Tohr baissa la voix.) Lassiter, je suis à genoux là.

— C'est parce que tes couilles sont remontées dans ton diaphragme.

— Tu m'as dit…

— Tu ne me crois pas, tu te rappelles ?

— Je l'ai vu. Dans les livres, de l'autre côté. Elle n'a pas rejoint l'Estompe.

Lassiter observait toujours les jardins dehors et s'émerveillait de constater à quel point ils étaient proches de la renaissance : en dépit de leur aspect racorni et décrépit, ils étaient sur le point de refleurir et de chanter l'arrivée du printemps.

— Elle n'est pas dans l'Estompe !

Quelque chose l'empoigna, le fit pivoter et le plaqua dos au mur si violemment que, s'il avait eu ses ailes sorties, elles se seraient brisées.

— Elle n'y est pas !

Le visage de Tohr était déformé par la colère, et quand une main se referma sur sa gorge, Lassiter eut un instant de lucidité. Le frère pouvait très bien le tuer, ici et maintenant.

C'était peut-être de cette façon qu'il finirait dans l'Entre-Deux. Quelques coups à la tête, éventuellement une nuque brisée, et pouf! « Vous avez échoué. » Bonjour, néant éternel.

C'était étrange, il n'avait jamais envisagé la possibilité d'y retourner. Il aurait probablement dû.

— Tu ferais bien d'ouvrir ta gueule, l'ange, gronda Tohr.

Lassiter contempla les traits de ce visage une nouvelle fois, évalua la puissance de ce corps, prit la température de cette rage.

— Tu l'aimes trop.

— C'est ma *shellane*…

— C'était. Bon sang, c'était !

Il y eut un bref silence. Puis un craquement, suivi d'un feu d'artifice et d'une immense douleur. Ainsi que d'un petit tremblement au niveau des genoux… non qu'il ait besoin de l'avouer.

L'enfoiré l'avait violemment frappé au visage.

Lassiter le repoussa, cracha du sang sur le tapis et songea à riposter. Mais au diable le combat. Si le Créateur devait le rappeler à lui, alors il devrait venir le chercher ; Tohr ne le renverrait pas là-bas par avion.

Il était temps de se tirer de cette chambre.

Il se dirigea vers la porte et ignora aisément le juron marmonné dans son dos. D'autant qu'il se demandait si l'un de ses yeux ne pendait pas par le nerf optique.

— Lassiter. Merde, Lassiter… Je suis désolé.

L'ange se retourna.

—Tu veux savoir quel est le problème ? (Il pointa du doigt le visage de Tohr.) C'est toi le problème. Je suis désolé que tu aies perdu ta femelle. Désolé que tu aies toujours des envies suicidaires. Désolé que tu n'aies rien pour te tirer du lit… ni pour t'y attirer. Je suis désolé que tu aies un furoncle au cul, une rage de dents et une putain d'otite. Tu es en vie. Elle non. Et le fait que tu t'accroches au passé vous coince tous les deux dans l'Entre-Deux.

Reprenant son souffle, il marcha droit sur l'emmerdeur.

—Tu veux que je te mette les points sur les « i » ? Très bien, voilà. Elle s'estompe… pas au sens où elle rejoint l'Estompe. Et tu es la raison pour laquelle cela arrive. Ceci… (il désigna d'un geste le corps amaigri du mâle, son pied et sa main bandés) est la raison pour laquelle elle est là-bas. Et plus tu t'accrocheras à elle, à ton ancienne vie et à tout ce que tu as perdu, moins elle aura de chance d'être libérée. C'est toi le responsable ici, pas elle, ni moi ; alors si tu recommençais à te frapper, trouduc ?

Tohr se passa une main tremblante sur le visage, comme s'il essayait d'effacer ses traits. Puis il saisit l'encolure de son propre débardeur, juste au-dessus du cœur.

—Je ne peux pas arrêter… uniquement parce que son corps a cessé de vivre.

—Mais tu te comportes comme si c'était arrivé hier, et je n'ai pas le sentiment que cela va changer.

Lassiter s'approcha du lit sur lequel était étalée la robe d'union. Il empoigna le satin, souleva le vêtement par la jupe et l'agita en l'air.

—Ce n'est pas elle. Ta colère n'est pas elle. Tes rêves, ta saloperie de douleur… rien de tout cela n'est elle. Elle est morte.

—Je le sais, rétorqua Tohr. Crois-tu que je l'ignore ?

Lassiter tendit la robe devant lui, et le satin tomba comme une pluie de sang.

— Alors dis-le !

Silence.

— Dis-le, Tohr. Laisse-moi l'entendre.

— Elle est…

— Dis-le !

— Elle est…

N'entendant rien, il secoua la tête et jeta la robe sur le lit. Grommelant à voix basse, il retourna vers la porte.

— On ne va nulle part. Malheureusement, c'est la même chose pour elle.

Chapitre 17

Alors que l'aube approchait, Xhex achevait sa première nuit de reprise de travail. Les heures s'étaient agréablement écoulées : gérer un tas de gens dans un espace clos avec de l'alcool de surcroît avait un côté « ping-pong » qui faisait passer le temps assez vite. C'était également agréable d'être de nouveau Alex Hess, chef de la sécurité, sa propre maîtresse, même si le nom qu'elle utilisait parmi les humains était faux.

Et c'était absolument fantastique de ne pas avoir la Confrérie sur le dos.

L'aspect moins sympa était que tout lui paraissait plat, comme si sa vie avait été passée au bulldozer en prévision du goudronnage à venir.

Elle n'avait jamais entendu parler de femelles liées. Mais comme d'habitude, cela ne voulait pas dire qu'elle n'était pas une aberration. Enfin, sans John à ses côtés, elle avait l'impression que tout n'était qu'une grande exclamation de dégoût retentissante.

Un rapide coup d'œil à sa montre lui apprit qu'il lui restait une heure de véritable obscurité. Merde, elle regrettait de ne pas être venue à moto, afin de pouvoir éteindre les phares et traverser les ténèbres à grande vitesse. Mais la Ducati était enfermée dans son garage.

Elle se demanda s'il existait une règle interdisant aux *shellanes* de conduire une moto.

Sans doute que non… Tant qu'elles montaient en amazone, vêtues d'une armure et coiffées d'un casque en Kevlar renforcé et antidérapant, on les laissait probablement faire quelques cercles autour de la fontaine devant la maison.

« Vroum-vroum. » Putain de coup de frein.

Elle quitta son bureau, verrouilla la porte d'un ordre mental pour ne pas avoir à s'embêter avec les clés…

— Eh, Trez, interpella-t-elle quand son patron émergea du vestiaire des femmes. Je venais justement te voir.

L'Ombre rentrait un pan de sa chemise blanche immaculée dans son pantalon de costume noir et avait l'air un peu plus détendu que d'habitude. Une seconde plus tard, l'une des filles sortit à son tour, aussi radieuse que si on l'avait lustrée.

Ce qui n'était sans doute pas loin de la vérité.

Au moins l'air candide de la fille apprit à Xhex que Trez prenait ses précautions. Mais quand même… mieux valait ne pas se nourrir là où l'on travaillait. Cela pouvait générer des complications.

— Je vous vois demain soir, dit la femme avec un sourire bizarre. Je suis en retard. Je vois des copines.

Une fois que la fille eut disparu au fond du couloir, Xhex regarda Trez.

— Tu devrais utiliser d'autres sources.

— C'est pratique et je fais attention.

— Mais ce n'est pas prudent. En outre, tu risques de lui brouiller le cerveau.

— Je n'utilise jamais la même deux fois. (Trez lui passa un bras autour des épaules.) Mais assez parlé de moi. Tu as fini ?

— Oui.

Ensemble, ils remontèrent le couloir que la femme venait d'emprunter. Dieu… c'était de nouveau le bon vieux temps, comme si rien ne s'était passé depuis la dernière fois qu'ils avaient fait la fermeture ensemble. Et pourtant Flhéau était arrivé. John était arrivé. Leur union était…

— Je ne vais pas t'insulter en te proposant de te raccompagner à la maison, murmura Trez.

— Donc tu aimes la place actuelle de tes jambes, hein.

— Oui. Elles remplissent parfaitement bien mon pantalon. (Il lui ouvrit la porte, et l'air froid de la rue s'engouffra à l'intérieur comme s'il tentait de se fuir lui-même.) Que veux-tu que je lui dise s'il vient me voir ?

— Que je vais bien.

— C'est une bonne chose que le mensonge ne me pose pas de problème. (Quand elle fit mine de protester, l'Ombre se contenta de lever les yeux au ciel.) Ne gaspille pas ta salive ni mon temps. Rentre chez toi et dors. Les choses iront peut-être mieux demain.

En guise de réponse, elle l'étreignit brièvement et sortit dans l'obscurité.

Au lieu de se dématérialiser vers le nord, elle erra dans Trade Street. Tout le monde était en train de fermer : les clubs crachaient leurs derniers clients qui avaient l'air aussi attirants que de vieux chewing-gums ; la boutique de tatouage éteignait ses néons ; le restaurant tex mex avait déjà baissé le rideau.

L'environnement se faisait de plus en plus miteux à mesure qu'elle avançait, tout devenait plus lugubre et plus crade jusqu'à ce qu'elle arrive à l'étendue de bâtiments abandonnés. Avec le déclin de l'économie, les affaires périclitaient et les établissements étaient moins nombreux et plus espacés…

Xhex s'arrêta. Renifla l'air. Regarda à gauche.

L'odeur inratable d'un vampire mâle provenait d'un immeuble désert.

Avant ses problèmes avec la Confrérie, elle l'aurait suivie : elle serait entrée, pour vérifier si personne n'avait besoin d'aide, pour savoir ce que faisaient les frères.

Mais là, elle se contenta de poursuivre sa route, en marchant tête haute. Ils ne voulaient pas de son aide… non, ce n'était sans doute pas vrai. Ils avaient eu l'air de l'apprécier avant que John fasse des histoires. C'était plutôt comme s'ils ne se sentaient plus à l'aise en sa compagnie…

Devant elle, à environ deux rues de là, une silhouette massive se dressa sur son chemin.

Elle s'arrêta. Inspira profondément. Sentit ses yeux la picoter.

La brise qui soufflait dans sa direction charria l'odeur d'union caractéristique de John, cette senteur d'épice exotique qui effaça la puanteur de la ville et l'affreuse âcreté de sa propre tristesse.

Elle marcha à sa rencontre. Vite. Plus vite…

Voilà qu'elle courait, à présent.

Il la retrouva à mi-chemin, car il s'était mis à son tour à courir dès qu'il l'avait vue accélérer le pas et ils se jetèrent l'un contre l'autre.

Difficile de savoir quelle bouche trouva l'autre, quels bras étreignirent le plus fort, ou qui était le plus désespéré des deux.

Mais après tout, ils étaient égaux sur ce plan-là.

Interrompant leur baiser, elle grogna :

— Ma cabane.

La seconde qui suivit le hochement de tête de John, elle disparut et lui aussi… et ils reprirent forme devant chez elle.

Ils n'attendirent pas d'être à l'intérieur.

Il la baisa debout, contre la porte, dans le froid.

Ce fut très rapide et frénétique : elle baissa son pantalon pour dégager une jambe, tandis qu'il arrachait les boutons de sa braguette. Puis elle se retrouva écartelée et soudée aux hanches de son compagnon, qui la pénétra de toute sa longueur.

Ses coups de reins étaient si violents qu'elle se cogna la tête contre la porte comme si elle essayait d'entrer par effraction dans sa propre maison. Puis il la mordit sur le côté du cou… mais pas pour se nourrir, seulement pour la maintenir en place.

Son sexe lui semblait tellement plus massif quand il était en elle et la remplissait au point d'atteindre les limites de ses capacités. Mais elle en avait besoin. À ce moment précis, cette nuit-là, elle avait besoin qu'il se montre brutal, sans entrave et un peu douloureux.

Merde, oui, elle en avait besoin… et c'est exactement ce qu'elle obtint.

Quand il jouit, il plaqua ses hanches contre les siennes et son pénis déclencha un orage au plus profond d'elle, éperonnant son propre orgasme.

Puis ils se retrouvèrent dans la cabane. Sur le sol. Elle, jambes écartées, lui, la bouche contre son sexe.

Les mains agrippées à ses cuisses, son pénis toujours en érection pointant de sa braguette ouverte, il se mit à la lécher furieusement, l'explorant de sa langue et buvant sa jouissance précédente.

Le plaisir était intolérable, à la limite de la douleur, et lui fit rejeter la tête en arrière en se contorsionnant sur le sol, ses mains glissant sur le linoléum alors qu'elle s'efforçait sans succès de s'empêcher de reculer…

L'orgasme éclata avec tant de violence que, quand elle hurla le prénom de John, des éclairs traversèrent son champ de vision. Et il ne se calma pas le moins du monde. Alors que l'assaut se poursuivait, elle fut presque certaine qu'il la mordait à l'intérieur de la cuisse, au niveau de l'artère fémorale. Mais il la suçait trop, elle jouissait trop, il y avait trop… de tout pour qu'elle en soit sûre ou y prête attention.

Quand John s'arrêta enfin et releva la tête, ils étaient en face de l'entrée, presque dans le salon. Oh, quel tableau. Le visage de son compagnon était rouge, sa bouche luisante et enflée, ses crocs si longs qu'il n'arrivait pas à fermer la mâchoire… et elle était tout aussi essorée, le souffle saccadé, le sexe palpitant à son propre rythme.

Il était toujours en érection.

Quel dommage qu'elle ait à peine l'énergie de battre des paupières, car il méritait une sacrée récompense...

Sauf qu'il parut savoir exactement ce qu'elle pensait. Se redressant sur les genoux entre les jambes ouvertes de Xhex, il empoigna son propre sexe et entreprit de se caresser.

Avec un gémissement, elle se cambra et se mit à onduler des hanches.

— Viens jouir sur moi, dit-elle entre ses dents serrées.

John se masturba, la main refermée sur son pénis, tandis que le rythme de ses gestes faisait naître un bruit caractéristique. Il écarta largement ses cuisses massives afin d'obtenir un meilleur appui de ses genoux au sol et garder son équilibre. Les muscles de son avant-bras se détachaient en relief à mesure qu'il allait de plus en plus vite et de plus en plus fort. Puis il hurla quelque chose en silence et tout son corps se contracta, alors que des jets chauds de sperme inondaient la jeune femme.

La simple pensée de se savoir trempée et couverte de sa jouissance aurait presque suffi à la faire venir une fois de plus. Mais le voir faire ? Cela lui fit de nouveau atteindre l'extase...

— Il lui faudra 200 dollars de plus si elle s'occupe de lui.

Xcor se tenait à l'écart pendant les négociations avec les prostituées, s'assurant qu'il était bien dans l'ombre, surtout depuis qu'Affhres avait abordé la partie délicate où il était question de le satisfaire. Inutile de leur rappeler à quoi il ressemblait pour faire monter encore plus les prix.

Seules deux des trois filles s'étaient pointées dans cette maison abandonnée de Trade Street, mais apparemment, la numéro trois était en route ; même si, à cause de son retard, elle avait tiré la courte paille : lui.

Mais ses amies défendaient ses intérêts ; à moins, bien entendu, qu'elles n'aient l'intention de prélever une part de son augmentation. Après tout, les bonnes putes, comme les bons soldats, avaient tendance à se méfier les unes des autres.

Brusquement, Zypher s'approcha de la femme qui parlementait, visiblement prêt à se servir de ses atouts physiques pour conserver ses avoirs financiers. Quand le vampire passa un doigt le long de la clavicule de la fille, celle-ci parut entrer en transe.

Il ne s'agissait pas de manipulation mentale de la part de Zypher. Les femelles des deux espèces étaient incapables de se retenir en sa présence.

Le vampire se pencha à son oreille et lui parla doucement. Puis il lui lécha la gorge. Derrière lui, Affhres était comme toujours, silencieux, vigilant et patient. Il attendait son tour.

Toujours un gentleman.

— OK, dit la femme d'une voix un peu essoufflée. Seulement cinquante de plus…

À ce moment-là, la porte s'ouvrit en grand.

Xcor et ses soldats plongèrent la main dans leurs manteaux, sur leurs armes, prêts à tuer. Mais ce n'était que la prostituée en retard.

— Eh, les filles, salut, lança-t-elle à ses amies.

Elle se tenait sur le seuil, vêtue d'une veste trop large passée par-dessus sa tenue de travail, et semblait avoir autant le sens de l'équilibre qu'un ivrogne : elle était visiblement défoncée, car son visage affichait l'expression béate de ceux qui commencent à prendre de la drogue.

Bien. Ce serait plus facile de traiter avec elle.

Zypher frappa dans ses mains.

— Et si on se mettait au travail.

La fille à côté de lui se mit à glousser.

— J'adore ton accent.

— Alors tu peux venir avec moi.

— Attends, moi aussi ! (Une autre gloussa.) Je l'adore, moi aussi !

— Tu vas t'occuper de mon camarade soldat… de mon ami. Qui va toutes vous payer tout de suite.

Affhres s'avança avec le liquide et le distribua dans les mains tendues, mais les prostituées semblaient plus intéressées par les deux mâles que par l'argent.

Une inversion des rôles professionnels qui, Xcor l'aurait parié, ne devait pas arriver souvent.

Puis les couples se formèrent, Affhres et Zypher entraînèrent leurs proies dans des coins séparés, tandis qu'il demeurait avec la pute à l'esprit embrumé.

— Alors, on s'y met ? demanda-t-elle avec un sourire étudié.

Le fait que son regard soit adouci par la drogue rendit son expression presque sincère.

— Approche-toi de moi.

Il tendit la main hors de l'ombre.

— Oh, ça me plaît. (Elle s'avança en exagérant le balancement de ses hanches.) Ta voix ressemble à… je ne sais pas quoi.

Quand elle posa la main dans la sienne, il l'attira à lui… sauf qu'elle eut un mouvement de recul.

— Oh… euh… hem… OK.

Détournant la tête, elle se frotta le nez puis le pinça comme si elle ne supportait pas son odeur. Logique. Il fallait plus qu'un simple rinçage à l'eau pour nettoyer du sang d'éradiqueur. Naturellement, Affhres et Zypher avaient pris un moment pour retourner brièvement à la maison se laver. Mais lui était resté se battre.

Ce n'étaient que des dandys. Tous les deux. D'un autre côté, leurs partenaires ne cherchaient pas déjà une échappatoire.

— Bon, ça ira, dit-elle résignée. Mais pas de baiser.

— Je n'avais pas conscience d'avoir proposé une chose pareille.

— Juste pour qu'on soit clairs.

Alors que des gémissements commençaient à se faire entendre, Xcor baissa la tête pour dévisager l'humaine. Ses cheveux lâchés lui arrivaient aux épaules et avaient l'air fins et plats. Son maquillage était très épais et débordait des contours de ses lèvres et du coin d'un de ses yeux. Elle sentait la sueur et…

Xcor fronça les sourcils quand il saisit une autre odeur malvenue.

— Bon, écoute, dit-elle. Ne me regarde pas comme ça. C'est ma politique et tu peux…

Il la laissa parler pendant qu'il tendait la main pour soulever un pan de la chevelure blonde emmêlée, dévoilant la gorge… Rien que de la peau sans défaut. Et de l'autre côté…

Ah, oui. Elles étaient là. Les deux marques de piqûre sur sa jugulaire.

Quelqu'un de son peuple s'était déjà nourri sur elle ce soir. Voilà qui expliquait son air embrumé et l'odeur musquée que son odorat avait relevée.

Xcor remit les cheveux en place. Puis il s'écarta.

— Je n'arrive pas à croire que tu sois aussi chiant, s'exclama-t-elle. Rien que parce que je ne veux pas t'embrasser… Je ne vais pas te rendre ton fric, tu sais. Un accord est un accord.

Une des filles se mit à jouir et le son provoqué par le plaisir était si riche et délicieux que la symphonie transforma, pour un temps très court, l'immeuble abandonné en boudoir digne de ce nom.

— Mais bien sûr que tu peux garder l'argent, murmura-t-il.

— Tu sais quoi, va te faire foutre, tu peux le reprendre. (Elle lui lança la liasse au visage.) Tu pues comme une bouche d'égout et tu es laid comme un pou.

Alors que les billets rebondissaient sur sa poitrine, il inclina brièvement la tête.

— Comme tu le souhaites.

— Va te faire foutre.

La rapidité avec laquelle elle était passée de la béatitude à la sale attitude suggérait que ce genre de changement d'humeur n'était pas rare chez elle. Une raison supplémentaire de maintenir les relations à un niveau professionnel avec le sexe fém…

Quand il se pencha pour ramasser l'argent, elle prit son élan et tenta de le frapper à la tête.

Idiote. Avec son entraînement guerrier et ses années d'expérience au combat, son corps se défendit tout seul, sans que son esprit donne le moindre ordre : la pute fut saisie par la cheville, déséquilibrée et jetée à terre. Et avant d'avoir seulement conscience qu'il se déplaçait, il l'avait retournée sur le ventre et avait placé son cou fragile dans le creux de son coude épais.

Et se préparait à le briser.

Elle n'était plus agressive. Désormais, elle gémissait et suppliait.

Il se calma immédiatement, se détacha d'elle, puis l'aida à s'adosser au mur. Elle était en hyperventilation, sa poitrine se soulevait si vite qu'elle risquait d'éclater ses faux seins contre les balconnets de son soutien-gorge.

Penché au-dessus d'elle, il songea à la façon dont le Saigneur aurait géré la situation. Ce mâle ne l'aurait pas laissée poursuivre après son refus d'embrasser : il aurait pris ce qu'il voulait selon ses propres désirs, en se fichant éperdument de lui faire du mal. Ou de la tuer.

— Regarde-moi, ordonna Xcor.

Quand elle leva vers lui des yeux écarquillés par l'effroi, il effaça les souvenirs de sa présence ici et la plongea dans une transe. Sa respiration s'apaisa instantanément, son corps se détendit et ses mains qui tremblaient de façon frénétique s'immobilisèrent.

Ramassant l'argent, il le déposa sur ses genoux. Elle le méritait au moins pour les hématomes qu'elle aurait au petit matin.

Puis, avec un grognement, Xcor se laissa glisser le long du mur et s'assit à côté d'elle, étendant les jambes et les croisant au niveau des chevilles. Il devait aller récupérer son sac de trophées et son fauchon sur le toit du gratte-ciel, mais pour l'instant il était trop épuisé pour bouger.

Il ne se nourrirait pas ce soir. Même avec l'hypnose.

S'il prenait la veine de la femme à côté de lui, il risquait de la tuer : il crevait de faim mais il ignorait quelle quantité de sang on lui avait déjà ponctionnée. Pour ce qu'il en savait, son attitude bizarre pouvait être due à une tension artérielle basse.

En face de lui, il observa ses soldats qui baisaient, et dut reconnaître que le rythme de leurs corps était érotique. En d'autres circonstances, il supposait que Zypher aurait fusionné les deux couples en un seul enchevêtrement de bras et de jambes, de seins et de mains, de pénis et de fentes humides. Mais pas là. La pièce était crasseuse, potentiellement dangereuse et froide.

Appuyant sa tête contre le mur, Xcor ferma les yeux et continua d'écouter.

S'il s'endormait et que ses soldats lui demandaient s'il s'était nourri, il se servirait simplement des traces de morsure du précédent vampire pour dissiper leur inquiétude.

Et il aurait le temps de plonger les dents dans une autre source plus tard.

En vérité, il détestait se nourrir. Contrairement au Saigneur, il ne ressentait aucun plaisir à violer des femmes et des femelles… et Dieu savait qu'aucune d'elle ne l'avait jamais approché de son plein gré.

Il supposait qu'il devait la vie aux prostituées.

Quand quelqu'un d'autre se mit à jouir, cette fois-ci un de ses soldats – Affhres, apparemment –, Xcor s'imagina avec un autre visage, un beau visage, un visage avenant qui attirerait les femelles au lieu de les faire déguerpir en hurlant.

Il devrait peut-être s'arracher sa propre colonne vertébrale.

Mais c'était la beauté des pensées intimes. Nul n'avait besoin de connaître vos faiblesses.

Et une fois que l'on avait fini de les ressasser, on pouvait les jeter dans la poubelle mentale qui était leur place légitime.

Chapitre 18

Vhif n'avait jamais aimé attendre. Et cela, c'était quand tout se passait bien. Mais étant donné qu'il venait de mentir deux fois de suite sur l'endroit où se trouvait John ?

Il n'était franchement pas ravi.

Il traînait à proximité de la porte dissimulée sous le grand escalier – de façon à pouvoir s'esquiver par le tunnel si quelqu'un se pointait –, ce qui lui offrait une vue imprenable sur le vestibule. Autant dire que, quand la porte du hall d'entrée s'ouvrit, il en prit plein les yeux en découvrant son couple favori : Blay et Saxton.

Il aurait dû savoir qu'avec sa chance il ne pouvait pas en aller autrement.

Blay tenait la porte ouverte, comme le gentleman qu'il était, et au moment où Saxton franchit le seuil, ce salopard s'attarda un instant pour le regarder par-dessus son épaule, les yeux mi-clos.

Merde, ce genre de regard était pire qui si ces deux-là s'étaient roulé des pelles en public.

À n'en pas douter, ils étaient sortis dîner avant de retourner chez Saxton pour un petit numéro qu'il était difficile d'exécuter ici, à la demeure. Il était parfaitement impossible de jouir d'une totale intimité dans ce complexe…

Blay retira son manteau et, comme sa chemise en soie était largement ouverte au col, dévoila une marque de morsure au cou. Et une deuxième sur la clavicule.

Dieu seul savait où il en avait d'autres…

Brusquement, Saxton dit quelque chose qui fit rougir Blay et son rire légèrement timide et réservé donna à Vhif l'envie de gerber.

Génial, alors cette salope était un comique, et Blay appréciait ses blagues.

Fantastique.

Oui.

Sur ce, Saxton gravit l'escalier. Blay, de son côté, contourna le…

Merde. Vhif pivota et se jeta sur la porte pour tenter de l'ouvrir fébrilement.

— Salut.

Les mains de Vhif s'immobilisèrent. Son corps se figea. Son cœur… cessa de battre.

Cette voix. Cette voix douce et profonde qu'il avait entendue presque toute sa vie.

Il se redressa, envoya balader son projet de fuite, se retourna et fit face à son ex-meilleur ami comme le mâle qu'il était.

— Salut. Tu passes une bonne soirée ?

Merde, il aurait aimé retirer la question. Comme si ce n'était pas évident…

— Oui, et toi ?

— Oui. Excellente. John et moi sommes sortis. Il est rentré à présent et on va faire de la muscu. Il se change.

Difficile de savoir si c'était le mensonge ou la brûlure dans sa poitrine qui le rendait si bavard.

— Tu ne participeras pas au Dernier Repas ?

— Nan.

Chant de grillons en fond sonore. Le générique d'une émission de télé. Une bombe nucléaire… non que Vhif ait été capable de remarquer un champignon atomique à cet instant.

Seigneur, Blay avait les yeux tellement bleus. Et… putain, ils étaient tous les deux vraiment seuls. Quand était-ce arrivé pour la dernière fois ?

Oh, oui. Juste après que Blay avait couché avec son cousin pour la première fois.

—Alors tu as retiré tes piercings, dit Blay.

—Pas tous.

—Pourquoi ? Je veux dire… ils ont toujours, eh bien, fait partie de toi, tu sais ?

—Je suppose que je ne voulais plus que ça me définisse.

Blay haussa les sourcils et Vhif eut assez envie de l'imiter. Il s'était attendu à ce qu'autre chose sorte de son bec. Un truc du genre : « bof », ou « on s'en fout » ou « J'en ai encore là où c'est important, t'inquiète pas ».

Après quoi il aurait pu fanfaronner et ricaner comme s'il avait les couilles de la taille de sa tête.

Pas étonnant que Saxton paraisse aussi attirant en comparaison.

—Alors, euh…, reprit-il. (Il se racla la gorge.) Comment ça se passe… pour vous les gars ?

À cette question, Blay haussa une nouvelle fois les sourcils.

—Je vais bien… nous… ça va bien.

—Bien. Euh…

Au bout d'un moment, Blay jeta un coup d'œil par-dessus son épaule, vers la porte qui menait à l'office. Visiblement, c'était le début d'une retraite.

Hey, avant que tu t'en ailles, tu pourrais me faire une faveur ? aurait voulu dire Vhif. *Je pense que mon ventricule gauche est par terre, alors ne marche pas dessus en partant, d'accord ? Merci. Super.*

—Est-ce que tu te sens bien ? murmura Blay.

—Oui. Je vais m'entraîner avec John.

Il l'avait déjà dit. Merde. C'était une catastrophe.

—Et toi ? Où vas-tu ?

— Je vais… nous chercher à manger, à Sax et moi.

— Il n'y aura pas de Dernier Repas pour vous non plus. Je suppose que ça nous fait un point commun.

Que quelqu'un fasse sortir les pom-pom girls pour encourager l'équipe. Youpi.

— Donc, voilà, amuse-toi. Vous, je veux dire…

De l'autre côté du vestibule, la porte du hall s'ouvrit en grand et John Matthew entra.

— Fils de pute, marmonna Vhif. Ce salopard est enfin de retour.

— Je croyais que tu avais dit qu'il était…

— Je nous couvrais. Tous les deux.

— Vous n'étiez pas ensemble ? Attends, si tu te fais choper loin de lui…

— Ce n'était pas mon choix. Crois-moi.

Quand Vhif se dirigea vers M. l'Indépendant, Blay s'avança derrière lui. John les aperçut tous les deux et son expression satisfaite s'évapora aussi sûrement que si quelqu'un lui avait botté les fesses avec un fer n° 9.

— Il faut qu'on parle, siffla Vhif.

John regarda autour de lui comme s'il cherchait un bunker où se réfugier. Oui, eh bien, dommage pour lui ; le vestibule était pour l'essentiel dépourvu de meubles et ce connard n'était pas capable de sauter assez loin pour atteindre la salle à manger.

— *Vhif, j'allais t'envoyer un message…*

Celui-ci l'attrapa par la nuque et l'entraîna sans ménagement jusqu'au royaume du billard et du pop-corn. Juste après avoir franchi le seuil, John se dégagea de sa prise et se précipita vers le bar. Il attrapa une bouteille de Jack Daniel's et l'ouvrit.

— Est-ce que tu crois que c'est une blague, putain ? (Vhif désigna la larme tatouée sous son œil.) Je suis censé être avec toi chaque seconde du jour et de la nuit, espèce d'enculé. Cela fait quarante minutes que je mens pour te couvrir…

— C'est vrai. Je suis témoin.

Quand Blay prit la parole derrière lui, ce fut une surprise. Plutôt agréable.

— *Je suis allé voir Xhex, d'accord. Là, tout de suite, c'est ma priorité.*

Vhif leva les bras au ciel.

— Génial. Alors quand V. épinglera mon arrêt de mort sur ma poitrine, tu pourras te sentir fier de toi. Merci.

— John, tu ne peux pas prendre ces choses-là à la légère.

Blay contourna le bar et sortit un verre, comme s'il craignait que leur pote ne siffle la bouteille d'un coup.

— Donne-moi ça.

Il prit l'alcool, en versa une bonne dose et…

Le but lui-même.

— Quoi ? marmonna-t-il comme les deux autres le dévisageaient. Tiens, reprends la bouteille si tu veux.

John avala une gorgée puis garda les yeux fixés dans le vide. Au bout d'un moment, il tendit le bourbon en direction de Vhif.

Levant les yeux au ciel, celui-ci grommela :

— Au moins c'est le genre d'excuse que je peux accepter.

Lorsqu'il s'empara de la bouteille, il prit conscience que cela faisait des siècles qu'ils ne s'étaient pas retrouvés ensemble tous les trois. Avant leur transition, ils passaient chaque nuit après l'entraînement dans l'ancienne chambre de Blay chez ses parents, à jouer aux jeux vidéo en buvant de la bière et à discuter de leur avenir.

Et maintenant qu'ils étaient enfin arrivés là où ils le souhaitaient ? Chacun partait dans une direction différente.

Mais bon, John avait raison. Il était convenablement uni désormais, donc bien entendu son attention se concentrait ailleurs. Et Blay s'offrait du bon temps avec Saxton la Pute.

Vhif était le seul à regretter le bon vieux temps.

— Bordel de merde, marmonna-t-il à John. Oublions cette histoire…

— Non, l'interrompit Blay. Ça ne va pas. Arrête tes conneries, John ; laisse-le t'accompagner. Je me fiche que tu sois avec Xhex ou pas. Mais tu lui dois ça.

Vhif cessa de respirer, tout entier tourné vers le mâle qui avait été son meilleur ami, mais jamais son amant… et qui était sa fin heureuse qui n'arriverait jamais.

Même après tout ce qui s'était passé entre eux, et toutes les conneries de sa part, qui étaient devenues légendaires, Blay le soutenait encore.

— Je t'aime, lâcha Vhif dans le silence.

John leva les mains et signa :

— *Moi aussi, je t'aime. Et je suis vraiment désolé, putain. Cette histoire avec Xhex me…*

Bla, bla, bla. Ou plutôt, *bla, bla, bla*, puisqu'on était en langue des signes.

Vhif ne lui prêtait pas la moindre attention. Alors que John poursuivait pour expliquer sa situation, Vhif fut tenté de l'interrompre, non pour retirer ce qu'il venait de dire, mais pour avouer à qui sa déclaration s'adressait vraiment. Sauf qu'il n'arrivait à penser qu'à Blay rentrant avec Sax et à ce foutu rougissement.

Il lui fallut rassembler toutes ses forces pour regarder John et prononcer :

— On peut trouver une solution, non ? Laisse-moi seulement te suivre ; je ne regarderai pas, je te le promets.

John signa quelque chose. Vhif hocha la tête. Puis Blay commença à reculer vers la sortie, un pas après l'autre.

La conversation se poursuivit. Blay parla.

Puis le mâle se retourna et s'en alla, pour chercher à manger et retrouver Saxton.

Un sifflement étouffé le força à se secouer et à se concentrer sur John.

— Oui. Bien sûr.

John fronça les sourcils.

— *Tu veux que je t'agrafe une contravention pour mauvais stationnement sur le front ?*

— Quoi ?

— *Désolé, j'avais le sentiment que tu ne suivais pas. Je suppose que j'avais raison.*

Vhif haussa les épaules.

— Vois les choses sous cet angle : je n'ai plus envie de t'assommer.

— *Oh, bien. Bonus. Mais Blay a raison. Je ne recommencerai pas.*

— Merci, mec.

— *Tu veux encore à boire ?*

— Ouais. Bonne idée. Excellente idée. (Il passa derrière le bar.) En fait, je vais prendre ma propre bouteille.

Chapitre 19

— Elle est morte.

Au son de la voix masculine, Lassiter regarda par-dessus son épaule. De l'autre côté de la chambre, Tohr se tenait sur le seuil, se retenant au chambranle.

Lassiter reposa le polaire qu'il s'apprêtait à empaqueter. Il ne faisait pas sa valise parce qu'il avait la possibilité d'emporter quelque chose avec lui, mais plutôt parce qu'il lui paraissait poli d'ordonner ses affaires dans la perspective de l'appel à venir : une fois qu'il serait aspiré et repartirait dans l'Entre-Deux, le personnel devrait balancer les vêtements qu'il avait portés et les quelques objets qu'il avait amassés.

Le frère entra et referma la porte derrière lui.

— Elle est morte. (Il boitilla jusqu'à la chaise longue et s'y installa.) Voilà, je l'ai dit.

Lassiter s'assit sur le lit et le dévisagea.

— Et tu crois que cela suffit.

— Que veux-tu de moi, putain ?

Il ne put s'empêcher de rire.

— Je t'en prie. Si c'était moi qui dirigeais les opérations, tu l'aurais récupérée depuis des mois et je serais parti depuis longtemps.

Tohr eut un petit rire surpris.

— Oh, allons, mon pote, marmonna Lassiter. Je ne veux pas te baiser. Tu as la poitrine trop plate, pour commencer : j'aime les seins. En outre, je suis un mec sympa. Tu mérites mieux que cela.

Voilà que Tohr paraissait carrément choqué.

— Bordel de merde.

Lassiter se leva et retourna vers les tiroirs ouverts de la commode. Il en sortit un pantalon en cuir, le déploya devant lui, puis le replia.

S'occuper les mains était censé améliorer sa concentration. Mais cela fonctionnait mal. Peut-être devrait-il tout simplement se cogner la tête contre un mur.

— Tu vas quelque part ? demanda le frère au bout d'un moment.

— Oui.

— Tu abandonnes mon cas ?

— Je te l'ai dit. Ce n'est pas moi qui décide des règles. Je vais être rappelé, et très bientôt, à mon avis.

— Rappelé où cela ?

— Là où j'étais avant de venir sur Terre.

Il frissonna, même si c'était une attitude de mauviette. Mais une éternité d'isolement était un enfer pour un type comme lui.

— Ce n'est pas un voyage que j'attends avec impatience.

— Est-ce que tu vas aller là où… se trouve Wellsie ?

— Je te l'ai dit, l'Entre-Deux est différent pour chacun.

Tohr se prit la tête dans les mains.

— Je ne peux pas me déconnecter juste comme ça. Elle était ma vie. Comment diable vais-je…

— Tu peux commencer par éviter de te castrer d'un coup de poing quand tu bandes pour une autre femelle.

Le frère ne répondit rien, et Lassiter eut le sentiment que le gars était au bord des larmes. Et oui, ça alors, cela rendait la situation embarrassante. Bon Dieu.

Lassiter secoua la tête.

— Je ne suis pas l'ange qui convient pour ce boulot, vraiment.

— Je ne l'ai jamais trompée. (Tohr inspira bruyamment par le nez, un reniflement totalement viril, autant qu'il était possible.) Les autres mâles… même ceux qui sont liés, je veux dire, ils regardent les femelles de temps en temps. Ils déconnent peut-être un peu par moments. Pas moi. Elle n'était pas parfaite, mais elle suffisait largement à mon bonheur. Merde, quand Kolher a eu besoin de quelqu'un pour garder un œil sur Beth avant leur union, il m'a envoyé, moi. Il savait que je ne la draguerais pas, pas seulement par respect pour lui, mais parce que cela ne m'intéresserait absolument pas. Je n'ai littéralement jamais pensé un seul instant à une autre femelle qu'elle.

— Mais ce soir, si.

— Ne me le rappelle pas.

Eh bien, au moins il ne se dérobait pas.

— Voilà pourquoi je vais faire un aller simple pour le pays d'où l'on ne revient jamais, et ta *shellane* reste là où elle est.

Tohr se frotta le plexus solaire comme s'il avait mal.

— Tu es certain que je ne suis pas déjà mort et dans cet Entre-Deux ? Parce que ce que j'éprouve ressemble franchement à ce que tu m'as décrit. La souffrance, mais pas le *Dhund*.

— Je l'ignore. Certaines personnes n'ont peut-être pas conscience d'y être… mais mes directives étaient claires comme de l'eau de roche et il était question que tu lâches prise pour qu'elle puisse avancer.

Tohr laissa retomber ses mains comme s'il en avait assez de cet univers.

— Je n'aurais jamais cru qu'il existerait quelque chose de pire que sa mort. Je n'aurais jamais pu concevoir une suite d'événements qui soit plus douloureuse. (Il poussa un juron.) J'aurais dû savoir que le destin est sadique et infiniment inventif. Imagine un peu : le fait que je baise une autre femelle permettra à celle que j'aime de rejoindre l'Estompe. Quelle fabuleuse équation. C'est tout simplement fantastique.

Et ce n'était même pas la moitié de l'équation, se dit Lassiter. Mais inutile de soulever ce point pour l'instant.

— Il faut que je sache une chose, reprit le frère. Toi qui es un ange, crois-tu que certaines personnes soient maudites dès le départ ? Que certaines vies soient condamnées dès l'origine ?

— Je pense que…

Merde, il ne parlait jamais avec tant de profondeur. Cela ne lui ressemblait pas.

— Je… euh, je pense que la vie fonctionne selon un jeu de probabilités réparties entre tous les êtres vivants de cette planète. La chance est injuste par définition, et aléatoire.

— Alors qu'en est-il de ton Créateur ? Ne joue-t-il pas un rôle dans tout cela ?

— « Notre » Créateur, pas seulement le mien, marmonna-t-il. Et je l'ignore. Je n'accorde pas beaucoup d'importance à grand-chose.

— Un ange athée ?

Lassiter eut un petit rire.

— C'est peut-être pour cela que je me retrouve sans arrêt dans le pétrin.

— Nan. C'est en partie parce que tu es vraiment un trou du cul.

Tous deux s'esclaffèrent, puis se rassirent en silence.

— Alors, que faudra-t-il faire ? demanda Tohr. Franchement, qu'est-ce que le destin va exiger de moi à présent ?

— La même chose que pour toute tentative : du sang, de la sueur et des larmes.

— C'est cela, rétorqua sèchement Tohr. Et moi qui croyais que ce serait seulement un bras ou une jambe.

Lassiter ne répondant pas, le frère secoua la tête.

— Écoute, il faut que tu restes. Tu dois m'aider.

— Ça ne marche pas.

— Je redoublerai d'efforts. S'il te plaît.

Au bout d'une éternité, Lassiter hocha la tête.

— OK. Très bien. Je resterai.

Tohr poussa un long soupir, comme s'il était soulagé, parce qu'il savait qu'ils étaient toujours dans la merde.

— Tu sais, avoua le frère, je ne t'aimais pas quand je t'ai rencontré la première fois. Je croyais que tu étais un crétin.

— C'était réciproque. Mais pas pour la même raison… et ça n'avait rien de personnel. Je n'aime personne et, comme je te l'ai dit, je ne crois vraiment à rien.

— Même si tu restes pour m'aider ?

— Je l'ignore… Je suppose que je veux juste la même chose que ta *shellane*. (Il haussa les épaules.) En fin de compte, les vivants et les morts sont tous les mêmes. Chacun ne fait que chercher un foyer. Et puis… je ne sais pas, tu n'es pas si mal.

Tohr retourna à sa chambre peu après. Quand il atteignit la porte, il découvrit sa béquille appuyée contre le panneau.

PersOnne la lui avait rapportée. Après qu'il l'avait abandonnée derrière lui de l'autre côté.

Il ramassa l'objet, entra dans la pièce… et s'attendit à moitié à la découvrir nue sur son lit, prête à faire l'amour. Ce qui était complètement ridicule… à bien des niveaux.

Il s'installa dans la chaise longue et contempla fixement la robe que Lassiter avait malmenée. Le satin délicat formait des vagues, qui créaient un magnifique étalage chatoyant sur le lit.

— Ma bien-aimée est morte, dit-il à haute voix.

Quand le bruit de ses paroles s'atténua, quelque chose devint brusquement d'une clarté stupide : Wellesandra, fille de sang de Relhique, ne remplirait plus jamais ce corsage. Elle n'enfilerait plus les jupes par la tête, avant de se contorsionner pour entrer dans le corset, ni ne libérerait plus les mèches de ses cheveux prises dans les lacets du dos. Elle ne chercherait plus de chaussures assorties, ni ne s'énerverait d'avoir éternué juste après avoir mis son mascara, ni ne s'inquiéterait d'avoir renversé quelque chose sur les jupes.

Elle était… morte.

Quelle ironie. Il l'avait pleurée tout ce temps, et avait pourtant manqué la partie la plus évidente. Elle ne reviendrait pas. Jamais.

Il se releva, alla jusqu'au lit et ramassa délicatement la robe. La jupe refusa d'obéir, lui glissant des mains et retombant par terre… faisant ce qu'elle souhaitait et prenant le contrôle de la situation.

Exactement comme sa Wellsie l'avait toujours fait.

Quand il eut à peu près tout en main, il emporta le vêtement jusqu'au placard, ouvrit les deux portes et suspendit la lourde tenue à la tringle en laiton.

Zut. Il la verrait chaque fois qu'il ouvrirait la penderie.

Il la décrocha et la cacha derrière deux costumes qu'il ne portait jamais et les cravates que Fritz, et non sa compagne, lui avait achetées.

Puis il referma soigneusement le placard.

De retour sur le lit, il s'allongea et ferma les yeux.

Aller de l'avant ne devait pas obligatoirement inclure d'avoir des relations sexuelles, se dit-il. Pas du tout. Accepter sa mort et la laisser partir pour la sauver, cela, il pouvait le faire sans que cela implique… quoi que ce soit avec une femelle nue. Après tout, qu'allait-il faire ? Parcourir les ruelles, se trouver une prostituée et la baiser ? C'était une fonction corporelle, au même titre que la respiration. Difficile de voir en quoi cela l'aiderait.

Tranquillement étendu, il tenta de se représenter des colombes libérées de leur cage, des eaux jaillissant d'un barrage, le vent soufflant dans les arbres…

Putain de merde. C'était comme si l'intérieur de ses paupières diffusait la chaîne Nature.

Mais alors qu'il s'assoupissait, les images se modifièrent, pour devenir de l'eau, de l'eau bleu-vert paisible, sans courant. Calme. De l'eau tiède. Avec de l'air humide tout autour…

Il ne sut pas exactement quand il s'endormit, mais l'image se changea en un rêve qui débuta avec la vision d'un bras pâle, un joli bras pâle flottant sur l'eau, l'eau bleu-vert paisible, sans courant. Calme. De l'eau…

C'était sa Wellsie dans la piscine. Sa magnifique Wellsie, les seins tendus alors qu'elle flottait, son ventre plat, ses hanches rondes et son sexe glabre luisant d'humidité.

Dans le rêve, il se vit entrer dans le bassin, descendre les petites marches, il sentit l'eau imprégner ses vêtements…

Soudain, il s'arrêta et regarda son torse.

Il portait ses dagues. Ses pistolets se trouvaient sous ses bras. Sa ceinture de munitions était accrochée à ses hanches.

Que fabriquait-il ? S'il les mouillait, ils s'abîmeraient…

Ce n'était pas Wellsie.

Bordel, ce n'était pas sa *shellane*…

Avec un cri, Tohr se redressa brusquement, s'arrachant au rêve. Il tâta ses cuisses, s'attendant à trouver du cuir mouillé. Mais non, rien de tout cela n'avait été réel.

Mais son excitation était de retour. Et une pensée à laquelle il refusait d'accorder du crédit refit surface et empuantit le fond de son esprit.

Quand il baissa la tête pour regarder son sexe en jurant, son long membre dur lui fit penser aux innombrables fois où il s'en était servi pour le plaisir, la détente… et la procréation.

Aujourd'hui, il voulait seulement le voir devenir mou et le rester.

Il se rallongea, et le chagrin s'installa en lui comme un poids physique lorsqu'il prit conscience que l'ange avait dit vrai. Il n'avait, en fait, laissé sa Wellsie disparaître à aucun niveau.

C'était lui… le problème.

Été

Chapitre 20

À travers les jumelles, la demeure de l'autre côté de l'Hudson paraissait énorme, un empilement massif d'étages audacieusement planté sur une falaise rocheuse. À chaque niveau, les lumières scintillaient derrière des panneaux de verre, comme si le bâtiment n'avait pas de murs solides.

— Sacré endroit, remarqua Zypher dans la brise chaude et lourde.

— En effet, lui répondit-on à sa gauche.

Xcor baissa les jumelles.

— Trop d'exposition à la lumière du jour. C'est une rôtissoire en devenir.

— Il a peut-être aménagé le sous-sol, reprit Zypher. Avec des baignoires en marbre…

Vu le ton de sa voix, le soldat devait imaginer différentes femelles dans l'eau, couvertes de mousse, et Xcor le regarda durement avant de reprendre son observation.

C'était un tel gâchis. Ahssaut, fils de l'un des meilleurs frères qui ait jamais existé, aurait pu être un combattant, un guerrier, peut-être même un frère, mais son Élue déchue de mère l'avait forcé à emprunter une autre voie.

Même si l'on aurait pu argumenter que, si ce connard avait eu un peu de courage, il se serait forgé sa propre destinée en poursuivant d'autres buts que ces baignoires en marbre. Mais en l'occurrence, il n'était qu'une sangsue inutile de plus pour l'espèce, un dandy qui n'avait rien de mieux à faire de ses nuits.

Même si tout cela risquait de changer ce soir.

Sous les cieux nuageux, sur fond d'éclairs éblouissants, ce mâle avait une réelle importance, tout du moins pour une courte période. Certes, les circonstances expliquant l'intérêt qu'on lui portait risquaient de lui coûter la vie, mais si les manuels d'histoire remplissaient leur fonction, on pourrait très bien se souvenir de lui comme ayant joué un petit rôle dans le grand tournant de l'espèce.

Non qu'Ahssaut s'en doute un instant, bien entendu.

Mais bon, personne ne s'attendait à ce qu'un appât ait conscience de servir à attirer les requins.

Passant une nouvelle fois le terrain au peigne fin, Xcor estima que l'absence d'arbres et de buissons était le résultat d'un défrichement antérieur à la construction. Sans le moindre doute, un aristocrate avait désiré des jardins impeccables ; le fait que cela rende la maison plus difficile à atteindre n'était pas le genre de chose qu'Ahssaut devait prendre en considération.

La bonne nouvelle était que, même s'il était probable que la structure de la maison était renforcée d'acier – comme les poutres de soutènement, les revêtements de sol et les solives du toit –, on pourrait au moins entrer et sortir grâce à tout ce verre.

— Ah, oui, voici le fier propriétaire, gronda Xcor en apercevant la silhouette d'un mâle entrer à grands pas dans le magnifique salon.

Même pas de rideaux pour dissimuler sa présence. On aurait dit un hamster dans une cage.

Le mâle méritait de mourir pour se montrer stupide à ce point et, en effet, dans le dos de Xcor, son fauchon se mit à fredonner un chant funèbre.

Xcor augmenta le grossissement de ses jumelles. Ahssaut sortait quelque chose de sa poche de poitrine : un cigare. Et naturellement, le briquet était en or. Il pensait certainement que le feu, comme la viande sous vide, ne se trouvait qu'en magasin.

Ce serait un plaisir de le tuer.

Avec les autres qui se pointeraient bientôt ici.

Oui, le Conseil de la *glymera* avait effectivement résisté à Xcor et à sa bande de salopards. Pas d'invitation à se rencontrer. Ni de salutations de la part de son *menheur*, Vhengeance. Ni même de réponse officielle à la lettre envoyée au printemps.

Tout d'abord, cela l'avait frustré au point de le rendre violent. Mais alors un petit oiseau s'était mis à lui pépier à l'oreille, et un autre chemin s'était révélé à lui.

Dans une guerre, la meilleure arme n'était souvent pas une dague, ni un pistolet, ni même un canon. C'était une chose invisible et mortelle… sans être pour autant un gaz toxique. C'était une chose absolument impalpable et pourtant d'une gravité démesurée.

L'information : une information solide et vérifiée, venue d'une source à l'intérieur du camp ennemi, avait la puissance d'une bombe atomique.

Sa missive au Conseil avait bien été réceptionnée et, le plus important, prise au sérieux. Le grand Roi aveugle, sans rien dire, avait immédiatement commencé à rencontrer les chefs des lignées restantes… en personne, sur leur lieu de résidence.

Un geste audacieux en période de guerre, et qui prouvait que le défi de Xcor prenait pied dans la réalité : un roi ne risquerait pas ainsi sa vie à moins de ne plus être en contact avec ses sujets et d'être forcé de renouer avec eux.

Rétrospectivement, cela valait encore mieux qu'une rencontre avec le Conseil. Seuls quelques membres demeuraient à Caldwell, et tous avaient des résidences connues. Kolher avait déjà obtenu des audiences avec la majorité d'entre eux et, grâce à ce petit oiseau, Xcor savait parfaitement qui il lui restait à rencontrer.

Changeant de cible, il examina le toit. La galerie extérieure. La cheminée du côté le plus proche d'eux.

D'après la source de Xcor, Ahssaut était revenu au printemps, avait pris possession de ce domaine en forme de passoire et… c'était tout ce que les aristocrates savaient. Enfin, mis à part le fait étrange et notable que le mâle n'avait ramené personne avec lui – ni famille, ni personnel, ni *shellane* – et qu'il restait discret. Ces deux attitudes étaient inhabituelles pour un membre de la *glymera*, mais il attendait peut-être de voir comment évolueraient les choses dans ce nouvel environnement avant de faire venir son sang et de divertir son engeance…

Il avait un frère cadet, non ? Également dorloté par leur Élue déchue de mère. Peut-être aussi une demi-sœur de mauvaise réputation ?

Derrière lui, Xcor entendit ses soldats s'étirer, ce qui fit craquer leurs tenues en cuir et s'entrechoquer leurs armes. Au-dessus, les nuages orageux continuaient à libérer des éclairs lumineux, mais le roulement de tambour du tonnerre restait pour l'instant à distance.

Il aurait dû supposer dès le départ qu'on en arriverait là : s'il voulait dégager Kolher du trône, il devrait le faire lui-même. Compter sur la *glymera* pour autre chose qu'une illusion de grandeur infondée avait été une erreur.

Au moins, il disposait d'un pion au Conseil. Après coup, quand la situation deviendrait pénible, il aurait besoin de ce soutien. Heureusement, il y avait plus de gens d'accord avec lui que l'inverse : Kolher n'était qu'une figure de proue, et alors que cela était tolérable en temps de paix, en cette époque de guerre et de conflit, c'était insupportable.

Les anciennes coutumes pouvaient permettre à ce mâle de rester à sa place imméritée pendant encore un temps. Dans l'intervalle, Xcor attendrait le bon moment pour frapper le coup décisif.

Il était temps que le règne de Kolher soit relégué à une note de bas de page vite oubliée.

— J'ai horreur d'attendre, marmonna Zypher.
— C'est la seule vertu qui compte, rétorqua Xcor.

Dans le vestibule de la demeure, tout le monde se rassemblait pour sortir cette nuit. Le pied de l'escalier grouillait de mâles, dont les armes luisaient sur leurs poitrines et à leurs hanches. Ils avaient les sourcils froncés au-dessus de regards déterminés et piaffaient d'impatience, comme ces étalons dont on ne peut immobiliser les sabots.

Dans l'ombre devant la porte de l'office, PersOnne attendait que Tohrment descende et se joigne à eux. Il était d'ordinaire parmi les premiers, mais ces derniers temps, il s'attardait de plus en plus longtemps…

Il apparut, sur le palier du premier étage, tout vêtu de cuir noir.

En descendant, il s'appuya d'un air nonchalant à la rampe.

Elle ne fut pas dupe de son manège.

Il s'était affaibli au cours des derniers mois, son corps maigrissant à vue d'œil, jusqu'à ce qu'il soit évident que seule sa volonté de vengeance l'animait.

Il était assoiffé de sang et pourtant refusait visiblement de céder à cette demande de sa chair.

Elle attendait donc ainsi avec anxiété et l'observait au début et à la fin de chaque nuit : à chaque coucher de soleil, elle espérait qu'il descendrait enfin reposé. À chaque aube, elle se retrouvait à prier qu'il rentre en vie.

Douce Vierge scribe, il…

— Tu as une tête de déterré, dit l'un des frères.

Tohrment ignora le commentaire et s'approcha du jeune mâle imposant qui était uni à Xhexania. Tous deux formaient une équipe, pour ce qu'elle pouvait en juger, et elle était heureuse de cela. Le plus jeune devait être de sang pur, en dépit de son nom, et elle avait entendu parler à de nombreuses reprises de ses prouesses sur le champ de bataille. En outre, ce combattant-là n'était jamais seul. Derrière lui, aussi fidèle qu'un reflet, se tenait un soldat à l'air franchement mauvais, aux yeux vairons, et la manière dont il évaluait sans cesse son environnement suggérait qu'il était aussi malin que fort.

Elle devait croire que ces deux-là interviendraient si Tohrment se trouvait en danger.

— Tu profites du spectacle ? Moi pas.

Elle sursauta et se retourna, faisant se soulever l'ourlet de sa robe dans le mouvement. Lassiter était arrivé par l'office sans qu'elle le remarque et remplissait de sa carrure le cadre de la porte. Ses cheveux blonds et noirs et ses piercings en or reflétaient la lumière du plafonnier au-dessus de lui.

Il fallait toujours échapper à son regard entendu, mais, du moins pour le moment, ses yeux blancs n'étaient pas rivés sur elle.

Croisant les bras sur sa poitrine et dissimulant ses mains dans les manches de sa robe, elle reprit sa propre observation de Tohrment.

— En vérité, j'ignore comment il peut encore se battre.

— Il est temps d'arrêter les tergiversations à son sujet.

Elle n'était pas certaine de comprendre la signification de ces paroles, mais devina.

— Il y a des Élues ici qui sont à leur disposition pour les nourrir. Il pourrait certainement faire appel à l'une d'entre elles ?

— On pourrait le croire, bordel.

Observant la scène de concert, leur attention vacilla un instant quand Kolher, le Roi aveugle, apparut en haut des marches et descendit jusqu'au groupe. Il était lui aussi habillé pour la guerre, et son chien bien-aimé n'était pas avec lui : c'était à présent sa reine qui le guidait, et tous deux étaient tellement synchronisés qu'ils bougeaient avec la même posture, la même démarche, la même aisance.

Tohrment ressemblait à cela autrefois, se dit-elle.

— J'aimerais qu'il existe un moyen de l'aider, murmura-t-elle. Je ferais n'importe quoi pour le voir soutenu et non pas seul dans sa souffrance.

— Penses-tu ce que tu dis ?

— Bien entendu.

Lassiter se pencha et son visage s'interposa dans son champ de vision.

— Le penses-tu vraiment ?

Elle fit mine de reculer, mais se retrouva bloquée par le chambranle.

— Oui…

L'ange lui tendit la main pour qu'elle la saisisse.

— Jure-le.

PersOnne fronça les sourcils.

— Je ne comprends pas…

— Tu maintiens que tu ferais n'importe quoi ; je veux que tu le jures. (Son regard blanc était désormais brûlant.) Nous avons temporisé depuis le printemps, et nous n'avions pas l'éternité, déjà à l'époque. Tu dis que tu veux le sauver et je veux que tu t'y engages, quoi que cela exige.

Brusquement, comme si le souvenir avait volontairement été placé dans son esprit – peut-être par l'ange, plus probablement par sa conscience –, elle se rappela ces moments après la naissance de Xhexania, quand sa douleur physique et sa douleur psychique n'avaient plus formé qu'une seule et même souffrance, les deux s'équilibrant finalement parfaitement. Alors, elle avait senti au plus profond d'elle-même l'atroce conscience de tout ce qu'elle avait perdu…

Incapable de supporter son fardeau, elle avait pris la dague de Tohrment dans son étui de poitrine et s'en était servie d'une façon qui avait fait hurler le guerrier.

Son cri rauque avait été la dernière chose qu'elle avait entendue.

Elle leva les yeux vers l'ange, sachant qu'elle n'était pas stupide et avait cessé d'être naïve depuis longtemps.

— Vous suggérez que je le nourrisse.

— Oui. En effet. Il est temps de passer à l'étape suivante.

PersOnne dut s'armer de courage avant de regarder de nouveau Tohrment. Mais quand elle aperçut son corps amaigri, elle prit une décision : il l'avait enterrée… elle pouvait donc sûrement se forcer à proposer sa veine pour lui donner la vie.

En supposant qu'il accepte de prendre ce qu'elle offrirait.

En supposant qu'elle puisse s'y contraindre.

Oui, même en envisageant les choses sous l'angle de la simple hypothèse, son corps tremblait à cette pensée, mais son esprit rejetait la réaction de sa chair. Il n'était pas mâle à désirer quoi que ce soit chez elle. En fait, c'était le seul mâle qu'elle pourrait jamais nourrir en toute sécurité.

— Le sang d'une Élue serait plus pur, s'entendit-elle dire.

— Et ne nous mènerait à rien.

PersOnne secoua la tête, refusant de déchiffrer ce que sous-entendait cette affirmation. Puis elle serra la main de l'ange.

— Je servirai ses besoins en sang, s'il vient me voir.

Lassiter inclina la tête de façon imperceptible.

— Je m'en charge. Et je te ferai tenir ta promesse.

— Vous n'en aurez pas besoin. Un serment est un serment.

Chapitre 21

Debout dans le vestibule avec ses frères, Tohr avait un mauvais pressentiment concernant la nuit à venir. Mais une fois encore, il s'était réveillé pendant ce rêve de Wellsie et de l'enfant, celui qu'il faisait de temps en temps mais n'avait véritablement compris que quand Lassiter le lui avait expliqué. Il savait désormais qu'ils se trouvaient dans l'Entre-Deux, blottis sous une couverture grise, au milieu d'un paysage gris foncé, froid et dur.

Ils lui apparaissaient de plus en plus loin à chaque nouveau rêve.

La première fois qu'il avait eu cette vision, il avait été en mesure de distinguer chaque cheveu sur la tête de sa *shellane*… ainsi que les demi-lunes blanches à l'extrémité de ses ongles… et la façon dont les fibres rêches de la couverture réfléchissaient l'étrange lumière ambiante…

De même que les contours du petit paquet qu'elle berçait contre son cœur.

Mais désormais, elle était à plusieurs mètres de lui. Il avait tenté de traverser le terrain gris qui les séparait, mais en vain. Et d'une façon tout aussi terrible, elle avait perdu toute couleur, son visage et ses cheveux étaient à présent du même gris que la prison où elle était coincée.

Naturellement, il s'était réveillé fou.

Putain de merde, il avait fait tout son possible pour avancer au cours des derniers mois : il avait rangé la robe, était descendu aux Premiers et aux Derniers Repas. Il avait tenté cette saloperie de yoga, ainsi que les idioties transcendantales, et avait même cherché sur Internet quelles étaient les différentes étapes du deuil et d'autres conneries psy.

Il avait tenté de ne pas penser consciemment à Wellsie et, si son subconscient recrachait un souvenir, il le réprimait aussitôt. Quand son cœur était douloureux, il se représentait ces satanées colombes blanches libérées de leur cage, ces maudits barrages qui se rompaient, des étoiles filantes et tout un tas d'autres métaphores débiles que l'on trouvait sur les affiches de développement personnel.

Et pourtant il avait fait ce rêve tout en nuances de gris.

Et pourtant Lassiter était encore là.

Cela ne marchait pas…

— Tohr ? Tu es avec nous ? aboya Kolher.

— Oui.

— Tu en es certain ? (Au bout d'un moment, Kolher se retourna vers le reste du groupe.) Alors on fait comme ça : V., John Matthew, Vhif et Tohr avec moi. Les autres sur le terrain, prêts à intervenir en renfort.

Il y eut un cri d'approbation de la part des frères, puis ils sortirent tous par le hall.

Tohr fut le dernier à franchir la porte et, juste au moment où il atteignait le chambranle, quelque chose le força à s'arrêter et à regarder par-dessus son épaule.

PersOnne se tenait au bord du dessin représentant un pommier sur le sol, sa capuche et sa robe la faisant ressembler à une ombre brusquement matérialisée en trois dimensions.

Le temps ralentit puis s'arrêta, et quand il croisa son regard, quelque chose d'étrange le retint.

Au cours des mois écoulés depuis le printemps, il l'avait vue aux repas, s'était forcé à lui parler, lui avait tiré sa chaise et l'avait aidée à se servir comme il le faisait avec les autres femelles de la maison.

Mais il ne s'était plus retrouvé seul avec elle et avait fait en sorte de ne jamais la toucher.

Or, bizarrement il eut l'impression de la toucher, à ce moment précis.

— PersOnne ? l'appela-t-il.

Elle sortit les bras de ses manches et leva les mains jusqu'à la capuche qui recouvrait son visage. Avec grâce, elle se dévoila devant lui.

Ses yeux étaient lumineux et un peu effrayés, ses traits aussi parfaits qu'au printemps dernier, au sanctuaire. Et plus bas, sa gorge était parfaite, une pâle colonne de chair... qu'elle effleura d'un doigt tremblant.

Surgie de nulle part, la faim se réveilla violemment en lui, le besoin se réverbéra dans son corps, faisant s'allonger ses crocs, s'entrouvrir ses lèvres...

— Tohr ? Qu'est-ce que tu fous ?

La voix brusque de V. rompit le charme et, avec un juron, il tourna la tête.

— J'arrive...

— Bien. Parce que le roi t'attend, vraiment.

Tohr regarda de nouveau dans le vestibule, mais PersOnne avait disparu. Comme si elle ne s'y était jamais trouvée.

Se frottant les yeux, il se demanda s'il avait imaginé toute la scène. S'il n'était pas épuisé au point d'avoir des hallucinations...

S'il voyait des choses, ce n'était pas à cause de l'épuisement, fit remarquer une partie de lui-même.

— Ne dis pas un mot de plus, s'admonesta-t-il, quand il frôla son frère en le dépassant. Rien, bon sang.

Quand V. se mit à parler dans sa barbe, il était évident qu'il s'agissait d'une litanie des fautes de Tohr, réelles ou supposées, mais ce dernier s'en fichait. Au moins, cela lui occupait la bouche pendant qu'ils se dirigeaient vers Kolher, John Matthew et Vhif.

— Prêt, annonça Tohr.

Aucun d'entre eux n'eut besoin de lui dire « Il était temps, putain ». Leurs expressions étaient assez parlantes.

Quelques secondes plus tard, ils reprirent forme sur la pelouse d'une maison si grande que l'on aurait pu y parquer une armée. Tragiquement, seul le propriétaire se trouvait dans la résidence, car c'était tout ce qu'il restait de sa lignée.

Ils s'étaient rendus dans tant de maisons semblables ces derniers mois… Beaucoup trop. Et les histoires étaient toutes les mêmes. Des familles décimées. L'espoir envolé. Les survivants qui boitaient mais ne vivaient pas.

La Confrérie ne tenait pas pour acquis que ces visites étaient les bienvenues même si, naturellement, nul n'éconduisait le roi. Et ils ne prenaient aucun risque : pistolet en main, la formation qu'ils adoptèrent en approchant de la porte plaçait Tohr devant Kolher, V. juste derrière, John à la droite du roi et Vhif à sa gauche.

Plus que deux rencontres de ce genre et ils pourraient souffler…

La suite prouva que les catastrophes pouvaient survenir en un instant.

D'un seul coup, le monde se mit à tourner, l'immense demeure ancienne se déformait et tourbillonnait aussi sûrement que si elle était montée sur des hélices.

— Tohr ! s'exclama quelqu'un.

Une main l'attrapa. Quelqu'un d'autre poussa un juron.

— On lui a tiré dessus ?

— Fils de pute…

Avec un juron, Tohr repoussa tout le monde et reprit son équilibre.

— Bordel, je vais bien…

V. s'approcha tellement de lui qu'il était presque dans son nez.

— Rentre à la maison.

— Est-ce que tu as perdu l'esprit…

— Tu représentes un handicap ici. J'appelle des renforts.

Tohr s'apprêtait à protester, mais Kolher se contenta de secouer la tête.

— Il faut que tu te nourrisses, mon frère. Il est temps.

— Layla est prête pour cela, ajouta Vhif. Je l'ai fait revenir de ce côté.

Tohr regarda les quatre guerriers et sut qu'il avait perdu. Seigneur, V. avait déjà le téléphone collé à l'oreille.

Il savait également que, quelque part, ils avaient raison. Mais, mon Dieu, il ne voulait pas affronter de nouveau cette épreuve.

— Rentre à la maison, ordonna Kolher.

V. rangea le portable.

— Rhage doit arriver dans… bingo.

Hollywood apparut, et Tohr jura à plusieurs reprises. Mais il était inutile de lutter contre eux… ou contre la réalité.

Avec l'enthousiasme de quelqu'un sur le point de se faire amputer, il retourna à la demeure… pour aller trouver l'Élue Layla.

Putain.

Grâce à ses jumelles, Xcor observa le vénérable Ahssaut entrer dans une imposante cuisine et s'arrêter devant une fenêtre qui faisait face aux salopards.

Le mâle était toujours scandaleusement beau, avec des cheveux d'un noir profond et la peau brunie. Ses traits étaient si aristocratiques qu'il avait réellement l'air intelligent ; même si c'était classique au sein de la *glymera*. On considérait souvent, à tort, que les gens ayant une belle allure et un corps en bonne santé possédaient le cerveau qui allait avec.

Quand le vampire s'activa, Xcor fronça les sourcils et se demanda s'il avait des hallucinations. Hélas… non. Il semblait que le mâle soit effectivement en train de vérifier le mécanisme d'une arme à feu comme s'il en avait l'habitude. Et, après avoir rangé le pistolet sous sa veste de costume parfaitement taillée, il en prit un autre et effectua les mêmes gestes.

Étrange.

À moins que le roi ne l'ait prévenu qu'il risquait d'y avoir des ennuis pendant sa visite ? Mais non, ce serait idiot. Lorsqu'on représentait le siège du pouvoir de l'espèce, on ne souhaitait pas apparaître assiégé.

Surtout quand c'était vraiment le cas.

— Il s'en va, annonça Xcor tandis qu'Ahssaut paraissait se diriger vers le garage. Il ne va pas rencontrer Kolher. Du moins, pas ce soir… ou alors certainement pas ici. Traversons le fleuve. Tout de suite.

En un éclair, ils se dématérialisèrent et reprirent forme dans un bosquet de pins à la limite de la propriété.

Il s'était trompé au sujet de l'aménagement des jardins, comprit-il. Partout sur la pelouse, on voyait des parcelles circulaires où poussaient des mauvaises herbes et, ici, vers l'arrière de la maison, se trouvait une pile nette, non pas de simples bûches, mais d'arbres tout entiers.

Ainsi qu'une hache enfoncée dans une souche, une scie… et du bois noueux récemment coupé pour le feu.

Donc le mâle avait au moins quelques *doggen*. Et apparemment il considérait comme important de ne pas fournir d'abris aux attaquants. À moins que cet abattage n'ait eu lieu pour la perspective ?

Mais il n'y avait pas grand-chose à voir hormis la forêt, de ce côté-ci de la maison.

Oui, Ahssaut ne semblait pas être un aristocrate ordinaire, se dit Xcor d'un air morose. La question était : pourquoi ?

La porte du garage le plus proche de la maison commença à se lever sans bruit, libérant un rai de lumière de plus en plus large. À l'intérieur, un moteur puissant ronfla, puis un véhicule noir brillant au châssis surbaissé sortit en marche arrière.

Quand la voiture s'arrêta net et que la porte commença à redescendre, il parut évident qu'Ahssaut attendait patiemment que la maison soit sécurisée avant son départ.

Puis quand il s'en alla, ce fut avec lenteur ; et les phares éteints.

— Suivons-le, ordonna Xcor en baissant ses jumelles et en les accrochant à sa ceinture.

En se dématérialisant à intervalles réguliers, ils furent en mesure de pister le mâle le long du fleuve en direction de Caldwell. La traque ne présenta aucune difficulté : il avait beau se trouver au volant de ce qui semblait être une voiture de sport rapide, Ahssaut n'avait l'air d'éprouver aucun sentiment d'urgence… Ce que, dans d'autres circonstances, Xcor aurait attribué au fait que le mâle était un aristocrate typique n'ayant rien de mieux à faire que de paraître à son avantage dans un fauteuil en cuir.

Mais ce n'était peut-être pas le cas ici…

La voiture s'arrêta à tous les feux rouges, évita l'autoroute et pénétra dans les ruelles et les allées du centre-ville avec la même absence de hâte.

Ahssaut tourna à gauche, puis à droite… puis de nouveau à gauche. Encore à gauche. D'autres virages, jusqu'à se retrouver dans la partie la plus ancienne de la ville, là où les immeubles de bureaux en briques étaient délabrés, et où les associations de bienfaisance et les soupes populaires venant en aide aux sans-abri étaient plus nombreuses que les commerces.

Il n'aurait pu emprunter de route plus tortueuse.

Xcor et sa bande de salopards continuèrent de le pister en se déplaçant d'un toit à l'autre, une pratique qui devint risquée à mesure que les conditions météo se dégradaient.

Sauf qu'alors la voiture s'arrêta dans une ruelle étroite entre un immeuble d'habitation condamné et la carcasse ratatinée d'un HLM. Quand Ahssaut sortit, il tira une bouffée sur son cigare et la fumée douceâtre dériva sur les courants aériens jusqu'aux narines de Xcor.

L'espace d'un instant, celui-ci se demanda s'ils n'avaient pas été attirés dans un piège et, quand il fit mine de dégainer, ses soldats l'imitèrent. Mais une large berline noire tourna alors lentement pour entrer dans la ruelle. Au moment où elle s'arrêtait devant lui, le choix de stationnement d'Ahssaut devint clair. Contrairement aux nouveaux venus, le vampire s'était garé à l'intersection de quatre rues, afin de pouvoir s'en aller dans n'importe quelle direction.

Sage décision si l'on souhaitait s'enfuir.

Des humains émergèrent de l'autre voiture. Ils étaient quatre.

— Tu es seul ? demanda celui de devant.

— Oui. Ainsi que vous l'aviez demandé.

Les humains échangèrent des regards qui suggéraient que la complaisance du mâle était une folie.

— Est-ce que tu as l'argent ?

— Oui.

— Où est-il ?

— En ma possession.

Le français que parlait le mâle était semblable à celui de Xcor – lourdement accentué – mais la comparaison s'arrêtait là. C'était un parler raffiné, pas un rude patois.

— Avez-vous la marchandise ?

— Oui, on l'a. Laisse-nous voir le cash.

— Une fois que j'aurai inspecté ce que vous m'avez apporté.

L'homme qui parlait sortit un pistolet et le pointa en direction de la poitrine du vampire.

— Ce n'est pas ainsi que nous traitons les affaires.

Ahssaut exhala un petit nuage de fumée bleue et roula le cigare entre ses doigts.

— Tu as entendu ce que je viens de dire, enfoiré ? aboya l'humain tandis que les trois autres derrière lui faisaient disparaître leurs mains dans leurs vestes de costume.

— Oui.

— On va faire les choses à notre façon, enfoiré.

— Dites plutôt « Ahssaut », mon cher monsieur.

— Va te faire foutre. File-moi le fric.

— Hum. En effet. Vous l'avez exigé.

Brusquement, le vampire riva son regard sur celui de l'humain et, au bout d'un moment, l'automatique dans la paume épaisse se mit à vibrer imperceptiblement. Fronçant les sourcils, le type concentra son attention sur sa main, comme s'il lui envoyait un ordre.

— Mais moi, ce n'est pas ainsi que je traite les affaires, murmura Ahssaut.

Le canon de l'arme commença graduellement à bouger, s'écartant du vampire pour décrire un arc de cercle de plus en plus large. Avec un sentiment de panique grandissant, l'homme agrippa son propre poignet, comme s'il luttait contre quelqu'un d'invisible, mais aucun de ses efforts ne modifia la trajectoire.

Alors que l'arme se retournait peu à peu contre son propriétaire, les autres hommes se mirent à crier et à s'agiter en tous sens. Le vampire ne dit rien, ne fit rien, il demeura parfaitement calme et maître de lui quand il figea ces trois-là, immobilisant leurs corps mais pas leurs visages. Oh, ces expressions de panique. Elles étaient exquises.

Quand l'arme fut pointée contre la tempe de l'homme, Ahssaut sourit, dévoilant des dents blanches qui luisaient dans l'obscurité.

— Permettez-moi de vous montrer comment, moi, je gère les affaires, dit-il à voix basse.

Alors l'humain appuya sur la détente et se tira une balle dans la tête.

Quand le corps tomba sur la chaussée et que la détonation se répercuta dans la ruelle, les hommes restants écarquillèrent les yeux d'horreur, alors même que leurs corps demeuraient toujours figés.

— Toi, lança Ahssaut à celui qui se trouvait le plus près de la berline. Apporte-moi ce que j'ai acheté.

— Je, je, je… (L'homme déglutit avec difficulté.) Nous n'avons rien.

D'un air dédaigneux digne d'un roi, Ahssaut rétorqua :

— Je te demande pardon, qu'as-tu dit ?

— On n'a rien apporté.

— Et pourquoi cela ?

— Parce qu'on allait… (L'homme dut faire une nouvelle tentative pour avaler sa salive.) On allait…

— Vous alliez prendre mon argent et me laisser pour mort ? (N'obtenant pas de réponse, Ahssaut hocha la tête.) Je vois l'intérêt de cette idée. Et je ne doute pas que vous comprendrez ce que je dois faire à présent.

Pendant que le vampire tirait sur son cigare, l'homme qui venait de parler commença à rediriger son arme et le canon finit plaqué contre sa tempe.

L'une après l'autre, trois nouvelles détonations retentirent.

Puis le vampire s'approcha des corps d'un pas nonchalant et écrasa son cigare dans la bouche du premier mort.

Xcor rit doucement pendant qu'Ahssaut retournait à son véhicule.

— Est-ce que nous le suivons ? demanda Zypher.

C'était une bonne question. Il y avait des éradiqueurs à affronter ici, dans le centre-ville, et aucune raison de se soucier qu'Ahssaut se fasse de l'argent en misant sur les addictions humaines. Néanmoins, il restait encore beaucoup d'heures nocturnes et une rencontre entre le mâle et le roi pouvait toujours survenir.

— Oui, répondit-il. Mais seulement Affhres et moi. S'il y a un rendez-vous avec Kolher, nous vous retrouverons.

— Voilà pourquoi nous avons besoin de téléphones portables, fit remarquer Affhres. Cela permettrait une coordination meilleure et plus rapide.

Xcor serra les dents. Depuis leur arrivée dans le Nouveau Monde, il avait autorisé Affhres à prendre un de ces cellulaires, et pas un de plus : l'odorat et l'ouïe d'un combattant, son instinct affûté par l'entraînement et l'expérience, sa connaissance de l'ennemi et de lui-même n'étaient pas fournis avec une facture mensuelle, n'avaient pas besoin d'être rechargés et ne menaçaient pas d'être oubliés, perdus ou volés.

Ignorant le commentaire, il ordonna :

— Vous autres, partez devant à la rencontre de l'ennemi.

— Lequel ? demanda Zypher avec un rire joyeux. Leur nombre augmente d'heure en heure.

Effectivement. Car Ahssaut ne se comportait pas comme un aristocrate. Il agissait comme un mâle qui essayait peut-être bien de bâtir son propre empire.

Il était parfaitement possible que ce membre de la *glymera* soit le même genre de vampire que Xcor. Ce qui signifiait qu'il faudrait peut-être bien l'éliminer à un moment ou à un autre… et pas seulement parce que sa mort aiderait les plans de Xcor.

Il n'y avait de place que pour un seul roi à Caldwell.

Chapitre 22

Quand Tohr reprit forme devant la demeure de la Confrérie, il en voulait à la terre entière. Il était dans une colère noire. D'une humeur de chien enragé.

Il poussa le battant qui ouvrait sur le hall d'entrée et pria pour que Fritz déverrouille la porte à distance au lieu de venir l'accueillir en personne. Nul n'avait besoin de le voir dans cet état…

Ses prières furent exaucées, la porte intérieure s'ouvrit et il pénétra dans le vestibule désert : tout le rez-de-chaussée était silencieux, les *doggen* profitaient certainement de l'absence des frères pour nettoyer les chambres à l'étage avant de commencer à préparer le Dernier Repas.

Merde. Il devrait probablement envoyer un message à Fhurie pour savoir où se trouvait Layla…

Un instinct puissant et irrésistible lui fit tourner la tête et diriger son regard vers la salle à manger.

Un signal intérieur lui commanda d'avancer et l'impulsion lui fit franchir les arcades, dépasser la longue table brillante… et sortir par la porte battante de la cuisine.

PersOnne se tenait devant le plan de travail, en train de casser des œufs dans un bol en céramique.

Seule.

Elle s'arrêta en plein mouvement, leva sa tête encapuchonnée et la tourna vers lui.

Bizarrement, il sentit son cœur palpiter.

— Est-ce que je t'ai imaginée ? demanda-t-il.

— Je vous demande pardon ?

— Est-ce que j'ai imaginé que tu étais dans le vestibule avant mon départ ?

PersOnne baissa lentement la main, épargnant l'œuf. Temporairement.

— Non. Vous ne l'avez pas imaginé.

— Retire ta capuche.

Ce n'était pas une question, mais un ordre ; le genre de chose que Wellsie n'aurait jamais supporté. PersOnne, quant à elle, obéit avec solennité.

Et elle était là, dévoilée à son regard, avec ses cheveux blonds qui se prolongeaient en une tresse épaisse comme une corde, ses joues pâles et ses yeux lumineux, son visage…

— J'ai dit à Lassiter… (Elle s'éclaircit la voix.) Lassiter m'a demandé si je pouvais vous nourrir.

— Et tu as accepté ?

— Oui.

Tout à coup, il la revit dans la piscine, flottant sur le dos, parfaitement nue, tandis que l'eau léchait sa chair tiède, comme une langue géante.

Partout.

Tohr dut tendre une main pour s'appuyer contre un placard. Difficile de savoir ce qui le remuait le plus : le besoin soudain de mordre sa gorge ou le profond désespoir que générait cette pensée.

— Je suis toujours amoureux de ma *shellane*, s'entendit-il dire.

Et cela demeurait le problème : toutes les résolutions du monde, toutes les conneries à propos de « tourner la page et lâcher prise » n'avaient pas changé ses émotions d'un iota.

— Je sais, répondit PersOnne. Et j'en suis heureuse.

— Je devrais faire appel à une Élue.

Il fit un pas dans sa direction.

— Je sais. Et je suis d'accord. Leur sang est plus pur.

Il avança d'un autre pas.

— Tu es issue d'une bonne lignée.

— J'étais, rétorqua-t-elle crûment.

Quand ses épaules fragiles se mirent à trembler de façon imperceptible – comme si elle avait ressenti sa faim –, le prédateur en lui s'éveilla. Brutalement, il découvrit qu'il avait envie de sauter par-dessus le plan de travail central derrière lequel elle se tenait, pour simplement pouvoir…

Faire quoi ?

Eh bien, c'était évident.

Même si son cœur et son esprit n'étaient plus qu'une patinoire vide, gelée et plate, le reste de sa personne était vivant, son corps palpitait d'une envie qui menaçait de réduire à néant ses bonnes intentions, la décence… et son deuil.

Quand il esquissa quelques pas supplémentaires dans sa direction, une horrible pensée lui traversa l'esprit, lui soufflant que c'était ce que Lassiter voulait dire par « lâcher prise » : en cet instant, il abandonnait Wellsie. Il n'avait plus conscience de rien, mis à part la minuscule femelle devant lui, qui luttait pour ne pas s'enfuir alors qu'un frère la traquait.

Il ne s'arrêta qu'à une trentaine de centimètres d'elle. Il regarda sa tête baissée et, plus bas, contempla le pouls fragile de sa jugulaire.

Elle respirait aussi vite que lui.

Et quand il inspira, il saisit une odeur.

Ce n'était pas de la peur.

Douce Vierge scribe, il était énorme.

Debout dans l'ombre de l'immense guerrier qui s'était approché d'elle, elle sentait la chaleur qui émanait de son corps massif aussi sûrement que si elle s'était trouvée devant un brasier. Et pourtant… il ne la brûlait pas. Et elle n'avait pas peur. Elle était échauffée dans un endroit si profond, si intime qu'elle ne comprit pas immédiatement qu'il s'agissait d'une manifestation physiologique normale.

Tout ce qu'elle savait avec certitude était qu'il allait prendre sa veine dans quelques instants et qu'elle le laisserait faire… non parce que l'ange le lui avait demandé, ni parce qu'elle avait fait une promesse, ni parce qu'elle désirait réparer une action passée.

Elle… voulait qu'il le fasse.

À l'instant où Tohrment laissa échapper un sifflement, elle sut qu'il avait ouvert la bouche pour dévoiler ses crocs.

Le moment était venu. Et elle ne releva pas sa manche, mais défit le col de sa robe, l'écarta largement sur ses épaules et inclina la tête sur le côté.

Lui offrant sa gorge.

Oh, comme son cœur battait.

— Pas ici, gronda-t-il. Viens avec moi.

Lui prenant la main, il l'attira dans le garde-manger et referma derrière eux. La petite pièce exiguë était tapissée d'étagères couvertes de fruits et de légumes dans des boîtes colorées, l'air immobile et tiède sentait le grain fraîchement moulu et la douceur sèche et pâtissière de la farine.

Quand le plafonnier s'alluma et que la porte se verrouilla toute seule, elle sut qu'il l'avait fait d'un ordre mental.

Alors, il se contenta de la dévisager, tandis que ses crocs s'allongeaient encore plus, les deux pointes blanches dépassant de sa lèvre supérieure retroussée, et que ses yeux étincelaient.

— Que dois-je faire ? demanda-t-elle d'une voix rauque.

Il fronça les sourcils.

— Que veux-tu dire ?

— Que dois-je… faire pour vous ?

Le *symphathe* avait pris ce qu'il désirait sans se soucier d'elle. Et son père n'avait naturellement jamais permis à un mâle de se nourrir sur elle. Existait-il une façon particulière de…

Soudain, Tohrment parut sortir du tourbillon d'émotions dans lequel il était plongé, ramené à la conscience par une idée qui venait de l'ébranler. Et pourtant, même alors, son corps était toujours entièrement impliqué, il déplaçait son poids d'une botte à l'autre, serrait et desserrait les poings, inlassablement.

— Tu n'as jamais…

— Mon père me préservait. Et quand j'ai été enlevée… je n'ai jamais fait cela de façon correcte.

Tohrment posa une main sur sa tête comme s'il avait mal.

— Écoute, c'est…

— Dites-moi quoi faire.

Il la contempla une fois de plus, et elle se dit que son nom était effectivement approprié. Il était vraiment tourmenté.

— J'en ai besoin, dit-il comme s'il se parlait à lui-même.

— Oui, tout à fait. Vous êtes si émacié que je souffre pour vous.

Sauf qu'il allait tout arrêter, se dit-elle quand elle vit son regard s'éteindre. Et elle savait pourquoi.

— Elle est la bienvenue ici, reprit PersOnne. Invitez votre *shellane* dans votre esprit. Laissez-la prendre ma place.

Tout pour l'aider. Elle ferait n'importe quoi pour que les choses s'arrangent pour Tohrment, en raison de l'immense gentillesse qu'il lui avait témoignée autrefois et des cruelles machinations du destin contre lui.

— Je risque de te faire mal, dit-il durement.

— Pas plus que ce à quoi j'ai déjà survécu.

— Pourquoi…

— Cessez de parler. Cessez d'essayer de réfléchir. Faites ce que vous devez pour prendre soin de vous.

Il y eut un long silence tendu. Puis la lumière s'éteignit, la petite pièce s'obscurcit, la seule lueur provenant des panneaux de verre laiteux de la porte.

Elle eut le souffle coupé.

La respiration de Tohr s'accéléra.

Puis un bras lui entoura la taille et la tira en avant. Quand elle heurta son torse, elle eut l'impression qu'elle venait d'être jetée contre de la pierre, et elle tendit les mains à l'aveuglette pour s'accrocher à quelque chose…

La chair des bras du mâle était douce et brûlante, et la peau qui recouvrait ses muscles durs, fine.

Une secousse. Une secousse sur sa tresse. Puis il tira… et elle eut les cheveux dénoués. Son cuir chevelu fut libéré de la démangeaison et de la tension de la coiffure, et la sensation lui fit légèrement renverser la tête en arrière.

Une main passa dans ses mèches, les emmêlant et les tirant vers le bas. À mesure que la force exercée sur son cou augmentait, sa colonne vertébrale dut suivre le mouvement jusqu'à ce qu'elle se retrouve entièrement soutenue par la force de Tohr.

Désorientée et déséquilibrée, elle perdit momentanément sa détermination, exactement comme lui avant que l'obscurité se fasse.

Elle chercha son visage des yeux et le trouva. Mais elle n'y découvrit aucun point d'ancrage. Elle distinguait mal ses traits, et n'arrivait pas à se le représenter dans le corps mâle contre lequel elle était plaquée.

Instantanément, son visage ne fut plus qu'un ensemble anonyme de plats et d'angles. Et son corps ne fut plus celui de Tohrment, le frère qui avait tenté de la sauver, mais celui d'un étranger.

Mais il était impossible de faire demi-tour, ou d'arrêter le processus qu'elle avait enclenché.

La poigne de Tohr, ses bras, son corps se resserrèrent encore jusqu'à ce qu'elle soit écrasée contre lui. Et quand elle se raidit, il baissa la tête, laissant échapper un grognement haletant de sa cage thoracique, tandis qu'une odeur riche et exotique venait imprégner la peur qu'elle ressentait.

Elle entendit un autre sifflement, puis éprouva la sensation d'une griffure aussi fine qu'une coupure de rasoir qui partait de sa clavicule pour remonter jusqu'à son cou.

La panique la submergea.

Sa présence, sa prise sur elle, le fait qu'elle ne soit pas en mesure de le voir correctement, toute l'expérience la ramena dans le passé et elle commença à se débattre.

Ce fut alors qu'il la mordit.

Violemment.

PersOnne cria et tenta de le repousser, mais ses crocs étaient déjà profondément enfoncés, générant une douleur douce-amère, comme celle d'une piqûre d'abeille. Puis vint la succion, une succion puissante, qui s'accompagna d'un tremblement violent de son corps.

Quelque chose de dur fit saillie au niveau de ses hanches. Se pressa contre son ventre.

De toutes ses forces, elle tenta de nouveau de se libérer, mais ses efforts n'étaient qu'une simple brise face à un ouragan.

Ensuite... il se mit à remuer contre elle, à onduler du bassin, poussant son érection contre sa robe, cherchant un moyen d'entrer, tandis qu'il buvait à longs traits, emplissant l'air de grognements de satisfaction.

Il ne ressentait même pas sa frayeur, tant il était absorbé.

Et elle n'arrivait pas à se ressaisir, à se persuader qu'elle avait souhaité qu'il se nourrisse sur elle.

Regardant fixement le plafond, elle se souvint d'autres moments où elle avait lutté sans résultat et pria, comme elle l'avait fait autrefois, pour que l'épreuve se passe vite.

Douce Vierge scribe, qu'avait-elle fait… ?

Le corps contre celui de Tohr fournit tout ce qu'il y avait à donner, sang, souffle et chair. Et, qu'ils soient damnés tous les deux, mais il prit, il prit avec voracité et en abondance, buvant jusqu'à la lie et désirant plus qu'une simple veine.

Il voulait le sexe de cette femelle.

Il voulait être en elle tout en buvant son sang.

Et cela alors même qu'il était parfaitement conscient qu'il ne s'agissait pas de sa Wellsie. Le toucher de ses cheveux n'était pas le même : ceux de PersOnne formaient de longues mèches lisses, et non des boucles épaisses. Le goût de son sang n'était pas le même : la saveur riche sur sa langue et l'acidité au fond de sa gorge étaient totalement différentes. Et son corps était plus mince et plus délicat, pas robuste ni puissant comme celui de sa *shellane*.

Mais il la désirait quand même.

Son satané pénis rugissait sans s'excuser, prêt à prendre, à prendre et à… posséder, tout en même temps. Du moins sexuellement.

Merde, cette boule de feu de désir et d'envie n'avait rien de comparable à ce triste moment de froide indifférence où il s'était nourri sur l'Élue Séléna. L'acte de boire devrait toujours être ainsi : un moment de total abandon où l'on se défaisait de sa peau civilisée pour révéler l'animal au plus profond de soi.

Et bordel, c'était exactement ce qu'il ressentait.

Il redressa PersOnne, et descendit le bras qui l'enlaçait jusqu'à enserrer le bas de son dos puis sa hanche… et enfin ses fesses.

Brusquement, il la repoussa contre les placards en verre, faisant vibrer les panneaux des portes. Il n'avait pas l'intention d'être brutal, mais il lui était impossible de lutter contre le désir. Pire encore, dans le fond de son esprit, il ne le souhaitait pas.

Levant la tête, il poussa un grognement qui transperça ses propres oreilles, puis il la mordit une nouvelle fois, perdant le contrôle dans ce festin pour ses sens affamés.

La seconde morsure était plus haute et plus proche de la mâchoire, et il se mit à boire plus intensément, le fluide vital de la femelle se répandant dans les fibres de ses muscles, lui procurant des forces, le ressourçant, le restaurant et le transformant en un être toujours plus insatiable.

Cette succion… putain, cette succion…

Quand il finit par relever la tête, il était ivre d'elle, même si la tête lui tournait pour d'autres raisons que sa soif de sang. Le sexe était la prochaine étape, et il observa pour de bon son environnement à la recherche d'un lit.

Sauf que… ils se trouvaient dans le garde-manger ? C'était quoi ce bordel ?

Seigneur, il n'arrivait même pas à se rappeler comment tout ceci était arrivé.

Mais il était certain qu'il ne souhaitait pas la saigner à blanc, aussi baissa-t-il la tête vers sa gorge. Il tira la langue et lécha la colonne de chair veloutée qu'il avait mordue deux fois, goûtant et sentant son parfum…

L'odeur qui imprégna ses narines n'était pas celle d'un parfum que l'on trouvait dans le commerce.

Et ce n'était pas non plus celle de l'excitation lascive qu'il avait perçue au début.

Elle était terrifiée.

— PersOnne ? demanda-t-il en la sentant trembler pour la première fois.

Avec un cri rauque, elle se mit à sangloter et, sous le choc, il se retrouva momentanément engourdi. Puis il reprit ses esprits et ressentit trop bien ses ongles enfoncés dans ses avant-bras ainsi que les contorsions de son corps délicat qui tentait de se libérer.

Il la lâcha immédiatement…

PersOnne heurta le placard d'angle avant de se précipiter sur la porte, tirant sur la poignée, la secouant avec tant de force que le verre opaque risquait de se briser.

— Attends, je vais te…

À l'instant où il déverrouilla le loquet, elle s'enfuit, traversant la cuisine à toute allure, et sortit de l'autre côté comme si elle cherchait à sauver sa vie.

— Merde ! (Il se lança à sa poursuite.) PersOnne !

Il se fichait qu'on l'entende quand il l'appela une nouvelle fois, sa voix se répercutant jusqu'au haut plafond de la salle à manger, alors qu'il dépassait la longue table pour débouler dans le vestibule.

Quand elle passa à toute allure sur le dessin du pommier au sol, il se souvint d'elle cette nuit où ils avaient tenté de la ramener chez son père : avec sa chemise de nuit flottant derrière elle, elle avait eu l'air d'un fantôme alors qu'elle traversait la prairie éclairée par la lune.

Aujourd'hui aussi sa robe flottait derrière elle, tandis qu'elle se ruait sur l'escalier.

La panique de Tohr atteignit un tel degré qu'il se dématérialisa pour la pourchasser et reprit forme à mi-chemin des marches, sans pour autant se placer devant elle. Reprenant sa poursuite à pied, il la suivit tandis qu'elle passait devant le bureau de Kolher et empruntait le couloir à droite.

À la seconde où elle parvint à la chambre où elle séjournait, elle se jeta à l'intérieur et claqua la porte.

Il atteignit le panneau de bois juste à temps pour entendre le verrou tourner.

Le sang de PersOnne irriguait tout son système, lui procurant de nouveau la puissance qui lui manquait, l'appétit qu'il avait perdu et les idées les plus nettes qui aient traversé sa tête depuis des siècles, ce qui lui permit de se remémorer tout ce qu'il n'avait pas senti quand il était accroché à sa gorge.

Elle s'était donnée à lui volontairement, généreusement, et il avait pris trop, trop vite, dans une pièce obscure où il aurait pu être n'importe qui, sauf celui qu'elle avait accepté de nourrir.

Il l'avait effrayée. Voire pire.

Il se retourna, s'adossa contre la porte et se laissa glisser le long du battant jusqu'à ce qu'il touche le sol.

— Quel connard… putain de merde…

Maudit soit-il.

Oh, attendez, c'était déjà fait.

Chapitre 23

Juste avant la fermeture du *Masque de Fer*, Xhex était dans son bureau et secouait la tête en direction de Grand Rob. Entre eux, sur son bureau, se trouvaient trois sachets supplémentaires de cette cocaïne, marqués du symbole de la mort.

— Est-ce que tu te fous de ma gueule avec cette merde ?

— Je l'ai confisquée à un mec il y a dix minutes.

— Et lui, tu l'as gardé ?

— Dans la limite de la légalité. Je lui ai dit que je remplissais de la paperasse. Je ne lui ai pas expressément dit qu'il était libre de partir… Heureusement, il est tellement soûl qu'il ne s'inquiète pas de ses droits.

— Laisse-moi aller lui parler.

— Je l'ai mis là où tu aimes les retrouver.

Elle sortit et tourna à gauche. La salle d'interrogatoire était au bout du couloir et n'avait pas de serrure ; la dernière chose dont ils avaient besoin, c'était d'avoir des emmerdes avec la police. Ou plutôt, des emmerdes supplémentaires : avec ce qui se passait sous ce toit chaque nuit, il était notoire que les flics fouinaient dans le coin de temps à autre.

Ouvrant la porte, elle poussa un juron à voix basse. Le type assis devant la table s'était affaissé sur sa chaise, le menton sur la poitrine, les bras ballants, les genoux écartés. Il était habillé façon dandy à l'ancienne dans le style *steampunk*, avec un costume noir près du corps et une chemise blanche à jabot…

et bien entendu, quelque chose clochait dans ses frusques. Les tissus, pour commencer. Le fait qu'aucun ne soit de fabrication artisanale. De même que les boutons… mais c'était ce qui arrivait quand les humains qui aimaient se faire passer pour des vampires trempaient les orteils dans les eaux de l'histoire. Ils se gouraient tout le temps.

Refermant doucement la porte, elle s'approcha de lui en silence, serra le poing… et frappa sur la table pour le réveiller.

Oh, ça alors, il avait une petite canne pour compléter sa tenue. Et une cape.

Quand le mec bascula en arrière et se retrouva en équilibre sur deux pieds de chaise, elle saisit la canne d'ébène au vol et laissa la gravité décider quoi faire de cet humain…

Que c'était mignon. Dans sa bouche ouverte, il avait deux prothèses en porcelaine en forme de crocs collées sur ses canines. Il fallait croire que cela lui donnait encore plus l'impression d'être Nosferatu.

Elle s'assit pile au moment où il atterrissait sur le dos et examina le crâne argenté du pommeau pendant qu'il se relevait péniblement, repositionnait son costume débile ainsi que la chaise et se réinstallait. Quand il lissa ses cheveux d'un noir de jais, ses racines brunes apparurent.

— Oui, nous allons vous laisser partir, dit-elle avant qu'il pose la question. Et tant que vous me direz ce que je veux savoir, je n'impliquerai pas nos amis de la police de Caldwell.

— OK. Oui. Merci.

Au moins, il ne feignait pas d'avoir un accent aristocratique.

— Où vous êtes-vous procuré la coke ? (Elle leva la main quand il fit mine d'ouvrir son bec.) Avant que vous ne me disiez qu'elle appartenait à un de vos amis et que vous ne faisiez que la garder pour lui, ou que vous avez emprunté ce manteau et qu'elle se trouvait dans les poches, sachez que la police ne croira pas plus que moi à ces conneries... mais je vous garantis qu'ils auront la possibilité d'entendre votre mensonge.

Il y eut un long silence pendant lequel elle le dévisagea. Il avait même mis des lentilles de contact rouges pour faire croire que ses iris luisaient.

Elle se demanda s'il avait jamais essayé de se dématérialiser pour traverser un mur.

Elle était prête à l'aider dans ses tentatives.

— Je l'ai achetée à l'angle de Trade Street et de la 8e. Il y a environ trois heures. Je ne connais pas le nom du mec, mais en général, il est là tous les soirs entre 23 heures et minuit.

— Est-ce qu'il ne vend que la dope marquée de ce symbole ?

— Nan. (Le type parut se détendre, et son accent populaire se fit plus fort.) Il deale de tout. Au printemps, je n'arrivais pas toujours à obtenir de la coke. Mais, je ne sais pas, depuis le mois dernier à peu près, il en a tout le temps. C'est ce que j'aime.

Est-ce que son petit numéro de Dracula était une façon de se rebeller contre la sainte trinité muscu-UV-fringues ? se demanda-t-elle.

— Comment s'appelle ce truc ?

— « Dague ». Cela va bien avec ma nature. (Quand il désigna sa tenue, la bague ornée d'une pierre rouge à son petit doigt scintilla.) Je suis un vampire.

— Vraiment. Je croyais qu'ils n'existaient pas.

— Oh, nous sommes très réels. (Il l'évalua du regard, d'un air appréciateur.) Je pourrais vous présenter à des gens. Vous faire accéder au sabbat.

— Est-ce que ce n'est pas pour les sorcières ?

— J'ai trois épouses, vous savez.

— Votre maison me paraît bondée.

— J'en cherche une quatrième.

—C'est gentil de proposer, mais je suis mariée. (En prononçant ces mots, sa poitrine lui fit mal.) Et j'ajouterai : heureuse en ménage.

Elle ne savait pas précisément pour qui elle avait ajouté cela. Mon Dieu, John…

On frappa un coup à la porte.

—Oui, dit-elle par-dessus son épaule.

—Tu as de la visite.

À l'instant où la réponse parvint à ses oreilles, son corps revint à la vie et, brusquement, elle fut prête à jeter dehors cet enfoiré avec son costume de Halloween la tête la première.

John était en avance ce soir, ce qui lui convenait tout à fait.

—C'est fini, annonça-t-elle en se levant.

L'humain se mit debout et ses narines se dilatèrent.

—Seigneur, votre parfum est… incroyable.

—Ne revenez plus avec ces saloperies chez moi, ou la prochaine fois on ne discutera pas. Compris ?

Lorsqu'elle ouvrit la porte, elle fut assaillie par l'odeur d'union de son compagnon : ce parfum d'épices exotiques qui embaumait le couloir…

Et il se trouvait là, à l'autre bout du couloir.

Son John.

Quand il tourna la tête dans sa direction, il inclina le menton et sourit avec un regard légèrement diabolique. Ce qui signifiait qu'il était plus que prêt pour elle.

—Vous êtes magnifique, lui souffla l'imposteur en s'approchant d'elle.

Elle était sur le point de l'écarter quand John aperçut le petit enfoiré excité.

La situation était mal engagée.

Son mâle lié descendit le couloir comme un prédateur, en frappant assez fort ses rangers sur le sol pour étouffer les basses en provenance du club.

Son pote avec les quenottes et la cape concentrait toujours son attention sur elle, mais cela ne dura pas. Quand il découvrit les cent vingt kilos de force de la nature qui fonçaient sur lui, bien remontés, il se recroquevilla sur lui-même et s'abrita derrière Xhex.

Viril, oui. Un véritable étalon.

John s'arrêta devant la porte, bloquant toute possibilité de fuite, et ses magnifiques yeux bleus décochèrent un méchant regard à l'humain par-dessus l'épaule de Xhex.

Seigneur, elle avait envie de le baiser, se dit-elle.

D'un geste désinvolte, elle fit les présentations.

— Voici mon mari, John. John, ce monsieur partait. Veux-tu l'accompagner jusqu'à la sortie, mon chéri ?

Avant que l'imposteur puisse répondre, John montra les crocs et laissa échapper un chuintement. C'était le seul son qu'il était capable d'émettre en dehors d'un sifflement, mais cela se révéla plus efficace que des mots…

— Oh, mince, marmonna Xhex, en s'écartant brusquement.

Le faux vampire s'était pissé dessus.

John était plus que ravi d'avoir à évacuer cette ordure. Crétin d'humain, regarder sa femelle de cette manière ? L'enfoiré avait de la chance que John soit aussi excité. Autrement, il aurait pris le temps de lui casser une jambe ou un bras rien que pour faire valoir son point de vue.

Il referma la main sur la nuque du type, emmena de force le fils de pute libidineux jusqu'à la sortie de derrière, ouvrit la porte d'un coup de pied et le traîna jusqu'au parking.

La bouche du mec laissa échapper une version de « Oh mon Dieu, je vous en prie, ne me tuez pas », et pour une bonne raison : seul un infime reste de bon sens empêcha John de commettre un meurtre.

Comme il lui était impossible de lui ordonner de le regarder, John retourna la petite merde, le saisit par les épaules et le souleva jusqu'à ce que ses chaussures noires en cuir à jolis motifs pendent dans le vide.

Rivant son regard à ces iris recouverts d'une fausse couleur rouge ridicule, John plongea ce petit prétentieux dans une transe et lui effaça le souvenir de ses crocs. Puis... eh bien, il fut tenté de lui implanter l'info que les vampires existaient bel et bien et allaient le pourchasser.

Une bonne dose de paranoïa mettrait vite un terme à la mascarade dans laquelle vivait cet enfoiré.

Mais bon, cela n'en valait pas la peine. Surtout alors qu'il pourrait déjà être enfoncé dans sa femelle à cet instant précis.

Avec une dernière secousse, il lâcha le mec, qui partit ventre à terre. Il était maigrichon ; l'exercice lui ferait du bien.

Lorsque John se retourna vers le club, il aperçut la Ducati de Xhex garée le long du bâtiment, juste au-dessous d'un éclairage de sécurité, et bon sang... il l'imagina enfourchant toute cette puissance, penchée sur le moteur, lançant la moto à toute vitesse dans un virage en épingle...

Il se dirigea vers la porte à grandes enjambées et la trouva ouverte, avec Xhex, debout dans l'encadrement.

— J'ai cru que tu allais lui arracher la gorge, fit-elle d'une voix traînante.

Elle était totalement excitée.

Quand John s'approcha d'elle, il ne s'arrêta pas avant de sentir ses seins contre sa poitrine, et elle ne bougea pas d'un pouce... ce qui, bien entendu, l'électrisa plus encore. Seigneur, elle était déjà excitante à la base, mais cette séparation imposée qu'ils supportaient depuis plusieurs mois le rendait encore plus désireux d'être avec elle.

— Tu veux venir dans mon bureau ? demanda-t-elle en grondant. Ou tu préfères le faire ici ?

Quand il se contenta de hocher la tête comme le crétin qu'il était, elle éclata de rire.

— Pourquoi pas à l'intérieur, afin de ne pas effrayer les enfants ?

Oui, pour la plupart des humains, le sexe n'impliquait pas de sang.

Pendant qu'elle ouvrait le chemin, il observa le balancement de ses hanches et se demanda s'il était anatomiquement possible que la langue d'une personne traîne sur le sol.

Dès l'instant où ils s'enfermèrent ensemble, il fut sur elle, l'embrassant brutalement tandis qu'il remontait rapidement son tee-shirt. Alors qu'elle enfonçait les doigts dans ses cheveux, il se pencha et remercia la Vierge scribe qu'elle ne s'embête jamais à porter un soutien-gorge.

Avec un téton aspiré dans sa bouche et une main posée sur ses fesses au niveau de l'entrejambe, il l'allongea sur son bureau couvert de papiers. Puis il lui ôta son pantalon en cuir, sauta sur elle et la pénétra.

Une baise rapide et déchaînée, du genre de celles qui bouleversaient la disposition des meubles et attiraient probablement l'attention, était toujours une entrée en matière. La deuxième fois fut plus lente et la troisième ressembla à ces moments sensuels dans les films où l'image devient floue.

C'était la façon classique de traiter un banquet : d'abord se goinfrer pour apaiser la faim, puis se concentrer sur ses mets favoris, pour terminer par un digestif délicat…

Ils jouirent en même temps, lui penché sur elle, et elle avec ses longues jambes enroulées autour de ses hanches, tous deux se cramponnant l'un à l'autre aussi fort que possible.

Au milieu des soubresauts de leur orgasme, il releva la tête par hasard et regarda devant lui. Derrière le bureau se trouvaient une armoire métallique, une chaise supplémentaire… et, bizarrement, il remarqua pour la première fois que le mur était constitué de blocs de béton peints en noir.

Il avait vu le même décor au cours des mois écoulés, sans jamais y prêter attention.

Mais à présent, le fait qu'ils ne se trouvent ni dans la cabane de Xhex ni dans leur chambre à la demeure le frappa violemment.

Elle ne l'avait pas invité à revenir chez elle à côté du fleuve depuis leur séparation.

Elle n'était pas non plus venue à la demeure.

Fermant les yeux, il tenta de se reconnecter avec son corps, mais n'obtint que de vagues sensations sous la ceinture. Soulevant les paupières, il voulut regarder le visage de Xhex, mais elle s'était cambrée et il ne distingua que l'extrémité de son menton. Ainsi que des cartes de pointage. Pour ses videurs.

Qui pouvaient très bien se trouver de l'autre côté de la porte, en train de les écouter.

Merde… la situation était minable.

Il avait une relation illégitime… avec sa propre compagne.

Au début, cela avait été très excitant, comme s'ils sortaient ensemble en adoptant un comportement à l'opposé de celui qu'ils avaient eu quand ils s'étaient connus. Et il avait supposé que ce serait toujours aussi amusant.

Sauf qu'il y avait eu des ombres tout du long, n'est-ce pas.

Il referma les yeux en comprenant qu'il préférait faire l'amour dans un lit. Leur lit conjugal. Et que ce n'était pas parce qu'il était vieux jeu ; cela lui manquait de ne pas la sentir dormir à côté de lui.

— Qu'est-ce qu'il y a, John ?

Il entrouvrit les paupières. Il aurait dû savoir qu'elle aurait une idée de ce à quoi il pensait : si l'on mettait de côté ses capacités de *symphathe*, elle le connaissait mieux que personne.

Et en ce moment même, alors qu'il soutenait son regard gris acier, la tristesse lui enserrait la poitrine.

Mais il n'avait vraiment pas envie d'en parler. Ils avaient trop peu de temps à passer ensemble.

Il lui donna un long baiser profond, en supposant que c'était le meilleur moyen de les distraire tous les deux... et cela fonctionna. Quand leurs langues se mêlèrent, il recommença à bouger en elle et ses coups de reins l'amenèrent de nouveau au point de rupture, avant de le faire redescendre. Le rythme était lent mais inexorable, et lui aussi se retrouva transporté dans un lieu où sa tête se calma.

La jouissance vint comme une douce vague cette fois-ci, et il s'y accrocha avec une sorte de désespoir.

Quand ce fut terminé, comme après chaque orgasme, il eut une conscience aiguë des bruits de son environnement : cette fois-ci, il entendit le battement distant et étouffé de la musique, le cliquetis de talons dans le couloir et la sonnerie lointaine d'un téléphone portable.

— Qu'est-ce qu'il y a ? demanda-t-elle.

Pendant qu'il s'écartait, il remarqua que tous deux étaient encore pour l'essentiel habillés. À quand remontait la dernière fois où ils avaient été totalement nus ?

Seigneur... c'était durant cette période de bonheur après leur union. Ce qui lui paraissait n'être qu'un lointain souvenir. Peut-être celui d'un autre couple.

— Est-ce que tout s'est bien passé avec Kolher ce soir ? demanda-t-elle en renfilant son pantalon. Est-ce que c'est ça le problème ?

Le cerveau de John luttait pour revenir à la réalité, mais, heureusement, ses mains étaient en parfait état de fonctionnement, et pas seulement pour reboutonner sa braguette.

— Oui, la rencontre s'est bien passée. Mais c'est difficile à dire. La glymera *mise tout sur les apparences.*

— Hmm.

Elle n'avait jamais grand-chose à dire sur les affaires impliquant la Confrérie. Mais bon, vu leur position quant au fait qu'elle se batte, il était surpris qu'elle ait mis le sujet sur la table.

— *Comment ça se passe pour toi ce soir ?* signa-t-il.

Elle ramassa un truc sur lequel elle était allongée, un petit sachet.

— Il y a un nouveau dealer en ville.

Il attrapa ce qu'elle lui lançait et fronça les sourcils à la vue du symbole estampillé sur la Cellophane.

— *C'est quoi ce bordel ? C'est... de la langue ancienne.*

— Oui, et nous ignorons parfaitement qui est derrière cela. Mais je te promets que nous allons le découvrir.

— *Tiens-moi au courant si je peux t'aider.*

— J'ai la situation en main.

— *Je sais.*

Le silence qui s'étira servit à lui rappeler où ils en étaient... et où ils n'étaient pas.

— Tu as raison, dit-elle brusquement. C'est volontairement que je ne t'ai pas fait venir chez moi. C'est déjà assez difficile de devoir te laisser repartir quand nous sommes ici.

— *Je pourrais rester avec toi. Je pourrais emménager et...*

— Kolher ne l'autorisera jamais, et à raison, devrais-je ajouter. Tu as une grande valeur à ses yeux, et ma cabane est loin d'être aussi sûre que la demeure. En outre, que diable ferions-nous de Vhif ? Il mérite de vivre sa vie, lui aussi... et au moins là où tu résides, il dispose d'une certaine autonomie.

— *Un jour sur deux, alors.*

Elle haussa les épaules.

— Jusqu'à ce que ça ne suffise plus ? John, c'est ce que nous avons... et c'est mieux que ce qu'ont beaucoup de gens. Tu ne crois pas que Tohr tuerait pour être capable de...

— *Cela ne me suffit pas, à moi. Je suis avide, et tu es ma* shellane, *pas seulement un plan cul.*

— Et je ne peux pas rentrer à la demeure. Je suis désolée. Si je le fais, je finirai par les détester… et toi avec. J'aimerais faire semblant de pouvoir me débarrasser de ces conneries et dire : « Je vais m'y faire », mais je ne peux pas.

— *Je parlerai à Kolher…*

— Ce n'est pas Kolher, le problème. Ils calquent leur conduite sur la tienne. Tous.

Comme il ne répondait pas, elle s'approcha de lui, prit son visage entre ses mains et le regarda droit dans les yeux.

— C'est ainsi que les choses doivent être. Maintenant pars, que je puisse faire la fermeture. Et reviens demain soir avant toute autre chose. Je compte déjà les minutes.

Elle l'embrassa fermement.

Puis se détourna et quitta le bureau.

Chapitre 24

PersOnne fut réveillée par un cri retentissant et épouvantable, du genre de ceux qui accompagnaient un meurtre sanglant.

Il lui fallut un moment pour comprendre que le hurlement venait d'elle, que sa bouche était largement ouverte, son corps contracté et que ses poumons la brûlaient.

Heureusement, elle avait laissé la lumière allumée et elle examina, paniquée, les murs tendus de tissu, les rideaux et le couvre-lit. Puis elle concentra son attention sur sa robe… oui, elle portait toujours sa robe et non une mince chemise de nuit.

C'était un rêve. Un rêve…

Elle n'était pas dans une cave, sous terre.

Elle n'était pas à la merci du *symphathe*…

— Je suis désolé.

Le souffle coupé, elle se plaqua contre la tête de lit matelassée. Tohrment se tenait à l'intérieur de la pièce, juste devant la porte fermée.

— Est-ce que ça va ? demanda-t-il.

Elle remit sa capuche en place d'un geste vif, se dissimulant dessous.

— Je…

Des souvenirs de ce qui s'était passé entre eux l'empêchèrent de réfléchir clairement.

— Je… fais aller.

— Je n'arrive pas à y croire, dit-il d'une voix rauque. Mon Dieu… je suis désolé. Il n'y a aucune excuse à mon comportement. Et je ne m'approcherai plus jamais de toi. Je jure…

La souffrance dans sa voix la blessa aussi sûrement que s'il s'agissait de la sienne.

— C'est bon…

— Certainement pas. Je t'ai même fait cauchemarder…

— Ce n'est pas vous qui m'avez réveillée, mais des images… du passé.

Prenant une profonde inspiration, elle ajouta :

— C'est étrange, je n'ai jamais rêvé de… ce qui m'était arrivé… J'y ai souvent songé, mais quand je dors d'habitude, je ne vois que l'obscurité.

— Et là, aujourd'hui ? demanda-t-il, les dents serrées.

— J'étais de retour sous terre. Dans la cave. L'odeur là-dessous… douce Vierge scribe, l'odeur. (Elle s'entoura de ses bras car elle sentait le courant d'air aussi sûrement que si elle était de nouveau derrière cette porte en chêne brut.) Les pains de sel… j'avais oublié les pains de sel.

— Je te demande pardon ?

— Il y avait des pains de sel là-dedans, pour les animaux ; c'est pour cela que j'ai gardé mes cicatrices. Je m'étais toujours demandé s'il ne s'était pas servi d'un pouvoir *symphathe* ou autre pour abîmer ma peau. Mais non, il y avait des pains de sel et des salaisons. (Elle secoua la tête.) Je les avais oubliés jusqu'à présent. J'avais oublié tellement de détails…

Quand il laissa échapper un juron en grondant, elle leva la tête. L'expression de Tohrment suggérait qu'il aurait aimé tuer une nouvelle fois ce *symphathe*… mais il la dissimula, comme s'il ne souhaitait pas la bouleverser davantage.

— Je ne crois pas t'avoir déjà dit que j'étais désolé de ce qui t'était arrivé, dit-il doucement. À l'époque, dans la cabane avec Audazs. Lui et moi étions tous les deux navrés que tu…

— Je vous en prie, ne parlons plus de cela. Merci.

Dans le silence gêné qui suivit, l'estomac de Tohr gronda.

— Vous devriez manger, murmura-t-elle.

— Je n'ai pas faim.

— Votre ven…

— Peut aller se faire voir.

Elle contempla sa silhouette immobile, étonnée du changement qui s'était opéré en lui : même après si peu de temps, son visage avait retrouvé des couleurs, sa posture était plus droite et ses yeux bien plus alertes.

Le sang était une chose si puissante, se dit-elle.

— Je vous nourrirai encore. (Quand il la dévisagea comme si elle avait perdu l'esprit, elle redressa le menton et soutint son regard.) Parfaitement, je recommencerai.

Pour voir encore ces progrès si rapides, elle était prête à endurer de nouveau ces moments de terreur. Elle était toujours coincée par son passé, mais, oh, ce changement chez lui : son sang l'avait libéré de sa fatigue… et le garderait en vie sur le champ de bataille.

— Comment peux-tu dire une chose pareille ?

Sa voix était rauque au point de se fêler.

— C'est tout simplement ce que je ressens.

— L'obligation ne devrait pas t'emmener aussi loin dans ton enfer personnel.

— C'est à moi que le choix appartient, pas à vous.

Il fronça les sourcils.

— Tu étais l'agneau sacrificiel dans le garde-manger.

— Si c'était réellement le cas, je ne serais pas en train de respirer en ce moment, pas vrai ?

— Est-ce que ton rêve t'a plu ? Tu t'es bien amusée ?

Elle eut un mouvement de recul, et il s'avança jusqu'aux fenêtres aux volets clos, le regard fixe comme s'il voyait le jardin au travers.

— Tu es plus qu'une servante ou une prostituée de sang, tu sais.

Avec toute la dignité dont elle était capable, elle l'informa :

— Servir les autres est une noble entreprise.

Il lui jeta un coup d'œil par-dessus son épaule et croisa son regard en dépit de la capuche.

— Mais tu ne le fais pas dans un esprit de noblesse. Tu caches ta beauté et ta position sociale sous cette robe pour te punir. Je ne crois pas que cela ait le moindre rapport avec une quelconque fibre altruiste.

— Vous ne me connaissez pas, ni moi, ni mes motivations…

— J'étais excité. (À ces mots, elle cligna des yeux.) Tu devais sans doute le savoir.

Eh bien, oui, en effet. Mais…

— Et si je reprends ta veine, cela arrivera. Encore.

— Mais vous ne pensiez pas à moi, souligna-t-elle.

— Est-ce que ça ferait une différence ?

— Oui.

— Tu en es certaine ? demanda-t-il sèchement.

— Vous n'avez rien fait, non ? Et une seule séance ne suffira pas, vous devez le savoir. Cela faisait trop longtemps, pour vous. Vous avez déjà avancé, mais vous devrez vous nourrir de nouveau très bientôt.

Comme il poussait un juron, elle leva une nouvelle fois le menton, refusant de reculer.

Au bout d'un long moment, il secoua la tête.

— Tu es si… bizarre.

— Je prendrai cela pour un compliment.

Depuis l'autre bout de la chambre, Tohr dévisageait PersOnne et ne pouvait s'empêcher de la respecter… même si elle était visiblement folle : elle était totalement insoumise, en dépit du fait qu'elle avait des marques de morsure sur le cou, s'était réveillée en hurlant et affrontait un frère.

Seigneur, quand il avait entendu ce cri, il avait manqué de fracturer la porte. Des images d'elle avec un couteau à la main, en train de s'infliger des blessures, l'avaient poussé à se dématérialiser pour se rendre à l'intérieur de sa chambre. Mais il l'avait découverte étendue au milieu du lit, inconsciente de tout ce qui n'était pas la scène qui se jouait dans sa tête.

Des pains de sel. Putain de merde.

— Ta jambe, demanda-t-il gentiment. Comment est-ce arrivé ?

— Il m'a passé une menotte à la cheville et m'a enchaînée à une poutre. Quand il… est venu me voir… la menotte m'a scié les chairs.

Tohr ferma les yeux pour repousser les images.

— Oh, mon Dieu…

Il ignorait précisément quoi dire après cela. Il se contenta de rester là, impuissant, attristé… à souhaiter que tant de choses aient été différentes dans leurs vies à chacun.

— Je crois savoir pourquoi nous sommes là, dit-elle brusquement.

— Parce que tu as crié.

— Non, je veux dire… (Elle s'éclaircit la voix.) Je me suis toujours demandé pourquoi la Vierge scribe m'avait amenée au sanctuaire. Mais Lassiter, l'ange, a raison. Je suis ici pour vous aider, de la même manière que vous m'avez aidée il y a longtemps.

— Je ne t'ai pas sauvée, rappelle-toi. Pas à la fin.

— Mais pourtant si. (Il secouait la tête en signe de dénégation quand elle l'interrompit.) J'avais l'habitude de vous regarder dormir, dans l'Ancienne Contrée. Vous étiez toujours à droite du feu et vous dormiez tourné vers moi. J'ai passé des heures à mémoriser la façon dont la faible lueur du foyer de tourbe jouait sur vos yeux fermés, vos joues et votre mâchoire.

Soudain, la pièce parut se rétracter sur eux, devenant progressivement plus petite, plus étroite… et plus chaude.

—Pourquoi ?

—Parce que vous n'étiez pas du tout comme le *symphathe*. Vous aviez la peau sombre et lui était pâle. Vous étiez massif et lui mince. Vous étiez gentil avec moi… et lui non. Vous êtes la seule chose qui m'a empêchée de devenir complètement folle.

—Je l'ai toujours ignoré.

—Je ne voulais pas que vous le sachiez.

Au bout d'un moment, il ajouta d'un air sombre :

—Tu as toujours eu l'intention de te tuer.

—Oui.

—Alors pourquoi pas avant la naissance ?

Merde, il n'arrivait pas à croire qu'ils se montrent aussi francs l'un envers l'autre.

—Je ne voulais pas que le bébé soit maudit. J'avais entendu des rumeurs sur ce qui se passait quand on se suicidait, et j'étais prête à en accepter les conséquences pour moi-même. Mais l'enfant à naître ? Il commencerait par venir au monde au milieu d'une grande tristesse, mais au moins il pourrait se forger son propre destin.

Et pourtant elle n'avait pas été maudite… peut-être à cause des circonstances : Dieu savait qu'elle avait assez souffert en partant.

À cette idée, il secoua de nouveau la tête.

—Pour ce qui est de me nourrir, je te suis reconnaissant de ton offre, vraiment. Mais bizarrement, je ne crois pas qu'une répétition de la scène d'en bas nous ferait du bien à l'un comme à l'autre.

— Admettez que vous vous sentez plus fort.

— Tu as dit que tu n'avais jamais rêvé avant aujourd'hui de ce qui t'était arrivé.

— Un rêve n'est pas…

— C'est suffisant pour moi.

Elle leva encore une fois le menton et, bon sang, cette habitude était… eh bien, pas attirante, non. Non, ce n'était pas attirant.

Vraiment.

— Si j'ai pu survivre aux événements, dit-elle, je peux surmonter les souvenirs.

À cet instant précis, en assistant depuis l'extrémité de la pièce à sa démonstration de volonté, il ressentit un lien avec elle, aussi sûrement que si une corde les avait attachés poitrine contre poitrine.

— Revenez me voir. Quand vous en aurez besoin.

— Nous verrons cela. Maintenant, est-ce que… tu vas bien ? Ici, dans cette chambre, je veux dire. Tu peux verrouiller la porte…

— J'irai bien, si vous revenez me voir.

— PersOnne…

— C'est la seule possibilité dont je dispose pour arranger les choses avec vous.

— Tu n'as pas à arranger les choses. Sincèrement.

Il se détourna, se dirigea vers la porte et, avant de sortir, lui jeta un dernier coup d'œil par-dessus son épaule. Sa tête encapuchonnée était inclinée sur ses mains jointes qu'elle regardait fixement.

Il la laissa avec le peu de paix qu'elle avait recouvrée, emmena son estomac grondant dans sa chambre et se désarma. Il était complètement affamé, son appétit de nourriture creusait un puits sans fond dans le bas de son torse… et même s'il aurait préféré ignorer cet ordre, il n'avait pas le choix. En commandant un plateau à Fritz, il pensa à PersOnne et demanda au *doggen* de veiller à ce qu'elle ait elle aussi à manger.

Puis vint l'heure de la douche. Après avoir mis l'eau à couler, il se déshabilla et abandonna ses vêtements sur le sol de marbre là où ils étaient tombés. Il était en train d'enjamber le tas quand il aperçut son reflet dans le long miroir au-dessus des lavabos.

Même pour son regard indifférent, il était évident que son corps s'était étoffé, les muscles s'étaient raffermis sous sa peau et ses épaules redressées au lieu d'être au niveau de son diaphragme.

Dommage qu'il n'apprécie pas ce rétablissement.

Il pénétra dans l'espace clos en verre, se plaça sous le jet, s'appuya sur ses bras contre la paroi et laissa l'eau ruisseler sur sa chair.

Quand il ferma les yeux, il se retrouva dans le garde-manger, à la gorge de PersOnne, suçant sa veine. Il aurait dû la mordre au poignet, pas à la gorge ; d'ailleurs, pourquoi n'avait-il pas…

Brusquement, le souvenir lui revint à toute vitesse, le goût, l'odeur, la sensation de cette femelle contre lui firent taire son esprit et aiguisèrent ses sens.

Dieu, elle avait été… un lever de soleil.

Ouvrant les yeux, il regarda fixement l'érection qui s'était manifestée dès la première image. Son pénis était proportionné au reste de son corps, c'est-à-dire long, épais et lourd. Et capable de tenir des heures.

Comme celui-ci cherchait à attirer son attention, il craignit que l'excitation ne soit semblable à la faim qui rongeait ses entrailles : elle ne disparaîtrait pas tant qu'il ne s'en serait pas occupé.

Ouais, peu importait. Ce n'était pas un mâle tout juste sorti de la transition avec une érection permanente et une main qui le démangeait. Il pouvait choisir de se branler ou pas, putain de merde… et ce serait un grand « NON ».

Il attrapa le savon, le fit mousser sur ses jambes, et souhaita être V… non, pas avec les bougies noires et toutes ces conneries. Mais au moins, s'il avait eu l'esprit du vampire, il aurait pu penser à, par exemple, la structure moléculaire du plastique, la composition chimique du dentifrice fluoré ou… la façon dont l'essence alimentait les voitures.

Ou il supposait qu'il aurait pu penser à des mecs… ce qui, vu qu'il n'était pas attiré par eux, aurait pu le conduire à un dégonflement miséricordieux.

Mais le problème, c'était qu'il n'était que Tohrment, fils de Nhuisance… il en fut donc réduit à essayer de se rappeler comment préparer des cookies, car il n'y connaissait rien en sciences, se fichait complètement du sport et n'avait pas lu de journal ni regardé les infos à la télé depuis des années.

En outre, c'était bien la seule chose qu'il soit capable de préparer… Qu'est-ce qu'on mettait dedans ? Du beurre ? De la margarine ? Du mastic ?

Comme rien ne lui venait, il commença à craindre non seulement que sa chaîne culinaire personnelle ne soit incompétente, mais qu'elle ne résolve pas non plus son problème.

Il fit une autre tentative. Et fut seulement capable de se rappeler comment ouvrir un paquet de chips.

Bloqué, en érection et désespéré, il ferma les yeux… et pensa à sa Wellsie, nue dans leur lit. Au goût et à la douceur de sa peau, à toutes les façons dont ils avaient fait l'amour, à toutes ces journées passées imbriqués l'un dans l'autre et haletants.

Il empoigna son sexe et convoqua les images de sa compagne dans son esprit, les plaquant par-dessus tout ce qui avait un rapport avec PersOnne. Il ne voulait pas de cette autre femelle dans cet espace-là ; il risquait d'avoir à s'occuper du problème, ce qu'il ne souhaitait pas, mais il pouvait bien établir des limites.

Il n'était bien évidemment pas en mesure de choisir son destin, mais ses fantasmes étaient totalement à sa portée.

Tout en se caressant, il tenta de se remémorer sa beauté rousse tout entière : l'aspect de ses cheveux lorsqu'ils recouvraient sa propre poitrine, le miroitement de son sexe glabre, la façon dont ses seins pointaient quand elle était sur le dos.

Mais ce n'était que l'extrait d'un livre d'histoire et les illustrations s'étaient estompées ; comme si son esprit avait enlevé l'encre des pages.

Il perdit sa concentration, ouvrit les paupières et aperçut sa main refermée sur cette stupide érection, essayant de faire sortir quelque chose, n'importe quoi.

C'était comme traire une machine à soda, cela ne le menait nulle part. Enfin, mis à part une vague sensation de piqûre à l'endroit où la peau était pincée sur le gland.

— Bon sang de bonsoir !

Abandonnant cette mauvaise idée, il s'occupa avec le savon, le passant sur sa poitrine et sous ses aisselles.

— Seigneur ? demanda Fritz depuis la chambre. Désirez-vous autre chose ?

Il n'allait pas demander un porno au *doggen*. C'était répugnant à bien trop d'égards.

— Euh… non, merci, mec.

— Très bien. Dormez bien.

Oui. Bien sûr.

— Toi aussi.

Une fois la porte refermée, Tohr se lava les cheveux comme, d'après lui, tous les mâles le faisaient : il versa une bonne dose de shampoing dans le creux de sa main, frotta ses cheveux comme s'il essayait de détacher un tapis, puis se tint sous le jet pendant une éternité parce qu'il avait pris une trop grosse quantité du truc acheté par Fritz.

Plus tard, il déciderait s'il aurait mieux valu garder les yeux ouverts.

Dès qu'il eut fermé les paupières pour empêcher la mousse de lui piquer les yeux, le flot tiède sur son torse se changea en mains, et le besoin de jouir revint encore plus fort qu'avant : son pénis palpitait, ses couilles se contractaient…

Instantanément, il se retrouva de nouveau dans le garde-manger, la bouche collée à la gorge lisse de PersOnne, suçant et avalant le sang pour remplir son ventre, resserrant les bras autour d'elle pour la presser plus fort contre son corps…

« Votre shellane *est la bienvenue ici. »*

Il secoua la tête en entendant sa voix dans son esprit. Mais il comprit alors que c'était la réponse.

Il reprit son pénis et informa son cerveau que ces images parlaient de Wellsie. Que les sentiments, les sensations, l'odeur, le goût… appartenaient à Wellsie et pas à une autre femelle.

Il ne s'agissait pas d'un souvenir.

C'était sa compagne qui lui était revenue…

L'orgasme fut si soudain qu'il eut un véritable mouvement de recul, les yeux écarquillés. Son corps fut parcouru de spasmes provoqués non seulement par la jouissance mais également par la surprise de voir que, oui, en fait, cela arrivait pour de bon et non dans un rêve quelconque.

Tout en se caressant et en profitant de l'orgasme, il s'observa en train de jouir, observa son sexe faire ce qu'il devait, envoyant des jets contre le mur de marbre humide et les panneaux de verre de la porte.

Cette vision fut moins érotique que biologique.

Ce n'était qu'une fonction, comprit-il. Comme respirer et manger. Oui, c'était agréable, mais autant qu'une grande inspiration : dans ce vide d'émotions, dans cette douche solitaire, ce n'était qu'une série d'éjaculations crachées par sa prostate.

Les sentiments donnaient une signification au sexe, que ce soit dans un fantasme ou avec sa compagne… ou même lorsqu'on se trouvait avec quelqu'un que l'on n'appréciait pas tellement, d'ailleurs.

Ou que l'on ne voulait pas désirer, lui souffla une voix intérieure.

Quand son corps en eut terminé, il craignit que ce ne soit que le premier round d'une longue série, car il bandait toujours aussi dur qu'au début. Mais au moins, il n'avait pas l'impression d'avoir trompé sa compagne. En fait, il ne ressentait rien du tout, et c'était une bonne chose.

Il se rinça, sortit, se sécha avec une serviette… et emporta le drap de bain avec lui dans la chambre.

Il était presque certain que, une fois qu'il aurait mangé, les choses allaient se compliquer quand il serait allongé, et pas à cause d'une éventuelle indigestion.

Mais les choses… iraient bien. Autant qu'il était possible, supposait-il.

Les relations sexuelles avec sa compagne défunte avaient été prodigieuses, bouleversantes, volcaniques… transcendantes.

En comparaison, ce qui venait de se passer était aussi sexy qu'un rhume de cerveau.

Tant qu'il ne penserait pas à…

Il s'arrêta et se racla la gorge, même s'il ne parlait pas à voix haute.

Tant qu'il ne penserait à personne d'autre du genre féminin, il irait bien.

Chapitre 25

La nuit suivante, Xcor se tenait dans le renfoncement de l'entrée d'un immeuble en briques situé au cœur de la ville. En retrait d'environ un mètre par rapport à la rue, l'espace formait une sorte de cercueil, lui procurant l'ombre où se dissimuler, ainsi qu'un abri en cas de balle perdue.

Il était seul et en proie à une profonde et complète exaspération, alors qu'il surveillait la zone et gardait un œil sur la voiture noire élégante qu'il avait suivie.

Levant l'avant-bras, il consulta sa montre. Encore une fois. Où étaient donc ses soldats ?

Se séparer du groupe pour suivre Ahssaut l'avait amené ici mais, avant de partir, il avait dit aux autres de le retrouver quand ils auraient fini leur première série de combats… Le localiser n'aurait pas dû être une tâche compliquée. Tout ce qu'ils avaient à faire était d'établir une surveillance de toit en toit dans la partie de la ville où la vente de drogue était la plus répandue.

Vraiment pas difficile.

Et pourtant il était là, seul.

Ahssaut se trouvait toujours dans le bâtiment d'en face, probablement en train de rencontrer d'autres humains du genre de ceux qu'il avait tués la nuit précédente. Le commerce dans lequel il était entré se présentait ostensiblement comme une galerie d'art, mais Xcor était vieux jeu, pas naïf. On pouvait passer des contrats pour toutes sortes de marchandises et de services dans n'importe quel établissement « légal ».

Le vampire réapparut presque une heure plus tard, et la lumière au-dessus de la sortie de derrière éclaira un instant sa chevelure d'un noir dense et ses traits de prédateur. La voiture au châssis surbaissé dans laquelle il se déplaçait était garée sur le bas-côté et, pendant qu'il la contournait, une bague à son auriculaire étincela.

En se déplaçant de cette façon, vêtu de noir comme il l'était, il ressemblait… tout à fait à un vampire, en réalité. Sombre, sensuel, dangereux.

Il s'arrêta devant la portière, plongea la main dans sa veste pour en sortir ses clés…

Et se retourna pour faire face à Xcor, avec une arme.

— Crois-tu sincèrement que j'ignorais que tu m'espionnais ?

Sa prononciation était vraiment digne de l'Ancien Monde et si appuyée que son accent donnait presque l'impression qu'il parlait une langue étrangère… ou ce qui en aurait été une si Xcor n'avait pas été aussi familier du dialecte originel.

Où étaient ses soldats, putain ?

Quand Xcor sortit du renfoncement, il pointait un automatique, et ce ne fut pas sans satisfaction qu'il vit le mâle reculer légèrement en le reconnaissant.

— Tu t'attendais à un frère, peut-être ? dit-il d'une voix traînante.

Ahssaut ne baissa pas le canon de son arme.

— Mes affaires ne regardent que moi. Tu n'as aucun droit de me suivre.

— Mes affaires sont celles dont je décide.

— Tes façons de faire ne fonctionneront pas ici.

— Et de quelles « façons de faire » s'agit-il ?

— Il y a des lois ici.

— C'est ce que j'ai entendu dire. Et je suis pratiquement certain que tu en enfreins plusieurs dans tes occupations.

— Je ne faisais pas référence aux lois humaines. (Comme si celles-ci étaient entièrement hors de propos ; et au moins là-dessus, ils étaient d'accord.) Le droit ancien prévoit…

— Nous sommes dans le Nouveau Monde, Ahssaut. De nouvelles règles s'appliquent donc.

— D'après qui ?

— Moi.

Le mâle plissa les yeux.

— Tu dépasses déjà les limites ?

— Cette conclusion t'appartient.

— Alors je la maintiendrai. Et je vais te quitter à présent… à moins que tu ne projettes de me tirer dessus. Auquel cas, je t'emmènerai avec moi.

Il leva son autre main, dans laquelle se trouvait un boîtier noir.

— Pour qu'on soit bien au clair, la bombe attachée au bas de caisse de ma voiture explosera si mon pouce se contracte, ce qui est précisément le genre de mouvement instinctif qui surviendra si tu me colles une balle dans la poitrine ou le dos. Oh ! et je devrais peut-être préciser que l'explosion aura un rayon incluant largement l'endroit où tu te trouves et qu'elle sera si rapide que tu n'auras pas le temps de te dématérialiser pour t'enfuir hors de la zone.

Xcor éclata de rire avec un respect non feint.

— Tu sais ce qu'on raconte au sujet des suicidés, pas vrai ? Pas d'Estompe pour eux.

— Ce ne sera pas un suicide si tu tires en premier. Ce sera de l'autodéfense.

— Et tu serais prêt à prendre le risque ?

— Si tu l'es, toi.

Le mâle paraissait parfaitement indifférent au fait que Xcor tire ou non sur lui, comme s'il était en paix avec l'idée de vivre ou de mourir, insensible à la violence et à la douleur… sans pourtant être déconnecté.

Il aurait fait un soldat d'exception, se dit Xcor. *S'il n'avait pas été castré par sa maman.*

— Donc ta solution est une autodestruction mutuelle ? murmura-t-il.

— Quel sera le résultat ?

Si Xcor avait eu ses renforts, il y aurait eu un meilleur moyen de gérer la situation. Mais non, les salopards n'étaient pas là. Et l'un des principes fondamentaux dans un conflit était que lorsqu'on se retrouvait face à un ennemi à sa hauteur, bien armé et courageux, on n'engageait pas les hostilités ; on se retirait, on se rassemblait et l'on vivait pour se battre dans d'autres circonstances, plus favorables à sa propre victoire.

En outre, il fallait garder Ahssaut en vie assez longtemps pour que le roi puisse venir le voir.

Mais rien de tout cela ne se présentait correctement. Et l'humeur de Xcor, déjà sombre, devint carrément noire.

Il ne dit rien de plus. Il se contenta de se dématérialiser pour se reformer dans une autre ruelle, à environ cinq cents mètres de là, et laissa son départ parler de lui-même.

Quand il reprit forme à côté d'un kiosque à journaux fermé, il était furieux contre ses soldats et la colère née de sa confrontation avec Ahssaut s'amplifia et se reporta sur ses mâles tandis qu'il pensait à eux.

Il débuta ses propres recherches, passant du toit d'un immeuble abandonné à celui d'un club, puis du toit d'une boutique de tatouage à celui d'un HLM, jusqu'à ce qu'il les retrouve sur le gratte-ciel : ils étaient tous là à traîner comme s'ils n'avaient rien de mieux à faire.

La violence irriguait désormais chaque veine de son corps, s'insinuant en lui, au point qu'il commençait à ressentir le bourdonnement de la folie aux confins de son crâne.

C'était dû à la soif de sang, bien entendu. Mais la cause originelle ne fit rien pour tempérer ses émotions.

— Où vous étiez, putain ? demanda-t-il alors que le vent soufflait en rafales autour de sa tête.

— Tu nous as dit d'attendre ici...

— Je vous ai dit de venir me retrouver !

Affhres leva les bras au ciel.

— Bon sang ! Il nous faut des téléphones, pas seulement...

Xcor se jeta sur le mâle, l'empoigna par le manteau et le plaqua brutalement contre une porte métallique.

— Surveille ton langage.

— J'ai raison sur ce...

— Nous n'allons pas reprendre cette discussion.

Xcor s'écarta d'une poussée et s'éloigna du mâle, tandis que son manteau était soulevé de côté par le vent chaud et violent qui soufflait sur la ville.

Mais Affhres refusa de lâcher l'affaire.

— Nous aurions pu être là où tu le souhaitais. La Confrérie a des portables...

Il se retourna d'un bloc.

— Que la Confrérie aille se faire foutre !

— Tu aurais de meilleures chances que cela arrive si nous disposions de moyens de communication !

— La Confrérie est faible à cause de ces béquilles technologiques !

Affhres secoua la tête, en affichant son air d'aristocrate suffisant.

— Non, ils vivent dans le futur. Et nous ne pourrons pas lutter contre eux si nous demeurons dans le passé.

Xcor serra les poings. Son père – ou plutôt, le Saigneur – aurait balancé ce fils de pute par-dessus la rambarde de l'immeuble pour son insolence et son insubordination. Et Xcor fit un pas en direction du mâle.

Sauf que non, se dit-il avec une logique froide. Il existait un moyen plus profitable de gérer la situation.

— On part se battre. Tout de suite.

Il regarda Affhres dans les yeux : il n'y avait qu'une seule réponse acceptable, et les autres le savaient, à en juger par la manière dont ils tirèrent leurs armes et se préparèrent à affronter l'ennemi.

Et oui, Affhres, cet éternel dandy qui appréciait l'ordre social, même dans les situations militaires, suivit naturellement le mouvement.

Mais bon, d'autres raisons le poussaient à suivre les ordres, qui dépassaient largement son attirance pour le consensus : c'était cette dette qu'il croyait devoir lui rembourser éternellement. C'était son engagement auprès des autres salopards, qui avait évolué au fil du temps et était désormais réciproque… jusqu'à un certain point.

Et, bien entendu, c'était sa chère sœur défunte qui, en quelque sorte, était toujours avec lui.

Enfin, elle était plutôt avec Xcor, en réalité.

Sur un signe de tête de sa part, lui et ses soldats se rendirent, dans un nuage de molécules, au cœur du labyrinthe de ruelles. En chemin, Xcor se souvint de cette nuit, il y avait de cela très longtemps, où un gentilhomme l'avait abordé dans un coin crasseux de Londres dans un dessein meurtrier.

L'exécution de sa requête avait impliqué plus de choses que ce qu'Affhres avait envisagé.

Pousser Xcor à tuer celui qui avait souillé sa sœur lui avait coûté bien plus que les shillings dans sa poche. Cela lui avait coûté sa vie tout entière. Et rembourser cette dette avait fait de lui bien plus qu'un membre de la *glymera* doté d'un prénom digne de la Confrérie : Affhres avait vécu conformément à son héritage de sang, surpassant de loin les attentes.

Surpassant de loin toutes les attentes : en vérité, Xcor avait passé ce marché afin de se servir du mâle comme d'un exemple de faiblesse pour les autres. Affhres était censé n'être qu'un repoussoir humilié pour les véritables soldats, une mauviette piétinée et pleurnicharde qui aurait été promptement brisée et forcée de les servir.

Mais ils n'en étaient pas arrivés là.

Au niveau du sol, la ruelle où ils reprirent forme était fétide et suintante à cause de la chaleur estivale et, quand ses soldats se déployèrent derrière lui, ils occupèrent le terrain d'un mur de briques à l'autre.

Ils chassaient toujours en meute ; contrairement à la Confrérie, ils restaient ensemble.

Aussi, chacun d'entre eux assista à la scène qui suivit.

Dégainant l'une de ses dagues en acier, Xcor serra fermement la garde, pivota vers Affhres.

Et poignarda le mâle.

Quelqu'un cria. Plusieurs poussèrent un juron. Affhres se recroquevilla sur sa blessure…

Xcor saisit l'épaule du mâle, retira l'arme et le poignarda une nouvelle fois.

L'odeur du sang de vampire frais était facilement reconnaissable.

Mais il fallait deux sources et non une seule.

Rengainant sa dague, il repoussa Affhres, si bien que le mâle tomba à plat sur le sol. Puis il prit l'une des lames de celui-ci et passa la pointe effilée sur la face interne de son propre avant-bras.

Il frotta sa blessure sur toute la partie supérieure du corps d'Affhres, avant de placer de force la dague ensanglantée dans la main du soldat. Puis il s'accroupit et son regard méchant croisa celui du mâle.

— Quand la Confrérie te découvrira, ils t'emmèneront pour te soigner… et tu découvriras où ils vivent. Tu leur diras que je t'ai trahi et que tu veux te battre avec eux. Tu t'intégreras à eux et trouveras un moyen d'infiltrer leur résidence. (Il pointa le doigt sur le visage du vampire.) Et parce que tu défends avec autant de ferveur l'échange d'informations, tu me rapporteras tout. Tu as vingt-quatre heures, puis toi et moi nous retrouverons… ou bien les restes de ton adorable sœur connaîtront une fin déshonorante.

Le visage blême, Affhres écarquilla les yeux.

— Oui, je la détiens. (Xcor se pencha plus bas, jusqu'à ce que leurs nez se touchent.) Je l'ai détenue avec nous durant toutes ces années. Alors je te le dis, n'oublie pas à qui va ton allégeance.

— Espèce de… salopard…

— Tu as raison. Tu as jusqu'à demain. Au sommet du gratte-ciel, à 4 heures du matin. Sois là.

Le regard du mâle était brûlant quand il croisa le sien, et la haine qu'on y lisait était une réponse suffisante : Xcor détenait les cendres de la défunte sœur du vampire, et tous deux savaient que s'il était capable d'envoyer son second dans le ventre de la bête, jeter ces restes poussiéreux dans une poubelle, des toilettes sales ou le bac à frites d'un McDonald's n'avait rien de particulier à ses yeux.

Néanmoins, la simple menace qu'il le fasse suffisait à menotter Affhres.

Et tout comme il l'avait fait à une autre époque, il se sacrifierait aujourd'hui pour celle qu'il avait perdue.

Xcor se redressa et se retourna.

Ses soldats se tenaient épaule contre épaule, formant un mur menaçant qui lui faisait front. Mais l'insurrection ne l'inquiéta pas. Tous avaient été élevés, si l'on pouvait dire, par le Saigneur : ce mâle sadique leur avait appris l'art du combat et de la rétribution. S'ils étaient surpris, ce ne devait être que parce que Xcor n'avait pas agi plus tôt.

— Retournez au camp pour le reste de la nuit. Je dois assister à une réunion… Si à mon retour je découvre que l'un d'entre vous a disparu, je le traquerai et je ne l'abandonnerai pas blessé. Je finirai le travail.

Ils partirent sans un regard pour Affhres… ni pour lui, d'ailleurs.

Sage décision.

Sa colère était plus tranchante que les lames dont il venait de se servir.

Abandonné seul dans la ruelle, Affhres pressa sa main sur ses abdominaux pour ralentir l'hémorragie.

Même si son corps était paralysé par la douleur, sa vue et son ouïe, tournées vers son environnement, étaient aiguisées à un niveau surnaturel : les bâtiments qui s'élevaient au-dessus de lui étaient hauts et plongés dans le noir. Leurs fenêtres étaient étroites et constituées de verre dépoli. L'air sentait la viande en train de cuire, comme s'il se trouvait non loin d'un restaurant qui servait beaucoup de grillades. Et dans le lointain, il entendait les klaxons des voitures, les crissements de frein d'un bus et le rire strident d'une femme.

La nuit n'était pas encore très avancée.

N'importe qui risquait de le découvrir. Un ami. Un ennemi. Un éradiqueur. Un frère.

Au moins Xcor lui avait laissé sa dague dans la main.

Avec un juron, il roula sur le flanc et tenta de se redresser…

Eh bien, son effort résolut le problème de tout percevoir avec une si grande acuité. Face à un nouvel assaut de douleur, le monde disparut, la bombe explosa dans ses tripes avec une telle puissance qu'il se demanda s'il ne s'était pas rompu une artère.

Se remettant doucement dans sa position antérieure, il se dit que Xcor pouvait très bien s'être trompé. Cette ruelle serait peut-être son cercueil au lieu d'un plateau pour la Confrérie.

Tandis qu'il gisait sur le sol, en proie à la souffrance, il comprit qu'il aurait dû se méfier. Il avait fini par se sentir à l'aise en présence de ce mâle, de la même façon qu'un dompteur de tigres relâche sa vigilance : il avait tenu pour acquis certains comportements, trouvant en eux un sentiment de sécurité et de prévisibilité malavisé.

En réalité, le danger ne s'était pas dissipé ; il avait grandi.

Et ainsi qu'il en était allé dès le début avec Xcor, il demeurait coincé par les circonstances qui les avaient réunis.

Sa sœur. Sa sœur magnifique et pure.

« Je l'ai détenue avec nous durant toutes ces années. »

Affhres gémit, mais pas à cause de ses blessures. Comment Xcor avait-il obtenu les cendres ?

Il avait supposé que sa famille avait accompli une cérémonie digne de ce nom et s'était occupée d'elle de façon appropriée. Et comment aurait-il pu savoir que ce n'était pas le cas ? On ne lui avait pas permis de voir sa mère ni son frère une seule fois depuis que le marché avait été conclu, et son père était décédé dix ans plus tôt.

Les injustices étaient légion : dans la mort, on aurait pu espérer qu'elle obtiendrait la paix qu'elle méritait. Après tout, l'Estompe avait été créée pour des âmes aussi légères et charmantes que la sienne. Mais sans cérémonie…

Douce Vierge scribe, il était possible qu'elle se soit vu refuser l'entrée.

C'était une nouvelle malédiction pour lui. Et pour elle.

Levant les yeux vers le ciel, dont il ne distinguait presque rien, il pensa à la Confrérie. S'ils le découvraient avant qu'il meure et l'emmenaient avec eux comme le supposait Xcor, il ferait ce qu'on lui demandait. Contrairement aux autres membres de la bande de salopards, il avait sa propre allégeance, et elle ne le liait ni au roi, ni à Xcor, ni à ses camarades de combat… même si, en vérité, elle avait commencé à évoluer en direction de ces mâles.

Non, sa fidélité allait à quelqu'un d'autre… et Xcor le savait. C'était la raison pour laquelle ce despote s'était, si longtemps auparavant, efforcé de réunir quelques assurances supplémentaires pour qu'il ne s'extirpe pas de ses griffes…

Tout d'abord, il supposa que la puanteur charriée par la brise tiède provenait d'une benne à ordures et qu'un changement de direction du vent transportait l'odeur d'un déchet alimentaire quelconque. Mais non, il y avait une note douceâtre révélatrice dans cet horrible bouquet.

Levant la tête, il regarda ses pieds puis des mètres et des mètres de chaussée derrière. À l'extrémité de la ruelle, trois éradiqueurs apparurent.

Leurs rires retentirent comme son glas et pourtant il découvrit qu'il souriait, alors même que des éclairs d'une lumière terne suggéraient qu'ils avaient déjà tiré leurs couteaux.

La simple idée que le destin ait contrecarré le plan de Xcor rendait le départ d'Affhres parfaitement acceptable. Sauf que sa sœur… comment pourrait-il l'aider s'il était mort ?

Alors que les tueurs s'approchaient, il sut que ce qu'ils allaient lui infliger rendrait la douleur de son estomac comparable à celle d'un orteil que l'on aurait cogné par inadvertance.

Mais il devait se battre, et c'était ce qu'il ferait.

Jusqu'à son dernier battement de cœur et jusqu'à son dernier souffle, il se battrait de tout son être pour la seule raison de vivre qui lui restait.

Chapitre 26

Bon sang, Tohr ne pouvait que constater le changement en lui, même s'il détestait le reconnaître : tandis qu'avec John et Vhif, il se dirigeait vers leur portion du centre-ville, il se sentait plus fort, plus vif… et avait les idées sacrément claires. Et tous ses sens étaient de retour : il n'avait plus de problèmes d'équilibre. Sa vision était impeccable. Et son ouïe si fine qu'il entendait les bruits de pattes des rats qui couraient se cacher dans les ruelles.

On ne comprenait jamais à quel point le brouillard était dense jusqu'à ce qu'il se lève.

Se nourrir était sans conteste source de puissance, surtout compte tenu de son travail et… oui, il lui fallait un nouveau boulot. Comptable. Brosseur de vêtements. Psy pour chien. N'importe quoi, pourvu que l'on soit assis toute la nuit.

Mais bon, il ne pourrait pas accomplir sa *revhanche* et venger Wellsie s'il exerçait l'un de ces métiers. Et après tout ce qui était arrivé la nuit précédente, depuis les événements dans le garde-manger jusqu'à ce qu'il s'était fait après être finalement allé se coucher, il avait l'impression qu'il lui était redevable.

Seigneur, le fait que PersOnne lui ait donné une telle force lui faisait croire que la mémoire de Wellsie avait été violée d'une façon ou d'une autre. Souillée. Sapée.

Quand il s'était nourri sur l'Élue Séléna, cela ne l'avait pas dérangé autant, peut-être parce qu'il était encore sous le choc de la mort de sa compagne… mais plus probablement parce qu'il n'avait ressenti aucune excitation ni avant, ni pendant, ni après.

Putain de merde, il était vraiment prêt à se battre ce soir.

Et moins de trois pâtés de maisons plus tard, il découvrit ce qu'il cherchait : l'odeur des éradiqueurs.

Alors qu'il se mettait à courir sans bruit avec les garçons, il ne tira aucune de ses armes. Compte tenu de son humeur, il cherchait un corps à corps et s'il avait de la chance…

Le hurlement qui couvrit les bruits assourdis de la circulation lointaine n'était pas celui d'une femelle. Grave et saccadé, il n'avait pu jaillir que d'une gorge masculine.

Au diable l'approche silencieuse.

Passant au sprint, il tourna au coin d'une ruelle et se heurta à un mur d'odeurs qu'il n'eut aucun mal à déchiffrer : du sang de vampire… de deux sortes, deux mâles. Du sang de tueur… d'une seule sorte, rance et désagréable.

Il était évident que, là devant, il y avait un vampire mâle étendu sur l'asphalte, deux tueurs debout et un éradiqueur titubant, qui venait visiblement d'être touché au visage. Ce qui expliquait les cris.

C'était toute l'information dont il avait besoin pour poursuivre sa course.

Il se jeta en avant et agrippa l'un des éradiqueurs, passant un bras autour du cou de cet enfoiré et le faisant sauter en l'air comme une crêpe d'un coup sec. Quand la gravité rabattit l'ennemi sur la chaussée, le visage tourné vers le ciel, il eut la tentation de le battre comme plâtre à grands coups de pied… mais, avec un blessé au milieu de la rue, c'était une situation d'urgence. Il sortit l'une de ses dagues, l'enfonça dans la poitrine de ce connard et reprit sa posture de combat avant que l'éclair se soit dissipé.

Sur sa gauche, John s'occupait de l'éradiqueur blessé à la joue et il le renvoya à son créateur impie d'un coup de dague.

Et Vhif avait choisi le numéro trois, qu'il balança à bout de bras avant de le jeter la tête la première contre un mur.

En l'absence d'autre ennemi à affronter, tout du moins pour le moment, Tohr se précipita vers le mâle au sol.

— Affhres, souffla-t-il après l'avoir reconnu.

Le soldat gisait sur le dos, pressant son ventre de la main qui ne tenait pas sa dague. Il y avait beaucoup de sang et beaucoup de douleur, au vu de cette expression torturée.

— John ! Vhif ! appela-t-il. Gardez les yeux ouverts au cas où on aurait de la compagnie du genre « salopards ».

Il obtint un sifflement et un « compris » en guise de réponse, puis il s'accroupit et chercha un pouls. Le rythme irrégulier qu'il découvrit n'était pas un bon signe.

Reculant, il croisa un regard bleu ciel.

— Tu vas me dire qui t'a fait ça ? Ou me laisser jouer aux questions-réponses tout seul ?

Affhres ouvrit la bouche, cracha du sang et ferma les yeux.

— OK, je vais supposer que c'était ton chef. Qu'est-ce que tu en dis ?

Tohr souleva la main du mâle et jeta un coup d'œil à la blessure au ventre. Ou plutôt aux blessures.

— Tu sais, ta place n'a jamais été avec ce fils de pute.

Pas de réponse, mais il n'était pas évanoui pour autant : sa respiration était trop rapide et le souffle saccadé indiquait le genre de douleur qui n'allait de pair qu'avec la conscience. Mais on s'en foutait. Xcor était la seule explication possible. La bande de salopards se battait toujours en groupe, et ils n'auraient jamais abandonné un soldat derrière eux… à moins que Xcor ne leur en ait donné l'ordre.

En outre, deux sangs de vampire différents ? Il avait dû s'agir d'un duel à la dague.

— Que s'est-il passé ? Vous vous êtes pris le bec au sujet du Dernier Repas ? Du code vestimentaire ? Ou alors quelque chose de plus sérieux. Homer Simpson contre Fred Pierrafeu ?

Il désarma rapidement le soldat, retirant deux bons flingues fonctionnels, une tonne de munitions, plusieurs couteaux, une corde à étrangler et…

— Gare à toi ! hurla-t-il alors qu'Affhres levait le bras.

Il l'attrapa facilement et le força à redescendre sans le moindre effort.

— Des mouvements rapides me feront achever le travail que Xcor a commencé.

— Une lame au tibia…, répondit une voix rauque.

Tohr retroussa le bas du pantalon et, ça alors, encore du métal.

— Au moins il t'a bien armé, marmonna-t-il en sortant son téléphone portable pour composer le numéro du complexe.

— J'ai un problème, annonça-t-il quand V. décrocha.

Après quelques palabres avec son frère, lui et Viszs décidèrent de ramener le fils de pute au centre d'entraînement. Après tout, l'ennemi de votre ennemi pouvait devenir votre ami… lorsque les circonstances s'y prêtaient. En outre, la *brhume* qui entourait le complexe pouvait brouiller n'importe quoi, depuis les GPS jusqu'au radar du Père Noël. Impossible que la bande de salopards retrouve le mâle si tout cela s'avérait être une mise en scène.

Dix minutes plus tard, Butch arriva avec l'Escalade.

Affhres ne discuta pas le fait d'être soulevé, emporté jusqu'à la voiture et allongé sur la banquette arrière : il avait fini par tomber dans les pommes. La bonne nouvelle, c'était qu'ainsi, il ne représentait pas une menace immédiate… mais ce serait un avantage de le ramener en vie.

Des négociations ? Une source de renseignements ? Un repose-pied…

Les options étaient infinies.

— Voilà exactement le genre de passager que j'apprécie, dit Butch quand il se réinstalla derrière le volant. Aucun risque qu'il m'emmerde avec des conseils de conduite.

Tohr hocha la tête.

— Je viens avec toi…

La première détonation vint du calibre .40 de John, et Tohr se remit immédiatement en posture de combat. Il claqua la portière de l'Escalade en même temps qu'il sortait son propre flingue.

Le second tir fut celui de l'ennemi, quel qu'il soit.

Plongeant pour s'abriter derrière le 4 × 4 blindé, Tohr n'en cogna pas moins sur la vitre pour faire déguerpir le flic. Affhres avait trop de valeur pour qu'on le perde à cause d'un truc aussi négligeable qu'un groupe d'éradiqueurs. Pire, il pourrait s'agir des salopards.

Quand le frère appuya sur le champignon, Tohr se retrouva sans couverture, mais il y remédia rapidement grâce à une roulade, et se transforma en une cible étroite et mouvante, plus difficile à toucher.

Les balles suivirent sa trajectoire, sauf que le tireur ne savait pas plomber une proie : les claquements sur la chaussée le serraient de près, mais pas assez vite. Et quand il atteignit une benne à ordures, il se glissa derrière, prêt à riposter, dès qu'il saurait où se trouvaient les garçons.

Silence dans la ruelle…

Non, ce n'était pas tout à fait vrai.

Il entendait un truc couler dessus, comme si quelque chose fuyait du ventre métallique de la grosse poubelle, ce qui lui fit froncer les sourcils et baisser la tête.

Ce n'était pas la benne.

Merde. Il avait été touché.

Comme un ordinateur en train de scanner, il passa son corps en revue et identifia les causes du saignement : une plaie au torse, du côté gauche, au niveau des côtes, et une seconde à dix centimètres au-dessous de l'aisselle. Et… c'était tout.

Il n'avait même pas senti les impacts et ne se sentait pas affaibli, ni par la douleur, ni par la perte de sang. Il s'était nourri ; c'était comme verser du kérosène dans le réservoir. Et bien entendu, les choses étaient facilitées par le fait que les balles n'avaient touché aucun organe vital et n'avaient occasionné que des éraflures superficielles.

Il sortit la tête de derrière la poubelle et ne vit personne, mais il sentait la présence des tueurs partout, à couvert. Au moins, il ne percevait aucune odeur de sang frais mis à part le sien. Donc John et Vhif allaient bien, Dieu merci.

L'accalmie qui suivit lui porta sur les nerfs.

D'autant plus qu'elle persista.

Merde, quelqu'un devait faire repartir ce combat : Butch était en route pour la maison avec une bombe à retardement sur la banquette arrière et Tohr voulait être là quand le frère arriverait au complexe.

Il entendit le générique de *Dans la zone rouge* résonner dans sa tête.

Surgie de nulle part, l'horrible scène du garde-manger lui revint encore en mémoire : sa faim, la lutte de PersOnne et la réaction de son corps l'ébranlèrent de nouveau…

Une immense fureur le frappa, balayant sa concentration, l'arrachant au combat… et l'amenant exactement là où il ne voulait pas être.

Alors que son cerveau s'embrouillait et que sa poitrine le brûlait, il eut envie de crier.

Au lieu de quoi, il choisit un autre moyen pour forcer son esprit à aller ailleurs.

Il jaillit de derrière la benne à ordures, ses deux pistolets pointés en avant.

En parlant de paratonnerre. Des détentes furent pressées. Du plomb vola. Et c'était lui la cible.

Quand son épaule recula brusquement, il comprit qu'il avait de nouveau été touché, mais il n'y prêta pas attention. Il cibla l'origine des tirs, déchargea ses deux semi-automatiques dans un coin sombre, évacuant une cartouche après l'autre à mesure qu'il avançait.

Quelqu'un hurlait mais il ne pouvait pas l'entendre… il n'entendit pas.

Il était en pilote automatique.

Il était… invincible.

Quand le personnel médical reçut l'appel, PersOnne se trouvait dans la salle d'examen principale du centre d'entraînement, pour rapporter une pile de tenues chirurgicales fraîchement pliées qui sortaient tout juste du sèche-linge et étaient encore un peu tièdes.

Assise au bureau, Doc Jane se pencha sur son téléphone.

— Il est quoi ? Tu peux répéter ? Qui ça ? Et vous l'amenez ici ?

À ce moment-là, la porte donnant sur le couloir s'ouvrit à la volée et PersOnne recula involontairement d'un pas. Les frères Viszs et Rhage emplirent la pièce quand ils déboulèrent à l'intérieur… et les guerriers étaient sinistres : ils avaient le regard dur, les sourcils froncés et le corps tendu.

Ils tenaient leur dague à la main droite.

— Attends, oui, ils sont là. Tu arrives dans combien de temps ? OK, très bien, on sera prêts à le recevoir. (Jane raccrocha et regarda les mâles.) Je suppose que vous êtes chargés de la sécurité.

— Et comment ! (Viszs désigna la table d'opération d'un signe de tête.) Je ne pourrai donc pas t'assister.

—Parce que tu auras un couteau sur la gorge de mon patient.

—Tu as compris. Où est Ehlena ?

La conversation se poursuivit, tandis que Doc Jane commençait à rassembler l'équipement et le personnel et, dans le chaos qui suivit, PersOnne pria pour que nul ne la remarque. Qui allait-on amener… ?

Comme si Viszs avait lu dans son esprit, il regarda dans sa direction.

—Tout le personnel non médical doit quitter le centre d'entraînement…

Le téléphone du bureau sonna de nouveau avec un bruit strident, et Jane la guérisseuse porta le combiné à son oreille une fois de plus.

—Allô ? Vhif? Qu'est-ce que… Comment ? Il a fait quoi ? (La femelle tourna les yeux vers son compagnon, les joues pâles.) Les blessures sont graves ? Et il a besoin qu'on le transporte ? Est-ce que tu as… Dieu merci. Oui, je vais m'en occuper.

Elle raccrocha, puis parla d'une voix caverneuse.

—Tohr est touché. À plusieurs endroits. Manny ! appela-t-elle. Nous en avons un autre qui arrive !

Tohrment ?

Viszs poussa un juron.

—Si Affhres lui a mis ne serait-ce qu'une seule balle…

—Il a marché sous le feu, l'interrompit Jane.

Tout le monde se figea.

Alors que PersOnne tendait la main pour s'appuyer au mur, Rhage demanda doucement :

—Je te demande pardon ?

—Je n'en sais pas beaucoup plus. Vhif m'a seulement dit qu'il avait quitté son abri, dégainé ses deux flingues et… marché sous un déluge de balles.

L'autre médecin, Manuel, accourut de la pièce voisine.

— Qui on a maintenant ?

D'autres discussions s'ensuivirent, les voix graves se mêlant aux inflexions plus aiguës de la femelle. Ehlena, l'infirmière, arriva. Et deux autres frères.

PersOnne recula un peu plus dans le coin près du placard à fournitures pour rester hors du passage et, les yeux rivés au sol, se mit à prier. Quand une paire de larges bottes noires fit irruption dans son champ de vision, elle se contenta de secouer la tête, sachant ce que l'on allait lui dire.

— Il faut que tu partes.

La voix de Viszs était ferme et assurée. Presque aimable, ce qui était nouveau.

Levant le menton, elle croisa le regard glacial couleur de diamant.

— En vérité, il vous faudra me tuer et tirer mon cadavre hors d'ici si vous souhaitez me voir partir.

Le frère fronça les sourcils.

— Écoute, nous amenons un dangereux…

Un grondement subtil et soudain parut surprendre le mâle. C'était idiot, se dit-elle, vu que c'était lui qui…

Non. Ce n'était pas lui.

C'était elle. Cet avertissement sortait de sa propre poitrine, franchissait ses propres lèvres.

Elle mit fin au bruit et énonça :

— Je vais rester. Dans quelle pièce allez-vous le soigner ?

V. cligna des yeux, comme s'il était interloqué mais n'en avait pas l'habitude. Au bout d'un moment, il regarda sa compagne par-dessus son épaule.

— Euh, Jane… où est-ce que vous allez vous occuper de Tohr ?

— Ici même. Affhres ira dans notre seconde salle d'opération : moins de portes, donc moins de chances qu'il s'échappe.

Le frère se retourna et s'en alla, mais uniquement pour prendre un tabouret et le lui apporter.

— Au cas où tu serais fatiguée de rester debout.

Puis il la laissa tranquille.

Douce Vierge scribe, qui donc affrontait le feu ennemi sans protection ? se demanda-t-elle.

La réponse, quand elle vint, lui tordit les entrailles : quelqu'un qui voulait être tué au combat. Voilà qui.

Peut-être valait-il mieux que Layla le nourrisse. C'était moins compliqué… non. Pas vraiment. L'Élue était incroyablement belle, sans le moindre défaut. Oui, il avait affirmé qu'il ne désirait personne sur le plan sexuel, mais la détermination d'un mâle pouvait sérieusement être mise à l'épreuve par une femelle pareille. Et une réaction de ce genre le tuerait.

PersOnne valait mieux pour lui.

Oui, c'était cela. Elle répondrait à ses besoins.

Tandis qu'elle continuait à se justifier, elle préféra ne pas trop s'appesantir sur le fait que la simple image de Tohr suçant le cou de la belle Élue la rendait curieusement violente.

Chapitre 27

Affhres eut l'impression de se réveiller dans le vide. Il avait perdu la vue, l'ouïe, ainsi que toute sensation de son corps, comme si l'obscurité environnante l'avait entièrement avalé.

Ah, c'était donc cela le *Dhund*, se dit-il. Le contraire de l'Estompe lumineuse. Le lieu ténébreux où ceux qui avaient péché sur Terre étaient enfermés pour l'éternité.

C'était l'enfer de l'Oméga et, effectivement, il y faisait chaud.

Il avait le ventre en feu…

— Non, tu te trompes. Cet éradiqueur a reçu une balle tirée depuis un point en hauteur. Il y avait quelqu'un d'autre sur place.

Affhres retrouva rapidement ses sens, ce qui chassa l'impression de vide aussi sûrement qu'un lever de soleil sur la campagne fait disparaître les ombres, mais il prit garde de ne pas modifier le rythme de sa respiration et de ne pas bouger : le mâle n'était pas l'un de ses camarades.

Pas plus que le deuxième qui prit la parole.

— De quoi tu parles ?

— Quand je me suis approché de lui pour le renvoyer à l'Oméga, il était criblé de balles, et certaines n'ont pu être tirées que depuis une position élevée. Je te le dis : le sommet de son crâne, ses épaules, tout ça c'était en compote.

— Un de nos gars était là-haut ?

— Pas à ma connaissance.

Une troisième voix intervint :

— Non. Nous étions tous au niveau du sol.

— Quelqu'un d'autre a buté cet enfoiré. Tohr l'a plombé, c'est vrai, mais ce n'était pas tout…

— Ferme-la. Notre invité revient à lui.

Sa ruse éventée, Affhres ouvrit les yeux. Ah, oui. Il ne s'agissait pas du *Dhund*… mais on s'en rapprochait franchement : l'intégralité de la Confrérie de la dague noire s'alignait le long des murs de la pièce où il se trouvait, et les mâles qui le dévisageaient étaient particulièrement menaçants. Et ce n'était pas tout… Il y en avait d'autres avec eux, des soldats à l'évidence… de même que cette femelle, celle qui avait tué le Saigneur.

Ainsi que le grand Roi aveugle.

Affhres concentra son attention sur Kolher. Le mâle portait des lunettes noires, mais même ainsi, il avait l'impression de sentir clairement son regard brûlant derrière les verres. Oui, le vampire le plus important de la planète était ce qu'il avait toujours été : un combattant massif, rusé comme un maître stratège, aussi expressif qu'un bourreau et pourvu d'un corps assez puissant pour confirmer tous ces points.

On l'avait justement nommé.

Et Xcor avait choisi un adversaire très, très dangereux.

Le roi s'approcha du lit.

— Mes chirurgiens t'ont sauvé la vie.

— Je n'en doute pas, répondit-il d'une voix éraillée.

Douce Vierge scribe, sa gorge lui faisait mal.

— Aussi, vu la façon dont j'envisage les choses, dans des circonstances normales, un mâle de valeur m'aurait été redevable. Mais compte tenu de tes fréquentations, les règles habituelles ne s'appliquent pas dans ton cas.

Affhres déglutit à plusieurs reprises.

— Ma première allégeance, ma… seule… va à ma famille…

— Putain de famille, marmonna le frère Viszs.

— Je parle de ma famille de sang. Ma... sœur bien-aimée...

— Je la croyais morte.

Affhres le fusilla du regard.

— Elle l'est.

Le roi s'interposa entre eux.

— Blablabla... Voici le marché. On te relâchera quand tu seras remis, tu seras libre de sortir et de raconter au monde entier que mes potes et moi, on a autant de compassion que cette satanée Mère Teresa, en dépit de l'identité de ton chef...

— Mon ancien chef.

— On s'en fiche. Tout ça pour dire que tu as le droit de rester en un seul morceau...

— Sauf si tu fous la merde, l'interrompit Viszs.

Le roi regarda le frère d'un œil noir.

— ... tant que tu te comportes en gentleman. Nous allons même te trouver quelqu'un pour te nourrir. Plus tôt tu seras sorti d'ici, mieux ce sera.

— Et si je souhaitais me battre à vos côtés ?

Viszs cracha sur le sol.

— On n'accepte pas les traîtres...

Kolher tourna les yeux dans sa direction.

— V. Ferme ta gueule, putain. Ou sors dans le couloir.

Viszs, fils du Saigneur, n'était pas le genre de mâle auquel on s'adressait sur ce ton. Sauf, visiblement, Kolher. En l'occurrence, le frère au visage tatoué, à la réputation de pervers et à la main mortelle, fit exactement ce qu'on lui demandait. Il la boucla.

Ce qui en disait long sur Kolher. Pas vrai ?

Le roi se retourna.

— Mais j'aimerais bien savoir qui t'a poignardé.

— Xcor.

Les narines de Kolher se dilatèrent.

— Et il t'a laissé pour mort ?

— Oui.

Bizarrement, il n'arrivait toujours pas à y croire. Ce qui montrait sa stupidité.

— Oui… c'est ce qu'il a fait.

— Et c'est la raison pour laquelle ton allégeance va désormais à ta famille ?

— Non. Cela a toujours été le cas.

Kolher hocha la tête et croisa les bras sur sa poitrine.

— Tu dis la vérité.

— Toujours.

— Eh bien, c'est une bonne chose que tu les aies quittés désormais, fils. La bande de salopards est en train de donner des coups de pied dans un nid de guêpes auxquelles ils n'échapperont pas.

— En vérité… Je n'ai rien à vous apprendre que vous ne sachiez déjà.

Kolher rit doucement.

— Un vrai diplomate.

Viszs l'interrompit :

— Dis plutôt un animal mort…

Kolher leva vivement la main, faisant scintiller le diamant noir de la bague royale.

— Que quelqu'un fasse sortir cette grande gueule d'ici. Ou je m'en chargerai moi-même.

— Je me casse, bordel.

Une fois le frère disparu, le roi se frotta le front.

— OK. Assez de palabres. Tu as l'air mal en point… Où est Layla ?

Affhres commença à secouer la tête.

— Je n'ai pas besoin de sang…

— C'est des conneries. Et tu ne vas pas mourir sous notre garde pour que Xcor puisse nous accuser de t'avoir tué. Je ne vais pas lui donner une arme pareille.

Quand le roi se dirigea vers la porte, Affhres prit conscience pour la première fois qu'un chien se trouvait à côté de lui… et portait un harnais que tenait Kolher. Était-il aveugle pour de bon ?

— Inutile de dire que cela se fera devant témoins… Oh, bonjour, Élue.

Le cerveau d'Affhres s'éteignit entièrement quand une apparition entra dans la pièce. Une véritable… apparition. Grande, les cheveux et les yeux clairs, vêtue d'une robe blanche, il s'agissait effectivement d'une Élue.

Quelle beauté, se dit-il. *Un lever de soleil incarné… un miracle.*

Et elle n'était pas seule, ainsi que l'exigeait la décence pour une telle pierre précieuse. À côté d'elle, Fhurie, fils d'Ahgonie, formait un mur protecteur, le visage si renfrogné qu'Affhres se demanda si l'Élue ne lui appartenait pas. Il avait même une dague noire à la main… bien qu'il la tienne discrètement au niveau de sa cuisse, sans le moindre doute pour éviter que la femelle ne l'aperçoive et ne s'en alarme.

— Je vais vous laisser, annonça Kolher. Mais si j'étais toi, je me tiendrais à carreau. Mes gars ici sont un peu nerveux.

Après le départ du grand Roi aveugle et du chien blond, Affhres se retrouva seul avec les frères, les soldats… et cette femelle.

Alors qu'elle avançait dans la pièce, son sourire était un puits de paix et de féminité au milieu des ignobles pièges de la guerre et de la mort et, s'il n'avait pas été allongé, il serait tombé à genoux d'admiration.

Cela faisait si longtemps qu'il ne s'était pas trouvé en présence d'une femelle de valeur. En vérité, il ne s'était que trop habitué aux prostituées, qu'il ne traitait comme des dames que par habitude et non par égard.

Les larmes lui montèrent aux yeux.

Elle lui rappelait ce que sa sœur aurait dû être.

Fhurie se plaça devant elle, lui bloquant la vue alors qu'il se penchait et approchait la bouche de l'oreille d'Affhres. Tout en lui pressant le biceps jusqu'à lui faire mal, le frère gronda à voix basse :

— Si tu bandes, je te castrerai dès qu'elle sera partie.

Eh bien… c'était clair comme de l'eau de roche. Et un rapide coup d'œil alentour lui apprit que Fhurie ne serait pas le seul à lui tomber dessus. Les autres frères se battraient pour obtenir un morceau de sa carcasse, s'il avait une érection.

Se redressant de toute sa hauteur, Fhurie sourit à la femelle comme s'il n'y avait pas le moindre problème.

— Ce soldat t'est très reconnaissant de lui offrir ta veine, Élue. N'est-ce pas ?

Le « enfoiré » était implicite. Et la poigne qui se referma de nouveau sur le bras d'Affhres fut tout aussi dissimulée et éloquente.

— Je vous suis infiniment reconnaissant, votre grâce, souffla-t-il.

À ces mots, l'Élue lui sourit, et il en eut le souffle coupé.

— Si je puis aider, même de façon infime, un mâle de valeur tel que vous, je suis bénie. Il n'est pas de meilleure façon de servir l'espèce que de combattre l'ennemi.

— J'en ai au moins une de plus à l'esprit, dit quelqu'un à voix basse.

Pendant que Fhurie faisait signe à la femelle de venir près du lit, Affhres ne pouvait que la dévisager, son cœur luttant pour décider s'il devait battre ou s'arrêter immédiatement. Et alors qu'il imaginait le goût qu'elle pouvait avoir, il tenta de ne pas se lécher les lèvres… car certainement, cela se trouvait sur la liste des actions prohibées. Il rappela aussi sévèrement à son sexe de rester flasque s'il ne voulait pas perdre ses deux petits copains.

— Je n'en suis pas digne, lui dit-il doucement.

— Ça, c'est bien vrai, putain, gronda quelqu'un.

L'Élue fronça les sourcils par-dessus son épaule.

— Oh, mais il l'est assurément. Quiconque brandit une dague avec honneur contre les éradiqueurs est une personne de valeur. (Elle baissa de nouveau les yeux sur lui.) Seigneur, puis-je vous servir à présent ?

Oh… bon sang.

Ses paroles atteignirent directement son sexe : elles remontèrent son pénis, qui se gorgea instantanément, jusqu'au gland, qui brûla aussitôt de désir.

Affhres ferma les yeux et pria pour avoir la force de tenir. Et pour que les frères visent mal. Aucune de ces deux choses ne risquait de lui être accordée…

Son poignet était près de ses lèvres, il le sentait.

Ouvrant les paupières d'un coup, il aperçut la veine fragile à portée de crocs… et, que la Vierge scribe miséricordieuse le sauve, il ne pensa qu'à tendre la main vers elle pour caresser sa joue lisse…

Une lame noire le força à baisser le bras.

— On ne touche pas, dit Fhurie d'un ton menaçant.

Eh bien… au moins si c'était là tout ce qui inquiétait le frère, c'était qu'il n'avait pas vu le problème sous sa ceinture. Et à moins qu'on le stérilise, Affhres ferait n'importe quoi pour que cela arrive… donc ne pas toucher lui allait.

Ne pas toucher lui convenait parfaitement…

Étendu dans son lit, Tohr se réveilla en se disant qu'il était un peu tôt pour dormir. Ne devrait-il pas plutôt être en train de se battre ? Pourquoi était-il…

— Faites venir Layla ici immédiatement, hurla une voix masculine. On ne pourra pas l'opérer tant que sa tension artérielle ne sera pas plus élevée…

Quoi donc ? se demanda Tohr. Qui avait une mauvaise tension… ?

— Elle sera là dès que possible, répondit-on au loin.

Parlaient-ils de lui ? Non, c'était impossible…

Quand il ouvrit les yeux, le plafonnier de taille industrielle juste au-dessus de son visage éclaircit rapidement la situation. Il n'était pas dans sa chambre, mais à la clinique du centre d'entraînement. Et ils étaient vraiment en train de parler de lui.

Tout lui revint en un éclair. Il se vit sortir de derrière la benne à ordures, puis avancer en ouvrant le feu, tandis que son corps se faisait transpercer. Il avait tiré jusqu'à se tenir au-dessus de la forme puante et avachie de cet éradiqueur.

Après quoi, il avait titubé, comme un piquet mal fixé au sol.

Puis il était tombé dans les vapes.

Avec un grognement, il fit mine de se redresser, mais sa main glissa sur le rebord de la table d'opération. Il devait saigner…

La belle gueule de Manello apparut dans son champ de vision à la place du plafonnier. Ça alors… visez-moi un peu cette expression. On aurait dit que cet enfoiré venait de recevoir des billets pour Disneyland. Surprise !

— Tu ne devrais pas être conscient.

— C'est grave à ce point, hein ?

— Peut-être même pire. Ne le prends pas mal, mais à quoi tu pensais, putain ? (Le bon chirurgien fit demi-tour, courut vers la porte et passa la tête dans le couloir.) Il nous faut Layla ici ! Tout de suite !

Une petite discussion s'ensuivit, mais il fut incapable d'en saisir un seul mot, et pas seulement parce qu'il était blessé.

En dépit de toute la douleur, son corps avait une opinion bien tranchée quant à l'identité de celle qui le nourrirait... et en ce qui le concernait, aussi jolie que soit l'Élue, ce ne serait pas elle.

Et ce fut un choc de découvrir pourquoi.

Il voulait PersOnne. Même si ce n'était pas juste...

— Je vais le faire. Je vais prendre soin de lui.

En entendant la voix de la femelle, Tohr serra les dents et sentit un élan vital le traverser. Tournant la tête, il regarda derrière les tables couvertes d'instruments chirurgicaux... et la découvrit dans le coin tout au fond: elle avait la capuche relevée sur la tête et le corps immobile, sauf ses mains qui s'agitaient dans les manches de sa robe.

À l'instant où il l'aperçut, ses crocs s'allongèrent et son corps reprit possession de sa peau. L'engourdissement résiduel reflua et révéla toutes sortes de sensations: la douleur sur le côté du cou, au niveau des côtes, sous son bras; ainsi qu'une démangeaison à l'extrémité de ses canines aussi nette que s'il avait déjà mordu et une faim dans ses entrailles... pour elle.

Un désir dévorant dans son pénis... pour elle.

Merde.

Il camoufla rapidement son érection en tirant le drap chirurgical sur lui et en le maintenant devant ses hanches.

— OK, tu ne devrais pas être en mesure de t'asseoir, marmonna Manny.

Ah bon? Oh, eh bien, ça alors... Concernant la seconde surprise du médecin? C'était un type sympa, mais rien qu'un crétin d'humain quand il s'agissait de se nourrir. Avec ce genre de faim pour cette femelle en particulier? Tohr devenait Superman: il aurait été capable de soulever un Hummer d'une main tout en jonglant avec des Smart de l'autre.

Mais il s'inquiétait pour PersOnne. La dernière fois avait été un tel ratage.

Sauf que, depuis l'autre côté de la pièce, elle se contenta de hocher la tête dans sa direction, comme si elle savait exactement ce qui le rendait soucieux et qu'elle était prête à aller jusqu'au bout quand même.

Étonnamment, ses yeux le picotèrent devant tant de courage.

— Laisse-nous, dit-il au chirurgien sans le regarder. Et ne laisse personne entrer avant que je t'appelle.

Un juron. Des paroles prononcées à voix basse. Il ignora tout cela. Et quand il entendit enfin la porte se refermer, il prit fermement le contrôle de ses instincts, car savoir qu'il était seul avec elle avait tempéré toutes ses ardeurs : il n'allait ni lui faire de mal ni l'effrayer une nouvelle fois. Point barre.

La voix flûtée de PersOnne transperça le silence.

— Vous saignez tellement.

Oh, merde, ils n'avaient pas dû le nettoyer pour l'instant.

— C'est plus moche à regarder que ça ne l'est en réalité.

— Dans ce cas vous devriez être mort.

Il rit un peu. Puis un peu plus… et mit ses ricanements sur le compte de sa perte de sang, parce que rien de tout cela n'était drôle.

Comme il se passait la main sur le visage, il toucha un point sensible et dut se rallonger, ce qui le poussa à se demander s'il était en difficulté… mais pas au niveau sexuel. Combien de balles avait-il encaissées ? À quel point avait-il frôlé la mort ?

« Ne le prends pas mal, mais à quoi tu pensais, putain ? »

Il se força à oublier tout cela et tendit la main pour lui faire signe. Alors qu'elle s'approchait, il vit que sa claudication était prononcée et, quand elle atteignit la table, elle s'appuya de la hanche contre le rebord, comme si sa jambe la faisait souffrir.

— Laisse-moi t'apporter une chaise, dit-il en faisant mine de se lever.

Elle le repoussa d'une main délicate.

— Je vais le faire.

Comme il l'observait retraverser la pièce en boitillant, il lui parut évident qu'elle avait mal.

— Combien de temps es-tu restée debout ?

— Un certain temps.

— Tu aurais dû partir.

Elle fit rouler le tabouret jusqu'à la table d'opération et poussa un grognement quand elle soulagea ses pieds de son poids.

— Pas avant de savoir que vous étiez bien rentré. Ils ont dit… que vous aviez marché sous le feu ennemi.

Seigneur, il aurait aimé voir ses yeux.

— Ce n'est pas la première fois que je fais un truc stupide.

Comme si cela allait améliorer les choses ? Idiot.

— Je ne veux pas que vous mouriez, murmura-t-elle.

Bon sang. L'émotion sincère contenue dans ces mots le laissa perplexe.

Tandis que le silence s'imposait une fois de plus, il regarda fixement l'ombre créée par la capuche, en repensant au moment où il avait surgi de derrière cette poubelle. Puis il remonta plus loin dans ses souvenirs…

— Tu sais quoi ? J'ai été en colère contre toi pendant des années. (Quand elle eut un mouvement de recul, il modéra ses inflexions.) Je n'arrivais tout simplement pas à croire que tu te sois infligé cela. Nous avions fait un si long chemin tous les trois, toi, moi et Audazs. Nous formions une sorte de famille et je crois que j'ai toujours eu le sentiment que tu nous avais trahis, d'une certaine façon. Mais à présent… après avoir perdu tout ce que j'avais… je comprends les raisons de ton acte. Vraiment.

Elle baissa la tête.

— Oh, Tohrment.

Il tendit la main et prit la sienne. Sauf qu'il remarqua alors qu'il était ensanglanté et souillé de sang noir d'éradiqueur, ce qui lui donna l'impression de porter un déguisement macabre à côté de la pureté de sa peau.

Quand il fit mine de retirer sa paume, elle tint bon et la garda dans la sienne.

Il s'éclaircit la voix.

—Oui, je suppose que je comprends pourquoi tu as fait cela. À ce moment-là, tu ne voyais plus personne sauf toi. Il n'était pas question de blesser les gens autour de toi, mais de mettre fin à tes propres souffrances parce que tu ne pouvais tout simplement pas les supporter une minute de plus.

Il y eut un long moment de silence, puis elle dit calmement :

—Quand vous avez marché sous les balles ce soir, cherchiez-vous à…

—Cela avait seulement un rapport avec le combat.

—Vraiment ?

—Oui. Je ne faisais que mon travail.

—Compte tenu des réactions de vos frères, ils semblent penser que cela ne relevait pas de vos fonctions.

Tournant les yeux vers le haut, il aperçut le reflet de leurs deux corps dans la bordure en acier du plafonnier : lui allongé et sanguinolent, elle recroquevillée et encapuchonnée. Leurs silhouettes étaient déformées, gauchies, tordues à cause de l'arrondi de la bordure, mais l'image était juste à bien des égards : leurs destins avaient fait d'eux des êtres grotesques.

Bizarrement, leurs deux mains jointes étaient ce qui ressortait le plus nettement de l'ensemble, car cette image-là était réfléchie par un morceau plat.

—J'ai détesté ce que je t'ai infligé hier soir, lâcha-t-il.

—Je sais. Mais ce n'est pas une raison pour vous tuer.

C'était vrai. Il avait déjà suffisamment d'autres raisons pour se supprimer par ailleurs.

Brusquement, PersOnne ôta sa capuche et il fut immédiatement attiré par sa gorge.

Merde, il désirait cette veine, celle qui courait si près de la surface.

Le temps de la discussion était terminé. La faim était de retour, et ce n'était pas qu'une question de biologie. Il voulait être de nouveau contre sa chair, en train de boire, non seulement pour soigner ses blessures, mais aussi parce qu'il aimait la saveur de son sang, la sensation de sa peau délicate contre sa bouche et la façon dont ses crocs perçaient profondément la chair pour le laisser prendre un peu d'elle en lui.

OK, il avait peut-être raconté quelques bobards au sujet des raisons qui l'avaient poussé à affronter ce déluge de plomb. Il avait parfaitement détesté lui faire du mal... mais ce n'était pas seulement pour cette raison qu'il s'était jeté sous les balles. La vérité était qu'elle faisait sortir quelque chose de lui, une sorte d'émotion, et que ces sentiments commençaient à faire tourner des engrenages en lui, que des mois d'immobilité avaient rouillés et rendus capricieux.

Cela le terrifiait. Elle le terrifiait.

Et pourtant, en contemplant son visage tendu, il fut heureux d'être revenu en vie de cette ruelle.

—Je suis heureux d'être toujours là.

Le soupir qu'elle poussa était un soulagement manifeste.

—Votre présence en apaise beaucoup, et vous êtes capital dans ce monde. Vous avez beaucoup d'importance.

Il rit d'un air gêné.

—Tu me surestimes.

—C'est vous, qui vous sous-estimez.

—Idem, chuchota-t-il.

—Je vous demande pardon ?

—Tu sais exactement ce que je veux dire.

Il ponctua sa phrase par une petite pression sur sa main et, comme elle ne répondait pas, ajouta :

—Je suis heureux que tu sois là.

— Je suis heureuse que vous soyez là. C'est un miracle.

Oui, elle avait probablement raison. Il ignorait absolument comment il s'en était tiré vivant. Il ne portait pas de gilet pare-balles.

La roue tournait peut-être enfin en sa faveur.

C'était un peu tard, malheureusement.

Il la dévisagea, assimilant ses traits charmants, ses yeux gris perle et ses lèvres roses… sa gorge élégante et le pouls qui battait sous sa peau précieuse.

Brusquement, elle tourna le regard vers sa bouche.

— Oui, dit-elle. Je vais vous nourrir, à présent.

La chaleur et la puissance brute resurgirent dans son corps, soulevant ses hanches et résolvant largement le problème de la tension artérielle pour le chirurgien. Mais tout ce qui sortait des rails était toujours inacceptable. Une partie de lui voulait lui demander des choses, des choses qu'elle ne donnerait à personne avec aisance… des choses qui avaient tout à voir avec ce qu'il avait fait sous la douche, puis seul dans son lit pendant la journée… et qui ne serait pas diffusé ici.

D'un autre côté, l'esprit et le cœur de la femelle n'éprouvaient aucun intérêt pour tout ça, et cette raison supplémentaire la rendait parfaite à ses yeux. Layla risquait de prendre son corps dans le feu de l'excitation ; PersOnne ne le ferait jamais. Et il existait pires trahisons envers sa *shellane* que de désirer l'inatteignable. Au moins avec PersOnne, et grâce à son empire sur lui-même, ces pulsions resteraient à jamais un fantasme inoffensif, qui ne se réaliserait jamais et n'aurait pas plus de substance dans sa vraie vie qu'un porno sur Internet…

Dieu te vienne en aide si jamais elle te désire elle aussi, souffla une petite voix à l'intérieur de sa tête.

Ce n'était que trop vrai. Mais alors qu'elle paraissait hésiter, il fut certain que cela n'arriverait jamais.

D'une voix gutturale, il lui dit :

— Je ne suis pas pressé. Et sache que, cette fois-ci, la lumière restera allumée… et que je ne prendrai de ton poignet que ce que tu accepteras de me donner.

Chapitre 28

Assise à côté de Tohrment, PersOnne s'entendit répéter :

— Oui…

Douce Vierge scribe, quelque chose avait changé entre eux. Dans l'air lourd qui séparait leurs corps, une sorte de chaleur s'était allumée dont le courant électrique lui échauffait la peau de l'intérieur.

C'était totalement différent de ce qu'elle avait ressenti dans l'obscurité du garde-manger avec lui, alors qu'elle luttait contre l'emprise perpétuelle du passé sur elle.

Tohrment poussa un juron à voix basse.

— Merde, j'aurais dû leur demander de me laver d'abord.

Comme s'il n'était qu'un plan de travail sur lequel on aurait renversé quelque chose, ou un rouleau de tissu qui nécessitait un nettoyage.

Elle fronça les sourcils.

— Je me fiche de votre apparence. Vous respirez et votre cœur bat, c'est tout ce qui compte à mes yeux.

— Tu as des exigences très basses en matière de mâles.

— Je n'ai pas d'exigences en matière de mâles. Mais pour vous, tant que la santé et la sécurité sont garanties, je suis en paix.

— Bon sang, dit-il doucement. Je ne te comprends pas vraiment… mais je te crois.

— C'est la vérité.

Le regard fixé sur leurs mains jointes, elle pensa à ce qu'il avait dit... au sujet du passé et de cette famille improvisée de trois personnes qu'ils avaient formée dans l'Ancienne Contrée.

Au sujet de la façon dont elle avait tout détruit, pour eux, comme pour sa fille.

En effet, elle avait toujours vu la résurrection qu'on lui avait offerte comme une chance de faire pénitence pour s'être ôté la vie mais, oui, comprit-elle de nouveau, à présent elle avait un autre but à servir.

Elle avait fait souffrir ce mâle, mais on lui avait également donné l'occasion de l'aider.

C'était le dogme fondamental de la Vierge scribe : toutes les choses formaient un cercle parfait pour conserver l'équilibre du monde.

En supposant qu'elle puisse l'aider, bien entendu.

Animée d'une nouvelle détermination, elle baissa la tête et observa son corps... ou ce qu'elle en distinguait sous le drap chirurgical. La poitrine de Tohr était tout en muscles, avec une cicatrice en forme d'étoile sur un pectoral, et sa force faisait ressortir ses abdominaux. Sa chair était couverte d'hématomes, sur l'origine desquels elle ne voulut pas réfléchir, et de petits cratères ronds qui l'effrayèrent.

Mais ce qui la captiva, ce fut ce qui se passait sous la ceinture. Il maintenait le drap bleu en place sur ses hanches comme s'il dissimulait quelque chose, contractant son avant-bras et sa main à mesure qu'elle le contemplait.

— Ne t'inquiète pas de ça, dit-il d'une voix gutturale.

Il était excité, se dit-elle.

— PersOnne, allez... tourne la tête vers moi. Ne regarde pas ça.

La température de la pièce augmenta encore, au point qu'elle envisagea de retirer sa robe. Et brusquement, comme s'il avait lu dans ses pensées, il se mit à onduler des hanches d'une façon… sensuelle.

— Oh, putain… PersOnne, il vaut mieux que tu n'y penses pas.

Un étrange sentiment d'anticipation courait désormais dans ses veines, sa tête bourdonnait et son estomac était vaguement nauséeux. Et pourtant elle n'avait aucune intention de ne pas le nourrir ; bien au contraire, elle désirait encore plus sentir sa bouche sur elle.

À cette pensée, elle leva le poignet et le présenta devant les lèvres de Tohr.

Son sifflement fut bref, sa morsure rapide, la douleur douce comme la piqûre de petites épingles. Et ensuite… il se mit à boire son sang, sa bouche tiède et humide scellée contre sa chair, tandis qu'il aspirait de façon rythmique…

Il gémit. Du fond de la gorge, il gémit de plaisir et, à ce son, le cœur de PersOnne fit un bond dans sa poitrine avant de battre encore plus vite. Cette chaleur, insidieuse et diffuse, s'épanouit sous sa peau, lui fauchant les jambes et alanguissant son corps.

Comme si Tohrment avait senti le changement en elle, il gémit de nouveau, le cou tendu, la poitrine relevée et les yeux révulsés. Puis il commença à émettre une sorte de miaulement, et cette supplique n'allait pas du tout avec sa carrure de géant, les plaintes montant de sa gorge de façon répétée entre deux déglutitions.

Avec la lumière allumée et la liberté de retirer son bras à tout moment, le sentiment de panique n'apparut que brièvement chez PersOnne, avant d'être entièrement balayé. Il y avait tout simplement trop de Tohrment dans ce moment pour qu'elle le confonde avec quelqu'un d'autre, et la pièce bien éclairée n'avait rien en commun avec la cave : tout était brillant et propre, et ce mâle à sa veine… était très vampire et ne ressemblait en rien au *symphathe*.

Plus elle se sentait à l'aise, plus elle devenait consciente de son environnement.

Il remuait en permanence le bassin, désormais.

Sous le drap qu'elle laverait bientôt, sous le dôme que formaient ses deux mains, il ondulait des hanches. Et chaque fois, ses abdominaux se contractaient, son torse se soulevait… et ses gémissements se faisaient plus forts.

Il était profondément excité.

Même affreusement blessé, son corps était prêt à s'unir… désespérément prêt, si elle se fiait à sa façon de bouger…

Tout d'abord, elle ne comprit pas la cause du picotement qui s'empara d'elle et qui tout à la fois engourdissait ses sens et les exacerbait. C'était peut-être dû au fait qu'elle l'avait nourri deux fois en moins d'une journée… Mais non. Quand les mains de Tohrment se contractèrent une fois de plus devant ses hanches, quand il s'empoigna plus fermement au travers du drap, il devint évident que son sexe exigeait de l'attention et qu'il était forcé de lui en accorder…

Le fourmillement revint de façon encore plus vive quand elle comprit qu'il se caressait.

PersOnne sentit ses propres lèvres s'entrouvrir tandis que sa respiration se faisait difficile et que, sous sa robe, la chaleur montait encore d'un cran et se concentrait dans son bas-ventre.

Douce Vierge scribe, elle était… excitée. Pour la première fois de sa vie.

Comme s'il pouvait lire dans ses pensées, il tourna la tête vers elle. La confusion se lisait dans son regard, ainsi qu'une obscurité étrange, qui semblait proche de la peur. Mais il y avait aussi plus de cette chaleur, tellement plus…

Pendant qu'elle soutenait son regard étincelant, l'une de ses mains quitta son entrejambe pour se tendre vers elle. Quand il lui toucha l'avant-bras, ce ne fut pas pour la maintenir en place ni l'empêcher de bouger, mais pour caresser doucement, lentement sa chair.

Respirer lui devint impossible.

Et elle s'en fichait.

Ses doigts qui parcouraient légèrement sa peau la grisaient, l'attirant plus près de cette flamme qu'elle ne voyait pas. Fermant les yeux, elle s'autorisa à s'envoler loin de tout souci ou préoccupation, jusqu'à ne plus percevoir que les sensations de son corps.

Oui, en le nourrissant, elle se nourrissait elle-même : une partie du tréfonds de son âme était abreuvée pour la première fois…

Enfin, elle entendit un bruit de langue et comprit qu'il avait fini.

Elle aurait voulu lui dire de continuer.

Le supplier, plutôt.

Soulevant ses paupières lourdes, elle fut incapable de voir nettement et cela lui parut tout à fait normal. Le monde était devenu flou et elle aussi se sentait… molle et confuse, avec l'impression d'avoir du miel dans les veines et du coton dans le cerveau.

Mais Tohrment était tout l'inverse.

Il paraissait affûté comme une lame et ses muscles étaient bandés, pas seulement au niveau des hanches mais dans tout son corps, de ses biceps à ses abdominaux… même ses pieds, sous le drap, étaient raidis.

Il replaça la main qui l'avait caressée sur le drap entre ses jambes.

—Je crois que tu ferais mieux d'y aller.

Il avait une voix si grave qu'elle fronça les sourcils en essayant de décrypter les mots.

—Ai-je fait quelque chose de mal ?

—Non, mais moi je suis sur le point de le faire. (Il serra les dents tout en soulevant le bassin sous le drap.) Je dois… putain!

Et ce fut alors qu'elle comprit ce qu'il voulait dire.

—PersOnne, je t'en prie… je dois… je ne peux pas me retenir plus longtemps…

Son corps massif était magnifique dans cette douleur particulière: même s'il était ensanglanté, blessé et couvert de bleus, il y avait quelque chose d'indéniablement sexuel dans la façon dont il serrait les dents et s'arc-boutait sur la table.

L'espace d'un instant, son cauchemar avec le *symphathe* menaça de revenir, la terreur tentant de s'agripper à un coin de sa conscience. Mais alors Tohrment poussa un gémissement et se mordit la lèvre inférieure, ses longues canines blanches s'enfonçant dans la tendre chair rose.

—Je ne veux pas partir, dit-elle d'une voix rauque.

Son visage se contracta et un autre juron s'échappa de ses lèvres.

—Si tu restes, tu vas assister à un sacré spectacle.

—Alors… montrez-moi.

À ces paroles, il riva aussitôt son regard sur celui de PersOnne, le corps soudain figé, et demeura immobile, tandis qu'il clignait des paupières.

D'une voix rude, il lâcha:

—Je vais me faire jouir. Est-ce que tu comprends ce que ça veut dire? Avoir un orgasme?

Que la Vierge scribe soit remerciée pour ce tabouret, se dit PersOnne. Parce que entre cette voix rocailleuse, son odeur entêtante et la façon érotique dont il se tenait en main, même sa bonne jambe n'aurait pas eu la force de soutenir son faible poids si elle était restée debout.

—PersOnne, est-ce que tu comprends?

La partie d'elle qui venait d'être éveillée répondit:

—Oui. Je comprends. Et je veux regarder.

Il secoua la tête comme s'il avait l'intention d'argumenter. Sauf qu'il n'ajouta rien.

— Soulage-toi, guerrier, lui intima-t-elle.

— Oh, Seigneur…

— Tout de suite.

Quand elle lui donna cet ordre, il parut asservi : au niveau du bassin, sous le drap, il leva un genou et écarta largement les cuisses tout en resserrant sa prise sur cet endroit vital qui le définissait en tant que mâle.

Ce qui arriva ensuite défia toute description. Il se caressa contre le drap roulé en boule, ondulant des hanches, appuyant les mains sur son entrejambe, tandis que son corps montait en puissance…

Oh, ces sons : son souffle saccadé, ses gémissements, le grincement sous la table.

C'était un mâle dans les affres de la passion.

Et il n'y avait pas de retour en arrière possible.

Pour l'un comme pour l'autre.

Plus vite. Une pression plus forte de ses mains, jusqu'à ce qu'il redresse la poitrine, dont l'anatomie paraissait gravée dans la pierre plutôt que dans la chair. Puis il jura dans une explosion de souffle et tressauta contre la poigne refermée sur son sexe. Les spasmes poussèrent PersOnne à plaquer une main sur sa propre poitrine et à haleter, comme si ce qui arrivait à Tohrment se répétait à l'intérieur d'elle. Quel était ce miracle ? Tohr paraissait souffrir, et pourtant aucun signe ne montrait qu'il souhaitait faire cesser ce qui le torturait… il le fit plutôt durer, en remuant les hanches de plus belle.

Jusqu'à ce que ce soit fini.

Par la suite, seul le bruit de leur respiration s'entendit dans la pièce, d'abord assez fort, puis de moins en moins jusqu'à ce qu'ils se soient tout à fait calmés.

Tandis que l'acuité de ses sens redescendait, l'esprit de PersOnne reprit les rênes et la même chose sembla se produire chez Tohr. Ôtant les mains de sous sa ceinture, il dévoila une tache d'humidité sur le drap qui n'était pas présente auparavant.

— Est-ce que ça va ? demanda-t-il d'une voix rauque.

Elle ouvrit la bouche. Ayant perdu la voix, elle ne put que hocher la tête.

— Tu en es sûre ?

Il était difficile de mettre des mots sur ce qu'elle ressentait. Elle ne se sentait pas menacée, c'était certain. Mais elle ne se sentait pas non plus… bien.

Elle éprouvait une sensation de tournis et de nervosité. Dans sa tête et en dehors.

— Je suis tellement… désorientée.

— Par quoi ?

La vue des plaies par balles dans sa chair lui fit secouer la tête. Ce n'était pas le moment de parler.

— Laissez-moi aller quérir les guérisseurs. Il faut qu'on vous soigne.

— Tu es plus importante que cela. Est-ce que tu vas bien ?

D'après la contracture de sa mâchoire, il était évident qu'il ne changerait pas d'avis. Et sans le moindre doute, si elle sortait pour aller chercher le chirurgien, il la suivrait et laisserait derrière lui une traînée de sang qu'il n'avait pas en réserve.

Elle haussa les épaules.

— C'est seulement que je ne me serais jamais attendue à…

Comme elle ne poursuivait pas, la réalité de leur situation lui revint de plein fouet à l'esprit. Cette excitation, cette satisfaction qu'il avait trouvée… cela avait eu à voir avec sa *shellane*, n'est-ce pas ? Elle lui avait dit que Wellesandra était la bienvenue entre eux, et il avait amplement expliqué qu'il ne désirait personne mis à part cette femelle : pendant qu'il paraissait concentré sur elle, selon toute probabilité, il projetait simplement l'image d'une autre sur elle.

Cela n'avait rien à voir avec elle.

Ce qui n'aurait vraiment pas dû lui poser un problème. C'était, après tout, exactement ce qu'elle lui avait dit désirer.

Alors pourquoi se sentait-elle si curieusement démoralisée ?

— Je vais bien. (Elle croisa son regard.) Je le jure. Maintenant, puis-je s'il vous plaît aller chercher les guérisseurs ? Je ne respirerai pas correctement tant qu'ils ne s'occuperont pas de vous.

Il plissa les yeux. Mais hocha la tête.

— D'accord.

Elle sourit avec raideur et tourna les talons.

Au moment même où elle atteignait la porte, il dit :

— PersOnne.

— Oui ?

— Je veux te rendre la pareille.

Eh bien, au moins cela cloua la femelle sur place.

Cela figea un peu le cœur de Tohr, également.

Alors que PersOnne se tenait devant la porte en lui tournant le dos, il n'arrivait pas à croire à ce qui était sorti de sa bouche… mais c'était la vérité, bon sang, et il était déterminé à aller jusqu'au bout.

— Je sais que tu retournes au sanctuaire pour satisfaire tes besoins en sang, dit-il. Mais cela ne peut pas suffire. Pas ce soir. Je t'en ai trop pris ces dernières vingt-quatre heures.

Comme elle ne répondait pas, il saisit son odeur et dut retenir un grognement dans sa gorge. Il ne savait pas avec certitude si elle en avait conscience, mais son corps était explicite : celui-ci désirait ce qu'il était en mesure de lui donner.

Fortement.

Sauf que… mon Dieu, dans quoi allait-il se fourrer ? Il allait nourrir une autre femelle que sa Wellsie ?

Dieu te vienne en aide si jamais elle te désire à son tour.

Non, non, non, il ne s'agissait pas de sexe. Il s'agissait de prendre soin d'elle après qu'elle l'avait autorisé à se nourrir sur elle. Ce n'était que du sang… ce qui était déjà assez dérangeant, merci bien.

Tu en es sûr ? rétorqua sa petite voix intérieure.

Alors qu'il était sur le point de s'envoyer bouler une nouvelle fois, les paroles de Lassiter lui revinrent en mémoire : « *Tu es en vie. Elle non. Et le fait que tu t'accroches au passé vous coince tous les deux dans l'Entre-Deux.* »

Tohr se racla la gorge.

— Je le pense. Je veux être là pour toi à présent. Ce n'est qu'une question de biologie…

Oh, vraiment ? demanda la petite voix.

Va te faire foutre…

— Pardon ? demanda-t-elle, en lui lançant un regard par-dessus son épaule, les sourcils haussés.

Génial, donc il ne s'était pas seulement parlé à lui-même.

— Écoute, dit-il. Viens me voir quand ils auront fini de me recoudre. Je serai dans ma chambre juste après.

— Vous êtes peut-être plus blessé que vous ne le pensez.

— Non, je me suis déjà retrouvé ici. Plein de fois.

Elle remit sa capuche en place.

— Vous avez besoin de toutes vos forces pour vous rétablir.

— Tu m'as donné plus qu'assez pour nous deux. Viens avec moi… je veux dire… (Merde. Putain.) Viens me voir.

Il y eut un long silence.

— Je vais chercher le guérisseur.

Comme PersOnne partait, il se laissa retomber en arrière… et quand sa tête heurta la table d'opération, le bruit sourd se répercuta dans son crâne. La douleur était agréable. Alors il recommença.

Manello débarqua dans la salle d'examen.

— Vous en avez fini tous les deux ?

Sa phrase était dépourvue de sarcasme, chose que Tohrment aurait plus appréciée s'il n'avait pas pris conscience à l'instant qu'il avait joui sur le drap.

— OK, on s'y met, mon grand. (Le chirurgien enfila une paire de gants en latex.) J'ai pris des radios quand tu étais dans les pommes, et je suis heureux de t'apprendre que tu as deux balles dans le corps. Dans la poitrine et à l'épaule. Je vais donc ouvrir, procéder à une « plomb-ectomie », puis recoudre les autres blessures d'entrée et de sortie. Du gâteau.

— Il faut que je me lave d'abord.

— C'est mon boulot et, fais-moi confiance, j'ai assez d'eau distillée pour évacuer tout ce sang séché et encore laver ma voiture après.

— Oui… hem… Je ne parle pas de ce genre de bordel.

Signal du crissement de pneus. L'expression de Manello passa de détendue à résolument professionnelle, et il devint évident que le message avait été reçu.

— Ça me paraît bien. Et si je t'apportais un autre drap ?

— Oui. Merci.

Putain de merde. Il rougissait. Ou alors il avait pris aussi une balle dans la tête et venait juste de s'en rendre compte.

Tandis que le drap propre changeait de mains dans une ambiance gênée, aucun ne regarda l'autre… puis Manello feignit de vérifier les aiguilles, le fil, les ciseaux et les compresses stériles que l'on avait disposés sur une table roulante en acier inoxydable.

Incroyable comme le sexe pouvait transformer deux mâles parfaitement adultes en adolescents.

Tohr se nettoya et ordonna à son érection de la boucler. Malheureusement, son pénis semblait parler une autre langue, parce qu'il resta aussi raide qu'un pied-de-biche. Il était peut-être sourd ?

Il en avait marre de lui balancer des coups de poing.

Il laissa tomber le drap sale sur le sol et se recouvrit du propre.

— Je… euh, je suis prêt.

La bonne nouvelle était qu'au moins, il n'était pas touché à la cuisse, donc Manello resterait au-dessus de la ceinture.

— Bien, dit le médecin en revenant. Maintenant, je pense que nous pouvons traiter cela de façon locale, avec le moins de médicaments possible. Alors j'aimerais essayer de ne pas t'endormir, ça te va ?

— Je m'en fiche, Doc. Fais ton boulot.

— J'aime ton attitude. Et nous allons commencer par la balle dans la poitrine. Cela risque de piquer un peu quand je ferai l'anesthésie…

— Putain !

— Désolé.

— Tu n'as pas d'autre solution.

Enfin, autre que prendre une lance et le clouer à la table.

Pendant que Manello se mettait au travail, Tohr ferma les yeux et pensa à PersOnne.

— Je n'ai pas besoin de rester ici quand ce sera fini, non ?

— Si tu étais humain ? Bien sûr que si. Mais ce truc est déjà en train de guérir. Bon sang les gars, vous êtes hallucinants.

— Alors je peux rentrer directement à la demeure.

— Eh bien, oui… au final.

On entendit un « bong » retentissant, comme il venait de faire tomber l'une des balles sur le plateau.

— Je crois que Mary voudrait d'abord te voir.

— Pourquoi ?

— Elle veut seulement… tu sais… te voir.

Tohr lui lança un regard noir.

— Pourquoi ?

— Est-ce que tu comprends à quel point tu as eu de la chance de ne pas avoir fini…

— Je n'ai pas besoin de lui « parler », si c'est ce que tu sous-entends.

— Écoute, je ne veux pas me mêler de cette histoire.

— Je vais bien…

— Tu t'es fait tirer dessus ce soir.

— Ce sont les risques du métier…

— C'est des conneries, oui. Tu ne vas pas « bien » et tu as vraiment besoin de « parler » à quelqu'un. Enfoiré.

L'humain avait accompagné les mots « bien » et « parler » de gestes imitant des guillemets, en dépit du fait que ses doigts tenaient les instruments chirurgicaux.

Tohr ferma les yeux de frustration.

— Écoute, je consulterai Mary quand je le pourrai… mais juste après ça, j'ai des choses de prévues.

En réponse, le chirurgien énuméra tout un tas de problèmes de santé mentale, la plupart ponctués du mot de Cambronne.

Mais aucun ne concernait le problème de Tohr.

Chapitre 29

Vers l'est, au cœur de la zone agricole de Caldwell, Zypher était assis en silence sur son lit superposé. Il était loin d'être seul dans le sous-sol du repaire de la bande de salopards. Les trois cousins se trouvaient avec lui, chacun aussi capable de converser que lui, mais tout aussi peu enclin à le faire.

Il n'y avait pas vraiment de mouvement perceptible parmi eux, ni de bruit, hormis le léger frottement de son couteau tandis qu'il taillait le bois tendre inlassablement.

Personne ne dormait.

Alors que l'aube s'était installée sur la terre et avait affirmé sa domination lumineuse, leurs pensées tournaient toutes autour des mêmes questions et le poids des actions de leur chef pesait lourdement sur eux.

Il n'était pas du tout incompréhensible que Xcor ait si brutalement poignardé Affhres pour son insubordination. Il n'était pas incroyable qu'il leur ait ensuite ordonné de s'en aller afin d'abandonner à l'ennemi leur camarade laissé pour mort.

Et pourtant il n'arrivait pas à le comprendre. Et visiblement, aucun d'entre eux ne le pouvait.

Affhres avait toujours été la colle qui les liait ensemble, un mâle de valeur doté de plus d'honneur qu'eux tous réunis… ainsi que d'une logique qui l'avait conduit à endosser le rôle de porte-parole auprès de Xcor : Affhres était typiquement en première ligne avec leur chef froid et calculateur, la seule voix qui atteignait le mâle… enfin, d'ordinaire. Il avait également servi de traducteur entre eux et le reste du monde. C'était celui avec un accès à Internet, qui avait découvert cette maison et essayait de leur obtenir des femelles de l'espèce pour se nourrir, celui qui gérait l'argent et les serviteurs.

Il avait également raison au sujet de la technologie.

Sauf que Xcor avait pété un plomb et à présent… si des tueurs n'avaient pas achevé Affhres dans cette ruelle, les frères avaient très bien pu le tuer, juste pour le principe.

Après tout, leurs têtes seraient bientôt mises à prix. Ce n'était qu'une question de temps.

Examinant sa sculpture, il se dit que c'était une merde, qui ne ressemblait pas plus à un oiseau que quand elle n'était qu'un épais morceau d'érable. Non, il n'avait aucun talent artistique, pas plus dans les mains que dans les yeux ou le cœur. Ce n'était qu'une façon de passer le temps quand il ne dormait pas.

En fait, il aurait aimé qu'une femelle se trouve là. Baiser était son meilleur talent et il était connu pour être capable de passer des heures entre les jambes d'une servante avec beaucoup d'efficacité.

Une distraction de ce genre serait certainement la bienvenue.

Jetant le morceau de bois au pied de sa couchette, il examina sa lame. Si lisse et tranchante, capable de bien plus que mal représenter une misérable hirondelle.

Il n'avait pas aimé Affhres au premier abord. Le mâle était arrivé au sein de la bande de salopards un soir de pluie, et avait eu l'air aussi peu à sa place qu'il l'était en réalité : un gentil garçon au milieu de tueurs, se tenant devant un taudis dans lequel il n'aurait sans nul doute même pas abrité un cheval.

Depuis son haut-de-forme jusqu'à ses chaussures parfaitement cirées, tous avaient méprisé chaque centimètre de sa personne.

Et alors, Xcor les avait fait tirer à la courte paille pour savoir qui serait le premier à le passer à tabac. Zypher avait gagné, avait souri en faisant craquer ses articulations et s'était préparé à servir les attributs virils du mâle sur un plateau d'argent.

Affhres avait d'abord agité inutilement les bras quand il avait reçu les premiers coups, n'offrant pas de défense correcte et recevant les chocs à la tête et au ventre. Mais plus tôt que prévu, quelque chose s'était débloqué à l'intérieur de lui : sa posture avait changé sans raison, il avait levé les poings, et son corps avait rempli ses vêtements chics d'une façon entièrement différente.

Sa volte-face avait été… rien moins qu'extraordinaire.

Zypher avait continué à se battre contre le mâle, lançant des enchaînements de coups qui étaient brusquement parés… et, au bout d'un moment, rendus, jusqu'à ce que lui-même doive intensifier ses efforts.

Le dandy avait appris, là et à cet instant, alors même que ses vêtements raffinés étaient déchirés et en lambeaux, alors même qu'il était trempé de pluie et de son propre sang.

Pendant ce tout premier combat, et à chaque combat suivant, il avait montré une étrange capacité à assimiler. Entre le premier coup de poing qu'il avait reçu et le moment où il avait fini par atterrir sur les fesses sous le coup de l'épuisement, il s'était plus comporté en combattant que certains soldats qui avaient passé des années dans le camp du Saigneur.

Ils avaient tous entouré Affhres assis par terre dans la boue : sa poitrine se soulevait rapidement, son beau visage était couvert d'hématomes et il avait perdu son haut-de-forme depuis longtemps.

Dominant le mâle de sa taille, Zypher avait craché le sang de sa bouche… puis s'était penché et lui avait tendu la main. Le dandy avait encore beaucoup à prouver, mais il ne s'était pas comporté en mauviette pendant le combat.

En fait, il ne s'était jamais révélé être une mauviette.

C'était étrange de ressentir une forme d'allégeance envers quelqu'un de l'aristocratie. Mais Affhres avait gagné le respect à de nombreuses reprises. Et il était l'un des leurs depuis longtemps, à présent… même si cela avait peut-être pris fin ce soir.

Zypher tourna et retourna son couteau : la lame miroitait joliment à la lueur de la bougie. C'était tout aussi beau à regarder que quand elle caressait l'intérieur de la cuisse d'une femelle.

Xcor se servait d'une lame semblable pour son usage ordinaire – couper, déchiqueter, tuer – mais sa cible cette fois ? Vu tout ce qu'Affhres faisait pour eux, leur chef, dans sa rage, avait fait plus de mal que de bien. Oui, la soif de sang rendait Xcor lunatique. Et avec un esprit et des projets tels que les siens, ce n'était pas une bonne combinaison…

La nuque de Zypher se mit à le démanger, tandis que l'une des araignées vivant avec eux parcourait son cou de ses huit pattes. Il leva la main en jurant et frotta sa chair, détruisant la créature.

Il devrait probablement essayer de dormir. En vérité, il avait attendu là-haut le retour de Xcor, mais l'aube était arrivée depuis longtemps et le mâle n'était pas rentré. Il était peut-être mort, surpris seul par la Confrérie. Ou peut-être que l'une de ses rencontres clandestines avec ce membre de la *glymera* avait tourné au vinaigre.

Zypher fut surpris de découvrir qu'il s'en fichait. En réalité, il avait plutôt tendance à espérer que Xcor ne reviendrait jamais à la maison.

C'était un grand changement dans sa façon de penser. À l'époque où la bande de salopards s'était formée dans l'Ancienne Contrée, ils n'étaient au départ qu'un groupe de mercenaires, adeptes du chacun pour soi. Le Saigneur avait été le seul capable de les unir : cette machine à tuer, qui n'avait aucune humanité pour tempérer ses pulsions, avait été le mâle le plus brutal qui ait chaussé des bottes de soldat, et ils l'avaient suivi individuellement comme un symbole de liberté et de force dans la guerre.

Après tout, il était impossible que la Confrérie de la dague noire accepte jamais l'un d'entre eux.

Mais avec le temps, des liens s'étaient tissés. En dépit de la manière dont Xcor envisageait les choses, les soldats qui se battaient sous son commandement avaient développé des loyautés… qui s'étendaient même à l'ancien aristocrate, Affhres.

— Tu vas lui parler ? demanda Syphon à voix basse depuis la couchette inférieure.

Syphon et lui partageaient leurs lits superposés depuis une éternité, Zypher toujours au-dessus. C'était la même chose avec les femelles et les femmes, et ils formaient une bonne paire. Syphon pouvait suivre le rythme : dans un lit, par terre, contre un mur… aussi bien que sur le champ de bataille.

— Oui. S'il rentre.

— Ça m'empêcherait pas de dormir s'il rentrait pas.

L'accent était fort dans cette voix grave et déformait la prononciation des syllabes. Et il en allait de même pour les cousins du mâle.

— Il aurait pas dû faire ça.

— Ouais.

— T'as pas b'soin de lui t'nir tête tout seul.

— Non, je vais m'en charger.

Le grognement qu'il obtint en réponse suggérait qu'il aurait des renforts disponibles en un instant en cas de besoin. Et cela s'avérerait peut-être nécessaire, car Xcor était aussi redoutable au combat que lui-même au lit…

— Saletés d'araignées, marmonna Zypher en se donnant une nouvelle claque sur la nuque.

— On aurait dû faire autrement, dit quelqu'un dans la semi-obscurité.

C'était Balthazar.

Et un chœur de « oui » grognés fit vaciller la flamme de la bougie.

— On devrait pas rester assis comme ça à rien faire, annonça Zypher. Et on devrait agir maintenant.

En supposant que l'enfoiré revienne. Et si ce n'était pas le cas, ce ne serait pas parce qu'il avait des remords ou des regrets quant à ses actes. Pas Xcor. Ses décisions étaient aussi tranchées que ses armes étaient tranchantes.

Mais une chose était claire : si Affhres était mort, Xcor aurait une mutinerie sur les bras. Merde, ce serait peut-être vrai, que le soldat ait ou non survécu. Personne n'irait poser sa tête sur le billot en cherchant à s'emparer du trône pour quelqu'un qui ne faisait pas honneur aux liens de…

Zypher se claqua la nuque si fort que quelqu'un lança :

— Si tu préfères un fouet, on en a.

L'humidité sur sa main le poussa à la lever devant lui…

Du sang. Du sang rouge. En quantité.

Merde, il avait dû se faire mordre. Levant l'autre main, il palpa la zone du bout des doigts…

Une gouttelette tomba sur l'arrière de son poignet.

Quand il leva la tête pour regarder les solives du plancher au-dessus de lui, sa joue reçut la goutte suivante qui s'était infiltrée à travers une petite fissure du parquet.

Il avait sauté au bas de sa couchette, les armes à la main, avant qu'une autre goutte s'écrase.

Les trois cousins se mirent immédiatement en mode alerte, sans même poser une question : le simple fait de le voir prêt à se battre les fit sortir de leurs lits, tous leurs sens aux aguets.

— Tu saignes, chuchota Syphon.

— Ce n'est pas moi. Y a quelqu'un là-haut.

Zypher prit une inspiration pour tenter de capter une odeur, mais il ne sentit que la puanteur de moisi persistante du sous-sol humide.

— Est-ce que la Confrérie aurait pu nous ramener Xcor à domicile ? souffla quelqu'un.

En l'espace de quelques secondes, chacun vérifia ses armes et sangla son plastron sur la poitrine.

— J'y vais en premier, annonça Zypher.

Il n'y eut aucune discussion ; mais bon, il était déjà au pied des marches robustes, et commençait à monter. Les autres le suivirent et, même s'ils pesaient facilement plus de quatre cents kilos tous ensemble, ils grimpèrent sans faire le moindre bruit : aucun craquement ni grincement du vieux bois ne trahit la progression de leurs pieds.

Du moins jusqu'à ce qu'ils arrivent en haut. Les trois dernières planches avaient été volontairement déclouées pour dénoncer toute tentative d'intrusion. Zypher les évita donc en se dématérialisant pour se reformer directement devant la porte en acier renforcé fixée dans un encadrement en acier, lui-même inséré dans quatre murs dont le plâtre enrobait un grillage en acier.

Impossible que quelqu'un puisse entrer ou sortir facilement par là.

Avec précaution, il tourna doucement le verrou en acier et abaissa la poignée. Puis il entrouvrit la porte d'un centimètre.

L'odeur de sang frais envahit immédiatement son nez et ses sinus, si forte qu'il en goûta la douceur métallique au fond de sa gorge. Et en reconnut la provenance.

Il s'agissait de Xcor. Et il n'y avait rien ni personne avec lui : il ne détecta ni la puanteur d'éradiqueur, ni l'effluve d'épice exotique d'un mâle vampire, ni la senteur d'eau de Cologne bon marché d'un humain.

Zypher fit signe aux autres de rester en arrière. Il aurait besoin d'eux pour lui sauver les miches si son odorat l'avait mal informé.

Ouvrant la porte d'un mouvement rapide et silencieux, il s'avança dans l'obscurité artificielle créée par les planches et les draperies qui recouvraient toutes les fenêtres…

De l'autre côté du carrelage ébréché de la cuisine et du plancher poussiéreux de l'entrée, dans le coin le plus éloigné du salon, dans un cercle de lumière dorée… Xcor était assis dans une mare de sang.

Le soldat était encore en tenue de combat et avait son fauchon et ses pistolets posés à côté de lui sur le sol. Il avait les jambes allongées, tandis que ses avant-bras nus et ensanglantés reposaient sur ses cuisses.

Il tenait une dague en acier à la main.

Il s'entaillait. Inlassablement, avec la lame de son couteau à tuer, il entaillait ses bras noueux et puissants au point qu'ils ruisselaient du sang de ces innombrables coupures. Mais ce n'était pas le plus choquant. On voyait des larmes couler sur le visage du mâle. Elles glissaient sur ses joues, puis tombaient de sa mâchoire et de son menton, pour se mélanger au sang qui s'écoulait de sa chair.

Des mots, rauques et à peine audibles, lui parvinrent.

— … sale mauviette… pleurnichard inutile… arrête ça… arrête ça ! … tu lui as fait ce qu'il fallait lui faire… sale mauviette…

Apparemment, quelqu'un d'autre avait développé des liens avec Affhres.

En vérité, leur chef était misérable dans son abattement et ses regrets.

Zypher referma lentement la porte de la cave.

—Quoi ? demanda Syphon dans le noir.

—Nous devons le laisser tranquille.

—Xcor est en vie, alors ?

— Oui. Et il souffre de sa propre main, pour une bonne raison : il verse son sang pour celui qu'il a si mortellement offensé.

Il y eut un grognement d'approbation, puis tout le monde fit demi-tour et redescendit.

C'était un début. Mais le chemin pour regagner leur loyauté serait long. Et ils devraient apprendre ce qui était arrivé à Affhres.

Assis sur le sol dur, baignant dans son propre sang, Xcor était tiraillé entre les leçons du Saigneur et son… cœur, supposait-il.

Étrange de découvrir à son âge qu'il en possédait un pour de bon, et difficile de compter cette découverte comme une bénédiction.

On aurait plutôt dit un signe d'échec. Le Saigneur lui avait bien enseigné les qualités requises pour faire un bon soldat, et les émotions autres que la rage, la vengeance et l'avidité n'en faisaient pas partie : la loyauté était une chose que l'on exigeait de ses subordonnés, et s'ils n'en faisaient pas preuve à votre seul égard, on devait les traiter comme des armes déréglées. On n'accordait de respect qu'à la force de son ennemi, et simplement parce que l'on ne voulait pas être vaincu pour avoir sous-estimé l'adversaire. L'amour n'était associé qu'à l'acquisition et la défense victorieuse du pouvoir…

Replongeant la lame de couteau luisante de sang dans sa peau, il poussa un sifflement quand la douleur lui parcourut bras et jambes, faisant bourdonner sa tête et vaciller son pouls.

Tandis que le sang frais jaillissait, il pria pour que cela fasse sortir de son corps le nœud déroutant de regret qui l'avait étreint peu après avoir abandonné Affhres sur la chaussée.

Comment avait-il pu aussi mal tourner… ?

En effet, son chaos intérieur avait débuté alors qu'il n'avait même pas encore quitté cette ruelle.

Après avoir renvoyé ses mâles loin d'Affhres, il avait eu l'intention de les imiter… mais s'était retrouvé tapi sur le toit d'un des bâtiments, demeurant caché pendant qu'il veillait sur son soldat. Ostensiblement, il s'était répété que c'était parce qu'il voulait s'assurer que ce seraient bien les frères qui découvriraient son commandant en second, et non la Société des éradiqueurs… parce que les informations dont il avait besoin concernaient ce premier ennemi plutôt que l'autre.

Sauf que, quand il avait vu Affhres se tordre de douleur sur l'asphalte, ses membres formant des angles bizarres tandis qu'il cherchait une position qui le soulage, la réalité d'un fier guerrier livré sans défense à l'ennemi s'était infiltrée en lui.

Pour quelle raison avait-il causé une telle souffrance ?

Pendant que le vent soufflait sur Xcor, lui éclaircissant la tête et refroidissant sa colère, il avait pris conscience que ses actions le mettaient mal à l'aise. De façon insupportable.

Quand les tueurs étaient arrivés, il avait dégainé son arme, prêt à défendre le mâle dont il s'était débarrassé. Mais Affhres avait lancé un coup formidable… et alors les frères étaient arrivés et s'étaient comportés comme prévu, renvoyant facilement les éradiqueurs à leur créateur, ramassant Affhres et le déposant à l'arrière d'un véhicule noir.

À ce moment-là, Xcor avait résolu de ne pas suivre le 4 × 4. Et la raison pour laquelle il avait fait ce choix était une hérésie en regard de ses actions précédentes.

Affhres serait très bien soigné dans la tanière de la Confrérie.

On pouvait dire ce que l'on voulait sur le fait que ces enfoirés préféraient le luxe, il savait qu'ils avaient accès à des soins médicaux d'excellente qualité. Ils constituaient la garde rapprochée du roi : c'était donc le minimum que Kolher puisse leur fournir. S'il les suivait, avec l'idée d'infiltrer leur complexe ?

Ils risquaient de le découvrir et de le combattre en route, au lieu d'acheminer Affhres jusqu'à l'aide dont il avait besoin.

Ainsi, Xcor demeura en retrait pour une fausse raison, une mauvaise raison, une raison inacceptable : en dépit de tout son entraînement, il se retrouvait à choisir la vie d'Affhres plutôt que sa propre ambition. Sa colère l'avait mené dans une direction, mais ses regrets dans une autre. Et c'était celle-là qui avait gagné.

Le Saigneur s'en était sans nul doute retourné dans sa tombe.

Sa décision prise, il s'était attardé dans les décombres de la nuit et de ses intentions, quand la fusillade avait éclaté dans la ruelle avant même que le véhicule où Affhres était installé ait eu l'occasion de partir.

Pendant qu'il reprenait ses esprits, il y avait eu une brève accalmie… puis Tohrment, fils de Nhuisance, avait quitté sa couverture et déboulé au centre de la ruelle, devenant une cible pour les éradiqueurs nouvellement arrivés, alors même qu'il déchargeait ses armes à feu sur eux.

Il était impossible de ne pas respecter une telle attitude.

Xcor s'était trouvé juste au-dessus du tueur qui avait commencé à riposter contre le frère… et pourtant, même quand les balles de l'ennemi avaient atteint le mâle, celui-ci avait continué à vider ses deux chargeurs, sans se laisser démonter, inébranlable.

Une balle dans la tête et c'en aurait été fini de lui.

Motivé par un sentiment qu'il avait refusé de nommer, Xcor s'était mis à plat ventre, avait rampé jusqu'au rebord du bâtiment et tendu son propre pistolet, vidant son chargeur sur l'éradiqueur à couvert et évitant au frère de mourir. Cela lui avait paru être une récompense appropriée à cette belle démonstration de courage.

Puis il s'était dématérialisé pour sortir de la zone et avait parcouru les rues de Caldwell pendant des heures, tandis que les enseignements du Saigneur cognaient à sa porte intérieure, exigeant d'être libérés afin d'anéantir le sentiment que ce qu'il avait infligé à Affhres était mal.

Mais le regret n'avait fait que s'intensifier, suppurant sous sa peau, redéfinissant sa relation avec son soldat… ainsi que celle avec le mâle qu'il avait autrefois appelé « père ».

L'idée qu'il n'était peut-être pas taillé dans la même étoffe que le Saigneur lui était restée sur le cœur. Surtout sachant dans quelle position ils s'étaient mis, lui et ses salopards, en entrant en conflit avec le Roi aveugle… et sachant que l'exécution de ce projet allait requérir le genre de force ne provenant que de ceux qui n'éprouvaient aucune compassion.

En fait, il était trop tard pour se retirer de la course à présent, même s'il l'avait souhaité… ce qui n'était pas le cas. Il avait toujours l'intention de destituer Kolher, pour la bonne et simple raison que le trône était à prendre, peu importe ce que dictaient les Lois anciennes ou la tradition aveugle.

Mais s'agissant de ses soldats et de son commandant en second…

Reportant son attention sur ses avant-bras, l'habitude et une recherche tâtonnante de lui-même lui firent appliquer une nouvelle fois la lame sur sa chair, poussant la pointe en avant pour que les coupures infligées soient irrégulières, malpropres et convenablement douloureuses.

Il devenait de plus en plus difficile de trouver de la peau intacte.

Poussant un sifflement entre ses dents serrées, il pria pour que la douleur l'atteigne au fond de lui-même. Il en avait besoin pour se frayer un chemin à travers ses émotions, d'une façon que la voix du Saigneur de ses souvenirs avait toujours trouvée, pour le renforcer, lui éclaircir l'esprit et lui refroidir le cœur.

Mais cela ne fonctionna pas. La douleur ne fit que redoubler dans son cœur, amplifiant la conscience de la trahison qu'il avait commise à l'encontre d'un bon mâle doté d'une belle âme et qui l'avait si bien servi.

Poisseux de son propre sang, nageant dans sa propre torture, il usa de la lame de plus belle, attendant que cette ancienne clarté familière revienne…

Et comme elle ne venait pas, il prit conscience que, s'il en avait jamais l'occasion, il libérerait Affhres, enfin et pour toujours.

Chapitre 30

Allongé seul sur son lit, Tohr n'avait conscience de rien, hormis de la palpitation de son pénis. Enfin, cela et le parfum de fleurs fraîchement coupées, parce que Fritz s'occupait de renouveler les bouquets dans les vases en ce milieu de journée.

— Est-ce ce que tu veux de moi, l'ange ? demanda-t-il à haute voix. Allez, je sais que tu es là. Est-ce vraiment ce que tu veux ?

Pour souligner sa question, il passa la main sous les couvertures et la laissa descendre le long de sa poitrine et de son ventre jusqu'à ses hanches. Quand il empoigna son pénis, il ne put s'empêcher de s'arc-bouter, ni retenir le grognement qui s'échappa de sa gorge.

— Où es-tu, putain ? gronda-t-il, ne sachant pas exactement à qui il parlait dans la pièce faiblement éclairée.

Lassiter. PersOnne. Le destin miséricordieux… s'il en existait un.

D'une certaine manière, il n'arrivait pas à croire qu'il attendait une autre femelle… et le fait que la balance entre « urgence » et « culpabilité » penchait en faveur de la première était…

— Si tu prononces mon nom en faisant cela, je crois que je vais vomir.

La voix de Lassiter était rauque et désincarnée, comme si elle venait de l'autre bout de la chambre, là où se trouvait la chaise longue.

— Est-ce bien cela que tu sous-entendais ?

Mon Dieu, était-ce vraiment lui ? se demanda Tohr. Affamé, impatient. Grincheux parce qu'il était excité.

— C'est déjà mieux que de marcher sous un déluge de balles… (On entendit un bruit de mouvement.) Hé, le prends pas mal, mais ça t'ennuierait de sortir tes deux mains de façon que je puisse les voir ?

— Est-ce que tu peux la faire venir à moi ?

— Le libre arbitre est ce qu'il est. Et tes mains, espèce d'enfoiré ? Si ça ne t'ennuie pas.

Tohr sortit ses deux bras et se sentit obligé de déclarer :

— Je veux la nourrir, pas la baiser. Je ne ferai pas subir cela à PersOnne.

— Je suggère que tu la laisses prendre sa décision toute seule concernant le sexe.

Il toussa légèrement, mais bon, après tout, la baise était un sujet gênant entre mecs quand ils parlaient de femelles de valeur.

— Elle aura peut-être ses propres idées sur la question.

Tohr repensa à la façon dont elle l'avait observé se masturber à la clinique. Elle n'avait pas eu peur. Elle avait paru captivée…

Il ne savait pas trop comment gérer cela…

Son corps s'arc-bouta tout seul, comme pour dire : « Tu parles que tu ne sais pas, mon pote. »

Une autre quinte de toux retentit, et Tohr eut un petit rire.

— Tu es allergique aux fleurs ?

— Oui. C'est cela. Je vais te laisser maintenant, d'accord ? (Il y eut un silence.) Je suis fier de toi.

Tohr fronça les sourcils.

— Pourquoi ça ?

Quand il constata qu'il n'obtenait pas de réponse, il devint évident que l'ange était déjà parti…

Un coup discret frappé à la porte poussa Tohr à se redresser d'un bond, et il sentit à peine la douleur de ses blessures : il savait exactement de qui il s'agissait.

— Entre.

Viens à moi.

La porte s'entrouvrit, PersOnne se glissa à l'intérieur, et ils se retrouvèrent enfermés ensemble.

Quand il entendit le cliquetis du verrou, son corps éteignit totalement son esprit : il allait la nourrir… et, Dieu leur vienne en aide, la baiser si elle l'y autorisait.

L'espace d'un bref instant de lucidité, il se dit qu'il ferait mieux de lui demander de partir, afin de leur épargner les conséquences, comme quand l'énergie sexuelle disparaît, que les idées s'éclaircissent… et que deux personnes découvrent que ces cocktails Molotov qui leur avaient semblé être si drôles et exaltants à fabriquer et à lancer, avaient, en réalité, détruit leur paysage.

Sauf qu'il se contenta de lui tendre la main.

Au bout d'un moment, elle leva la sienne et retira sa capuche. Pendant qu'il se remémorait son visage et sa silhouette, il vit qu'elle ne ressemblait en rien à sa Wellsie. Elle était plus petite et d'ossature plus délicate. Avec des cheveux blonds au lieu de roux. D'attitude réservée plutôt que franche.

Mais elle lui plaisait. Et cela facilitait les choses, étonnamment, qu'elle soit si différente. Il y avait moins de risques que cette femelle remplace sa bien-aimée dans son cœur : même si son corps était excité, c'était le lien le moins important. Les mâles dotés d'une lignée comme la sienne, quand ils étaient en bonne santé et bien nourris, comme c'était son cas en ce moment, pouvaient bander pour un sac de pommes de terre.

Et PersOnne, en dépit de l'opinion qu'elle avait d'elle-même, était sacrément plus attirante que des tubercules…

Seigneur, c'était tellement romantique tout cela. Pas vrai ?

Elle s'approcha lentement, sa claudication se remarquant à peine, et quand elle arriva au bord du matelas, elle baissa la tête pour regarder son torse nu, ses bras, son ventre... et plus bas encore.

— Je suis de nouveau excité, dit-il d'une voix gutturale.

Et qu'il aille au diable, mais on aurait cru qu'il disait cela pour la mettre en garde. En vérité ? Il espérait voir revenir cette expression sur son visage, celle qu'elle avait eue quand il s'était fait jouir...

Et ça alors... il la revit : de l'impatience et de la curiosité. Pas de peur.

— Dois-je prendre votre poignet d'ici ? demanda-t-elle.

— Viens sur le lit, grogna-t-il.

Elle leva un genou pour le poser sur le matelas surélevé, puis tenta maladroitement de hisser l'autre. Mais sa mauvaise jambe la déséquilibra, et elle bascula en avant...

Tohr la rattrapa avec facilité par les épaules et l'empêcha de tomber la tête la première.

— Je te tiens.

S'il n'y avait pas un double sens dans cette phrase...

Délibérément, il l'attira sur lui pour qu'elle repose sur ses pectoraux. Mince, elle ne pesait rien. Mais bon, elle ne mangeait jamais beaucoup.

Il n'était pas le seul à ne pas se nourrir correctement.

Sauf qu'alors il s'arrêta, pour lui donner le temps de s'adapter. C'était un mâle imposant, incroyablement excité, et il l'avait déjà bien assez effrayée. En ce qui le concernait, elle pouvait bien prendre tout le temps qu'elle voudrait pour s'assurer de l'identité de celui avec qui elle se trouvait...

Brusquement, son odeur changea, passant dans le spectre entêtant de l'excitation féminine. En réponse, il ondula des hanches sous les couvertures, et elle jeta un coup d'œil par-dessus son épaule, pour observer les réactions de son corps.

S'il avait été un gentleman, il lui aurait caché sa réaction en prétendant qu'il ne s'agissait que de la remercier du service qu'elle lui avait rendu. Mais il se sentait bien plus mâle que gentil.

Sur ce, il la serra contre sa poitrine et lui orienta la tête pour qu'elle pose la bouche sur sa jugulaire.

De la peau.

De la peau mâle et tiède sous ses lèvres.

Une peau tiède et propre de vampire qui était dorée et non blafarde. Elle sentait les épices, la force et… quelque chose de si érotique que son propre corps était revenu à cet état volcanique.

Alors qu'elle inspirait, son odeur – cette odeur mâle – produisit en elle une réaction sans précédent. Tout devint instantanément instinctif, ses crocs sortirent de sa mâchoire supérieure, ses lèvres s'entrouvrirent et sa langue pointa comme si elle avait l'intention de goûter.

— Prends-le, PersOnne… Tu sais que tu le désires. Prends-moi…

Déglutissant avec difficulté, elle se redressa et croisa son regard brûlant. Il y avait trop d'émotions pour les déchiffrer, et c'était également vrai pour sa voix et son expression. Ce n'était pas facile pour lui ; après tout, il s'agissait de sa chambre conjugale, où il avait sans nul doute couché avec sa compagne des milliers de fois.

Et pourtant il la désirait. Cela se voyait à la tension de son corps, à cette érection qu'elle apercevait même sous les couvertures.

Elle savait à quelle croisée des chemins difficile il se trouvait, déchiré entre ses contradictions : elle était dans le même état. Elle désirait cela, mais si elle se nourrissait de lui maintenant, les choses n'en resteraient pas là et elle n'était pas certaine d'être préparée à affronter la situation à laquelle cela les mènerait.

Sauf qu'elle n'allait pas faire demi-tour. Et lui non plus.

—Ne désirez-vous pas que je boive à votre poignet ? demanda-t-elle d'une voix qui ne ressemblait absolument pas à la sienne.

—Non.

—Alors où me voulez-vous ?

Il ne s'agissait pas d'une véritable question. Et, douce Vierge scribe, elle ignorait qui parlait à Tohrment de cette voix grave, séduisante, exigeante.

—À ma gorge.

Ces mots furent prononcés d'une voix encore plus grave et il poussa un gémissement quand elle reposa les yeux à l'endroit où il avait paru la placer délibérément.

Ce puissant guerrier voulait qu'elle l'utilise. Allongé sur les oreillers, son corps massif paraissait maintenu dans cette étrange servitude qu'elle avait déjà observée, captif de liens invisibles qu'il lui était néanmoins impossible de rompre.

Il garda les yeux sur elle quand il tourna la tête pour lui exposer sa veine… du côté opposé à celui où elle se trouvait. Elle devrait donc s'allonger sur sa poitrine une fois de plus. Oui, se dit-elle, elle en avait envie, elle aussi… sauf que, avant d'esquisser le moindre mouvement, elle laissa à son âme une chance de paniquer. La dernière chose qu'elle souhaitait était de se retrouver à bout de nerfs et défaite au milieu de tout cela.

Rien ne jaillit des profondeurs de son être. Pour une fois, le présent était si vivant et captivant que le passé n'était même pas un écho ni une ombre… Elle avait, en cet instant, les idées tout à fait nettes.

Et elle était très consciente de ses désirs.

PersOnne tendit le bras et vint à bout de l'impossible largeur de son torse d'une traction. La taille de Tohr était presque une plaisanterie, la juxtaposition de leurs corps était absurde… et pourtant, elle n'avait pas peur. Ses pectoraux durs et ses épaules larges comme des poutres n'étaient en rien menaçants.

Ils ne servaient qu'à aiguiser son appétit pour sa veine.

Il se cambra quand elle s'allongea sur lui et, oh! cette chaleur. Elle sourdait de sa peau et se communiquait à la sienne, amplifiant les besoins de son corps, aussi sûrement qu'un frémissement pouvait virer à l'émeute.

Cela faisait si longtemps qu'elle n'avait pas mordu de mâle. Et dans son passé le plus ancien, cela n'avait eu lieu que sous la stricte supervision, non seulement de son père, mais également des autres mâles de sa lignée : oui, chaque fois, l'ambiance avait été cérémonielle et la biologie tempérée par la société et ses attentes.

Elle n'avait jamais ressenti d'excitation. Et si le gentilhomme raffiné qu'elle avait utilisé en avait ressenti une de son côté, il avait eu la sagesse de ne pas la montrer.

Ce qu'elle vivait actuellement était à l'opposé de ce que ses expériences antérieures avaient été.

C'était brutal, sauvage... et très sexuel.

— Prends-moi, ordonna-t-il, serrant la mâchoire et relevant le menton pour exposer encore plus sa gorge.

Alors qu'elle baissait la tête, elle se mit à trembler de la tête aux pieds, et mordit sans la moindre grâce...

Cette fois-ci, le gémissement venait d'elle.

La saveur du sang de Tohrment ne ressemblait à rien de ce dont elle se souvenait : c'était un rugissement dans sa bouche, sur sa langue et le long de sa gorge. Son sang était tellement plus pur et fort que celui qu'elle avait bu et, oh! cette puissance. On aurait dit que la vigueur de son corps de guerrier se déversait en elle, faisant d'elle bien plus qu'elle n'avait jamais été.

— Prends-en plus, la pressa-t-il d'une voix rauque. Prends tout...

Elle fit ce qu'il ordonnait, ajustant l'angle de sa tête pour être plus parfaitement collée à sa gorge. Et à mesure qu'elle buvait avec un enthousiasme renouvelé, elle découvrit qu'elle avait une conscience aiguë du poids de ses seins qui reposaient sur la poitrine de Tohr. Ainsi que de la brûlure dans son ventre qui, quelle que soit la quantité de sang qu'elle ingérait, ne semblait que s'aviver davantage. Et de l'alanguissement de ses jambes… comme si elles ne souhaitaient rien tant que s'ouvrir.

Pour lui.

Pour elle qui avait été si tendue et froide, le renversement de situation était si complet qu'il en paraissait irréversible, et quelle importance ? Elle était si absorbée qu'elle ne se souciait de rien mis à part obtenir plus que ce qu'elle recevait.

Chapitre 31

Tohr jouit peu après la première morsure de PersOnne. Il lui fut tout simplement impossible d'arrêter la contraction de ses testicules, les secousses régulières qui remontaient son pénis ou l'explosion qui jaillit de son gland tandis qu'il tressautait sous les draps.

— Putain… PersOnne…

Comme si elle savait ce qui venait de se passer et ce pour quoi il demandait la permission, elle hocha la tête contre sa gorge. Puis alla jusqu'à lui prendre le poignet et poussa sa main sous le drap.

Inutile de demander deux fois.

Écartant les jambes, il caressa la longueur rigide à un rythme correspondant aux gorgées prises à sa veine. Et quand il éjacula une nouvelle fois, son pénis déchargeant follement, il posa la main plus bas, prit ses testicules et les pressa fortement. Le plaisir et la douleur se transformèrent en miroir déformant, le reflet distordu de l'un face à l'autre amplifiant tout, depuis la sensation des crocs dans son cou jusqu'aux éruptions sous sa ceinture.

Le sentiment de lâcher prise, de mettre de côté la douleur avec laquelle il luttait nuit et jour fut un sacré soulagement. Tohr était devenu un lac temporairement libéré de sa couche de glace, et il se délecta de sa franchise à l'égard de PersOnne, de la façon dont il s'autorisait à être allongé là, sous son corps mince, capturé et retenu par son poids délicat et sa morsure puissante.

Cela faisait si longtemps qu'il n'avait rien ressenti d'agréable tout au fond de son âme perpétuellement gelée. Et parce qu'il savait qu'il retrouverait tous ses fardeaux une fois cette aube paradisiaque dissipée, il se plongea un peu plus dans l'expérience, se laissant délibérément submerger par toutes ses sensations.

Quand PersOnne finit par retirer ses crocs, le passage de sa langue qui scellait les blessures le fit jouir une nouvelle fois : cette sensation tiède et humide sur sa peau se transféra à tout son corps jusqu'à son érection, qui tressauta de plaisir, faisant jaillir un peu plus de ce qui couvrait déjà son bas-ventre et trempait les draps.

Il riva ses yeux aux siens tandis qu'il jouissait en se mordant la lèvre inférieure, la tête renversée en arrière… Pour qu'elle sache exactement ce qu'il faisait.

Et ce fut alors qu'il sut… qu'elle désirait la même chose.

Son odeur succulente le lui apprit.

— Me laisseras-tu t'aider à te sentir bien ? demanda-t-il d'une voix enrouée.

— Je… j'ignore quoi faire.

— Est-ce que c'est un « oui » ?

— Oui…, souffla-t-elle.

Roulant sur le flanc, il la poussa doucement sur le matelas.

— Tout ce que tu as à faire, c'est de rester allongée… je m'occuperai de tout.

La facilité avec laquelle elle obéit fut une surprise qui le rendit humble… et un signal immédiat, aux yeux de sa libido, pour la déshabiller, la monter et jouir en elle.

Cela n'arriverait pas. Pour tellement de raisons.

— J'irai doucement, grogna-t-il, en se demandant auquel des deux il s'adressait.

Puis il se dit… merde, oui, il irait doucement. Il n'était pas certain de se rappeler quoi faire à une femelle…

Surgie de nulle part, une ombre traversa son esprit, sauta hors de son cerveau et fit irruption entre eux, assombrissant cet instant.

Avec une douleur triste, il prit conscience qu'il ne se souvenait pas précisément de la dernière fois où lui et Wellsie avaient fait l'amour ; s'il avait connu leur avenir, il aurait été attentif à tellement plus de choses.

Sans nul doute, il s'était agi d'une de ces séances agréables, oubliables mais, au bout du compte, intenses, dans leur lit conjugal, tous deux à demi éveillés et heureux de se laisser emporter…

— Tohrment ?

La voix de PersOnne lui parvint difficilement, menaçant de faire complètement dérailler ce qui se déroulait dans le présent. Sauf qu'il pensa alors à Lassiter… et à sa *shellane* dans cet univers gris, piégée dans ce champ de poussière désolé.

S'il s'arrêtait maintenant, il ne reviendrait jamais à cet instant, à cette promesse d'avenir, à cette situation avec PersOnne… avec personne d'autre. Il allait rester coincé de façon permanente sur la route de son chagrin… et Wellsie ne serait jamais libre.

Bon sang, comme pour tant d'autres choses dans la vie, il fallait franchir les obstacles, et celui-ci en constituait un grand. Cela n'allait pas non plus durer éternellement. Il avait déjà traversé plus d'une année de deuil et de chagrin, et il lui restait des décennies et des siècles à vivre. Au cours des dix ou quinze minutes suivantes, ou de la prochaine heure – quelle que soit la durée –, il devrait rester uniquement concentré sur ce qui se passait ici et maintenant.

Seulement avec PersOnne.

— Tohrment, nous pouvons arr…

— Puis-je détacher ta robe ? (Sa propre voix lui paraissait morte.) S'il te plaît… laisse-moi te voir.

Quand elle hocha la tête, il déglutit avec difficulté et tendit une main tremblante vers la ceinture de sa robe. Celle-ci se défit presque sans son aide, puis les plis se libérèrent de son corps recouvert d'une chemise.

Le sexe de Tohr banda en la voyant à peine dissimulée à ses yeux, à ses mains… à sa bouche.

Et cette réaction lui apprit que malheureusement… ou heureusement… il pouvait le faire. Il allait le faire.

Glissant une main autour de sa taille, il s'arrêta. Wellsie avait eu un corps superbe, tout en courbes féminines et en force, qu'il avait adoré. PersOnne n'était pas comme cela.

— Tu dois manger plus, dit-il rudement.

Comme elle fronçait les sourcils et paraissait vouloir s'écarter de lui, il eut envie de se donner un coup de poing sur la tête. Aucune femelle n'avait besoin d'entendre parler de ses défauts dans un moment pareil.

— Tu es très belle, dit-il en sondant du regard le mince tissu qui lui couvrait les seins et les hanches. Je m'inquiète seulement pour toi. C'est tout.

Elle se détendit de nouveau et il prit son temps, la caressant à travers le simple vêtement de lin qu'elle portait, en descendant lentement jusqu'à son ventre. Cette image d'elle, portée par la main cristalline de l'eau bleue de la piscine, flottant les bras écartés, la tête renversée en arrière et les seins tendus le fit grogner.

Et lui donna une marche à suivre.

Remontant les doigts, il effleura le bas de son sein…

Le soupir qu'elle laissa échapper et son brusque sursaut lui apprirent que ce contact était plus que bienvenu. Mais il n'y avait pas de raison de se presser. C'était ce qu'il avait fait en bas, dans le garde-manger ; cela ne se reproduirait pas.

Avec une paresse langoureuse, il remonta jusqu'à poser l'index sur son téton. Encore des soupirs. Encore des sursauts.

Il poursuivit son exploration.

Son corps rugissait, son pénis luttait contre les couvertures, contre sa maîtrise de soi, contre le tempo. Mais il allait garder ce qui se passait là-dessous secret, et cela le resterait. Il s'agissait d'elle, non de lui, et le plus sûr moyen que la situation dérape serait qu'il approche son corps nu du sien.

Ce devait être parce que le sang de PersOnne était en lui. Oui, c'était cela. C'était la raison de son besoin insensé de s'unir…

Les jambes de PersOnne tressaillirent sur la couverture et elle lui agrippa l'avant-bras avec ses ongles, quand il prit son sein dans sa main et remplaça son index par son pouce pour la caresser.

— Est-ce que tu aimes ? demanda-t-il alors qu'elle haletait.

Elle lui répondit par un mélange de sons incompréhensibles ; mais bon, toute cette tension érotique lui donna la vraie réponse.

Elle aimait vraiment ces sensations.

Il lui entoura les reins de son bras et la souleva doucement jusqu'à sa bouche. Il eut un moment d'hésitation avant de se jeter dessus, uniquement parce qu'il n'arrivait pas à croire qu'il était en train de faire ceci à quelqu'un pour de bon : il ne lui était jamais venu à l'esprit qu'il aurait la moindre vie sexuelle en dehors de ses souvenirs, mais c'était là, intime, pour ainsi dire, ce courant électrique crépitant, son corps nu et excité, sa bouche sur le point de goûter une personne différente.

— Tohrment…, gémit-elle. Je ne sais pas ce que je…

— C'est bon. Je te tiens… Je te tiens.

Baissant la tête, il entrouvrit les lèvres et lui effleura le téton au travers de la chemise, d'avant en arrière. En réaction, elle plongea les doigts dans ses cheveux, ce qui était agréable, et lui égratigna le cuir chevelu en enfonçant ses ongles dedans.

Merde, son odeur était fantastique, plus légère et acidulée que celle de Wellsie… et pourtant elle agissait comme un carburant à fusée dans ses veines.

Un coup de langue lui permit de sentir le tissu rêche et un soupçon de paradis… alors il recommença à la lécher. Encore. Et encore.

L'aspirant dans sa bouche, il suça son téton et le titilla selon un certain rythme. Et alors qu'elle s'accrochait à lui de plus en plus fort, il passa les mains partout sur son corps, apprenant les courbes de ses hanches et de ses cuisses, les contours de son ventre et de sa petite cage thoracique.

Le lit émit un léger craquement et le matelas s'affaissa sous son poids quand il se rapprocha d'elle… et réunit le bas de leurs corps.

Il était temps de monter d'un cran.

C'était pour cela que les femelles avaient cette expression dans le regard quand elles pensaient à leur compagnon.

PersOnne comprenait enfin pourquoi, quand un *hellren* pénétrait dans une pièce, sa *shellane* se redressait un peu et arborait un sourire en coin. C'était cela la cause des coups d'œil furtifs entre les deux moitiés de l'espèce. C'était cela qui expliquait l'urgence d'en finir avec la cérémonie d'union, de nourrir et de faire danser les invités, et de fermer la maison pour la journée.

C'était pour cela que les couples heureux en ménage ne descendaient parfois pas au Premier Repas. Ou au Dernier Repas. Ou à n'importe quel repas dans l'intervalle.

Ce festin des sens était la nourriture ultime de l'espèce.

Et quelque chose qu'elle avait cru ne jamais connaître.

La raison pour laquelle elle était capable d'en profiter ? En dépit de la demande frénétique de leurs deux corps, Tohr était attentif à son égard. Même s'il était visiblement excité et elle aussi, il ne se précipitait pas : sa maîtrise de soi ressemblait à une série de barreaux d'acier disposés devant leurs instincts d'union. Ses découvertes et son tempo étaient aussi posés et paisibles que la chute gracieuse d'une plume dans l'air immobile.

Cela la rendait plutôt folle, en fait.

Mais elle savait que c'était pour le mieux. Frustrée comme elle l'était, elle savait que c'était la bonne voie, car il n'y avait aucune confusion possible concernant celui avec lequel elle était ou le fait qu'elle le désirait…

La sensation de sa bouche humide collée à son sein la fit crier et griffer le cuir chevelu de Tohr. Et ce fut avant qu'il se mette à la téter.

La bouche contre son téton, il demanda :

— Peux-tu ouvrir les jambes pour moi ?

Ses cuisses obéirent avant que ses lèvres puissent former un acquiescement, et le rire qu'elle obtint en réponse résonna comme un sourd grondement de satisfaction dans la poitrine du mâle. Il ne perdit pas non plus de temps. Refermant la bouche sur son sein, il fit glisser sa main en haut de sa cuisse et s'approcha progressivement de l'intérieur.

— Lève les hanches pour moi, dit-il avant de lécher encore son téton.

Elle obéit immédiatement, tellement absorbée par l'anticipation qu'elle n'arrivait pas à comprendre pourquoi il lui demandait cela. Sauf qu'alors elle sentit un léger frôlement autour de ses jambes.

La chemise. Il remontait sa chemise…

Sa main revint, effleurant le haut de sa cuisse, avant de descendre… et de revenir vers l'intérieur…

Oh, cette absence de barrière. Comme si ce n'était pas déjà assez agréable.

En réaction, elle souleva le bassin et se tendit, sans résultat, puisqu'il ne se pressait pas d'atteindre la chaleur dont il finirait par prendre possession. En vérité, sous ses soins détournés, l'explosion au tréfonds d'elle-même se transforma en quelque chose d'aiguisé, la sensation de ruissellement se changeant en un besoin affûté, dont la douleur ressemblait beaucoup à ce qu'elle avait ressenti lorsqu'il avait bu à sa veine.

Le premier contact contre son sexe ne fut qu'une esquive qui la poussa à crier pour obtenir plus. Le deuxième fut plus lent. Le troisième…

Elle baissa la main et couvrit la sienne, le pressant contre sa propre chaleur.

Le gémissement qu'il poussa fut inattendu, et suggéra que la toucher l'avait peut-être fait jouir… oui, elle le devina à la façon dont son corps fut parcouru de spasmes comme s'il avait un autre orgasme, ses hanches tressautant sous les couvertures d'une façon qui lui fit penser à la pénétration.

Une pénétration répétée et vigoureuse.

— Tohrment…

Elle avait la voix saccadée, l'esprit embrumé, seul son corps était conscient.

Il fallut un moment avant qu'il puisse lui répondre autrement que par une respiration irrégulière.

— Est-ce que ça va ?

— Aidez-moi. Il me faut…

Il lui effleura le sein de ses lèvres et écarta sa main de quelques centimètres.

— Je vais m'en occuper. Promis. Juste un petit moment.

Elle ignorait combien de temps elle pourrait tenir avant que son corps explose.

Sauf qu'il lui apprit alors qu'il existait des niveaux bien plus élevés de frustration.

Pour finir, les caresses commencèrent comme tout le reste, lentement, légèrement, un effleurement plutôt qu'un véritable contact. Mais grâces soient rendues à la Vierge scribe, les choses ne demeurèrent pas en l'état. Comme il augmentait subtilement la pression sur son sexe, elle se rappela de quelle façon il s'était fait jouir à la clinique : le mouvement de va-et-vient de ses mains entre ses hanches, son corps engendrant une friction jusqu'à ce qu'un déclic se fasse et que le plaisir monte…

L'orgasme fut plus puissant que tout ce qu'elle avait jamais ressenti : même l'intensité de la douleur qu'elle avait connue entre les mains du *symphathe* n'approchait en rien celle du plaisir qui parcourut son bassin, se réverbéra dans son torse et se répercuta jusqu'au bout de ses doigts et de ses orteils.

Elle connaissait la Terre. Elle connaissait le sanctuaire.

Mais ceci… c'était le paradis.

Chapitre 32

Alors que PersOnne jouissait, le pénis de Tohr éjacula une nouvelle fois, car la sensation provoquée par le sexe humide de la femelle, ses hanches qui se soulevaient et sa voix qui criait lui fit largement franchir le seuil : elle était mouillée ; elle était ouverte ; elle était prête à le recevoir.

Elle était affolante.

Et comme elle se frottait contre sa main, il aurait voulu poser la bouche sur son sexe et introduire sa langue en elle afin d'avaler ce qu'il lui avait donné.

En fait, si elle n'avait pas été aussi fermement cramponnée à lui, il se serait immédiatement mis en position, se dirigeant vers le bas de son corps et la trouvant de ses lèvres. Mais il n'irait pas là pour l'instant. Pas avant qu'ils soient tous deux remis et que leurs muscles se soient détendus.

Sauf que… elle ne le lâchait pas.

Même une fois l'orgasme passé, ses bras étaient toujours étroitement refermés autour de son cou.

Quand elle se mit à trembler, il sentit chaque frisson.

Tout d'abord, il se demanda si la passion ne revenait pas, mais il devint rapidement évident que ce n'était pas le cas.

PersOnne pleurait doucement.

Comme il essayait de se dégager, elle se contenta de resserrer sa prise, posant la tête contre sa poitrine et y enfouissant son visage. Visiblement, elle n'avait pas peur de lui et il ne l'avait pas blessée. Mais, Seigneur, pourtant…

—Chut…, murmura-t-il en posant sa large main sur son dos et en décrivant des cercles lents. Tout va bien…

En réalité, c'était un mensonge. Il n'était pas certain que quelque chose aille bien. Surtout quand elle se mit à sangloter pour de bon.

Vu qu'il n'y avait rien d'autre à faire que de rester avec elle, il approcha la tête de la sienne et tira la couverture de sous ses jambes pour la couvrir et la tenir au chaud.

Elle pleura pendant une éternité.

Il l'aurait tenue dans ses bras même plus longtemps que cela.

C'était étrange… lui offrir de la stabilité le stabilisait lui-même, lui donnait un but, un objectif aussi puissant que son énergie sexuelle l'avait été peu auparavant. Et rétrospectivement, il comprit qu'il aurait dû se douter que cela surviendrait. Ce qui venait d'arriver était probablement la première et la seule expérience sexuelle à laquelle elle ait jamais consenti. Une femelle de valeur issue d'une famille de haute lignée comme elle ? Impossible qu'on lui ait permis de seulement tenir la main d'un mâle.

Elle n'avait connu que la violence de ce *symphathe*.

Merde, il aurait voulu tuer ce salopard une fois de plus.

—Je ne sais… pas pourquoi… je pleure, finit-elle par dire, alors que les mots s'échappaient de sa bouche entre deux hoquets.

—Je suis là, murmura-t-il. Aussi longtemps qu'il le faudra, je serai là.

Mais les émotions passaient, son souffle s'apaisait, ses reniflements n'étaient plus aussi marqués.

Tout fut fini après une dernière inspiration tremblante. Puis elle s'immobilisa et il fit de même.

—Parle-moi. (Il continua à lui caresser le dos.) Dis-moi à quoi tu penses.

Elle ouvrit la bouche comme si elle avait eu l'intention de répondre, mais se contenta de secouer la tête.

— Eh bien, je te trouve très brave.

— Brave ? (Elle éclata de rire.) Que vous me connaissez mal !

— Très brave. Cela n'a pas dû être facile pour toi… et je suis honoré que tu m'aies laissé… te faire ce que j'ai fait.

La confusion se peignit sur son visage.

— Pourquoi donc ?

— Cela exige une grande confiance, PersOnne… surtout pour quelqu'un qui a vécu ce qui t'est arrivé.

Fronçant les sourcils, elle parut se retirer en elle-même.

— Eh, dit-il, en posant l'index sous son menton. Regarde-moi. (Quand elle le fit, il caressa doucement les contours de son visage.) J'aimerais avoir quelque chose de sage, ou d'émouvant… ou de n'importe quoi à dire… pour t'aider à mettre les choses en perspective. Mais ce n'est pas le cas, et j'en suis désolé. Je sais une chose, en revanche. Il faut un véritable courage pour briser les chaînes du passé, et c'est ce que tu as fait ce soir.

— Je suppose que nous avons tous les deux du courage, alors.

Il détourna les yeux.

— Oui.

Il y eut une période de silence, comme si le passé avait aspiré toute leur énergie.

Brusquement, elle demanda :

— Pourquoi est-ce aussi embarrassant après ? Je me sens si… éloignée de vous.

Il hocha la tête en se disant que oui, le sexe pouvait être étrange comme cela, même en l'absence de complications comme les leurs ; même si on n'allait pas jusqu'au bout, la proximité bouleversante que l'on partageait faisait que le retour à la normale était accompagné d'une certaine distance, en dépit du fait que l'on était étendus côte à côte.

—Je devrais retourner dans ma chambre, à présent, dit-elle.

Il se l'imagina descendant le couloir, et trouva que c'était trop loin.

—Non. Reste ici.

Dans la faible lumière, il l'aperçut qui fronçait de nouveau les sourcils.

—En êtes-vous certain ?

Il tendit la main et écarta une mèche blonde échappée de sa tresse.

—Oui. J'en suis certain.

Ils se dévisagèrent pendant très longtemps et bizarrement – c'était peut-être dû à la vulnérabilité dans son regard ou à la ligne de sa bouche ; à moins qu'il ne soit capable de lire dans ses pensées – il sut exactement ce qu'elle se demandait.

—Je savais que c'était toi, dit-il doucement. Tout ce temps… j'ai su que c'était toi.

—Et c'était… OK, pour reprendre votre expression ?

Il repensa à sa compagne.

—Tu ne ressembles en rien à Wellsie.

Quand il l'entendit se racler la gorge, il comprit qu'il avait pensé à voix haute.

—Non, je voulais dire que…

—Vous n'avez pas à vous expliquer. (Son sourire triste était plein de compassion.) Vraiment.

—PersOnne…

Elle leva la main.

—Il n'y a pas besoin d'expliquer… Au fait, les fleurs ici sont superbes. Je n'ai jamais senti un tel parfum.

—En fait elles sont dehors, dans le couloir. Fritz les change tous les deux jours. Écoute, puis-je faire quelque chose pour toi ?

— N'en avez-vous pas déjà assez fait ? rétorqua-t-elle.

— J'aimerais t'apporter à manger.

Elle haussa gracieusement les sourcils.

— Je ne veux pas que vous vous dérangiez…

— Mais tu as faim, non ?

— Eh bien… oui…

— Alors je serai de retour dans une minute.

Il se leva rapidement du matelas et se prépara inconsciemment à ce que le monde tourne follement autour de lui. Mais il ne ressentit pas d'étourdissement, ni aucun besoin de retrouver son équilibre, rien ne tanguait. Son corps piaffait d'impatience tandis qu'il contournait le pied du lit…

Le regard de PersOnne tomba sur lui, et l'expression de son visage l'arrêta net.

Cette rêverie était de retour dans ses yeux. La faim, aussi.

Il n'avait pas envisagé qu'il puisse y avoir une répétition à ce qui venait de se passer. Mais compte tenu de la façon dont elle le regardait… la réponse semblait être un grand « oui », du moins du côté de la femelle.

— Est-ce que tu aimes ce que tu vois ? lui demanda-t-il d'une voix trop grave.

— Oui…

Eh bien, cette seule réponse le fit bander : sous sa taille, son pénis se dressa immédiatement… et PersOnne ne perdit pas une miette du spectacle.

— Il y a d'autres choses que j'aimerais te faire, gronda-t-il. Ce qui s'est passé pourrait n'être que le début. Si tu le désires.

Elle entrouvrit les lèvres et baissa les paupières.

— Est-ce que vous le désirez vous aussi ?

— Oui.

— Alors je répondrai… oui, s'il vous plaît.

Il lui fit un signe de tête, comme s'ils venaient de conclure un accord. Puis il dut se forcer à s'écarter du lit.

Se dirigeant vers le placard, il enfila un jean puis s'approcha de la porte.

— Tu veux quelque chose en particulier ? demanda-t-il avant de sortir.

PersOnne secoua lentement la tête, les paupières toujours baissées, la bouche toujours ouverte, les joues toujours rougies. Merde… elle ignorait à quel point elle était attirante sur ce grand lit défait, avec sa robe étendue en travers du matelas, sa coiffure soignée auréolée de mèches blondes rebelles et son odeur plus forte et séduisante que jamais.

La nourriture pouvait peut-être attendre. Surtout quand il remarqua ses jambes nues au milieu de la couverture entortillée.

Oui, il avait des projets pour celles-ci. Des projets au-dessus de ses épaules…

Brusquement, elle tira le tissu sur sa jambe abîmée, pour la lui cacher.

Tohr retourna vers elle et tira résolument la couverture pour la remettre comme elle était. Puis, effleurant les vilaines cicatrices du bout des doigts, il la regarda droit dans les yeux.

— Tu es magnifique. Chaque centimètre de ton corps. Ne pense pas une seule seconde que quelque chose cloche chez toi. On est d'accord ?

— Mais…

— Non. Je n'écouterai pas. (Il se pencha, appuya les lèvres sur son tibia, son mollet, sa cheville, dessinant les contours des cicatrices, les caressant.) Magnifique. Des pieds à la tête.

— Comment pouvez-vous dire cela ? chuchota-t-elle en refoulant ses larmes.

— Parce que c'est la vérité. (Se redressant, il lui pressa la jambe une dernière fois.) Ne te cache pas devant moi, d'accord ? Et une fois que je t'aurai nourrie, je pense que je devrais te montrer à quel point je suis sérieux.

Cela la fit sourire… puis rire légèrement.

— C'est bien, ma belle, murmura-t-il.

Sauf que… merde, elle n'était pas à lui. Comment diable ces mots s'étaient-ils échappés de sa bouche ?

Se forçant à retourner vers la porte, il sortit dans le couloir, referma et…

— C'est quoi ce bordel ?

Levant la jambe, il examina le dessous de son pied nu. Il y avait de la peinture argentée dessus.

Jetant un coup d'œil au tapis, il découvrit une traînée de… peinture argentée qui longeait le couloir jusqu'au balcon du premier étage.

Avec un juron, il se demanda quel *doggen* travaillait dans cette partie de la maison. C'était une bonne chose que les taches rendent ces pauvres hères heureux ; autrement, Fritz allait être sur les nerfs.

Suivant la ligne de gouttelettes jusqu'au palier du grand escalier, il descendit dans le vestibule avec elle.

Les traces le menèrent droit dans le hall d'entrée.

— Seigneur, bonjour. Avez-vous besoin de quelque chose ?

Tohr se tourna vers Fritz, qui traversait la salle à manger avec de la cire à parquet.

— Euh, oui. Il me faut à manger. Mais c'est quoi cette peinture ? Vous faites des cochonneries avec la fontaine dehors ?

Le majordome avança lentement et fronça les sourcils.

— Personne n'est en train de peindre dans le complexe.

— Eh bien, quelqu'un joue les Michel-Ange.

Tohr s'accroupit et passa un doigt dans l'une des petites flaques…

Attendez une minute. Ce n'était pas de la peinture.

Et ce truc sentait les fleurs.

Les fleurs fraîches ?

En fait, c'était le parfum qui embaumait sa chambre.

Comme il tournait brusquement la tête vers la porte du hall d'entrée, il pensa à la pluie de balles qu'il avait traversée. Et s'inquiéta que ce ne soit pas un miracle qui l'ait sauvé, après tout.

— Fais venir Doc Jane, tout de suite, hurla-t-il au *doggen*.

Ah oui, se dit Lassiter en se retournant sur la pierre chaude pour exposer son derrière nu au soleil. *C'est ce qui se passe...*

Tout bien considéré, c'était une bonne journée pour se faire tirer dessus.

Enfin, une nuit, plutôt.

Disons une saison.

Grâce au Créateur, c'était l'été : alors qu'il était étendu sur le perron de la demeure, les mégawatts brillants de juillet lui tombaient dessus et les rayons guérissaient son corps criblé de balles. Sans cela ? Il aurait très bien pu mourir une seconde fois, ce qui n'était pas la façon qu'il aurait choisie pour revoir son patron. En effet, le soleil était pour lui ce que le sang était aux vampires : une nécessité qu'il appréciait vraiment. Et à mesure qu'il baignait dedans, la douleur s'estompait, ses forces revenaient... et il pensait à Tohr.

Quel crétin ! Faire une manœuvre pareille dans la ruelle ! À quoi cet enfoiré avait-il bien pu penser, nom de nom ?

Bref. Il lui avait été impossible de laisser ce salaud marcher sous le feu sans protection. Tous deux avaient parcouru trop de chemin pour tout foutre en l'air alors même qu'on progressait.

Et à présent, grâce à lui qui s'était transformé en passoire, Tohr et PersOnne couchaient ensemble.

Donc tout n'était pas perdu. En revanche, il songeait sérieusement à cogner le frère dans les couilles pour se venger. Premièrement, ses blessures lui faisaient un mal de chien. Ensuite... et si on s'était trouvé en décembre ? Il aurait pu ne pas s'en tirer...

Le bruit de la lourde porte d'entrée qui s'ouvrait lui fit lever et tourner la tête. Doc Jane, leur fantastique guérisseuse, déboula comme si elle avait eu l'intention de courir un sprint.

Elle s'arrêta en dérapant pour ne pas lui rentrer dedans.

— Te voilà !

Oh, ça alors, elle avait apporté sa boîte à malice avec elle, et la petite croix rouge dessus indiquait le kit d'urgence.

— Tu parles d'un moment pour faire bronzette, murmura-t-elle.

Il reposa la tête par terre, la joue aplatie sur la pierre chaude.

— Je prends juste mes médicaments comme un bon petit patient.

— Ça t'ennuie si je t'examine ?

— Est-ce que ton compagnon me tuera si tu me vois nu ?

— Tu es nu.

— Tu ne vois pas mon meilleur côté.

Quand elle se contenta de rester penchée au-dessus de lui sans autre commentaire, il marmonna :

— Très bien. On s'en fout... mais ne te mets pas devant le soleil. Il m'est plus nécessaire que toi.

Elle posa sa boîte à côté de l'oreille de Lassiter et se mit à genoux.

— Oui, V. m'a un peu expliqué comment tu fonctionnais.

— Je crois bien. Tu sais, lui et moi on s'est tourné autour.

Le fils de pute l'avait même sauvé une fois, ce qui était un miracle vu à quel point ils se détestaient mutuellement.

— On a un passif.

— Il m'en a parlé. (Elle avait prononcé ces mots avec distraction, alors qu'elle examinait ses plaies.) Il est possible qu'il reste du plomb en toi... Je peux te retourner ?

— Le plomb n'est pas un souci. Mon corps l'absorbera, à condition que mes épaules reçoivent assez de lumière solaire.

— Tu saignes encore pas mal.

— Ça va aller.

Et il commençait à croire que ce n'était pas un mensonge. Après la fusillade, il était resté invisible et s'était caché sur le siège passager de la Mercedes qui ramenait Tohr à la clinique. À la minute où il était arrivé au centre médical, il avait volé des bandages et s'était changé en momie pour ne pas saigner partout. Il n'y avait alors aucune raison de se précipiter dehors – le soleil n'était pas encore là, ou tout du moins pas assez haut dans le ciel pour faire une différence. En outre, il avait cru qu'il s'en sortirait tout seul.

Mais non. Peu après être monté dans la chambre avec Tohr, il avait compris qu'il était dans la mouise. Il avait de plus en plus de difficultés à respirer. La douleur était plus vive. Sa vision commençait à se brouiller. Heureusement, le soleil était entièrement levé à ce moment-là.

Et il aurait dû partir à l'arrivée de PersOnne de toute façon…

— Lassiter. Je veux te voir de face.

— C'est ce qu'elles disent toutes.

— Est-ce que tu t'attends à ce que je te retourne ? Parce que je vais le faire.

— Ton compagnon ne va pas apprécier ça.

— Parce que ça te pose un problème, à toi ?

— C'est vrai. En fait, cela en vaut la peine.

Avec un grognement, il posa les mains dans la flaque scintillante de sang argenté sous lui et se retourna comme le morceau de viande qu'il était.

— Wahou, souffla-t-elle.

— Je sais, pas vrai ? Monté comme un étalon.

— Si tu es très gentil – et que tu survis à ça – je te promets que je n'en parlerai pas à V.

— Tu veux dire : de la taille de mon sexe ?

Elle eut un petit rire.

— Non, du fait que tu as supposé que je te regarderais autrement que d'un œil professionnel. Puis-je panser ces blessures ? (Elle lui effleura le pectoral.) Même si je laisse les balles à l'intérieur, cela ralentira peut-être l'hémorragie ?

— C'est pas une bonne idée. Il est surtout question de soleil et de surface de peau exposée. Et je vais m'en tirer. Du moment que le ciel ne se couvre pas.

— Est-ce qu'on devrait t'acheter une cabine UV ?

Ce fut lui qui éclata de rire, ce qui lui provoqua une vilaine quinte de toux.

— Non, non… il faut que ce soit le vrai.

— Je n'aime pas ce bruit.

— Quelle heure est-il ?

— 13 h 26.

— Reviens dans trente minutes voir où j'en suis.

Il y eut un moment de silence.

— OK. C'est ce que je vais faire. Tohr voudra savoir…

Son téléphone se mit à sonner et elle répondit d'un :

— Je parlais justement de toi. Oui, je suis avec lui et il va… mal, mais il dit qu'il s'en occupe. Bien sûr que je vais rester avec… non, c'est bon pour le matériel, et je rappellerai dans vingt minutes. D'accord, dix. (Il y eut un long silence, puis elle prit une grande inspiration.) C'est… euh… il a pris beaucoup de balles. Dans la poitrine. (Un autre silence.) Allô ? Allô, Tohr… Oh, très bien, j'ai cru que je t'avais perdu. Oui… non, écoute, tu dois me faire confiance. Si je le croyais en danger, je le traînerais tout hurlant et se débattant dans le vestibule. Mais pour être honnête, je le vois guérir alors même que je te parle : ses hémorragies internes se résorbent à vue d'œil. OK. Oui. À plus.

Lassiter ne fit pas le moindre commentaire sur tout cet échange ; il demeura seulement là où il était, les yeux fermés et le corps tout entier transformé en panneau solaire pour retrouver la santé.

— Donc tu es la raison pour laquelle Tohr est sorti vivant de cette ruelle, murmura le bon docteur au bout d'un moment.

— Je ne vois pas de quoi tu parles.

Chapitre 33

— Désolé mec, mais tu ne seras nourri qu'une fois. C'est ce qu'on m'a dit.

Allongé sur le lit auquel on l'avait attaché, Affhres ne fut pas surpris de la réponse du docteur humain à son interrogation. Un prisonnier au meilleur de sa forme, ce n'était pas bon pour la Confrérie. Mais le problème était qu'il ne se remettait pas très bien, et que du sang supplémentaire l'aiderait.

Bien entendu… s'il devait se nourrir, ce serait une agréable coïncidence qu'il ait la possibilité de revoir cette Élue une fois avant de partir.

Elle était proche. Il la sentait…

— En fait, je crois qu'ils préparent ton départ pour ce soir. La nuit tombera bientôt.

Peut-être que s'il refusait tout simplement de bouger ?

Non, cela ne ralentirait probablement pas la Confrérie. Ils se contenteraient de se débarrasser de lui comme s'il n'était rien d'autre qu'une nouvelle variété de rebut.

Le chirurgien humain partit sur ces entrefaites – comment se faisait-il qu'ils aient recours à un humain, d'ailleurs ? – et il fut de nouveau seul.

Quand la porte se rouvrit, il ne prit même pas la peine d'entrouvrir les paupières. Il ne s'agissait pas de l'Élue…

Le cliquetis du métal contre le métal à proximité de son oreille attira son attention. Il ouvrit grand les yeux et se retrouva nez à nez avec le canon d'un .357 Magnum.

Le doigt ganté de Viszs était posé sur la détente.

— Debout, debout.

— Si tu me tires dessus maintenant, je ne m'en remettrai pas, dit-il faiblement.

Sur ce sujet, il disait la vérité. Ayant survécu grâce aux faibles nutriments du sang humain pendant si longtemps, son corps n'était pas en mesure de se guérir de blessures aussi graves en si peu de temps.

Viszs haussa les épaules.

— Alors on te livrera à Xcor dans une boîte en sapin.

— Je te souhaite bonne chance avec ça, mon pote. Je ne te dirai pas où il se trouve.

Mais ce n'était pas pour protéger Xcor. Il ne voulait pas que ses camarades – ou, plus exactement, ses anciens camarades – soient attaqués par surprise.

— Tu peux me torturer si tu le souhaites. Mais rien ne s'échappera de mes lèvres.

— Si je décide de te torturer, beaucoup de choses vont sortir, crois-moi.

— Alors fais…

Le chirurgien s'interposa entre eux.

— OK, on se détend avant que je sois obligé de ressortir mon fil et mes aiguilles. Toi (il fit un signe de tête en direction d'Affhres) tu la fermes : il n'est pas nécessaire de l'encourager quand il s'agit de verser le sang. Quant à le relâcher ? (Il se tourna vers le frère.) Mon patient a raison. Regarde ses signes vitaux : sa vie ne tient qu'à un fil. Je pensais que le but de tout ceci était de s'assurer qu'il vive ? En plus, il aura besoin d'une autre séance de veine. Soit ça, soit il en a pour une à deux semaines de convalescence.

Le regard glacial du frère se dirigea vers les machines qui bipaient et clignotaient derrière le lit.

Quand le guerrier poussa un juron entre ses dents, Affhres sourit intérieurement.

Le frère sortit sans un mot.

— Merci, dit Affhres au guérisseur.

L'homme fronça les sourcils.

— Il ne s'agit que de mon avis clinique ; crois-moi, je suis impatient que tu dégages de mon territoire.

— Pas de problème.

De nouveau seul, il attendit avec impatience. Et le fait que personne n'entre pendant un moment lui apprit que les frères débattaient de son destin.

C'était sans doute une discussion animée.

Quand la porte se rouvrit finalement en grand, il dilata les narines et tourna la tête sur le côté… Elle était là.

Ravissante comme un songe. Céleste comme la lune. Aussi réelle que possible.

Flanquée des frères Fhurie et Viszs, l'Élue lui souriait aimablement, comme si elle n'avait absolument pas conscience que ces mâles étaient prêts à le déchiqueter s'il ne faisait qu'éternuer dans sa direction.

— Seigneur, on m'a dit qu'il vous en fallait plus ?

Il me faut tout de toi, se dit-il en hochant la tête.

Elle s'approcha du lit et fit mine de s'asseoir sur le bord, mais Fhurie montra les crocs derrière elle et Viszs pointa subtilement son arme sur l'entrejambe d'Affhres.

— Tiens, dit Fhurie en la redirigeant vers une chaise avec finesse. Tu seras bien plus à l'aise là-dessus.

C'était absolument faux, étant donné qu'elle devrait désormais tendre le bras vers lui. Pourtant la voix du frère était si séduisante et décontractée qu'elle donna un air de vérité à son mensonge.

Alors qu'elle levait le bras vers lui, Affhres eut envie de lui dire qu'elle était belle, qu'elle lui avait manqué et qu'il la vénérerait si elle lui en laissait l'occasion. Mais il préféra tenir sa langue plutôt que de la voir tranchée et jetée sur le sol.

— Pourquoi donc me regardez-vous ainsi ? demanda-t-elle.

— Vous êtes si belle…

Par-dessus l'épaule de la femelle, Fhurie montra une nouvelle fois les crocs et son visage exprima une très grande agressivité.

Affhres s'en fichait. Il allait goûter une fois de plus à l'ambroisie, et ces deux mâles ne feraient rien de véritablement horrible devant la magnifique Élue.

Qui rougissait furieusement… ce qui ne la rendait que plus resplendissante.

Comme l'Élue tendait le bras pour poser son poignet contre sa bouche, il lutta contre les chaînes qui lui entravaient les bras… et il y eut un instant de confusion quand elle entendit le cliquetis. Mais on ne voyait rien au-dessus des couvertures ; tout était dissimulé sous ce qui lui tenait chaud.

— Ce n'est que le sommier, murmura-t-il.

Elle sourit de nouveau et replaça son poignet au-dessus de sa bouche.

L'embrassant du regard, il mordit aussi précautionneusement que possible, ne voulant pas lui faire le moindre mal… et pendant qu'il buvait, il observa son visage, le gravant dans sa mémoire, afin de le garder tout contre son cœur.

Parce que c'était probablement la dernière fois qu'il la voyait.

En effet, il était déchiré entre remercier la Vierge scribe d'avoir fait entrer cette femelle dans sa vie, même pour un instant, et considérer ces deux rencontres fortuites comme une sorte de malédiction.

Son souvenir resterait ancré en lui, craignait-il et le hanterait aussi sûrement qu'un fantôme…

Cela s'acheva trop vite et il retira ses canines de sa chair parfumée. Il lécha une fois, deux fois, la caressant de sa langue…

— OK, c'est bon. (Fhurie aida l'Élue à se lever de sa chaise, en lui souriant avec une chaleur sincère.) Va voir Vhif à présent… tu auras besoin de force.

C'était vrai, se dit Affhres avec une pointe de culpabilité. Oui, elle avait l'air pâle et semblait légèrement dans le cirage. Mais bon, elle l'avait nourri à deux reprises en quelques heures.

Il aurait aimé s'appeler Vhif.

Fhurie l'escorta jusqu'à la porte et la renvoya avec des paroles aimables en langue ancienne. Puis il se retourna… et s'assura que le verrou était mis.

Le coup de poing l'atteignit sur le côté du visage et, compte tenu du fait qu'il avait brièvement aperçu du cuir noir, il s'agissait clairement de celui du frère Viszs.

Et le craquement qui en résulta fut si sonore que l'on aurait dit qu'une bûche avait été cassée en deux.

Mais bon, il avait toujours eu la mâchoire solide.

Tandis que les cloches d'une cathédrale résonnaient sous le crâne d'Affhres et qu'il crachait du sang, Viszs dit sombrement :

— Ça, c'est pour l'avoir regardée comme si tu la baisais dans ta tête.

À l'autre bout de la pièce, le frère Fhurie serra à son tour le poing et commença à en frapper la paume ouverte de sa main libre. Alors qu'il approchait, il dit d'un ton mauvais :

— Et ça, c'est pour s'assurer que tu ne poursuivras pas cette brillante idée.

Affhres leur sourit à tous deux. Plus ils le cogneraient… plus il aurait de chances d'être nourri une fois de plus.

Ils avaient raison, également ; il voulait vraiment être avec elle… même si « faire l'amour » était un bien meilleur terme.

Et ces moments avec elle valaient tout ce qu'ils pourraient lui infliger…

En haut dans la demeure, Tohr était assis sur la première marche du grand escalier, les coudes posés sur ses genoux pliés, le menton sur le poing, le téléphone portable à côté de lui.

Il avait les fesses engourdies.

En fait, après être resté assis là où il était pendant les dernières… combien de temps cela faisait-il ? cinq heures ? il devrait probablement demander à Doc Jane de l'opérer pour retirer les fibres du tapis de son arrière-train…

Le poste d'entrée sécurisé émit un « bip » et il bondit sur ses pieds, se précipita vers l'appareil, vérifia l'écran de contrôle et déverrouilla la porte.

Lassiter entra seul, probablement parce que Doc Jane était retournée à la Fosse. Et l'ange était nu comme un ver… et en parfaite santé. Son corps ne présentait aucune trace de blessures par balles, ni de cicatrices, ni de contusions.

— Continue à me regarder comme ça et t'as intérêt à m'offrir à dîner après.

Tohr lança un regard mauvais à l'ange.

— À quoi tu pensais, bordel ?

Lassiter fit « non » du doigt.

— De toutes les personnes ici, c'est toi qui es le moins bien placé pour me poser cette question. Pas au sujet de la nuit dernière.

Sur ce – et parfaitement indifférent au fait qu'il était nu – Lassiter entra d'un pas nonchalant dans la salle de billard et se dirigea vers le bar. La bonne nouvelle était qu'au moins il s'était placé derrière le comptoir pour se verser un verre, donc Popol et ses deux copains n'étaient plus visibles.

— Scotch ? Gin ? Bourbon ? proposa l'ange. Je me prépare un orgasme.

Tohr se frotta le visage.

— Serait-il possible que tu ne prononces jamais ce mot en ma présence quand tu es à poil ?

Cela déclencha une série de « orgaaaaasme, orgaaaasme, orgaaaasme » sur l'air de la cinquième de Beethoven. Heureusement, le cocktail fruité que l'enfoiré se versa dans son verre interrompit le concert quand il l'avala d'un coup.

— Ahhh… (L'ange sourit.) Je crois que je vais en reprendre un. Ça te tente ? Ou est-ce que tu en as eu assez cet après-midi ?

Une brève image du sein de PersOnne dans sa main poussa son pénis à sauter sur l'occasion.

— Lassiter, je sais ce que tu as fait.

— Dehors ? Oui, le soleil et moi, on s'entend bien. C'est le meilleur médecin… et sans ticket modérateur. Wouhou.

Il but encore. Ce qui suggérait que son air bravache était peut-être un peu forcé.

Tohr se percha sur l'un des hauts tabourets.

— Pourquoi diable t'es-tu placé devant moi ?

L'ange commença à se préparer un troisième verre.

— Je te répondrai la même chose qu'à Doc Jane : je ne vois pas du tout de quoi tu parles.

— Tu étais couvert de blessures par balles.

— Ah bon ?

— Oui.

— Peux-tu le prouver ? (Lassiter tourna sur lui-même, les bras levés.) Peux-tu seulement prouver que j'ai été blessé ?

— Pourquoi le nier ?

— Ce n'est pas du déni si je n'ai pas la moindre idée de ce que tu racontes, putain.

Avec un autre sourire charmeur, il descendit sa boisson. Puis s'attela immédiatement à la préparation de la quatrième.

Tohr secoua la tête.

— Si tu veux te bourrer la gueule, pourquoi ne fais-tu pas ça comme un vrai mec ?

— J'aime le goût du fruit.

— On est ce qu'on boit.

L'ange jeta un coup d'œil à l'horloge.

— Merde, j'ai raté *Maury*. Mais j'ai enregistré le *Ellen DeGeneres Show*.

Lassiter s'approcha du canapé en cuir et s'étendit dessus… et Tohr s'estima chanceux que l'enfoiré ait au moins la décence d'enrouler le jeté de canapé autour de ses parties intimes. Alors que la télévision s'allumait et qu'Ellen DeGeneres passait devant un rang de femmes au foyer en dansant, il devint évident que faire la conversation n'était pas au programme de l'ange.

— Je ne comprends pas pourquoi tu as fait ça, marmonna Tohr.

Cela ne ressemblait tellement pas à Lassiter, qui ne pensait toujours qu'à lui.

À cet instant, PersOnne apparut sur le seuil de la porte en arcade. Elle portait sa robe, capuche relevée, mais Tohr la revit nue et abandonnée, et son désir s'éveilla.

Au moment où il se laissa glisser du tabouret pour se diriger vers la femelle, il aurait juré entendre Lassiter murmurer : « Voilà pourquoi. »

S'approchant de PersOnne, il lui demanda :

— Alors, on t'a apporté de la nourriture ?

— Oui, chuchota-t-elle. Mais je me suis inquiétée en voyant que vous ne reveniez pas. Qu'est-il arrivé ?

Il regarda Lassiter derrière lui. L'ange paraissait s'être endormi, sa respiration était régulière, la télécommande reposait sur sa poitrine dans sa main détendue et sa boisson se couvrait de gouttelettes de condensation sur le sol à côté de lui.

Mais Tohr ne se fiait pas à ces apparences.

— Rien, dit-il d'une voix enrouée. Ce n'est… rien. Remontons nous reposer.

Quand il lui effleura les épaules pour qu'elle fasse demi-tour, elle demanda :

— Vous en êtes sûr ?

— Oui.

Et ils allaient vraiment se reposer, car il se sentit soudain épuisé.

Il jeta un dernier regard par-dessus son épaule en se dirigeant vers le vestibule. Lassiter n'avait pas bougé d'un pouce… sauf que l'on distinguait une ombre de sourire sur son visage.

Comme si tout cela en valait la peine, du moment que Tohr et PersOnne étaient ensemble.

Chapitre 34

Alors que la nuit avançait, Affhres marchait dans les rues de Caldwell seul, sans arme, vêtu d'une simple tenue d'hôpital… et plus fort qu'il ne l'avait jamais été depuis son arrivée dans le Nouveau Monde.

Les coups que les deux frères lui avaient assenés avaient guéri presque immédiatement, et la Confrérie l'avait relâché peu après la seconde séance avec l'Élue.

Il lui restait encore un certain nombre d'heures avant son rendez-vous avec Xcor, et il passa le temps en compagnie de ses propres pensées, à déambuler dans des baskets offertes par l'ennemi.

Au cours de son séjour chez la Confrérie, il n'avait rien appris sur la localisation de leurs installations. Il était inconscient quand on l'avait amené au complexe, et enfermé dans un monospace sans fenêtres quand il en était reparti. Après un trajet assez long, sans doute du fait de multiples détours pour l'égarer, on l'avait déposé près du fleuve, et laissé se débrouiller seul.

Naturellement, le monospace n'avait pas de plaque d'immatriculation et aucun signe distinctif. Et il avait eu l'impression d'être surveillé, comme s'ils attendaient de voir s'il ne tenterait pas de suivre le véhicule quand il s'éloignerait de lui.

Il ne l'avait pas fait et était demeuré là où il était jusqu'à ce que le monospace ait disparu… puis il avait commencé son errance.

La brillante manœuvre de Xcor n'avait abouti à rien. Enfin, mis à part probablement sauver la vie d'Affhres. Il n'y avait rien qu'il n'aurait pu deviner sans cela dans le peu qu'il avait découvert au sujet de la Confrérie : ils disposaient de ressources considérables, à en juger par la quantité et la sophistication du matériel médical avec lequel on l'avait soigné ; le nombre de personnes qu'il avait vues ou entendues passer dans le couloir était impressionnant ; et ils prenaient la sécurité très au sérieux. Oui, il semblait y avoir rassemblée là une communauté entière, cachée aux regards des humains aussi bien qu'à ceux des éradiqueurs.

Toute l'installation devait se trouver en sous-sol, se dit-il. Bien gardée. Camouflée afin de ne pas attirer l'attention ; car même durant les attaques des éradiqueurs, alors que tant de maisons de l'espèce avaient été découvertes et anéanties, aucune rumeur n'avait rapporté que la demeure du roi avait été touchée.

Si bien que le projet de Xcor n'avait rien rapporté du côté d'Affhres, hormis de l'animosité.

Et pendant un moment, il se demanda s'il devait ou non se pointer au rendez-vous de son ancien chef.

Au bout du compte, il savait qu'il ne se rebellerait pas. Xcor possédait quelque chose qu'Affhres désirait… la seule chose, en fait. Et tant que le mâle détiendrait les cendres de sa sœur, il n'y aurait rien d'autre à faire que serrer les dents, baisser la tête et avancer. C'était, après tout, ce qu'il faisait depuis des siècles.

Sauf qu'il ne ferait pas deux fois la même erreur. Seul un idiot pourrait ne pas se rappeler à quelles extrémités les choses en étaient arrivées entre eux.

La solution était de récupérer les restes de sa sœur. Et dès que ce serait fait ? Ses camarades lui manqueraient de la même manière qu'il se languissait de sa famille, mais il s'extirperait de la bande de salopards… par la force, s'il le fallait. Ensuite, il s'installerait peut-être ailleurs en Amérique ; il ne retournerait pas dans l'Ancienne Contrée. La tentation pour lui serait trop grande d'essayer de revoir sa lignée, et ce ne serait pas juste pour eux.

Vers la fin de la nuit, aux alentours de 4 heures à en juger par la position de la lune, il se dématérialisa pour se rendre sur le toit du gratte-ciel. Il n'avait aucune arme à dégainer pour se protéger… mais il n'avait pas l'intention de se battre. D'après ce qu'on lui avait enseigné, sa sœur ne pourrait pas rejoindre l'Estompe sans une cérémonie convenable, il devait donc vivre assez longtemps pour l'enterrer.

Mais dès que ce serait fait…

Loin au-dessus des rues et des autres immeubles de la ville, dans la stratosphère étonnamment silencieuse où l'on n'entendait ni klaxon, ni cri, ni moteur de camion de livraison matinal, le vent était puissant et d'une fraîcheur revigorante en dépit de l'humidité de l'air et de la douceur de la température. Au-dessus de lui, le tonnerre grondait et des éclairs zébraient le ventre des nuages orageux, promettant un début de journée pluvieux.

Quand il avait commencé son aventure aux côtés de Xcor, c'était un gentilhomme mieux versé dans l'art de mener une femelle sur le parquet de danse que dans celui de livrer un combat à mains nues. Mais il n'était plus celui qu'il avait été.

Par conséquent, il resta à découvert sans lâcheté ni excuse, les pieds fermement plantés dans le sol et les bras le long du corps. Il n'y avait pas de faiblesse dans la ligne de sa mâchoire, les contours de sa poitrine ou l'angle droit de ses épaules, et aucune peur dans son cœur à l'idée de ce qui pourrait débarquer pour l'accueillir. Tout cela à cause de Xcor : Affhres était techniquement né mâle, mais ce n'était que quand il s'était heurté à ce guerrier qu'il avait véritablement appris à vivre selon son genre.

Il en serait toujours redevable aux soldats aux côtés desquels il s'était battu si longtemps…

Une silhouette sortit de derrière les moteurs de la climatisation. Le vent qui soufflait dans le long manteau du nouveau venu l'écarta de son corps puissant et mortel.

L'instinct et l'entraînement eurent raison de son intention de départ quand Affhres se mit en position de combat, prêt à affronter sa…

Au moment où le mâle s'avança, la lumière fixée au-dessus de la porte menant au toit éclaira son visage.

Ce n'était pas Xcor.

Affhres ne relâcha pas sa posture.

—Zypher?

—Oui.

Brusquement, le soldat plongea en avant et se mit à courir pour réduire la distance entre eux.

Avant qu'il en ait conscience, Affhres se retrouva fermement étreint par des bras aussi puissants que les siens, contre un corps aussi large que le sien.

—Tu es en vie, souffla le soldat. Tu es vivant…

D'abord un peu gêné, puis avec un étrange désespoir, Affhres serra le guerrier à son tour.

—Oui. Oui, je suis en vie.

D'un mouvement brusque, il fut repoussé en arrière et examiné de la tête aux pieds.

—Que t'ont-ils fait?

—Rien.

L'autre plissa les yeux.

—Sois franc avec moi, mon frère. Et avant que tu répondes, sache que l'un de tes yeux est toujours poché.

—Ils m'ont fourni un guérisseur et une… Élue.

— Une Élue ?

— Oui.

— Je devrais peut-être essayer de me faire poignarder.

Affhres ne put s'empêcher de rire.

— Elle n'était… comparable à rien d'autre sur terre. Blonde, la peau pâle, un magnifique visage, comme une apparition surnaturelle, même si elle vivait et respirait.

— Je croyais qu'il s'agissait d'un mythe.

— Je l'ignore, peut-être ai-je tout idéalisé. Mais elle était exactement comme les rumeurs les décrivent : plus belle que n'importe quelle femelle que tu aies jamais vue.

— Ne me torture pas ainsi ! (Zypher eut un bref sourire, puis reprit son sérieux.) Tu vas bien ?

Ce n'était pas une question, mais une exigence.

— Ils m'ont traité en invité la plupart du temps.

Oui, mis à part les menottes et le passage à tabac… même si, compte tenu du fait qu'ils protégeaient la vertu d'un joyau, il devait reconnaître qu'il approuvait ce qu'ils lui avaient infligé.

— Mais oui, je suis pleinement remis, grâce à leurs guérisseurs. (Il regarda autour de lui.) Où est Xcor ?

Zypher secoua la tête.

— Il ne viendra pas.

— Alors tu es ici pour me tuer.

C'était étrange que le mâle confie à un autre une tâche dont il devait sûrement se réjouir.

— Putain, non. (Zypher fit glisser un sac à dos de son épaule.) Je dois te remettre ceci.

Le mâle sortit du sac une large boîte carrée en cuivre, ornée de marques et d'inscriptions.

Affhres ne put que regarder l'objet fixement.

Il ne l'avait pas vu depuis des siècles. En fait, il ignorait qu'on l'avait volé à sa famille jusqu'à ce que Xcor l'utilise comme une menace contre lui.

Zypher se racla la gorge.

— Il m'a dit qu'il te libérait. Ta dette envers lui est réglée et il te rend ta défunte.

Les mains d'Affhres tremblaient violemment… jusqu'à ce qu'il accepte le poids des cendres de sa sœur. Alors elles se raffermirent.

Alors qu'il se tenait immobile sous le vent et le crachin, comme foudroyé, Zypher faisait les cent pas en cercle devant lui, les mains sur les hanches et les yeux sur le gravier qui recouvrait le toit du gratte-ciel.

— Il n'est plus le même depuis qu'il t'a quitté, dit le soldat. Ce matin, je l'ai découvert en train de s'entailler jusqu'à l'os à cause du chagrin.

Affhres reporta son attention sur le mâle qu'il connaissait si bien.

— Vraiment ?

— Oui. Il l'a fait toute la journée. Et ce soir, il n'est même pas sorti se battre. Il est au refuge, assis tout seul. Il a renvoyé tout le monde sauf moi, puis il m'a remis ceci.

Affhres serra fort la boîte contre lui.

— Tu es certain que je suis la cause d'un tel bouleversement ? demanda-t-il sèchement.

— Tout à fait. En vérité, il n'est en rien semblable au Saigneur au fond de son cœur. Il le voudrait, et il est capable de beaucoup de choses contre les autres que je ne pourrais personnellement pas faire. Mais pour toi, pour nous… nous sommes son clan. (Le regard de Zypher était franc.) Tu devrais revenir avec nous. Avec lui. Il n'agira plus de cette manière : ces cendres en sont la preuve. Et nous avons besoin de toi ; pas seulement à cause de tout ce que tu fais, mais pour celui que tu es devenu à nos yeux. Cela fait seulement vingt-quatre heures et nous sommes perdus sans toi.

Affhres leva la tête vers le ciel, vers l'orage, vers le firmament violent et tourbillonnant. Il avait déjà été damné une fois par les événements, et il n'arrivait pas à croire qu'il envisageait seulement l'idée d'être damné de son plein gré.

—Nous sommes tous incomplets sans toi. Même lui.

Affhres ne put retenir un léger sourire.

—Aurais-tu pensé dire une chose pareille un jour ?

—Non. (Le rire qui se fit entendre par-dessus les bourrasques était profond.) Pas au sujet d'un aristocrate. Mais tu es plus que cela.

—Grâce à vous.

—Et à Xcor.

—Je ne suis pas certain d'être prêt à lui accorder le moindre crédit.

—Rentre avec moi. Vois-le. Rejoins ta famille. Aussi douloureuse que cette nuit ait été pour toi, tu es aussi perdu sans nous que nous le sommes sans toi.

En réponse, Affhres ne put qu'observer la ville, dont les lumières étaient semblables à celles des étoiles qui s'éclipsaient là-haut.

—Je ne peux plus lui faire confiance, s'entendit-il dire.

—Il t'a donné ta liberté ce soir. Cela en dit long.

—Nous risquons la peine de mort si nous continuons. J'ai vu la Confrérie : s'ils étaient déjà redoutables autrefois, dans l'Ancienne Contrée, ce n'était rien comparé à leurs ressources actuelles.

—Donc ils vivent bien.

—Ils vivent intelligemment. Je n'aurais pas pu les trouver même si je l'avais souhaité. Et ils disposent d'installations considérables ; c'est une force dont il faut tenir compte. (Il jeta un coup d'œil par-dessus son épaule.) Xcor sera déçu de ce que j'ai appris… car cela ne représente rien.

—Il a dit que non.

Affhres fronça les sourcils.

— Je ne comprends pas.

— Il a déclaré qu'il souhaitait ne rien savoir de tout cela. Tu n'obtiendras jamais d'excuses directes de sa part, mais il t'a donné la clé des chaînes qui te liaient à lui, et il n'acceptera aucune information de ta part.

Une brève colère le traversa. À quoi tout cela avait-il donc servi, alors ?

Sauf que… peut-être que Xcor n'avait pas compté sur ses sentiments. Et Zypher avait raison ; l'idée de ne plus vivre avec ces mâles était… comme la mort. Après toutes ces années, ils étaient tout ce qu'il avait.

— Si je reviens, je pourrais représenter un risque sécuritaire. Et si j'avais conclu un pacte avec la Confrérie ? Et s'ils étaient déjà là ? (Il fit un geste pour désigner leur environnement.) Ou peut-être qu'ils attendent ailleurs pour me suivre ?

Zypher haussa les épaules avec un complet mépris.

— Cela fait des mois que nous essayons de les rencontrer. Une telle réunion serait la bienvenue.

Affhres cligna des yeux. Puis se mit à rire.

— Vous êtes dingues.

— Est-ce que ça ne devrait pas être « nous » ? (Brusquement, Zypher secoua la tête.) Tu ne nous trahiras jamais. Même si tu haïssais Xcor de tout ton être, tu ne mettrais jamais en péril le reste d'entre nous.

C'était vrai, se dit-il. Quant à haïr Xcor…

Il regarda la boîte dans ses bras.

Au cours des années, il s'était interrogé à de nombreuses reprises sur les caprices du destin.

Et il semblait ce soir qu'il allait s'interroger de nouveau.

Il n'avait jamais été très sûr que destituer Kolher soit une bonne chose, mais à présent qu'il avait vu cette Élue, il aimait assez l'idée de s'emparer du trône, de la retrouver et de la revendiquer pour lui.

Était-il assoiffé de sang ? Oui, en effet ; il n'aurait jamais réfléchi de cette manière, autrefois. Mais le mâle qu'il était devenu s'était habitué à prendre ce qu'il désirait et son manteau de civilité s'était usé jusqu'à la trame après avoir passé tant d'années sans entretenir ses fibres délicates.

S'il pouvait atteindre Kolher, il pourrait la retrouver…

Brusquement, il sentit sa bouche remuer et entendit sa propre voix dans le vent :

— Il faudra qu'il me laisse acheter des téléphones portables.

Xcor resta à la maison toute la nuit.

Le problème étaient les dégâts infligés à ses avant-bras. Il détestait qu'ils ne soient pas encore guéris, mais était assez intelligent pour savoir qu'il ne pouvait pas sortir se battre, puisque le simple fait de saisir une cuillère pour se nourrir de soupe se révélait déjà difficile.

Planter une dague dans un ennemi serait impossible, sans compter le risque d'infection que cela représenterait.

C'était cette satanée histoire de sang. Encore. Peut-être que s'il avait pris le temps de se nourrir sur cette prostituée à… mince, était-ce au printemps ?

Fronçant les sourcils, il effectua une addition compliquée qui aboutit à une somme de jours bien trop élevée. Pas étonnant qu'il soit toujours en mauvais état… et une bonne chose qu'il ne soit pas complètement assoiffé de sang.

Mais était-ce le cas ? En repensant à ce qu'il avait infligé à Affhres, il était difficile de ne pas juger ses actes d'après cette expression imagée.

Avec un juron, il baissa la tête, tandis que l'épuisement et une étrange sorte de lassitude s'installaient sur ses épaules…

La porte de derrière qui donnait sur la cuisine s'ouvrit et, vu qu'il était trop tôt pour que ses soldats soient déjà de retour, il sut qu'il s'agissait de Zypher venu l'informer du départ d'Affhres.

— Est-ce qu'il allait bien ? demanda Xcor sans lever les yeux. Est-il parti sans encombre ?

— Oui et oui.

Xcor leva la tête. Affhres en personne se tenait dans l'encadrement, grand et fier, avec le regard alerte et le corps renforcé.

— Et il est rentré sans encombre, acheva-t-il d'un air sombre.

Xcor baissa immédiatement les yeux sur sa soupe et battit fortement des paupières. Comme s'il regardait de très loin, il observa la cuillère trembler dans sa main et se vider de son contenu.

— Est-ce que Zypher ne t'a pas dit ? marmonna-t-il d'un ton bourru.

— Que j'étais libre ? Si. Il me l'a dit.

— Si tu souhaites te battre, je mettrai mon repas de côté.

— Je ne pense pas que tu sois en état de faire quoi que ce soit hormis te nourrir pour l'instant.

Maudit débardeur, songea Xcor en tournant les bras vers l'intérieur pour cacher ses blessures.

— Je pourrais m'y préparer s'il le fallait. Où sont tes bottes ?

— Je l'ignore. Ils ont pris tout ce que je possédais.

— T'ont-ils bien traité ?

— Plutôt bien. (Affhres s'approcha, faisant craquer les lattes du plancher sous ses pieds.) Zypher m'a dit que tu ne voulais rien savoir de ce que j'avais vu.

Xcor se contenta de secouer la tête.

— Il m'a également dit que je n'obtiendrais jamais d'excuses de ta part. (Il y eut un long silence.) J'en veux. Immédiatement.

Xcor mit sa soupe de côté et regarda les blessures qu'il s'était infligées, se rappelant toute la douleur et tout le sang… qui avait séché et bruni sur le parquet sous lui.

— Et ensuite quoi ? demanda-t-il d'une voix rauque.

— Tu devras le découvrir.

Très bien, se dit Xcor.

Sans la moindre grâce – non qu'il en ait jamais eu, de toute façon –, il se mit sur ses pieds. Une fois debout, il chancela pour d'innombrables raisons, et ce sentiment d'instabilité empira encore quand il croisa le regard de son… ami.

Regardant Affhres droit dans les yeux, il avança d'un pas et tendit la main.

— Je suis désolé.

Trois mots simples prononcés à haute et intelligible voix. Et ils étaient loin d'exprimer ce qu'il ressentait vraiment.

— J'ai eu tort de te traiter comme je l'ai fait. Je ne… ressemble pas autant au Saigneur que je le croyais… ou que je l'aurais souhaité.

— Ce n'est pas une mauvaise chose, répondit calmement Affhres.

— De la part de gens comme toi, je l'accepte.

— Et des autres ?

— Des autres aussi. (Xcor secoua la tête.) Mais je n'irai pas plus loin.

— Donc tes ambitions n'ont pas changé.

— Non. Mes méthodes, cependant… elles ne seront plus jamais les mêmes.

Dans le silence qui suivit, il ignorait parfaitement ce qu'il obtiendrait en retour : un juron, un coup de poing, une affreuse querelle. Cette incertitude le frappa par sa justesse.

— Demande-moi de revenir vers toi en tant que mâle libre, exigea Affhres.

— Je t'en prie. Reviens, et tu as ma parole – même si elle ne vaut pas un penny – que l'on t'accordera le respect que tu mérites depuis longtemps.

Au bout d'un moment, il sentit qu'on lui serrait la main.

— Très bien dans ce cas.

Xcor laissa échapper un souffle tremblant, né du soulagement.

— Très bien, en effet.

Relâchant la main du guerrier, il se pencha, ramassa son bol de soupe auquel il n'avait presque pas touché… et l'offrit à Affhres.

— Tu vas me laisser transformer nos systèmes de communication, déclara le mâle.

— Oui.

Et ce fut tout.

Affhres accepta la soupe et vint s'asseoir à côté de Xcor, en se laissant glisser au sol. Puis il posa la boîte en cuivre devant lui et commença à manger.

Xcor se rassit sur la tache du sang qu'il avait versé dans la journée et, en silence, ils achevèrent de sceller leurs retrouvailles. Mais ce n'était pas fini, du moins pas pour Xcor.

Ses regrets ne l'avaient pas quitté et le lourd fardeau de ses actes l'altérerait à jamais, comme une blessure mal cicatrisée.

Même si, en l'occurrence… elle avait plutôt bien cicatrisé.

Automne

Chapitre 35

PersOnne se réveilla en plein séisme.

Sous elle, le matelas était complètement secoué, la grande force perturbatrice envoyait voltiger les oreillers çà et là et faisait voler les couvertures, provoquant un courant d'air froid contre sa peau…

Son esprit détermina rapidement quelle était la cause de ce chaos. Ce n'était pas la terre qui remuait, mais Tohrment. Il se débattait à côté d'elle dans le lit et son corps massif tressautait de façon incontrôlable.

Il avait refait ce rêve. Celui dont il refusait de parler et qui, du coup, devait concerner sa bien-aimée.

La lueur de la salle de bains éclaira son corps nu quand il atterrit sur ses pieds. Les muscles contractés de son dos formaient des ombres aux contours durs sur sa peau, il serrait les poings et avait les cuisses positionnées comme s'il était sur le point de bondir.

Pendant qu'il reprenait son souffle et retrouvait ses marques, le nom gravé dans sa peau en une gracieuse arabesque se tendait et se détendait, presque comme si la femelle était revenue à la vie :

WELLESANDRA

Sans un mot, Tohrment se rendit dans la salle de bains et ferma la porte, faisant disparaître du même coup la lumière… et elle-même.

Étendue dans l'obscurité, elle écouta l'eau qui commençait à couler. Un rapide coup d'œil au radio-réveil sur la table de chevet lui indiqua qu'il était presque l'heure de se lever, et pourtant elle demeura allongée là.

Combien de journées avait-elle passées dans ce lit ? L'équivalent d'un mois. Non, deux… peut-être trois ? Le temps avait cessé d'avoir une signification pour elle, car les nuits s'envolaient comme un parfum sur une brise estivale.

Elle supposait qu'il était son premier amant.

Sauf que… il refusait de la posséder pleinement.

En outre, même après tout ce temps passé ensemble, il ne lui permettait pas de le toucher. Pas plus qu'il ne dormait sous les couvertures avec elle. Ou qu'il ne l'embrassait sur la bouche. Et il ne la rejoignait pas dans la baignoire ou la piscine, ni ne s'attardait à l'observer s'habiller… et il ne la tenait pas dans ses bras quand ils dormaient ensemble.

Pourtant il n'était pas avare de ses talents sensuels et l'emmenait inlassablement dans ce lieu de félicité éphémère, en étant toujours aussi attentif à son corps et à sa jouissance. Et elle savait qu'il tirait également satisfaction de cela : sa réaction physique était trop puissante pour qu'il puisse la dissimuler.

Il lui semblait exagéré d'en vouloir plus. Mais c'était le cas.

En dépit de toute cette chaleur affolante qu'ils faisaient naître l'un chez l'autre, en dépit de la façon dont il se nourrissait librement sur elle et inversement, elle se sentait… bloquée. Piégée en un lieu qui ressemblait presque à une ultime destination. Même si elle avait trouvé un équilibre grâce à ses nuits passées à travailler en bas au complexe, et éprouvait du soulagement et de l'impatience chaque aube quand il rentrait en bonne santé et plein de force, elle se sentait… embourbée. Agitée.

Malheureuse.

Ce qui expliquait pourquoi elle avait fini par demander à quelqu'un de lui rendre visite au complexe ce soir.

Au moins elle pourrait faire quelques progrès dans un domaine. Elle l'espérait, en tout cas.

Se glissant hors de la poche de chaleur qu'elle s'était créée, elle frissonna même si les radiateurs étaient allumés. Les variations de température étaient une chose à laquelle elle devait encore s'habituer de ce côté… et c'était la seule particularité du sanctuaire qui lui manquait. Ici, il y avait des moments où elle avait bien trop chaud, et d'autres où elle avait froid, ces derniers étant plus nombreux depuis l'arrivée du mois de septembre et des premières gelées d'automne.

Alors qu'elle enfilait sa robe, elle en ressentit la froideur et se mit à trembler dans l'étreinte du tissu. Elle s'assurait toujours d'être habillée dès sa sortie du lit. Tohrment n'avait jamais rien dit, mais elle avait l'impression qu'il la préférait ainsi : il avait beau faire semblant de l'apprécier, son regard évitait sa nudité et se détournait également quand ils étaient en public… même en dépit du fait que ses frères savaient sans doute qu'elle dormait avec lui.

Elle avait le sentiment, même s'il lui avait affirmé être conscient que c'était bien à elle qu'il procurait du plaisir, qu'il tentait de retrouver sa *shellane* à travers son corps et les expériences sensuelles qu'ils partageaient.

Tout rappel du contraire serait difficile pour lui.

Elle glissa ses pieds dans ses mocassins de cuir, et hésita avant de sortir. Elle détestait qu'il se trouve dans cet état extrême, mais il ne lui en parlait jamais. En fait, ces derniers temps, il ne parlait pas beaucoup en sa présence, même si leurs corps communiquaient avec volubilité dans leur propre langage. Non, rien de bon ne pourrait advenir si elle s'attardait, surtout compte tenu de l'humeur dans laquelle Tohr devait être.

Se forçant à se diriger vers la porte, elle releva sa capuche et passa la tête par l'entrebâillement, regardant des deux côtés avant de sortir dans le couloir et de le laisser seul.

Comme d'habitude, elle partit sans un bruit.

— Lassiter, siffla Tohr devant le miroir de la salle de bains. (N'obtenant pas de réponse, il s'aspergea de nouveau le visage d'eau froide.) Lassiter !

Fermant les yeux, il revit sa Wellsie au milieu de ce paysage gris. Elle était encore plus loin, presque effacée par la distance… et plus difficile à atteindre que jamais, assise immobile au milieu de tous ces rochers gris.

Ils perdaient du terrain.

— Lassiter… où es-tu, bordel ?

L'ange finit par apparaître sur le rebord du Jacuzzi, une boîte de cookies aux pépites de chocolat dans une main, un grand verre de lait dans l'autre.

— T'en veux un ? proposa-t-il en secouant la charge calorique. Ils sortent du frigo. C'est bien meilleur froid.

Tohr lui lança un regard assassin.

— Tu m'as dit que c'était moi le problème.

Quand il n'obtint qu'un bruit de mastication en réponse, il eut envie de faire avaler le paquet entier à cet enfoiré. En une seule fois.

— Elle est toujours là-bas. Elle a quasiment disparu.

Lassiter mit son en-cas de côté, comme s'il avait perdu l'appétit. Et quand il se contenta de secouer la tête, Tohr ressentit un moment de panique.

— Si tu m'as entubé, l'ange, je vais te tuer.

Celui-ci leva les yeux au ciel.

— Je suis déjà mort, espèce d'idiot. Et puis-je te rappeler que ta *shellane* n'est pas la seule que j'essaie de libérer ?

Ma destinée est liée à la sienne, souviens-toi. Tu échoues, j'échoue… donc cela ne m'incite pas à t'entuber.

— Alors pourquoi diable se trouve-t-elle toujours dans cet horrible endroit ?

Lassiter leva les bras.

— Écoute, mec, il va te falloir un peu plus que quelques orgasmes. Il faut que tu le saches.

— Seigneur, je ne peux pas faire beaucoup plus que ce que je fais déjà…

— Vraiment ? (Lassiter plissa les yeux.) Tu en es sûr ?

Comme ils s'affrontaient du regard, Tohr dut détourner la tête… et reconsidérer l'intimité dont il croyait jouir avec PersOnne.

Au diable tout cela ; ils avaient eu une centaine d'orgasmes ensemble, donc…

— Tu sais aussi bien que moi tout ce que tu n'as pas fait, dit doucement l'ange. Du sang, de la sueur et des larmes, voilà ce que ça te demandera.

Baissant la tête, Tohr se frotta les tempes, avec l'impression qu'il allait se mettre à crier. Quelle connerie…

— Tu sors ce soir, non ? murmura l'ange. Alors à ton retour, viens me voir.

— Tu es toujours avec moi, je me trompe ?

— Je ne sais pas de quoi tu parles. Retrouvons-nous après le Dernier Repas.

— Que vas-tu faire de moi ?

— Tu dis que tu veux de l'aide… eh bien, je vais t'en donner.

L'ange se leva et se dirigea vers la porte de la salle de bains. Puis il fit demi-tour et ramassa ses fichus cookies.

— On se retrouve à l'aube, mon ami.

Abandonné à lui-même, Tohr évalua brièvement les avantages qu'il y aurait à donner des coups de poing dans le miroir… mais comprit ensuite qu'il risquait de compromettre ses chances de sortir ce soir et de trouver des éradiqueurs à tuer. Et à ce moment précis ? Cette perspective était la seule chose qui le maintenait dans sa propre peau.

Du sang. De la sueur. Des larmes.

Avec un juron, il prit une douche, se rasa et revint dans la chambre. PersOnne était déjà partie, probablement pour arriver au Premier Repas sans lui. Elle faisait cela toutes les nuits, même s'il était impossible que sa discrétion berne qui que ce soit.

« *Tu sais aussi bien que moi tout ce que tu n'as pas fait.* »

Merde, Lassiter avait probablement raison, et pas seulement à propos du sexe.

À mesure qu'il y réfléchissait, il prenait conscience qu'il ne s'était jamais expliqué auprès de PersOnne. Il était impossible qu'elle ignore qu'il avait encore fait un cauchemar : le fait qu'il jaillisse du lit comme d'un grille-pain et qu'il soit d'une humeur massacrante était l'équivalent d'une enseigne lumineuse dans la chambre. Mais il ne lui en parlait jamais. Il ne lui donnait jamais l'occasion de poser une question à ce sujet.

Il ne lui parlait pas vraiment de grand-chose, en fait. Ni de ses combats sur le champ de bataille. Ni de ses frères. Ni des luttes continuelles du roi contre la *glymera*.

Et il la maintenait à distance de tant d'autres manières…

Il tira de son placard un pantalon en cuir, l'enfila et… ne parvint pas à l'ajuster. Tirant plus fort, il… le déchira en deux au niveau de la braguette.

C'était quoi, ce bordel ?

Putain de saloperie.

Il en prit un autre. Et dut affronter le même problème : il avait les cuisses trop fortes pour entrer dedans.

Fouillant dans son placard, il passa en revue toutes ses tenues de combat. Maintenant qu'il y songeait, ses vêtements étaient plus étroits ces derniers temps. Ses vestes le serraient aux épaules. Ses tee-shirts se déchiraient sous les aisselles à la fin de la nuit. Et il y avait le problème des cuisses.

Jetant un coup d'œil par-dessus son épaule, il aperçut son reflet dans le miroir au-dessus de l'une des commodes.

Merde, il était… revenu à son ancienne taille. C'était étrange qu'il ne l'ait pas remarqué avant ce soir, mais son corps, qui se nourrissait désormais de façon régulière, avait épaissi pour retrouver ses anciennes dimensions, ses épaules étaient musclées, ses bras avaient forci, son ventre était dessiné et ses cuisses gonflées de puissance.

PersOnne était responsable de ce changement. C'était son sang en lui qui le rendait si fort.

Se retournant, il se dirigea vers le téléphone à côté du lit, demanda qu'on lui apporte un pantalon en cuir d'une taille supérieure sur-le-champ, puis se posa sur la chaise longue.

Il regarda fixement le placard.

La robe d'union s'y trouvait toujours, repoussée dans le fond, suspendue là où il l'avait mise quand il avait résolu d'essayer d'avancer.

Lassiter avait raison : il n'était pas allé aussi loin qu'il le pouvait. Mais, Seigneur, coucher avec quelqu'un d'autre ? Avoir de vraies relations sexuelles ? Il n'y avait jamais eu que sa Wellsie.

Merde… ce cauchemar éveillé le poussait de plus en plus vers le lit.

Mais, mon Dieu, cette vision qui l'avait réveillé, de sa *shellane* qui s'était encore éloignée… qui s'était un peu plus effacée… son regard épuisé et torturé aussi gris que le paysage.

Le coup frappé à la porte était trop fort pour qu'il s'agisse de Fritz.

— Entrez.

John Matthew passa la tête par l'entrebâillement. Le gamin était habillé pour le combat, armé, et d'humeur maussade.

— Tu sors en avance ? demanda Tohr.

— Non, j'ai échangé mon tour avec Z. Je voulais seulement te mettre au courant.

— Qu'est-ce qui se passe ?

— Rien.

Quel mensonge. La vérité transparaissait dans les mots tranchants du garçon, dans ses mains qui signaient de façon bien trop rigide. Et il ne quittait pas le sol des yeux.

Tohr pensa au lit en désordre de l'autre côté de la chambre, et au fait que PersOnne avait laissé une de ses chemises de rechange sur la chaise à côté de la coiffeuse.

— John, dit-il. Écoute…

Le gamin ne le regarda pas. Il se contenta de rester sur le seuil de la porte ouverte, la tête baissée, les sourcils froncés, brûlant de partir.

— Entre une minute. Et ferme la porte.

John prit son temps et croisa les bras sur la poitrine une fois qu'il les eut enfermés.

Mince. Par où commencer ?

— Je pense que tu sais ce qui se passe ici. Avec PersOnne.

— *C'est pas mes oignons*, lui répondit-on en langage des signes.

— Tu parles.

Au moins, cela lui fit croiser son regard… dommage, vu qu'il se retrouva bien vite à caler sur ses révélations. Comment pouvait-il expliquer ce qu'il se passait ?

— C'est une situation complexe. Mais personne ne prend la place de Wellsie. (Merde, ce nom.) Je veux dire…

— Est-ce que tu l'aimes ?

— PersOnne ? Non, pas du tout.

— Alors qu'est-ce que tu fous ici ? Non, ne réponds pas.

John se mit à faire les cent pas, les mains sur les hanches, tandis que ses armes luisaient d'un éclat subtil.

— *Je peux le deviner.*

Assez tristement, sa colère était honorable, se dit Tohr. Un fils qui protégeait la mémoire de sa mère.

Seigneur, que c'était douloureux.

— Je dois avancer, murmura Tohr d'une voix enrouée. Je n'ai pas le choix.

— *Bien sûr que si, putain ! Mais comme je l'ai dit, ce ne sont pas mes oignons. Je dois y aller. À plus…*

— Si tu crois l'espace d'un instant que je m'éclate ici, tu ne peux pas plus te tromper.

— *J'ai entendu les bruits. Je sais exactement à quel point tu t'éclates.*

Quand il sortit, la porte se referma en craquant.

Fantastique. Si cette nuit s'améliorait, quelqu'un allait perdre une jambe. Ou la tête.

Chapitre 36

De manière générale, l'odeur du sang humain était loin d'être aussi intéressante que celle du sang d'éradiqueur ou de vampire. Mais elle était tout autant reconnaissable, et c'était une chose à laquelle il fallait prêter attention.

Alors qu'elle enfourchait sa Ducati, Xhex renifla l'air une nouvelle fois.

C'était définitivement humain, et ça provenait d'un endroit à l'ouest du *Masque de Fer*.

Consultant sa montre, elle découvrit qu'elle disposait d'un peu de temps avant son rendez-vous et, tandis qu'en temps normal, elle ne se serait jamais aventurée dans le moindre désordre impliquant des humains, à la lumière des récents événements du marché noir, elle descendit de moto, ôta sa clé de contact et se dématérialisa dans cette direction.

Au cours des trois derniers mois, il y avait eu une vague d'assassinats en centre-ville. Eh bien… pff. Mais elle ne s'intéressait ni aux règlements de comptes entre gangs, ni aux crimes passionnels, ni aux délits de fuite sous l'emprise de l'alcool, mais à une quatrième catégorie de crimes : ceux liés à la drogue.

Mais pas dans le genre ordinaire.

Les morts en question étaient tous des suicidés.

Des hommes de main s'explosaient la cervelle à droite et à gauche… et franchement, quelle était la probabilité pour qu'autant de ces enfoirés aient développé une conscience au même moment ? À moins, bien entendu, que quelqu'un n'ait versé un additif moral au système de distribution d'eau de Caldwell. Auquel cas, Trez se serait trouvé obligé de fermer boutique à court terme… et ce n'était pas le cas.

La police humaine était complètement déstabilisée. Les médias en avaient fait une affaire nationale. Les politiciens étaient tout excités et en parlaient lors de leurs tournées électorales.

Elle avait même essayé de jouer les Alice Roy de son côté, mais elle s'était toujours trouvée en retard d'une journée ou à court d'infos.

Mais bon, elle connaissait déjà la réponse à bon nombre de questions humaines : le symbole de la mort en langue ancienne sur les sachets de drogue était la clé de tout cela. Et ça alors… plus il y avait de mecs qui se mettaient un flingue dans la bouche, plus ces symboles apparaissaient. On commençait même à en trouver sur les sachets d'héroïne et d'ecstasy à présent, plus seulement de cocaïne.

Le vampire en question, qu'il soit mâle ou femelle, gagnait peu à peu du terrain. Et après une saison estivale occupée à influencer la racaille humaine pour qu'ils éliminent leurs gènes de la population, le vampire avait réussi à supprimer tout un pan démographique du commerce de drogue : il ne restait plus que les revendeurs à la sauvette… et Benloise, le gros fournisseur.

Quand elle reprit forme derrière un van garé, il était évident qu'elle était arrivée sur la scène juste après les faits : deux types ressemblaient à des mares de boue sur l'asphalte, le visage tourné vers le ciel, le regard aveugle. Tous deux avaient une arme à la main et un trou sur le front, et la voiture dans laquelle les macchabées étaient venus tournait encore, portières ouvertes, tandis que de la fumée s'élevait du pot d'échappement.

Mais elle se fichait de tout cela. Ce qui l'intéressait vraiment, c'était le vampire mâle qui montait dans une Jaguar élégante, et dont les cheveux noirs prenaient des reflets bleus à la lumière d'un porche.

Il semblait que sa chance ait commencé à tourner.

D'un mouvement rapide, elle se dématérialisa et reprit forme devant sa voiture, et comme il n'avait pas allumé ses phares, elle put observer correctement son visage à la lueur du tableau de bord.

Eh bien, eh bien, eh bien, se dit-elle quand il leva la tête dans sa direction.

Le rire lent que laissa échapper le mâle rappelait les nuits d'été : grave, sensuel... et aussi dangereux que l'éclair.

— La belle Xhexania.

— Ahssaut. Bienvenue dans le Nouveau Monde.

— J'ai entendu dire que tu étais ici.

— Moi de même. (Elle désigna les cadavres de la tête.) J'ai cru comprendre que tu rendais un service public.

Le vampire prit une expression malfaisante, qu'elle ne put s'empêcher de respecter.

— Tu m'accordes un mérite qui ne m'est peut-être pas dû.

— Hum. Bien entendu.

— Ne me dis pas que ces rats sans queue ont une importance pour toi ?

— Ce qui a de l'importance, c'est que ta marchandise a été retrouvée dans mon club.

— Un club ? (Il haussa élégamment les sourcils au-dessus de ses yeux froids.) Tu travailles avec des humains ?

— Il s'agit plutôt de les discipliner.

— Et tu n'approuves pas les substances chimiques.

— Plus ils sont sous leur influence, plus ils sont emmerdants.

Il y eut un long silence.

— Tu es belle, Xhex. Mais tu l'as toujours été.

Elle pensa à John et à la façon dont il avait évacué ce faux vampire quelques mois plus tôt. Le scénario serait totalement différent avec Ahssaut : John s'amuserait bien plus avec un adversaire de valeur, et Ahssaut était capable de tout…

Avec une pointe de douleur, elle se demanda brusquement si son compagnon prendrait seulement la peine de se battre pour elle à présent.

Les choses avaient évolué entre eux, et pas dans le bon sens. Toutes ces résolutions estivales de rester proches et de préserver le lien n'avaient pas résisté à la routine de leur travail nocturne, et leurs brèves retrouvailles semblaient avoir élargi le fossé entre eux au lieu de le combler.

Jusqu'à aujourd'hui, dans le froid de l'automne, où leurs rencontres étaient plus difficiles, moins fréquentes. Moins sexuelles, également.

— Quel est le problème, Xhex ? demanda doucement Ahssaut. Je sens ta douleur.

— Tu surestimes ton odorat… et tes capacités, si tu crois pouvoir t'emparer de Caldwell aussi vite. Tu essaies de prendre la place de grosses pointures.

— Tu veux parler de ton patron, Vhengeance.

— Précisément.

— Est-ce que cela signifie que tu viendras travailler pour moi quand j'aurai fini de faire le ménage ?

— Jamais de ta vie.

— Et de la tienne ? (Il tempéra cette phrase d'un sourire.) Je t'ai toujours appréciée, Xhex. Si jamais tu veux un vrai boulot, viens me trouver ; les métis ne me posent pas de problème.

Et voilà, ce petit numéro lui donna envie de lui flanquer un coup de pied dans les dents.

— Désolée, je suis bien là où je suis.

— Pas d'après ton odeur. (Il alluma le moteur de la voiture et le grondement subtil annonça beaucoup de chevaux sous le capot.) Je te verrai à l'occasion.

Il lui fit un signe de la main, claqua la portière, fit vrombir le moteur et partit en trombe sans allumer les phares.

Tandis qu'elle regardait fixement les morts qu'il avait laissés derrière lui, elle se dit, eh bien, qu'au moins elle disposait d'un nom à présent, mais la bonne nouvelle s'arrêtait là. Ahssaut était le genre de mâle auquel on ne tournait pas le dos un seul instant. C'était un caméléon sans conscience, capable de montrer un millier de visages différents à un millier de personnes différentes… sans que nul connaisse jamais sa véritable nature.

Par exemple, elle ne croyait pas une seule seconde qu'il la trouvait attirante. Ce n'était qu'un commentaire visant à la déstabiliser. Et cela avait fonctionné ; mais pas pour la raison qu'il avait imaginée.

Mon Dieu, John…

Le merdier entre eux les tuait tous les deux à petit feu, mais ils étaient au point mort. Incapables de faire repartir la machine comme de lâcher l'affaire.

C'était un véritable bordel.

Elle retourna à sa moto en se dématérialisant, l'enfourcha, chaussa ses lunettes de soleil pour se protéger les yeux et démarra. En quittant le centre-ville, elle passa à proximité d'une flotte de voitures de patrouille de la police, gyrophares allumés et sirènes hurlantes, qui roulaient aussi vite que le leur permettaient leurs pneus dans la direction d'où elle venait.

Amusez-vous bien, les mecs, songea-t-elle.

Elle se demanda s'ils avaient une procédure pour les suicides multiples à présent.

Elle-même prit vers le nord, en direction des montagnes. Il aurait été plus efficace de se dématérialiser tout simplement, mais elle avait besoin de s'aérer la tête, et rien ne valait une pointe de vitesse à 120 kilomètres-heure sur une route de campagne pour se vider le crâne. Alors que l'air froid plaquait ses lunettes contre son front et que son blouson de moto formait une seconde peau contre sa poitrine, elle poussa le moteur encore plus fort, s'allongeant de tout son long sur la machine, faisant corps avec elle.

Alors qu'elle approchait de la demeure de la Confrérie, elle ne savait pas vraiment pourquoi elle avait accepté ce rendez-vous. C'était peut-être dû à l'effet de surprise devant cette requête. Peut-être qu'elle voulait croiser John par hasard. Peut-être qu'elle… cherchait quelque chose, n'importe quoi, qui change de ce brouillard de chagrin dans lequel elle vivait.

Mais bon, peut-être que rencontrer sa mère ne ferait qu'empirer les choses.

Environ quinze minutes plus tard, elle quitta la route et se jeta dans la *brhume* qui était toujours là. Ralentissant pour ne pas heurter un cerf ou un arbre, elle gravit lentement le flanc de la colline, s'arrêtant devant une série de portes semblables à celles qui menaient à l'entrée du centre d'entraînement.

Elle patienta à peine devant chaque caméra de sécurité ; elle était attendue.

Après avoir franchi la dernière barrière et s'être engagée dans le large tournant qui menait à la cour, elle sentit son cœur descendre dans ses tripes. Oui, l'énorme maison de pierre avait le même aspect. Mais allons, comment cela aurait-il changé ? La côte est pouvait se faire arroser de bombes nucléaires, cet endroit se dresserait toujours, aussi solide.

Cette forteresse, des cafards et des rations de survie. Il ne resterait plus que cela.

Elle gara la Ducati juste devant les marches de pierre qui menaient à la porte d'entrée, mais n'en descendit pas. Elle observa le chambranle en forme d'arche, les panneaux massifs et sculptés, les gargouilles menaçantes dotées de caméras de surveillance dans la bouche… pas de paillasson « Bienvenue » à l'horizon.

L'idée était plutôt : « Entrez à vos risques et périls. »

Un rapide coup d'œil à sa montre lui apprit ce qu'elle savait déjà : John devait être sorti pour se battre dans la partie de la ville qu'elle venait de quitter…

Xhex tourna la tête à gauche.

La grille émotionnelle de sa mère était là-bas derrière, dans les jardins de l'autre côté de la maison.

C'était une bonne chose. Elle ne voulait pas entrer. Elle ne voulait pas traverser le vestibule. Elle ne voulait pas se rappeler ce qu'elle portait, pensait ou rêvait quand elle s'était unie.

Un fantasme crétin de ce à quoi ressemblerait sa vie.

Elle se dématérialisa pour passer de l'autre côté de la haie et n'eut aucun mal à s'orienter. Elle et John s'étaient promenés là au printemps, esquivant les branches bourgeonnantes des arbres fruitiers, inspirant l'odeur oubliée de la terre fraîche, se serrant l'un contre l'autre pour repousser l'air froid qui ne durerait plus longtemps.

Tous les possibles s'ouvraient à eux à l'époque. Et vu où ils en étaient à présent, il paraissait plutôt approprié que toute la chaleur estivale ait disparu et que cette période de floraison vitale soit complètement finie : désormais les feuilles mortes jonchaient le sol, les branches étaient de nouveau nues et toute la nature sur le point d'hiberner.

Eh bien, elle ressemblait à un almanach, ce soir.

Elle se concentra sur la grille émotionnelle de sa mère et marcha le long de la maison, dépassant les portes-fenêtres de la salle de billard et de la bibliothèque.

PersOnne se trouvait au bord de la piscine, et sa silhouette immobile était éclairée par la lueur bleutée de l'eau qu'il faudrait bientôt vider.

Eh bien…, songea Xhex. Un important changement avait eu lieu chez la femelle et, quel qu'il soit, il avait altéré la majeure partie de sa structure émotionnelle. Sa grille était embrouillée, mais pas de façon négative ; plutôt comme une maison qui subirait d'importantes rénovations. C'était un bon début, une transformation positive qui avait probablement mis longtemps à venir.

— Bravo, Tohr, murmura Xhex.

Comme si elle avait entendu, PersOnne regarda par-dessus son épaule… et ce fut alors que Xhex prit conscience que la capuche, d'habitude toujours relevée, était baissée, la chevelure blonde et lisse de sa mère suggérant une tresse enfouie sous la robe.

Xhex attendit que la peur illumine la grille. Et attendit. Et attendit encore…

Bordel de merde, quelque chose avait vraiment changé.

— Merci d'être venue, dit PersOnne quand Xhex s'approcha.

Cette voix était différente. Un peu plus grave. Plus assurée. Elle s'était transformée de bien des façons.

— Merci de m'avoir invitée, répondit Xhex.

— Tu as l'air d'aller bien.

— Toi aussi.

S'arrêtant devant sa mère, elle examina la façon dont la lumière scintillante de la piscine jouait sur le visage parfaitement ravissant de la femelle. Et dans le silence qui suivit, Xhex fronça les sourcils, car les informations submergeaient ses capteurs sensoriels, complétant le tableau.

— Tu es coincée, dit-elle, en se disant que c'était assez ironique.

Sa mère haussa les sourcils.

— En l'occurrence… oui.

— C'est drôle. (Xhex leva le visage vers le ciel.) Moi aussi.

En dévisageant la femelle puissante et fière qui se tenait devant elle, PersOnne ressentit un lien étrange avec sa fille : tandis que les reflets changeants de la piscine jouaient sur ses traits durs et sombres, ses yeux d'un gris métallique révélaient une frustration semblable à la sienne.

— Donc toi et Tohr, hem, dit Xhex d'un ton désinvolte.

PersOnne posa les mains sur ses joues brûlantes.

— J'ignore quoi répondre à cela.

— Je n'aurais peut-être pas dû en parler. C'est juste que… oui, cela occupe tout ton esprit.

— Pas vraiment.

— Menteuse.

Mais ce n'était pas une accusation. Ni une censure. Rien qu'un constat.

PersOnne se retourna vers l'eau et se rappela que sa fille, étant une métisse *symphathe*, connaîtrait la vérité même si elle ne prononçait pas un mot.

— Je n'ai aucun droit sur lui, murmura-t-elle en contemplant la surface mouvante du bassin. Aucun droit sur lui, à tous points de vue. Mais ce n'est pas pour cela que je t'ai demandé de venir…

— D'après qui ?

— Je te demande pardon ?

— Qui dit qu'il ne t'appartient pas ?

PersOnne secoua la tête.

— Tu connais toutes les raisons.

— Non. Je ne les connais pas. Si tu le désires et qu'il te désire…

— Il ne me désire pas. Pas… complètement.

PersOnne passa une main sur ses cheveux, même si aucune mèche rebelle ne s'échappait de sa tresse. Douce Vierge scribe, son cœur battait si fort.

— Je ne peux pas… je ne devrais pas en parler.

Il lui semblait plus sûr de ne rien dire à quiconque; elle savait que Tohr n'apprécierait pas que l'on spécule à son sujet.

Il y eut un long silence.

—John et moi n'allons pas bien.

PersOnne jeta un regard derrière elle, les sourcils haussés, en entendant la franchise de sa fille.

—Je… je me posais la question. Cela fait longtemps que tu es partie d'ici, et il n'a pas l'air heureux. J'espérais… une autre issue. À bien des niveaux.

Y compris entre elles deux.

Et en effet, Xhex avait dit vrai. Elles étaient toutes les deux coincées, pas exactement le genre d'accord auquel on souhaiterait parvenir. Néanmoins, elle accepterait tout point commun qui se présenterait.

—Je pense que toi avec Tohr, cela a du sens, dit brusquement Xhex, tandis qu'elle commençait à déambuler autour de la piscine. Cela me plaît.

PersOnne haussa de nouveau les sourcils. Et réexamina sa décision de ne pas parler.

—Vraiment?

—C'est un bon mâle. Stable, fiable… Ce qui est arrivé à sa famille est franchement tragique. John s'inquiète pour lui depuis si longtemps; tu sais, c'est la seule mère que John ait jamais eue. Wellsie, je veux dire.

—L'as-tu rencontrée?

—Pas formellement. Elle n'était pas du genre à traîner là où je travaillais, et Dieu sait que je n'ai jamais été la bienvenue là où la Confrérie l'était. Mais je la connaissais de réputation. Une dure à cuire, directe, une femelle de valeur à cet égard. Je ne crois pas que la *glymera* l'aimait beaucoup, et le fait qu'elle se fichait de leur opinion était un point supplémentaire en sa faveur, selon moi.

—Ils ont vécu une véritable histoire d'amour.

— Oui, d'après ce que j'ai entendu dire. Franchement, je suis surprise qu'il ait été capable d'aller de l'avant, mais j'en suis heureuse : il t'a fait beaucoup de bien.

PersOnne prit une profonde inspiration et sentit l'odeur des feuilles sèches.

— Il n'a pas le choix.

— Pardon ?

— Il ne m'appartient pas de le raconter, mais il suffit de dire que s'il pouvait choisir une autre voie, n'importe laquelle, il le ferait.

— Je ne comprends pas où tu veux en venir. (Comme PersOnne ne donnait pas d'explications, Xhex haussa les épaules.) Je respecte tes limites.

— Merci. Et je suis heureuse que tu sois venue.

— J'ai été surprise que tu désires ma présence ici…

— Je t'ai fait défaut d'innombrables fois. (Comme Xhex se dérobait visiblement, PersOnne hocha la tête.) Quand je suis arrivée ici tout d'abord, j'étais submergée par tant de choses, perdue alors que je parlais la langue, isolée alors que je n'étais pas seule. Mais je veux que tu saches que tu es la véritable raison de ma venue sur Terre… et ce soir, il est temps que je te présente mes excuses.

— Pour quoi ?

— Pour t'avoir abandonnée au tout début.

— Seigneur…

La femelle passa la main dans ses cheveux courts et son corps puissant se crispa, comme si elle devait se forcer à ne pas détaler.

— Euh, écoute, tu n'as à t'excuser de rien. Tu n'as pas demandé à être…

— Tu n'étais qu'un bébé, tu venais tout juste de naître à l'époque, sans *mahmen* pour prendre soin de toi. Je t'ai laissée te débrouiller seule quand tu ne pouvais pas faire beaucoup plus que pleurer pour obtenir chaleur et assistance. Je suis… si désolée, ma fille. (Elle posa la main sur son cœur.) Il m'a fallu trop longtemps pour trouver ma voix et mes mots, mais sache que j'ai répété ceci des heures durant dans ma tête. Je veux que ce que je te dis soit correct, car tout est allé mal entre toi et moi dès le premier jour… et c'est entièrement ma faute. J'étais si égoïste, je manquais de courage et j'ai…

— Arrête. (La voix de Xhex était tendue.) Je t'en prie… arrête…

— … eu tort de te tourner le dos. J'ai eu tort d'attendre si longtemps. J'ai eu tort sur tout. Sauf sur ceci. (Elle tapa du pied.) Cette nuit je veux te révéler toutes mes fautes, pour avoir également l'occasion de te promettre mon amour, aussi imparfait et indésirable soit-il. Je ne mérite pas d'être ta mère ni de t'appeler « ma fille », mais peut-être pourrions-nous construire une sorte de… d'amitié. Je comprendrais que tu ne le veuilles pas, et je sais que je n'ai aucun droit de te demander quoi que ce soit. Sache seulement que je suis là, et que mon cœur et mon esprit sont ouverts, prêts à apprendre qui tu es… et ce que tu es.

Xhex cligna des yeux, puis demeura silencieuse. Comme si ces paroles lui parvenaient via une mauvaise fréquence radio et qu'elle était forcée d'en extrapoler la signification.

Au bout d'un moment, la femelle déclara d'un ton brusque :

— Je suis une *symphathe*. Tu le sais, non ? Le terme « sang-mêlé » ne vaut rien quand le « sang » est celui d'un mangeur de péchés.

PersOnne leva le menton.

— Tu es une femelle de valeur. Voilà ce que tu es. Je me fiche de la composition de ton sang.

— Je te terrifiais.

— Tout me terrifiait.

— Et tu dois voir ce... mâle sur mon visage. Chaque fois que tu me regardes, tu dois te rappeler ce qu'on t'a fait subir.

À ces mots, PersOnne déglutit avec difficulté. Elle supposait que c'était en partie vrai, mais ce n'était plus si important : il était plus que temps de se tourner vers sa fille.

— Tu es une femelle de valeur. Voilà ce que je vois. Rien de plus... et rien de moins.

Xhex cligna de nouveau les yeux. À plusieurs reprises. Puis de plus en plus vite.

Enfin elle bondit en avant, et PersOnne se retrouva enveloppée dans une étreinte forte et assurée.

Elle n'hésita pas un moment à rendre ce geste d'affection.

Comme elle s'accrochait à sa fille, elle se dit que, oui, en effet, le pardon s'exprimait mieux à travers le contact physique. Les mots n'étaient rien comparés à ce qu'elle éprouvait à serrer ce qu'elle avait mis au monde dans un moment de grande douleur, à tenir son sang contre elle, à soutenir, même un bref instant, la femelle qu'elle avait si égoïstement lésée.

— Ma fille, dit-elle d'une voix qui se fêlait. Ma magnifique, forte... valeureuse fille.

D'une main tremblante, elle enserra la nuque de Xhex et tourna le visage de la femelle sur le côté pour la tenir contre son épaule comme elle l'aurait fait d'un bébé. Puis avec des gestes doux et mesurés, elle lissa les cheveux courts.

Il était impossible de dire qu'elle était reconnaissante de ce que le *symphathe* lui avait fait subir. Mais ce moment essentiel fit disparaître la douleur en elle, car elle eut l'impression que le cercle qui avait commencé son tracé dans son ventre s'était enfin refermé sur lui-même, que les deux extrémités qui étaient longtemps demeurées éloignées l'une de l'autre se réunissaient enfin dans cette embrassade.

Quand Xhex finit par reculer, PersOnne eut un mouvement de surprise.

— Tu saignes ! (Levant la main pour toucher la joue de sa fille, elle essuya les gouttes rouges du bout des doigts.) Je vais aller chercher Doc Jane…

— Ne t'inquiète pas. C'est juste… oui, il n'y a pas à s'inquiéter. C'est la façon dont je… pleure.

PersOnne posa de nouveau la main sur le visage de sa fille et secoua la tête d'un air incrédule.

— Tu ne me ressembles en rien.

Quand la femelle détourna brusquement le regard, elle ajouta :

— Non, c'est une bonne chose. Tu es si forte. Si puissante. J'aime cela chez toi… j'aime tout de toi.

— Tu ne penses pas ce que tu dis.

— Ton côté *symphathe*… est une sorte de bénédiction. (Comme Xhex faisait mine de protester, PersOnne l'interrompit.) Il te donne une protection contre… les choses. Il te donne une arme contre… les choses.

— Peut-être.

— Certainement.

— Tu sais quoi ? Je n'ai jamais été en colère contre toi. Je veux dire, je comprends pourquoi tu as agi ainsi. Tu as mis une abomination au monde…

— N'utilise jamais ce mot en ma présence, s'exclama PersOnne. Pas quand il s'agit de toi. Suis-je bien claire ?

Xhex éclata d'un rire rauque et leva les mains en signe de défense.

— OK. OK.

— Tu es un miracle.

— Plutôt une malédiction. (Quand PersOnne ouvrit la bouche pour la contredire, Xhex l'interrompit.) Écoute, j'apprécie tout… cela. Vraiment ; je veux dire, c'est vraiment bien de ta part. Mais je ne crois pas aux papillons ni aux licornes, et tu ne le devrais pas toi non plus. Sais-tu ce que je fais depuis… mon Dieu, aussi longtemps que je m'en souvienne ?

PersOnne fronça les sourcils.

— Tu travailles dans le monde humain, non ? Je crois avoir entendu cela à un moment ?

Xhex leva ses mains pâles et plia ses doigts en griffes avant de les détendre.

— Je suis un assassin. Je suis payée pour traquer les gens et les tuer. J'ai du sang sur les mains, PersOnne, et tu dois le savoir avant d'envisager toute gentille réunion entre nous. Encore une fois, je suis heureuse que tu m'aies demandé de venir et tu es plus que totalement pardonnée pour tout… mais je ne suis pas certaine que tu aies une image réaliste de moi.

PersOnne fourra les bras dans les manches de sa robe.

— Exerces-tu toujours cette activité à l'heure actuelle ?

— Pas pour la Confrérie ni pour mon ancien patron. Mais avec le boulot que j'ai en ce moment ? Si je devais employer de nouveau cette compétence, je le ferais sans hésitation. Je protège ce qui m'appartient, et si quelqu'un se met en travers de mon chemin, je ferai ce que j'ai à faire. C'est ainsi que je fonctionne.

PersOnne détailla les traits du visage de sa fille, l'expression dure, le corps tendu et musclé qui ressemblait plutôt à celui d'un mâle… et vit ce qui se cachait derrière cette force : il y avait une vulnérabilité en Xhex, comme si elle s'attendait à ce qu'on la repousse, qu'on l'exclue, qu'on l'écarte.

— Je pense que c'est tout à fait convenable.

Xhex sursauta pour de bon.

— Quoi ?

PersOnne leva le menton une fois de plus.

— Je suis entourée de mâles qui vivent selon ces règles. Pourquoi cela devrait-il être différent pour toi parce que tu es une femelle ? Je suis plutôt fière de toi, en fait. Mieux vaut être l'agresseur que l'agressé… je préfère te savoir dans cet état d'esprit que l'inverse.

Xhex prit une inspiration tremblante.

— Bon… sang… tu n'as pas idée d'à quel point j'avais besoin d'entendre ça en ce moment.

— Je serai ravie de te le répéter si tu le souhaites.

— Je n'aurais jamais cru… enfin, peu importe. Je suis contente que tu sois là. Je suis contente que tu m'aies appelée. Je suis contente que tu…

Comme la phrase demeurait inachevée, PersOnne sourit, tandis qu'une lumière brillante et aveuglante s'allumait dans son cœur.

— Moi de même. Peut-être que si tu as… comment dit-on ? du temps libre… nous pourrions passer quelques heures ensemble ?

Xhex se mit à sourire.

— Puis-je te demander quelque chose ?

— Ce que tu veux.

— As-tu déjà fait de la moto ?

— Qu'est-ce que c'est ?

— Viens devant la maison. Laisse-moi te montrer.

Chapitre 37

Tohr rentra à la fin de la nuit avec deux dagues souillées, plus aucune munition et une contusion osseuse au mollet droit qui le faisait boiter comme un zombie.

Saloperie de démonte-pneu. Mais bon, rendre la monnaie de sa pièce à cet éradiqueur s'était révélé assez amusant. Rien ne valait de défigurer un ennemi pour alléger son humeur.

L'asphalte était son amie.

Cela avait été une dure nuit de combat pour eux tous, une longue nuit également… et ces deux points étaient positifs. Les heures avaient filé à toute vitesse et, même s'il puait comme de la viande pourrie à cause de tout ce sang noir et que son nouveau pantalon en cuir avait besoin d'être recousu sur un côté, il se sentait mieux que quand il était sorti.

« Se battre et baiser », comme disait toujours Rhage. Il s'agissait des deux meilleurs moyens pour stabiliser son humeur.

Dommage que le fait d'être plus détendu ne signifie pas que tout était différent. Les mêmes emmerdes l'attendaient en rentrant à la maison.

Traversant le hall d'entrée, il commença son rituel de désarmement, en défaisant ses étuis de poitrine et d'épaule, puis en débouclant sa ceinture de munitions. Le fumet de l'agneau cuit au romarin embaumait le vestibule et un rapide coup d'œil au salon lui montra que les *doggen* avaient tout installé correctement, l'argenterie luisait, le cristal scintillait et les gens commençaient à se réunir pour le Dernier Repas.

PersOnne ne se trouvait pas parmi eux, contrairement à son habitude.

Montant l'escalier au pas de course, il ne put nier l'érection qui ne faisait que durcir à mesure qu'il grimpait les marches. Mais cela ne le rendit pas tout à fait heureux.

« *Tu sais aussi bien que moi tout ce que tu n'as pas fait.* »

Quand il arriva devant la porte de sa chambre, il saisit la poignée et ferma les yeux. Puis, ouvrant largement le panneau, il appela :

— PersOnne ?

Son service aurait dû être fini depuis environ une heure : Fritz avait insisté pour qu'elle dispose de temps afin de se préparer pour le dîner, un petit privilège auquel elle s'était d'abord opposée, mais dont elle semblait avoir tiré parti récemment, étant donné que le fond du Jacuzzi était toujours humide quand il rentrait du combat.

Il espérait qu'il ne la surprendrait pas dans la baignoire. Il voulait prendre une douche et ignorait comment gérer la situation s'ils se retrouvaient tous les deux nus dans la salle de bains.

« *Tu sais aussi bien que moi…* »

— Ta gueule. (Il posa ses armes et commença à retirer son débardeur et ses rangers.) PersOnne ? Tu es là ?

Fronçant les sourcils, il passa la tête dans la salle de bains et ne trouva personne.

Pas d'odeur dans l'air. Pas de trace d'eau dans la baignoire. Pas de serviette déplacée.

Bizarre.

Les idées confuses, il retourna dans le couloir, redescendit le grand escalier et emprunta la porte dérobée. Pendant qu'il traversait le tunnel souterrain, il se demanda si elle n'était pas à la piscine.

Il espérait que non. Son pénis priait que oui.

Bon sang de bonsoir, il ne savait plus quoi penser.

Sauf que... elle n'était pas en train de flotter, nue, à la surface du bassin. Et elle n'était pas dans la buanderie non plus. Ni dans la salle de musculation, le vestiaire ou le gymnase en train de réapprovisionner le stock de serviettes. Ni dans la clinique occupée à empiler des tenues chirurgicales sur les étagères.

Elle n'était pas... là.

Son retour à la demeure lui prit moitié moins de temps qu'à l'aller, et quand il entra dans la cuisine, il ne trouva qu'une armée de *doggen* en plein coup de feu.

Il étendit ses perceptions pour la première fois et découvrit... qu'elle n'était nulle part dans la demeure.

Une vague de panique le traversa, faisant bourdonner sa tête...

Non, attendez, n'était-ce pas le bruit d'une... moto que l'on entendait dehors ?

Le vrombissement grave était incompréhensible. À moins que Xhex ne soit venue à la maison pour une bonne raison, ce qui serait une heureuse nouvelle pour John...

PersOnne était dehors, devant la maison. En ce moment même.

Pistant son propre sang dans les veines de la femelle, il traversa le vestibule en courant, franchit le hall d'entrée et... s'arrêta net sur la marche supérieure devant la porte.

Xhex était sur sa Ducati, sa silhouette gainée de cuir noir s'accordant parfaitement à la moto. Et juste derrière elle ? PersOnne partageait son siège, la capuche retirée, les cheveux ébouriffés et affichant un sourire aussi étincelant que le soleil.

Son expression changea quand elle l'aperçut et se crispa légèrement.

— Eh, dit-il, en sentant son rythme cardiaque revenir à la normale.

Il entendit quelqu'un d'autre sortir du hall derrière lui. John.

Xhex jeta un coup d'œil à son compagnon et hocha la tête, mais n'éteignit pas le moteur. Regardant par-dessus son épaule, elle demanda :

— Ça va, maman ?

— Oui, très bien. (PersOnne descendit maladroitement et sa robe reprit place à ses pieds comme si elle était soulagée d'en avoir fini avec la chevauchée.) Je te verrai la nuit prochaine ?

— Oui. Je viendrai te chercher à 3 heures.

— Parfait.

Les deux femelles échangèrent un sourire si naturel qu'il faillit se mettre à pleurer : elles étaient parvenues à établir un lien entre elles… et s'il ne pouvait pas récupérer sa Wellsie ni son fils… oui, il aimerait que PersOnne retrouve sa véritable famille.

Il semblait qu'un pas avait été fait dans la bonne direction.

Pendant que PersOnne montait les marches, John la croisa, en descendant vers la moto. Tohr aurait voulu lui demander où elles étaient allées, ce qu'elle avait fait, ce qu'elles s'étaient dit. Mais il se rappela que, malgré le fait qu'ils dorment ensemble, il n'avait aucun droit d'exiger quoi que ce soit d'elle.

Ce qui lui apprit exactement jusqu'où ils étaient allés, pas vrai ?

— Tu t'es amusée ? demanda-t-il en faisant demi-tour pour lui ouvrir la porte.

— Oui. (Elle souleva l'ourlet de sa robe et boitilla pour entrer dans le hall.) Xhex m'a emmenée faire un tour à moto… à moins qu'on ne dise deux-roues ?

— Les deux. (Danger. Don d'organe. Bref.) Mais la prochaine fois, tu mettras un casque.

— Un casque ? Comme pour l'équitation ?

— Pas tout à fait. Nous parlons d'un truc un peu plus résistant qu'un morceau de velours avec une mentonnière. Je t'en trouverai un.

— Oh, merci. (Elle lissa les mèches folles de cheveux blonds qui s'étaient échappées de sa tresse.) C'est tellement… grisant. C'est comme voler. J'avais peur au début, mais elle est allée lentement. Et plus tard, j'ai appris à apprécier la sensation. Nous sommes allées très vite.

Eh bien, voilà qui lui donnait envie de chier dans un sac pour le restant de ses jours.

Et pour une fois, il se surprit à regretter qu'elle n'ait pas peur. Cette Ducati n'était rien d'autre qu'un moteur avec un foutu siège vissé dessus. Si elle tombait de cet engin, sa peau délicate ne serait plus que de la peinture rouge pour la route.

— Oui… c'est génial.

Dans sa tête, il avait commencé à lui donner un cours de sécurité centré sur les fondamentaux de l'énergie cinétique et des termes médicaux tels que « hématome » et « amputation ».

— Tu es prête à passer à table ?

— Je suis affamée. Avec tout cet air frais.

Au loin, il entendit le rugissement de la moto qui s'éloignait, puis John rentra avec une mine défaite.

Le gamin se rendit directement dans la salle de billard, et dix contre un qu'il n'allait pas chercher des biscuits apéritifs… mais il n'y aurait pas de discussion possible avec lui. Il avait été très clair sur ce point au début de la nuit.

— Viens, dit Tohr. Allons nous asseoir.

L'habituel vacarme des conversations se tut quand ils passèrent les arcades, mais il accordait trop d'attention à la femelle qui marchait devant lui pour s'en soucier. L'idée qu'elle soit allée dans le monde humain, de nuit et sur une moto avec Xhex, la faisait paraître… différente.

La PersOnne qu'il connaissait n'aurait jamais fait une chose pareille.

Et, merde… étrangement, son corps réagissait en pensant à elle dans d'autres vêtements que sa robe, enfourchant cette moto, les cheveux dégagés de la tresse et flottant dans la nuit.

À quoi ressemblerait-elle en jean ? Un du genre… qui moulait les fesses d'une femelle et donnait envie à un mâle de monter quelque chose d'autre qu'un deux-roues.

Brusquement, il se l'imagina nue et appuyée contre un mur, les jambes écartées, les cheveux dénoués, les mains sur ses seins. Comme un bon garçon, il était à genoux, la bouche sur son sexe, en train de lécher l'endroit qu'il avait tant appris à connaître de ses doigts.

Il la suçait. Il la sentait contre son visage alors qu'elle s'arc-boutait et se contractait…

Le grognement qui lui échappa fut suffisamment puissant pour résonner dans la pièce silencieuse. Suffisamment puissant pour que PersOnne tourne la tête d'un air surpris. Suffisamment puissant pour le faire se sentir comme un parfait imbécile.

Pour faire diversion, il fit mine de se concentrer sur la façon de lui présenter sa chaise. Comme s'il s'agissait d'une opération du cerveau.

Alors que PersOnne s'asseyait, l'excitation de la femelle lui imprégna les narines, et il dut presque s'étrangler lui-même pour empêcher un autre grognement de quitter sa poitrine en vibrant.

Quand il prit place sur son propre siège, son érection se retrouva bien coincée derrière sa braguette, et cela lui convenait parfaitement. Peut-être que l'afflux de sang serait coupé et que cette saloperie se dégonflerait… sauf que… eh bien, en vertu de la théorie selon laquelle plus il l'ignorait, plus son pénis se rappelait à son bon souvenir, le contraire serait plutôt vrai.

Fantastique.

Il prit sa serviette, la déplia d'un coup sec et…

Tout le monde les dévisageait, lui et PersOnne. La Confrérie. Leurs *shellanes*. Même les *doggen* qui auraient déjà dû commencer à servir.

— Quoi ? marmonna-t-il en étalant le tissu damassé sur ses genoux.

Et ce fut alors qu'il comprit qu'il était torse nu. Et que PersOnne n'avait pas remis sa capuche.

Difficile de savoir lequel des deux attirait le plus l'attention. Sans doute elle, étant donné que la plupart des gens ne l'avaient jamais vue à visage découvert…

Avant d'en avoir conscience, il retroussa la lèvre supérieure au-dessus de ses crocs allongés et défia du regard chacun des mâles, en sifflant sourdement dans leur direction d'un air mauvais. En dépit du fait qu'ils étaient tous heureux en union. Et qu'ils étaient ses frères. Et qu'il n'avait pas le droit de se montrer territorial.

Beaucoup haussèrent les sourcils. Quelques-uns demandèrent qu'on leur resserve ce qu'ils étaient en train de boire. Quelqu'un se mit à siffloter d'un air désinvolte.

Quand PersOnne remit prestement sa capuche, des conversations gênées sur la météo et le sport commencèrent.

Tohr se contenta de se frotter les tempes. Difficile de savoir ce qui lui donnait mal à la tête.

Il n'avait que l'embarras du choix.

Au final, le repas se déroula sans autre incident. Mais bon, à moins d'un combat de nourriture ou d'un incendie dans la cuisine, il était difficile d'imaginer ce qui aurait pu égaler sa transformation en serpent à sonnette devant la Confrérie.

Quand ce fut achevé, lui et PersOnne se précipitèrent hors de la salle à manger, mais visiblement pas pour les mêmes raisons.

— Je dois aller travailler à présent, dit-elle alors qu'ils arrivaient au pied de l'escalier. Je suis sortie toute la soirée.

— Tu pourras rattraper ton retard à la nuit tombée.

— Ce ne serait pas bien.

Comme il s'apprêtait à lui dire qu'elle ferait mieux d'aller au lit, il prit conscience que, au cours des derniers mois, PersOnne n'avait fréquenté personne en dehors de lui : oui, bien entendu, elle avait travaillé, mais elle faisait cela toute seule, et pendant les repas elle demeurait silencieuse.

En y repensant, quand ils étaient là-haut, ils ne faisaient que se peloter ou dormir. Donc elle n'avait pas vraiment de conversation avec lui non plus.

— Où êtes-vous allées, Xhex et toi ?

— Partout. Au bord du fleuve. En ville.

Il ferma brièvement les yeux en entendant « en ville ». Puis il dut se demander pourquoi il ne l'avait jamais emmenée nulle part. Dès qu'il n'était plus sur le terrain, il descendait à la salle de muscu ou lisait dans son lit, en attendant qu'elle ait fini. L'idée ne lui était jamais venue de faire quoi que ce soit avec elle à l'extérieur.

C'est parce que tu l'as cachée de ton mieux, lui fit remarquer sa conscience.

Peu importe. Elle travaillait tout le temps…

— Eh, attends une minute, pourquoi n'as-tu pas de nuits de repos ? demanda-t-il en fronçant les sourcils pendant qu'il faisait le compte.

Merde, que fabriquait ce majordome à faire travailler cette femelle jusqu'à l'épuisement… ?

— Oh, j'en ai, mais je ne les prends jamais. Je n'aime pas rester simplement assise à ne rien faire.

Tohr se frotta un sourcil du pouce.

— Si vous voulez bien m'excuser, murmura-t-elle, je vais descendre au centre d'entraînement et m'y mettre à présent.

— Quand finiras-tu ?

— Probablement vers 16 heures.

— OK. (Alors qu'elle se détournait, il posa la main sur son avant-bras.) Euh, écoute, si tu entres dans le vestiaire pendant la journée, pense à toujours frapper à la porte et à t'annoncer, d'accord ?

La dernière chose dont on avait besoin était qu'elle aperçoive l'un de ses frères nu.

— Oh, bien entendu. C'est ce que je fais toujours.

Comme elle disparaissait au coin de l'escalier, il la regarda partir. Il se dégageait de sa silhouette boiteuse une dignité naturelle qui lui fit soudain songer qu'il ne l'avait pas traitée à sa juste valeur.

— On a rendez-vous, tu t'en souviens ?

Jetant un coup d'œil à droite, il secoua la tête en direction de Lassiter.

— Je ne suis pas d'humeur.

— Tu parles. Allez viens ; j'ai tout préparé.

— Écoute, ne le prends pas mal, mais je ne suis pas de bonne compagnie en ce moment…

— Quand l'es-tu ?

— Je n'ai vraiment pas…

— Blablabla. Ferme-la et bouge ton cul.

Quand l'ange l'attrapa par le bras et le tira, Tohr abandonna la lutte et se laissa traîner en haut de l'escalier puis le long du couloir aux statues… et enfin de l'autre côté. Ils dépassèrent sa chambre, celles des garçons, la suite de Z., de Bella et de Nalla. Ils entrèrent dans les quartiers du personnel et s'avancèrent jusqu'à l'entrée de la salle de cinéma.

Tohr s'arrêta net.

— Si c'est encore une séance d'*Au fil de la vie*, je vais te « Bette Midleriser » les fesses jusqu'à ce que tu ne puisses plus t'asseoir.

— Oh, regarde-toi ! Tu essaies d'être drôle !

— Sérieusement, si tu avais la moindre once de compassion, tu me laisserais aller me coucher...

— J'ai des M&M'S à la cacahouète.

— C'est pas mon truc.

— Des raisins secs.

— Pff.

— De la bière.

Tohr plissa les yeux.

— Fraîche ?

— Carrément gelée.

Tohr croisa les bras sur sa poitrine et se persuada qu'il ne boudait pas comme un gamin de cinq ans.

— Je veux des caramels mous.

— J'en ai. Et du pop-corn.

Avec un juron, Tohr ouvrit la porte d'un coup sec et traversa la petite entrée rouge faiblement éclairée. L'ange rendit les choses faciles une fois qu'ils furent arrivés dans la salle : les larges fauteuils étaient inclinés. La bière et ses renforts étaient par terre dans un seau rempli de glace. Il y avait aussi un étalage embarrassant de calories avec, oui, une boîte jaune de caramels mous. Et ce fichu pop-corn.

Ils s'assirent côte à côte et déployèrent les repose-pieds.

— Dis-moi que ce n'est pas un film des années cinquante avec des scènes de cul, marmonna Tohr.

— Nan. Du pop-corn ? proposa l'ange en appuyant sur « Play » et en lui tendant un saladier. Ils sont au beurre, bien chimiques. Pas ces conneries bio et saines.

— Ça va pour l'instant.

Sur l'écran, la présentation d'un studio de cinéma apparut, suivie d'un long générique. Puis l'image montra deux personnes âgées assises sur un canapé, en train de parler.

— C'est quoi ce machin ?

— *Quand Harry rencontre Sally.*

Tohr baissa la bouteille qu'il portait à sa bouche.

— Quoi ?

— Ta gueule. Après ça, on regardera un épisode de *Clair de lune*. Puis *Elle et Lui* – l'ancienne version, pas cette stupidité avec Warren Beatty. Ensuite *Princess Bride*…

Tohr appuya sur le bouton à côté de sa hanche et redressa son fauteuil.

— OK. Très bien. Amuse-toi bien…

Lassiter appuya sur « Pause » et lui enserra fermement l'épaule.

— Rassieds-toi, bordel. Prends-en de la graine.

— Pour apprendre quoi ? Que je déteste les comédies romantiques ? Et si on l'établissait officiellement et que tu me laissais partir ?

— Tu vas en avoir besoin.

— Pour ma reconversion en tapette ?

— Parce que tu dois réapprendre à être romantique.

Tohr secoua la tête.

— Non. *Niet.* Ça n'arrivera pas…

Pendant qu'il continuait dans la veine « moi vivant, jamais », Lassiter se contenta de secouer la tête.

— Tu dois te rappeler que c'est possible, mon pote.

— Tu parles que je…

— Tu es coincé, Tohr. Et alors que tu as peut-être le temps de glander, Wellsie, elle, n'a pas ce luxe.

Tohr la ferma, se rassit et commença à tripoter l'étiquette de sa bière.

— Je ne peux pas faire ça, mec. Je ne peux pas faire semblant de me sentir… comme ça.

— Un peu comme quand tu ne peux pas coucher avec PersOnne ? Combien de temps as-tu l'intention de continuer ainsi ?

—Jusqu'à ce que tu disparaisses. Jusqu'à ce que Wellsie soit libre et que tu sois parti.

—Et comment les choses vont-elles de ton côté ? Tu aimes ce rêve qui t'a réveillé aujourd'hui ?

—Les films ne vont pas m'aider, dit-il au bout d'un moment.

—Que vas-tu faire d'autre ? Te masturber dans ta chambre jusqu'à ce que PersOnne revienne de sa journée de travail… avant de te masturber à côté d'elle ? Oh, attends, laisse-moi deviner : tourner en rond sans but. Parce que ce n'est pas comme si tu ne l'avais jamais fait. (Lassiter fourra le saladier de pop-corn sous le nez de Tohr.) Qu'est-ce que ça te coûte de traîner avec moi, putain ? Ferme-la et mange ta moitié de pop-corn, connard.

Tohr accepta ce qu'on lui présentait, parce que c'était soit cela, soit se retrouver avec du maïs plein les genoux.

Une heure et trente-six minutes plus tard, il dut se racler la gorge quand Meg Ryan déclara à Billy Crystal qu'elle le détestait au beau milieu de la soirée du nouvel an.

—La sauce à part, déclara Lassiter en se levant. C'est la réponse à tout.

Une minute plus tard, Bruce Willis jeune apparut sur l'écran, et Tohr lança une prière d'action de grâces.

—C'est beaucoup mieux. Mais il nous faut davantage de bière.

—Voilà.

Un pack de bière plus tard, ils avaient avalé deux épisodes de *Clair de lune*, y compris un « spécial Noël » où les figurants et l'équipe technique chantaient avec les acteurs dans la dernière scène.

Ce qui ne le fit pas se racler la gorge.

Vraiment. Pas du tout.

Puis ils essayèrent de voir en entier *Elle et Lui*. Du moins jusqu'à ce que Lassiter les prenne tous deux en pitié et commence à appuyer sur le bouton « Avance rapide ».

— Les filles disent que c'est le meilleur, marmonna l'ange en appuyant de nouveau sur le bouton, et le personnage à l'écran se mit à exprimer ses sentiments à toute vitesse. Peut-être que celui-ci était une erreur.

— Amen.

OK, le film de princesse n'était pas nul… Ce truc était même drôle par moments. Et oui, c'était… sympa que les deux finissent ensemble à la fin. En plus, il avait apprécié de voir Columbo dans le rôle du grand-père. Mais il n'était pas franchement en mesure de dire qu'un de ces films allait le transformer en Casanova.

Lassiter lui jeta un coup d'œil.

— On n'a pas encore fini.

— Continue seulement à me faire boire.

— Demande et tu seras exaucé.

L'ange lui tendit une nouvelle bouteille et disparut dans la cabine de projection pour changer le DVD. Quand il revint dans la salle, apparut sur l'écran…

Tohr se leva brutalement de son siège.

— C'est quoi ce bordel ?

Comme la grande carcasse de Lassiter coupait le faisceau lumineux projeté sur l'écran, une gigantesque paire de seins ondulants recouvrit son visage et sa poitrine.

— *Les Miches de la boulangère*. Un vrai classique.

— C'est du porno !

— Pff…

— OK, je ne vais pas regarder ça avec toi.

L'ange, toujours debout, haussa les épaules.

— Je voulais juste m'assurer que tu saches ce que tu rates.

Des gémissements sortirent des haut-parleurs tandis que ces nichons… ces foutus nichons donnaient l'impression de frapper Lassiter au visage…

Tohr se couvrit les yeux devant l'horrible spectacle.

— Non ! Je ne ferai pas ça !

Lassiter arrêta le film, et les sons disparurent. Une rapide vérification entre ses doigts apprit à Tohr qu'il avait heureusement appuyé sur « Stop » et non sur « Pause ».

— J'essaie seulement de communiquer avec toi. (Lassiter s'assit, ouvrit une bière, et parut fatigué.) Mince, cette histoire d'ange… c'est tellement difficile d'influencer les gens. Le libre arbitre ne m'a jamais posé de problème auparavant mais, putain de merde, j'aimerais pouvoir te manipuler comme dans *Ma sorcière bien-aimée* pour que tu agisses de la bonne manière.

Quand Tohr grimaça, l'ange marmonna :

— Mais c'est bon. On va y arriver quand même…

— En fait, c'est de t'imaginer en costume de harem rose qui me perturbe.

— Eh, j'ai un beau cul, je te signale.

Ils burent de la bière pendant un moment jusqu'à ce que le logo « Sony » se mette à apparaître au hasard sur l'écran.

— Tu as déjà été amoureux ? demanda Tohr.

— Une fois. Jamais plus depuis.

— Que s'est-il passé ? (Comme l'ange ne répondait pas, Tohr lui adressa un regard de reproche.) Oh, je vois : tu es au courant de tous mes secrets les plus sombres et les plus intimes, mais tu ne peux pas me confier les tiens ?

Lassiter haussa les épaules et ouvrit une autre bière.

— Tu sais ce que je pense ?

— Pas à moins que tu ne me le dises.

— Je pense qu'on devrait essayer de se faire un autre épisode de *Clair de lune*.

Tohr poussa un long soupir et dut accepter. Ce n'était pas mal de regarder des films avec lui, de parler pendant les dialogues en buvant de la bière et en mangeant des cochonneries. En fait, il ne se rappelait pas la dernière fois qu'il avait simplement… traîné avec quelqu'un.

Bien sûr, ce devait être avec Wellsie. S'il avait du temps libre, il le passait toujours avec elle.

Mon Dieu, combien de jours avaient-ils gaspillés ainsi, à regarder la télé d'un air absent, devant des rediffusions, des mauvais téléfilms et des bulletins d'informations. Ils se tenaient la main ou elle était étendue sur sa poitrine et il jouait avec sa chevelure.

Que de temps perdu, se dit-il. Mais quand ils étaient dans ce trou noir de minutes et d'heures, c'était… une espèce de bonheur simple et facile.

Encore une chose dont il pleurait la perte.

—Pourquoi on ne regarderait pas un truc plus tardif dans la carrière de Willis ? demanda-t-il d'une voix rauque.

—*Piège de cristal*?

—Tu le mets en route et je prépare une autre tournée de pop-corn.

—Ça marche.

Comme ils se levaient tous les deux pour se diriger, lui vers le comptoir à sucreries et à sodas, Lassiter vers la cabine de projection, Tohr l'arrêta.

—Merci, mec.

L'ange lui donna une pichenette à l'épaule, puis alla s'occuper de faire apparaître du « Va en enfer fils de pute » sur l'écran.

—Je ne fais que mon boulot.

Tohr observa la tête aux cheveux blonds et noirs se glisser par la porte entrouverte.

Que le libre arbitre aille se faire foutre, ça lui convenait. Et pour lui et PersOnne ?

Il était difficile de réfléchir à ce qui allait suivre. Merde, quand il avait commencé à coucher avec elle, cela lui avait permis de mettre de côté ses émotions de façon à pouvoir accepter sa veine, lui donner la sienne en retour et être avec elle dans la mesure de ses possibilités.

Et s'il faisait aller les choses plus loin ?

Le prochain niveau ferait ressembler ce merdier à une promenade de santé.

Chapitre 38

Il était midi quand le téléphone de Xcor sonna et le tira de son léger sommeil. Avec des gestes maladroits, il tâtonna pour trouver le bouton vert et, après avoir appuyé dessus, posa l'appareil contre son oreille.

En théorie, il détestait ces satanés portables. En pratique, ils représentaient un avantage incroyable, ce qui le poussait à se demander pourquoi il s'était montré si réfractaire à leur utilisation.

— Oui ? dit-il. (Quand une voix hautaine lui répondit, il sourit dans la faible lueur des chandelles du sous-sol.) Salutations, gentilhomme. Comment vous portez-vous aujourd'hui, Elan ?

— Que… que… (L'aristocrate dut reprendre son souffle.) Que m'avez-vous envoyé ?

Sa source au Conseil avait déjà une voix naturellement aiguë ; mais le colis qu'il venait visiblement juste d'ouvrir faisait monter le ton du mâle dans la stratosphère.

— Une preuve de notre travail. (À mesure qu'il parlait, des têtes commencèrent à poindre au-dessus des couchettes : sa bande de salopards se réveillait, les oreilles aux aguets.) Je ne veux pas que vous croyiez que nous avons surestimé notre efficacité… ou, que la Vierge scribe nous en préserve, que nous avons menti au sujet de nos activités.

— Je… je… Que dois-je faire de… ceci ?

Xcor leva les yeux au ciel.

— Peut-être que certains de vos serviteurs pourraient l'empaqueter et en faire profiter les autres membres du Conseil. Et puis j'imagine que votre tapis va avoir besoin d'un nettoyage.

Dans le carton d'un mètre cube qu'il avait fait livrer, Xcor avait déposé quelques souvenirs de leurs assassinats, toutes sortes de morceaux d'éradiqueurs : des bras, des mains, la fameuse colonne vertébrale, une tête, un bout de jambe. Il les avait conservés, attendant le bon moment de les envoyer pour, à la fois choquer le Conseil… et prouver que le travail était fait.

Le risque était que la nature grotesque de son « cadeau » ait l'effet inverse que celui escompté et qu'ils soient perçus comme des sauvages. Mais le bénéfice potentiel était que lui et ses soldats soient considérés comme efficaces.

Elan se racla la gorge.

— En effet, vous avez été… plutôt occupés.

— Je comprends que vous trouviez ça macabre, mais la guerre est une affaire macabre dont vous ne devriez être qu'un bénéficiaire, et non un participant. Nous devons vous épargner… (jusqu'à ce que vous ne nous soyez plus utile) un tel désagrément. Néanmoins, j'aimerais souligner qu'il ne s'agit que d'un petit échantillon des très nombreuses créatures que nous avons tuées.

— Vraiment ?

Le soupçon d'émerveillement dans cette phrase était gratifiant.

— Oui. Vous pouvez être assuré que nous nous battons chaque nuit pour l'espèce, et que notre lutte est couronnée de succès.

— Oui, cela est clair… et j'ajouterai que je ne réclame pas de « preuves » supplémentaires, en l'occurrence. Mais je dois vous dire que j'allais vous appeler en fin d'après-midi. Le dernier rendez-vous avec le roi a été programmé.

— Oh ?

— J'ai appelé les membres du Conseil parce que j'ai prévu une réunion pour ce soir… Elle restera informelle, cela va sans dire, afin que la procédure ne requière pas la présence de Vhengeance. Ahssaut a indiqué qu'il ne pourrait pas y assister. À l'évidence, il doit avoir une audience avec le roi, sinon il viendrait chez moi.

— À l'évidence, répondit Xcor.

Ou plutôt, évidemment pas. Compte tenu des activités nocturnes d'Ahssaut, qui n'avaient fait que s'intensifier depuis l'été, il était probablement bien assez occupé comme cela.

— Et je vous remercie de ces informations.

— Quand les autres arriveront, je leur montrerai cet… étalage, dit l'aristocrate.

— Faites-le. Et dites-leur que je suis prêt à les rencontrer n'importe quand. Vous n'avez qu'à m'appeler, je suis votre serviteur, en cela comme en toutes choses. En fait… (il marqua un temps d'arrêt pour ménager son effet) ce serait un honneur de m'associer avec eux sous votre patronage… et ensemble, vous et moi pourrions faire en sorte qu'ils comprennent convenablement l'état de vulnérabilité dans lequel ils se trouvent sous l'égide du Roi aveugle, ainsi que la sécurité que vous et moi pouvons leur assurer.

— Oh, oui, en effet… oui. (Le gentilhomme se ragaillardit en entendant tout ce verbiage, ce qui était précisément la raison pour laquelle Xcor l'avait utilisé.) Et j'apprécie beaucoup votre franchise.

Étonnant comme on la confondait avec la manipulation.

— Et moi votre soutien, Elan. (Quand Xcor raccrocha, il jeta un coup d'œil à ses soldats puis s'arrêta sur Affhres.) Après le coucher du soleil, nous nous concentrerons une fois de plus sur la propriété d'Ahssaut. Il est possible qu'il arrive quelque chose, cette fois-ci.

Alors que les autres grommelaient avec empressement, il leva silencieusement son téléphone portable… et inclina la tête vers son commandant en second.

— Seigneur, nous sommes arrivés. La porte se referme derrière notre véhicule.

La voix de Fritz lui parvenait par l'interphone du monospace. L'annonce du majordome n'était pas un scoop, même si Tohr ne voyait rien de l'endroit où ils se trouvaient depuis sa position sur le siège arrière.

— Merci, mec.

Tambourinant des doigts sur la moquette de l'accoudoir, il était toujours sonné par les bières qu'il avait bues avec Lassiter et son estomac était un trou aigre à cause de l'abus de pop-corn au beurre et de caramels.

Mais bon, la nausée était peut-être davantage due à l'endroit où ils se trouvaient.

— Seigneur, vous êtes libre de sortir.

Tohr se glissa en crabe jusqu'à la portière et se demanda pourquoi diable il s'infligeait cela. Après que lui et Lassiter avaient eu fini de rendre hommage à John McClane, l'ange était parti pioncer et Tohr avait… eu cette idée grandiose, sans raison apparente.

Ouvrant la portière, il sortit dans son garage obscur et referma derrière lui.

Fritz baissa sa vitre.

— Seigneur, je devrais peut-être vous attendre ici.

— Non, vas-y. Je traînerai jusqu'au coucher du soleil.

— Êtes-vous certain que les rideaux sont tirés à l'intérieur ?

— Oui. C'est le protocole, et je fais confiance à mes *doggen*.

— Je pourrais simplement entrer et vérifier ?

— Ce n'est vraiment pas…

— Je vous en prie, seigneur. Ne me renvoyez pas affronter votre roi et vos frères sans savoir que vous allez bien.

Difficile d'argumenter sur ce point.

— J'attendrai ici.

Le *doggen* extirpa sa vieille carcasse de derrière le volant et traversa les lieux à une vitesse remarquable, probablement parce qu'il craignait que Tohr ne change d'avis.

Pendant que le majordome se glissait dans la maison, Tohr déambula, inspecta son vieux matériel de jardinage, ses râteaux, son désherbant pour l'allée. La Stingray décapotable avait pris place dans le garage de la demeure… la nuit où il avait rapporté la robe de Wellsie pour Xhex.

Il n'avait pas voulu revenir ici pour déposer la robe après son nettoyage.

Il n'était pas certain de vouloir être là en ce moment.

— Tout est sécurisé, seigneur.

Tohr tourna le dos à l'espace vide où la Corvette était autrefois garée.

— Merci, mon pote.

Il était inutile d'attendre que le majordome parte avant qu'il entre : il y avait trop de lumière de l'autre côté de la porte du garage. Alors avec un dernier signe de la main, il rassembla son courage… et se glissa dans le couloir de derrière.

Quand la porte se referma derrière lui, la première chose qu'il aperçut dans le débarras furent leurs manteaux d'hiver. Ces fichues parkas étaient toujours pendues à leurs crochets, la sienne, celle de Wellsie et celle de John.

Celle de John paraissait minuscule parce qu'il n'était qu'un prétrans à l'époque où il la portait.

C'était comme si ces satanés trucs attendaient qu'ils rentrent tous.

— Bonne chance, marmonna-t-il.

Il se reprit et poursuivit sa route, pour entrer dans la cuisine qui avait autrefois été le royaume de Wellsie.

Fritz avait eu la prévenance de laisser la lumière allumée et le choc de tout voir pour la première fois depuis le décès poussa Tohr à se demander s'il n'aurait pas été mieux d'entrer dans le noir : les plans de travail qu'ils avaient choisis ensemble, ce frigo massif qu'elle adorait, cette table qu'ils avaient achetée en ligne, ces étagères qu'il avait montées pour ses livres de cuisine… tout était exposé, aussi luisant et propre que le jour où cela avait été installé.

Merde, rien n'avait changé. Tout était exactement dans le même état que la nuit où elle avait été tuée, ses *doggen* continuaient d'épousseter les lieux, point barre.

Marchant jusqu'au bureau encastré, il se força à ramasser un Post-it portant l'écriture de Wellsie.

« Mardi : Havers, bilan de santé, 23 h 30 »

Il laissa tomber le papier et se détourna, s'interrogeant franchement sur sa santé mentale. Pourquoi était-il venu ici ? Quel bienfait pouvait-il retirer de cette visite ?

Il erra sans but dans la maison, traversa le salon, la bibliothèque et la salle à manger, fit le tour des chambres du rez-de-chaussée… jusqu'à avoir l'impression de ne plus pouvoir respirer, jusqu'à ce que le mal de tête dû à l'alcool ait complètement disparu, et que sa vue, son odorat et son ouïe deviennent acérés à un point insupportable. Pourquoi était-il…

Tohr cligna des yeux quand il se retrouva devant une porte.

Il avait fait un tour complet et était de retour dans la cuisine.

Et il se tenait devant l'accès au sous-sol.

Ah, merde. Pas cela… il n'était pas prêt.

Mais la vérité était que Lassiter et ses stupides films avaient fait plus de mal que de bien. Tous ces couples sur grand écran…

même si ce n'étaient que des personnages de fiction, certains d'entre eux s'étaient insinués dans son cerveau et avaient déclenché toutes sortes de choses.

Dont aucune n'avait de rapport avec Wellsie.

À la place, il n'avait pensé qu'à ces journées passées avec PersOnne, où tous deux étaient allongés sur le lit avec les couvertures entre leurs corps, elle le regardant comme si elle désirait bien plus que ce qu'il lui donnait, lui se retenant par respect pour ses morts… et peut-être aussi parce que, au fond de lui, il n'était qu'un foutu lâche.

Probablement moitié-moitié.

Compte tenu du remue-ménage dans sa tête, il s'était senti obligé de venir ici. Il avait besoin des souvenirs de sa bien-aimée, des images de sa Wellsie qu'il avait peut-être oubliées, d'une puissante rafale de passé pour lutter contre ce qu'il ressentait comme une trahison à l'heure actuelle.

De très loin, il observa sa main se tendre pour saisir la poignée. Il la tourna à droite, puis ouvrit en grand le lourd panneau d'acier peint. Quand l'éclairage automatique s'activa, il fut frappé par la dominance des tons crème : les marches qui descendaient étaient couvertes d'un tapis couleur chamois et les murs étaient peints dans la même teinte, tout était apaisant et serein.

Cela avait été leur sanctuaire.

Franchir la première marche équivalut à sauter du haut du Grand Canyon. Et franchir la deuxième ne fut pas mieux.

Il était toujours dans le même état d'esprit quand il atteignit le bas de l'escalier et qu'il n'y eut plus rien à descendre.

Le sous-sol de la maison suivait le plan du rez-de-chaussée, même si seuls les deux tiers de l'espace étaient dévolus aux pièces d'habitation, avec une suite de maître, une salle de musculation, une buanderie et une mini-cuisine équipée, le reste étant une zone dédiée au stockage.

Tohr ignora combien de temps il demeura planté là.

Mais finalement, il se mit à avancer, en direction du placard devant lui…

Le fait qu'il l'ouvre pour découvrir un trou noir lui parut absolument normal…

Merde, on sentait encore l'odeur de Wellsie. Son parfum. Sa fragrance.

Il entra à l'intérieur, referma la porte derrière lui et rassembla son courage avant d'appuyer sur l'interrupteur, allumant peu à peu les plafonniers.

Le lit était fait.

Probablement par elle: même s'ils avaient du personnel, c'était le genre de femelle qui aimait faire les choses elle-même. Cuisiner. Nettoyer. Plier le linge.

Faire leur lit à la fin de chaque journée.

Il n'y avait aucune trace de poussière, ni sur les commodes, la sienne et celle de Wellsie… ni sur les tables de nuit, la sienne avec le radio-réveil, et celle de Wellsie avec le téléphone… ni sur le bureau avec l'ordinateur qu'ils partageaient.

Mince, il n'arrivait plus à respirer.

Pour faire une petite pause au milieu de cette épreuve, il entra dans la salle de bains avec l'idée de répondre aux besoins en oxygène de son corps.

Il aurait dû savoir à quoi s'attendre. Elle était partout dans cet espace carrelé; tout comme elle était partout dans la maison.

Ouvrant l'un des placards, il sortit un flacon contenant sa crème pour les mains et en lut l'étiquette, devant et derrière, chose qu'il n'avait jamais faite du vivant de Wellsie. Il fit de même avec l'une de ses bouteilles de shampoing de secours, ainsi qu'avec un pot de sels de bains qui… oui, avaient la même odeur que dans son souvenir: un mélange de citron et de verveine.

Il retourna dans la chambre.

Puis vers le placard d'entrée…

Il ne sut pas précisément quand le changement s'opéra en lui. Peut-être fut-ce pendant qu'il fouillait dans ses pulls empilés dans le cagibi. Peut-être quand il contempla ses chaussures proprement alignées sur les étagères inclinées. Ou lorsqu'il passa en revue ses chemisiers sur les cintres, ou ses pantalons… à moins que ce ne soient les jupes et les robes…

Mais au bout du compte, dans le silence pesant, dans sa solitude douloureuse, dans son chagrin perpétuel… il prit conscience que tout ceci n'étaient que des objets.

Ses vêtements, son maquillage, ses affaires de toilette… le lit qu'elle avait fait, la cuisine dans laquelle elle avait œuvré, la maison dont elle avait fait leur foyer.

Ce n'étaient que des objets.

Et de même qu'elle ne remplirait plus jamais sa robe d'union, elle ne reviendrait jamais ici pour réclamer l'une de ces choses. Tout ceci lui avait appartenu et elle l'avait porté, utilisé, en avait eu besoin ; mais ce n'était pas elle.

« *Dis-le ; dis qu'elle est morte.* »

« *Je ne peux pas.* »

« *C'est toi, le problème.* »

Rien de ce qu'il avait fait au cours de son deuil ne l'avait ramenée. Ni la douleur des souvenirs, ni la boisson abrutissante, ni les larmes indignes et faibles, ni la résistance à une autre femelle… ni le fait d'éviter cet endroit, ni les heures assis tout seul avec un grand vide dans la poitrine.

Elle avait disparu.

Et cela signifiait que tout ceci n'étaient que des objets dans une maison vide.

Mon Dieu… ce n'était pas ce qu'il s'était attendu à ressentir. Il était venu ici pour recouvrir les images de PersOnne. Au lieu de quoi ? Il n'avait trouvé qu'un ramassis d'objets inanimés qui n'avaient pas plus le pouvoir de transformer sa situation qu'ils ne pouvaient marcher ou parler.

Néanmoins, si l'on considérait la situation de Wellsie, le fait qu'il ait cherché un moyen de rompre le lien avec PersOnne était une folie. Il aurait dû se réjouir à l'idée qu'il pensait à une autre femelle.

Mais à l'inverse, il considérait toujours cela comme une malédiction.

Chapitre 39

Dans la demeure de la Confrérie, PersOnne était assise sur le lit qu'elle partageait avec Tohrment. Sa robe était étendue sur la couverture à côté d'elle et elle n'était vêtue que de sa chemise.

Silencieuse. Cette pièce était tellement silencieuse sans lui.

Où donc était-il ?

Quand elle était revenue ici après son travail au centre d'entraînement, elle croyait le trouver en train de l'attendre, tiède et peut-être endormi sur le lit. Au lieu de cela, les couvertures étaient toutes bien ordonnées, les oreillers alignés à la tête du lit et l'édredon supplémentaire qu'il utilisait pour se réchauffer, toujours plié au pied du matelas.

Il n'était pas dans la salle de musculation, la piscine ni le gymnase. Pas plus qu'il n'était dans la cuisine où elle s'était rapidement arrêtée pour prendre un repas. Ni dans la salle de billard ou la bibliothèque.

Et il n'avait pas non plus paru au Premier Repas.

La poignée tourna et elle sursauta, uniquement pour laisser échapper un profond soupir de soulagement. Son sang dans le corps du guerrier annonça son arrivée avant même que son odeur lui parvienne aux narines ou que son corps emplisse l'encadrement de la porte.

Il ne portait toujours pas de tee-shirt. Ni de bottes.

Et son regard était aussi triste et désolé que les couloirs du *Dhund*.

— Où êtes-vous allé ? chuchota-t-elle.

Il évita à la fois son regard et sa question en se rendant dans la salle de bains.

— Je suis en retard. Kolher a convoqué une réunion.

Pendant que la douche coulait, elle ramassa sa robe et la posa sur ses épaules, sachant qu'il était mal à l'aise quand elle était déshabillée hors du lit. Mais ce n'était pas la raison de son humeur ; il était ainsi avant d'avoir seulement regardé dans sa direction.

Sa bien-aimée, se dit-elle. Cela devait avoir un lien avec sa bien-aimée.

Et elle devrait probablement le laisser tranquille.

Mais elle ne le fit pas.

Quand il sortit, il avait une serviette enroulée autour des hanches et il se dirigea immédiatement vers le placard sans lui accorder un regard. Une main appuyée au chambranle, il l'ouvrit et se pencha à l'intérieur, tandis que le plafonnier au-dessus de lui éclairait le nom gravé sur ses épaules.

Sauf qu'il n'en tira aucun vêtement. Il baissa la tête et demeura immobile.

— Je suis allé à la maison aujourd'hui, dit-il brusquement.

— Aujourd'hui ? Vous voulez dire... pendant la journée ?

— Fritz m'a emmené.

Le cœur de PersOnne se mit à battre violemment en pensant qu'il avait été exposé au soleil... Attendez, ils n'avaient donc pas vécu ensemble ici ?

— Nous avions notre propre maison, dit-il. Nous ne vivions pas ici avec les autres.

Donc ce n'était pas sa chambre conjugale. Ni son lit conjugal.

Voyant qu'il n'ajoutait rien, elle demanda :

— Qu'avez-vous... trouvé là-bas ?

— Rien. Absolument rien, putain.

— Elle a été vidée de vos affaires ?

— Non, j'ai tout laissé exactement dans l'état où c'était la nuit de sa mort. Jusqu'aux plats qui sont propres dans le lave-vaisselle, le courrier sur le bureau, le mascara qu'elle a laissé traîner juste avant de sortir pour la dernière fois.

Oh, quelle douleur pour lui, se dit-elle.

— Je suis allé là-bas pour la trouver, et je n'ai découvert qu'un étalage du passé.

— Mais vous n'êtes jamais loin d'elle ; votre Wellesandra est toujours avec vous. Elle respire dans votre cœur.

Tohrment se retourna, les paupières à demi baissées, le regard intense.

— Pas comme autrefois.

Brusquement, elle se redressa sous son examen. Tritura l'ourlet de sa robe. Croisa les jambes. Les décroisa.

— Pourquoi me regardez-vous ainsi ?

— J'ai envie de te baiser. C'est pour cela que je suis rentré.

Alors que le visage de PersOnne affichait une expression profondément choquée, Tohr ne prit pas la peine de tempérer la vérité avec de jolis mots, des excuses ou une fable quelconque. Il en avait tout simplement marre de tout : de lutter contre son corps, de se disputer avec le destin, de se débattre contre l'inévitable auquel il avait refusé de se soumettre pendant trop longtemps.

Debout devant elle, il était nu d'une façon qui n'avait rien à voir avec son absence de vêtements. Nu et épuisé… et il avait faim d'elle…

— Alors vous pouvez me prendre, dit-elle d'une voix douce.

Comme il enregistrait ses paroles, il se sentit pâlir.

— As-tu compris ce que je viens de dire ?

— Vous vous êtes montré assez direct.

— Tu es censée me dire d'aller me faire voir.

Il y eut un court silence.

— Eh bien, nous ne sommes pas obligés d'aller plus loin.

Pas de rancœur. Pas de supplique. Pas de déception ; il n'était question que de lui et de sa situation.

Comment pouvait-elle se montrer aussi… gentille ? se demanda-t-il.

— Je ne veux pas te faire de mal, dit-il avec l'impression qu'il voulait lui rendre la pareille.

— Ce ne sera pas le cas. Je sais que vous êtes toujours amoureux de votre compagne et je ne vous en blâme pas. Ce que vous avez partagé avec elle était un amour qui n'arrive qu'une fois dans une vie.

— Qu'en est-il de toi ?

— Je n'ai ni le besoin ni le désir de prendre sa place. Et je vous accepte tel que vous êtes, de quelque façon que vous choisissiez de venir à moi. Ou de ne pas venir, si c'est ainsi que cela doit être.

Tohr jura quand une partie de sa douleur s'allégea inopinément.

— Ce n'est pas juste pour toi.

— Si, ça l'est. Je suis heureuse de simplement passer du temps avec vous. C'est suffisant… et plus que je n'aurais jamais pu espérer compte tenu de ma destinée. Ces quelques mois ont été une joie complexe que je n'échangerais pour rien au monde. Si cela doit s'achever, j'aurai au moins eu ce que j'ai reçu. Et si les choses vont plus loin, alors je suis plus chanceuse que je ne le mérite. Et… si cela vous apaise, si peu que ce soit, alors j'aurai atteint mon unique but.

Quand elle se tut, sa dignité paisible le frappa de plein fouet, pour de bon. Et ce fut avec une profonde impression d'irréalité qu'il s'approcha d'elle, se pencha et prit son visage dans ses mains.

Lui caressant la joue de son pouce, il la regarda droit dans les yeux.

— Tu es… (Sa voix se fêla.) Tu es une telle femelle de valeur.

PersOnne posa les mains sur ses poignets épais, d'un geste doux et léger.

— Écoutez mes paroles et croyez-les. Ne vous souciez pas de moi. Prenez d'abord soin de votre cœur et de votre âme, c'est le plus important.

S'agenouillant devant elle, il se glissa entre ses jambes, emplissant l'espace qu'il avait créé avec son corps. Comme toujours avec elle, il se sentait à la fois gêné et à l'aise d'être si près.

Du regard, il suivit les contours de son visage, ce beau visage aimable. Puis il se concentra sur ses lèvres.

Avec des gestes lents, il se pencha, ne sachant pas vraiment ce qu'il fichait. Il ne l'avait jamais embrassée. Pas une seule fois. En dépit de tout ce qu'il connaissait de son corps, il ne savait rien de sa bouche et, quand elle écarquilla les yeux, il fut évident qu'elle ne s'était jamais attendue à une telle intimité.

Inclinant la tête sur le côté, il ferma les paupières… et franchit la distance qui le séparait de la chair veloutée.

Doucement, chastement, il pressa ses lèvres contre les siennes avant de reculer.

Ce n'était pas assez.

Inclinant de nouveau la tête, il s'attarda sur sa bouche, l'effleurant, la caressant. Puis il rompit brusquement le contact et se remit debout. S'il ne s'arrêtait pas maintenant, il ne le ferait pas du tout et il était déjà en retard pour retrouver Kolher et ses frères. En outre, il n'était pas question d'une partie de jambes en l'air rapide.

C'était plus important que cela.

— Je dois m'habiller, lui dit-il. Je dois y aller.

— Et je serai ici à votre retour. Si vous le souhaitez.

— Oui.

Se retournant, il ne perdit pas de temps pour enfiler ses vêtements et ramasser ses armes et, dès qu'il eut mis la main sur sa veste en cuir, son intention fut de sortir immédiatement. Au lieu de cela, il s'arrêta et la regarda. Elle avait posé les doigts sur ses lèvres, les yeux écarquillés et pleins d'étonnement... comme si elle n'avait jamais ressenti quoi que ce soit d'approchant.

Il revint vers le lit.

— S'agissait-il de ton premier baiser ?

Elle rougit de façon charmante, baissant timidement les yeux sur la moquette.

— Oui.

L'espace d'un instant, il ne put que secouer la tête en pensant à tout ce qu'elle avait traversé.

Puis il se pencha.

— Tu me laisserais t'en donner un autre ?

— Oui, s'il vous plaît..., souffla-t-elle.

Il l'embrassa plus longuement cette fois-ci, s'attardant sur la lèvre inférieure, la titillant même doucement avec l'un de ses crocs. À ce contact, la chaleur explosa entre eux, surtout quand il l'attira contre lui, la serrant plus fort qu'il n'aurait dû compte tenu du nombre d'armes suspendues à son torse.

Avant de la faire se lever, il se força à la reposer sur le lit.

— Merci, chuchota-t-il.

— Pourquoi donc ?

Il ne put que hausser les épaules car l'essentiel de sa gratitude était trop complexe pour qu'il le formule à voix haute.

— Je suppose que c'est pour ne pas essayer de me changer.

— Jamais, dit-elle. À présent, faites attention à vous.

— Oui.

Dehors dans le couloir, il referma la porte en silence et prit une profonde inspiration...

— Tout va bien, mon frère ?

Il se reprit et jeta un coup d'œil à Z. Le mâle était également habillé pour le combat, mais venait de la direction opposée à celle de sa chambre.

— Euh, oui, bien sûr. Et toi ?

— On m'a envoyé te chercher.

Bien. Compris. Et il était content qu'il s'agisse de Z. Sans le moindre doute, le vampire avait conscience de son état d'esprit embrouillé, mais contrairement aux autres – et spécialement Rhage – il ne se montrerait jamais indiscret.

Ensemble, ils descendirent le couloir et entrèrent dans le bureau du roi, juste au moment où V. déclarait :

— Je n'aime pas ça. Le seul vampire qui nous a envoyés chier pendant des mois t'appelle brusquement à l'improviste et dit qu'il est prêt à te rencontrer ?

Ahssaut, se dit Tohr, pendant qu'il s'adossait contre les étagères.

Tandis que ses frères marmonnaient différentes variations sur le thème du « on n'est pas très chauds », il se mit à branler du chef, parfaitement d'accord. Cela faisait trop de coïncidences...

Derrière le grand bureau, l'expression de Kolher se fit glaciale, et cela seul fit taire les frères : il irait, avec ou sans eux.

— Quel merdier, râla Rhage. Tu n'es pas sérieux.

Jurant à voix basse, Tohr comprit qu'il ferait peut-être mieux de passer l'étape de la dispute : vu la contraction de la mâchoire de Kolher, les frères seraient perdants.

— Tu porteras un gilet en Kevlar, dit-il au roi.

Kolher montra les crocs.

— Quand ne l'ai-je pas fait ?

— C'est juste pour qu'on soit clairs sur ce point. À quelle heure veux-tu partir ?

— Tout de suite.

Viszs alluma une roulée et souffla de la fumée.

— « Quel merdier », c'était bien dit.

Kolher se leva, saisit le harnais de George et contourna le trône.

— Je veux seulement une protection standard de quatre gars. Si on se rend là-bas avec trop de flingues, on aura l'air nerveux. Tohr, V., John et Vhif constitueront cette équipe.

Cela semblait logique. Rhage avec sa bête était trop imprévisible. Z. et Fhurie n'étaient techniquement pas de service ce soir. Butch devait être en attente avec l'Escalade. Et Vhen n'était pas là, ce qui signifiait que son travail diurne en tant que roi des *symphathes* l'avait de nouveau emmené dans le nord.

Oh, et Souffhrance ? Compte tenu de son apparence, elle risquait de griller les circuits d'Ahssaut en le rendant trop stupide pour parler. Comme son jumeau, elle avait tendance à faire une grosse impression sur le sexe opposé.

Mais tout le monde serait joignable par texto, et Kolher avait raison : s'ils amenaient toute cette fichue famille, ils enverraient le mauvais message.

Comme tout le monde sortait et descendait le grand escalier, on entendit quelques protestations étouffées et, une fois en bas, on vérifia les armes et l'on resserra les holsters.

Tohr jeta un coup d'œil à John. Vhif lui collait au train encore plus qu'un pantalon, et c'était une bonne chose car il était évident que tout n'allait pas bien dans l'univers de John : on sentait comme d'habitude son odeur d'union mais il avait une tête à faire peur.

Le roi se pencha et parla un instant à George. Puis il empoigna sa reine et l'embrassa passionnément.

— Je serai de retour avant que tu ne t'aperçoives de mon absence, *leelane*.

Pendant que Kolher traversait la foule et disparaissait dans la cour sans aucune aide, Tohr s'approcha de Beth, lui prit la main et la pressa.

— Ne t'inquiète pas. Je le ramènerai dès que ce sera fini, et en un seul morceau.

— Merci... mon Dieu, merci. (Elle l'entoura de ses bras et le serra avec force.) Je sais qu'il est en sécurité avec toi.

Comme elle s'accroupissait pour réconforter le golden retriever anxieux, Tohr se dirigea vers la porte, en ralentissant quand il arriva à l'embouteillage créé par les frères dans le hall d'entrée. En attendant de franchir le seuil, il jeta un coup d'œil au balcon du premier étage. PersOnne se tenait en haut des marches, toute seule, sa capuche baissée.

Il fallait faire disparaître cette tresse, se dit-il. Une chevelure aussi belle que la sienne était faite pour refléter la lumière et briller.

Il leva la main pour la saluer et, une fois qu'elle lui eut rendu son « au revoir », il sortit dans la nuit froide.

Se tenant près de John, mais pas trop, il attendit que Kolher fasse signe, puis se dématérialisa avec le roi et les garçons jusqu'à une péninsule sur l'Hudson, juste au nord de la cabane de Xhex.

Quand Tohr reprit forme au milieu d'une mince bande de forêt, l'air était d'une fraîcheur vivifiante et sentait les feuilles mortes et les rochers mouillés de la rive.

Là-haut, la demeure moderne d'Ahssaut était un véritable joyau, même vue depuis leur position qui donnait sur l'arrière et les garages. La structure palatiale comportait deux niveaux, avec une galerie extérieure qui faisait tout le tour du bâtiment, lui-même orienté de façon que ses fenêtres offrent la plus large vue possible sur le fleuve.

C'était une résidence idiote pour un vampire. Tout ce verre pendant la journée ?

Mais bon, que pouvait-on attendre de la part d'un membre de la *glymera* ?

La maison avait déjà été passée au peigne fin, comme tous les autres lieux de rencontre. Ils en connaissaient donc la disposition extérieure… et V. s'était infiltré et avait également examiné l'intérieur. Selon son rapport, il n'y avait pas grand-chose là-dedans, et il était clair que cela n'avait pas changé. Sous la lumière des plafonniers, il y avait franchement peu de choses appartenant à la catégorie « mobilier ».

Comme si Ahssaut vivait dans une vitrine où il s'exposait.

Et pourtant, ce type avait apparemment effectué quelques aménagements intelligents. D'après V., tous les panneaux de verre contenaient de fins filins d'acier, à la façon des vitres de voiture dotées d'un système de dégivrage, il était donc impossible d'y entrer ou d'en sortir en se dématérialisant. Il avait également dégagé la pelouse qui entourait les lieux de sorte que, si quoi ou qui que ce soit approchait, il fasse une cible facile.

À ce sujet, Tohr laissa son instinct et ses sens prendre le dessus… et obtint un grand « nada » sur son écran radar. Rien ne bougeait qui ne soit censé le faire : uniquement des branches et des feuilles que le vent faisait s'agiter, un cerf à environ trois cents mètres de là, son frère et les garçons derrière lui.

Du moins jusqu'à ce qu'une voiture déboule sur l'étroite allée pavée.

Une Jaguar, devina Tohr au bruit du moteur.

Oui, il avait raison. Une XKR noire. Avec des vitres teintées.

La longue décapotable les dépassa, s'arrêta devant la porte du garage le plus proche de la demeure et se glissa à l'intérieur quand le battant se souleva. Ahssaut, ou celui qui se trouvait derrière le volant, ne coupa pas le contact et ne sortit pas de la voiture immédiatement après. Il attendit que la porte se referme derrière lui et, ce faisant, Tohr remarqua qu'elle était dépourvue de carreaux vitrés. Elle était également d'une teinte légèrement différente des finitions du reste de la maison. Il en allait de même avec les cinq autres garages.

Il avait ajouté ces portes après son emménagement, se dit Tohr.

Peut-être que ce fils de pute n'était pas un crétin fini.

— OK, je vais m'approcher de la porte d'entrée. (Le regard couleur de diamant de V. étincela.) Je vous enverrai un signal… ou vous entendrez cette lavette crier comme une fille. Dans les deux cas, vous savez quoi faire.

Et il partit, se dématérialisant pour atteindre le coin de la maison. Il aurait mieux valu garder un œil sur lui, mais Kolher était la partie la plus importante de la mission, et la ligne d'arbres dans le fond était la seule couverture disponible.

Pendant qu'ils attendaient, Tohr sortit son pistolet, et John Matthew et Vhif l'imitèrent. Le roi était couvert par des calibres .40, mais les siens demeurèrent à leur place. Cela aurait été se montrer bien trop sur la défensive que de se présenter un flingue à la main.

Mais sa garde personnelle ? Ça faisait partie de la fiche de poste.

Tous les sens aux aguets, Tohr regretta, une fois de plus, que le roi ne soit pas resté à la maison le temps qu'ils procèdent à la sécurisation des lieux, mais Kolher avait refusé cette idée tout net des mois auparavant. Trop humiliant, sans doute, étant donné que, contrairement à son père, il avait été un guerrier avant de monter sur le trône… C'était seulement que, putain de merde, des moments pareils vous donnaient envie de vous arracher le visage.

Le portable de Tohr vibra après trois minutes de tension : « La porte de la cuisine à côté du garage. »

— Il veut que nous entrions par l'arrière, annonça Tohr en rangeant le téléphone. Kolher, c'est à cinquante mètres, tout droit.

— Compris.

Tous les quatre se dématérialisèrent et réapparurent sur le seuil en une formation serrée qui protégeait Kolher autant que possible : Tohr se tenait juste devant le roi, John à sa droite, Vhif à sa gauche. V. se plaça immédiatement derrière.

Et pile à ce moment-là, Ahssaut ouvrit la porte.

Chapitre 40

La première impression que Tohr eut de leur hôte était qu'Ahssaut n'avait pas du tout changé. Il était toujours assez massif pour devenir un frère, avec des cheveux si noirs qu'ils faisaient passer V. pour un blond. Et ses vêtements étaient, comme d'habitude, soignés et parfaitement coupés. Il était toujours aussi méfiant, et son regard rusé et fuyant… comprenait trop de choses et était bien trop intelligent.

Un nouveau citoyen de choix pour ce continent.

Ou pas.

L'aristocrate eut un sourire qui n'atteignit pas ses yeux.

— Je suppose que c'est Kolher, là au milieu de tous ces corps ?

— Montre un peu de respect, putain, cracha V.

— Les compliments sont le sel de la conversation. (Ahssaut se détourna, pour les laisser franchir le seuil.) Ils ne font qu'obstruer…

Kolher se dématérialisa pour se placer pile sur le chemin du vampire, se déplaçant si vite qu'ils se retrouvèrent nez à nez.

Montrant des crocs aussi longs que des dagues, le roi gronda sourdement.

— Surveille ta langue, fiston. Ou je ferai en sorte qu'il te soit impossible de dire d'autres conneries.

Ahssaut recula d'un pas, plissant les yeux comme s'il évaluait les mensurations de Kolher.

— Tu n'es pas comme ton père.

— Toi non plus. Malheureusement.

Alors que V. refermait la porte, Ahssaut esquissa un geste vers sa poche intérieure… et se retrouva immédiatement avec quatre canons pointés sur la tête. Il se figea, son regard passant d'une arme à l'autre.

— J'allais sortir un cigare.

— Je le ferais lentement si j'étais toi, murmura Kolher. Cela ne poserait aucun problème à mes guerriers de te buter sur place.

— C'est une bonne chose que nous ne soyons pas dans le salon. J'adore le tapis. (Il jeta un coup d'œil à V.) Tu es certain de vouloir faire ça ici, dans le vestibule ?

— Oui, connard, j'en suis sûr, grinça V.

— Phobie des fenêtres ?

— Tu allais t'en allumer une, reprit Kolher. Ou te faire allumer. Et si on résolvait ce premier point avant de parler de la passoire qui te sert de maison.

— J'apprécie la vue.

— Qui pourrait être moi me tenant devant ta tombe, annonça V. en désignant de la tête la main d'Ahssaut qui disparaissait dans sa veste.

Haussant un sourcil, celui-ci tira un long cigare cubain et mit un point d'honneur à le montrer à tout le monde. Puis il glissa la main dans sa poche de côté, en sortit un coupe-cigare en or et le présenta à son public armé jusqu'aux dents.

— Quelqu'un a-t-il envie de se joindre à moi ? Non ?

Il coupa l'extrémité et l'alluma, apparemment indifférent au fait que sa tête se trouvait toujours dans la ligne de mire.

Après quelques bouffées, il déclara :

— J'aimerais savoir une chose.

— Ne me tends pas une perche pareille, marmonna V.

— Est-ce la raison pour laquelle tu as fini par m'appeler ? demanda Kolher.

—Oui, en effet. (Le vampire fit rouler son cigare entre son pouce et son index.) As-tu l'intention de modifier les lois régissant le commerce avec les humains ?

Tohr se pencha sur le côté et passa rapidement en revue ce qu'il distinguait du reste de la maison… soit pas grand-chose : une cuisine moderne, un bout de la salle à manger, un salon tout au fond. Ne voyant personne bouger dans les pièces vides, il se concentra de nouveau sur Ahssaut.

—Non, répondit Kolher. Sous réserve que les affaires restent méconnues de la police humaine, tu peux faire ce que tu veux. Dans quel genre de négoce es-tu ?

—La vente.

—De quoi ?

—Est-ce important ?

—Si tu ne réponds pas, je vais présumer qu'il s'agit de drogues ou de femmes. (Kolher fronça les sourcils quand il n'obtint pas de réponse.) Alors, lequel est-ce ?

—Les femmes posent trop de problèmes.

—Mais il est difficile de faire profil bas avec la drogue.

—Pas de la façon dont je gère les choses.

V. ouvrit son bec.

—Alors c'est grâce à toi que les hommes de main se tirent une balle dans la tête dans les ruelles.

—Pas de commentaire.

Kolher fronça de nouveau les sourcils.

—Pourquoi mettre le sujet sur le tapis maintenant ?

—Disons seulement que je suis tombé sur trop de personnes intéressées.

—Sois plus précis.

—Eh bien, l'une d'entre elles mesure environ un mètre quatre-vingts. Elle a des cheveux noirs coupés en brosse. Son nom rime avec « sexe », et son corps est taillé pour.

Oh, non, tu n'as pas…, se dit Tohr.

Le sifflement qu'émit John poussa tout le monde à tourner la tête. Et, ça alors, il avait les yeux rivés sur Ahssaut comme si, tout du moins en esprit, il était déjà en train d'arracher la gorge du mâle.

— Je vous demande pardon, fit ce dernier d'une voix traînante. J'ignorais que c'était une de vos connaissances.

Tohr grogna par solidarité pour son fils, même s'ils ne se parlaient plus.

— Elle est bien plus qu'une simple connaissance, putain. Donc tu peux cesser tes foutues conjectures… et tant qu'on y est, garde tes distances avec elle.

— C'est elle qui est venue me chercher.

Génial. L'affirmation fit l'effet d'une bombe…

Avant que les choses dérapent, Kolher leva la main.

— Je me contrefous de ce que tu fabriques avec les humains, tant que tu nettoies le bordel derrière. Mais si tu te fais choper, tu es tout seul.

— Et concernant les membres de notre espèce qui gênent mon commerce ?

Kolher eut un petit sourire ironique.

— Tu as déjà des soucis pour défendre ton territoire ? Devine quoi : on ne peut avoir ce qu'on ne peut pas garder.

Ahssaut inclina la tête.

— Très bien…

Un bris de verre retentit derrière eux, interrompant la discussion et forçant chacun à se mettre à quatre pattes : une fusillade.

D'un bond puissant, Tohr s'éleva en l'air, son corps massif survolant les carreaux en céramique. Sa cible : Kolher.

Tandis qu'un tir nourri de balles frappait l'arrière de la maison, il plaqua le roi au sol, recouvrant son frère de son corps autant que possible. Tous les autres, y compris Ahssaut, s'aplatirent également par terre et rampèrent à couvert derrière différents murs.

— Seigneur, tu es touché ? souffla Tohr à l'oreille de Kolher tandis qu'il envoyait le texto d'alerte.

— Peut-être au cou, grogna le roi.

— Ne bouge pas.

— Tu es couché sur moi. Où crois-tu que je puisse aller ?

Tohr tourna la tête pour voir où se trouvaient les autres. V. s'était jeté sur Ahssaut : il serrait d'une main la gorge de leur hôte, et tenait de l'autre son flingue contre sa tempe. Vhif et John avaient le dos collé au mur de chaque côté de la porte par laquelle ils étaient entrés, couvrant l'extérieur aussi bien que l'accès à la cuisine.

Le vent froid qui s'infiltrait à travers les carreaux de verre brisés de la porte ne leur apporta aucune odeur particulière, et cela leur révéla l'identité des agresseurs : des éradiqueurs auraient empuanti l'endroit vu que les tirs et les vents dominants venaient du nord.

Il s'agissait de Xcor et de sa bande de salopards.

Mais bon, comme s'ils ne le savaient pas déjà. Le premier coup de feu provenait d'un fusil, et avait visé Kolher au travers de ces satanés carreaux en verre de la porte… sans compter qu'il y avait longtemps que la Société des éradiqueurs ne faisait plus preuve de la moindre finesse dans ses attaques.

— Tu étais censé tenir cette rencontre secrète, vampire, dit V. d'un ton meurtrier.

— Personne ne sait que vous êtes là.

— Alors je supposerai que tu as commandité un assassinat tout seul.

Il allait buter cet enfoiré, se dit Tohr sans émotion. Ici et maintenant.

Ahssaut garda la tête froide, et se positionna devant le frère pour que le canon de l'arme soit désormais pointé sur son front.

— Va te faire foutre… Voilà pourquoi je voulais que nous discutions dans le salon. Le verre est blindé là-bas, connard. Et au fait, je suis touché, espèce d'idiot.

Le mâle leva le bras et montra sa main droite, celle qui avait tenu le cigare, qui saignait.

— Alors peut-être que tes amis ne savent pas viser.

— Ce n'était peut-être pas mal visé. Je suis une cible, moi aussi…

D'autres balles arrosèrent l'arrière de la maison, certaines passant par le verre brisé de la porte. Putain de merde, les vitres thermiques étaient utiles pour affronter les hivers new-yorkais, mais ne valaient rien pour arrêter une balle de Remington.

— Comment ça va ? chuchota Tohr à l'oreille de Kolher tout en vérifiant sur son téléphone s'il n'avait pas reçu de réponse des autres frères.

— Bien. Et toi ?

Sauf que le roi se mit à tousser… et, mince, on entendit un râle dans ses poumons.

Il avait une hémorragie quelque part dans son système respiratoire…

Rapide comme l'éclair, Ahssaut se libéra de la poigne de V. et fila vers le fond du vestibule en laissant une traînée de sang derrière lui. Il se dirigea vers une porte qui devait donner sur le garage.

— Ne tirez pas ! J'ai une voiture dans laquelle vous pourrez l'emmener ! Et je vais éteindre toutes les lumières de la maison.

Quand tout fut plongé dans le noir, Viszs se dématérialisa sur le vampire, le jeta à terre et lui écrasa le visage contre le carrelage.

— Je vais te tuer à présent…

— Non, ordonna Kolher. Pas tant que nous ignorons ce qu'il se passe.

Dans la pénombre, V. serra les dents et lança un regard plein de colère au roi. Mais au moins il n'appuya pas sur la détente. Au lieu de cela, il mit la bouche près de l'oreille de leur hôte et grogna :

— Tu ferais bien d'y réfléchir à deux fois avant de chercher de nouveau une sortie.

— Alors fais-le toi-même.

Mais on entendit plutôt : « Alors fais-le t'mêm'. »

Viszs jeta un coup d'œil à Tohr et soutint son regard. Quand ce dernier hocha légèrement la tête, l'autre frère poussa un juron… puis leva le bras et ouvrit la porte du garage. L'éclairage automatique était toujours allumé depuis le retour d'Ahssaut un peu plus tôt, et Tohr aperçut quatre voitures : la Jaguar. Une Spyker. Une Mercedes noire. Et un monospace noir sans vitres de côté.

— Prenez le GMC, grogna Ahssaut. Les clés sont sur le contact. Il est intégralement blindé.

Quand tout redevint silencieux dehors, John et Vhif se mirent à tirer à tour de rôle au travers des carreaux cassés, selon un rythme régulier, uniquement pour s'assurer que personne n'essaierait de se dématérialiser jusqu'à l'intérieur.

Merde, leurs munitions ne dureraient pas longtemps.

Tohr poussa un juron devant leur manque d'options, et le fait qu'il n'ait encore reçu aucune réponse de la Confrérie…

— Nous avons la situation en main, annonça Vhif sans se détourner de la porte. Mais il faut que les autres frères arrivent ici avant que vous tentiez une sortie.

— Je les ai déjà alertés, marmonna Tohr. Ils sont en route.

Tout du moins l'espérait-il.

La voix d'Ahssaut se fit entendre par-dessus les détonations.

— Prenez ce foutu monospace. Je ne suis pas en train de vous entuber.

Tohr l'épingla du regard.

— Si c'est le cas, je te dépècerai vivant.

— Ce n'est pas le cas.

Vu qu'il n'y avait pas d'autres garanties à recevoir, Tohr s'écarta de Kolher d'une roulade et aida le roi à s'accroupir. Merde… il avait du sang sur le côté du cou. En grande quantité.

— Garde la tête baissée, seigneur, et suis-moi.

— Sans blague.

Aussi vite qu'il l'osa, Tohr leur fit traverser la pièce, après avoir guidé le roi jusqu'au mur pour que celui-ci puisse tendre la main et s'orienter.

— Lave-linge, annonça Tohr en tirant Kolher sur le côté pour éviter la grosse machine. Sèche-linge. Porte à deux mètres. Un mètre cinquante. Un mètre. Une marche à descendre.

Quand ils dépassèrent Ahssaut, le mâle les observa.

— Seigneur, il est vraiment aveugle.

Kolher s'arrêta net et dégaina sa dague, la pointant directement vers le visage du vampire.

— Mais mon ouïe fonctionne parfaitement.

Ahssaut aurait probablement eut un mouvement de recul, mais il était coincé entre un mur solide, le canon d'une arme et une lame acérée… cela ne lui laissait pas beaucoup d'espace pour manœuvrer.

— Oui. En effet.

— Cet entretien n'est pas terminé, annonça Kolher.

— Je n'ai rien d'autre à dire.

— Moi si. Surveille tes arrières, fiston ; si ce petit interlude se révèle porter ton empreinte de près ou de loin, ta prochaine maison sera une boîte en sapin.

— Ce n'est pas moi. Je le jure ; je suis un homme d'affaires, purement et simplement. Je veux seulement qu'on me laisse tranquille.

— Tu parles d'un bobard, lâcha V. tandis que Tohr obligeait Kolher à se remettre en route.

Une fois dans le garage, Tohr traversa le sol de béton nu en crabe avec le roi, en contournant les autres véhicules. Quand ils atteignirent le monospace, il le passa en revue, puis ouvrit les doubles portes arrière et y fourra le vampire le plus puissant de la planète comme s'il n'était qu'une valise.

Après avoir refermé les portières, il s'accorda un moment pour prendre une profonde inspiration. Puis il fit le tour jusqu'au siège conducteur et grimpa à l'intérieur. Le plafonnier resta allumé un instant après qu'il se fut assis et, oui, les clés étaient là où Ahssaut avait dit qu'elles se trouvaient. Et oui, on avait sérieusement modifié le véhicule ; deux réservoirs d'essence, des barres latérales en acier renforcé, des vitres dont l'épaisseur suggérait qu'elles étaient effectivement à l'épreuve des balles.

Un panneau coulissant permettait de séparer l'arrière de l'avant et il l'ouvrit suffisamment pour pouvoir surveiller le roi.

Son ouïe était si sensible que le bruit du sang qui coulait goutte à goutte dans le véhicule lui paraissait aussi fort que les détonations qui en étaient la cause.

— Tu es sérieusement touché, seigneur.

Pour toute réponse, il obtint une quinte de toux.

Merde.

John était prêt à tuer.

Il se tenait à gauche de cette satanée porte de derrière, et les muscles épais de ses cuisses le démangeaient, son cœur se cabrait dans sa poitrine. Mais son pistolet était aussi immobile qu'une pierre.

La bande de salopards à l'origine de l'attaque se trouvait là où la Confrérie était arrivée : de l'autre côté de la pelouse, dans la forêt derrière la maison.

Un sacré tir, se dit-il. La première balle de fusil avait brisé le panneau de verre de la porte et s'était dirigée droit sur la tête de Kolher, alors même que plusieurs personnes se tenaient autour de lui.

Trop près. Beaucoup trop près.

Ces types étaient de vrais professionnels, ce qui signifiait qu'ils devaient être en train de se préparer pour un deuxième assaut… qui n'aurait pas pour cible ce côté si bien défendu de la maison.

Pendant que Vhif continuait à appuyer sur la détente d'un mouvement lent et régulier, John se pencha en arrière et regarda dans la cuisine à travers la porte en arcade.

Poussant un petit sifflement, il attira le regard de Vhif et désigna cette direction du menton.

— Compris…

— John, tu ne vas pas sortir tout seul, annonça V. Je vais surveiller la porte de derrière en même temps que notre hôte.

— Et s'ils passent par l'ouverture ? demanda Vhif.

— Je les liquiderai un par un.

Difficile d'argumenter avec lui. Surtout quand le frère dirigea son second flingue exactement vers l'endroit où Vhif et John tiraient.

Cela mit fin à toute conversation.

John et Vhif partirent côte à côte. Se servant de la lumière de la lune pour se guider, ils traversèrent la cuisine équipée de façon professionnelle et testèrent chaque porte qu'ils trouvèrent. Elles étaient toutes verrouillées.

Il s'avéra que la salle à manger, le salon et le séjour ne formaient qu'un seul grand espace, un peu comme un terrain de football que l'on aurait équipé pour une exposition de mobilier. La bonne nouvelle fut que des colonnes décorées soutenaient le plafond à intervalles réguliers, et lui et Vhif s'en servirent comme couvertures quand ils foncèrent examiner les portes en verre coulissantes.

Tout était verrouillé : ils firent le tour de l'immense pièce, qui était une véritable souricière. Mais, Seigneur, tout ce verre…

S'arrêtant net, John pointa le canon de son arme droit devant lui, siffla deux fois pour prévenir V… et effectua un tir d'essai.

Pas de casse. Pas même une fêlure. Le panneau de trois mètres sur deux avait simplement encaissé la balle sans moufter, comme s'il ne s'agissait que d'un vieux chewing-gum.

Ahssaut n'avait pas menti. En tout cas, pas sur ce point.

La voix de leur hôte leur parvint distinctement depuis l'arrière de la maison.

— Fermez et verrouillez la porte au pied de l'escalier menant au premier étage. Tout de suite.

Compris.

John laissa Vhif passer les toilettes et le bureau en revue pendant qu'il se précipitait vers une cage d'escalier en marbre noir et blanc. Bien entendu, dans le mur était inséré un panneau en acier inoxydable ignifugé qui, lorsqu'il le tira, sentit la peinture fraîche, comme si on l'avait installé récemment.

Il y avait deux verrous dessus, un pour s'isoler à l'étage, un autre pour faire de même en bas.

Pendant qu'il terminait d'installer le panneau et tournait le verrou, il ne put s'empêcher d'éprouver du respect pour la façon dont Ahssaut avait traité les mesures de sécurité.

— Cet endroit est une forteresse, dit Vhif en ressortant d'un cabinet de toilette.

— *La cave ?* articula John pour ne pas avoir à rengainer son arme.

Comme s'il lisait dans les esprits, Ahssaut cria :

— La porte du sous-sol est verrouillée. Elle se trouve dans la cuisine, à côté du second frigo.

Ils rebroussèrent chemin à toute allure, découvrant un autre de ces panneaux en acier qui se trouva être déjà en place et solidement verrouillé.

John consulta son téléphone et vit le message groupé que Rhage avait envoyé : « Grosse bagarre en ville, on sera là dès que possible. »

— *Merde*, souffla-t-il en montrant l'écran à Vhif.

— Je vais voir là-bas, annonça ce dernier en courant vers l'une des baies vitrées coulissantes. Verrouille la porte derrière moi…

John plongea sur le guerrier, l'attrapant par le col.

— *Certainement pas*, articula-t-il.

Vhif se libéra de sa poigne de fer.

— Cette situation est une saloperie en devenir et Kolher doit être emmené à la clinique. (Comme John jurait en silence, Vhif secoua la tête.) Sois raisonnable, mon pote. Tu es le renfort de V. avec Ahssaut, et tous les deux vous devez protéger l'intérieur. De plus, le monospace doit partir parce que le roi est touché. Il faut que tu me laisses sortir faire mon possible pour sécuriser la zone : nous n'avons personne d'autre.

John jura de nouveau, l'esprit tourbillonnant pour trouver d'autres options.

Au bout du compte, il posa la main sur la nuque de son meilleur ami et attira son front contre le sien pendant un bref instant. Puis il le lâcha et recula, la mort dans l'âme.

Son premier devoir était de sauver le roi, pas son meilleur ami. Kolher était la priorité dans cette mission, pas Vhif, point final.

En outre, Vhif était un fils de pute mortel, rapide à la course, doué avec une arme à feu, et excellent à l'arme blanche.

Il fallait se fier à ces capacités. Et l'enfoiré avait raison : on avait cruellement besoin d'eux dans cette situation.

Avec un dernier hochement de tête, Vhif se glissa dehors par la porte en verre, et John referma et verrouilla derrière lui… laissant le mâle se débrouiller seul.

Au moins la bande de salopards présumait sans doute que tout le monde se trouvait dans la maison et y resterait : ils devaient savoir que les renforts allaient arriver et, dans la plupart des situations de ce genre, les gens attendaient que l'aide arrive avant de conduire une contre-attaque.

— John ! Vhif! cria V. Qu'est-ce qui se passe là-bas, bordel ?

John revint au pas de course dans le vestibule. Malheureusement, il n'avait aucun moyen de communiquer de façon efficace sans lâcher son arme…

— Merde, Vhif est sorti tout seul, pas vrai ?

Ahssaut eut un petit rire.

— Et moi qui croyais être le seul à vouloir mourir.

Chapitre 41

Juste après que Syphon eut appuyé sur la détente de son fusil à longue portée, la première pensée de Xcor fut que le mâle avait très bien pu tuer le roi.

Debout sous le couvert de la forêt, il était impressionné par la précision du tir de son soldat : la balle avait traversé la pelouse, explosé le panneau de verre de la porte… et fait tomber le roi comme un sac de sable.

Soit cela, soit le roi avait choisi de s'abriter.

Il était impossible de savoir si cette disparition était une réaction défensive ou la chute d'un mâle grièvement blessé.

Les deux étaient peut-être vrais.

— Ouvrez le feu, ordonna-t-il dans la radio dernier cri accrochée à son épaule. Et prenez vos secondes positions.

Avec une précision née de la pratique, ses soldats passèrent à l'action, le bruit des détonations offrant une couverture pendant que tous, hormis lui et Affhres, se déplaçaient dans différentes directions.

La Confrérie allait arriver d'un moment à l'autre, ils avaient donc peu de temps pour fermer les écoutilles et se préparer au combat. Une bonne chose que ses soldats soient bien entraînés…

Tout à coup, la maison fut plongée dans le noir… intelligent. Cela leur compliquait la tâche pour les isoler en tant que cibles, même si, vu la façon dont le verre, à l'exception de celui de la porte de derrière, avait encaissé les balles, il semblait qu'Ahssaut ait bien plus de sens tactique que le traîne-savate de la *glymera* moyen.

En dépit des voitures piégées.

Au cours de l'accalmie qui suivit, Xcor ne put s'empêcher de supposer que si le roi était vivant et parfaitement indemne, Kolher se dématérialiserait à travers l'ouverture de la porte de derrière pour quitter la zone, laissant aux autres le soin de passer à l'attaque. Si le roi était blessé, ils allaient se tapir et attendre que les autres membres de la Confrérie débarquent et les couvrent pour effectuer une sortie. Et si le Roi aveugle était mort ? Ils resteraient avec le corps pour le protéger jusqu'à l'arrivée des autres…

Une détonation retentit à l'intérieur. Un seul coup de feu, dont l'éclair apparut sur la gauche.

Ils testaient le verre, se dit-il. Donc Ahssaut était mort, ou alors ils ne lui faisaient pas confiance.

— Quelqu'un sort, dit Affhres à son côté.

— Tirez pour tuer, ordonna Xcor dans sa radio.

Il n'y avait aucune raison de risquer une capture : quiconque se battant au sein de la Confrérie serait entraîné à supporter la torture, et ne serait donc pas un bon candidat pour la collecte d'informations. De plus, cette situation était une poudrière sur le point d'exploser, et réduire le nombre d'ennemis était le but premier ; faire des prisonniers n'en était pas un.

Des détonations résonnèrent lorsque ses salopards essayèrent d'éliminer celui qui s'était éclipsé, mais naturellement le guerrier s'était dématérialisé, il était donc peu probable qu'ils l'aient touché…

La Confrérie débarqua d'un seul coup, et les guerriers massifs prirent position tout autour de la maison, comme si elle avait déjà été passée en revue.

Des tirs furent échangés, et Xcor visa les deux vampires postés sur le toit tandis que ses soldats se concentraient sur les silhouettes sombres qui se déplaçaient autour de la galerie, de même qu'ils surveillaient toute attaque potentielle provenant des bois derrière eux.

Il devait empêcher tout véhicule de quitter la maison.

— Je vais couvrir le garage, dit-il dans la radio. Tenez vos positions.

Jetant un coup d'œil à Affhres par-dessus son épaule, il ordonna :

— Va aider les cousins au nord.

Tandis que son soldat hochait la tête et disparaissait, Xcor s'esquiva et fit de même, changeant de position en courant, vu qu'il était trop tendu pour se dématérialiser. S'ils tentaient d'emmener Kolher en voiture parce qu'il était blessé, Xcor devait être celui qui aurait la satisfaction d'empêcher la fuite du roi… et de finir le travail si nécessaire. C'était pourquoi le garage serait sa position privilégiée : les frères devraient réquisitionner l'un des véhicules d'Ahssaut vu qu'ils semblaient être venus sans… et que le vampire leur offrirait sûrement son aide. Il n'avait aucune allégeance envers un groupe en particulier : ni la bande de salopards, ni le Conseil, probablement même pas le roi. Mais il refuserait de payer le prix de la vendetta d'un autre contre Kolher.

Xcor s'installa derrière un rocher massif qui se trouvait au bord du carré d'asphalte derrière la maison. Ayant sorti un petit miroir convexe, il le disposa sur le rocher pour voir ce qui se trouvait derrière lui. Puis il attendit.

Ah, oui. Il avait eu raison encore une fois…

Tandis que les détonations continuaient de résonner, la porte du garage située le plus à droite s'ouvrit, la protection qu'elle offrait disparaissant peu à peu.

Le monospace qui sortit en reculant n'avait pas de vitres à l'arrière et il était prêt à parier que, comme la maison, ses flancs étaient impénétrables par autre chose qu'un missile sol-air.

Bien entendu, il était tout à fait possible qu'il s'agisse d'une ruse.

Mais il n'allait pas rater cette chance au cas où ce ne serait pas le cas.

Levant les yeux, il vérifia ses arrières, puis reporta son attention sur le monospace. S'il sautait en travers de son chemin, il pourrait peut-être coller une balle dans le moteur en traversant la calandre…

L'attaque qui arriva par-derrière fut si rapide qu'il ne sentit qu'un bras se refermer autour de sa gorge et tirer son corps en arrière. Passant immédiatement en mode autodéfense au corps à corps, il empêcha le mâle de lui briser la nuque en lui donnant un coup de coude dans le ventre, puis tira parti de la défaillance momentanée de son adversaire pour se retourner.

Il entrevit des yeux vairons… puis il ne fut plus question que de combat.

Le mâle attaqua avec tant de férocité qu'encaisser ses coups de poing revenait à recevoir une pluie de voitures. Heureusement, Xcor avait un équilibre et des réflexes remarquables et, en s'accroupissant très bas, il saisit le mâle par les cuisses et le plaqua violemment au sol. Il accompagna la chute de ce corps massif, puis sauta en avant et cogna le visage du combattant jusqu'à ce qu'il y ait du sang non seulement sur les jointures de ses mains, mais aussi en suspension dans l'air.

Sa position de supériorité ne tint pas longtemps. En dépit du fait que le soldat ne pouvait sans doute pas voir clairement, il parvint à saisir l'un des poignets de Xcor et s'y cramponna. Avec une force brute, il le tira sèchement en avant, amenant Xcor à sa portée, et lui assena un coup de tête si violent que, l'espace d'un instant, le monde s'embrasa comme si les branches et les feuilles des arbres autour d'eux avaient été des feux d'artifice.

Un changement brutal de gravité lui apprit qu'on le faisait rouler, mais au diable tout cela. Il interrompit l'élan en lançant une jambe pour enfoncer sa botte dans le sol. Tandis qu'il luttait contre un grand poids sur sa poitrine, il vit le monospace noir démarrer en quatrième vitesse dans un crissement de pneus et filer dans l'allée.

La colère d'avoir manqué une occasion de tuer le roi lui donna une énergie nouvelle, et il se remit sur ses pieds, avec son adversaire toujours accroché à ses épaules, comme un châle.

Dégainant son couteau de chasse, il le plongea à l'aveuglette derrière son dos et sut qu'il avait touché quelque chose, compte tenu de la résistance et des jurons. Mais alors la poigne se resserra autour de son cou, malmenant son arrivée d'air et le forçant à faire plus d'efforts pour s'oxygéner.

Le gros rocher derrière lequel il s'était abrité se trouvait à environ un mètre de là et il se dirigea vers lui d'un pas lourd. Puis il se retourna et écrasa le mâle contre le rocher une fois... deux fois...

La troisième fois, juste avant que son adversaire s'évanouisse, la poigne autour de son cou se relâcha. Avec un sentiment de confusion, il se libéra au moment même où une balle sifflait à côté de sa tête, si près qu'il sentit une traînée de chaleur sur son cuir chevelu.

Derrière lui, le soldat tomba dans l'herbe, mais cela ne durerait pas – et un rapide coup d'œil à la fusillade qui faisait rage autour de lui lui apprit que si ses salopards et lui restaient plus longtemps, il y aurait des pertes catastrophiques. Oui, ils emporteraient quelques membres de la Confrérie avec eux, mais seulement au prix d'un terrible coût dans leurs propres rangs.

Ses tripes lui disaient que Kolher était déjà parti. Et bon sang, même si la moitié de la Confrérie se trouvait dans ou autour du monospace – et si le roi était évacué, certains suivaient sans le moindre doute le véhicule dans l'ombre –, il y avait encore assez de frères ici au bord du fleuve pour leur infliger des dégâts vitaux, à lui et à ses mâles.

Le Saigneur serait resté pour se battre.

Mais lui était plus intelligent que cela : si Kolher était mortellement blessé ou s'il s'agissait de son cadavre, Xcor aurait besoin de sa bande de salopards pour la seconde étape de son coup d'État.

— Repliez-vous, aboya-t-il dans sa radio d'épaule.

Il leva sa botte de combat et frappa cet enfoiré aux yeux vairons tombé à terre, pour s'assurer que le mâle resterait là où il était.

Puis il ferma les yeux et se força à se calmer… se calmer… se calmer…

La vie et la mort dépendaient de sa capacité à se mettre dans le bon état d'esprit…

À l'instant même où une autre balle sifflait à côté de son crâne, il se sentit déployer ses ailes… et s'envoler.

— Comment ça va derrière ?

Tohr hurla la question tandis qu'il forçait le monospace à prendre un nouveau virage serré. Cette saloperie tourna comme si elle se trouvait sur une table basse bancale, oscillant d'un bord à l'autre jusqu'à ce que même lui se sente un peu nauséeux.

Kolher, pendant ce temps-là, jouait la bille dans un pot à l'arrière, roulant sur lui-même et battant des bras pour se rattraper.

— Y aurait moyen… (Kolher fut de nouveau entraîné d'une extrémité de la banquette à l'autre et toussa encore.) Tu pourrais ralentir… ce bus ?

Tohr regarda dans le rétroviseur. Il avait laissé le panneau ouvert afin de garder un œil sur le roi, et à la lueur du tableau de bord, Kolher était pâle comme un linge. À l'exception du sang qui tachait la peau de sa gorge. Qui était rouge cerise.

— On ne ralentit pas… désolé.

Si la chance était de leur côté, la Confrérie occupait la bande de salopards à la maison, mais qui pouvait le savoir ? Et lui et Kolher étaient sur la mauvaise rive de l'Hudson avec une bonne vingtaine de minutes de trajet en perspective.

Et pas de renforts.

Et Kolher… merde, il n'avait vraiment pas l'air bien.

— Comment ça va ? demanda encore Tohr.

Il y eut un silence plus long, cette fois-ci. Trop long.

Serrant les dents, il triangula la distance jusqu'à la clinique de Havers. Putain, c'était presque équidistant… donc se précipiter vers ce complexe dans l'espoir de trouver quelqu'un, n'importe qui avec des compétences médicales ne leur ferait pas gagner beaucoup de temps.

Venu de nulle part, Lassiter apparut sur le siège passager…

— Tu peux poser ton arme, dit sèchement l'ange.

Merde, il avait pointé son pétard sur lui.

— Je vais prendre le volant, ordonna Lassiter. Toi, occupe-toi de lui.

Tohr détacha sa ceinture de sécurité et changea de place en une fraction de seconde et, quand l'ange prit le volant, il fut évident que celui-ci était armé de pied en cap. Joli.

— Merci, mec.

— Pas de problème. Et tiens, laisse-moi répandre un peu de lumière sur le sujet.

L'ange se mit à luire, mais uniquement vers l'arrière. Et… bon sang… quand Tohr franchit la cloison de séparation, ce qu'il distingua dans la lumière dorée était la mort qui accourait ventre à terre vers le roi : la respiration de Kolher était superficielle et haletante, les muscles de son cou étaient tendus par l'effort qu'exigeait l'oxygène pour descendre jusqu'à ses poumons.

Cette blessure au cou mettait en péril l'arrivée d'air au-dessus de la pomme d'Adam. Avec un peu de chance, ce n'était qu'un gonflement ; dans le pire des cas, l'une de ses artères saignait et le noyait dans son propre sang.

—On est loin du pont ? hurla-t-il à Lassiter.

—Je le vois.

Kolher manquait de temps.

—Ne ralentis pas. Pour rien au monde.

—Compris.

Tohr s'agenouilla à côté du roi et arracha sa propre veste en cuir.

—Je vais voir si je peux t'aider, mon frère…

Le roi lui attrapa le bras.

—Ne… chie pas… dans ton froc.

—Certainement pas, seigneur.

Mais ses craintes étaient loin d'être exagérées concernant l'état critique du vampire. Si le roi ne recevait pas rapidement de l'aide pour respirer, il allait mourir avant que quelqu'un comprenne ce qu'il avait.

Se remettant en action, il ouvrit le manteau du roi, dégagea le devant de son gilet en Kevlar, et ne fut que moyennement rassuré de ne pas trouver d'impact de balle sur la large poitrine. Le problème était cette plaie au cou et, oui, un examen plus approfondi suggéra que la balle était logée quelque part à l'intérieur. Le Seigneur seul savait précisément ce qui n'allait pas. Mais il était quasiment certain que s'il pouvait ouvrir un point d'accès pour l'air sous la blessure, ils auraient peut-être une chance de se battre.

—Kolher, je vais te faire respirer. Et je t'en prie, pour l'amour de ta *shellane*, ne proteste pas. Il faut que tu œuvres avec moi, pas contre moi.

Le roi posa la main à tâtons sur son visage, finit par trouver ses lunettes de soleil et les jeta sur la banquette. Quand ses yeux incroyablement beaux, d'un vert lumineux, croisèrent ceux de Tohr, ce fut comme s'ils fonctionnaient.

—Tohr ? Tohr… (Un gargouillis, un gargouillis désespéré alors que le roi tentait de reprendre son souffle.) Où… t'es ?

Tohr emprisonna la main qui s'agitait et la pressa fermement.

—Je suis juste là. Tu vas me laisser t'aider à respirer, d'accord ? Hoche la tête, mon frère.

Quand le roi le fit, Tohr hurla à Lassiter :

—Garde cette caisse parfaitement stable jusqu'à ce que je te dise le contraire.

—On arrive au pont en ce moment même.

—Parfaitement stable, l'ange, on est d'accord ?

—Compris.

Tirant l'une de ses dagues, il la posa sur le sol moquetté à côté de la tête de Kolher. Puis il ôta sa poche à eau et l'ouvrit : prenant le tube en plastique flexible qui reliait l'embout au réservoir, il tira dessus et le coupa à chaque extrémité ; puis il souffla à l'intérieur pour en faire sortir l'eau.

Il se pencha sur Kolher.

—Je vais devoir t'inciser.

Merde, la respiration empirait encore, ce n'étaient plus que de tout petits souffles.

Tohr n'attendit pas la permission du roi. Il empoigna son couteau et, de sa main gauche, tâta le terrain de chair molle au-dessus de la clavicule du roi.

—Prépare-toi, dit-il d'une voix rauque.

C'était dommage qu'il ne puisse stériliser la lame, mais même s'il avait disposé d'un bûcher pour la passer dedans, il n'aurait pas eu le temps d'attendre qu'elle refroidisse : ces respirations saccadées devenaient de plus en plus légères, au lieu d'être plus fortes.

Avec une prière silencieuse, Tohr fit exactement comme V. lui avait appris : il enfonça la pointe aiguisée de sa dague dans la peau jusqu'au tunnel dur de l'œsophage. Une autre prière rapide… puis il incisa profondément, mais pas trop. Immédiatement après, il inséra le tube creux et flexible dans le trou.

Le soulagement fut rapide, l'air sortit avec un léger sifflement. Et juste après, Kolher prit une inspiration correcte, puis une autre… et encore une autre.

Posant une paume sur le sol, Tohr se concentra pour maintenir le tube qui sortait de la gorge du roi en place. Quand le sang commença à suinter autour de l'incision, il préféra plutôt pincer la peau autour du lien vital, pressant les bords de la plaie aussi étroitement que possible.

Les yeux aveugles avec leurs iris en tête d'épingle trouvèrent les siens, et il y lut de la gratitude, comme s'il avait sauvé la vie de Kolher, ou un truc du genre.

Mais rien n'était encore gagné. Chaque cahot du monospace rendait Tohr malade, et ils étaient encore trop loin de la maison.

— Reste avec moi, murmura-t-il. Reste avec moi, je t'en prie.

Comme Kolher hochait la tête et fermait les yeux, Tohr jeta un coup d'œil au gilet en Kevlar. Ces satanés trucs étaient conçus pour protéger les organes vitaux, mais ils n'étaient pas une garantie de retour sain et sauf à la maison.

À ce sujet, comment diable avaient-ils réussi à faire sortir le véhicule de là ? Certainement, les soldats de Xcor auraient dû tenir le garage : ces salopards assoiffés de sang auraient dû savoir qu'il s'agissait de la seule issue pour un roi blessé.

Quelqu'un avait dû les couvrir, sans doute l'un des frères arrivé juste à temps.

— Peux-tu conduire plus vite ? demanda-t-il.

— J'ai le pied au plancher. (L'ange regarda derrière lui.) Et je me fiche de savoir sur quoi je vais rouler.

Chapitre 42

PersOnne se trouvait dans le centre d'entraînement, et poussait une corbeille pleine de linge propre jusqu'aux lits de convalescence, quand cela arriva de nouveau.

Le téléphone sonna dans la salle d'examen principale, puis elle entendit, par la porte entrouverte, Doc Jane parler vite et avec insistance… en prononçant le nom de « Tohr »…

Après un moment de flottement, elle s'arrêta net, les mains serrées sur le rebord métallique de la corbeille, le cœur battant la chamade tandis que l'univers basculait follement et l'aspirait dans un tournoiement sans fin…

Tout au bout du couloir, la porte en verre du bureau s'ouvrit à la volée et Beth, la reine, surgit en dérapant.

—Jane! Jane!

La guérisseuse passa la tête hors de la salle d'examen.

—Je suis au téléphone avec Tohr en ce moment même. Ils l'amènent tout de suite.

Beth dévala le couloir, ses cheveux noirs flottant derrière elle.

—Je suis prête à le nourrir.

Il fallut un moment à PersOnne pour comprendre les implications de cette phrase.

Pas Tohr, ce n'était pas Tohr, pas lui… Douce Vierge scribe, merci…

Mais Kolher… non, pas le roi!

Le temps devint élastique, s'étirant indéfiniment, et les minutes ralentirent jusqu'à se traîner tandis que les gens de la maisonnée commençaient à arriver… sauf qu'alors, brusquement, on atteignit l'ultime point d'extension et « clac ! » tout devint flou.

Doc Jane et le guérisseur Manuel jaillirent de la salle d'examen : ils poussaient une civière à roulettes entre eux et le mâle portait un sac noir orné d'une croix rouge à l'épaule. Ehlena venait juste derrière eux, les bras chargés de matériel médical. De même que la reine.

PersOnne remonta le couloir en silence à leur suite, en courant sur la pointe de ses chaussons en cuir, rattrapa le lourd panneau d'acier de la porte qui menait au parking avant qu'il se referme et se faufila à l'intérieur. Le long du trottoir, un monospace aux vitres teintées s'arrêta dans un crissement de pneus, tandis que de la fumée s'élevait de son pot d'échappement.

Des voix – inquiètes et graves – luttèrent pour trouver de l'air quand on ouvrit en grand les portières arrière du véhicule et que Manuel le guérisseur bondit à l'intérieur.

Puis Tohr sortit.

PersOnne hoqueta. Il était couvert de sang, ses mains, sa poitrine, son pantalon en cuir, tout était taché de rouge. Sauf qu'il paraissait aller bien. Ce devait être celui de Kolher.

Douce Vierge scribe, le roi…

— Beth ! Grimpe là-dedans, hurla Manuel. Tout de suite !

Après que Tohr eut aidé la reine à monter, il resta à côté des portes ouvertes, les mains sur les hanches, sa poitrine se soulevant à un rythme rapide, son regard morne dirigé vers le traitement que l'on administrait au roi. Pendant ce temps, PersOnne se tenait à la périphérie, dans l'expectative, priant, et ses yeux passaient alternativement de l'expression horrible et figée de Tohr aux profondeurs sombres du monospace. Du roi, elle ne distinguait pourtant que les bottes à la semelle épaisse, noire, dont les sillons étaient suffisamment profonds pour laisser des empreintes dans du béton… tout du moins, quand un mâle aussi puissant que lui les portait.

À supposer qu'il remarche un jour.

S'entourant de ses bras, elle souhaita être une Élue, une femelle sacrée qui avait un lien avec la Vierge scribe, une façon d'approcher la Mère de l'espèce par dérogation spéciale. Mais elle n'était en rien comme cela.

Elle ne pouvait qu'attendre avec les autres qui formaient désormais un demi-cercle autour du monospace…

Il était impossible de savoir combien de temps ils s'occupèrent du roi dans ce véhicule. Des heures. Des jours. Mais finalement, Ehlena plaça le brancard aussi près que possible de la voiture et Tohr retourna à l'arrière d'un saut.

Kolher fut porté par son frère loyal et étendu sur la civière recouverte d'un drap blanc, qui ne le resterait pas longtemps, craignit PersOnne en examinant le cou du roi : le sang imprégnait déjà les couches de gaze sur le côté.

Chaque seconde comptait, mais avant qu'ils puissent l'emporter à l'intérieur, le grand mâle empoigna le tee-shirt taché de Tohr d'une main, et se mit à désigner sa gorge de l'autre. Brusquement il serra le poing, puis ouvrit la main paume en haut, comme s'il tenait quelque chose.

Tohr hocha la tête et regarda les médecins.

— Il faudra essayer de retirer la balle. Il nous faut ce truc, c'est la seule façon pour nous de prouver qui a fait cela.

— Et si cela met sa vie en danger ? demanda Manuel.

Kolher secoua la tête et réitéra son geste, mais la reine eut le dessus.

— Alors vous la laisserez à sa place. (Quand son compagnon prit un air furieux, elle haussa les épaules.) Désolée, mon *hellren*. Je suis certaine que tes frères seront d'accord : il faut que tu vives, d'abord et avant tout.

— C'est vrai, grogna Tohr. Le plomb est moins important ; en outre, nous savons déjà qui est responsable.

Kolher remua les lèvres… sauf que l'on n'entendit pas la moindre parole parce que… un tube lui sortait de la gorge ?

— Bien, je suis content que ce point soit réglé, marmonna Tohr. Prenez soin de lui, d'accord ?

Les guérisseurs hochèrent la tête et partirent avec le roi, accompagnés de la reine qui demeura avec son mâle, à qui elle parlait d'un ton doux et pressant tout en courant à côté de lui. Et lorsqu'ils franchirent la porte menant au centre d'entraînement, les yeux de Kolher, vert pâle et luisants, étaient rivés au visage de Beth, même s'ils ne pouvaient pas le voir.

Elle le maintenait en vie, se dit PersOnne. Le lien entre ces deux-là soutenait autant Kolher que les soins prodigués par les médecins…

Tohr suivit également son chef et passa à côté d'elle sans même la regarder.

Elle ne lui en tint pas rigueur. Comment pouvait-il voir autre chose ?

De retour dans le couloir, elle se demanda si elle ne devrait pas essayer de se remettre au travail. Mais non, c'était impossible.

Elle se contenta de suivre le groupe jusqu'à ce que tous, y compris Tohr, disparaissent dans la salle d'opération. N'osant les déranger, elle resta dehors.

Il ne lui fallut pas longtemps avant d'être rejointe par le reste de la Confrérie.

De façon dramatique.

Au cours de l'heure suivante, les horreurs de la guerre furent bien trop évidentes, les risques encourus rendus manifestes par les blessures qui se présentaient à mesure que les frères revenaient du champ de bataille au compte-gouttes.

Cela avait été une fusillade enragée. Du moins était-ce ce qu'ils racontaient à leurs compagnes, qui s'étaient toutes réunies pour les réconforter, les visages anxieux, les regards horrifiés et les cœurs paniqués unissant étroitement les couples. La bonne nouvelle fut que chacun d'entre eux revint à la maison, les mâles ainsi que la seule femelle, Souffhrance, et tous reçurent des soins.

Tout cela pour s'inquiéter au sujet de Kolher.

Le dernier à arriver fut l'un des plus atteints hormis le roi... au point que, tout d'abord, elle ne le reconnut pas. La tignasse noire et le fait que John Matthew le soutenait lui apprirent qu'il s'agissait probablement de Vhif... mais on ne l'aurait certainement pas su en regardant son visage.

Il avait été sérieusement rossé.

Pendant que l'on installait le mâle dans la seconde salle d'opération, elle pensa à sa jambe mutilée et pria pour que la guérison qui l'attendait, qui les attendait tous, ne soit en rien semblable à la sienne.

L'aube finit par arriver, mais elle ne le sut que parce que l'horloge sur le mur l'affichait. Par intermittence, on entrevoyait les différents drames qui se jouaient quand les portes des salles d'opération étaient ouvertes et fermées et, finalement, les blessés furent installés dans des salles de convalescence, ou autorisés à retourner dans la maison principale s'ils pouvaient marcher... mais aucun ne partit. Comme PersOnne, ils s'installèrent tous contre les murs de béton du couloir, pour veiller non seulement leur roi, mais aussi leurs camarades.

Des *doggen* apportèrent à boire et à manger à ceux qui étaient capables de se nourrir, et elle aida à faire passer des plateaux chargés de jus de fruits, de café et de thé. Elle apporta des oreillers pour détendre les nuques raidies, des couvertures pour se protéger du courant d'air sur le sol dur et des mouchoirs… même si personne ne pleurait.

La nature stoïque de ces mâles et de leurs compagnes était un genre de pouvoir à elle seule. Pourtant elle savait que, en dépit de leur calme apparent, ils étaient terrifiés.

D'autres membres de la maisonnée arrivèrent néanmoins : Layla, l'Élue. Saxton, l'avocat qui travaillait avec le roi. Vhengeance, qui la rendait toujours nerveuse alors même qu'il n'avait jamais été autrement que parfaitement poli à son égard. Le golden retriever bien-aimé du roi qui n'eut pas le droit d'entrer dans la salle d'opération mais fut réconforté par tout le monde. Le chat noir, Bouh, qui se faufila entre les jambes étendues, marcha sur les genoux des uns et des autres et reçut des caresses au passage.

Fin de matinée.

Après-midi.

Fin d'après-midi.

À 19 h 05, Doc Jane et son coéquipier, Manuel, apparurent enfin, ôtant les masques de leurs visages épuisés.

— Kolher va aussi bien que sa condition le permet, annonça la femelle. Mais compte tenu du fait qu'il a été soigné sur le champ de bataille, nous devons encore surveiller pendant vingt-quatre heures l'apparition d'une éventuelle infection.

— Mais vous pourrez gérer ça, dit le frère Rhage. Pas vrai ?

— On pourra parfaitement le traiter si cela se produit, répondit Manuel en hochant la tête. Il va s'en sortir… pour rien au monde ce dur à cuire ne voudrait faire autrement.

Les membres de la Confrérie lancèrent un cri de guerre, qui rendit évident leur respect, leur adoration et leur soulagement. Et pendant que PersOnne poussait son propre soupir de soulagement, elle comprit que ce n'était pas pour le roi. C'était parce qu'elle ne voulait pas que Tohr subisse d'autres deuils.

C'était… bien. Grâces en soient rendues à la Vierge scribe.

CHAPITRE 43

Tout d'abord, Layla fut incapable de comprendre ce qu'elle regardait. Un visage, certes, et un dont elle supposait connaître la forme. Mais les traits en étaient déformés à un point tel qu'elle aurait été incapable d'identifier le mâle si elle ne l'avait pas aussi bien connu.

— Vhif… ? chuchota-t-elle en s'approchant du lit d'hôpital.

Il avait été recousu et des points de suture noirs sinuaient depuis l'un de ses sourcils jusqu'à sa joue. Sa peau brillait sous l'effet des œdèmes. Du sang séché adhérait encore aux mèches de ses cheveux et sa respiration était superficielle.

Elle jeta un coup d'œil aux machines à côté du lit, mais n'entendit aucune alarme ni ne vit aucun voyant lumineux clignoter. Ses signes vitaux semblaient bons.

Néanmoins, elle se sentirait mieux s'il lui répondait.

— Vhif ?

Sur le lit, il tourna la main et ouvrit le poing pour révéler sa large paume plate.

Elle posa la sienne dessus et sentit une pression.

— Donc tu es là, dit-elle d'une voix enrouée.

Une autre pression.

— Il faut que je te nourrisse, gémit-elle, en ressentant la douleur du mâle comme si c'était la sienne. Je t'en prie… ouvre la bouche pour moi. Laisse-moi te soulager…

Quand il obéit, on entendit un craquement, comme si les articulations de sa mâchoire ne fonctionnaient pas correctement.

Entaillant sa propre veine d'un coup de crocs, elle approcha son poignet des lèvres tuméfiées et entrouvertes.

— Prends mon sang...

Au début, il fut évident qu'il avait des difficultés à avaler, aussi lécha-t-elle une des marques de morsure pour ralentir le flux. Quand il atteignit sa vitesse de croisière, elle se mordit de nouveau.

Elle le nourrit aussi longtemps qu'il la laissa faire, priant pour que sa puissance se communique à Vhif et se transforme en énergie guérisseuse.

Comment était-ce arrivé ? Qui lui avait fait cela ?

Compte tenu du nombre de frères portant des bandages dans le couloir, il était évident que les éradiqueurs avaient lancé un assaut brutal dans les rues de Caldwell la veille au soir. Et Vhif s'était certainement battu avec le plus coriace et le plus vicieux d'entre eux. Il était ainsi. Intrépide, toujours prêt à se mettre dans la ligne de mire... au point qu'elle s'inquiétait de sa tendance à la vengeance.

Il existait une distinction si ténue entre le courage et l'imprudence mortelle.

Quand il eut fini, elle referma ses morsures et tira une chaise, puis elle s'assit à côté de lui en plaçant de nouveau sa main dans la sienne.

Ce fut un soulagement d'observer la transformation miraculeuse de ses blessures au visage. À ce rythme, elles ne seraient bientôt plus que des égratignures, à peine visibles le lendemain matin.

Les lésions internes seraient guéries de la même manière.

Il allait survivre.

Assise près de lui en silence, elle réfléchit à leur relation à tous les deux, et à l'amitié née de l'adoration déçue qu'elle avait éprouvée pour lui. Si quelque chose arrivait à Vhif, elle le pleurerait comme un frère de son propre sang, et elle ferait absolument tout pour lui… de plus, elle avait la nette impression que c'était réciproque.

Oui, il avait tant fait pour elle. Il lui avait appris à conduire et à se battre avec ses poings, à tirer au pistolet et à se servir d'un ordinateur. Il lui avait fait regarder des films et écouter de la musique, lui avait acheté des vêtements différents de la traditionnelle robe blanche des Élues, avait pris le temps de répondre à ses questions sur ce côté et l'avait fait rire quand elle en avait eu besoin.

Elle avait tellement appris grâce à lui. Elle lui devait tant.

Il lui semblait donc… ingrat… de se sentir mécontente de son sort. Mais, depuis peu, elle faisait l'expérience d'une étrange ironie : plus elle découvrait de choses, plus sa vie lui paraissait vide. Et pourtant, il avait beau la presser de prendre une autre direction, elle considérait toujours son service auprès de la Confrérie comme la chose la plus importante qu'elle puisse faire de son temps…

Comme Vhif essayait de changer de position, l'inconfort lui fit pousser un juron et elle tendit la main pour le calmer en caressant ses cheveux en bataille. Un seul de ses yeux était intact et il le tourna vers elle, la lueur derrière l'iris bleu épuisée et reconnaissante.

Un sourire étira les lèvres de Layla et elle effleura sa joue balafrée du bout des doigts. C'était étrange, cette proximité platonique qu'ils partageaient… c'était une île, un sanctuaire, et elle y accordait bien plus de valeur qu'à la flamme qu'elle avait autrefois éprouvée à son égard.

Le lien entre eux lui faisait également prendre conscience de sa souffrance à voir son bien-aimé Blay avec Saxton.

Sa douleur était toujours présente, le recouvrant comme une seconde peau et l'aveuglant en même temps, définissant ses contours et ses lignes droites.

Cela lui faisait parfois éprouver de la rancune vis-à-vis de Blay, même si elle n'avait pas à juger : s'il y avait bien une chose qu'elle avait apprise, c'était que les cœurs des autres n'étaient connus que d'eux-mêmes… et Blay était, dans son essence, un mâle de valeur…

La porte s'ouvrit derrière elle et, en regardant par-dessus son épaule, elle vit le mâle auquel elle pensait apparaître comme si ses cogitations l'avaient attiré ici.

Blaylock n'était pas indemne, mais il était en bien meilleur état que le mâle sur le lit, du moins vu de l'extérieur. L'intérieur était un tout autre problème : toujours armé jusqu'aux dents, il paraissait beaucoup, beaucoup plus vieux que son âge. Surtout quand il aperçut son camarade.

Il s'arrêta net sur le seuil de la pièce.

— Je voulais savoir comment tu… il… va.

Layla reporta son attention sur Vhif. Son œil fonctionnel était rivé sur le mâle roux, et la façon dont il le regardait ne la blessait plus ; enfin, pas au sens où elle aurait souhaité être l'objet d'une telle attention de sa part.

Elle espérait que Vhif obtiendrait ce soldat. Vraiment.

— Entre, dit-elle. Je t'en prie… nous avons terminé.

Blay s'approcha avec lenteur, tandis que ses mains trituraient nerveusement différentes boucles de son équipement : sur son holster, à sa ceinture, et sur les lanières de cuir qui enserraient sa cuisse.

Il conserva néanmoins son sang-froid. Du moins, jusqu'à ce qu'il parle. À ce moment-là, sa voix chevrota.

— Espèce de fils de pute.

Layla fronça les sourcils avec colère, même si Vhif n'était pas du genre à avoir besoin de quelqu'un comme elle pour le défendre.

— Je te demande pardon ?

— D'après John, il est sorti de cette maison pour affronter la bande de salopards. Tout seul.

— La bande de salopards ?

— Ceux qui ont tenté d'assassiner Kolher ce soir. Ce satané fils de pute a pris sur lui de débarquer au beau milieu de leurs lignes, tout seul, comme s'il était une espèce de super-héros ; c'est un miracle qu'il ne se soit pas fait tuer.

Elle reporta immédiatement son regard plein de colère sur le lit. Visiblement, la Société des éradiqueurs disposait d'une nouvelle division, et l'idée qu'il se soit ainsi exposé lui donnait envie de lui hurler dessus.

— Espèce de… fils de pute.

Vhif toussa un peu. Et encore un peu.

En proie à une soudaine inquiétude, elle se leva.

— Je vais chercher les médecins…

Sauf que Vhif riait. Il n'était pas en train de s'étouffer.

Il rit avec raideur pour commencer, puis de plus en plus fort, jusqu'à ce que le lit tremble à cause d'une hilarité qu'il était le seul à comprendre.

— Je ne vois vraiment pas ce que la situation a de drôle, rétorqua-t-elle.

— Moi non plus, intervint Blay. C'est quoi ton problème ?

Vhif se contenta de rire encore, s'amusant de ce que la Vierge scribe seule savait quoi.

Layla jeta un coup d'œil à Blay.

— J'ai assez envie de le frapper.

— Ce serait superflu en ce moment. Attends qu'il aille mieux, puis règle-lui son compte. Tiens d'ailleurs, je le tiendrai pour toi.

— C'est la… bonne… chose… à faire…, grogna Vhif.

— Je suis d'accord. (Layla posa les mains sur ses hanches.) Blay a parfaitement raison, je te frapperai plus tard. Et tu m'as appris exactement où il fallait viser un mâle.

— Joli, marmonna Blay.

Une fois qu'ils furent tous redevenus silencieux, l'intensité avec laquelle les deux mâles se dévisageaient la réconforta. Peut-être qu'ils pourraient trouver un terrain d'entente, à présent ?

— Je vais sortir m'enquérir des autres, dit-elle rapidement. Voir si quelqu'un d'autre a besoin de se nourrir…

Vhif tendit le bras et lui attrapa la main.

— Et toi ?

— Non, je vais bien. Tu as été plus que généreux la semaine dernière. Je me sens très forte. (Elle se pencha et l'embrassa sur le front.) Repose-toi. Je reviendrai prendre de tes nouvelles plus tard.

Quand elle dépassa Blay, elle dit doucement :

— Vous deux, parlez. Je préviendrai tout le monde pour qu'on vous laisse tranquille.

Alors que l'Élue s'en allait, Blay ne put que regarder fixement, avec incrédulité, l'arrière de sa tête parfaitement coiffée.

Quand il avait pénétré dans la chambre, le lien entre Vhif et cette femelle lui avait fait l'effet d'un coup de poing dans le ventre : tous ces regards, ces mains serrées, la façon dont elle inclinait son corps élégant vers lui… la façon dont elle, et elle seule, le soutenait.

Et pourtant… elle semblait vouloir qu'il reste seul avec Vhif.

Cela n'avait aucun sens. Si quelqu'un avait intérêt à les tenir éloignés l'un de l'autre, c'était bien elle.

Reportant son attention sur le mâle, il se dit que, mon Dieu, ces blessures étaient difficiles à regarder, même si elles étaient en cours de guérison.

— Qui as-tu affronté ? demanda-t-il d'une voix rauque. Et ne perds pas ton temps à argumenter : j'ai parlé à John dès que je suis revenu. Je veux savoir ce que tu as fait.

Vhif leva une main enflée et traça un « X » dans l'air.

— Xcor… ? (Quand Vhif hocha la tête, il grimaça comme si le mouvement lui faisait mal au crâne.) Ne… non, ne te force pas.

Vhif balaya son inquiétude en prenant son air habituel qui signifiait « je n'en ai rien à faire ». D'une voix éraillée, il dit :

— C'bon.

— Qu'est-ce qui t'a fait sortir pour te battre avec lui ?

— Kolher… était touché… connaissais l'ego de Xcor, il fallait qu'il… (il prit une grande inspiration, qui ressemblait à un râle) soit le mec qui empêcherait le roi de partir. Le salopard devait… devait être mis hors d'état de nuire… ou Kolher ne serait jamais…

— Sorti de là vivant. (Blay se frotta la nuque.) Putain de merde, tu as sauvé la vie du roi.

— Nan… plein de gens… l'ont fait.

Oh, il n'en était pas si sûr. À la maison d'Ahssaut, le chaos était total, le genre de situation hors de contrôle qui aurait pu être à double tranchant : si la bande de salopards ne s'était pas retirée peu après l'arrivée de la Confrérie, il y aurait eu de lourdes pertes des deux côtés.

En dévisageant de nouveau Vhif, il ne put s'empêcher de se demander dans quel état Xcor se trouvait. S'il ressemblait à cela ? L'enfoiré avait au moins la même tête, probablement pire.

Blay se secoua, conscient qu'il se tenait au bord du lit en silence.

— Euh…

Longtemps auparavant, dans une autre vie, il n'y avait jamais eu de silence entre eux. Sauf que… ils étaient des garçons à l'époque. Pas des mâles ayant depuis longtemps passé la transition.

Les critères étaient différents, supposait-il.

— Je crois que je devrais te laisser, dit-il.

Sans partir.

Les choses auraient facilement pu être différentes, songea-t-il. La capacité à tuer de Xcor était bien connue, pas de Blay en personne, mais il avait entendu les histoires de l'Ancienne Contrée. En outre, bon sang de bonsoir, qui avait assez de couilles, pour non seulement parler d'affronter Kolher, mais également coller une balle au roi pour de bon ?

Il fallait être très dangereux ou stupide. Et la seconde option ne comptait pas dans ce cas-là.

Vhif aurait pu facilement être touché par bien plus que de nombreux coups de poing.

— Puis-je t'apporter quelque chose ? demanda Blay.

Sauf que, hein, il ne pouvait pas manger et il avait déjà consommé du sang.

Layla s'en était occupée.

Merde, s'il était brutalement honnête avec lui-même – et il semblait que « brutalement » soit le mot du jour – il devait reconnaître qu'il y avait des moments où il en voulait à l'Élue, même si c'était un colossal gâchis d'émotion. Il n'avait aucun droit de se sentir agacé, surtout vu ce que lui et Saxton faisaient régulièrement. Surtout vu que rien n'allait changer du côté de Vhif.

Tu as failli mourir ce soir, aurait-il voulu dire. *Espèce de fils de pute, tu as failli mourir… et qu'est-ce que nous aurions fait ?*

Et ce « nous » ne désignait pas la Confrérie.

Il ne fallait pas non plus l'entendre comme un substitut de lui et John, Mais plutôt comme celui de… « moi ».

Merde, pourquoi persistait-il à vouloir revenir à cette impasse avec ce mâle ?

C'était tout simplement trop stupide. En particulier alors qu'il se tenait à côté de lui, l'observant à mesure que les couleurs revenaient sur son visage ravagé, que sa respiration se faisait moins difficile et que les ecchymoses disparaissaient peu à peu… tout cela grâce à Layla.

— Je ferais mieux d'y aller, dit-il sans partir.

Cet œil, le bleu, se contenta de le dévisager. Injecté de sang, avec une entaille au sourcil, il n'aurait pas dû être en mesure de voir. Mais c'était le cas.

— Je dois y aller, finit par dire Blay.

Sans partir.

Bon sang, il ignorait ce qu'il fabriquait…

Une larme glissa de cet œil. Elle remonta le long de la paupière inférieure, se mélangea dans le coin, forma un cercle cristallin et enfla tellement qu'elle ne put être retenue par les cils. Elle coula librement en serpentant et se perdit dans les cheveux noirs de la tempe.

Blay eut envie de se botter les fesses.

— Merde, laisse-moi aller chercher Doc Jane, tu dois souffrir. Je reviens tout de suite.

Vhif l'appela, mais il s'était déjà détourné.

Idiot. Espèce d'idiot. Le pauvre mâle était là, à souffrir sur un lit d'hôpital, ressemblant à un figurant de *Sons of Anarchy*… La dernière chose dont il avait besoin, c'était de compagnie. Plus d'antalgique, voilà ce qu'il lui fallait.

Dévalant le couloir, il trouva Doc Jane installée devant l'ordinateur principal de la clinique, en train de compléter les dossiers médicaux.

— Vhif a besoin d'un truc. Viens vite, veux-tu ?

La femelle réagit immédiatement : elle attrapa une mallette de docteur démodée et revint avec lui dans le couloir.

Pendant qu'elle était dans la chambre, Blay leur accorda un peu d'intimité, et fit les cent pas devant la porte.

— Comment va-t-il ?

Il s'arrêta et pivota sur lui-même, puis tenta de sourire à Saxton… en vain.

— Il a décidé de jouer au héros… et je pense qu'il en a vraiment été un. Mais, Seigneur…

L'autre mâle s'approcha en se déplaçant avec élégance dans son costume sur mesure, tandis que ses mocassins produisaient de légers impacts, comme s'ils étaient trop raffinés pour faire du bruit, même sur le linoléum.

Il n'appartenait pas au monde de la guerre. Ce ne serait jamais le cas.

Il ne serait jamais comme Vhif, qui se mettait en danger au cœur de la bataille, qui affrontait l'ennemi de ses mains nues et griffues pour abattre un agresseur et lui servir ses propres couilles au déjeuner.

C'était probablement en partie la raison pour laquelle les relations étaient si faciles avec Saxton. Jamais d'extrême. En outre, le mâle était intelligent, raffiné et drôle… il avait de charmantes manières et était habitué à ce que la vie avait de meilleur à offrir… il était toujours bien habillé…

Il était fantastique au lit…

Pourquoi Blay avait-il l'impression qu'il essayait de se convaincre de quelque chose ?

Tandis qu'il expliquait ce qui s'était passé sur le champ de bataille, Saxton s'arrêta près de lui, et son parfum le calma.

— Je suis vraiment désolé. Tu dois être complètement retourné.

Et le mâle était un saint. Un saint altruiste. Jamais il ne se montrait jaloux ?

Vhif n'était pas ainsi. Vhif était jaloux et affreusement possessif…

— Oui, en effet, répondit Blay. Je suis une épave.

Saxton tendit le bras et lui prit la main, qu'il pressa légèrement avant de retirer sa paume tiède et lisse.

Vhif ne se montrait jamais discret en quoi que ce soit. C'était une fanfare, un cocktail Molotov, un éléphant dans un magasin de porcelaine qui se fichait des problèmes qu'il faisait naître dans son sillage.

— Est-ce que la Confrérie est au courant ?

Blay se reprit.

— Je te demande pardon ?

— De ce qu'il a fait ? Est-ce qu'ils sont au courant ?

— Eh bien, s'ils en ont entendu parler, ce n'est pas par lui. John avait l'air bouleversé, alors je lui ai posé la question… c'est ainsi que j'ai appris toute l'histoire.

— Tu devrais le dire à Kolher… à Tohr… à quelqu'un. On devrait lui rendre hommage pour s'être comporté de la sorte, même si ce n'est pas son genre d'en avoir quelque chose à faire.

— Tu le connais bien, murmura Blay.

— Oui. Et je te connais tout aussi bien. (L'expression de Saxton se durcit, mais il sourit tout de même.) Il faut que tu t'occupes de cette histoire.

Doc Jane émergea de la chambre, et Blay se retourna.

— Comment va-t-il ?

— Je n'en suis pas certaine… qu'est-ce qui n'allait pas précisément, d'après toi ? Il se reposait confortablement quand je suis entrée.

Eh bien, merde, il n'allait pas dire que le mâle pleurait. Mais le problème était que Vhif n'aurait jamais montré ce genre de faiblesse à moins de souffrir gravement.

— Je suppose que je l'ai mal compris.

Par-dessus l'épaule de Jane, Blay remarqua la façon dont Saxton passait la main dans ses cheveux blonds épais dont les ondulations lui recouvraient élégamment le front.

C'était extrêmement étrange… Sax avait peut-être un lien de parenté avec Vhif mais, à cet instant, il ressemblait beaucoup à ce qu'avait été Blay pendant de nombreuses années.

Mais bon, « non réciproque » avait la même apparence, quels que soient les traits sur lesquels se reflétait cette émotion.

Merde.

Chapitre 44

À l'autre bout du couloir, Tohr était assis sur une chaise face au lit d'hôpital sur lequel on avait étendu Kolher. Il était probablement temps de partir.

Depuis un bon moment.

Pour l'amour du ciel, même la reine s'était endormie à côté de son compagnon sur le lit.

Il supposait que c'était une bonne chose que Beth ne trouve rien à redire au fait qu'il se mêle de ce qui ne le regardait pas. Mais après tout, ils avaient trouvé un terrain d'entente des années auparavant, ce qui prouvait bien qu'un marathon *Godzilla* pouvait améliorer les relations entre deux personnes.

Dans le coin, sur un énorme coussin rond beige, George s'étira et jeta un coup d'œil à son maître. N'obtenant pas de réponse, il baissa la tête et soupira.

— Il va s'en tirer, lui dit Tohr.

Les oreilles du chien se dressèrent et il remua deux fois la queue.

— Oui. Je te le promets.

Suivant son exemple, Tohr changea de position puis se frotta les yeux. Mince, il était épuisé. Tout ce qu'il voulait, c'était se rouler en boule comme George et dormir une journée entière.

Le problème était que, même si tout ce foin était terminé, son taux d'adrénaline grimpait chaque fois qu'il pensait à cette balle. Trois centimètres à droite et elle aurait touché la jugulaire, faisant définitivement disparaître Kolher de la surface de la Terre. En fait, d'après Doc Jane et Manuel, l'endroit où le plomb s'était logé par pur hasard était le seul « sûr »... à condition que le roi se soit trouvé avec quelqu'un capable, par exemple, de faire une trachéotomie dans un monospace en mouvement avec rien d'autre qu'un morceau de tube en plastique et une dague noire.

Seigneur Dieu... quelle nuit.

Et grâces soient rendues à la Vierge scribe pour lui avoir envoyé cet ange. Sans Lassiter qui s'était pointé pour conduire ? Il frissonna...

— Tu attends Godot ?

Tohr tourna les yeux vers le lit. Les paupières du roi étaient lourdes mais ouvertes et sa bouche s'étirait en un demi-sourire.

L'émotion surgit avec force et rapidité, submergeant les neurotransmetteurs de Tohr et le privant de sa voix.

Et Kolher parut comprendre la situation. Ouvrant sa main libre, il lui fit signe d'approcher, même s'il ne pouvait pas lever le bras.

Tohr sentit comme une mollesse dans ses pieds quand il se leva pour s'avancer jusqu'au lit. Dès qu'il fut à sa portée, il s'agenouilla près de son roi et prit la grande main, la retourna... et embrassa l'énorme diamant noir qui brillait au doigt de Kolher.

Puis, comme une chochotte, il posa la tête sur l'anneau et les articulations de son frère.

Tout ce qui aurait pu être perdu ce soir. Si Kolher n'avait pas survécu... tout aurait changé.

Comme le roi lui serrait la main en retour, Tohr pensa à la mort de Wellsie et sentit une angoisse nouvelle. Prendre conscience qu'il risquait de perdre d'autres personnes n'était absolument pas rassurant. Au contraire, cela faisait tourbillonner l'anxiété permanente logée dans ses tripes.

On aurait pu croire qu'après le décès de sa *shellane*, il n'aurait plus été sujet au chagrin.

Au lieu de quoi, il semblait qu'une douleur encore plus profonde le guette, attendant son heure.

— Merci, chuchota Kolher d'une voix rauque. De m'avoir sauvé la vie.

Tohr releva la tête et la secoua.

— Ce n'était pas que moi.

— C'était beaucoup toi. Je te suis redevable, mon frère.

— Tu aurais fait pareil.

Son intonation d'autocrate patenté résonna :

— Je te suis redevable.

— Alors paie-moi une bière un soir et on dira qu'on est quittes.

— Tu es en train de me dire que ma vie ne coûte que 6 dollars ?

— Tu sous-estimes largement à quel point j'apprécie une bonne bière…

La tête du grand chien blond se glissa sous son aisselle. Tohr le regarda et dit :

— Tu vois ? Je t'avais dit qu'il s'en sortirait.

Kolher eut un petit rire, puis grimaça comme si quelque chose lui faisait mal.

— Salut, mon grand…

Tohr s'écarta pour que le maître et le chien puissent renouer les liens… et finit par prendre la boule de poils couleur foin de quarante kilos dans ses bras pour la déposer sur le lit à côté du roi.

Kolher rayonna littéralement, tandis qu'il caressait alternativement les cheveux de sa *shellane* endormie et la tête de son animal, qui se tenait prêt à lui servir d'infirmière.

— Je suis content qu'il se soit agi de notre dernier rendez-vous, lâcha Tohr.

—Oui, j'aime tirer ma révérence avec éclat…

—Je ne peux pas te laisser continuer ces conneries. Tu le comprends, pas vrai ? (Tohr regarda fixement les avant-bras du roi, suivant des yeux le contour des tatouages rituels qui énonçaient son lignage.) Il faut que tu sois en vie à la fin de chaque nuit, seigneur. Les règles sont différentes pour toi.

—Écoute, ce n'est pas la première fois qu'on me tire dessus…

—Et cela n'arrivera plus. Pas tant que je serai là.

—Qu'est-ce que c'est censé vouloir dire, bordel ? Tu vas m'enchaîner dans le sous-sol ?

—Si c'est nécessaire.

Kolher fronça les sourcils et sa voix se fit plus forte.

—Tu sais que tu te comportes comme un vrai crétin, parfois.

—Ce n'est pas une question de personnalité. Et c'est évident, sinon tu ne serais pas en train de pisser dans ton froc.

—Je n'en porte pas. (Le roi sourit de nouveau.) Je suis nu, là-dessous.

—Merci pour l'image.

—Tu sais, techniquement, tu ne peux pas me donner d'ordre.

Kolher avait raison ; il y avait un sacré nombre de trucs qu'on ne disait pas au chef de l'espèce. Mais quand Tohr croisa les yeux aveugles du mâle, il ne parlait pas à leur meneur à tous ; il parlait à son frère.

—Jusqu'à ce que Xcor soit neutralisé, nous ne prendrons aucun risque avec toi…

—S'il y a une réunion du Conseil, j'irai. Point barre.

—Il n'y en aura pas. Pas à moins que nous ne le voulions… et en ce moment ? Personne n'a besoin de toi où que ce soit, hormis ici.

— Bordel de merde ! Je suis le roi… (Comme Beth s'agitait dans son sommeil, il baissa la voix.) Peut-on en discuter plus tard ?

— Il n'y a pas de raison. Nous en avons fini avec ce sujet, et chaque frère est derrière moi.

Tohr ne détourna pas la tête devant son regard furieux qui, en dépit des yeux aveugles, fut assez puissant pour lui donner l'impression qu'il lui transperçait le crâne.

— Kolher, dit-il d'une voix rauque, pense à ta *shellane*. Veux-tu la laisser seule ? Veux-tu l'obliger à porter ton deuil ? Tu te fous peut-être de nous tous… mais qu'en est-il de Beth ?

C'était bas et mesquin d'abattre la carte de la *shellane*, mais toute arme est bonne à utiliser dans un combat…

Kolher poussa un juron et ferma les yeux.

Et Tohr sut qu'il avait gagné quand le mâle enfouit son visage dans les cheveux de Beth et inspira profondément, comme s'il humait son shampoing.

— Sommes-nous d'accord ? demanda Tohr.

— Va te faire foutre, marmonna le roi contre sa bien-aimée.

— Bien, je suis content que ce point soit réglé.

Au bout d'un moment, Kolher se tourna de nouveau vers lui.

— Est-ce qu'ils ont extrait la balle de mon cou ?

— Oui. Il ne nous faut plus que le fusil qui va avec. (Tohr caressa la tête carrée de George.) Et il appartiendra à la bande de salopards ; Xcor est le seul qui tenterait une chose pareille.

— Nous devons découvrir où ils vivent.

— Ils sont méfiants. Intelligents. Il va nous falloir un miracle.

— Alors commence à prier, mon frère. Commence à prier.

Tohr se repassait l'attaque dans sa tête une fois de plus. Cette impudence était invraisemblable… et sous-entendait que Xcor était capable de quasiment n'importe quoi.

— Je vais le tuer, dit-il à voix basse.

— Xcor ?

Quand il hocha la tête, Kolher dit :

— Je pense que tu vas devoir faire la queue pour avoir le boulot, en supposant que nous parvenions à l'attacher sur une cible. La bonne nouvelle, c'est que, en tant que chef de la bande de salopards, il peut être tenu pour responsable des actes de ses soldats… donc, si l'un de ses guerriers avait le doigt sur la gâchette de ce fusil, nous pourrions quand même l'épingler.

Comme Tohr réexaminait ce merdier, la contraction dans ses tripes augmenta à un niveau intolérable.

— Tu as dit que tu me devais une faveur, eh bien voici ce que je veux. Je veux que la mort de Xcor vienne de ma main et de nulle autre.

— Tohr… (Quand il se contenta de regarder droit devant lui, Kolher haussa les épaules.) Je ne peux pas te le livrer tant que nous n'avons pas de preuve.

— Mais tu peux stipuler que, s'il est tenu pour responsable, il est à moi.

— Très bien. Il est tout à toi… si nous avons la preuve.

Tohr songea aux expressions sur les visages de ses frères dehors dans le couloir.

— Tu dois faire ça de façon officielle.

— Oh, allez, si je dis que…

— Tu sais comment ils sont. Si l'un d'entre eux croise la route de ce connard, il va le peler comme du raisin. À l'heure actuelle, ce mâle a plus de cibles sur le cul qu'un stand de tir. En outre, une proclamation ne prendra pas longtemps.

Kolher ferma brièvement les paupières.

— OK, OK… cesse de discuter et va chercher un témoin.

Tohr s'éloigna et passa la tête dans le couloir… et, comme par hasard, la première personne qu'il aperçut… fut John Matthew.

Le gamin était posté près de la salle de réveil de l'autre côté du couloir, le cul par terre à côté d'un Blaylock inquiet, les mains plaquées sur la tête comme si une alarme incendie retentissait sous son crâne.

Sauf qu'il reprit immédiatement ses esprits et signa :

— *Est-ce que Kolher va bien ?*

— Oui. (Tohr jeta un coup d'œil dans le couloir tandis que Blay murmurait une prière d'action de grâces.) Il va s'en tirer.

— *Tu cherches quelqu'un ?*

— J'ai besoin d'un témoin…

— *Je vais le faire.*

Tohr haussa les sourcils.

— OK. Merci.

Lorsque John se leva, on entendit un craquement sonore, comme si son dos était entre les mains d'un chiropracteur. Et quand il s'approcha en boitant, Tohr comprit que le gamin avait été blessé.

— Tu as laissé Doc Jane examiner ça ?

John se pencha et retroussa le bas du pantalon de sa tenue chirurgicale. Son mollet était enveloppé de gaze blanche.

— Une balle ou un coup de couteau ? demanda Tohr.

— *Une balle. Et oui, ils l'ont aussi gardée.*

— Bien. Et toi, comment vas-tu, Blay ?

— Juste une estafilade au bras.

Seulement ? se demanda Tohr. Parce que l'enfoiré avait l'air un peu vidé… mais bon, la nuit et la journée avaient été longues pour tout le monde.

— Tant mieux, fiston. Nous revenons tout de suite.

— Je ne vais nulle part.

Alors que John s'approchait de la porte grande ouverte, Tohr s'écarta pour le laisser entrer, avant de le suivre à l'intérieur.

— Comment ça va, fiston ? demanda Kolher tandis que le gamin s'avançait jusqu'à lui et se penchait pour embrasser son anneau.

Quand John se mit à signer, Tohr traduisit :

— Il dit que ça va. Il dit… que si ça ne te dérange pas, il y a quelque chose que Blay et lui voudraient que tu saches.

— Oui, bien sûr. Vas-y.

— Il dit… qu'il était avec… Vhif dans la maison… après que tu t'es fait tirer dessus, avant l'arrivée de la Confrérie… Vhif est sorti tout seul… euh, Blay a parlé avec lui il y a peu de temps. Blay a dit que… Vhif lui a appris qu'il avait engagé le combat avec… Xcor… si bien que… attends, John, ralentis. Merci… OK, il a engagé le combat avec Xcor… pour que tu puisses être évacué dans le monospace…

Beth remua, ouvrit les yeux et fronça les sourcils comme si elle saisissait le sens de la conversation.

— Tu es sérieux ? demanda le roi.

— Il a affronté… Xcor… seul à seul…

Putain de merde, se dit Tohr. Il avait entendu dire que le gamin avait fait une sortie, mais c'était tout.

Kolher siffla doucement.

— C'est un mâle de valeur que nous avons là.

— Attends, John, laisse-moi reprendre. Seul à seul… afin que Xcor, qui attendait pour attaquer le véhicule, soit neutralisé… Il – c'est-à-dire John Matthew – veut savoir s'il existe une sorte de reconnaissance officielle que… tu puisses accorder à Vhif ? Quelque chose pour reconnaître… son service… qui est allé bien au-delà de son devoir ? Et P.-S., ajouta Tohr en parlant pour lui-même. À titre personnel ? Je suis totalement d'accord.

Kolher demeura silencieux un moment.

— Je suis désolé, laissez-moi tirer les choses au clair. Vhif est sorti après l'arrivée des frères, c'est ça ?

Tohr reprit sa traduction.

— John dit que non. Il était seul, vulnérable et sans protection, avant que les autres arrivent. Vhif a dit que… il devait faire son possible pour s'assurer que tu irais bien.

— Quel idiot.

— Ce serait plutôt « héros », dit brusquement Beth.

— *Leelane*, tu es réveillée. (Kolher reporta instantanément son attention sur sa compagne.) Je ne voulais pas te déranger.

— Crois-moi, le simple fait d'entendre ta voix, c'est le paradis… tu peux me réveiller ainsi autant de fois que tu le souhaites. (Elle l'embrassa doucement sur la bouche.) Bienvenue parmi nous.

Tohr et John firent mine de contempler le sol pendant que des mots doux s'échangeaient.

Puis le roi revint sur l'intervention de Vhif.

— Il n'aurait pas dû faire cela.

— Je suis d'accord, marmonna Tohr.

Le roi se tourna vers John.

— Oui, très bien. Nous ferons quelque chose pour lui. Je ne sais pas quoi… mais cette histoire est épique. Stupide, mais épique.

— Pourquoi ne pas faire de lui un frère ? lança Beth.

Dans le silence qui suivit, Kolher resta bouche bée, et cette réaction fut collective car la mâchoire de Tohr s'ouvrit de la même façon, ainsi que celle de John.

— Quoi ? demanda la reine. Ne le mérite-t-il pas ? N'a-t-il pas toujours été là pour tout le monde ? Et il a perdu toute sa famille… Oui, il vit ici, mais parfois j'ai l'impression qu'il se sent comme un étranger parmi nous. Quelle meilleure façon de le remercier et de lui dire qu'il est ici chez lui ? Je sais que personne ne doute de son courage sur le champ de bataille.

Kolher se racla la gorge.

— Eh bien, d'après le droit ancien…

— Que le droit ancien aille se faire foutre. Tu es le roi, tu peux faire ce que tu veux.

Un autre silence à couper au couteau s'installa, qui fit oublier jusqu'aux bruits du système de ventilation qui soufflait de l'air chaud par les bouches d'aération du plafond.

— Qu'en penses-tu, Tohr ? demanda le roi.

Lorsque Tohr jeta un coup d'œil à John, il fut frappé de découvrir à quel point il aurait aimé conférer cet honneur à ce qui se rapprochait le plus d'un fils pour lui. Mais c'était de Vhif qu'il était question.

— Je pense que… oui, je pense que ce pourrait être une bonne idée, s'entendit-il répondre. Vhif devrait être soutenu, et les frères le respectent… Merde, ce soir n'est pas la seule fois où il a brillé. C'est un combattant hors pair, mais plus que cela, il s'est énormément calmé au cours de l'année écoulée. Donc, oui, je pense qu'il peut désormais endosser des responsabilités, ce qui n'est pas une chose que j'aurais dite à un autre moment.

— OK, j'étudierai la question, *leelane*. C'est une magnifique suggestion. (Le roi jeta un regard à Tohr.) Et maintenant, ta faveur. Approche, mon frère, et mets-toi à genoux ; nous avons deux témoins à présent, ce qui est encore mieux.

Comme Tohr obéissait et saisissait la main royale, Kolher proclama en langue ancienne :

— *Tohrment, fils de Nhuisance, es-tu prêt à te voir ordonnée, à toi et à toi seul, la mise à mort de Xcor, fils d'un géniteur inconnu, et dont ledit trépas devra survenir de ta seule main, en représailles d'un affront mortel commis à mon encontre la nuit dernière… s'il est prouvé que ledit affront est dû à un ordre, direct ou indirect, de Xcor ?*

Posant sa main libre sur son cœur battant, Tohr répondit gravement :

— *J'y suis prêt, seigneur.*

Kolher regarda sa compagne.

— *Elizabeth, fille de sang du frère de la dague noire Audazs, unie à moi-même, ton roi, acceptes-tu par la présente d'être témoin du privilège que je daigne accorder sur ce point à ce mâle, d'attester de l'existence de ce moment à tous les autres, et d'apposer également ta signature sur parchemin pour commémorer cette proclamation ?* (Quand elle répondit par l'affirmative, il regarda John.) *Therreur, fils de sang du frère de la dague noire Audazs, également connu sous les noms de John et Matthew, acceptes-tu par la présente d'être témoin du privilège que je daigne accorder sur ce point à ce mâle, d'attester de l'existence de ce moment à tous les autres, et d'apposer également ta signature sur parchemin pour commémorer cette proclamation ?*

Tohr traduisit la réponse en langage des signes.

— Oui, seigneur, il accepte.

— *Alors par le pouvoir que je détiens de façon certaine et véritable de mon propre père, je t'ordonne ici, Tohrment, fils de Nhuisance, d'aller accomplir à présent ce devoir royal de châtiment en mon nom – s'il s'appuie sur les preuves exigées – de me rapporter dans l'avenir le corps de Xcor, fils d'un géniteur inconnu, comme un service à ton roi et à ton espèce. Ta promesse est un mérite pour ta lignée, passée, présente et à venir.*

Une fois de plus, Tohrment s'inclina sur l'anneau qui avait été porté par des générations du lignage de Kolher.

— *Je suis, en ceci comme en toutes choses, à tes ordres, mon cœur et mon corps ne cherchent qu'à obéir à ta seule autorité.*

Quand il releva les yeux, Kolher souriait.

— Je sais que tu nous ramèneras cet enfoiré.

— T'as tout compris, seigneur.

— Maintenant, dégagez de là tous les deux. Nous avons tous les trois besoin de sommeil.

Différents adieux furent échangés, puis Tohr et John ressortirent dans le couloir dans un silence embarrassé. Blay s'était endormi devant l'autre salle de convalescence, mais ce n'était pas d'un sommeil paisible : il avait une expression contractée sur le visage, comme s'il broyait du noir même en plein sommeil paradoxal.

Une tape sur l'avant-bras poussa Tohr à se concentrer sur John.

— *Merci*, signa-t-il.

— De quoi ?

— *D'avoir soutenu Vhif.*

Tohr haussa les épaules.

— C'est tout à fait logique. Merde, vu le nombre de fois où il s'est jeté dans la bataille, toutes armes dehors ? Il le mérite… et cette histoire de nomination au sein de la Confrérie ne devrait pas avoir de rapport avec la lignée, mais avec la valeur.

— *Penses-tu que Kolher le fera ?*

— Je l'ignore… c'est compliqué. Il y a un sacré contexte historique ; de nombreuses lois anciennes devront être reformulées. Je suis certain que le roi fera quelque chose pour lui…

Au bout du couloir, PersOnne sortit d'une pièce, comme si elle avait été attirée par le son de sa voix.

À l'instant où il l'aperçut, il perdit le fil de ses pensées, et son être tout entier fut comme hypnotisé par la silhouette en robe. Bordel de merde… il était trop à vif pour être près d'elle, trop affamé d'un contact célébrant la vie, trop peu disposé à prendre les bonnes décisions.

Que Dieu leur vienne en aide, mais s'il allait la voir, il la prendrait.

Du coin de l'œil, il vit que John signait quelque chose.

Il lui fallut tout son sang-froid pour forcer sa tête à pivoter vers le gamin.

— *Elle était tellement inquiète à ton sujet. Elle a attendu ici avec nous… elle croyait que tu avais été blessé.*

— Oh… eh bien, merde.

—Elle t'aime.

OK, eh bien, si cela ne lui donnait pas envie de chier dans son froc.

—Non, elle est juste… tu sais, c'est une personne compatissante.

John se racla la gorge, même si ses mains parlaient toujours.

—Je suppose que j'ignorais que c'était si sérieux entre vous.

Se souvenant à quel point John avait été bouleversé, Tohr balaya son commentaire d'un geste.

—Non, je veux dire, ce n'est pas important. Honnêtement. Je sais qui j'aime… et à qui j'appartiens.

Sauf que prétendre ne pas prendre la situation au sérieux ne sonnait pas bien, ni sur sa langue, ni à ses oreilles… ni au centre de sa poitrine.

—Je suis désolé d'avoir… tu sais, perdu les pédales la dernière fois, signa John. *C'est juste que… Wellsie est la seule mère que j'aie jamais eue et… je ne sais pas. L'idée que tu sois avec quelqu'un d'autre me donne envie de vomir… même si ce n'est pas juste.*

Tohr secoua la tête et baissa d'un ton.

—Ne t'excuse jamais d'avoir des sentiments pour notre femelle. Et quant à l'amour, je vais le redire. En dépit de ce à quoi cela ressemble vu de l'extérieur, je n'aimerai qu'une seule et unique femelle pour le restant de mes jours. Peu importe ce que je fais, avec qui je couche ou comment les choses paraissent, tu en as la garantie, fils. C'est clair entre nous ?

L'étreinte brusque de John fut difficile à supporter… parce que décevoir le gamin lui avait fait un mal de chien, et qu'il était difficile de ne pas craindre qu'il recommence, d'une façon ou d'une autre.

C'était également difficile parce que les convictions de Tohr étaient vraies et certaines… de même que la condamnation de Wellsie. N'est-ce pas ?

Seigneur, allait-il un jour trouver un moyen de sortir de ce bordel ?

Au moment où cette pensée paniquée lui vint, il tourna les yeux et observa la silhouette menue et immobile de PersOnne.

Derrière elle, Lassiter sortit de l'ombre et se contenta de lui rendre son regard : la déception sur son visage était tellement visible qu'il était évident qu'il avait, d'une façon ou d'une autre, entendu ce qui venait de se dire.

Peut-être même l'intégralité.

Chapitre 45

Pendant que Tohr s'éloignait en direction de PersOnne, John reprit sa position sur son petit morceau de linoléum devant la chambre de Vhif.

D'un côté, il ne voulait pas voir le frère descendre le couloir jusqu'à cette autre femelle. Cela lui paraissait intrinsèquement mal, comme si l'une des lois de l'univers avait décidé de s'inverser. Merde, en établissant un parallèle avec sa propre vie, l'idée même qu'il puisse avoir un jour une autre femelle que Xhex constituait une hérésie à ses yeux : même s'il souffrait constamment sans elle, il l'aimait toujours tellement qu'il en était devenu asexué.

Mais bon… elle était toujours en vie.

D'un autre côté, on ne pouvait pas dire que cette relation avait nui à Tohr. Il était revenu à la taille qu'il avait quand John l'avait rencontré, immense, musclé et puissant. Et allez, il ne s'était pas jeté dans le piège mortel d'une fusillade ni n'avait sauté d'un pont depuis, quoi, des mois.

C'était une bonne chose que Vhif ait pris la relève dans le domaine de la folle témérité. Parfaitement.

En outre, il était difficile de ne pas approuver le choix de PersOnne : ce n'était pas du tout une bimbo… elle était calme. Sans prétention. Plutôt jolie à regarder.

Il y avait de pires candidates dans le monde. Des croqueuses de diamants. Des pimbêches dans le style de celles de la *glymera*. Des filles déphasées à gros seins qui ricanaient sans cesse.

Renversant la tête en arrière contre le mur de béton, il ferma les yeux tout en entendant le couple converser à voix basse. Rapidement, le murmure s'arrêta et il supposa qu'ils étaient partis, probablement au lit…

OK, il n'allait certainement pas penser à cela.

Livré à lui-même, il écouta la respiration tranquille et les mouvements occasionnels de Blay, écartant résolument Xhex de son esprit.

C'était étrange, ce moment d'attente et d'inquiétude lui rappelait le bon vieux temps… lui et Blay qui attendaient que Vhif se remette.

Merde, ils avaient de la chance que celui-ci soit revenu en vie…

Tandis que sa mémoire lui recrachait des images de cette demeure au bord du fleuve, il revit Kolher étendu sur le sol, V. avec son flingue pointé sur la tête d'Ahssaut… et Tohr qui protégeait le roi de son corps. Puis lui et Vhif qui fouillaient la maison… argumentaient à côté de cette fenêtre coulissante… se disputaient pour savoir s'il fallait que son meilleur ami fasse une sortie dans la nuit, seul et à découvert.

« Tu dois me laisser faire mon possible. »

Le regard de Vhif avait été déterminé et totalement dénué de crainte, parce qu'il connaissait ses capacités, savait qu'il pouvait tenter une sortie sur un coup de chance et corser les choses, savait que, même s'il existait un risque qu'il ne rentre pas, il était assez fort et sûr de ses compétences au combat pour faire tout son possible pour diminuer ce risque.

Et John l'avait laissé partir. Même si son cœur hurlait, que sa tête bourdonnait et que son corps était prêt à bloquer la sortie. Même s'il ne s'agissait pas de simples nouvelles recrues des éradiqueurs là-dehors, mais de la bande de salopards, qui étaient extrêmement bien entraînés, très expérimentés et affreusement brutaux. Même si Vhif était son meilleur ami, un mâle qui avait une importance capitale dans son univers, quelqu'un dont la perte le déséquilibrerait pour tout le reste de sa vie…

Merde.

John se plaqua les mains sur le visage et le frotta vigoureusement.

Sauf qu'aucune friction ne changerait la révélation qui venait de le frapper de façon désagréable et incontestable.

Il revit Xhex lors de cette réunion avec la Confrérie au printemps précédent, quand elle leur avait offert de débusquer la tanière de Xcor : « *Je peux m'en occuper, surtout si je le fais pendant la journée.* »

Elle avait alors le regard dur et l'esprit lucide, sûre d'elle-même et de ses capacités. « *Vous avez besoin de l'aide que je peux vous apporter.* »

Quand il s'était agi de son meilleur ami ? Il n'avait pas apprécié l'idée, mais s'était écarté pour laisser le mâle faire ce qu'il devait pour le bien commun… même si cela impliquait un danger mortel. Si quelque chose lui était arrivé et qu'il était mort ? John aurait été dévasté… mais c'était le code des soldats, le code de la Confrérie.

Le code des mâles.

Perdre Xhex serait bien pire, bien entendu, parce qu'il était un mâle lié. Mais la vérité était que, en tentant de la préserver d'un sort tragique, il l'avait complètement perdue : ils n'avaient plus rien, ni passion, ni conversation, ni chaleur… peu de contacts. Et tout cela parce que son instinct de protection avait pris le dessus.

Tout était sa faute.

Il s'était uni à une guerrière… puis il avait pété les plombs quand le risque de blessure était passé d'hypothétique à réel.

Et Xhex avait raison : elle ne voulait pas qu'il meure ni qu'il tombe aux mains de l'ennemi, et pourtant elle le laissait sortir chaque nuit.

Elle le laissait faire son possible pour aider.

Elle ne permettait pas à ses émotions de l'empêcher d'accomplir son travail… Et si elle l'avait fait ? Eh bien, il lui aurait expliqué patiemment et avec amour qu'il était né pour se battre, qu'il faisait attention à lui, et…

Hôpital, charité, tout ça ?

En outre, comment se serait-il senti si quelqu'un avait considéré que le fait d'être muet était un handicap pour combattre ? Comment aurait-il réagi si on lui avait dit que, en dépit de toutes ses autres qualifications et compétences, en dépit de son talent naturel et de son instinct, simplement parce qu'il ne pouvait pas parler, il n'avait pas le droit d'aller sur le champ de bataille ?

Être une femelle n'était pas un handicap, sous quelque aspect que ce soit. Mais il avait considéré que si, pas vrai ? Il avait décidé que, parce qu'elle n'était pas un mâle, en dépit de toutes ses qualifications et compétences, elle ne pouvait pas participer au conflit.

Comme si avoir des seins rendait brusquement les combats plus dangereux.

John reprit son mouvement de friction, alors que sa tête commençait à l'élancer sous la pression. Son côté lié lui gâchait la vie. Correction : il lui avait gâché la vie. Parce qu'il n'était pas certain, peu importe ce qu'il ferait à présent, de pouvoir récupérer Xhex.

Néanmoins, il était sûr d'une chose.

Brusquement, il songea à Tohr et à ce serment.

Et il sut ce qu'il avait à faire.

Tandis que Tohrment s'avançait vers elle, PersOnne se retrouva à bout de souffle: son corps massif se balançait au rythme de sa démarche, son regard brûlant était fixé sur elle comme s'il avait l'intention de la consumer par sa simple vitalité.

Il était prêt à s'unir, se dit-elle.

Douce Vierge scribe, il venait la prendre.

« Je veux te baiser. »

Elle posa la main sur le lien de sa robe, et fut choquée de découvrir qu'elle était prête à ouvrir le vêtement à l'instant même. Pas ici, dit-elle à ses doigts. Mais ailleurs…

Aucun souvenir de ce *symphathe* ne parasitait son esprit et elle n'éprouvait aucune anxiété quant à la douleur, ni le sentiment qu'elle le regretterait peut-être. Elle ne ressentait rien d'autre qu'une paix retentissante au milieu de la certitude tonitruante que ce mâle était ce qu'elle désirait; cette union était ce qu'elle avait attendu si patiemment.

Ils étaient tous les deux prêts.

Tohrment s'arrêta devant elle, la respiration accélérée et les poings serrés.

— Je vais te donner une chance de t'écarter de moi. Tout de suite. Quitte le centre d'entraînement et je resterai ici.

Sa voix était si voilée, si grave et profonde que ses mots en étaient presque inintelligibles.

La sienne, en revanche, était très claire.

— Je ne m'éloignerai pas de vous.

— Comprends-tu ce que je dis? Si tu ne pars pas… je serai en toi dans une minute et demie.

Elle leva le menton.

— Je vous veux en moi.

Un grondement s'éleva de sa gorge, le genre de son qui, si elle l'avait entendu dans un contexte différent, l'aurait peut-être terrifiée. Mais face à ce magnifique mâle excité, son corps répondit par un relâchement merveilleux, se préparant un peu plus à l'accepter.

Il ne fut pas doux quand il la prit dans ses bras, relevant haut ses jambes et les posant au creux de son coude. Et il ne fut pas lent quand il se dirigea vers la piscine… comme si l'idée de les emmener dans un lit digne de ce nom dans la grande maison était tout simplement une trop grande peine.

Tandis qu'il s'éloignait à grandes enjambées en l'emportant comme un butin, elle leva les yeux vers son visage. Il avait les sourcils froncés, sa bouche entrouverte dévoilait ses crocs et son teint était rouge d'anticipation. Il la désirait. Il avait besoin d'elle.

Et il n'y avait pas de retour en arrière possible.

Non qu'elle aurait choisi cette option. Elle adorait la façon dont il la faisait se sentir en cet instant.

Même si elle supposait qu'il était illusoire de se flatter du désespoir avec lequel il prenait possession d'elle. Il était toujours amoureux de sa compagne décédée. Mais il la désirait, et cela lui suffisait. C'était, peut-être, tout ce qu'elle aurait jamais… et pourtant, comme elle le lui avait dit, c'était bien plus qu'elle n'aurait espéré.

D'un ordre mental, il ouvrit en grand la porte en verre qui menait au hall d'entrée de la piscine et, comme celle-ci se refermait derrière eux, elle entendit le verrou se mettre en place. Puis ils traversèrent en vitesse le vestibule et tournèrent pour déboucher dans la piscine proprement dite, tandis que la chaleur de l'air lourd et humide alanguissait un peu plus le corps de PersOnne…

De façon synchrone, la lumière des lampes au-dessus d'eux baissa et la lueur bleu-vert de la piscine s'intensifia, jetant des reflets colorés sur tout.

— Pas de retour en arrière, déclara Tohr, comme s'il lui donnait une dernière chance de mettre fin à ceci.

Quand elle se contenta de lui faire un signe de tête, il grogna une fois de plus, puis la déposa sur l'un des bancs en bois, étendue sur le dos. Il respecta sa parole. Il n'attendit pas, n'hésita pas ; il se coucha sur elle et unit leurs bouches, plaquant sa poitrine contre la sienne, et installant ses jambes entre celles de PersOnne.

Lui entourant la nuque de ses bras, elle le maintint contre elle tandis qu'il remuait les lèvres contre les siennes et que sa langue explorait l'intérieur de sa bouche. Le baiser était splendide et dévorant, au point qu'elle ne remarqua pas qu'il défaisait la ceinture de sa robe.

Ensuite, il posa les mains sur elle. Au travers de la chemise en lin, ses paumes étaient brûlantes à mesure qu'il lui caressait les seins et poursuivait plus bas. Écartant davantage les cuisses pour lui, elle retroussa la chemise et obtint ce qu'elle désirait : il caressa son sexe, la massa, la menant au bord de la jouissance… mais pas plus loin.

— Je veux t'embrasser, gronda-t-il contre sa bouche. Mais je ne peux pas attendre.

Elle croyait qu'il était en train de l'embrasser ?

Avant qu'elle puisse répondre, il souleva les hanches et déboutonna avec une fébrilité rageuse le devant de son pantalon de cuir.

Puis quelque chose de chaud et d'arrondi la toucha… poussa… glissa contre elle.

PersOnne se redressa et cria son nom… et ce fut alors qu'il la prit : tandis que sa voix se répercutait jusqu'au plafond élevé, le corps de Tohr revendiqua le sien, poussant à l'intérieur, se frayant un chemin, dur mais néanmoins doux comme du satin.

Tohrment laissa tomber sa tête à côté de la sienne lorsqu'ils furent unis, puis il cessa tout à fait de bouger, ce qui était une bonne chose : la sensation d'étirement pour s'accommoder à sa taille était à la limite de la douleur… mais elle ne l'aurait échangée pour rien au monde.

Il poussa un grognement guttural et commença à remuer, d'abord lentement, puis de plus en plus vite, ses hanches oscillant d'avant en arrière entre les siennes tandis qu'il lui agrippait les cuisses et les pressait. Avec la grande vague de passion qui les emporta tous les deux, chaque sensation était amplifiée, et l'esprit de PersOnne était à la fois entièrement présent et totalement bouleversé par la façon dont il la dominait sans lui faire de mal.

Comme le rythme devenait incontrôlable, PersOnne se cramponna à lui de toutes ses forces, avec l'impression que son corps s'envolait alors même qu'il était cloué sous celui de Tohr, que son cœur éclatait et était en même temps enfin complet, tandis que le plaisir s'accumulait brusquement avant d'exploser. Oui, son orgasme la fit se contracter et se détendre autour de lui alternativement, la jouissance étant entièrement différente de toutes les fois précédentes : plus intense et plus longue. Et cela parut faire franchir la limite à Tohr lui aussi parce que son corps fut à son tour pris de violentes contractions, qui le firent se cabrer et tressauter des hanches contre elle.

Tout cela sembla durer une éternité, mais comme chaque fois que l'on s'envolait, ils finirent par quitter la liberté des cieux pour revenir sur terre.

Le retour à la réalité fut progressif et dérangeant.

Il était toujours habillé, de même qu'elle, dont la robe était remontée sur les épaules et les bras. Et le banc lui rentrait dans les omoplates et l'arrière du crâne. Et l'air autour d'elle n'était pas aussi chaud que leur passion.

Comme c'était étrange, se dit-elle. Même s'ils avaient partagé tant de choses auparavant, les instants qu'ils venaient juste de vivre leur avaient fait franchir un grand fossé.

Elle se demanda comment il se sentait…

Tohrment leva la tête et la dévisagea. Il n'y avait pas d'expression particulière sur son visage, ni joie, ni tristesse, ni culpabilité.

Il se contentait de la regarder.

— Est-ce que ça va ? demanda-t-il.

Comme elle semblait avoir perdu la voix, elle hocha la tête, même si elle n'était pas certaine de savoir comment elle se sentait. Physiquement, elle allait bien… en fait, son corps continuait d'accueillir volontiers la présence en elle. Mais tant qu'elle ne saurait pas comment il allait, lui, elle ne pourrait rien affirmer d'autre.

La dernière femelle avec laquelle il avait couché avait été sa *shellane*… et assurément, c'était à cela qu'il pensait dans ce silence tendu.

CHAPITRE 46

Tohr s'était immobilisé au-dessus de PersOnne, son pénis toujours enfoncé dans son corps, son sexe le démangeant de poursuivre alors même qu'il tenait son désir en laisse.

Il attendait que sa conscience se mette à hurler.

Il se préparait à ressentir une consternation accablante à l'idée d'avoir couché avec une autre femelle.

Il était… prêt à ce que quelque chose, n'importe quoi, jaillisse de sa poitrine : du désespoir, de la colère, de la frustration.

Tout ce qu'il obtint fut l'impression que ce qui venait de se passer était un début et non une fin.

Posant le regard sur le visage de PersOnne, il scruta ses traits, à la recherche du moindre indice prouvant qu'elle avait pris la place de sa *shellane* dans son cœur, cherchant en lui-même des signes d'alerte… se préparant à une immense explosion.

Il n'éprouva que le sentiment d'avoir agi comme il le fallait.

Tendant le bras, il repoussa une mèche de cheveux blonds de son visage.

— Tu es sûre que ça va ?

— Et toi ?

— Oui. En quelque sorte… je veux dire, je vais vraiment… bien. Je suppose que je m'attendais à tout sauf à ça, si ce que je dis a un sens ?

Le sourire qui s'épanouit sur son visage fut aussi lumineux que le soleil, et cette expression transforma ses traits en une beauté si resplendissante qu'elle lui coupa le souffle.

Elle était si aimable. Si compatissante. Si tolérante.

Il n'aurait pas été capable de faire cela avec quelqu'un d'autre.

— Ça t'ennuie si on réessaie ? demanda-t-il d'une voix douce.

Ses joues prirent une teinte d'un rose plus soutenu.

— Je t'en prie…

Le ton de sa voix fit sursauter son pénis en elle, sa chaleur humide et étroite le caressant d'un seul coup et le rendant prêt à rugir et à se remettre en branle.

Sauf qu'il n'était pas juste de lui demander de rester allongée sur ce banc dur.

L'entourant de ses bras, il la tint contre sa poitrine et les hissa tous les deux à la force de ses cuisses musclées. Quand il se retrouva debout, il l'embrassa de nouveau, inclinant la tête et posant la bouche sur la sienne, tandis qu'il lui empoignait les fesses et s'apprêtait à reprendre son va-et-vient. Au moyen de ses bras, il la souleva et la repositionna sur son sexe, embrassant ce qu'il pouvait de sa gorge et de sa clavicule tandis qu'il la pénétrait selon un angle différent et plus profond.

Elle était incroyable, l'enveloppait, le serrait étroitement, et le mouvement de friction lui donnait envie de la mordre juste pour la goûter.

Plus vite. Encore plus vite.

La robe se balançait follement dans le dos de PersOnne, et elle devait détester cela autant que lui, parce qu'elle se débarrassa brusquement du vêtement, l'arrachant de ses épaules et le laissant tomber sur le carrelage. Comme elle replaçait les bras autour de son cou, elle l'enserra plus étroitement, ce qui lui convenait parfaitement.

Enfonçant les doigts dans les muscles de ses fesses, il s'approcha de plus en plus du point de rupture... et il en allait de même pour PersOnne. Les bruits qu'elle faisait, ces gémissements incroyables, son odeur délicieuse qui montait, sa tresse qui battait...

Brusquement, il ralentit la cadence et tira sur le lien qui retenait sa natte, l'arracha et libéra les longues mèches. Secouant les épaisses ondulations pour les détresser, il les ramena sur le devant et en recouvrit les épaules de la femelle et les siennes.

Quelque chose dans cette chute le mena à la sienne : deux coups de reins plus tard, son corps franchit sa limite et la jouissance l'emporta au-delà de tout, jusqu'à ce qu'il pousse un juron dans un souffle explosif.

Il traversa le plaisir en titubant, étreignit fermement PersOnne et enfouit son visage dans toute cette blondeur, humant, respirant le parfum délicat du shampoing qu'elle utilisait. Merde, l'odeur l'excita encore plus, jusqu'à ce que son orgasme devienne soudain confus, au point de secouer son corps, de le déséquilibrer et de le rendre temporairement aveugle.

Il avait dû en être de même pour elle : avec l'impression de percevoir les choses à distance, il l'entendit crier son nom, tandis qu'elle resserrait les jambes autour de ses hanches pour les unir.

Incroyable. Totalement incroyable. Et il chevaucha le plaisir aussi longtemps qu'il dura... des deux côtés. Quand il finit par s'immobiliser, la tête de PersOnne pendait contre son épaule, son corps s'était affaissé contre sa poitrine et sa chair désirable était aussi relâchée que sa belle chevelure.

Spontanément, il posa la main sur sa colonne vertébrale et remonta jusqu'à la base du cou. Tandis que son souffle s'apaisait, il se contenta... de la tenir.

Avant même de s'en apercevoir, il les berçait tous les deux. Elle ne pesait presque rien dans ses bras puissants et il avait le sentiment qu'il aurait pu les garder serrés l'un contre l'autre… pour toujours.

Au bout du compte, elle chuchota :

— Je dois me faire lourde.

— Pas du tout.

— Tu es très fort.

Merde, cela lui fit du bien à l'ego. En fait, si elle lui balançait une nouvelle remarque de ce genre, il aurait l'impression de pouvoir soulever un bus au développé-couché. Avec un avion garé sur le toit.

— Je devrais te nettoyer, dit-il.

— Pourquoi donc ?

OK, c'était sexy. Et cela lui donna envie de lui faire… d'autres choses. Toutes sortes de choses.

Par-dessus son épaule, il jeta un coup d'œil à la piscine, et se dit que la nécessité était vraiment la mère de l'invention.

— Et si on piquait une tête ?

PersOnne leva les yeux.

— Je pourrais rester ainsi…

— Pour toujours ?

— Oui. (Elle avait les paupières à demi baissées et ses yeux étincelèrent dans la lueur bleu-vert.) Pour toujours.

Comme il la dévisageait, il se dit… elle était tellement vivante. Ses joues étaient rouges, ses lèvres gonflées de ses baisers, ses cheveux étaient beaux et un peu en bataille. Elle était vivante, chaude et…

Il se mit à rire.

Oh, putain de merde, il n'avait pas la moindre idée de la cause de cette hilarité soudaine ; il n'y avait rien de drôle, mais tout à coup, voilà qu'il riait comme un fou.

— Désolé, parvint-il à articuler. J'ignore quel est le problème.

— Je m'en fiche. (Elle lui fit un magnifique sourire, qui dévoilait ses crocs délicats et ses dents blanches et alignées.) C'est le plus beau son que j'aie jamais entendu.

Saisi d'une impulsion qu'il ne comprit pas lui-même, il poussa un cri et se précipita vers la piscine, qu'il atteignit en trois grandes enjambées. Puis, d'un bond puissant, il les envoya tous deux dans la source lumineuse immobile et bleutée.

Ils plongèrent dans l'eau tiède comme un seul être : aussitôt des bras invisibles et doux les enveloppèrent d'un duvet tempéré et les arrachèrent aux mains de la lourde gravité, leur épargnant à tous deux une arrivée difficile.

Quand sa tête passa sous la surface, Tohr trouva la bouche de PersOnne et s'en empara, l'embrassant tandis que ses pieds touchaient le fond du bassin et qu'il se propulsait d'une poussée vers le haut pour qu'ils retrouvent l'air…

Ce faisant, son pénis s'enfonça de nouveau dans le sexe de PersOnne.

Elle réagit immédiatement, lui enserra les hanches de ses jambes une fois de plus, s'accordant à son rythme, lui rendant son baiser. Et c'était bien. C'était… comme cela devait être.

Un peu plus tard, PersOnne se retrouva nue, mouillée et étendue au bord de la piscine sur un lit de serviettes que Tohrment avait disposées pour elle.

Il était agenouillé à côté d'elle : ses vêtements trempés adhéraient à ses muscles, ses cheveux luisaient, et il contemplait son corps avec intensité.

Soudain, un brutal sentiment d'insécurité s'empara d'elle et la glaça.

Elle se redressa sur son séant et se couvrit…

Tohrment lui saisit les mains et les écarta doucement.

— Tu me gâches la vue.

— Tu aimes… ?

— Oh, oui. J'aime. (Il se pencha et l'embrassa profondément, glissant sa langue à l'intérieur de sa bouche, tout en la repoussant pour qu'elle se rallonge.) Hmm, voilà où je veux en venir.

Quand il recula un peu, PersOnne lui sourit.

— Tu me donnes l'impression d'être…

— Quoi ? (Il baissa la tête et, de ses lèvres, effleura sa gorge, sa clavicule… la pointe de son sein.) Belle ?

— Oui.

— C'est ce que tu es. (Il embrassa son autre téton et l'aspira dans sa bouche.) Belle. Et je pense que tu devrais balancer cette fichue robe une bonne fois pour toutes.

— Que vais-je porter ?

— Je te trouverai des vêtements. Tous les vêtements que tu veux. Ou tu pourrais simplement te promener nue.

— Devant les autres… (Le sifflement qui lui échappa fut le plus beau compliment qu'elle ait jamais reçu.) Non ?

— Non.

— Alors peut-être dans ta chambre.

— Voilà, je peux soutenir cette proposition-là.

Ses lèvres descendirent plus bas et sur le côté, jusqu'à ce qu'il passe un croc sur ses côtes. Puis il parcourut son ventre de baisers doux et langoureux. Ce ne fut que lorsqu'il descendit plus bas encore, s'attardant sur sa hanche avant d'effleurer son sexe de très près, qu'elle comprit qu'il avait un but.

— Écarte les jambes pour moi, la pressa-t-il d'une voix grave. Laisse-moi voir la plus belle partie de toi. Laisse-moi t'embrasser à l'endroit où je veux être.

Elle ne savait pas exactement ce qu'il suggérait, mais elle était impuissante à lui refuser quoi que ce soit quand il employait ce ton avec elle. Dans le brouillard, elle leva un genou et écarta les cuisses… et sut quand il la regarda, parce qu'il grogna de satisfaction.

Tohrment se déplaça pour s'installer entre ses jambes et s'étendit de tout son long, prenant chacune des cuisses de PersOnne dans ses mains pour l'ouvrir un peu plus. Puis ses lèvres furent sur elle, tièdes, soyeuses et humides. La sensation de cette douceur sur sa propre douceur déclencha en elle un nouvel orgasme, et il en profita, la pénétrant de sa langue, la suçant, trouvant son rythme pour l'emmener plus loin.

Elle enfonça les doigts dans ses cheveux noirs tandis qu'elle ondulait des hanches.

Et dire qu'elle avait apprécié le sexe…

Elle était loin de savoir qu'il restait tant à découvrir.

Il fut attentif au point de la rendre folle et douloureusement minutieux dans ses explorations, prenant son temps afin de l'emporter au sommet du plaisir. Et quand il finit par relever la tête, ses lèvres étaient humides et rouges, et il se passa la langue dessus tout en la dévisageant entre ses paupières mi-closes.

Puis il se redressa sur les genoux et lui agrippa les hanches pour les incliner vers le haut.

Son sexe en érection était incroyablement massif et long, mais elle savait déjà qu'il entrait en elle à la perfection.

Et il lui fit de nouveau l'amour.

Cette fois-ci, elle fut plus attentive à le regarder qu'à le sentir en elle. Au-dessus d'elle, il bougeait de cette façon puissante et forte, leur procurant à tous deux du plaisir alors qu'il ondulait des hanches et effectuait des mouvements de va-et-vient en elle.

Son sourire était sombre. Érotique.

— Tu aimes me regarder ?

— Oui. Oh, oui…

Elle ne put aller plus loin, car une autre vague de jouissance monta et prit le contrôle de ses pensées, de sa parole, de son corps… de son âme, balayant tout sur son passage.

Quand elle finit par se calmer et fut de nouveau en mesure de se concentrer, elle reconnut la tension sur le visage de

Tohrment, la raideur autour de sa mâchoire et de ses yeux, le mouvement de sa poitrine. Il n'avait pas encore atteint l'orgasme.

— Veux-tu regarder ? demanda-t-il, les dents serrées.

— Oh, oui…

En se retirant de son corps, son membre en érection ressemblait à ses lèvres un peu plus tôt : il était luisant et turgescent.

D'une main forte, il s'empoigna, et de l'autre s'appuya au sol pour s'étirer au-dessus du corps détendu et ouvert de PersOnne. Tournant les épaules, il lui offrit une large vue pendant qu'il se caressait de haut en bas, faisant apparaître et disparaître son gland dans son poing serré.

Son souffle devint plus sonore et plus difficile tandis qu'il lui montrait comment se passaient les choses pour lui.

Quand le moment fut venu, son cri résonna aux oreilles de PersOnne et il renversa la tête en arrière, le menton tendu en avant, tandis qu'il dévoilait ses crocs en sifflant. Puis avec des pulsations rythmiques, des jets jaillirent de son pénis, qui, lorsqu'ils touchèrent le sexe et le bas-ventre de PersOnne, la firent s'arc-bouter aussi sûrement que si la jouissance avait été la sienne.

Comme il titubait, elle lui tendit les bras.

— Viens là.

Il n'eut aucune hésitation avant d'obéir, amenant sa poitrine contre la sienne avant de se tourner sur le côté pour l'appuyer contre lui.

— As-tu assez chaud ? murmura-t-il. Tes cheveux sont mouillés.

— Je m'en fiche. (Elle se blottit contre son corps.) Je me sens… parfaitement bien.

Un grondement approbateur monta de sa gorge.

— C'est le cas… Rosalhynda.

En entendant son ancien nom, elle eut un mouvement de recul, mais il la maintint fermement contre lui.

— Je ne peux pas continuer à t'appeler PersOnne. Pas après… cela.

— Je n'aime pas ce nom.

— Un autre, alors.

Lorsqu'elle le dévisagea, elle eut la nette impression qu'il ne fléchirait pas sur ce point. Et qu'il ne l'appellerait plus par le nom qu'elle avait choisi si longtemps auparavant… quand ce mot exprimait la perception qu'elle avait alors d'elle-même.

Il avait peut-être raison, néanmoins. Brusquement, elle n'avait plus le sentiment de n'être personne.

— Il te faut un nom.

— Je ne peux pas choisir, répondit-elle, consciente de l'énorme douleur dans son cœur.

Il regarda le plafond. Entortilla quelques-unes de ses mèches autour de ses doigts. Fit claquer sa langue.

— L'automne est ma saison préférée, dit-il au bout d'un moment. Non que je me transforme en gonzesse ni en quoi que ce soit… mais j'aime les feuilles quand elles deviennent rouges et orange. Elles sont superbes sous la lune mais, surtout, c'est une transformation incroyable. Le vert du printemps et de l'été n'est que l'ombre de la véritable identité des arbres, et toute cette couleur qui apparaît à mesure que les nuits refroidissent est un miracle sans cesse renouvelé. C'est comme si les feuilles compensaient la perte de la chaleur par leur propre feu. J'aime… l'automne. (Il la regarda dans les yeux.) Tu es pareille. Tu es belle et tu brilles… et il est temps pour toi de sortir de l'ombre. Alors je choisis… Automne.

Dans le silence qui suivit, elle eut conscience du picotement aux coins de ses yeux.

— Quel est le problème ? se dépêcha-t-il de demander. Merde… ça ne te plaît pas ? Je pourrais en choisir un autre. Lihllith ? Pourquoi pas Suhannah ? Que… Joe ? Fred ? Howard ?

Elle posa la main sur son visage.

— Je l'adore. Il est parfait. Je serai désormais connue sous le nom que tu m'as donné, celui de la saison où les feuilles brûlent : Automne.

Se redressant, elle appuya les lèvres sur les siennes.

— Merci. Merci…

Comme il hochait la tête d'un air solennel, elle l'entoura de ses bras et le serra contre elle. Être nommée, c'était être revendiquée, et cela lui donnait l'impression… de ressusciter.

Chapitre 47

Il fallut un long moment avant que Tohr et Automne émergent du nid humide et chaud de leur piscine. Merde, il n'entrerait plus jamais dans cet endroit sans penser qu'il était « à eux ».

Alors qu'il lui tenait la porte du couloir, il prit une profonde inspiration apaisante. Automne… le nom parfait pour une femelle parfaitement charmante.

Marchant côte à côte, ils se rendirent ensemble jusqu'au bureau. Tohr laissait des empreintes humides sur le sol, parce que son pantalon trempé gouttait encore au niveau de l'ourlet. Quant à Automne, elle ne laissait aucune trace, puisque sa robe était sèche.

C'était la dernière fois qu'elle porterait ce satané truc.

Merde, ses cheveux étaient beaux, ainsi détachés sur ses épaules. Il parviendrait peut-être à la convaincre également de ne plus les tresser.

Quand ils pénétrèrent dans le tunnel, il passa un bras autour d'elle et l'attira contre lui. Elle trouvait bien sa place. Elle était plus petite que… Eh bien, Wellsie était beaucoup plus grande. La tête d'Automne lui arrivait au niveau des pectoraux, ses épaules n'étaient pas aussi larges que celles de sa compagne, et elle boitait, tandis que Wellsie avait une démarche régulière et élégante.

Mais elle trouvait sa place. Différemment, oui, mais le lien entre leurs corps était indéniable.

S'approchant de la porte qui menait à la demeure, il la lâcha et la laissa grimper les marches la première. Arrivé au sommet, il tendit la main devant elle, tapa le code et ouvrit la voie vers le vestibule, en tenant le lourd panneau pour elle.

Comme elle franchissait le seuil, il lui demanda :

— Tu as faim ?

— Je suis affamée.

— Alors monte et laisse-moi te servir.

— Oh, je peux me trouver quelque chose dans la cui…

— Non. Je ne pense pas. Je vais te servir. (Il l'emmena jusqu'au pied du grand escalier.) Monte et mets-toi au lit. J'apporte à manger.

Elle hésita un instant sur la première marche.

— Ce n'est vraiment pas nécessaire.

Il secoua la tête en songeant à tout l'exercice qu'ils avaient fait au bord de la piscine.

— C'est tout à fait nécessaire. Et tu vas me faire le plaisir de retirer cette robe et de te glisser nue entre les draps.

Son sourire commença timidement… et se termina de façon spectaculaire.

Puis elle pivota sur elle-même et lui montra son dos.

Observer ses hanches onduler à mesure qu'elle montait le fit bander. Encore.

S'appuyant d'une main à la rampe sculptée, il dut baisser la tête pour regarder la moquette et se ressaisir…

Un juron fleuri lui fit tourner la tête.

Vilain mot, bon moment…

Traversant la mosaïque représentant un pommier en fleur, il passa la tête dans la salle de billard. Lassiter était étendu sur le canapé, toute son attention concentrée sur l'écran plat au-dessus de la cheminée.

Même si Tohr était mouillé, il s'approcha et se plaça entre l'ange et la télé.

— Écoute, je…

— C'est quoi ce bordel ! (Lassiter se mit à secouer les mains comme si elles brûlaient et qu'il essayait d'éteindre les flammes.) Bouge-toi de là !

— Est-ce que ça a marché ? demanda Tohr.

Encore un juron, puis l'ange se jeta sur le côté pour tenter d'apercevoir l'écran.

— Accorde-moi juste une minute…

— Est-elle libre ? siffla-t-il. Dis-moi seulement ça.

— Aha ! (Lassiter pointa l'écran du doigt.) Espèce d'enfoiré ! Je savais que tu étais le père !

Tohr lutta contre l'envie de remettre du plomb dans la cervelle de ce fils de pute à grands coups de gifles dans la figure. L'avenir de sa Wellsie était en jeu, et ce crétin s'inquiétait des résultats de tests de paternité dans le talk-show de Maury ?

— Est-ce que tu te moques de moi ?

— Non, je suis totalement sérieux. Cet enfoiré a fait trois gamins à trois sœurs… Quel genre d'homme est-ce ?

Tohr tapa sa propre tête au lieu de celle de l'ange.

— Lassiter… voyons, mec…

— Écoute, je suis toujours là, pas vrai ? marmonna-t-il en coupant le son de la télé. Tant que je suis ici, c'est qu'il reste du pain sur la planche.

Tohr se laissa tomber sur une chaise. Se prenant la tête dans les mains, il serra les molaires.

— Je n'y comprends rien, putain. Le destin veut du sang, de la sueur et des larmes ; eh bien, je me suis nourri sur elle, nous avons… euh, transpiré, c'est certain. Et Dieu sait que j'ai assez pleuré.

— Les larmes ne comptent pas, dit l'ange.

— Comment est-ce possible ?

— C'est comme ça, mon pote.

Génial. Fantastique.

— Combien de temps me reste-t-il pour libérer ma Wellsie ?

— Tes rêves constituent la réponse à cette question. Dans l'intervalle, je te suggère d'aller nourrir ta femelle. Je suppose, vu ton pantalon trempé, que tu viens de lui faire faire de sacrés exercices.

Les mots « Elle n'est pas à moi » montèrent automatiquement dans sa gorge, mais il les ravala dans l'espoir que les garder en lui-même l'aiderait d'une façon ou d'une autre.

L'ange se contenta de secouer la tête, comme s'il avait parfaitement conscience du sentiment inexprimé… et de l'avenir encore incertain.

— Bon sang de bonsoir, marmonna Tohr en se levant et en se dirigeant vers la cuisine. Bon sang de moi.

À une cinquantaine de kilomètres de là, dans la ferme de la bande de salopards, le bruit d'une respiration sifflante s'élevait dans l'air confiné de la cave, de manière saccadée, irrégulière et pitoyable.

Affhres regardait fixement la flamme de la bougie, et s'inquiétait de l'état de son chef.

Xcor avait pris part à un sacré corps à corps vers la fin de la bataille à la maison d'Ahssaut. Il avait refusé de dire avec qui, mais il devait s'agir d'un frère. Et naturellement, il n'avait reçu aucun soin depuis lors… non qu'ils aient beaucoup à offrir sur ce point.

Jurant pour lui-même, Affhres croisa les bras sur sa poitrine et tenta de se rappeler quand le mâle s'était nourri pour la dernière fois. Douce Vierge scribe… cela ne remontait-il pas au printemps, avec ces trois prostituées ? Pas étonnant qu'il ne guérisse pas… et cela n'arriverait pas tant qu'il ne serait pas mieux nourri…

La respiration poussive se changea en une toux violente… avant de reprendre à une cadence plus lente et douloureuse.

Xcor allait mourir.

Cette terrible conclusion s'était imposée avec une violence implacable lorsque sa respiration avait changé quelques heures plus tôt. Pour survivre, le mâle avait besoin de deux choses, de préférence ensemble : un accès à une structure médicalisée avec du matériel et du personnel comme ce dont bénéficiait la Confrérie ; et le sang d'une femelle vampire.

Il n'y avait aucun moyen de lui obtenir la première, et la seconde s'était révélée être un défi ces derniers mois. La population vampire de Caldwell augmentait lentement, mais depuis les attaques, les femelles étaient devenues une denrée encore plus rare. Il n'en avait toujours pas trouvé une qui accepte de les servir, alors même qu'ils étaient en mesure de la payer grassement.

Encore que… vu l'état de Xcor, ce ne serait peut-être même pas suffisant. Il leur fallait un miracle…

Spontanément, l'image de cette Élue magnifique qui l'avait nourri au quartier général de la Confrérie lui vint à l'esprit. Son sang sauverait Xcor immédiatement. Au sens propre. Sauf qu'elle était inaccessible pour bien des raisons. Comment pourrait-il la contacter, tout d'abord ? Et même s'il y arrivait, elle saurait sans le moindre doute qu'il était un ennemi…

Ou peut-être pas ? Elle lui avait dit qu'il était un soldat de valeur, peut-être que la Confrérie lui avait dissimulé son identité pour protéger sa sensibilité délicate…

Plus aucun bruit. Rien.

— Xcor ? appela-t-il en se redressant brusquement. Xcor…

À ce moment-là, il y eut une autre quinte de toux et la respiration encombrée reprit.

Douce Vierge scribe, il ignorait totalement comment les autres parvenaient à dormir en ce moment. Mais bon, ils se battaient depuis si longtemps sans autre carburant que du sang humain que le sommeil constituait leur unique chance de recharger leurs batteries. Mais chez Affhres, l'adrénaline l'avait emporté sur cet impératif dès 14 heures ; à partir de là, il avait commencé à surveiller la respiration de Xcor.

Comme il cherchait son téléphone portable pour regarder l'heure, il dut lutter contre l'affolement de son esprit pour se concentrer sur les chiffres affichés.

Depuis cet incident entre eux au cours de l'été, Xcor était devenu un autre mâle. Toujours tyrannique, exigeant et manigançant des plans qui pouvaient choquer ou stupéfier… mais son regard était différent quand il le posait sur ses soldats. Il était davantage lié à eux tous et s'était ouvert à un nouveau niveau de relation, dont il n'avait pas semblé avoir eu conscience auparavant.

Ce serait dommage de perdre ce salopard à présent.

Se frottant les yeux, Affhres finit par déchiffrer l'heure : 17 h 38. Le soleil était probablement juste au-dessous de l'horizon, le crépuscule s'attardait sans doute dans le ciel vers l'ouest. Il vaudrait mieux attendre que l'obscurité soit véritablement complète, mais il n'avait plus de temps à perdre, surtout qu'il n'était pas sûr de ce qu'il allait faire.

Se levant de sa couchette, il se redressa de toute sa hauteur, traversa la pièce et secoua le tas de couvertures sous lequel dormait Zypher.

— Dégage, marmonna le soldat. J'ai encore trente minutes…

— Il faut que tu fasses sortir les autres d'ici, chuchota Affhres.

— Vraiment ?

— Et tu dois rester dehors.

— Vraiment ?

— Je vais essayer de trouver une femelle pour nourrir Xcor.

Cela attira l'attention du soldat : Zypher leva la tête… à l'autre bout de la couchette.

— Vraiment ?

Affhres se déplaça au pied du lit pour croiser son regard.

— Assure-toi qu'il reste ici et sois prêt à le conduire aux coordonnées que je t'indiquerai.

— Affhres, qu'est-ce que tu vas faire ?

Sans répondre, il se retourna et commença à enfiler ses vêtements de cuir, les mains tremblantes non seulement à cause de l'état affreux dans lequel se trouvait Xcor… mais aussi parce que, si sa prière était entendue, il se trouverait de nouveau en compagnie de cette femelle.

Jetant un coup d'œil à sa tenue de combat, il eut un instant d'hésitation… Douce Vierge scribe, il aurait préféré avoir autre chose à se mettre que du cuir. Un beau costume en laine peignée avec une cravate. Des chaussures dignes de ce nom avec des lacets. Des sous-vêtements.

— Où vas-tu ? demanda brusquement Zypher.

— Cela ne te regarde pas. La seule chose qui importe, c'est que je trouve ce que je cherche.

— Dis-moi que tu vas prendre tes armes.

Affhres marqua un nouveau temps d'arrêt. Si jamais la situation se retournait contre lui, il aurait peut-être bien besoin d'être armé. Mais il ne souhaitait pas effrayer la femelle… en supposant qu'il arrive à la joindre d'une façon ou d'une autre et à la convaincre de venir le trouver. C'était une femelle si délicate…

Quelques armes dissimulées, décida-t-il. Un ou deux pistolets. Quelques couteaux. Rien qu'elle puisse distinguer.

— Bien, murmura Zypher dès qu'il se mit à vérifier l'état de ses armes.

À peine quelques minutes plus tard, Affhres sortit du sous-sol et franchit la porte de la cuisine donnant sur l'extérieur…

Avec un sifflement, il leva ses avant-bras devant son visage pour se protéger de la lumière du jour et fit un bond en arrière pour rejoindre l'obscurité de la maison. Ses yeux le piquaient et larmoyaient. Il poussa un juron et gagna l'évier, puis fit couler de l'eau froide pour s'en asperger le visage.

Une éternité s'écoula avant que son téléphone l'informe qu'il pouvait tenter une autre sortie, et cette fois-ci, il ouvrit la porte d'un air beaucoup moins bravache.

Oh, le soulagement de la nuit.

Il sauta sur le sol meuble et emplit ses poumons de l'air automnal froid et humide. Fermant ses yeux qui lui faisaient encore mal, il se recentra sur lui-même, et s'éloigna de la maison en se dématérialisant vers le nord-est pour finir par reprendre forme dans un pré herbu au centre duquel se dressait un gros érable couleur de flamme.

Debout devant le large tronc, sous le couvert du feuillage rouge et or, il examina le paysage au travers de ses sens affûtés comme des rasoirs. Cet endroit bucolique était loin, très loin du champ de bataille du centre-ville, ou de l'enceinte de la Confrérie ou même d'un avant-poste de la Société des éradiqueurs… du moins à sa connaissance.

Néanmoins, afin de s'assurer qu'il avait bien choisi le site, il attendit, aussi immobile que le grand arbre derrière lui, mais loin d'être aussi serein : il était prêt à engager le combat avec n'importe quoi ou n'importe qui.

Rien ni personne ne l'approcha cependant.

Environ trente minutes plus tard, il s'assit en tailleur sur le sol, croisa les mains, et se concentra.

Il avait tout à fait conscience du péril où l'embarquait ce chemin. Mais dans certaines batailles, il fallait forger ses propres armes, même si l'on prenait le risque qu'elles vous explosent à la figure : il courait un grave danger en faisant cela, mais s'il était une chose sur laquelle on pouvait compter avec la Confrérie, c'était leur façon de protéger leurs femelles, à l'ancienne.

Il avait reçu des coups de poing à la mâchoire qui le prouvaient.

Il pariait donc sur le fait que, s'il contactait l'Élue, elle ignorerait sa véritable identité.

Il se força également à repousser tout sentiment de culpabilité en songeant à la position dans laquelle il la placerait.

Avant de fermer les yeux, il regarda une nouvelle fois autour de lui. À la lisière de la prairie, près de la forêt, des daims vagabondaient, la tête inclinée, tandis que leurs sabots délicats foulaient les feuilles mortes. Une chouette ulula vers la droite, son cri fut emporté par la légère brise froide jusqu'à ses oreilles affûtées. Loin devant lui, sur une route qu'il ne distinguait pas, deux phares passèrent, probablement un tracteur.

Pas d'éradiqueur.

Pas de frère.

Personne mis à part lui.

Baissant les paupières, il se représenta l'Élue et revécut en pensée ces moments où son sang avait coulé en lui, le ranimant, le tirant loin du précipice où sa vie menaçait de basculer. Il la vit avec une grande clarté et se focalisa sur sa saveur et son parfum, l'essence même de ce qu'elle était.

Puis il pria comme jamais auparavant, même quand il menait une vie civilisée. Il pria très fort, jusqu'à ce que ses sourcils froncent, que son cœur batte la chamade et qu'il soit incapable de respirer. Il pria avec un désespoir qui laissa une part de son être se demander s'il tentait tout cela pour sauver Xcor… ou simplement pour la revoir encore une fois.

Il pria jusqu'à perdre le fil des mots et ne plus avoir qu'un sentiment dans la poitrine, un besoin criant dont il ne pouvait qu'espérer qu'il serait un signal assez fort pour qu'elle y réponde, si jamais elle le recevait.

Affhres continua aussi longtemps que possible, jusqu'à être engourdi, glacé et si épuisé que sa tête ne fut plus inclinée par respect mais par fatigue.

Il continua ainsi jusqu'à ce que le silence persistant autour de lui s'immisce dans sa quête… et lui apprenne qu'il devait accepter l'échec.

Quand il finit par rouvrir les yeux, il découvrit que la clarté lunaire s'était infiltrée à travers la voûte végétale au-dessus de lui : l'astre de la nuit était arrivé pour effectuer sa veille nocturne sur la Terre…

Son cri retentit fortement quand il sauta sur pied.

Ce n'était pas la lune qui était la cause de cette lumière.

Son Élue se tenait devant lui, et sa robe était d'une blancheur si éclatante qu'elle semblait émettre sa propre lumière.

Elle tendit les mains comme pour le calmer.

— Je suis désolée de vous surprendre.

— Non ! Non, non, c'est bon… Je… Vous êtes là.

— Ne m'avez-vous pas appelée ? (Elle parut confuse.) Je ne savais pas avec certitude ce qui m'entraînait ici. Il me fallait… simplement venir ici. Et je vous ai vu.

— Je ne savais pas si cela fonctionnerait.

— Eh bien, si.

Sur ce, elle lui sourit.

Oh, douce Vierge scribe là-haut dans les cieux, qu'elle était belle, avec ses cheveux remontés au sommet de sa tête, sa silhouette si élancée et élégante et son odeur… d'ambroisie.

Elle fronça les sourcils et se regarda.

— Ne suis-je pas convenablement couverte ?

— Je vous demande pardon ?

— Vous me dévisagez.

— Oh, oui, en effet… Je vous en prie, pardonnez-moi. J'ai oublié mes manières, parce que vous êtes trop belle pour que mes yeux le comprennent.

Cela la fit légèrement reculer. Comme si elle n'était pas habituée aux compliments… ou peut-être l'avait-il offensée.

— Je suis désolé, dit-il, puis il eut envie de se maudire.

Son vocabulaire allait devoir s'étendre à autre chose que des excuses. Rapidement. Et il allait devoir cesser de se comporter comme un petit garçon en sa présence.

— Je ne voulais pas vous manquer de respect.

Voilà qu'elle souriait de nouveau : une surprenante démonstration de joie.

— Je vous crois, soldat. Je suppose que je suis simplement surprise.

Qu'il la trouve attirante ? Bon Dieu…

Faisant appel à son passé de membre raffiné de la *glymera*, Affhres s'inclina profondément.

— Vous m'honorez de votre présence, Élue.

— Qu'est-ce qui vous a amené ici, dehors ?

— Je voulais… eh bien, je ne voulais pas risquer qu'il vous arrive le moindre mal, car je souhaitais vous convaincre de m'accorder une grande faveur.

— Une faveur ? Vraiment ?

Affhres marqua un temps d'arrêt. Elle semblait si sincèrement ravie que l'on fasse appel à elle que sa culpabilité décupla. Mais elle était l'unique moyen de sauver Xcor, et c'était la guerre…

Tandis qu'il luttait avec sa conscience, il lui vint à l'esprit qu'il existait néanmoins un moyen de se racheter, une promesse qu'il pourrait lui faire en échange de son don, si elle choisissait de l'accorder.

—J'aimerais vous demander… (Il s'éclaircit la voix.) J'ai un camarade grièvement blessé. Il va mourir si nous ne…

—Je dois aller le voir. Tout de suite. Montrez-moi où il se trouve et je lui apporterai mon aide.

Affhres ferma les yeux et fut incapable de prendre la moindre inspiration. Oui, il sentait même les larmes lui piquer les yeux. D'une voix rauque, il répondit :

—Vous êtes un ange. Votre compassion et votre gentillesse ne sont pas de ce monde.

—Ne gâchez pas de jolis mots. Où est votre camarade ?

Affhres sortit son téléphone et envoya un message à Zypher. La réponse qu'il reçut fut immédiate, et l'heure d'arrivée indiquée ridiculement proche. À moins, bien entendu, que le soldat n'ait déjà installé Xcor dans le véhicule et ne se tienne prêt à partir.

C'était un tel mâle de valeur.

Comme Affhres remettait son portable dans sa poche, il reporta une fois de plus son attention sur l'Élue.

—Il arrive dans un instant. Il doit être transporté en véhicule, vu qu'il ne va pas bien.

—Puis nous l'emmènerons au centre d'entraînement ?

Non. Certainement pas. Jamais.

—Vous devriez lui suffire. Il est plus affaibli parce qu'il ne s'est pas assez nourri que parce qu'il est blessé.

—Allons-nous l'attendre ici, dans ce cas ?

—Oui. Nous attendrons ici. (Il y eut un long silence, et elle commença à s'agiter comme si elle était mal à l'aise.) Pardonnez-moi, Élue, si je continue à vous dévisager.

—Oh, vous n'avez pas besoin de vous excuser. Je suis seulement gênée parce qu'il est rare que j'attire toute l'attention de quelqu'un.

Ce fut au tour d'Affhres d'avoir un mouvement de surprise. Mais bon, les frères traitaient sans le moindre doute tout mâle en sa présence comme ils l'avaient traité lui.

— Eh bien, permettez-moi de persister dans ma contemplation, murmura-t-il doucement. Car je ne vois que vous.

Chapitre 48

Vhif sortit de la porte dissimulée sous le grand escalier aux alentours de 18 heures ce soir-là. Il avait toujours la tête un peu bourdonnante et se déplaçait à petits pas, car tout son corps lui faisait encore mal. Mais, eh, il était debout, il était mobile, et il était vivant.

Les choses auraient pu être pires.

De plus, il avait un but. Quand Doc Jane était entrée pour vérifier son état à l'instant, elle lui avait appris que Kolher avait convoqué une réunion de la Confrérie. Bien entendu, elle lui avait également dit qu'il n'était pas de service et devait rester au lit à la clinique… mais allait-il rater le compte-rendu de ce qui s'était déroulé chez *Ahssaut*? *Niet*.

Elle avait fait de son mieux pour l'en dissuader, naturellement, mais au bout du compte, elle avait composé un numéro et dit au roi d'attendre un participant supplémentaire.

Comme il contournait le pied sculpté de la rampe, il entendit les frères parler au premier étage, et leurs voix fortes et graves rivalisaient entre elles. Visiblement, Kolher n'avait pas encore fait de rappel à l'ordre, ce qui signifiait qu'il avait le temps de prendre une boisson alcoolisée avant de monter.

Parce que, hein, c'était exactement ce dont on avait besoin quand on avait les jambes chancelantes, d'abord.

Après une évaluation minutieuse de la situation, il décida que la distance jusqu'à la bibliothèque était plus courte que celle jusqu'à la salle de billard. Il se dirigea donc vers les portes en chêne, et se figea dès qu'il atteignit l'arcade.

— Nom de Dieu…

Il y avait au moins cinquante livres de droit ancien empilés sur le sol, et ce n'était pas la moitié de ce que l'on trouvait. Sur une table à tréteaux installée sous les vitraux, d'autres volumes reliés de cuir avaient été ouverts et étaient disposés les tripes à l'air comme des soldats tués sur le champ de bataille.

Deux ordinateurs de bureau. Un autre, portable. Des tampons officiels.

Un craquement en hauteur lui fit lever les yeux. Saxton se tenait au sommet de l'échelle roulante en teck, le bras tendu vers un livre rangé sur la dernière étagère, près des moulures du plafond.

— Bonsoir, cousin, dit-il depuis son perchoir.

Pile le mâle qu'il avait besoin de voir.

— Qu'est-ce qui se passe avec tout ça ?

— Tu sembles t'être plutôt bien remis. (L'échelle craqua de nouveau tandis que le mâle redescendait avec son butin.) Tout le monde était inquiet.

— Non, je vais bien. (Vhif se dirigea vers les bouteilles d'alcool alignées sur la commode bombée surmontée d'une plaque de marbre.) Alors, sur quoi tu travailles ?

Ne pense pas à lui avec Blay. Ne pense pas à lui avec Blay. Ne pense pas à lui…

— J'ignorais que tu étais du genre à boire du xérès.

— Hum ? (Vhif jeta un coup d'œil à ce qu'il venait de se verser. Putain. Pendant qu'il se sermonnait, il avait choisi la mauvaise bouteille.) Oh, tu sais… ça me convient.

Pour le prouver, il avala le verre cul sec… et faillit s'étouffer quand le liquide douceâtre entra en contact avec sa gorge.

Il s'en servit un autre uniquement pour ne pas avoir l'air d'un idiot qui ignore ce qu'il verse dans son propre verre.

OK, un haut-le-cœur. Le second était pire que le premier.

Du coin de l'œil, il regarda Saxton s'installer à la table, où la lampe en laiton devant lui jetait un éclairage parfait sur son visage. Merde, il semblait tout droit sorti d'une pub Ralph Lauren, avec sa veste en tweed couleur chamois, sa pochette et cette association chemise/pull qui gardait son foie bien au chaud.

Dans le même temps, Vhif arborait une tenue d'hôpital et était pieds nus. Et buvait du xérès.

— Alors, c'est quoi le grand projet ? demanda-t-il une fois de plus.

Saxton releva la tête, avec une lueur étrange dans le regard.

— Cela va révolutionner les règles du jeu, comme tu dirais.

— Oh, un truc du roi super secret.

— En effet.

— Eh bien, bonne chance. On dirait que tu as largement de quoi t'occuper pour un moment.

— Ça va me prendre un mois, peut-être plus.

— Qu'est-ce que tu fais, tu réécris tout le droit ?

— Juste une partie.

— Mince, tu me fais aimer mon boulot. Je préfère me faire tirer dessus plutôt que travailler dans un bureau. (Il se versa un troisième foutu xérès, puis essaya de ne pas trop ressembler à un zombie quand il se dirigea vers la porte.) Amuse-toi bien.

— Toi aussi avec tes devoirs, cher cousin. J'irais bien là-haut moi aussi, mais j'ai trop peu de temps et trop de choses à faire.

— Tu vas t'en sortir.

— Oui, en effet.

Pendant que Vhif lui faisait un signe de tête et retournait vers l'escalier, il se dit… eh bien, qu'au moins cet échange ne s'était pas trop mal passé. Il n'avait rien imaginé qui soit classé X. Ni n'avait songé à frapper cet enfoiré jusqu'à ce qu'il saigne partout sur ses belles fringues.

Du progrès. Ouais.

Arrivé au premier étage, il vit que les doubles portes du bureau étaient grandes ouvertes et il s'arrêta en découvrant l'importance de la foule à l'intérieur. Bon sang de bonsoir… tout le monde était là. Pas seulement les frères et les combattants, mais aussi les *shellanes*… et le personnel ?

Il y avait littéralement une quarantaine de personnes dans la pièce, tassées comme des sardines autour du mobilier chichiteux.

Mais bon, peut-être que c'était logique. Après cette fichue attaque de tireur d'élite, le roi était de retour derrière son bureau, assis sur son trône, revenu d'entre les morts. Cela valait bien une célébration, supposa-t-il.

Avant de se jeter dans la mêlée, il fit mine de prendre une dernière gorgée de xérès, mais à la simple odeur du breuvage, son estomac refusa tout net. Se penchant sur le côté, il jeta la mixture dans une plante en pot, abandonna le verre sur la console du couloir et…

À l'instant où ils le virent franchir la porte, tout le monde se tut. Comme s'il y avait eu une télécommande dans la pièce et que quelqu'un avait appuyé sur la touche « silence ».

Vhif se figea. Jeta un coup d'œil à sa tenue au cas où il aurait montré quelque chose d'indécent. Regarda derrière lui dans l'éventualité où quelqu'un d'important serait en train de gravir les marches.

Puis il scruta la pièce, en se demandant ce qu'il avait raté…

Dans cette grande et criante absence de son et de mouvement, Kolher s'appuya sur le bras de sa reine et grogna quand il se mit debout. Il avait un bandage autour du cou et semblait un peu pâle, mais il était vivant… et affichait une expression si intense que Vhif eut l'impression d'en être physiquement enveloppé.

Alors le roi posa sa main ornée de la bague au diamant noir de l'espèce sur sa propre poitrine, en plein milieu, juste au-dessus du cœur… et lentement, avec précaution et l'aide de sa *shellane*, il courba la taille.

Pour s'incliner devant Vhif.

Alors que son sang désertait son cerveau et qu'il se demandait ce que foutait le vampire le plus important de la planète, quelqu'un se mit lentement à applaudir.

« Clap. Clap, clap ! »

Les autres l'imitèrent, jusqu'à ce que l'assemblée tout entière – de Fhurie et Cormia, Z., Bella et la petite Nalla, Fritz et son personnel… à Viszs et Souffhrance et à leurs compagnons, Butch et Marissa, Vhen et Ehlena – l'applaudisse les larmes aux yeux.

Vhif s'entoura de ses bras, tandis que son regard vairon passait rapidement d'un visage à l'autre.

Jusqu'à s'arrêter sur celui de Blaylock.

Le vampire roux, qui se tenait sur la droite, applaudissait comme tous les autres et ses yeux bleus brillaient d'émotion.

Mais bon, il devait savoir quelle importance un tel hommage revêtait pour un gamin perdu porteur d'un défaut congénital et dont la famille n'avait pas voulu à cause de l'embarras et de la honte qu'il représentait.

Il devait savoir combien il lui était difficile d'accepter cette gratitude.

Il devait savoir à quel point Vhif désirait échapper à toute cette attention… même s'il était touché au-delà de toute mesure par cet honneur qu'il ne méritait pas.

Submergé par toutes ces émotions qu'il ne parvenait pas à contrôler, il se contenta de regarder son cher vieil ami.

Comme toujours, Blay était le point d'ancrage qui l'empêchait d'être emporté.

Quand Xhex traversa la *brhume* sur sa moto, elle n'arrivait toujours pas à croire qu'elle roulait jusqu'à la demeure sur injonction royale : Kolher en personne avait lancé l'« invitation »... et aussi iconoclaste soit-elle, elle n'était toutefois pas prête à envoyer balader un ordre direct du roi.

Merde, elle avait la nausée.

Quand elle avait reçu le message vocal, elle avait supposé que John était mort, tué sur le champ de bataille. Mais il avait immédiatement répondu à un rapide message qu'elle lui avait envoyé. Bref et délectable. Rien que : « Viendras-tu au crépuscule ? ».

C'était tout ce qu'elle avait obtenu ; même après avoir dit « oui » et s'être attendue à un autre message de sa part.

Donc oui, elle avait envie de vomir parce que c'était probablement John qui mettait un terme officiel à leur relation. L'équivalent vampire du divorce était rare, mais le droit ancien fournissait une issue légale. Et naturellement, pour des gens du niveau social de John – à savoir, celui de fils de sang d'un frère de la dague noire – le roi était le seul à pouvoir accorder la dérogation pour la séparation.

Ce devait être la fin.

Merde, elle allait vraiment vomir.

Parvenue devant la demeure, elle ne gara pas la Ducati derrière la file bien nette de voitures de sport, de 4 × 4 et de breaks. Non : elle abandonna la moto juste au pied de l'escalier. S'il s'agissait d'un décret royal de divorce, elle aiderait John à mettre un terme à leur malheur, et ensuite elle...

Eh bien, elle appellerait Trez et lui dirait qu'elle ne pourrait pas venir travailler. Puis elle s'enfermerait dans sa cabane et pleurerait comme une fille. Pendant une ou deux semaines...

Tellement stupide. Toute cette histoire entre eux était tellement stupide, putain. Mais elle ne pouvait pas le changer, et il ne pouvait pas la changer, alors que leur restait-il, bon sang ?

Cela faisait des mois qu'il n'y avait plus entre eux que de la distance et des silences gênés. Et la tendance ne faisait pas mine de s'inverser ; le trou noir ne faisait que s'approfondir et s'assombrir davantage…

Tandis qu'elle gravissait les marches jusqu'à la double porte monumentale, l'échine courbée, elle se sentait brisée à l'intérieur, aussi sûrement que si ses os s'étaient changés en verre et s'effondraient sous le poids de ses muscles. Mais elle continua son chemin, parce que c'était ainsi que faisaient les guerriers. Ils dépassaient la douleur pour atteindre leur cible… et il était évident que John et elle allaient tuer quelque chose ce soir, quelque chose qui avait été si précieux et si rare qu'elle avait honte pour eux deux qu'ils n'aient pas trouvé le moyen de l'entretenir dans ce monde dur et froid.

Dans le hall, elle ne se montra pas immédiatement à la caméra. Elle n'avait jamais été très chic, mais cela ne l'empêcha pas de se retrouver à frotter du doigt ses cernes et à recoiffer d'une main ses cheveux courts. Elle rajusta rapidement sa veste en cuir – et redressa le dos – et s'intima de se faire une raison.

Elle avait traversé bien pires épreuves que celle-ci.

Grâce à sa seule volonté, elle était capable de réunir un peu de maîtrise de soi pour les dix ou quinze minutes à venir.

Elle aurait le reste de sa vie pour perdre son fichu sang-froid en privé.

Avec un juron, elle appuya sur le bouton d'appel et recula d'un pas, se forçant à regarder la caméra. En attendant, elle rajusta de nouveau sa veste. Tapa ses bottes sur le sol. Vérifia que ses flingues se trouvaient dans leurs holsters.

Se recoiffa les cheveux.

OK, ça suffisait.

Se penchant sur le côté, elle pressa une nouvelle fois le bouton. Les *doggen* ici avaient un sens aigu des convenances.

Quand on sonnait, ils répondaient d'habitude en quelques instants.

À la troisième tentative, elle se demanda combien de fois elle devrait supplier que…

La porte intérieure du hall s'ouvrit en grand et Fritz parut, mortifié.

— Madame ! Je suis vraiment désolé…

Une grande cacophonie étouffa le reste des paroles du majordome, et elle fronça les sourcils tandis qu'elle regardait derrière le vieux mâle. Là-haut, derrière la tête blanche du *doggen*, au sommet du grand escalier, une foule immense commençait à se disperser, comme si une fête venait juste de s'achever.

Peut-être quelqu'un venait-il d'annoncer qu'il allait s'unir. *Bonne chance*, se dit-elle.

— On a fait une annonce officielle ? demanda-t-elle en pénétrant dans le vestibule et en se préparant à recevoir la bonne nouvelle.

— Plutôt une reconnaissance officielle. (Le majordome mit tout son poids, au sens propre, pour fermer la porte.) Je laisserai les autres vous informer.

Toujours le majordome consciencieux, discret comme une tombe.

— Je suis ici pour voir…

— La Confrérie. Oui, je sais.

Xhex fronça les sourcils.

— Il s'agissait de Kolher, je crois.

— Eh bien, oui, le roi également, bien entendu. Je vous en prie, montez dans le bureau royal.

Pendant qu'elle traversait le sol de mosaïque et commençait son ascension, elle salua de la tête les gens qui descendaient… les *shellanes*, les membres du personnel qu'elle connaissait, des gens avec lesquels elle n'avait vécu que quelques semaines, mais qui étaient devenus, en peu de temps, une famille à ses yeux.

Ils lui manqueraient presque autant que John.

— Madame ? demanda le majordome. Vous allez bien ?

Xhex se força à sourire et supposa qu'elle avait probablement lâché un juron.

— Ça va, ça va.

Quand elle atteignit le bureau de Kolher, il y avait tant de satisfaction dans l'air qu'elle dut pratiquement la repousser physiquement pour entrer dans la pièce ; les membres de la Confrérie avaient la poitrine gonflée de fierté… à l'exception de Vhif, qui rougissait si fort qu'il s'était transformé en chandelle romaine.

John, néanmoins, paraissait réservé ; il ne tourna pas la tête vers elle et regarda fixement devant lui.

Derrière le bureau, Kolher porta son attention sur elle.

— Et maintenant, revenons aux affaires courantes, annonça le roi.

Quand les portes se refermèrent derrière elle, elle n'avait pas la moindre idée de ce qui se passait. John refusait toujours de lui accorder ne serait-ce qu'un regard… et, merde, le roi avait une blessure au cou, à moins qu'il n'ait décidé que la gaze blanche à la gorge était une nouvelle tendance mode.

Tout le monde se tut, s'immobilisa et redevint sérieux.

Oh, mince, ils devaient faire cela devant la Confrérie tout entière ?

Mais bon, à quoi d'autre s'attendait-elle ? La pensée collective était si envahissante dans ce groupe de mâles qu'ils voulaient, bien entendu, être tous présents quand les choses se terminaient.

Elle demeura forte.

— Finissons-en. Où dois-je signer ?

Kolher fronça les sourcils.

— Je te demande pardon ?

— Sur les papiers.

Le roi jeta un coup d'œil à John, puis reporta son attention sur elle.

— Ce n'est pas le genre de chose que je m'abaisserais à écrire. Jamais.

Xhex regarda autour d'elle puis s'arrêta sur John pour lire sa grille émotionnelle. Il était… nerveux. Triste. Et si déterminé qu'elle en fut assommée un instant.

— Qu'est-ce qui se passe ici, bordel ? demanda-t-elle.

La voix du roi était forte et claire.

— J'ai une mission pour toi… si tu es intéressée. Une chose dont je sais de source sûre que tu pourras te charger remarquablement. En supposant que tu sois ouverte à l'idée de nous aider.

Xhex dévisagea John, sous le choc.

Il était l'instigateur de tout cela, se dit-elle. Quels que soient les rouages à l'œuvre dans cette pièce, c'était lui qui les avait mis en branle.

— Qu'est-ce que tu as fait ? lui demanda-t-elle directement.

Cela le força à la regarder. Levant les mains, il se mit à signer :

— *Il y a des limites à ce que nous pouvons faire. Nous avons besoin de toi pour ça.*

Jetant un coup d'œil à Vhen, elle perçut beaucoup de gravité… et rien de plus. Pas de censure, pas de « Interdit aux filles ». Pareil pour les autres mâles de la pièce : rien que la calme acceptation de sa présence… et de ses compétences.

— Que voulez-vous de moi, exactement ? demanda-t-elle au roi d'une voix lente.

Tandis que le mâle parlait, elle continuait d'observer John tout en entendant des mots tels que « bande de salopards »… « tentative d'assassinat »… « leur repaire »… « un fusil ».

À chaque phrase, elle haussait un peu plus les sourcils.

OK, il n'était donc pas question d'une vente de gâteaux ou autre. Il s'agissait de localiser le repaire de l'ennemi, d'infiltrer son domaine sécurisé et de subtiliser toute arme de longue portée que l'on aurait pu utiliser pour essayer de tuer Kolher la nuit précédente.

Et ainsi fournir à la Confrérie, si les choses fonctionnaient comme prévu, la preuve dont celle-ci avait besoin pour condamner à mort Xcor et ses soldats.

Xhex mit les mains sur ses hanches, pour ne pas se les frotter de bonheur. C'était pile dans ses cordes, une mission impossible renforcée d'un principe qu'elle pouvait soutenir : se venger de quelqu'un qui vous avait baisé.

— Alors, qu'en penses-tu ? demanda Kolher.

Xhex dévisagea John, voulant qu'il la regarde une nouvelle fois. Comme il s'y refusait, elle se contenta de relire sa grille émotionnelle : il était terrifié mais résolu.

Il voulait qu'elle le fasse. Mais pourquoi ? Qu'est-ce qui avait bien pu changer ?

— Oui, c'est une mission qui m'intéresse, s'entendit-elle répondre.

Comme des voix masculines se mettaient à grogner d'approbation, le roi tapa du poing sur la table.

— Bien ! Bien joué. Une chose, cependant.

Un problème. Naturellement.

— Je travaille mieux toute seule. Je ne veux pas avoir cinq cents kilos de baby-sitter sur le dos.

— D'accord. Tu iras seule, mais sache que tu as toutes nos ressources à ta disposition si tu veux ou si tu as besoin de renforts. La seule restriction est que tu ne peux pas tuer Xcor.

— Pas de problème, je me contenterai de le ramener en vie pour l'interroger.

— Non. Tu ne peux pas le toucher. Personne ne le peut tant que nous n'aurons pas analysé le fusil. Ensuite, si nous découvrons ce que je pense que nous découvririons, l'honneur de le tuer reviendra à Tohr. Par proclamation officielle.

Xhex se tourna vers le frère. Seigneur, il avait l'air totalement différent, comme s'il était un parent plus jeune et en bonne santé du type qu'elle connaissait depuis l'assassinat de Wellsie. Et vu son apparence actuelle ? La tombe de Xcor était déjà creusée.

— Qu'arrivera-t-il si je dois me défendre ?

— Tu as la permission de faire ce que tu dois pour assurer ta sécurité. En fait, dans ce cas-là… (le roi tourna ses yeux aveugles vers John) je t'encourage à utiliser toutes les armes dont tu disposes pour te défendre.

Comprendre : sers-toi de ton côté *symphathe*, ma fille.

— Mais si possible, ajouta Kolher, laisse les lieux intacts, et Xcor sur Terre.

— Cela ne devrait pas poser de problème, répondit-elle. Je n'ai pas besoin de le toucher, ni lui, ni l'un de ses soldats. Je peux me concentrer sur le fusil.

— Bien. (Quand le roi ébaucha un sourire et dévoila ses crocs, les autres se mirent à parler tous ensemble.) Parfait…

— Attendez, je n'ai rien accepté pour l'instant, dit-elle, les faisant tous se taire tandis qu'elle regardait John. Pas… encore.

Chapitre 49

— Lâche-moi, espèce d'idiot, marmonna Xcor, en se sentant soulevé une fois de plus.

Il en avait plus qu'assez d'être manipulé : levé de la couchette sur laquelle il se reposait, installé dans le véhicule, emmené ailleurs. Et à présent, dérangé une fois de plus.

— On y est presque, annonça Zypher.

— Laisse-moi…

Ces mots étaient censés sonner comme un ordre. Au lieu de quoi, il eut l'impression d'entendre un enfant.

Ah, comme il souhaitait retrouver sa force d'autrefois, afin de pouvoir se libérer et se lever sur ses propres jambes.

Mais ce temps était passé. Oui, il était bien loin… et c'en était peut-être fini de lui.

Son état désespéré n'était le résultat d'aucune blessure en particulier récoltée lors du combat contre ce soldat… mais l'accumulation de toutes celles qui couvraient sa tête et ses entrailles, et la douleur ressemblait à ses battements de cœur : une force qui existait et persistait en lui, sur laquelle il n'avait aucun contrôle.

Au début, il avait combattu cette vague en vertu de la théorie masculine du « On va s'en débarrasser ». Mais son corps avait eu d'autres projets pour lui, et plus d'influence que son esprit et sa volonté. À présent, il avait l'impression d'être prisonnier de ce linceul de désorientation et d'épuisement…

Brusquement, l'air qu'il respirait devint frais et pur, lui remettant un peu de plomb dans la cervelle.

Alors qu'il luttait pour y voir clair, une prairie s'offrit à son regard, une grande prairie qui s'élevait jusqu'à un magnifique arbre automnal. Et là… oui, là, sous les branches rouge et jaune, il vit Affhres.

À côté de lui se trouvait une silhouette mince en robe blanche… une femelle.

À moins qu'il n'ait des hallucinations ?

Non, ce n'était pas le cas. Tandis que Zypher le rapprochait, elle devint de plus en plus distincte. Elle était… d'une beauté inestimable, avec la peau pâle et des cheveux blonds remontés sur le sommet du crâne.

C'était une vampire, pas une humaine.

Elle était… surnaturelle, de la lumière émanait d'elle, si brillante qu'elle éclipsait la lune.

Ah, c'était donc un rêve.

Il aurait dû s'en douter. Après tout, il n'y avait aucune raison pour que Zypher l'emmène en rase campagne, et risque leurs vies pour un peu d'air frais. Aucune femelle n'avait de raison d'attendre son arrivée. Il était impossible qu'une personne aussi belle qu'elle soit seule au monde.

Non, ce n'était que le fruit de son délire, et il se détendit donc dans les bras d'acier de son soldat, reconnaissant que la scène créée par son subconscient n'avait aucune importance, et qu'il ferait mieux de la laisser se dérouler. Il finirait par se réveiller, et c'était peut-être là le signe qu'il avait fini par sombrer dans un profond sommeil réparateur.

En outre, moins il luttait, plus il pouvait se concentrer sur elle.

Oh… quel charme. Oh, quelle beauté vertueuse, de celle qui changeait les rois en serfs et les soldats en poètes. C'était le genre de femelle pour laquelle il était digne de se battre et de mourir, rien que pour contempler un instant son visage.

Quel dommage qu'elle ne soit qu'une vision…

Le premier signe que quelque chose clochait fut qu'elle parut déconcertée à sa vue.

Mais bon, son esprit se voulait seulement réaliste. Il était déjà hideux quand il n'était pas blessé. Alors, battu à mort et affamé ? Il avait de la chance qu'elle ne recule pas d'horreur. En l'occurrence, elle porta les mains à ses joues et secoua la tête jusqu'à ce qu'Affhres s'interpose, comme pour protéger sa sensibilité délicate.

Cela donna envie à Xcor d'avoir une arme. C'était son rêve. Si elle devait être protégée, il s'en occuperait. Enfin… en supposant qu'il soit capable de se lever. Et qu'elle ne s'enfuie pas…

— Il s'affaiblit, l'entendit-il dire.

Il dirigea son regard vacillant vers ce son pur et suave. Cette voix était aussi parfaite que le reste de sa personne, et il se concentra intensément, tentant de convaincre son cerveau de la faire parler un peu plus dans ce rêve.

— Oui, répondit Affhres. C'est une urgence.

— Quel est son nom ?

Xcor prit la parole à ce moment-là, pensant que c'était à lui de se présenter. Malheureusement, seul un coassement lui échappa.

— Allongez-le, dit la femelle. Nous devons agir rapidement.

De l'herbe douce et fraîche accueillit son corps brisé, lui offrant un matelas aussi confortable que si la paume de la terre était gantée de laine. Et quand il rouvrit les portes d'acier qui lui servaient de paupières, il put la voir agenouillée à côté de lui.

— Vous êtes si belle…, dit-il.

Mais il ne sortit guère plus qu'un gargouillis de sa bouche.

Et brusquement, il eut des difficultés à respirer, comme si quelque chose avait explosé en lui, peut-être la conséquence de tous ces déplacements ?

Sauf que c'était un rêve, alors pourquoi cela aurait-il de l'importance ?

Comme la femelle levait son poignet, il tendit une main tremblante et l'arrêta avant qu'elle puisse mordre sa propre veine.

Elle croisa son regard.

À côté d'elle, Affhres se rapprocha une fois de plus, comme s'il craignait que Xcor n'ait une réaction violente.

Pas envers elle, pensa-t-il. Jamais envers cette douce créature issue de son imagination.

Se raclant la gorge, il parla aussi distinctement que possible.

— Gardez votre sang, lui dit-il. Belle créature, gardez ce qui vous rend si vivante.

Il était trop loin pour une femelle pareille. Et ce n'était pas seulement vrai parce qu'il était grièvement blessé et allait probablement mourir.

Même dans son imagination, elle était trop bien pour se trouver seulement près de lui.

Quand Layla tomba à genoux, elle éprouva des difficultés à parler. Le mâle allongé devant elle était… eh bien, blessé en plusieurs endroits, oui, bien sûr. Mais il était plus que cela. En dépit du fait qu'il gisait sur le sol, visiblement sans défense, il était…

« Puissant » fut le seul mot qui lui vint à l'esprit.

Extrêmement puissant.

Elle ne pouvait pratiquement pas distinguer ses traits à cause des œdèmes et des hématomes sur son visage, et il en allait de même pour son teint et ses cheveux à cause de tout le sang séché qui les recouvrait. Mais pour ce qui était de sa carrure, même s'il ne paraissait pas aussi grand que les frères, il était tout aussi large et carré d'épaules, avec des bras dotés d'une musculature impressionnante.

Peut-être les contours de son corps étaient-ils à l'origine de l'impression qu'il lui faisait ?

Non, le guerrier qui l'avait fait venir dans ce pré était d'une taille équivalente, tout comme le mâle qui avait déposé le blessé ici, à ses pieds.

Ce soldat tombé au combat était simplement différent des deux autres… et en fait, ces derniers lui témoignaient un subtil respect, visible à leurs gestes et à leurs regards.

Oui, ce n'était pas un mâle qu'il fallait traiter à la légère. Il était plutôt semblable à un taureau, capable d'écraser quiconque se trouvait sur son chemin.

Et pourtant la main qui la touchait était légère comme une brise et encore moins contraignante ; elle avait la nette impression qu'il ne la retenait pas, mais au contraire voulait qu'elle parte.

Elle n'allait pourtant pas l'abandonner.

De façon étrange, elle se sentait… prise au piège… retenue captive par un regard bleu foncé qui, même en pleine nuit, et en dépit du fait qu'il était parfaitement mortel, semblait éclairé par un feu intérieur. Et sous ce regard, le cœur de l'Élue battait plus vite et ses yeux étaient rivés aux siens, comme s'il lui était à la fois indéchiffrable et compréhensible…

De sa bouche sortirent des bruits gutturaux et inintelligibles à cause de ses blessures, ce qui la pressa d'agir au plus vite.

Il aurait eu besoin d'être lavé, veillé, soigné jusqu'à ce qu'il soit remis, et ce, pendant des jours, voire peut-être des semaines. Pourtant il était dans cette prairie, avec ces mâles qui à l'évidence en savaient plus sur les armes que sur les soins.

Elle regarda le soldat qu'elle connaissait.

— Vous devrez l'emmener se faire soigner après cela.

Même si elle obtint un hochement de tête et une affirmation en guise de réponse, son instinct lui souffla qu'il s'agissait d'un mensonge.

Les mâles étaient trop coriaces pour leur propre bien, songea-t-elle avec dérision.

Elle reporta son attention sur le soldat.

— Vous avez besoin de moi, lui dit-elle.

Le son de sa voix sembla le plonger un peu plus dans un état de servitude, et elle en profita. Il avait beau être affaibli, elle avait la nette impression qu'il avait largement assez de force pour l'empêcher de porter sa veine à sa bouche.

— Chut, dit-elle en tendant la main pour caresser ses courts cheveux noirs. Détendez-vous, guerrier. Puisque vous protégez et servez les gens comme moi, laissez-moi vous rendre ce service.

Il était si fier… elle le comprit à la façon brusque dont il leva le menton. Et pourtant, il parut l'écouter, puisqu'il lâcha son avant-bras et entrouvrit la bouche comme s'il attendait ses ordres.

Layla fut rapide, prête à profiter de ce relatif abandon… car sans le moindre doute, il sortirait bientôt de cet état de soumission. Mordant son propre poignet, elle tendit le bras au-dessus des lèvres du mâle, tandis que les gouttes de sang tombaient une à une dans la bouche de Xcor.

Comme il acceptait son don, le bruit qu'il fit était… rien moins que stupéfiant : un grondement qui exprimait une gratitude infinie et, selon elle, un émerveillement injustifié.

Oh, la façon dont ces yeux demeuraient rivés aux siens, jusqu'à ce que la prairie, l'arbre, les deux autres mâles disparaissent, et qu'elle n'ait plus conscience que de celui qu'elle nourrissait.

Poussée par quelque chose contre quoi elle ne se sentait pas de lutter, elle baissa le bras… jusqu'à ce que la bouche du vampire lui effleure le poignet. Elle voulait savoir quelles sensations procurerait la bouche de ce soldat sur sa peau…

À l'instant où le contact fut établi, il gronda de nouveau, puis plaqua les lèvres sur les deux morsures. Il ne lui fit pas mal ; même en dépit de sa taille et du fait qu'il était affamé, il ne la brusqua pas. Pas du tout. Il aspirait avec précaution, soutenant toujours son regard comme pour la protéger, malgré le fait que c'était lui qui avait besoin de protection dans son état actuel.

Le temps s'écoula, et elle savait qu'il lui prenait beaucoup de sang, mais elle n'en avait cure. Elle serait restée éternellement dans cette prairie, sous cet arbre… liée à ce brave guerrier qui avait failli donner sa vie dans la guerre contre la Société des éradiqueurs.

Elle se rappelait avoir éprouvé quelque chose de ce genre pour Vhif, ce sentiment incroyable d'être arrivée à destination, même si elle n'avait pas eu conscience de voyager. Mais ce moment éclipsait tout ce qu'elle avait vécu avec l'autre mâle.

Ceci était fabuleux.

Et pourtant… pourquoi devrait-elle se fier à une telle émotion ? C'était peut-être une version plus solide de ce qu'elle avait ressenti pour Vhif. Ou peut-être était-ce simplement la façon dont la Vierge scribe s'assurait de la survie de l'espèce, la biologie surpassant la logique.

Repoussant des idées aussi blasphématoires, elle se concentra sur son travail, sa mission, sa contribution bénie qui constituait sa seule chance de servir, maintenant que le rôle des Élues avait tant diminué.

Fournir du sang aux mâles de valeur était tout ce qu'il restait de sa fonction. Tout ce qu'elle avait dans la vie.

Au lieu de penser à elle et à ses propres sentiments, elle devrait plutôt remercier la Vierge scribe d'être arrivée ici à temps pour accomplir son devoir sacré… puis retourner au complexe pour trouver d'autres occasions de servir.

Chapitre 50

— Qu'est-ce qui a changé, John ?

Dans la chambre que lui et Xhex avaient autrefois partagée, John se dirigea vers les fenêtres et sentit le froid s'insinuer à travers le verre. En bas, les jardins baignaient dans la lumière de l'éclairage de sécurité, et la fausse lueur lunaire faisait paraître phosphorescents les joints autour des pavés d'ardoise de la terrasse.

Comme il examinait le paysage, il s'aperçut il n'y avait pas grand-chose à regarder. Tout avait été préparé pour l'hiver : une toile épaisse recouvrait les parterres de fleurs, les arbres fruitiers étaient enveloppés dans des sacs et la piscine avait été vidée. Des feuilles tombées des érables et des chênes à la lisière de la forêt voletaient au-dessus de la pelouse tondue et brunie, comme des clochards à la recherche d'un abri.

— John. Qu'est-ce qui se passe, bon sang ?

Au bout du compte, Xhex ne s'était pas engagée et il ne lui en voulait pas. Les retournements de situation avaient de quoi vous désorienter, et la vie réelle n'était évidemment pas équipée de ceintures de sécurité ni d'airbags.

Comment allait-il s'expliquer ? se demanda-t-il en cherchant ses mots.

Il finit par se retourner, lever les mains et signer :

— *Tu avais raison.*

— À quel propos ?

Disons tout, pensa-t-il comme il se mettait à signer.

— La nuit dernière, j'ai vu Vhif aller au casse-pipe… seul. Kolher était touché ; nous étions dans l'urgence ; la Confrérie n'était pas encore arrivée en renfort, des balles volaient partout. La bande de salopards nous avait encerclés et nous n'avions plus le temps à cause de la blessure du roi. Vhif… tu vois, il savait qu'il serait plus utile hors de la maison… il savait que s'il parvenait à sécuriser le garage, nous aurions la possibilité de faire sortir Kolher. Et… oui, cela a failli me tuer, mais je l'ai laissé sortir. C'est mon meilleur ami… et je l'ai laissé partir.

Xhex s'approcha d'une chaise et s'y assit lentement.

— C'est pour cela que Kolher avait le cou bandé… et que Vhif…

— Il est allé affronter Xcor, un contre un, et a offert à Kolher sa meilleure chance de survie. (John secoua la tête dans sa direction.) *Et là encore, je l'ai laissé sortir parce que… je savais qu'il devait faire son possible. C'était la bonne réaction dans cette situation.*

John se mit à faire les cent pas, puis s'assit au pied du lit et appuya les mains sur ses cuisses pour les frotter.

— Vhif est un bon soldat, il est rapide et déterminé. Il frappe fort. Et parce qu'il a fait ce qu'il a fait, Kolher a survécu… Donc oui, Vhif avait raison, même si c'était dangereux.

Il la regarda.

— Il en va de même pour toi. Il nous faut ce fusil pour déclarer la guerre aux salopards : Kolher doit avoir la preuve. Tu es une chasseuse qui peut sortir pendant le jour ; aucun de nous n'en est capable. Tu as également tes compétences de symphathe *si les choses foirent. Tu es la personne indiquée pour ce boulot. Même si l'idée que tu t'approches d'eux me terrifie, tu es celle qu'il faut envoyer dans leur repaire.*

Il y eut un long silence.

— Je… je ne sais pas quoi dire.

Il haussa les épaules.

— C'est pour cela que je ne t'ai rien expliqué avant. J'en ai assez de parler, moi aussi. Au bout d'un moment, ce n'est que du vent. Les actes sont importants. Les preuves sont importantes.

Alors qu'elle se frottait le visage comme si son cœur lui faisait mal, il fronça les sourcils.

— Je croyais que… cela te rendrait heureuse.

— Oui. Bien sûr. C'est génial. (Elle se releva.) Je vais le faire. Bien sûr que oui. Je vais devoir continuer à bosser pour Trez, mais je commencerai ce soir.

John sentit les récepteurs de douleur dans sa poitrine s'allumer comme un réseau électrique… ce qui lui apprit à quel point il attendait que quelque chose sorte de ce rameau d'olivier.

Il avait espéré que cela les remettrait ensemble.

Un « Ctrl-Alt-Suppr. » pour relancer leur système.

Il siffla pour qu'elle tourne les yeux vers lui.

— Qu'est-ce qui ne va pas ? Je pensais que cela changerait les choses.

— Oh, il est évident qu'elles ont déjà changé. Si ça ne t'ennuie pas, je vais simplement sortir… (Quand sa voix s'enroua, elle se racla la gorge en toussant.) Oui, je vais parler à Kolher. Lui dire que j'accepte.

Comme elle se dirigeait vers la porte, elle parut totalement désorientée, ses gestes étaient guindés et raides.

— *Xhex ?* signa-t-il… ce qui n'eut aucun effet, vu qu'elle lui tournait le dos.

Il siffla de nouveau, puis se leva du matelas et la suivit dans le couloir. Tendant la main, il lui tapota l'épaule, parce qu'il ne voulait pas l'insulter en lui empoignant le bras.

— John, laisse-moi…

Il vint se placer devant elle et eut le souffle coupé. Elle avait les yeux brillants de larmes rouges contenues.

— *Quel est le problème ?* signa-t-il, désespéré.

Elle cligna des yeux plusieurs fois, refusant de laisser quoi que ce soit couler sur ses joues.

— Tu crois que je vais sauter de joie parce que tu n'es plus lié à moi ?

Il eut un mouvement de recul si brutal qu'il faillit tomber.

— *Je te demande pardon ?*

— Je ne savais pas que cela pouvait disparaître, mais dans ton cas, c'est évident…

— *C'est des conneries !* (Il tapa du pied parce qu'il fallait qu'il fasse du bruit.) *Je suis totalement lié à toi, putain ! Et cette situation nous concerne totalement – parce que je veux me remettre avec toi – en même temps qu'elle ne nous concerne pas du tout parce que, que je sois lié ou pas, c'est toujours la bonne chose à faire ! Tu es la personne indiquée pour ce boulot !*

Elle parut momentanément abasourdie et rien dans son corps ne bougea plus hormis ses paupières. Puis elle croisa les bras sur sa poitrine et le dévisagea.

— Tu es sérieux ?

— *Oui !* (Il s'efforça de ne pas sursauter de nouveau.) *Mon Dieu, oui… putain, oui… avec tout ce que j'ai… oui.*

Elle détourna la tête. Le regarda encore. Au bout d'un moment, elle dit d'une voix rauque :

— J'ai… déteste être séparée de toi.

— *Moi aussi. Et je suis désolé.* (Quand il prit une profonde inspiration, son cœur se calma assez pour qu'il n'ait plus l'impression que celui-ci allait jaillir de son sternum.) *Je ne pense pas pouvoir me battre à ton côté un jour. Ce serait comme demander à un chirurgien d'opérer sa femme. Mais je ne me mettrai pas en travers de ton chemin, et personne ne le fera. Tu avais raison dès le début ; tu te bats depuis plus longtemps que tu n'es avec moi, et tu devrais avoir la possibilité de faire ce que tu souhaites. Mais je ne peux vraiment pas être là… je veux dire, écoute, si ça doit arriver, ça arrivera, mais j'aimerais l'éviter si possible.*

Comme elle baissait un peu les paupières, il eut le sentiment qu'elle l'évaluait à la façon *symphathe*, et il carra les épaules sous son examen : il savait ce qu'il avait dans l'esprit, le cœur et l'âme.

Il n'avait rien d'autre que de l'amour pour elle.

Il voulait la récupérer.

Il n'avait rien à cacher.

Et ces conditions qu'il venait juste d'énoncer étaient non seulement celles auxquelles il avait longuement et difficilement réfléchi, mais aussi celles avec lesquelles il savait pouvoir vivre. Ce n'était pas l'improvisation d'un type tout juste uni qui croyait que la vie irait comme sur des roulettes uniquement parce qu'il avait la fille de ses rêves dans les bras et un avenir si brillant qu'il devait porter des lunettes de soleil.

À présent, quand il parlait, c'était en tant que mâle qui avait vécu des mois sans sa compagne ; qui avait souffert en traversant cette étrange vallée de la mort consistant à savoir que la personne que l'on aimait était sur la planète mais pas dans sa propre vie ; qui avait émergé de l'autre côté de l'enfer avec une nouvelle façon de se comprendre… et de la comprendre, elle.

Il était prêt à affronter la vraie vie les yeux dans les yeux… et à faire des compromis.

Il priait simplement pour ne pas être le seul à le vouloir.

Pendant que Xhex dévisageait John, elle se retrouva à cligner des yeux comme une idiote. Bordel de merde, elle ne s'était attendue à rien de tout cela : ni à l'appel de Kolher, ni à la mission qu'on lui avait proposée… et encore moins à ce que John venait de lui dire.

Mais il était profondément sincère. Ce n'était pas un stratagème pour la faire revenir dans sa vie… elle le savait même sans lire sa grille émotionnelle. Ce n'était pas son genre.

Il croyait chaque mot qu'il avait prononcé.

Et il était toujours lié à elle, Dieu merci.

Le problème était que… elle s'était déjà trouvée dans cette situation avec lui auparavant. Elle avait été prête à vivre une longue période de bonheur normal. Au lieu de quoi ? La relation la plus importante qu'elle ait jamais eue s'était fracassée et avait brûlé.

— Tu es certain d'accepter l'idée que je puisse m'introduire dans leur repaire et les combattre peut-être directement ? Sans renfort ?

— *S'il t'arrive quoi que ce soit, je serai comme Tohr. Honnêtement. À cent pour cent. Mais la peur ne me poussera pas à essayer de te garder à la maison.*

— Tu as pourtant clamé assez fort que tu ne voulais pas te trouver à la place de Tohr.

Il haussa les épaules.

— *Mais tu vois, j'y suis déjà si nous ne sommes pas ensemble. Après que tu as été blessée, je crois… je crois que j'ai imaginé que si je pouvais simplement t'empêcher de te battre, alors je serais préservé de ce qu'il traverse ; je ne serais pas exposé à tout ça parce que tu ne te ferais pas poignarder ou… pire. Mais allez, le centre-ville de Caldwell n'est pas le lieu le plus sûr de la Terre, et ce n'est pas comme si tu bossais avec des enfants chez Trez. En outre, je suis avec toi jusqu'au bout… que tu meures de vieillesse, ou écrasée par un bus, ou d'une balle de l'ennemi… quoi qu'il t'arrive, je suis baisé.*

Xhex étrécit les yeux. Elle pouvait lire sa grille émotionnelle, mais pas chaque recoin de son cerveau et, avant de s'ouvrir une nouvelle fois à lui et d'espérer, il était essentiel de savoir s'il avait réfléchi à cela de bout en bout.

— Et après ? Mettons que je trouve le fusil, que je le rapporte ici et qu'il s'avère que c'est l'arme utilisée... et que je veuille les traquer. Kolher n'est pas mon roi, mais j'apprécie ce type, et l'idée que quelqu'un ait essayé de le buter me rend grincheuse.

John ne cilla pas, ce qui la conduisit à croire qu'il avait effectivement envisagé cette éventualité.

— *Tant que je ne serai pas de service avec toi, ça ira. Si je dois venir en renfort... eh bien, c'est ainsi que ça devra être, et nous gérerons la situation... Je gérerai la situation*, se corrigea-t-il. *Simplement, je ne veux pas être sur le même territoire que toi si nous pouvons l'éviter.*

— Et si je veux garder mon boulot chez Trez ? De façon permanente ?

— *Ce sont tes affaires.*

— Et si je veux rester dans ma cabane ?

— *Je n'ai pas vraiment le droit de te demander quoi que ce soit à ce stade.*

C'était, bien entendu, tout ce qu'elle avait désiré entendre : aucune limite pour elle, libre de choisir, libre d'être son égale.

Et, Seigneur, elle voulait se laisser prendre. Être séparée de lui avait été la période la plus noire qu'elle ait jamais vécue. Mais le problème était qu'elle s'était accoutumée à la douleur chronique. Le pire serait de devoir s'acclimater une fois de plus à cet enfer. Elle ne pensait pas pouvoir y survivre...

— *Je ne fais pas cela pour me « réconcilier » avec toi, Xhex. Je le veux... merde, oui, je le veux vraiment. Mais c'est dans ce sens que j'espère que les choses iront à partir d'aujourd'hui. Et comme je te l'ai dit, ce ne sont pas des paroles en l'air. Que dirais-tu d'aller bosser et de voir comment les choses se passent ? Laisse-moi te prouver en actes ce que je viens de te déclarer.*

— Tu as conscience que je ne supporterai pas un autre pétage de plombs de ta part ? J'en suis incapable... ce serait trop dur.

— *Je suis vraiment désolé.* (Tout en signant, il articula les mots, et la honte sur son visage transperça la poitrine de Xhex.) *Vraiment désolé ; je n'étais pas prêt à réagir ainsi parce que je n'avais pas envisagé toutes les conséquences de mon raisonnement, avant de me retrouver pris les deux pieds dedans. J'ai très mal géré les choses, et j'aimerais que tu m'offres la chance de mieux les gérer à l'avenir. Mais à ton rythme, selon tes choix.*

Elle repensa à Flhéau dans cette ruelle un million d'années auparavant, quand John lui avait accordé sa vengeance, lui avait permis d'être celle qui tuerait son propre ennemi. Et cela en dépit de cette histoire de mâle lié qui, sans le moindre doute, avait dû donner à John l'envie de déchiqueter cet enfoiré.

Il avait raison, pensa-t-elle. Les bonnes intentions n'aboutissaient pas toujours, mais il pouvait faire ses preuves suivant la façon dont les choses se passeraient au fil du temps.

— D'accord, dit-elle d'une voix rauque. Faisons une tentative. Tu m'accompagnes chez Kolher ?

Quand John hocha la tête, elle se plaça à côté de lui.

Ensemble, ils se dirigèrent vers le bureau du roi.

Chaque pas qu'ils faisaient paraissait chancelant, même si la demeure était solide comme un roc. Mais bon, elle avait l'impression que le séisme qui avait secoué sa vie dans tous les sens venait brusquement de s'arrêter et elle ne se fiait pas encore à son équilibre ni à la fermeté de ce qu'elle avait sous les pieds.

Avant qu'ils frappent à la porte fermée, elle se tourna vers le mâle qui avait son nom gravé dans le dos. La mission qu'elle était sur le point d'accepter était dangereuse et essentielle pour Kolher et la Confrérie. Mais ses implications dans sa propre vie et celle de John paraissaient bien plus considérables.

Faisant un pas dans sa direction, elle passa les bras autour de lui et le serra. Quand il lui rendit son étreinte, ils eurent chacun l'impression d'avoir enfin retrouvé leur place, comme une main dans un gant.

Bon sang, elle espérait que cela marcherait.

Oh, et aussi réussir à épingler Xcor et sa bande de tarés.

Joli bonus en perspective.

Chapitre 51

Le fait que la femelle en robe blanche n'ait pas été un rêve devint graduellement une réalité pour Xcor, un peu comme un brouillard se dissipe au-dessus d'un panorama et finit par en dévoiler les contours et les aspects auparavant cachés.

Il était de nouveau étendu sur la banquette arrière du monospace qui l'avait amené jusqu'à la prairie, la tête appuyée sur l'intérieur musclé de son coude, les genoux pliés et posés l'un sur l'autre. Zypher n'était pas au volant cette fois-ci. Affhres conduisait.

Le mâle était silencieux depuis qu'ils avaient quitté la prairie. De façon inhabituelle.

Comme Xcor regardait droit devant lui, il traça un motif subtil dans le revêtement en similicuir du siège d'Affhres. C'était une tâche difficile, vu que l'unique lumière dont il disposait provenait du tableau de bord à l'avant.

— Ainsi, elle était réelle, dit-il au bout d'un moment.

— Oui, répondit paisiblement Affhres.

Xcor ferma les yeux et se demanda comment il était possible qu'une telle femelle existe vraiment.

— C'était une Élue.

— Oui.

— Comment as-tu réussi une chose pareille ?

Il y eut un long silence.

— Elle m'a nourri quand la Confrérie m'a soigné. Ils lui ont dit que j'étais un soldat, sans m'identifier comme leur ennemi pour lui éviter de s'inquiéter.

— Tu n'aurais pas dû l'utiliser, gronda-t-il. Elle est innocente dans tout cela.

— De quelle autre option disposais-je ? Tu étais mourant.

Il balaya ce fait de son esprit et se concentra plutôt sur la révélation que ce qui semblait être une légende était en fait bien réel, et au service de la Confrérie et d'Affhres.

Bizarrement, l'idée de son soldat prenant la veine de cette femelle donna envie à Xcor de tendre la main vers l'appuie-tête et de briser la nuque du mâle. Sauf que la jalousie, aussi infondée soit-elle, n'était que l'un de ses problèmes.

— Tu nous as compromis.

— Ils ne se serviront jamais d'elle pour nous localiser, déclara fermement Affhres. Une Élue ? Participant à la guerre d'une façon ou d'une autre ? Les frères sont trop vieux jeu, et elle a bien trop de valeur. Ils ne l'emmèneront jamais sur le champ de bataille.

Examinant un peu plus en détail la situation, Xcor décida qu'Affhres avait probablement raison : cette femelle était inestimable à bien trop d'égards. En outre, lui et sa bande de salopards sortaient chaque nuit… Ils étaient loin d'être des cibles faciles. Et s'ils rencontraient les frères ? Ils les affronteraient de nouveau. Ce n'était pas une mauviette qui fuyait devant son ennemi ; mieux valait préparer une attaque, mais ce n'était pas toujours possible.

— Quel est son nom ? demanda-t-il.

Encore un silence.

Comme il attendait la réponse, la réticence d'Affhres lui apprit qu'il avait raison d'être jaloux, tout du moins sur un point : visiblement, son second éprouvait la même chose que lui.

— Son nom ?

— Je l'ignore.

— Depuis combien de temps la vois-tu ?

— Je ne la vois pas. Je ne l'ai contactée que pour toi. J'ai prié pour qu'elle vienne et elle est venue.

Xcor inspira lentement, profondément, et sentit sa cage thoracique se soulever sans douleur pour la première fois depuis qu'il avait affronté ce guerrier aux yeux vairons. C'était l'effet du sang de l'Élue en lui. Quel miracle elle était : l'impression qu'il avait eue de se noyer dans son propre corps s'était dissipée, le bourdonnement dans sa tête s'était calmé et son pouls avait retrouvé un rythme régulier.

Et pourtant la puissance qui le parcourait et le tirait loin du gouffre où il avait failli basculer n'était pas de bon augure, ni pour lui ni pour ses soldats. Si c'était ce dont la Confrérie profitait de façon régulière ? Alors ils étaient plus forts, en vertu non seulement de leur lignée, mais aussi de leur nourriture.

Au moins, cela ne les rendait pas imbattables. Le tir de Syphon avait prouvé que même le roi au sang pur avait ses points faibles.

Mais ils étaient bien plus dangereux qu'il ne l'avait cru.

Quant à cette femelle…

— Vas-tu la rappeler ? demanda-t-il à son soldat.

— Non. Jamais.

Aucune hésitation, ce qui suggérait qu'il s'agissait soit d'un mensonge, soit d'une promesse. Dans leur intérêt à tous les deux, il espérait que c'était la seconde option…

Oh, mais que se racontait-il ? Il ne s'était nourri sur elle qu'une seule fois et elle n'était pas à lui… et ne le serait jamais, pour d'innombrables raisons. Oui, en repensant à la façon dont même cette prostituée humaine avait reculé devant lui au printemps dernier, il savait que quelqu'un d'aussi pur et parfait que l'Élue ne voudrait jamais avoir affaire à ses semblables.

Affhres, d'un autre côté, aurait peut-être une chance… sauf que, bien entendu, ce n'était pas un frère.

Néanmoins, il était épris d'elle.

Elle y était sans doute habituée.

Xcor ferma les yeux et se concentra sur son corps, qu'il sentait se cicatriser, se réaligner, se ranimer.

Il se prit à souhaiter que le même rajeunissement profite également à son visage, à son passé, à son âme. Naturellement, il garda cette prière impuissante pour lui. D'une part, c'était impossible. D'autre part, c'était un caprice momentané, créé par la vision d'une magnifique femelle, qui avait sans le moindre doute été répugnée par son apparence. En vérité, il n'existait pas de rédemption pour lui ni pour son avenir : il avait porté un rude coup à la Confrérie et celle-ci les pourchasserait, lui et sa bande de salopards, avec toutes les forces qu'elle pourrait réunir.

Les frères entreprendraient également d'autres actions : si Kolher était mort sans descendance, ils lutteraient pour mettre sur le trône le membre de la famille mâle le plus proche qu'ils pourraient trouver. À moins que la vie du roi ne tienne plus qu'à un fil ? Ou qu'il ait survécu grâce à toute la technologie médicale dont ils disposaient dans leur complexe… ?

D'ordinaire, de telles réflexions l'absorbaient tout entier : le manque de réponse lui tordait les entrailles et le forçait à faire les cent pas de façon interminable s'il n'était pas en train de se battre.

Mais là, dans l'état comateux qui suivait le moment où il s'était nourri, ces ruminations n'étaient plus que des cris d'alarme distants qui ne portaient pas loin et échouaient à lui donner de l'énergie.

C'était sur la femelle sous l'érable coloré que s'attardaient ses pensées.

Tandis qu'il redessinait ses traits de mémoire, il se dit qu'il avait bien droit à une nuit de rêvasseries. Il n'était pas encore en état de se battre, même avec le don qu'elle lui avait fait, et ses soldats étaient dehors en train d'accomplir leur mission contre les éradiqueurs, donc la situation progressait quand même.

Une nuit. Puis au coucher du soleil le lendemain, il la mettrait de côté comme on le faisait à la fois des fantasmes et des cauchemars, puis retournerait dans le monde réel pour livrer une nouvelle bataille.

Une seule nuit.

C'était tout ce qu'il accorderait à cette rêverie fantaisiste et sans avenir…

En supposant, souligna sa petite voix intérieure, *qu'Affhres tienne parole et ne retourne jamais la chercher.*

Chapitre 52

— Encore une ?

Alors que Tohr reportait son attention sur le plateau d'argent chargé de nourriture, PersOnne eut envie de décliner l'offre. Adossée contre les oreillers du lit du mâle, elle était véritablement repue.

Et pourtant, quand il se tourna vers elle en tenant une autre fraise mûre par sa queue feuillue, elle trouva le fruit trop tentant pour y résister. Ouvrant les lèvres, elle attendit, ainsi qu'elle avait appris à le faire, qu'il lui donne la béquée.

Plusieurs fruits d'un rouge brillant avaient échoué à satisfaire ses exigences rigoureuses et avaient été mis de côté sur le bord du plateau. Il en avait été de même pour certaines tranches de la dinde récemment cuisinée et quelques feuilles de salade verte. Le riz avait néanmoins paru acceptable, ainsi que les délicieux pains au levain.

— Tiens, murmura-t-il. En voici une belle.

PersOnne l'observa la regarder tandis qu'elle acceptait ce qu'il lui tendait. Il était singulièrement concentré sur ce qu'elle consommait, d'une façon à la fois touchante et fascinante. Elle avait entendu parler de mâles qui se comportaient ainsi. Elle avait même aperçu ses parents en train de se livrer à un rituel de ce genre, sa mère assise à gauche de son père à la table des repas, lui inspectant chaque assiette, bol, verre et tasse avant de les lui apporter personnellement, plutôt que d'en charger le personnel… sous réserve que la nourriture soit d'assez haute qualité. Elle avait supposé que cette pratique était un vestige suranné d'une époque plus ancienne. Mais non. Ce moment d'intimité ici, avec Tohrment, était à la base de ce genre d'échanges. En fait, elle imaginait, des siècles auparavant, dans la nature sauvage, un mâle revenant avec une proie tout juste tuée et procédant de la même façon.

Cela lui donnait le sentiment… d'être protégée. Estimée. Spéciale.

— Encore une ? répéta-t-il.

— Tu vas me faire grossir.

— Les femelles ne doivent pas avoir la peau sur les os.

Il sourit d'un air distrait tandis qu'il sélectionnait un autre fruit charnu et l'examinait en fronçant les sourcils.

Comme ses paroles résonnaient en elle, elle ne les interpréta pas en se disant qu'il pensait qu'elle avait un défaut quelconque. Comment le pourrait-elle, quand il n'avait rien fait d'autre que choisir de la nourriture parfaite et éliminer celle qu'il estimait indigne d'elle ?

— Une dernière dans ce cas, dit-elle doucement. Puis je devrai refuser toute nouvelle offrande. Je suis sur le point d'exploser.

Il mit le fruit de côté avec ceux déjà éliminés pour en attraper un autre et, tandis qu'il grognait contre cette pauvre chose, son estomac laissa échappa un grondement.

— Tu dois manger également.

Le son qu'elle obtint en retour signifiait, soit une approbation réticente de la deuxième fraise, soit un accord avec ce qu'elle venait de dire… et c'était sans doute la première option.

Pendant qu'elle mordait et mâchait, il posa les bras sur ses genoux et regarda fixement sa bouche comme s'il était prêt à l'aider à avaler s'il le fallait.

Dans ce moment paisible, elle songea à quel point il avait changé depuis l'été. Il était tellement plus fort, de façon incroyable, son corps autrefois large était devenu énorme. Et pourtant il n'avait pas gonflé au point de ne plus être attirant, ses muscles s'étaient développés à l'extrême limite sans une seule once de graisse, sa silhouette était plaisante à regarder dans ses proportions. Son visage était resté fin, mais il n'était plus las, et sa peau avait perdu cette pâleur grisâtre qu'elle n'avait pas détectée jusqu'à ce que la couleur revienne sur ses joues.

Une mèche blanche demeurait dans ses cheveux pourtant, preuve de tout ce qu'il avait traversé.

À quelle fréquence pensait-il à sa Wellesandra ? Songeait-il même encore à elle ?

Bien sûr que oui.

Comme sa poitrine lui faisait mal, elle découvrit qu'elle respirait avec difficulté. Elle avait toujours éprouvé de la compassion pour lui et sa capacité à ressentir la douleur explosait quand il était au bout du rouleau, aussi sûrement que si son deuil était le sien.

Mais à présent, elle ressentait un autre genre de souffrance derrière son sternum.

Peut-être était-ce parce qu'ils étaient plus proches désormais. Oui, c'était cela. Elle compatissait avec lui de façon plus profonde.

— Fini ? demanda-t-il en inclinant le visage sur le côté, la lueur de la lampe l'éclairant doucement.

Non, elle se trompait, se dit-elle en prenant une autre inspiration.

Ce n'était pas de la compassion.

C'était quelque chose qui différait totalement du fait de se soucier de la souffrance de quelqu'un d'autre.

— Automne ? demanda-t-il. Ça va ?

Levant les yeux vers lui, elle ressentit un brusque frisson lui chatouiller les avant-bras et courir sur ses épaules nues. Sous la chaleur des couvertures, son corps tressaillit, refroidissant avant de devenir brûlant.

Ce qui était normal, supposa-t-elle, quand votre univers se retrouvait sens dessus dessous.

Douce Vierge scribe… elle était amoureuse de lui.

Elle était tombée amoureuse de ce mâle.

Quand était-ce arrivé ?

—Automne. (La voix de Tohr se fit plus énergique.) Que se passe-t-il ?

Impossible de déterminer le « quand », décida-t-elle. Le sentiment était survenu millimètre par millimètre, le moteur du changement étant conduit par leurs échanges, les grands comme les petits… jusqu'à ce que, de même que la belle nuit tombait pour revendiquer le paysage terrestre, ce qui avait commencé imperceptiblement s'impose désormais de façon indéniable.

Il sauta sur ses pieds.

—Je vais chercher Doc Jane…

—Non, dit-elle en tendant la main. Je vais bien. Je suis juste épuisée et rassasiée de nourriture.

Pendant un moment, il la regarda comme il l'avait fait avec les fraises, plissant un œil perspicace pour l'examiner.

Visiblement, elle réussit à le rassurer, car il se rassit.

Se forçant à sourire, elle désigna le second plateau, celui dont les plats étaient toujours recouverts d'une cloche en argent.

—Tu devrais manger, à présent. En fait, nous devrions peut-être aller te chercher de la nourriture plus fraîche.

Il haussa les épaules.

—C'est bon.

Il enfourna les fraises qui n'avaient pas été assez bonnes pour elle tout en dévoilant son dîner, puis mangea tout ce qu'il restait sur son plateau à elle ainsi que tout ce qui se trouvait sur le sien.

Le fait que son attention soit détournée était une bonne chose.

Quand il eut fini son repas et les reliefs du sien, il prit les plateaux et leurs supports et les déposa dehors, dans le couloir.

— Je reviens tout de suite.

Sur ce, il disparut dans la salle de bains, et le bruit de l'eau qui coulait lui parvint aux oreilles.

Se recroquevillant sur le côté, elle observa les rideaux fermés.

Les lumières s'éteignirent, puis ses pas discrets traversèrent la moquette. Il y eut un temps d'arrêt avant qu'il monte sur le lit... et l'espace d'un instant, elle craignit qu'il n'ait lu dans son esprit. Mais alors, elle sentit l'air frais contre sa peau et comprit qu'il avait soulevé les couvertures. Pour la première fois.

— C'est bon si je te rejoins ?

Tout à coup, elle refoula des larmes.

— Je t'en prie.

Le matelas ploya, puis le corps nu de Tohr se colla contre le sien. Tandis qu'il la prenait dans ses bras, elle fut surprise de s'y installer de son plein gré.

Cet étrange frisson la parcourut une nouvelle fois, apportant avec lui une appréhension. Mais alors, elle se sentit réchauffée, brûlante même... grâce à sa chair contre la sienne.

Il ne devrait jamais le savoir, décida-t-elle en fermant les yeux et en posant la tête contre sa poitrine.

Il ne devrait jamais, au grand jamais, savoir ce qui battait pour lui dans son cœur.

Cela gâcherait tout.

Hiver

Chapitre 53

Assis au pied du grand escalier, Lassiter observait le plafond peint, deux étages au-dessus de lui. Dans la représentation de guerriers montés sur des étalons, il scruta du regard les nuages peints et trouva l'image qu'il cherchait, mais ne souhaitait pas voir.

Wellsie était encore plus loin dans le paysage, et sa silhouette encore plus tassée, tandis qu'elle se recroquevillait sur elle-même au milieu de ce désert de rochers gris.

En vérité, il perdait espoir. Bientôt, elle serait trop loin pour qu'ils soient en mesure de l'apercevoir. Et tout serait alors fini : elle serait perdue, il serait perdu… Tohr serait perdu.

Il avait cru que PersOnne était la réponse. Et, ça alors, au début de l'automne, il s'était persuadé que tout était résolu. La nuit après que Tohr avait enfin couché pour de bon avec la femelle, celle-ci était arrivée à la table du dîner sans sa capuche ni son affreux vêtement : elle portait une robe, une robe bleu pervenche trop grande pour elle mais pourtant ravissante, et elle avait les cheveux lâchés sur les épaules, comme une cascade blonde.

Tous deux s'entendaient comme seules le pouvaient deux personnes qui s'étaient envoyées en l'air pendant des heures.

Il avait alors remballé ses affaires. Traîné dans sa chambre. Fait les cent pas pendant des heures, en attendant d'être rappelé par le Créateur.

Quand le soleil s'était de nouveau couché, il avait mis cela sur le compte d'un retard administratif. Quand le soleil s'était levé, il avait commencé à s'inquiéter.

Puis, il s'était résigné.

À présent, il était carrément paniqué…

Assis sur sa marche, la tête levée vers l'évocation d'une femelle morte, il se surprit à se poser la même question qui revenait souvent dans la bouche de Tohr.

Que désirait de plus le Créateur ?

— Qu'est-ce que tu regardes ?

Quand une voix grave interrompit ses pensées, il jeta un coup d'œil au mâle en question, qui se tenait devant lui. Tohrment était visiblement sorti par la porte dissimulée sous l'escalier : il était vêtu d'un short de sport noir et d'un débardeur, et la sueur coulait sur sa peau et ses cheveux noirs.

Mis à part la transpiration postentraînement, il avait l'air en pleine forme. Mais c'était ce qui leur arrivait à tous quand ils étaient bien nourris, bien baisés et indemnes.

Le frère perdit néanmoins un peu de sa vigueur quand leurs regards se croisèrent. Ce qui suggérait que, sous son apparente vitalité, la même inquiétude affleurait toujours, comme un souci chronique.

Tohr s'approcha et s'assit à côté de lui, en s'épongeant le visage.

— Parle-moi.

— Est-ce que tu rêves encore d'elle ?

Inutile de donner un nom à « elle ». Entre eux, c'était la seule femelle qui importait.

— La dernière fois, c'était il y a une semaine.

— De quoi avait-elle l'air ?

Comme s'il ne le savait pas déjà. Il était en train de la regarder à l'instant même.

— Elle était plus loin. (Tohr prit la serviette enroulée autour de son cou et l'étira entre ses poings.) Tu es certain qu'elle n'est pas tout simplement en train de disparaître dans l'Estompe ?

— Est-ce qu'elle te semblait heureuse ?

— Non.

— Tu as ta réponse.

— Je fais tout mon possible.

Lassiter lui jeta un coup d'œil et hocha la tête.

— Je le sais. Je le sais parfaitement.

— Alors toi aussi, tu t'inquiètes.

Il ne voyait pas de raison de répondre à cela.

Tous deux étaient assis côte à côte, en silence, les bras ballants sur les genoux, et le mur de briques métaphorique devant lequel ils se tenaient leur bouchait l'horizon.

— Puis-je être honnête avec toi ? demanda le frère.

— Tu ferais aussi bien.

— Je suis terrifié. J'ignore ce que je rate. (Il se frotta encore une fois le visage avec sa serviette.) Je ne dors pas beaucoup et je n'arrive pas à décider si c'est parce que j'ai peur de ce que je vais voir… ou de ce que je ne vais pas voir. J'ignore comment elle tient.

La réponse simple était qu'elle ne tenait pas.

— Je lui parle, murmura Tohr. Quand Automne est endormie, je m'assieds dans le lit et je fixe l'obscurité. Je lui dis…

Quand sa voix se brisa, Lassiter eut envie de hurler, et pas parce qu'il trouvait que Tohr se comportait comme une mauviette. Mais plutôt parce que c'était trop difficile d'entendre la douleur dans cette voix.

Merde, au cours de l'année il avait dû développer une conscience ou un truc du genre.

— Je lui dis que je l'aime toujours, que je l'aimerai toujours, mais que j'ai fait mon possible pour… eh bien, pas pour combler le vide de son absence, parce que personne ne le peut. Mais au moins pour essayer de vivre en quelque sorte…

Tandis que le mâle continuait de parler d'une voix douce et triste, Lassiter fut frappé d'une brusque terreur, la crainte d'avoir mal orienté le vampire, d'avoir fait… merde, il ne savait pas quoi. D'avoir merdé, d'avoir pris la mauvaise décision, d'avoir envoyé ce pauvre vieux sur une fausse piste.

Il passa en revue tout ce qu'il savait de la situation, en commençant par les fondations et en construisant sa logique étage par étage, pour reconstituer l'édifice jusqu'à l'endroit où ils étaient.

Il ne parvint pas à découvrir d'erreur ni de faux pas. Tous deux avaient fait de leur mieux.

Au bout du compte, il semblait que ce soit la seule consolation qu'il puisse tirer de tout cela… et c'était vraiment chiant. L'idée qu'il ait pu, même par inadvertance, blesser ce mâle de valeur était bien pire que sa version du purgatoire.

Il n'aurait jamais dû accepter cette mission.

— Putain, souffla-t-il en fermant ses paupières douloureuses.

Ils avaient parcouru tellement de chemin, mais c'était comme s'ils poursuivaient une cible mouvante. Plus ils couraient vite, plus ils avançaient, plus le but semblait s'éloigner.

— Je dois simplement faire plus d'efforts, déclara Tohr. C'est la seule réponse. J'ignore ce que je peux faire d'autre, mais je dois m'engager plus profondément, d'une façon ou d'une autre.

— Oui.

Le frère se tourna vers lui.

— Tu es toujours là, non ?

Lassiter lui décocha un regard mauvais.

— Si c'est à moi que tu t'adresses, la réponse est oui.

— OK… très bien. (Le frère se mit debout.) Alors il nous reste encore du temps.

Waouh. Fantastique. Comme si cela allait faire la moindre différence.

Devant sa cabane, Xhex se tenait seule sur les berges de l'Hudson. Ses bottes étaient enfoncées dans la neige immaculée, son souffle s'échappait de son nez en petits nuages qui disparaissaient derrière son épaule. La lueur rose-orangé du coucher de soleil se déversait sur le paysage gelé derrière elle, et les couleurs se reflétaient dans les vagues paresseuses au centre du chenal.

Il ne restait plus qu'un mince courant d'eau dans le fleuve : la glace s'étendait depuis les berges et se rapprochait, menaçant d'étrangler la surface tant que le froid de l'hiver persisterait.

Sans qu'elle en donne l'ordre, ses sens *symphathes* se déployèrent dans le crépuscule, comme autant d'invisibles tentacules qui sondaient l'air pur et glacial. Elle ne s'attendait pas à obtenir de résultat, mais elle avait tellement l'habitude d'être sur le qui-vive après ces derniers mois qu'elle découvrait que cette partie d'elle-même désirait s'étirer et s'étendre à l'extérieur, au moins pour faire de l'exercice.

Elle n'avait pas trouvé la tanière de la bande de salopards. Pour l'instant.

La personne indiquée pour ce boulot, hein. Franchement, cela commençait à devenir embarrassant.

Mais bon, les raisons de mener cette mission avec prudence étaient innombrables : elle avait tellement de motifs de leur mettre la main dessus avec autant de discrétion que possible… et cela au moins le roi et les frères le comprenaient.

John lui avait également apporté un soutien sans faille au cours de ses recherches. Il avait été patient. Prêt à discuter de chaque avancée de son enquête ou à ne pas du tout aborder le sujet quand elle était à la demeure… ce qui était arrivé régulièrement, en l'occurrence : entre les rencontres avec sa mère, les comptes-rendus à la Confrérie et au roi, ou même ses brefs passages, elle était là-bas deux à trois fois par semaine.

Pourtant, quand il s'agissait de John, les choses n'étaient jamais allées plus loin qu'un repas poli.

Même si son regard brûlait de désir pour elle.

Elle savait ce qu'il faisait. Il tenait parole, demeurant en retrait jusqu'à ce qu'elle infiltre la bande de salopards pour lui prouver qu'il pensait sincèrement ce qu'il lui avait dit. Sauf que, aussi vulgaire que cela puisse paraître… elle voulait être avec lui. Et pas au sens de « séparés par une table pour le dîner ».

Bien entendu, c'était pour eux une amélioration par rapport à l'été et à l'automne, mais c'était loin d'être suffisant.

Reprenant sa concentration, elle continua de scruter les environs sans raison valable jusqu'à ce que, tout autour d'elle, l'obscurité tombe rapidement, la lumière désertant le ciel à la façon d'une fin de décembre : c'est-à-dire comme si elle fuyait, poursuivie par le froid.

Sur sa gauche, dans la demeure sur la péninsule, les lumières s'allumèrent de façon soudaine, comme si Ahssaut disposait de volets à l'intérieur de tout ce verre : un instant la propriété était plongée dans le noir ; le suivant, elle ressemblait à un stade de foot.

Ah oui, le gentilhomme Ahssaut… ou pas.

La mainmise de celui-ci sur le marché de la drogue à Caldwell était quasiment assurée, il ne restait plus personne de réelle importance, hormis ce gros fournisseur, Benloise. Ce qu'elle ne parvenait pas à comprendre, c'était sur quels partenaires le vampire s'appuyait. Il ne pouvait pas faire tourner une affaire aussi complexe tout seul, et pourtant jamais personne ne venait ni ne sortait de sa maison, mis à part lui.

Mais bon, pourquoi aurait-il voulu que ses associés viennent lui rendre visite dans son domaine privé ?

Un peu plus tard, une voiture descendit l'allée, pour sortir. Sa fameuse Jaguar.

Mince, il ferait mieux d'investir dans une Range Rover blindée. Ou un Hummer, comme celui de Vhif. La Jaguar était rapide et convenait à cet enfoiré, mais allons… un peu d'adhérence dans toute cette neige ne serait jamais une mauvaise chose.

La voiture de sport ralentit jusqu'à s'arrêter quand elle s'approcha d'elle, son pot d'échappement rutilant sous les feux arrière rouges, comme une apparition invoquée par un magicien sur scène.

Une vitre descendit et une voix mâle demanda :

— Tu profites de la vue ?

Elle fut tentée de lui faire un doigt d'honneur, mais garda son majeur dans sa poche tandis qu'elle traversait les congères pour le rejoindre. À l'heure actuelle, Ahssaut n'était pas considéré comme un « suspect » en lui-même : il avait tout fait pour aider la Confrérie à tirer Kolher de là quand la tentative d'assassinat avait eu lieu. Néanmoins, l'attaque s'était produite dans sa maison, et elle se demandait où Xcor trouvait ses ressources financières : Ahssaut avait de l'argent avant même qu'il décide de devenir un baron de la drogue, et la guerre exigeait du fric.

Surtout quand on essayait de combattre le roi.

Concentrant ses dons *symphathes* en direction du mâle, elle déchiffra sa grille émotionnelle et vit beaucoup de… eh bien, de désir sexuel, pour commencer. Il avait envie d'elle, mais elle était prête à parier que son désir ne la visait pas en particulier.

Ahssaut aimait coucher avec des filles. Très bien. Noté.

Mais sous cette poussée de testostérone, elle découvrit un appétit pour le pouvoir qu'elle trouva curieux. Il n'était pourtant pas question de démettre le roi. C'était…

— Tu lis dans mes pensées ? demanda-t-il d'une voix traînante.

Si seulement il avait su de quoi il parlait.

— Tu serais surpris de ce que je peux découvrir sur les gens.

— Donc tu sais que j'ai envie de toi.

— Je te suggérerais de ne pas t'engager sur cette voie. Je suis unie.

— C'est ce que j'ai entendu dire. Mais où est ton homme ?

— Il travaille.

Comme il souriait, les diodes du tableau de bord éclairèrent ses traits, les soulignant et les rendant encore plus beaux. Mais ce n'était pas qu'un joli garçon : il y avait un soupçon de malfaisance dans ses yeux brûlants.

Un mâle dangereux. Même s'il donnait l'impression de n'être rien d'autre qu'un membre bien coiffé de la *glymera*.

— Eh bien, murmura-t-il. Tu sais ce qu'on dit. Loin des yeux, près du cœur…

— Dis-moi une chose. Tu vois Xcor quelque part ?

Cela le fit taire. Et il baissa les paupières.

— Je ne vois absolument pas pourquoi tu me demandes cela, dit-il au bout d'un moment.

— Oh, vraiment.

— Aucune idée.

— Je sais ce qui s'est passé chez toi à l'automne.

Il y eut un autre silence.

— Je n'aurais pas cru que la Confrérie mêlait affaires et plaisir. (Quand elle se contenta de lui rendre son regard, il haussa les épaules.) Enfin, franchement, je n'arrive pas à croire qu'ils soient encore à sa recherche. En fait, il est même surprenant que ce salopard respire encore.

— Donc tu l'as croisé récemment.

À ces mots, sa grille émotionnelle s'alluma dans un secteur spécifique : l'obstruction. Il lui cachait quelque chose.

Elle sourit froidement.

— N'est-ce pas, Ahssaut.

— Écoute, je vais te donner un conseil d'ami. Je sais que tu es une femelle en cuir, coriace et avec les pieds sur terre, mais tu n'as pas envie d'avoir affaire à ce mec. Tu as vu à quoi il ressemble ? Tu es unie à un beau garçon comme John Matthew, tu n'as pas besoin de…

— Je ne cherche pas à me taper cet enfoiré.

Son langage volontairement ordurier le fit cligner des yeux.

— En effet. Et, euh, tant mieux pour toi. Quant à moi, je ne l'ai pas vu. Pas même la nuit où il a tendu cette embuscade à Kolher.

Menteur, pensa-t-elle.

Quand Ahssaut reprit la parole, sa voix était très basse.

— Laisse ce mâle tranquille. Tu ne veux pas te mettre en travers de son chemin ; il est encore plus impitoyable que moi.

— Donc tu crois que seuls les grands garçons devraient l'affronter.

— Tu as pigé, mon cœur.

Quand il enclencha la vitesse de la Jaguar, elle recula et croisa les bras sur sa poitrine. C'était tellement classique. C'était quoi cette histoire de queue et de boules qui faisaient croire aux mâles qu'ils avaient la mainmise sur la force ?

— À plus tard, voisin, dit-elle.

— Je suis sérieux au sujet de Xcor.

— Oh, je le vois bien.

Il secoua la tête.

— Parfait. C'est ton enterrement.

Comme il s'éloignait, elle se dit : *Mauvais choix de pronom, mon pote. Vraiment mauvais choix de pronom…*

Chapitre 54

Automne était profondément endormie quand on la rejoignit dans le lit mais, même dans son repos profond et presque douloureux, elle savait à qui appartenaient les mains qui se posaient sur sa peau, parcouraient ses hanches et remontaient vers son ventre. Elle savait exactement qui lui prenait les seins et la faisait rouler sur le dos.

Pour faire l'amour.

L'air froid toucha sa peau tandis que l'on repoussait les couvertures et, d'instinct, elle écarta les jambes, se préparant à accueillir le seul mâle qu'elle accepterait jamais en elle.

Elle était prête pour Tohrment. Il semblait qu'elle soit toujours prête pour lui ces dernières semaines.

C'était pratique, ainsi qu'il l'aurait dit. De même que lui était toujours prêt pour elle.

Son grand guerrier trouva son chemin entre ses cuisses, les écartant un peu plus de ses hanches… non, il s'agissait à présent de ses mains, comme s'il avait eu un projet, puis avait changé d'avis…

La bouche de Tohrment la trouva, se colla à elle et se mit à lécher.

Alors qu'elle gardait les yeux toujours fermés et l'esprit dans cet état de confusion qui n'était ni le sommeil ni l'éveil, le plaisir était si intense qu'elle rua et se débattit contre sa langue, s'abandonnant à lui de toute son âme tandis qu'il suçait, taquinait, explorait…

Sauf qu'elle ne jouissait pas. Peu importe combien il lui procurait de plaisir.

Elle avait beau essayer de saisir l'orgasme, elle ne parvenait pas à franchir la limite. Le plaisir s'aiguisait au point d'en être douloureux… et pourtant elle n'arrivait pas à atteindre l'apogée, alors même que la sueur perlait sur sa peau et que son souffle lui sciait la gorge.

Le désespoir la poussa à lui empoigner la tête pour le presser plus fort contre elle.

Sauf qu'alors il disparut.

Ce n'était qu'un cauchemar, se dit-elle en criant devant ce plaisir qu'on lui refusait. Un rêve atroce aux connotations érotiques…

Tohrment lui sauta dessus, et cette fois-ci, son corps tout entier pressa le sien. Passant les bras sous ses genoux, il l'écarta largement tandis qu'il la réduisait à une petite forme sous son poids énorme.

Puis il la pénétra, vite et fort.

Voilà qu'elle jouissait. À l'instant où il l'emplit de toute sa longueur, le corps d'Automne réagit avec une formidable explosion qui la brisa, un orgasme si violent qu'elle mordit sa propre lèvre de ses crocs.

Alors que le sang lui envahissait la bouche, il ralentit ses va-et-vient pour le laper. Mais elle ne voulait pas de lenteur. Appuyant les jambes sur les bras de Tohr, elle trouva son propre rythme contre son pénis, le chevauchant, le prenant… jusqu'à se retrouver de nouveau sur le point de jouir.

Sans aller nulle part.

Au début, il lui avait été si facile d'obtenir ce qu'il lui fallait quand ils s'unissaient. Mais ces derniers temps, c'était de plus en plus dur…

Comme elle se tendait contre lui, remuant les hanches de plus en plus vite, la frustration la rendit folle.

Elle le mordit.

À l'épaule.

Le griffa. Avec ses ongles.

Cette combinaison aurait dû le faire s'arrêter immédiatement pour exiger un comportement plus civilisé. Au lieu de quoi, alors que son sang se répandait sur elle, il poussa un rugissement si puissant que quelque chose s'écrasa par terre dans la chambre, comme s'il l'avait fait tomber du mur à force de secousses.

Puis il jouit. Et grâces soient rendues à la Vierge scribe pour cela. Pendant qu'il s'enfonçait en elle et que son pénis allait et venait violemment, elle finit par attraper la vague insaisissable elle aussi, et son corps ondula avec le sien, tandis que la tête du lit heurtait le mur.

Quelqu'un cria.

Elle.

Un autre objet tomba.

La lampe… ?

Quand ils finirent par s'immobiliser, elle était trempée de partout, palpitante entre les jambes et détendue au point d'être alanguie. L'une des lampes de chevet avait effectivement été projetée par terre, et quand elle regarda autour d'elle, elle découvrit que le miroir au-dessus de la commode était fissuré.

Tohrment leva la tête et la dévisagea. Dans la lumière provenant de la salle de bains, elle aperçut les dégâts infligés à son épaule.

— Oh… douce… (Elle posa une main sur sa bouche, saisie d'horreur à la vue de cette blessure ouverte.) Je suis vraiment désolée.

Il s'observa d'un coup d'œil et fronça les sourcils.

— Est-ce que tu te moques de moi ?

Quand il reporta son regard sur elle, il souriait avec une fierté masculine qui n'avait absolument aucun sens.

— Je t'ai blessé. (Elle avait envie de pleurer.) J'ai…

— Chut. (Il écarta une mèche humide de son visage.) J'adore ça. J'adore ça, putain. Griffe-moi. Entaille-moi. Mords-moi… Tout me convient.

— Tu es… cinglé.

Pour se servir d'une expression familière qu'elle avait entendue.

— Disons plutôt que je n'en ai pas terminé…

Sauf que quand il fit mine de remuer en elle, elle grimaça.

Instantanément, il se figea.

— Merde, c'était un peu brutal.

— C'était merveilleux.

Tohrment souleva la poitrine en s'appuyant sur ses bras et se retira avec tant de lenteur et de précaution qu'elle le sentit à peine. Et pourtant, elle commençait à éprouver des crampes quelque part en elle. Ou peut-être s'agissait-il d'un autre orgasme ? Difficile de savoir, vu que son corps était submergé de sensations.

Dans tous les cas, la langueur et l'épuisement délicieux étaient une bonne chose. Ils étaient si familiers l'un avec l'autre à présent, tellement à l'aise dans leurs relations sexuelles, et l'incroyable intensité à laquelle ils parvenaient était le résultat de cette absence de barrière, de cette liberté… et de cette confiance qu'ils partageaient.

— Laisse-moi te faire couler un bain pour te nettoyer.

— C'est bon. (Elle lui sourit.) Je vais seulement me détendre ici pendant que tu te douches. Puis je ferai de même après toi.

En vérité, elle ne se faisait pas assez confiance pour se trouver nue dans la salle de bains avec lui. Elle risquait de le mordre à l'autre épaule… et même si elle appréciait beaucoup l'idée qu'il lui ait donné carte blanche avec ses dents, elle préférait de loin ne pas user de cette permission.

Tohrment se glissa hors des couvertures en désordre et resta à côté du lit pendant un moment, les yeux plissés.

— Tu es sûre que ça va ?

— Promis.

Finalement, il hocha la tête et se retourna…

— Ton dos !

On aurait qu'il avait été griffé par un chat, de grandes traînées rouges zébraient ses flancs de chaque côté de sa colonne vertébrale.

Il jeta un coup d'œil par-dessus son épaule mordue et sourit d'un air encore plus fier.

— La sensation est géniale. Je penserai à toi quand je sortirai ce soir, chaque fois que ça me démangera.

Quand il disparut dans la salle de bains, elle secoua la tête pour elle-même. Les mâles étaient… eh bien, cinglés.

Fermant les yeux, elle repoussa les draps de sa peau et écarta les bras et les jambes. L'air était frais dans la pièce, peut-être même froid, mais après l'amour, elle était son propre radiateur, les restes d'excitation s'évaporaient presque de ses pores.

Tandis que Tohrment se douchait, la sensation de chaleur diminua néanmoins peu à peu, de même que les palpitations dans son sexe. Et enfin, elle trouva la paix qu'elle cherchait : son corps se détendit au fur et à mesure que la tension restante et la douleur disparaissaient.

Elle s'étira d'une façon rendue encore plus agréable par sa nudité et sourit au plafond. Elle n'avait jamais connu un tel bonheur…

Surgie de nulle part, l'étrange sueur froide qu'elle ressentait de temps à autre depuis l'automne l'enveloppa de nouveau, comme une prémonition qu'elle sentirait sans pouvoir la définir ou un avertissement dépourvu de son contexte.

Désormais glacée, elle tira les couvertures sur elle.

Seule dans le lit, elle eut l'impression d'être poursuivie par le destin aussi sûrement que si elle se trouvait dans une forêt la nuit, avec des loups qu'elle entendrait sans les voir se déplacer entre les arbres…

Prêts à bondir.

Dans la salle de bains, Tohr se sécha et se pencha vers le miroir. La marque de morsure à son épaule guérissait déjà : la peau se reformait au-dessus des traces de dents, tout se refermait correctement. Dommage… il aurait voulu que les blessures restent un moment.

Il éprouvait de la fierté à être ainsi marqué.

Pourtant, il décida de porter un tee-shirt au lieu d'un débardeur sous sa veste. Inutile que ses frères voient cela. C'était privé, entre lui et Automne seulement.

Bon sang… cette femelle était incroyable.

En dépit de l'angoisse qu'il éprouvait, en dépit de cette conversation avec Lassiter dans l'escalier, en dépit du fait qu'il s'était mis à la toucher uniquement parce qu'il avait l'impression qu'il le devait, au bout du compte, et comme toujours, tout n'était que sexe, du sexe cru et brutal : Automne était comme un vortex qui le faisait tourbillonner, l'emprise érotique qu'elle avait sur son corps l'aspirant et l'emportant jusqu'à la surface pour qu'il puisse respirer… avant de le revendiquer une nouvelle fois.

Sur ce point, il était triste de l'admettre, mais il avait avancé.

Cela lui faisait mal de le reconnaître et, parfois, quand il était étendu après coup, tous deux reprenant leur souffle et rafraîchissant leur peau, cette ancienne douleur familière s'aiguisait comme la pointe d'une dague derrière son sternum.

Il supposait que cette sensation ne le quitterait jamais.

Et pourtant, à chaque aube, il allait la chercher et la prenait… Et il avait tout à fait l'intention de recommencer d'ici douze heures.

Sortant de la salle de bains, il la découvrit toujours au lit. Elle s'était tournée vers les fenêtres et avait tiré les draps sur elle.

Mais il la vit nue.

Parfaitement. Nue.

Cette image fit instantanément réagir son corps et son sexe pointa. Et comme si elle avait senti son excitation, elle gémit en un ronronnement érotique et ondula des hanches. Tendant la main derrière elle, elle retira les draps qui la recouvraient et leva la jambe pour exposer son sexe luisant.

— Oh, zut, gronda-t-il.

Son corps s'approcha d'elle sans que sa volonté y soit pour rien, la pistant avec une concentration si farouche qu'il n'aurait même pas pris le temps de tuer quiconque se serait interposé : il l'aurait simplement piétiné et aurait attendu d'avoir fini de s'occuper d'elle avant de commettre un meurtre.

Grimpant sur le matelas, il prit son pénis dans sa main et s'installa derrière elle, en plaçant le gland contre son sexe. Il fit attention en la pénétrant, juste au cas où elle serait toujours un peu endolorie, puis il s'immobilisa au-dessus d'elle, attendant d'être sûr qu'elle le désire de nouveau aussi vite.

Quand elle ne fit que gémir son nom de satisfaction, il laissa ses hanches débuter leur va-et-vient.

Humide, lisse, chaude…

Il la prit sans s'excuser et apprécia la liberté qui allait avec. Elle demeurait de stature fragile, mais elle était plus résistante qu'elle n'en avait l'air et, au cours des derniers mois, il avait appris à se laisser aller, parce qu'il savait qu'elle aussi aimait cela.

Posant une main sur sa hanche, il changea l'angle de son corps pour s'enfoncer encore plus profondément en elle.

Et bien entendu, cette position offrait un autre avantage : il pouvait se voir entrer en elle et en sortir, observer l'extrémité de son gland apparaître avant de replonger, uniquement pour revenir au bord une fois de plus. Elle était rose et gonflée, et il était dur et luisant grâce à elle…

— Putain, hurla-t-il quand il commença à jouir de nouveau.

Il la chevaucha tout en jouissant, sentant son orgasme éclater avec le sien et son sexe se contracter autour du sien. Et il observa le spectacle jusqu'à ce que ses yeux se ferment d'un coup… ce qui lui convenait parce qu'il la voyait toujours sous ses paupières.

Quand il eut fini, il faillit s'effondrer sur elle, mais se rattrapa juste à temps. Baissant la tête, il s'aperçut que sa bouche se trouvait tout près du sommet de sa colonne vertébrale, et il tira parti de cette proximité, en caressant sa peau de ses lèvres.

Sachant qu'il devait lui accorder un répit, il se força à reculer et à se retirer. Sauf que quand il glissa hors d'elle, il dut serrer les dents en voyant à quel point elle était toujours prête à le recevoir.

Posant les mains sur ses fesses parfaites, il l'écarta pour ouvrir le passage à sa langue. Mince… ce goût d'elle mêlé au sien, la sensation de son sexe lisse et parfaitement glabre contre sa bouche…

Quand elle commença à s'agiter, comme si elle était sur le point de jouir sans pour autant en avoir assez, il lécha trois doigts et les glissa en elle tout en continuant à la laper. Cela fit son effet. Comme elle criait son nom et sursautait contre son visage, il sourit et l'aida à traverser les pulsations qui la parcouraient.

Puis il fut temps de s'arrêter. Point barre.

Depuis environ une semaine, il était tout le temps collé à elle, ce qui était la raison pour laquelle il s'était forcé à descendre à la salle de musculation aujourd'hui. Elle avait l'air fatiguée, et pourquoi ? Elle insistait pour travailler pendant la nuit et il était incapable de la laisser tranquille dans la journée… Automne se retourna et se retrouva allongée sur le ventre ; puis elle écarta un genou sur le côté et cambra les reins. Elle en voulait plus.

— Seigneur, grogna-t-il. Comment suis-je censé te laisser ?

— Ne le fais pas, répondit-elle.

Inutile de le demander deux fois. Il la reprit par-derrière, lui soulevant les hanches, les empoignant et inclinant son bassin pour entrer profondément en elle. Il finit par passer un bras autour de son ventre, ne soutenant plus son propre poids que d'une seule main, et la baisa, la pénétra jusqu'à ce que leurs corps claquent l'un contre l'autre et que le lit se remette à heurter le mur. Il jouit en poussant un juron, son orgasme explosant comme s'il avait fait ceinture pendant des mois.

Et il avait toujours faim d'elle. Surtout alors qu'elle-même jouissait.

Une fois la tension retombée, ils se recroquevillèrent sur le matelas, lui derrière elle tandis qu'il la serrait contre lui. Frottant le nez contre ses cheveux jusqu'à son cou, il s'inquiéta de la façon dont il la traitait au lit.

Comme si elle savait qu'il avait besoin d'être rassuré, elle tendit la main derrière elle et lui caressa les cheveux.

— Tu es merveilleux.

Peut-être. Mais il se sentait mal d'exiger autant de son corps.

— Tu me laisses te faire couler un bain, maintenant ?

— Oh, ce serait formidable. Merci.

Retournant dans la salle de bains, il se dirigea vers le grand Jacuzzi, fit couler l'eau, puis sortit les sels de bain du placard.

Tandis qu'il vérifiait la température de l'eau et procédait à quelques ajustements minimes, il prit conscience qu'il aimait s'occuper d'elle. Il prit également conscience qu'il avait découvert beaucoup de façons de le faire. Il cherchait des excuses pour l'emmener à l'étage et lui donner à dîner en privé. Il lui achetait des vêtements sur Internet. S'arrêtait dans les kiosques et les librairies pour lui prendre ses magazines préférés comme *Vanity Fair*, *Vogue* et *The New Yorker*.

Il s'assurait toujours qu'il y avait des biscuits au chocolat là-haut au cas où elle aurait un petit creux.

Et il n'était pas le seul à veiller sur elle et à lui montrer des choses nouvelles.

Xhex venait à la maison pour la voir au moins une ou deux fois par semaine. Ensemble, elles allaient au cinéma du coin pour regarder des films. Ou elles se rendaient dans les beaux quartiers de la ville pour qu'Automne puisse admirer les jolies maisons. Ou elles faisaient les boutiques et les magasins ouverts en nocturne, dans lesquels elles s'achetaient des choses avec l'argent qu'Automne gagnait en travaillant.

Penché en avant, il évalua de nouveau la température de l'eau, la réajusta et lui sortit des serviettes.

De son côté, cela le rendait un peu irascible qu'elle soit dehors avec les humains tarés, les éradiqueurs violents et les vents trompeurs du destin. Mais au bout du compte, Xhex était une tueuse professionnelle, et il savait qu'elle protégerait sa mère si quiconque faisait seulement mine d'éternuer dans leur direction.

En outre, chaque fois que la mère et la fille sortaient ensemble, Automne rentrait toujours avec un grand sourire. Ce qui le faisait sourire lui-même.

Seigneur, ils avaient tellement avancé tous les deux, depuis le printemps. Ils étaient presque deux personnes différentes.

Alors qu'y avait-il d'autre ?

Remuant la main dans l'eau bouillonnante de la baignoire, il se demanda avec désespoir ce qui lui échappait…

Chapitre 55

Deux nuits plus tard, Xhex se réveilla, taraudée par une étrange conviction. Un peu comme si elle avait avalé son réveille-matin dans la journée et que celui-ci s'était mis à sonner dans son ventre.

L'intuition. L'anxiété. L'angoisse.

Il n'existait pas de bouton « silence » pour arrêter cela.

Tandis qu'elle se levait et allait prendre une douche, elle continua d'être poursuivie par l'impression que des forces invisibles et inconnues se rassemblaient, que le paysage allait changer, que les pièces d'échec de différentes personnes étaient sur le point d'être déplacées par des mains invisibles, à des endroits qui ne faisaient pas partie de leurs stratégies.

L'inquiétude subsista durant son bref trajet jusqu'au centre de Caldwell, et persista encore quand elle prit ses fonctions au *Masque de Fer*.

Incapable de supporter cela plus longtemps, elle quitta le club et parcourut la ville des heures plus tôt qu'à son habitude. Et alors qu'elle se dématérialisait de toit en toit à la recherche des salopards, elle eut l'impression… que cette nuit serait déterminante.

Mais pour quoi ?

Accablée par cette question, elle fit particulièrement attention à rester loin des zones de combat des frères.

Le fait qu'elle se soit engagée à se tenir à bonne distance d'eux était probablement le facteur principal de son retard à découvrir ce fusil. La bande de salopards était sur le terrain toutes les nuits, mais vu que les escarmouches avec la Société des éradiqueurs avaient tendance à ne survenir que dans les quartiers désolés de la ville, il était difficile de s'approcher assez, tout en demeurant à distance de John et de la Confrérie.

Oui, elle avait de nouvelles grilles à son répertoire, mais il était difficile d'isoler celle de Xcor et, même si c'était purement théorique – tout ce dont elle avait besoin était qu'un seul de ces soldats commette un faux pas, se fasse blesser et soit ramené à leur tanière dans une voiture qu'elle pourrait pister –, elle voulait connaître sa cible la plus importante de façon intime.

Vérifier ses secrets depuis l'intérieur.

Le fait qu'elle ne soit rendue nulle part pour l'instant la rendait dingue. Et les frères n'étaient pas très heureux non plus, même si c'était pour une raison différente : ils auraient simplement voulu éliminer les autres guerriers, mais Kolher avait mis le holà sur ce point. Il leur fallait d'abord le fusil, si bien que le roi avait déclaré ce groupe de traîtres renégats intouchable jusqu'à ce qu'il ait obtenu la preuve nécessaire. D'un point de vue logique, sa proclamation avait un sens : rien de bon ne sortirait s'ils les massacraient tous et essayaient ensuite de calmer la *glymera* en invoquant une pseudo-légitime défense. Mais nuit après nuit, l'absence de résultat pesait de plus en plus sur le moral de la Confrérie.

Au moins, ils avaient une chose en leur faveur : il était peu probable que le fusil ait été détruit.

La bande de salopards voudrait le conserver comme trophée, sans le moindre doute.

Mais il était temps de mettre un terme à cela. Et peut-être que sa prémonition signifiait qu'elle allait enfin y arriver.

Sur ce, et en vertu de la théorie selon laquelle refaire la même chose inlassablement en attendant un résultat différent était de la folie, elle décida de cesser de chercher Xcor.

Non, ce soir, Ahssaut serait sa proie… et ça alors, elle localisa son empreinte dans le quartier des théâtres… dans la galerie d'art de Benloise, naturellement.

Un rapide passage au niveau de la rue lui permit de voir qu'un cocktail avait lieu dans la boutique.

Vu que les amateurs d'art étaient parfaitement capables de porter du cuir en estimant qu'il s'agissait d'une tenue de soirée, elle se glissa à l'intérieur…

Chaud. Bondé. Plein d'accents égocentriques qui se répercutaient autour d'elle.

Seigneur, dans un endroit pareil, il était impossible de différencier les sexes : tout le monde faisait des gestes affectés et portait du vernis à ongles.

Cinquante centimètres après avoir franchi la porte, on lui offrit avec empressement une flûte de champagne, comme si tous ces prétentieux qui se prenaient pour Warhol carburaient au Veuve Clicquot.

— Non, merci.

Comme le serveur, un type mignon en noir, lui faisait un petit signe de tête et s'éloignait, elle faillit le rattraper uniquement pour avoir de la compagnie.

Oui, eh bien, on voyait tellement de sourcils levés et de nez pointés en l'air que c'était à se demander si ces gens-là trouvaient même grâce à leurs propres yeux. Et un rapide coup d'œil aux « œuvres d'art » lui apprit qu'elle et sa mère allaient devoir venir ici… uniquement pour qu'Automne comprenne à quel point certains genres d'expressions personnelles pouvaient être hideux et complaisants.

Crétins d'humains.

Avec une farouche détermination, elle se fraya un chemin entre toutes ces épaules, tournant de-ci, de-là et contournant d'autres serveurs. Elle ne prit pas la peine de dissimuler son visage. Vhen avait effectué tous ses deals lui-même ou avec Trez et iAm, donc personne ici n'allait la reconnaître.

Et assez rapidement, elle identifia le chemin menant au bureau de Benloise. C'était si évident : deux idiots habillés comme des serveurs mais ne portant pas de plateaux se tenaient de chaque côté d'une porte presque invisible découpée dans le mur tendu de tissu.

Ahssaut se trouvait au premier étage. Elle sentait distinctement sa présence...

Mais l'atteindre était autre chose : il était risqué d'essayer de se dématérialiser dans des espaces inconnus. Il y avait probablement un escalier à l'extrémité du passage que l'on gardait, mais elle ne voulait pas se transformer en gruyère en reprenant forme dans la structure même des marches.

En outre, elle pourrait toujours attraper le type à la sortie. Il y avait de bonnes chances pour qu'il soit arrivé par l'arrière et qu'il sorte par le même chemin : il était méfiant et sa visite n'avait rien à voir avec les œuvres d'art.

C'était également une bonne chose, vu qu'il était difficile de considérer des Coton-Tige collés à un Tupperware lui-même fixé à une lunette de WC comme autre chose que des stupidités bonnes à jeter à la poubelle.

Avançant tout au fond de la galerie, elle se glissa par une porte réservée au personnel et se retrouva dans un entrepôt au sol et aux murs de béton qui sentait la poussière de craie et le crayon. Au-dessus d'elle, des néons grillagés étaient installés dans le plafond haut, lui aussi en béton brut, et qui laissait voir des canalisations et des fils électriques enfouis entre les solives comme des taupes dans une pelouse. Des bureaux étaient disposés au fond et des placards sur les côtés, le centre de l'espace demeurant vide, comme si de grandes installations étaient régulièrement acheminées depuis l'allée du fond.

La double porte devant elle était faite d'acier et reliée à des alarmes de sécurité…

— Puis-je vous aider.

Ce n'était pas une question.

Elle se retourna.

L'un des videurs l'avait suivie à l'intérieur, et il se tenait les jambes écartées et la veste ouverte comme s'il avait une arme en dessous.

Levant les yeux au ciel, elle agita une main devant lui et le plongea dans une transe temporaire. Puis, après avoir implanté dans son esprit la certitude qu'il n'y avait rien d'inhabituel, elle le renvoya à son poste, où il raconterait à son pote gros dur que, en fait, *il n'y avait rien d'inhabituel*.

Il n'y avait pas vraiment besoin de déployer de grands talents scientifiques avec ces *Homo sapiens*. Mais simplement par mesure de sécurité, elle court-circuita les caméras de surveillance à mesure qu'elle se dirigeait vers la porte du fond. Merde. Un regard à la façon dont les panneaux d'acier étaient câblés et elle décida de ne pas les franchir afin de ne pas risquer un incident qui impliquerait la police.

Si elle voulait se retrouver dans cette ruelle, elle allait devoir faire des efforts.

Avec un juron, elle retourna dans la galerie. Il lui fallut une bonne dizaine de minutes pour se faufiler entre tous ces invités aux goûts discutables et à l'ego surdimensionné et, dès qu'elle fut dehors dans la nuit, elle se dématérialisa pour se rendre sur le toit et marcha jusqu'à l'autre extrémité.

La voiture d'Ahssaut était garée dans la ruelle en dessous, dans le sens de la sortie.

Et elle n'était pas la seule à l'observer…

Bon sang… de bonsoir…

Xcor se trouvait dans l'ombre, attendant également le mâle.

C'était forcément lui : celui qui était là verrouillait ses pensées dans le tréfonds de son âme avec une telle force qu'il y avait très peu à déchiffrer : par habitude ou suite à un traumatisme, voire probablement les deux, les trois dimensions s'étaient contractées les unes dans les autres jusqu'à former une grille si tordue et compacte qu'il était impossible à Xhex d'identifier la moindre émotion.

Mince, elle avait déjà vu des empreintes de ce genre de temps à autre. Généralement, elles étaient synonymes de vrais problèmes, étant donné que l'individu était capable de tout.

Par exemple, il fallait avoir exactement ce genre de centre noueux pour oser s'attaquer au roi.

C'était sa cible. Elle le savait.

Et comme elle avait désormais identifié cette grille mutilée, elle recula et se dématérialisa vers le toit d'un immeuble de grande taille à une rue de là. Elle ne voulait pas effrayer ce fils de pute en s'approchant trop près de lui et, depuis son nouveau poste d'observation, elle disposait toujours d'un angle de vue correct sur la Jaguar.

Merde, si seulement son radar couvrait une plus grande zone : elle pourrait peut-être suivre sa cible à une distance d'un kilomètre, mais pas davantage, son instinct était puissant mais de courte portée. Donc s'il se dématérialisait à une plus grande distance ? Elle allait le perdre...

Tandis qu'elle attendait, elle s'interrogea de nouveau sur l'existence de liens éventuels entre Xcor et Ahssaut. Malheureusement pour l'aristocrate, s'il finançait l'insurrection, même de façon indirecte, il allait se retrouver dans la ligne de mire.

Ce qui n'était pas une place enviable.

Environ une demi-heure plus tard, Ahssaut émergea de l'arrière de la galerie et regarda autour de lui.

Il savait que l'autre mâle était là… et il adressa une sorte de commentaire en direction de Xcor.

La brise froide et la rumeur de la ville étouffèrent la piste sonore de l'échange entre ces deux-là, mais elle n'avait pas besoin du son pour en saisir l'idée générale : les émotions d'Ahssaut évoluèrent jusqu'à ce qu'elle ne puisse plus qu'approuver l'aversion et la défiance qu'il ressentait à l'égard de son interlocuteur. Naturellement, le mâle renfermé ne laissa rien paraître de son ressenti.

Puis Ahssaut partit. De même que l'autre grille.

Elle pista la seconde.

Rétrospectivement, à l'image de tant de choses dans l'existence, ce qui arriva à Automne autour de 23 heures ce soir-là était logique. Les indices étaient présents depuis des mois, mais comme c'était assez souvent le cas, quand on menait sa vie, on interprétait mal les poteaux indicateurs, on lisait mal la position de l'aiguille sur la boussole, on prenait une chose pour une autre.

Jusqu'à ce que l'on arrive à une destination que l'on n'aurait jamais choisie et d'où l'on ne pouvait s'échapper.

Elle était dans le centre d'entraînement, occupée à sortir des draps chauds du sèche-linge, quand la tempête frappa.

Plus tard, bien plus tard, une éternité plus tard, elle se rappellerait avec clarté la sensation de douce chaleur du linge contre son torse, la tiédeur qui s'insinuait dans son ventre et faisait perler la sueur sur son front.

Elle se rappellerait toujours comment elle s'était tournée sur le côté et avait posé les draps blancs et moelleux sur le plan de travail.

Parce que quand elle recula, ses chaleurs se déclenchèrent pour la deuxième fois de sa vie.

Tout d'abord, ce fut comme si elle tenait encore les draps contre elle, la chaleur persistant en elle, accompagnée d'un poids sur son ventre.

Comme la transpiration se mettait à couler sur les côtés de son visage, elle jeta un coup d'œil au thermostat sur le mur, en songeant qu'il fonctionnait mal ou était réglé trop haut. Mais non, il indiquait vingt et un degrés.

Fronçant les sourcils, elle baissa la tête pour s'observer. Même si elle ne portait qu'un tee-shirt et ce que l'on appelait un pantalon « de yoga », elle avait l'impression d'avoir enfilé la parka qu'elle mettait quand elle sortait avec Xhex…

Une crampe enserra le bas de son abdomen, se refermant sur son ventre, et ses jambes flageolèrent jusqu'à ce qu'elle n'ait plus d'autre choix que de se laisser glisser par terre. Et ce fut une bonne chose, du moins temporairement. Le béton était froid et elle s'étendit dessus… jusqu'à ce que la contraction suivante s'empare d'elle.

Pressant les mains contre son bassin, elle se roula en boule et se tendit, la tête renversée en arrière, alors qu'elle essayait d'échapper à ce qui avait pris le contrôle de son corps.

Puis cela commença.

Son sexe, qui palpitait encore légèrement depuis que Tohr et elle avaient partagé ces ébats brutaux et intenses avant le départ de celui-ci, se mit à pulser à son propre rythme, sa matrice réclamant la seule chose qui puisse la soulager.

Un mâle…

Le désir sexuel la frappa si brutalement qu'elle n'aurait pas pu rester debout, ni penser à autre chose si elle l'avait choisi, ni parler de façon intelligible si elle l'avait souhaité.

C'était bien pire que quand elle s'était trouvée avec le *symphathe*.

Et c'était sa faute… c'était entièrement sa faute…

Elle n'était pas retournée au sanctuaire. Cela faisait… Douce Vierge scribe, cela faisait des mois qu'elle retardait son retour de l'autre côté pour réguler son cycle. Oui, elle n'avait pas eu besoin de se revigorer, puisque Tohr la nourrissait, et elle n'avait pas voulu rater ne serait-ce qu'un seul instant avec lui.

Elle aurait dû savoir que cela arriverait…

Serrant les dents, elle haleta bruyamment pendant qu'elle subissait un autre pic hormonal. Puis, juste au moment où cela redescendait et alors qu'elle était sur le point d'appeler à l'aide, la porte s'ouvrit en grand.

Le docteur Manello s'arrêta net, un masque de confusion sur le visage.

— Qu'est-ce que…

Il tituba contre l'encadrement de la porte et couvrit brusquement son entrejambe de ses mains.

— Est-ce que ça va…

Comme l'impérieux désir montait de nouveau, elle saisit une image floue de lui s'effondrant sur lui-même, mais alors, elle ferma les paupières et serra les mâchoires, et se trouva momentanément perdue.

Au loin, elle l'entendit annoncer :

— Laisse-moi chercher Jane.

Cherchant un peu de réconfort dans la fraîcheur du sol, Automne roula sur le dos, mais ses genoux refusèrent de se déplier, l'empêchant d'avoir assez de contact avec la surface. Elle se remit donc sur le flanc. Puis sur le ventre, même si ses jambes voulaient se recroqueviller contre sa poitrine.

Prenant appui sur ses mains, elle tenta de maîtriser ses sensations et de changer de position : elle essaya de se cambrer, de souffler, d'étirer ses bras et ses cuisses dans l'espoir de trouver un soulagement.

Elle n'en eut aucun. Elle était au milieu de la fosse aux lions, et les grands crocs du désir la mordaient, déchirant sa chair et rongeant ses os. C'était le point culminant de ces éclairs brûlants qu'elle avait pris pour des pointes d'excitation, de ces brusques accès de sueurs froides qu'elle avait mis sur le compte de l'inquiétude et de ces crises de nausée qu'elle avait attribuées aux repas trop copieux. C'était l'épuisement. L'appétit. Probablement les relations sexuelles intenses qu'elle avait eues dernièrement avec Tohrment.

Comme elle gémissait, elle entendit que l'on prononçait son nom et se dit que quelqu'un lui parlait. Mais il fallut que la crise retombe pour qu'elle puisse ouvrir les yeux et découvrir que, effectivement, elle n'était pas seule.

Doc Jane était agenouillée devant elle.

—Automne, est-ce que tu m'entends ?

—Je…

La main pâle de la guérisseuse repoussa les mèches blondes emmêlées de son visage.

—Automne, je pense que ce sont tes chaleurs… est-ce que je me trompe ?

Automne fit un signe de tête jusqu'à ce que la vague d'hormones resurgisse, la privant de tous ses sens, sauf du besoin accablant d'un soulagement sexuel.

Qui, son corps le savait, ne pourrait venir que d'un mâle.

Son mâle. Celui qu'elle aimait.

Tohrment…

—OK, OK, nous allons l'appeler…

Automne tendit la main et saisit le bras de la femelle. Forçant ses yeux à s'ouvrir, elle imposa brutalement une exigence à la guérisseuse.

—Ne l'appelle pas. Ne le mets pas dans cette position.

Cela le tuerait. La servir pendant ses chaleurs ? Il ne le ferait jamais : le sexe était une chose, mais il avait déjà perdu un enfant…

— Automne, ma chérie… c'est à lui de décider, tu ne crois pas ?

— Ne l'appelle pas… surtout ne l'appelle pas…

Chapitre 56

Vhif détestait les nuits où il n'était pas sur le terrain. Il les haïssait carrément.

Assis sur son lit, les yeux fixés sur la télé qui n'était pas allumée, il prit conscience que cela faisait presque une heure qu'il ne regardait rien. Pourtant, prendre la télécommande et choisir une chaîne lui paraissait représenter beaucoup d'efforts pour pas grand-chose.

Bon sang, le nombre de kilomètres passés à courir dans la salle de muscu n'était pas infini. De même que le temps passé à surfer sur Internet. Et l'on ne pouvait faire qu'un nombre limité d'allers et retours à la cuisine…

Oui, et ce dernier point était particulièrement vrai, vu que Saxton se servait toujours de la bibliothèque comme de son bureau personnel. Ce « truc super secret du roi » lui prenait un temps fou.

Ou alors, il était souvent distrait. Par un certain rouquin…

OK, il n'irait pas sur ce terrain. Non.

Vhif jeta de nouveau un coup d'œil à sa montre. 23 heures.

— Putain de merde.

Sept heures et demie demain soir lui semblait être dans une éternité.

Déplaçant le regard vers le mur de la chambre d'à côté, il était prêt à parier que John Matthew était là, dans le même état d'esprit que lui. Ils feraient peut-être bien de sortir boire un verre quelque part.

Mais là encore, pff. Voulait-il vraiment faire l'effort de s'habiller, rien que pour prendre une bière à proximité d'humains ivres et excités ? À une autre époque, cela l'aurait fait bander. À présent, la perspective de ce désir pathétique qu'engendrait l'alcool le déprimait un max.

Il ne voulait pas être à la maison. Il ne voulait pas sortir.

Seigneur, il ne savait même pas s'il voulait se battre, d'ailleurs. La guerre ne lui apparaissait plus que comme un vide légèrement plus intéressant que le reste.

Oh bordel, c'était quoi son problème… ?

Son téléphone bipa à côté de lui et il le prit sans réelle curiosité. Le message n'avait aucun sens : « Que tous les mâles restent dans la maison principale. N'entrez surtout pas dans le centre d'entraînement. Merci, Doc Jane. »

Hein ?

Il se leva, enfila un peignoir et se dirigea vers la chambre de John. Un sifflement répondit immédiatement au coup frappé à la porte.

Passant la tête dans l'embrasure, il découvrit son pote dans la même position que celle qu'il venait juste de quitter… sauf que l'écran plasma était allumé. *Mille façons de mourir*, sur Spike TV. Sympa.

— Est-ce que tu as reçu le message ?

— *Lequel ?*

— Celui de Doc Jane. (Vhif lui lança son portable.) Une idée de ce qui se passe ?

John le lut et haussa les épaules.

— *Pas la moindre. Mais je me suis déjà entraîné. Et toi ?*

— Aussi. (Il entra et se mit à déambuler dans la chambre.) Mince, c'est moi ou le temps se traîne ?

Le sifflement qu'il obtint en réponse était un bon gros « Oui ».

— Tu veux sortir ? demanda-t-il avec tout l'enthousiasme de quelqu'un proposant une visite chez la manucure.

Un mouvement sur le lit attira son attention : John s'était levé et se dirigeait vers son placard.

Dans son dos, profondément gravé dans sa peau, le nom de sa *shellane* apparaissait en langue ancienne :

XHEXANIA

Pauvre vieux…

Alors que le mâle enfilait une chemise noire et couvrait ses fesses nues d'un pantalon en cuir, Vhif haussa les épaules. Apparemment, ils allaient prendre une bière.

— Je vais passer des vêtements et je reviens tout de suite.

En ressortant dans le couloir, il fronça les sourcils… et un instinct irrésistible le poussa à se rendre jusqu'au palier surplombant le vestibule.

Se penchant par-dessus la rambarde dorée à la feuille, il appela :

— Layla ?

Comme le nom se répercutait dans le vestibule, la femelle sortit de la salle à manger.

— Oh, bonjour. (Son sourire était machinal et vide d'émotion : l'équivalent d'un mur blanc.) Comment te portes-tu ?

Il ne put s'empêcher de rire.

— Tu m'impressionnes avec toute cette joyeuse exubérance.

— Je suis désolée. (Elle parut sortir de sa distraction.) Je n'avais pas l'intention d'être grossière.

— Ne t'inquiète pas. Qu'est-ce que tu fais là ? (Il secoua la tête.) Je veux dire, est-ce qu'on t'a appelée ?

Quelqu'un était-il rentré blessé ? Blay, par exemple… ?

—Non, je n'ai rien à faire. Je tourne en rond, comme tu dirais.

En y repensant, depuis l'automne, elle faisait beaucoup cela, elle traînait toujours dans la maison, comme si elle attendait quelque chose.

Elle était différente, se dit-il brusquement. Il n'arrivait pas vraiment à mettre le doigt dessus, mais elle avait changé récemment : elle avait l'air grave. Elle était moins encline à sourire. Sérieuse.

Pour le dire en termes humains, il l'avait toujours vue comme une fille depuis qu'il la connaissait. À présent, elle commençait à ressembler à une femme. Elle ne s'étonnait plus de tout, les yeux écarquillés, en découvrant tout ce que ce côté-là avait à offrir. Elle ne s'enthousiasmait plus comme avant. Elle…

Merde, elle ressemblait beaucoup à John et à lui. Elle semblait fatiguée du monde.

—Eh, tu veux sortir avec nous ? demanda-t-il.

—Sortir ? Comme…

—John et moi, on va boire un verre. Peut-être deux. Peut-être plus. Je pense que tu devrais venir avec nous. Après tout, le malheur apprécie la compagnie.

Elle croisa les bras sur sa poitrine.

—Est-ce si évident ?

—Tu es toujours aussi belle.

Layla éclata de rire.

—Tu me fais du charme.

—La dame en détresse, tu connais le refrain. Viens avec nous, allons tuer le temps.

Elle regarda autour d'elle. Puis elle souleva sa jupe et gravit les marches. Quand elle arriva en haut, elle le dévisagea.

—Vhif… puis-je te demander quelque chose ?

— Tant qu'il ne s'agit pas de tables de multiplication. Je suis nul en maths.

Elle eut un petit rire, mais perdit vite sa légèreté.

— As-tu jamais songé que la vie pouvait être… vide ? Certaines nuits, j'ai l'impression que le néant pourrait m'étouffer.

Seigneur, pensa-t-il. Oui, il avait songé à cela.

— Viens là, lui dit-il.

Quand elle s'approcha, il l'attira contre lui, la serrant contre sa poitrine et appuyant le menton sur le dessus de sa tête.

— Tu es une bonne femelle, tu le sais ?

— Tu me fais de nouveau du charme.

— Et tu es toujours en détresse.

Elle se détendit dans ses bras.

— Tu es vraiment bon pour moi.

— Pareil pour toi.

— Ce n'est pas à cause de toi, tu sais. Je n'en pince plus pour toi.

— Je sais. (Il lui frotta le dos comme un frère le ferait à sa sœur.) Alors dis-moi que tu nous accompagnes… mais je te préviens : je vais peut-être te demander de me dire qui te manque.

La façon dont elle recula et détourna le regard lui apprit que, oui, un mâle était impliqué et, non, elle ne donnerait pas d'information volontairement.

— J'ai besoin de vêtements.

— Essayons dans la chambre d'amis. Je pense que nous en trouverons là. (Il lui passa un bras autour des épaules et la guida dans le couloir.) Quant à ton schnock, je promets de ne pas le frapper, sauf s'il te brise le cœur. Dans ce cas-là, je devrai peut-être jouer un peu les dentistes avec cet enfoiré.

De qui diable pouvait-il s'agir ? se demanda-t-il. Tout le monde à la maison était casé.

C'était peut-être quelqu'un qu'elle avait croisé dans le nord, dans la grande maison de Fhurie ? Mais qui celui-ci aurait-il bien pu laisser entrer ?

Pouvait-il s'agir d'une des Ombres ? Hmm… ces salopards étaient des mâles de valeur, c'était certain, le genre qui pouvait vraiment faire tourner la tête à une femelle.

Mince, il aurait aimé qu'il s'agisse d'autre chose, pour le bien de Layla. L'amour était difficile, même quand il s'agissait de personnes bien.

Dans la chambre d'amis, il lui trouva un jean noir et un polaire assorti. Il n'aimait pas l'imaginer dans une minijupe de cauchemar, et pas seulement parce que cela offensait sa propre sensibilité, mais aussi parce qu'il n'avait pas besoin que le Primâle effectue de la cosmétique dentaire sur lui.

Quand ils sortirent, John attendait dans le couloir, et s'il fut surpris que l'Élue se joigne à eux, il ne le montra pas. Au lieu de cela, il fut aimable avec Layla, articulant silencieusement pour discuter avec elle, pendant que Vhif enfilait une tenue convenable.

Environ dix minutes plus tard, tous trois se dématérialisèrent jusqu'au centre-ville… mais pas vers les bars : ni lui ni John n'avaient envie d'escorter l'Élue au *Screamer's* ou au *Masque de Fer*. À la place, ils atterrirent dans le quartier des théâtres, dans une pâtisserie qui était ouverte jusqu'à 1 heure et servait de l'alcool ainsi que des trucs au chocolat surmontés de machins sur un lit de bidules pochés. Les tables étaient petites, de même que les chaises, et ils s'assirent devant la sortie de secours du fond, s'installant tandis que la serveuse leur énumérait les spécialités du jour, dont aucune n'était appétissante.

La carte des bières était heureusement courte et allait droit au but.

— Deux bières brunes pour nous, annonça Vhif. Et pour la demoiselle ?

Quand il jeta un coup d'œil à Layla, celle-ci secoua la tête.

—Je n'arrive pas à me décider.

—Prends les deux pâtisseries qui te plaisent le plus.

—Très bien… Je prendrai la crème brûlée et le cheese-cake. Et un cappuccino, s'il vous plaît.

La serveuse sourit en écrivant sur son calepin.

—J'adore votre accent.

Layla inclina la tête avec grâce.

—Merci.

—Je n'arrive pas à le remettre… français ou allemand ? Ou… hongrois ?

—Ce serait cool d'avoir les bières tout de suite, dit fermement Vhif. On a soif.

Quand la femme s'éloigna, il examina d'un sale œil les autres clients, prenant note de leurs visages et de leurs odeurs, écoutant les conversations, en se demandant si une attaque n'allait pas survenir. Face à lui, John fit de même. Parce que, oui, c'était tellement relaxant d'emmener une Élue dehors.

—On n'est pas de très bonne compagnie, dit-il à Layla au bout d'un moment. Désolé.

—Moi non plus. (Elle lui sourit, puis à John.) Mais j'apprécie d'être hors de la maison.

La serveuse revint avec la commande et tout le monde s'écarta de la table tandis qu'elle disposait les verres, les assiettes, la tasse et la soucoupe.

Vhif s'empara de sa chope dès qu'ils furent de nouveau seuls.

—Alors, parle-nous de lui. Tu peux nous faire confiance.

De l'autre côté de la table, John donnait l'impression d'avoir reçu un coup de pied aux fesses, surtout quand Layla se mit à rougir.

—Allez. (Vhif prit une gorgée de sa boisson.) Il est évident qu'il est question d'un mâle, et John ne dira rien.

John se tourna vers elle et signa ; puis il fit un doigt d'honneur à Vhif.

— Il dit que, pff, il est muet, traduisit ce dernier. Et si tu ignores ce que signifie son dernier geste, ce n'est pas moi qui vais te l'expliquer.

Layla éclata de rire et prit sa fourchette, pour casser la croûte dure de la crème brûlée.

— Eh bien, j'attends de le revoir, en fait.

— Alors c'est pour cela que tu traînes dans le coin ?

— Est-ce que c'est mal de ma part ?

— Mon Dieu, non. Tu es toujours la bienvenue, tu le sais. Mais qui est le veinard ?

Ou le mort, cela dépendait…

Layla prit une profonde inspiration pour se donner du courage et avala deux bouchées de son premier dessert… comme s'il s'agissait d'une vodka-tonic.

— Vous promettez que vous ne direz rien à personne ?

— Croix de bois, croix de fer, tout ça.

— C'est… un de vos soldats.

Vhif posa son verre sur la table.

— Je te demande pardon ?

Elle leva sa tasse et but une gorgée.

— Tu te rappelles quand ce soldat est venu au centre d'entraînement à l'automne… celui qui se battait avec vous contre les éradiqueurs ? Il était grièvement blessé et vous preniez soin de lui.

Comme John se redressait d'un air alarmé, Vhif ravala son propre « bordel de merde » et sourit comme si tout allait bien.

— Oh oui. On se souvient de lui.

Affhres. Commandant en second de la bande de salopards.

Putain, si elle croyait avoir un penchant pour lui, ils étaient face à un énorme problème.

— Et…, reprit-il, forçant sa voix à rester calme.

C'était une bonne chose qu'il ait reposé sa Guinness : il était assez nerveux pour broyer le verre.

Mais bon, il supposait que la situation aurait pu être pire. Affhres n'était pas en mesure de l'approcher…

— Il m'a fait venir à lui.

Layla commença à manger son gâteau, et ce fut une bonne chose, car lui et John avaient tous les deux montré les crocs.

Les humains, se rappela-t-il. Ils étaient en public avec des humains… Ce n'était pas le moment de faire étalage de ses canines. Mais merde…

— Comment ? siffla-t-il… avant de se reprendre. Je veux dire, tu n'as pas de téléphone portable. Comment a-t-il fait pour te joindre ?

— Il m'a convoquée.

Comme elle faisait un geste de la main pour indiquer que c'était sans importance, il ordonna à son homme des cavernes intérieur de la boucler, merci. Il serait temps de découvrir le « comment » plus tard.

— J'y suis allée et il y avait un autre soldat, grièvement blessé. Oh, mon Dieu, on l'avait si violemment frappé.

Des faisceaux de panique pure irradièrent de sa nuque et le touchèrent en plein cœur, faisant monter son pouls. Non… oh, merde… non…

— Je ne comprends pas pourquoi les mâles sont aussi obstinés. Je leur ai dit de l'emmener à la clinique, mais ils ont répondu qu'il avait seulement besoin de se nourrir. Il avait du mal à respirer et… (Layla contempla son gâteau comme s'il s'agissait d'un écran, comme si elle se rappelait chaque détail de ce qui s'était passé) je l'ai nourri. J'aurais voulu m'occuper davantage de lui, mais l'autre soldat semblait pressé de l'emmener. Il était… puissant, très puissant, même en étant blessé. Et quand il m'a regardée, j'ai eu l'impression qu'il me touchait. Cela ne ressemblait à rien de ce que j'avais connu.

Vhif coula un regard à John sans bouger la tête.

— À quoi ressemblait-il ?

Il s'agissait peut-être d'un des autres. Ce n'était peut-être pas…

— C'est difficile à dire. Son visage était si abîmé… ces éradiqueurs sont brutaux. (Elle porta la main à sa bouche.) Il avait les yeux bleus et les cheveux noirs… sa lèvre supérieure était déformée…

Comme elle continuait à parler, l'ouïe de Vhif fit une pause. Il tendit la main et la posa sur le bras de Layla, pour l'arrêter.

— Ma puce, arrête. Ce premier soldat t'a fait venir où ?

— C'était une prairie. Un champ dans la campagne.

Alors que ce qui lui restait de sang quittait sa tête, John se mit à articuler divers jurons, et il avait bien raison. L'idée que Layla se soit trouvée dehors la nuit, seule et sans défense, non seulement avec Affhres, mais avec le cœur de la bête ?

En plus… bon sang, elle avait nourri l'ennemi.

— Que se passe-t-il ? l'entendit-il demander. Vhif… ? John… ? Quel est le problème ?

Chapitre 57

À l'autre bout de la ville, dans le quartier des abattoirs, Tohr tira ses deux dagues noires, prêt à frapper. Z. et Fhurie n'étaient qu'à une rue de lui, mais il n'y avait pas de raison de les appeler, et pas parce qu'il souhaitait de nouveau mourir.

Ces deux éradiqueurs devant lui souffraient d'un sacré problème d'errance ; ils se contentaient de déambuler comme s'ils n'avaient rien de mieux à faire que d'user leurs semelles.

La Société recrutait trop, se dit-il, et puisait beaucoup trop dans le vivier des vauriens asociaux. Et une fois initiés, ces fils de pute ne recevaient pas assez d'entraînement ni de soutien…

À sa ceinture, son téléphone vibra quand un message arriva, mais il l'ignora et se mit à courir. La fine couche de neige au sol étouffait partiellement le bruit de ses rangers, et grâce à l'air froid qui soufflait dans sa direction, son odeur ne le trahissait pas – non que ces idiots l'aient remarquée de toute façon.

Néanmoins, au dernier moment, quelque chose les avertit et ils se retournèrent.

Il n'aurait pu espérer meilleure réaction.

Il les frappa tous deux au cou, tranchant leurs carotides, leur ouvrant une seconde bouche sous le menton. Comme ils levaient les mains, il passa entre eux et pivota sur lui-même, prêt à les escorter au sol si nécessaire…

Oh, mais non. Les mauviettes tombaient déjà à genoux.

Sifflant entre ses dents, il prévint les autres, tandis qu'il sortait son téléphone pour appeler Butch en vue du nettoyage…

Il se figea. Le message qu'il avait reçu était de Doc Jane : « Il faut que tu rentres à la maison tout de suite. »

— Automne… ? (Comme ses frères déboulaient en dérapant dans la rue, il leva la tête.) Il faut que je m'arrache.

Fhurie fronça les sourcils.

— Que se passe-t-il ?

— Je ne sais pas.

Il se dématérialisa sur place, en direction du nord. S'était-elle blessée ? Peut-être en travaillant à la clinique ? Ou… putain de merde. Et si elle était sortie en ville avec Xhex et que quelqu'un l'avait agressée ?

Alors qu'il reprenait forme sur les marches devant la demeure, il faillit arracher les portes du hall d'entrée. Heureusement, Fritz évita la nécessité de recourir à un charpentier en répondant immédiatement à la porte intérieure.

Tohr dépassa le majordome à toute allure. Il était presque certain que celui-ci lui parlait, mais il lui était impossible de suivre ses paroles ou toute autre conversation. Une fois qu'il eut atteint la porte dissimulée sous l'escalier, il traversa au galop le tunnel souterrain.

Il obtint son premier indice sur ce qui clochait quand il jaillit du placard dans le bureau.

Son corps s'emballa, les signaux cérébraux court-circuités par une interférence, et un changement d'idée qui n'avait aucun sens : une érection, massive et longue, déforma son pantalon en cuir, et sa tête fut submergée par un besoin soudain et dévastateur d'aller voir Automne et de…

— Oh, putain… non…

Le son éraillé de sa voix s'interrompit quand un cri s'éleva d'une des chambres du couloir. Aigu et effrayant, c'était celui d'une femelle qui endurait une douleur incroyable.

Son corps réagit instantanément et se mit à trembler, alors qu'un désir irrépressible le frappait. Il devait rejoindre Automne : à moins qu'il ne la serve, elle allait passer les dix ou douze prochaines heures en enfer. Il lui fallait un mâle – lui – en elle, pour prendre soin d'elle…

Tohr se jeta sur la porte en verre, le bras tendu, la main prête à écarter cette barrière transparente et fragile.

Il s'arrêta juste au moment où il ouvrait.

Qu'est-ce qu'il foutait ? Qu'est-ce qu'il foutait ?

Un autre cri se répercuta jusqu'à lui et il tituba, tandis qu'une nouvelle vague de pulsion sexuelle manquait de le mettre à genoux. Comme ses capacités de raisonnement étaient de nouveau obscurcies, ses réflexions s'arrêtèrent et il ne put penser à rien d'autre qu'à monter Automne pour apaiser son tourment.

Mais quand les hormones chutèrent de nouveau, son cerveau redémarra.

— Non, hurla-t-il. Non, pas question !

S'écartant de la porte, il recula précipitamment jusqu'à heurter le bureau et empoigna le meuble en préparation du prochain assaut.

Des images des chaleurs de Wellsie, celles pendant lesquelles ils avaient conçu leur enfant, lui traversèrent l'esprit, et les souvenirs le frappèrent de façon aussi soutenue et indéniable que les désirs de son corps. Sa Wellsie avait tellement souffert, une douleur écrasante…

Il était rentré à la maison juste avant l'aube, affamé, épuisé, en se disant qu'il allait profiter d'un bon repas et d'une mauvaise émission télé avant qu'ils s'endorment l'un contre l'autre… mais dès qu'il était entré dans leur garage, il avait eu la même réaction que celle contre laquelle il luttait à présent : un besoin accablant de s'accoupler.

Une seule chose causait ce genre de réaction.

Six mois auparavant, Wellsie lui avait fait jurer, sur leur union sanctifiée, que quand elle vivrait ses prochaines chaleurs, il ne la droguerait pas. Merde, ils s'étaient disputés à ce sujet. Il ne voulait pas la perdre en couches ; comme beaucoup de mâles liés, il préférait qu'ils demeurent sans enfant pour le restant de leurs longues vies ensemble plutôt que prendre le risque de se retrouver sans rien.

« Et qu'en est-il du combat ? lui avait-elle hurlé. *Tu affrontes ton propre accouchement chaque nuit, bon sang ! »*

Il ne se rappelait plus désormais ce qu'il lui avait répondu. Il avait sans doute tenté de la calmer, mais cela n'avait pas fonctionné.

« Si quelque chose t'arrive, avait-elle dit, *il ne me restera rien à moi non plus. Tu crois que je ne subis pas cette épreuve chaque nuit ? »*

Que lui avait-il dit ? Putain, il ne savait plus. Mais il se rappelait parfaitement son visage quand elle avait levé la tête vers lui.

« Je veux un enfant, Tohr. Je veux un morceau de toi et moi ensemble. Je veux une raison de continuer à vivre si tu ne vis plus… parce que c'est ce que je devrai faire. Je devrai continuer à vivre. »

Ils ne se doutaient pas alors que ce serait lui qui survivrait. Que le bébé ne serait pas la raison de sa mort à elle. Que tous les thèmes sur lesquels ils s'étaient affrontés cette nuit-là n'étaient pas les bons sujets d'inquiétude.

Mais la vie était ainsi faite. Et dès qu'il était entré dans leur maison, il avait voulu appeler Havers, il s'était même dirigé vers le téléphone. Au bout du compte, et comme d'habitude, il avait été incapable de lui refuser quelque chose.

Et au lieu de saigner après ses chaleurs, elle avait découvert sa grossesse. « Incandescente » décrivait mal sa joie…

Le cri suivant fut si retentissant que ce fut un miracle que le verre de la porte ne se brise pas.

Jane déboula dans la pièce.

— Tohr ! Écoute, j'ai besoin de ton aide…

Les mains crispées sur le rebord du bureau pour demeurer en place, il secoua la tête comme un fou.

— Je ne le ferai pas. Je ne la servirai pas, hors de question. Je ne le ferai pas, je ne le ferai pas, je ne le ferai pas…

Il bafouillait, il était en train de bafouiller, putain. Il n'entendit même pas ses propres mots quand il se mit à soulever le bureau et à le frapper contre le sol, à plusieurs reprises, jusqu'à ce qu'un objet dur et lourd tombe par terre.

Quelque part au fond de son esprit, il se dit vaguement que c'était trop ironique de perdre les pédales une fois encore dans cette pièce.

C'était ici qu'il avait appris la mort de Wellsie.

Jane leva les mains.

— Non, attends, j'ai besoin de ton aide, mais pas de cette façon…

Une autre vague de pulsion lui fit serrer les dents et se plier en deux alors qu'il poussait un juron.

— Elle m'a dit de ne pas t'appeler…

Alors pourquoi était-il ici ? Oh, putain de merde, ce désir…

— Alors pourquoi m'as-tu envoyé un message ?

— Elle refuse de prendre le moindre médicament.

Tohr secoua la tête, mais cette fois-ci, c'était pour tenter de mieux entendre.

— Quoi ?

— Elle refuse les médicaments. Je n'arrive pas à obtenir son consentement, et je ne savais pas qui d'autre appeler. Je n'arrive pas à joindre Xhex, et personne d'autre n'est proche d'elle. Elle souffre…

— Drogue-la quand même…

— Elle est plus forte que moi. Je n'arrive même pas à la ramener sur le lit sans qu'elle s'en prenne à moi. Mais ce n'est pas le sujet : d'un point de vue éthique, je ne peux pas soigner quelqu'un qui ne le veut pas. Je ne le ferai pas. Peut-être que tu pourrais lui parler ?

À ce moment-là, les yeux de Tohr lui obéirent de nouveau et se posèrent vraiment sur la femelle. Sa blouse blanche était déchirée, un revers pendait comme un rabat de peau blême. Visiblement, on l'avait bousculée.

Tohr pensa à Wellsie pendant ses chaleurs. Quand il était arrivé dans leur chambre, on aurait dit que l'endroit avait été saccagé. La table de nuit et tout ce qui se trouvait dessus avaient été renversés et brisés. Le radio-réveil gisait par terre. Les oreillers n'étaient plus sur le lit et les draps étaient déchirés.

Il avait découvert sa femelle à l'autre bout de la pièce, sur le tapis, roulée en boule sous le coup de la douleur. Elle était nue, mais rouge et suante en dépit du froid.

Il n'oublierait jamais la façon dont elle avait levé les yeux vers lui et, entre ses larmes, l'avait supplié de lui donner ce qu'il pouvait lui accorder.

Tohr l'avait montée entièrement habillé.

— Tohr… ? Tohr ?

— Est-ce que tu as mis les autres mâles en quarantaine ? marmonna-t-il.

— Oui. J'ai même dû renvoyer Manny. Il était…

— Je vois.

Le gars avait probablement rappelé Souffhrance du champ de bataille. Soit cela, soit il allait passer beaucoup de temps avec sa main gauche : une fois exposé, un mâle bandait en permanence pendant un certain temps, même s'il quittait les environs.

— J'ai également prévenu Ehlena, et elle a dit qu'elle se tiendrait à distance. Je suppose que parfois le cycle d'une femelle peut affecter celui des autres ? Et aucune ne veut tomber enceinte ici.

Tohr posa les mains sur ses hanches et inclina la tête, reprenant ses esprits. Il se répéta qu'il n'était pas un animal pour prendre Automne ainsi, quel que soit le lit sur lequel elle était allongée. Il n'était pas…

Merde, à quel point pouvait-il se fier à sa détermination ? Et à quoi diable pensait-il ? Pourquoi ne prenait-elle pas de médicament, putain ?

C'était peut-être un complot. Pour le forcer à la servir.

Se pouvait-il qu'elle ait prémédité tout cela ?

Le cri suivant fut déchirant… et l'énerva. Dans son sillage, il s'ordonna de faire demi-tour vers le placard et d'en faire bon usage… sauf qu'il ne pouvait pas abandonner Doc Jane. À l'évidence, elle allait faire une autre tentative pour aider Automne et se faire tabasser une fois de plus.

Il regarda la guérisseuse.

— Allons-y ensemble ; et je me fiche qu'elle soit consentante ou pas. Tu vas mettre un terme à ses souffrances, même si je dois la clouer au sol.

Tohr prit quelques inspirations pour se donner du courage et rajusta son pantalon.

Jane lui parlait, sans doute pour débiter ses conneries sur l'éthique, mais il ne l'entendait pas.

Descendre le couloir prit une éternité : à chaque pas, les désirs de son corps s'affirmaient, le transformant en une bombe de pulsions. Quand il arriva devant la porte de la salle de réveil où elle se trouvait, il était plié en deux, serrant les mains sur son entrejambe même devant Doc Jane. Son pénis palpitait, ses hanches se tendaient…

Il ouvrit la porte.

— Putain…

Ses os faillirent se casser en deux quand la moitié de son corps voulut se jeter à l'intérieur et que l'autre moitié dut se retenir au chambranle d'acier.

Automne était sur le lit, allongée sur le ventre, un genou remonté contre sa poitrine, l'autre jambe tendue selon un angle torturé. Sa chemise était étroitement entortillée autour de sa taille, trempée de sueur, et ses cheveux étaient un sac de nœuds autour de son torse. Et il y avait des taches de sang à côté de sa bouche : elle s'était probablement mordu la lèvre.

— Tohrment… (Sa voix brisée se fit entendre.) Non… va-t'en…

Il se pencha au-dessus du lit pour mettre son visage en face du sien.

— Il est temps d'arrêter ça…

— Va… t'en…

Ses yeux injectés de sang croisèrent les siens sans les voir tandis que des larmes coulaient sur son visage remarquablement coloré, les hormones répandant une teinte pêche sur sa peau comme si elle était une ancienne photographie peinte.

— Non… va…

Le grognement qui interrompit ses paroles monta en volume et se transforma en nouveau cri.

— Va chercher les médicaments, ordonna-t-il à la guérisseuse.

— Elle ne les prendra pas…

— Va les chercher ! Tu as peut-être besoin de son consentement, mais moi certainement pas…

— Parle-lui d'abord…

— Non ! hurla Automne.

L'enfer se déchaîna alors, chacun criant contre l'autre jusqu'à ce que la vague suivante arrive et les fasse taire lui et Automne, la pression les pliant une fois de plus en deux.

Ils prirent conscience de l'apparition de Lassiter durant la fraction de seconde entre la chute des hormones et la prochaine dispute : l'ange s'approcha du lit et tendit la main.

Automne se calma instantanément, ses yeux se révulsèrent et ses membres se détendirent. Le soulagement de Tohr, pour autant qu'il puisse en éprouver un, fut qu'au moins la souffrance d'Automne s'était apaisée. Il était toujours tenaillé de désir, mais elle n'était plus en train de se tuer.

— Qu'est-ce que tu lui as fait ? demanda Doc Jane.

— C'est juste une transe. Et elle ne durera pas longtemps.

Pourtant, c'était tout de même impressionnant. Les esprits vampires étaient plus forts que ceux humains, et le fait que l'ange puisse obtenir ce genre de réaction de la part d'une femelle dans cet état suggérait qu'il avait quelques tours particuliers dans son sac.

Le regard de Lassiter croisa celui de Tohr.

— Tu es certain ?

— À propos de quoi ? rétorqua-t-il hargneusement.

Putain de merde, il était sur le point de perdre la tête ici…

— De la servir.

Tohr éclata d'un rire froid.

— C'est pas prévu. Jamais.

Pour preuve, il se pencha à droite, où un plateau de seringues visiblement destinées à Automne attendait. Il en saisit deux, les enfonça dans sa cuisse et s'administra le produit qu'elles contenaient.

Il y eut alors beaucoup de cris, mais cela ne dura pas. Le cocktail de médicaments, quel qu'il soit, eut un effet immédiat et l'envoya par terre.

Sa dernière image avant qu'il s'évanouisse fut le regard flou d'Automne l'observant en train de tomber.

Chapitre 58

Comme Vhif et John la dévisageaient avec une expression délibérément neutre, Layla se redressa sur la chaise dure qu'elle occupait.

Jetant un coup d'œil dans le restaurant, elle n'aperçut que des humains qui dégustaient calmement de petites pâtisseries semblables à celle dans son assiette… il était donc difficile de comprendre ce qui n'allait pas.

— Est-ce que c'est quelque chose dehors ? chuchota-t-elle, en se penchant en avant.

D'une manière générale, elle trouvait que les humains ressemblaient beaucoup aux vampires, ils essayaient seulement de vivre leurs vies sans problèmes. Mais dans le cas contraire, ces deux mâles l'auraient su.

Vhif la regarda et lui fit un sourire qui ne plissa pas le coin de ses yeux.

— Après avoir nourri le mâle, qu'as-tu fait ? Qu'ont-ils fait ?

Elle fronça les sourcils, espérant qu'ils lui diraient ce qui n'allait pas.

— Euh… eh bien, j'ai essayé de les convaincre de l'emmener au centre d'entraînement. J'ai supposé que puisque son camarade avait été soigné là-bas, il pouvait l'être lui aussi.

— Penses-tu que ses blessures auraient pu lui être fatales ?

— Si je n'étais pas arrivée à temps ? Oui, je le pense. Mais il avait meilleure mine quand je suis partie. Sa respiration s'était beaucoup améliorée.

— Est-ce que tu t'es nourrie sur lui ?

À présent le ton de Vhif était désespéré. Au point que, si les limites de leur relation n'avaient pas été clairement établies, elle aurait pu le croire jaloux.

— Non. Tu es la seule personne avec qui je l'ai fait.

Le silence qui suivit lui en apprit plus que les questions. Le problème n'étaient pas les humains autour d'eux dans le restaurant ou dehors dans la rue.

— Je ne comprends pas, dit-elle avec colère. Il avait besoin de sang et j'ai pris soin de lui. Toi, entre tous, tu ne devrais pas faire de discrimination parce que c'est un simple soldat et non un guerrier de noble naissance.

— Est-ce que tu as raconté à quelqu'un où tu es allée cette nuit-là ? Ou ce que tu as fait là-bas ?

— Le Primâle nous laisse libres de nos mouvements. Je nourris et prends soin des guerriers depuis longtemps… voilà ce que je fais. C'est ma raison d'être. Je ne comprends pas…

— As-tu eu le moindre contact avec eux depuis lors ?

— J'espérais… en vérité, j'espérais que l'un d'eux ou les deux feraient une apparition à la demeure pour une raison officielle quelconque afin que je puisse revoir le blessé. Mais non, je ne les ai pas vus. (Elle repoussa ses assiettes.) Qu'est-ce qui pose tant de problèmes ?

Vhif se leva et sortit son portefeuille. Tirant deux billets de 20 dollars, il les jeta sur la table.

— Il faut que nous rentrions au complexe.

— Pourquoi est-ce que tu… (Elle baissa la voix car quelques clients avaient tourné la tête vers eux.) Pourquoi réagis-tu ainsi ?

— Viens.

John Matthew se leva également, avec une expression furieuse sur le visage, les poings serrés, la mâchoire contractée.

— Layla, rentre avec nous. Tout de suite !

Pour éviter une scène, elle se leva et les suivit dans le froid. Mais elle n'avait aucune intention d'obéir aux ordres et de se dématérialiser comme une bonne petite fille. Si ces deux-là se comportaient ainsi, ils allaient devoir lui expliquer pourquoi.

Se plantant dans la neige, elle leur jeta un regard plein de colère.

— C'est quoi, votre problème ?

Un an plus tôt, elle aurait été choquée d'entendre ce ton sortir de sa propre bouche. Mais elle n'était plus la même femelle qu'autrefois.

Comme aucun des deux ne répondait, elle secoua la tête.

— Je ne bougerai pas de ce trottoir tant que vous ne m'aurez pas parlé.

— Nous n'allons pas le faire, Layla, dit Vhif d'un ton mordant. Je dois…

— À moins que tu ne me dises ce qui se passe ici, la prochaine fois que l'un de ces soldats me contactera, tu peux me croire, j'irai le retrouver…

— Alors tu seras une traîtresse, toi aussi.

Layla cligna des yeux.

— Je suis désolée… une traîtresse ?

Vhif jeta un coup d'œil à John. Quand le mâle haussa les épaules et leva les deux mains, il distingua une longue suite de jurons.

Puis la terre se déroba sous les pieds de l'Élue :

— Je crois que le mâle que tu as nourri est un soldat du nom de Xcor. C'est le chef d'un groupe de guerriers rebelles, communément appelé « la bande de salopards ». Et cet automne, à peu près à l'époque où tu l'as nourri, il a attenté à la vie de Kolher.

— Je… je suis désolée. Qu'est-ce que… (Comme elle titubait sur ses jambes flageolantes, John s'approcha et la maintint debout.) Mais comment peux-tu en être certain… ?

— C'est moi qui ai porté les coups sur ce visage, Layla. Je l'ai tabassé, pour que Kolher puisse rentrer sans danger à la maison et que sa blessure soit traitée. C'est notre ennemi, Layla, aussi sûrement que la Société des éradiqueurs.

— L'autre… (Elle dut se racler la gorge.) Mais l'autre soldat, celui qui m'a menée à lui. Il était au centre d'entraînement. Fhurie m'a fait venir pour le nourrir… avec Viszs. Ils m'ont dit que c'était un soldat de valeur.

— Ils ont dit cela ? Ou ils t'ont laissée le croire ?

— Mais… si c'était un ennemi, pourquoi lui a-t-on donné asile ?

— Il s'agissait d'Affhres, le second de Xcor. Son chef l'avait laissé pour mort… et nous aurions été fichus s'il était mort sous notre garde.

John sortit son téléphone portable de sa main libre et tapa rapidement un message, mais Layla n'était plus en mesure de comprendre quoi que ce soit. Ses poumons la brûlaient, la tête lui tournait, ses entrailles se tordaient.

— Layla ?

Quelqu'un l'appelait, mais la panique qui venait de s'emparer d'elle était la seule chose à laquelle elle parvenait à se raccrocher. Elle avait le cœur battant, la bouche grande ouverte pour respirer, puis l'obscurité s'abattit sur elle…

— Putain de merde, Layla !

Parcourant les toits de Caldwell, Xhex suivait Xcor à distance, le pistant de ruelle en ruelle et de quartier en quartier tandis qu'il affrontait des tueurs. D'après le peu qu'elle voyait, le mâle était un guerrier d'une efficacité incroyable et son fauchon accomplissait un travail redoutable.

C'était vraiment dommage qu'il soit un mégalomane souffrant d'une obsession délirante pour le trône.

Chaque fois, elle restait à au moins un pâté de maisons de distance. Il n'y avait aucune raison de forcer sa chance et de courir le risque qu'il s'aperçoive qu'il était suivi. Pourtant, elle avait l'impression qu'il le savait. Et si la façon dont il traitait l'ennemi était un bon indicateur, il devait être assez intelligent pour supposer que Kolher et la Confrérie enverraient des agents à ses trousses, pourtant il ne semblait pas se cacher. C'était un individu avec un objectif précis, agissant dans un périmètre restreint ; il se battait à Caldwell. Chaque nuit.

Salut.

Alors que des flocons de neige commençaient à tourbillonner dans l'air, le mâle en question changea de position et se mit à courir avec son bras droit, Affhres, sur les talons. Les gardant à l'œil, elle se dématérialisa vers un autre bâtiment. Puis un autre. Et encore un troisième. Où allaient-ils ? se demanda-t-elle tandis qu'ils quittaient le secteur des combats...

Cinq cents mètres plus loin, Xcor s'arrêta au niveau de la rue, essayant clairement de décider s'il prendrait à gauche ou à droite. Lorsque Affhres arriva à sa hauteur, ils échangèrent des paroles courroucées. Peut-être parce que Affhres avait découvert qu'ils allaient dans la mauvaise direction ?

Pendant qu'ils se disputaient, elle leva la tête vers le ciel. Consulta sa montre. Merde. Xcor allait se dématérialiser à la fin de la nuit et alors, elle perdrait sa trace. Avec ses instincts qui ne faisaient que vagabonder pour l'instant, il allait rapidement se trouver hors de portée quand il disparaîtrait.

Mais au moins elle connaissait sa grille, à présent. Et tôt ou tard, lui ou l'un de ses soldats serait blessé et devrait être évacué de la ville en voiture. C'était inévitable, et c'était comme cela qu'elle les atteindrait : elle ne pouvait pas pister des molécules éparpillées. Mais une voiture, un monospace, un pick-up, un 4×4... c'était ainsi qu'elle découvrirait leur repaire. Et ils étaient sacrément à la bourre niveau blessure.

Brusquement, Xcor repartit et contourna le bâtiment au sommet duquel elle se trouvait, la renvoyant à l'action. Avec une farouche détermination, elle traversa la neige durcie du toit pour faire le tour avec lui, dépassa en courant les systèmes d'aération et les autres appareils. Quand elle arriva de l'autre côté, elle…

John Matthew.

Merde, son John n'était pas loin. Qu'est-ce que…

Il lui avait dit qu'il restait à la maison ce soir car il n'était pas de service.

Avec qui était-il sorti ? Vhif avait abandonné ses habitudes de baiseur effréné… et c'était la mauvaise partie de la ville pour cela, de toute façon. On était dans le quartier des théâtres.

Se dématérialisant jusqu'au rebord de l'immeuble, elle baissa la tête. De l'autre côté de la rue, à l'entrée d'une ruelle, John se tenait dans l'ombre, avec Vhif et… Layla. Qui était dans les bras de ce dernier et semblait… évanouie ?

Merde. Un drame se jouait en bas. Un vrai drame, d'un genre qui menaçait de faire complètement sauter la grille émotionnelle de l'Élue.

Dispersant ses molécules, Xhex reprit forme devant John, faisant sursauter les deux frères.

— Elle va bien ?

— *Nous attendons Butch*, signa John.

— Il est en route ?

— *Il est coincé à l'autre bout de la ville pour nettoyer. Mais on a besoin de lui tout de suite.*

À l'évidence. Ce qui était arrivé ici était grave.

— Tu peux me reposer maintenant, dit Layla d'une voix rauque.

Vhif se contenta de secouer la tête et continua à la porter au-dessus de la neige.

— Écoutez, iAm n'est pas loin. (Xhex sortit son téléphone portable et le leur montra.) Est-ce que vous me laissez l'appeler ?

— Oui, ce serait bien, répondit Vhif.

Tout en contactant l'Ombre, elle dévisagea John pendant que la sonnerie retentissait.

— Eh, iAm, comment va ? Oui. Hmm. Comment le sais-tu ? Oui, j'ai besoin d'une caisse dans le quartier des théâtres immédiatement… Tu es l'homme qui tombe à pic, iAm. (Elle mit fin à l'appel.) C'est fait. Arrivée prévue dans moins de cinq minutes.

— *Merci*, signa John.

— Qu'est-ce qu'il y a ? demanda Vhif quand Layla se raidit dans ses bras.

Xhex plissa les yeux sur le visage de l'Élue, alors que la grille de la femelle était éclairée par… de l'excitation. Et de la honte. Et de la douleur.

— Il est là, chuchota l'Élue. Il n'est pas loin du tout.

John et Vhif mirent immédiatement la main sur leurs armes, ce qui représenta un joli tour de force pour le second, vu qu'il avait toujours Layla dans les bras.

Mais de qui diable parlait-elle… ?

— Xcor, souffla Xhex en regardant dans la même direction que l'Élue.

Puis, reliant les points, elle pensa à voix haute :

— Seigneur Dieu… Xcor ?

iAm choisit ce moment pour arrêter une BMW X5 devant eux et, une fraction de seconde plus tard, il était dehors et leur tenait la portière ouverte.

Vhif se précipita vers le 4 × 4 et Layla n'opposa aucune résistance quand elle fut poussée à l'intérieur comme une invalide.

— Prenez le véhicule, dit iAm aux mâles. Servez-vous-en comme du vôtre.

Après un « merci » brutal de Vhif, il y eut un bref moment de flottement quand John regarda Xhex.

S'attendant à une démonstration de force mâle, elle eut envie de pousser un juron…

— *Nous allons la ramener*, signa John. *Reste ici et fais ce que tu as à faire.*

Puis ils sautèrent tous deux dans le 4 × 4 d'iAm et déguerpirent.

— Est-ce que tu as besoin d'aide ? demanda celui-ci.

— Merci, mais non, murmura-t-elle en observant les phares rouges des freins s'allumer avant de disparaître au coin de la rue. Je m'en sors.

Chapitre 59

Xcor avait senti la présence de l'Élue à quelques rues de là. Attiré, il avait changé de direction et avait couru vers elle, jusqu'à ce qu'Affhres se mette en travers de son chemin et se dispute avec lui.

Ce qui avait été, pour ainsi dire, une bonne chose. Cela signifiait que le mâle demeurait fidèle à son serment de ne jamais la revoir.

Xcor, de son côté, n'avait fait aucune promesse de ce genre. Il s'était donc précipité, abandonnant son soldat dans la poussière. Seigneur, il avait passé tant de jours à regarder fixement les poutres couvertes de toiles d'araignées au-dessus de sa couchette, en se demandant où elle était, ce qu'elle faisait. Comment elle allait.

Si la Confrérie venait à découvrir qu'elle lui avait offert son aide dans cette prairie, ses membres seraient furieux… et Kolher, le Roi aveugle, était depuis longtemps connu pour être à la hauteur de son nom. Oh, comme Xcor regrettait encore que son second l'ait impliquée dans cette histoire. Elle était sincère, une innocente ne cherchant qu'à offrir son aide, et ils avaient fait d'elle une traîtresse.

Elle méritait mieux.

Oui, même s'il lui paraissait dément de demander miséricorde à sa cible pour cette femelle, il le faisait. Il priait pour que Kolher l'épargne si jamais la vérité venait à être révélée…

Il se rapprocha d'elle, sans oser aller trop près… et la découvrit à côté d'un petit café, entourée d'ombres qu'il ne parvenait pas à percer, quels que soient ses efforts pour mieux voir.

Elle n'était pas seule ; elle était protégée par des soldats : deux mâles et une femelle.

Avait-elle senti sa présence ? se demanda-t-il, son cœur battant aussi vite que s'il était pourchassé. Leur dirait-elle qu'il se trouvait à proximité… ?

Un véhicule noir s'arrêta devant le petit groupe dans un crissement de pneus, et ce qui en sortit ne lui était connu que par des rumeurs : s'agissait-il bien d'une Ombre ? Une véritable Ombre, vivante ?

La Confrérie disposait d'alliés de valeur, c'était certain…

En vitesse, son Élue fut portée jusqu'à la voiture dans les bras du soldat qu'il avait affronté chez Ahssaut.

Xcor montra les crocs, mais retint son grognement. Qu'un autre mâle la touche le rendait violent au plus profond de lui-même. Qu'elle puisse être blessée d'une façon ou d'une autre ? Cela le terrifiait au point d'en trembler.

Au dernier moment, juste avant de disparaître sur la banquette arrière, elle regarda dans sa direction.

Durant ce bref instant où il la vit, il eut l'impression que le temps ralentissait jusqu'à ce que tout, les flocons de neige qui tombaient, le clignotement de l'enseigne lumineuse à côté d'elle, la vitesse à laquelle on la ravissait à sa vue, devienne comme des images distinctes, comme si son esprit prenait des clichés un par un.

Elle ne portait pas sa robe blanche, mais des vêtements humains qu'il n'appréciait pas. Néanmoins, ses cheveux étaient toujours remontés au sommet de son crâne, mettant en valeur les magnifiques traits de son visage. Et quand il inspira, le froid et l'odeur délicate de la femelle firent vibrer ses sinus.

Elle était en tout point semblable à son souvenir. Sauf qu'à présent elle était visiblement bouleversée. Elle avait la peau trop pâle, les yeux trop écarquillés et sa main tremblait quand elle la porta à sa gorge comme pour se protéger.

Il tendit la main vers elle, comme s'il pouvait faire quelque chose pour soulager sa souffrance, comme s'il pouvait l'aider d'une façon ou d'une autre.

C'était un geste qui devrait à jamais rester dans l'ombre. Elle savait qu'il était là, et c'était probablement la raison pour laquelle ils l'emmenaient.

Et elle avait peur de lui désormais. Probablement parce qu'elle savait qu'il était son ennemi.

Les deux mâles montèrent en voiture avec elle, le plus grand prenant place derrière le volant, et celui qu'il avait combattu se faufilant à côté d'elle à l'arrière.

Sans en avoir conscience, il glissa la main sous sa veste et trouva son arme. La tentation de se jeter en travers du chemin de ce véhicule, de tuer les deux mâles et de prendre ce qu'il désirait était si grande qu'il se mit vraiment en position d'attaque dans la rue.

Mais il ne pouvait pas lui infliger cela. Il n'était pas son pè… il n'était pas le Saigneur. Il ne torturerait pas la conscience de la femelle pour le restant de ses jours en commettant un acte d'une telle violence… car elle se sentirait sûrement responsable de cela et s'accuserait de ces morts.

Non, si jamais il devait la posséder, ce serait parce qu'elle viendrait à lui de sa propre volonté. Ce qui était impossible, bien entendu.

Et donc… il la laissa partir. Il ne se mit pas sur la route de la voiture pour coller une balle dans le front du conducteur. Il ne se précipita pas pour tirer sur celui à l'arrière avant de se retourner pour tuer la femelle soldat qui était, en cet instant, directement derrière lui à environ un demi-pâté de maisons.

Il ne s'infiltra pas dans le véhicule pour s'emparer de l'Élue et l'emmener dans un endroit chaud et protégé.

Où il lui ôterait ces horribles vêtements humains… et les remplacerait par son corps nu.

Baissant la tête, il ferma les yeux et réorienta ses pensées, les refrénant, les détournant du fantasme. Non, il ne se servirait jamais d'elle pour trouver les frères : ce serait signer son arrêt de mort aussi sûrement qu'il savait écrire son propre nom.

Non, il ne ferait jamais usage d'elle comme d'un outil dans cette guerre. Il l'avait déjà trop compromise.

Faisant demi-tour dans la neige, il regarda en direction de celle qui le suivait. Que les soldats soient partis avec l'Élue au lieu de se battre contre lui était logique. Une telle femelle était une denrée rare, et ils appelleraient probablement de nombreux renforts durant le trajet, quelle que soit leur destination.

Il était intéressant que celle qu'ils avaient choisie pour rester derrière soit du sexe faible. Ils devaient pourtant supposer qu'il la pourchasserait.

— Je sens parfaitement ta présence, femelle, s'exclama-t-il.

À son honneur, elle se plaça sous la lumière d'une porte à l'autre bout de la ruelle. Avec ses cheveux courts et sa charpente mince et puissante revêtue de cuir, c'était définitivement une guerrière.

Eh bien, c'était la nuit des surprises : si elle avait un lien avec la Confrérie, il devait partir du principe qu'elle était dangereuse, ce qui pourrait s'avérer amusant.

Et pourtant, tandis qu'elle lui faisait face, elle ne sortit pas d'arme. Elle était néanmoins prête à se battre : sa posture le lui disait. Mais elle n'était pas en mode offensif.

Xcor plissa les yeux.

— Trop distinguée pour te battre ?

— Ce n'est pas à moi de te tuer.

— Alors à qui est-ce ?

Comme elle ne répondit pas, il sut qu'un nouveau jeu se préparait. La question était : de quel genre ?

— Rien à dire, femelle ?

Il fit un pas dans sa direction. Puis un autre. Juste pour tester ses limites. Sans surprise, elle ne recula pas, mais fit lentement glisser la fermeture Éclair de sa veste comme si elle était prête à tirer ses armes.

Debout dans cette flaque de lumière, avec la neige tombant autour d'elle et ses bottes enfoncées dans le sol blanc et duveteux, sa silhouette noire formait un sacré tableau. Mais il n'était pas attiré par elle… et cela aurait peut-être été plus facile s'il l'avait été. Une personne avec la dureté intrinsèque de cette femelle serait peut-être plus à même de se retrouver… nez à nez avec lui, en l'occurrence.

— Tu sembles assez agressive, femelle.

— Si tu me forces à te tuer, je le ferai.

— Ah. Eh bien, je vais garder cela à l'esprit. Dis-moi, t'attardes-tu ici pour le plaisir de ma compagnie ?

— Je doute qu'elle apporte du plaisir.

— Tu as bien raison. Je ne suis pas connu pour être de bonne compagnie.

Elle le pistait, se dit-il. C'était la raison de sa présence. En fait, il avait eu l'impression depuis le début de la nuit qu'une ombre le suivait.

— Je regrette de devoir partir, reprit-il. Mais j'ai l'impression que nos chemins se croiseront de nouveau.

— Tu peux parier ta vie là-dessus.

Il inclina la tête vers elle… et se fit immédiatement disparaître. Quelles que soient ses compétences de pistage, elle ne pouvait pas suivre des molécules. Personne n'était doué à ce point.

Même son Élue ne pouvait pas faire cela, et que les dieux en soient remerciés. En vérité, l'idée qu'elle puisse le retrouver si elle le souhaitait, son sang en lui fonctionnant comme un signal qu'elle pourrait suivre un certain temps, avait longtemps hanté son esprit.

Mais elle ne l'avait pas fait et elle ne le ferait pas. Elle ne participait pas à la guerre…

Son téléphone sonna juste au moment où il reprenait forme sur les rives de l'Hudson, loin du centre-ville. Sortant l'appareil noir, il regarda l'écran. La photo d'un dandy démodé apparaissait à côté d'écritures et de nombres qu'il ne pouvait déchiffrer, ce qui indiquait que son contact au sein de la *glymera* cherchait à le joindre.

Il appuya sur le bouton orné d'un caractère vert.

— Comme c'est agréable d'avoir de vos nouvelles, Elan, murmura-t-il. Comment allez-vous par cette belle soirée ? Ah vraiment ? En effet. Oui. Je vous recontacterai pour vous informer du lieu, mais dites-leur oui. Nous les rencontrerons dans les plus brefs délais.

Parfait, songea-t-il en appuyant sur le bouton rouge. La faction séparatiste de la *glymera* souhaitait le rencontrer en personne. Les choses commençaient enfin à bouger.

Il était temps.

Se tournant vers le fleuve, il laissa son agressivité le submerger, mais la vague ne dura pas. De façon inévitable, ses pensées revenaient vers son Élue et cette horrible expression sur son visage.

Elle connaissait son identité, à présent.

Et comme toutes les femelles, elle le voyait comme un monstre.

À l'arrière du 4 × 4 d'iAm, Vhif surveillait les deux côtés du véhicule, des fois qu'ils soient suivis. Il avait également appelé V. et Rhage pour qu'ils encadrent la BMW juste au cas où.

Il ne leur avait pas dit que c'était la bande de salopards qui l'inquiétait. Ils avaient supposé qu'il s'agissait des éradiqueurs, et il le leur avait laissé croire.

Et John ne retournait pas au complexe, car ils ne voulaient pas prendre le risque de s'approcher de leur base. Au lieu de cela, ils comptaient se diriger vers la banlieue et tourner en rond, en restant dans des quartiers à forte densité humaine, jusqu'à ce que Layla se soit assez remise pour se dématérialiser jusqu'à la demeure.

À ce propos, il lui jeta un coup d'œil. Elle regardait par la vitre à côté d'elle et sa poitrine se soulevait bien trop vite.

Mais, oui, découvrir que l'on avait aidé l'ennemi – et probablement sauvé sa vie – n'était pas le genre de chose que l'on prenait bien.

Il se pencha pour lui poser une main sur la cuisse et la presser gentiment.

— Tout va bien, ma puce.

Elle ne tourna pas la tête vers lui, mais se contenta de la secouer.

— Comment peux-tu dire une chose pareille ?

— Tu ne savais pas.

— Il est resté en ville. Il ne nous a pas suivis.

Bon à savoir.

— Dis-moi s'il y a du changement.

— D'accord. (Sa voix était morte.) Laisse-moi un moment.

Vhif jura à voix basse.

— Layla. Regarde-moi. (Comme elle ne bougea pas, il posa l'index sous son menton.) Eh, tu ignorais son identité.

Layla ferma les yeux, comme si elle souhaitait pouvoir revenir à la nuit où elle avait vu ce type et agir différemment.

— Viens là, dit-il en l'attirant contre lui.

Elle demeura raide dans ses bras et, quand il lui frotta le dos, il sentit de nombreuses tensions dans ses muscles.

— Et si le roi me renvoie ? dit-elle contre son torse. Et si Fhurie…

— Non. Ils comprendront.

Alors qu'elle frissonnait de nouveau contre lui, il leva les yeux pour jeter un regard à John dans le rétroviseur et secoua la tête en signe de dénégation. Articulant les mots, il dit silencieusement : « Contentons-nous de la ramener en voiture. Xcor est resté en ville. »

John haussa un sourcil, puis hocha la tête.

Après tout, le sang ne mentait pas… même si, malheureusement, c'était une arme à double tranchant. La bonne nouvelle était que la *brhume* dont V. avait entouré le complexe empêcherait n'importe quel étranger de la retrouver, ce qui était la raison pour laquelle on avait pu amener Affhres pour le nourrir. De plus, ce lien avec Layla s'estompait au fur et à mesure que les nuits passaient, même si le sang des Élues était très pur.

— Je n'ai rien à moi, dit Layla d'une voix rauque. Rien. On peut même me retirer les services que je rends.

— Chut… cela n'arrivera pas. Je ne le laisserai pas faire.

Mince, il espérait ne pas avoir proféré de mensonge. Et ils feraient bien de prévenir le roi et le Primâle immédiatement : leur premier arrêt, juste après l'avoir fait examiner par Doc Jane, serait le bureau de Kolher. Ces deux-là devaient simplement comprendre d'où elle venait… Elle avait été manipulée par l'ennemi, exploitée comme n'importe quelle autre ressource afin de faire une chose pour laquelle elle ne se serait jamais, au grand jamais, portée volontaire.

Il aurait aimé avoir tué Xcor quand il en avait eu l'occasion…

Une bonne demi-heure plus tard, John tourna pour emprunter la route qui menait derrière le centre d'entraînement, et il fallut encore une dizaine de minutes avant qu'ils s'arrêtent enfin dans le garage.

Le premier détail indiquant que quelque chose clochait survint quand Vhif posa le pied sur l'asphalte : ses muscles furent soudain agités de spasmes sous sa peau et son sang surchauffé se mit à bouillir dans ses veines sans raison valable. Puis il eut une érection géante et palpitante.

Fronçant les sourcils, il regarda autour de lui. Et John fit de même quand il entrouvrit sa portière et s'extirpa de derrière le volant.

Il y avait… une sorte d'énergie sexuelle à l'œuvre dans le parking. C'était quoi, ce bordel ?

— Euh, bien, OK, allons voir Doc Jane, annonça Vhif, en prenant Layla par le coude tout en s'assurant que les pans de sa veste en cuir dissimulent bien la bosse à son entrejambe.

— Je vais bien. Franchement…

— Alors c'est exactement ce que le bon docteur te dira…

Comme John ouvrait la porte et qu'ils entraient tous dans le centre d'entraînement, Vhif perdit le fil de ses pensées, lorsqu'un mur d'hormones le heurta de plein fouet. Baissant la tête pour regarder son bassin, il n'arriva pas à croire qu'il était soudain au bord de l'orgasme.

— Quelqu'un a ses chaleurs, expliqua Layla. Je pense qu'aucun de vous ne devrait entrer…

À l'autre bout du couloir, Doc Jane sortit d'une des salles d'examen d'un bond.

— Vous devez partir ! Vhif et John, vous devez partir…

— Qui…

Vhif dut fermer les yeux et ralentir sa respiration, car ce simple mouvement faisait frotter son pénis contre sa braguette, menaçant de déclencher une méchante éjaculation.

— Qui est…

Quand la vague d'hormones s'intensifia, il perdit la faculté de parler.

Putain, c'était comme s'il venait de passer la transition et était entouré de femelles nues dans des positions lascives.

— C'est Automne, dit Jane en courant vers eux et en les forçant à retourner dans le parking. Est-ce que ça va, Layla ?

— Je vais bien…

— Elle a besoin d'un rapide examen, marmonna Vhif en retournant dans la voiture de l'Ombre. Elle a failli s'évanouir. Envoie-moi un message quand tu auras fini avec elle, OK ?

John marchait également comme un pantin : d'une démarche raide et sans la moindre coordination. Mais bon, quand on avait une batte de base-ball dans le pantalon, on jouait difficilement les Fred Astaire.

Quand la lourde porte en acier se referma derrière eux, les choses s'améliorèrent un peu, et quand la voiture eut franchi la série de portes qui protégeaient le complexe, mis à part une érection intense, Vhif se sentait plus rationnel.

— Seigneur, marmonna-t-il. Qu'on mette ce truc en bouteille, et les fabricants de Viagra seront au chômage.

Derrière le volant, John siffla son accord.

Tandis qu'il leur faisait contourner le pied de la montagne pour approcher la maison principale par le devant, Vhif se tortillait dans son pantalon en cuir.

Il n'avait pas eu de relations sexuelles depuis… eh bien, merde, presque un an, quand il avait passé du bon temps avec ce rouquin au *Masque de Fer*. Après quoi, il n'avait plus ressenti beaucoup d'intérêt pour quoi ou qui que ce soit, mâle ou femelle. Il ne se réveillait même plus avec une érection.

Diable, compte tenu de la longueur de sa traversée du désert, il avait commencé à croire qu'il avait simplement épuisé tout son quota d'orgasmes : vu le nombre de fois où il avait baisé après sa transition, cela paraissait tout à fait possible.

Mais il était là, à se dandiner sur son siège.

À côté de lui, John faisait de même, remuant de-ci de-là. Se redressant, se reculant.

Quand la demeure finit par surgir de la *brhume*, Vhif redouta d'entrer. Il n'y avait rien même de vaguement sexy ou attirant dans l'idée de monter seul dans sa chambre, de se masturber une ou deux fois, avant de reprendre sa veille devant l'écran de télé noir.

« Je n'ai rien à moi. Rien. On peut même me retirer les services que je rends. »

Layla avait parfaitement raison à ce sujet : même si tout le monde se montrait accueillant à son égard ici, pour faire court, il n'avait le droit de rester que parce qu'il servait John en tant qu'*ahstrux nohtrum*.

Mais comme Layla, on pouvait le virer.

Quant à son avenir ? Il ne s'unirait certainement jamais, parce qu'il ne condamnerait pas une femelle à un hymen sans amour, et il n'aurait jamais d'enfant… même si, considérant ses yeux vairons, c'était peut-être une bonne chose.

Au bout du compte, il verrait défiler d'innombrables siècles sans réel foyer, sans vraie famille ni descendance.

Comme il se passait la main dans les cheveux et se demandait s'il était possible que son pénis dégonfle d'un coup de baguette magique… il sut exactement ce que l'Élue voulait dire quand elle avait parlé de vide dans l'existence.

Chapitre 60

Xhex avait besoin de renseignements. Immédiatement. Quand Xcor était parti en se dématérialisant, il avait quitté son écran radar en quelques secondes. Et oui, elle avait une idée de la direction qu'il avait prise, mais seul un crétin se rendrait directement à sa cachette sans faire de détours pour tromper l'ennemi.

Bien entendu, alors qu'elle essayait de le suivre, elle se retrouva coincée sur les berges de l'Hudson, pas très loin de sa cabane : la piste se refroidissait à partir de là, et pas à cause du vent du nord glacial qui soufflait sur le fleuve.

Elle donna un coup de pied dans la neige et se mit à tourner en rond. Elle revint sur ses pas jusqu'au quartier des théâtres. Passa en revue le reste de la ville, en se déplaçant de toit en toit.

Rien.

Elle finit par se retrouver au sommet de cet immeuble d'où elle avait aperçu John et les autres, à faire les cent pas en jurant comme un charretier. En l'absence d'indices matériels, elle était forcée de faire avec le seul autre élément à sa disposition : le drame qui s'était joué à l'extérieur de ce café.

Sortant son téléphone, elle envoya un message à John et attendit. Longtemps. Très longtemps.

Avaient-ils été victimes d'une embuscade en rentrant ?

Elle envoya un nouveau message. Appela Vhif, sans obtenir de réponse.

Bon sang, et si quelque chose était arrivé ? Le simple fait que Xcor ait apparemment quitté la ville ne voulait pas dire qu'il n'avait pas pu faire demi-tour et intercepter le 4 × 4 d'iAm. Et pendant ce temps-là, elle cherchait à attraper sa queue comme une idiote…

Alors qu'elle était sur le point d'envoyer de nouveaux messages quasi paniqués, John lui répondit : « Je suis à la maison, tout va bien. Désolé, j'étais en bas à la clinique. »

Ramenant au calme son côté fille, elle inspira profondément et répondit : « Il faut qu'on parle au sujet de Layla. Laisse-moi venir à la maison. »

Il était possible que Vhif ne veuille pas abandonner l'Élue dans cet état, et Xhex ne voulait pas que John traîne son *ahstrux nohtrum* dehors pour un rendez-vous.

Au lieu d'attendre une réponse, elle se dématérialisa jusqu'à la demeure et grimpa les marches jusqu'au hall d'entrée. La porte intérieure s'ouvrit immédiatement, et Fritz apparut, complètement lessivé.

— Bonsoir, madame.

— Qu'est-ce qui ne va pas ?

Le majordome s'inclina et recula.

— Oh, effectivement. Oui. Qui êtes-vous venue voir ?

Il y avait eu un temps où la question ne se serait pas posée.

— John. Est-il à la clinique ?

— Oh… non. Non, certainement pas. Il est à l'étage.

Xhex fronça les sourcils.

— Il y a un problème ?

— Oh, non. Je vous en prie, madame, entrez.

Elle se doutait bien qu'il mentait. Elle traversa en courant la mosaïque représentant un pommier et grimpa les marches quatre à quatre. Quand elle arriva au premier étage, elle hésita.

Même dans le couloir, elle sentait l'odeur de sexe... un mélange, en fait, qui suggérait que de multiples séances étaient en cours. Au sens propre.

Et cela lui donna envie de vomir.

Comme elle approchait de la porte de John, elle se prépara à ce qu'elle pourrait trouver de l'autre côté. Layla était une *courthisane* entraînée, et Vhif avait longtemps été ouvert à tout... et cette séparation avait peut-être conduit son compagnon dans d'autres bras.

Le cœur anéanti, elle frappa fort contre le battant.

— John ? C'est moi.

Fermant les yeux, elle imagina des corps nus s'immobiliser, des regards affolés, John se précipitant hors du lit pour trouver de quoi se couvrir. Elle n'avait pas de grilles à lire ; elle était trop mal en point pour faire appel à ce pouvoir. Elle ne chercha pas à identifier les odeurs non plus ; elle avait assez de mal à rester sur ses deux pieds parce qu'elle savait qu'au moins l'une d'entre elles appartiendrait à John.

— Je sais que tu es là.

Au lieu de voir la porte s'ouvrir, elle reçut un message sur son téléphone : « Désolé, suis occupé. Je peux te voir plus tard ? »

Au diable toutes ces conneries.

Xhex s'empara de la poignée ronde, la tourna assez fort pour l'arracher et ouvrit en grand...

Nom de Dieu.

John était seul sur son lit, étendu sur les draps en bataille, et son corps nu luisait dans la faible lueur provenant de la salle de bains. Une main entre les jambes, il empoignait son pénis... l'autre était cramponnée au dosseret pour faire levier tandis qu'il se masturbait. Il montrait les dents et les muscles de ses épaules et de son cou ressortaient de façon flagrante alors qu'il se tendait.

Merde. Son bas-ventre était rendu glissant par de précédents orgasmes et pourtant il semblait vouloir jouir plus que tout.

Son regard fiévreux croisa le sien et sa main s'immobilisa.

— *Va-t'en*, articula-t-il. *S'il te plaît…*

Elle entra précipitamment et referma la porte. Personne d'autre n'avait besoin de voir cela.

— *S'il te plaît!* lui demanda-t-il.

Il lui plaisait, en effet, se dit-elle, tandis que son propre corps réagissait au spectacle et que le débit de son sang s'accélérait.

Enjambant les vêtements froissés qu'il avait portés dans le quartier des théâtres, elle ne put que penser à quel point son côté charnel lui avait manqué. C'était comme si elle avait été éteinte durant ces longs mois… et oui, il aurait bien mieux valu qu'elle s'en aille, qu'elle le laisse seul avec son érection et qu'elle revienne plus tard.

Mais, mon Dieu, être sa femelle lui avait manqué.

— *Je ne peux pas m'arrêter*, articula-t-il. *Automne a ses chaleurs… je me suis trop approché.*

Ah. Ceci expliquait cela. Sauf que…

— Est-ce que ma mère va bien ?

— *Elle est chez Jane, et oui.*

Seigneur, cette pauvre femelle. Devoir supporter de nouveau cela après tout ce qu'elle avait traversé. Mais au moins Jane apaiserait ses souffrances, à supposer que Tohr ne le fasse pas…

Bon, elle n'allait certainement pas penser à cela.

— *Xhex, tu dois… partir…*

— Et si je n'en ai pas envie ?

À ces mots, le corps de John fut parcouru de tremblements, aussi sûrement que si elle le touchait déjà, et il eut un orgasme violent, sa main montant et descendant alors qu'il jouissait sur son ventre musclé.

Eh bien, c'était une réponse parlante : il la désirait, lui aussi.

Xhex s'approcha du bord du lit et tendit la main, effleurant la cuisse contractée du bout des doigts. Le léger contact suffit à prolonger la jouissance, et John souleva les hanches tandis que son sexe éjaculait, son corps de guerrier se raidissant tandis que le plaisir le traversait.

Se penchant sur lui, elle repoussa sa main et le prit dans sa bouche, le suçant, finissant correctement les choses alors qu'il se débattait dans les draps. Dès qu'il en eut terminé, du moins pour cet orgasme-là, il s'immobilisa à peine une nanoseconde avant de s'asseoir et de tendre la main vers elle.

Elle vint à lui avec facilité, l'embrassant comme il l'attirait contre son torse. Ses mains, ces grandes mains familières la parcoururent tout entière… jusqu'à s'arrêter sur ses fesses et la pousser vers le haut pour qu'il puisse enfouir son visage entre ses seins…

D'un rapide coup de crocs, il déchira son débardeur et prit son téton entre ses lèvres, le suça et le lécha, tandis qu'elle l'aidait à la dévêtir, en ôtant sa veste, en balançant ses armes et…

John la renversa sur le dos et grogna sans bruit en direction de son pantalon.

Les choses tournèrent mal pour celui-ci… ce qui, vu la résistance du cuir, était révélateur de ce que tout cet acharnement à la voir nue impliquait pour lui. Au moins, il savait qu'il ne devait pas s'embarrasser avec ses cilices.

Dès qu'ils furent en position, il s'introduisit en elle d'un seul coup, et la friction brûlante suffit à procurer à Xhex un orgasme fulgurant. Il suivit, se joignant à elle, leurs corps se frottant frénétiquement l'un contre l'autre tandis qu'elle poussait un cri.

Il continua à la chevaucher et les va-et-vient incessants lui offrirent encore plus ce dont elle avait besoin.

Montrant les crocs, elle attendit qu'il s'arrête un instant… et frappa. Elle le mordit violemment et le poussa sur le dos, le forçant à s'allonger sur le matelas pour qu'elle puisse l'enfourcher.

Et pendant qu'elle le maintenait en place en lui agrippant les épaules et buvait à sa gorge, elle reprit la baise, se servant de ses cuisses pour se soulever et s'abaisser en rythme sur son pénis.

La reddition de John fut totale. Il garda les bras le long du corps, sa force cédant devant elle, et laissa Xhex user de son corps jusqu'à ce qu'elle l'assèche au cou et entre les jambes.

Tandis qu'elle le prenait, il avait les yeux rivés sur son visage, et l'amour qui brillait en eux était si intense qu'ils ressemblaient à deux soleils bleus diffusant leur chaleur partout sur elle.

Comment pourrait-elle vivre sans lui… ?

Soudain, elle se laissa happer par l'orgasme et enfouit son visage contre l'épaule de John car la jouissance était si forte qu'elle ne put garder le contact avec son cou. Mais elle savait que sa veine lui resterait offerte, dès que ce serait fini…

Merde, la vie était compliquée. Mais la vérité était simple.

Il était son foyer.

Sa place était auprès de lui.

Roulant sur le flanc, elle l'encouragea à la suivre et il jouit avec elle, aussi fluide que l'eau, aussi brûlant que le feu. C'était à son tour de se nourrir… et compte tenu de la façon dont il contemplait sa jugulaire, il était d'accord avec elle.

— Laisse-moi d'abord refermer la plaie, dit-elle en approchant la bouche des marques de morsure.

Il lui saisit le poignet et la retint, secouant la tête.

— Non ; je veux saigner pour toi.

Xhex ferma les yeux, sa gorge se serra.

Il était difficile de dire où cela les mènerait, parce que, pour commencer, elle n'aurait jamais prédit leur séparation. Mais c'était si bon d'être de retour à la maison… même si ce n'était que pour un bref séjour.

Les heures s'écoulèrent, la nuit pâlit peu à peu et l'aube arriva ; puis le soleil se leva à l'horizon, montant à son zénith et déversant sa lumière sur la montagne enneigée.

Automne n'en avait pas conscience, et cela aurait été vrai où qu'elle ait été : à la clinique, dans la demeure… ou dehors dans la neige.

En fait, elle aurait tout aussi bien pu se trouver directement dans le soleil.

Elle était en feu.

La fournaise dans son ventre lui rappelait l'accouchement de Xhexania, la douleur atteignant des sommets qui lui faisaient se demander si la mort ne venait pas la chercher, avant de se calmer juste assez pour qu'elle puisse reprendre son souffle et se préparer au prochain pic. Et comme pendant le travail, le cycle persistait, les moments d'apaisement s'espaçant de plus en plus jusqu'à ce que la douleur du désir emplisse les contours de son corps et prenne le contrôle de tous ses mouvements, de tout son souffle, de toutes ses pensées.

C'était différent de la fois précédente. À l'époque où elle était captive de ce *symphathe*, les chaleurs n'avaient pas été moitié aussi intenses…

Ni moitié aussi longues…

Après d'innombrables heures de torture, elle n'avait plus de larmes, plus de sanglots, ni même un hoquet. Elle se contentait de rester allongée immobile, respirant à peine, le pouls apathique, les yeux fermés tandis que son corps était toujours assiégé intérieurement.

Difficile de déterminer exactement quand la situation s'inversa, mais graduellement, la pulsation entre ses jambes et la brûlure dans son ventre disparurent, et les crampes de ses chaleurs furent remplacées par des douleurs dans ses articulations et ses muscles à cause de toute la tension qu'elle avait accumulée.

Quand elle put enfin soulever sa tête, son cou craqua bruyamment, et elle grogna quand son visage heurta une sorte de mur. Fronçant les sourcils, elle tenta de s'orienter… oh, effectivement, elle se trouvait au pied du lit, et pressait le nez contre la petite planche du bout.

Elle reposa la tête sur le matelas un moment. La chaleur brûlante retombant à un simple échauffement, elle commença à avoir froid, et elle tâtonna autour d'elle pour trouver un drap, un édredon ou une couverture. Il n'y avait rien, tout avait volé par terre : elle était nue sur un simple matelas ; à l'évidence, elle avait même arraché le drap du dessous.

Rassemblant le peu d'énergie qu'elle possédait, elle tenta de redresser le torse et de lever la tête. Elle fit peu de progrès. C'était comme si elle était collée au matelas…

Cependant, elle réussit finalement à se lever.

Le trajet jusqu'à la salle de bains lui sembla aussi ardu et traître que si elle avait gravi une montagne, mais oh ! avec quelle joie elle aperçut la douche et en tourna les robinets.

Comme de l'eau tempérée tombait généreusement du pommeau fixé au mur, elle s'assit en dessous, sur le carrelage, les talons collés aux fesses et les bras serrés autour de ses genoux. Comme elle inclinait la tête sur le côté, un jet doux lava le sel de ses larmes et de sa sueur.

De violents frissons de froid la parcoururent peu après.

— Automne ? fit la voix de Doc Jane depuis la pièce à côté.

Ses dents s'entrechoquaient, ce qui l'empêcha de répondre, mais la douche en disait assez : l'autre femelle apparut sur le seuil, puis s'aventura plus loin dans la salle de bains jusqu'à ce qu'elle tire le rideau de douche et s'agenouille pour la regarder dans les yeux.

— Comment te sens-tu ?

Brusquement, Automne dut se masquer le visage car elle commençait à pleurer.

Difficile de savoir si cette crise de larmes avait lieu parce que ses chaleurs étaient enfin terminées, parce qu'elle était si fatiguée qu'elle ne se retenait plus… ou parce que la dernière chose dont elle se souvenait avant que tout ne soit plus qu'un brouillard dans sa tête était l'image de Tohr s'enfonçant ces deux aiguilles dans la cuisse et tombant au sol.

—Automne, est-ce que tu m'entends ?

—Oui…, dit-elle d'une voix enrouée.

—J'aimerais te remettre au lit si tu as fini de te laver. Il fait très chaud ici et ta tension artérielle m'inquiète.

—J'ai f-f-froid.

—C'est la fièvre. Je vais arrêter l'eau à présent, d'accord ?

Elle hocha la tête, parce qu'elle n'avait pas les moyens de faire autre chose.

Quand la pluie tiède cessa de tomber, le tremblement sous sa peau empira tandis que le froid se précipitait sur elle et transperçait sa chair tendre. Pourtant, très vite, une couverture douce lui enveloppa les épaules.

—Peux-tu te lever ?

Quand Automne hocha de nouveau la tête, Jane l'aida à se relever, puis elle lui fit enfiler une chemise légère et la ramena vers le lit, qui avait été refait avec des draps et des couvertures propres, comme par magie.

Automne s'allongea, sans avoir conscience que des larmes s'échappaient des coins de ses yeux, en un flot lent et ininterrompu, chaud contre son visage froid.

—Chut, ça va aller, dit la guérisseuse en s'asseyant au bord du matelas. Tout va bien, c'est terminé…

Pendant qu'une main douce repoussait ses cheveux humides en arrière, ce fut le ton de Doc Jane, plutôt que ses paroles, qui l'apaisa le plus.

Puis on approcha de sa bouche une canette de soda de laquelle dépassait une paille.

Une gorgée de ce nectar froid et sucré, et les yeux d'Automne se révulsèrent de plaisir.

— Oh… louée soit la Vierge scribe… qu'est-ce donc ?

— Du ginger ale. Et je t'en prie… eh, pas si vite.

Quand elle eut tout avalé, elle se rallongea tandis qu'on lui passait un bandeau autour du bras qui enfla avant de dégonfler. Ensuite, on appuya un petit disque froid contre sa poitrine à différents endroits. Puis une vive lumière fut dirigée dans ses yeux.

— Puis-je ravoir du ginger ale, s'il te plaît ? demanda-t-elle.

— Tes désirs sont des ordres.

La guérisseuse fit mieux que cela, revenant non seulement avec une autre canette fraîche et une paille, mais aussi avec quelques biscuits qui n'avaient absolument aucun goût mais que son ventre trouva délicieux.

Alors qu'elle se consacrait tout entière à la tâche de se nourrir, elle prit conscience que la guérisseuse s'était assise sur une chaise et ne disait rien.

Automne cessa de manger.

— Tu n'as pas d'autres patients ?

— Une seule, et elle allait bien quand elle est arrivée.

— Oh. (Automne reprit un biscuit.) Comment appelle-t-on cela ?

— Des crackers salés. De tous les médicaments que je prescris ici, il n'y a parfois rien de meilleur.

— C'est exquis.

Elle mit un autre de ces carrés friables et secs dans la bouche et mordit dedans. Comme le silence persistait, elle reprit :

— Tu veux savoir pourquoi j'ai refusé les médicaments.

— Cela ne me regarde pas. Mais je pense que tu devrais parler à quelqu'un à ce sujet.

— Une sorte de professionnel ?

— Oui.

—Il n'y a rien de mal à laisser la nature suivre son cours. (Automne lui jeta un coup d'œil.) Mais je t'avais suppliée de ne pas le faire venir. Je t'avais dit de ne pas l'appeler.

—Je n'avais pas le choix.

Les larmes menaçaient, mais elle les repoussa.

—Je ne voulais pas qu'il me voie comme cela. Wellsie…

—Quoi donc ?

Automne sursauta de surprise, faisant s'entrechoquer les biscuits et s'aspergeant la main de soda. Sur le seuil, Tohrment venait d'apparaître et sa stature imposante emplissait le chambranle comme une grande ombre noire.

Doc Jane se leva.

—Je vais juste m'assurer que Layla va bien. Tes signes vitaux sont bons et je t'apporterai un repas digne de ce nom à mon retour.

Puis elle les laissa seuls.

Il ne s'approcha pas du lit, mais s'appuya contre le mur près de la porte. Les sourcils froncés et les bras croisés sur la poitrine, il semblait être à la fois sur la réserve et au bord de l'explosion.

—C'est quoi cette histoire ? demanda-t-il d'un ton dur.

Automne posa les biscuits et la canette sur la table roulante à côté de son lit, puis s'occupa les mains en triturant le bord de la couverture.

—Je t'ai posé une question.

Automne se racla la gorge.

—J'ai dit à Doc Jane de ne pas t'appeler…

—Croyais-tu que je viendrais t'aider si tu souffrais ?

—Pas du tout…

—Tu en es certaine ? Que croyais-tu que ferait Jane quand tu as refusé d'être soignée ?

—Si tu ne me crois pas, demande à la guérisseuse. Je lui ai spécifiquement ordonné de ne pas faire appel à toi. Je savais que ce serait trop pour toi ; comment cela aurait-il pu en être autrement après…

— Il ne s'agit pas de ma *shellane*. Cela n'a rien à voir avec elle.

— Je n'en suis pas si sûre…

— Fais-moi confiance.

Après cela, il n'ajouta rien. Il se contenta de rester là, le corps tendu et le regard dur, à la dévisager comme s'il ne l'avait jamais vue.

— À quoi penses-tu ? demanda-t-elle calmement.

Il secoua la tête.

— Tu ne veux pas le savoir.

— Si.

— Je pense que je me suis trompé pendant tous ces mois.

Quand elle sentit les frissons de la douche la reprendre, elle sut que ce n'était pas dû à un problème de température. Plus maintenant.

— Comment cela ?

— Ce n'est pas le moment.

Comme il faisait mine de partir, elle eut la très nette impression qu'elle ne le reverrait plus. Jamais.

— Tohr, dit-elle d'une voix rauque. Je n'avais aucune intention de te manipuler, tu dois me croire. Je ne voulais pas que tu me serves ; je ne t'aurais jamais infligé cela.

Au bout d'un moment, il la regarda par-dessus son épaule, avec une grande lassitude.

— Tu sais quoi ? Au diable toutes ces conneries. C'est presque pire, que tu n'aies pas souhaité ma présence ici avec toi. Parce que l'autre option signifie que tu es mentalement dérangée.

— Je te demande pardon ? (Automne fronça les sourcils.) Je suis parfaitement saine d'esprit.

— Non, pas du tout. Si c'était le cas, tu n'aurais pas choisi de subir cela…

— Je ne voulais pas de médicament, c'est tout. Tu extrapoles à l'extrême…

— Ah oui ? Eh bien, prépare-toi, parce que tu ne vas vraiment pas aimer ma prochaine conclusion. Je commence à croire que tu es avec moi pour te punir.

Elle eut un mouvement de recul si violent que sa nuque craqua de nouveau.

— Ce n'est certainement pas le cas…

— Quelle meilleure façon de macérer dans ton malheur que d'être avec un mâle qui en aime une autre ?

— Ce n'est pas pour cela que je suis avec toi.

— Comment le saurais-tu, Automne ? Tu joues les martyres depuis des siècles. Tu as été servante, domestique, lingère – et tu baises avec moi depuis quelques mois –, ce qui nous ramène à mon point de vue sur ton déséquilibre mental…

— Comment oses-tu juger mes convictions intimes ? siffla-t-elle. Tu ne sais rien de ce que je pense ou ressens.

— Arrête tes conneries. Tu es amoureuse de moi. (Il se retourna pour lui faire face et leva la main pour l'empêcher de commenter.) Ne te fatigue pas à le nier : tu me le dis dans ton sommeil tous les jours. C'est un fait avéré. Et tu sais très bien que je suis avec toi uniquement pour tirer Wellsie de l'Entre-Deux. Donc, je rentre parfaitement dans ton schéma pour…

— Va-t'en ! cracha-t-elle. Sors de là !

— Quoi ? Tu ne veux pas que je reste pour que tu souffres un peu plus ?

— Espèce de salaud !

— Tu as pigé. Je me sers de toi, et la seule personne qui y gagne quelque chose c'est toi ; Dieu sait que moi, cela ne m'a mené nulle part. La bonne nouvelle, c'est que toute cette histoire (il les pointa alternativement du doigt) te donnera une remarquable excuse pour te torturer encore plus longtemps… Oh, ne prends pas la peine de nier. Ce *symphathe* était ta faute.

Je suis ta faute. Le poids du monde est tout entier ta faute, parce que tu aimes être la victime…

— Va-t'en ! hurla-t-elle.

— Tu sais, ton petit numéro d'indignation est un peu difficile à prendre au sérieux, vu que tu as passé les douze dernières heures à souffrir…

— Va-t'en !

— … alors que tu n'y étais pas obligée.

Elle lui jeta la première chose qui lui tomba sous la main : la canette de soda. Mais il avait de si bons réflexes qu'il l'attrapa simplement dans sa grande main… puis la rapporta immédiatement vers la table roulante.

— Tu ferais bien d'accepter le fait que tu es masochiste. (Il reposa la canette avec une délicatesse étudiée, comme s'il la défiait de le viser une fois de plus.) Et dernièrement, j'ai été ta drogue préférée. Mais je ne ferai plus cela… et toi non plus, du moins pas avec moi. Ce merdier entre nous… ce n'est pas sain pour moi. Ni pour toi. Et c'est tout ce que nous partageons. Tout ce que nous aurons jamais. (Il poussa un juron à voix basse.) Écoute, je suis désolé, Automne. Pour toute cette foutue histoire, je suis vraiment désolé. J'aurais dû mettre un terme à cela il y a longtemps, bien avant que les choses aillent aussi loin… et tout ce que je peux faire pour arranger la situation c'est y mettre fin immédiatement. (Il secoua la tête, le regard de plus en plus hagard.) J'ai déjà participé à ton autodestruction autrefois, et je me souviens trop bien des ampoules que j'ai récoltées en creusant ta tombe. Je ne recommencerai pas. Je ne peux pas. Tu auras toujours ma compassion pour tout ce que tu as traversé, mais j'ai mes propres problèmes à gérer.

Quand il se tut, elle s'entoura de ses bras. En chuchotant, elle répondit :

— Tout cela juste parce que je ne voulais pas être inconsciente ?

— Cela n'a pas seulement à voir avec les chaleurs. Tu le sais. Si j'étais toi, je suivrais le conseil de Jane et je parlerais à quelqu'un. Peut-être... (Il haussa les épaules.) Je ne sais pas. Je ne sais plus rien du tout, putain. La seule chose dont je suis sûr est que nous ne pouvons plus continuer ainsi. Cela nous fait plus de mal qu'autre chose.

— Tu ressens quelque chose pour moi, dit-elle en relevant le menton. Je sais qu'il ne s'agit pas d'amour, mais tu éprouves...

— J'éprouve de la pitié pour toi. J'en suis là. Parce que tu n'es qu'une victime. Tu n'es rien qu'une victime qui aime souffrir. Même si je pouvais tomber amoureux de toi, il n'y a rien en toi à quoi l'on puisse s'attacher. Tu n'es qu'un fantôme qui n'est pas vraiment là... tout comme moi. Et dans notre cas, deux moins ne font pas un plus.

Sur ce, il lui tourna le dos et sortit, la laissant sous le choc de la douleur et de la perte, la laissant affronter sa vision déformée de son passé, de son présent, de son avenir... la laissant seule d'une façon qui n'avait rien à voir avec le fait qu'elle était physiquement seule dans cette chambre.

La porte, quand elle se referma derrière lui, n'émit pas le moindre son.

Chapitre 61

Quand Tohr sortit dans le couloir, il était fou, incohérent et sur le point de craquer violemment. Seigneur Dieu, il devait sortir d'ici, s'éloigner d'elle. Et dire qu'il l'avait traitée de démente !

C'était lui le dingue à cet instant.

Quand il leva la tête, Lassiter était juste devant lui.

— Pas maintenant…

L'ange prit son élan et le cogna si fort qu'il ne vit pas seulement des étoiles, mais toute une galaxie.

Comme il heurtait le mur de béton derrière lui, l'ange empoigna le devant de sa chemise et le plaqua en arrière une fois de plus, faisant s'entrechoquer ses molaires.

Quand sa vision s'éclaircit enfin, le visage orné de piercings devant lui ressemblait au masque d'un démon : les traits étaient déformés par le genre de colère nécessitant l'intervention d'un fossoyeur.

— Tu es un enfoiré ! cria Lassiter. Un putain d'enfoiré !

Tohr tourna la tête sur le côté et cracha du sang.

— C'est le talk-show de Maury ou celui d'Ellen qui t'a appris à juger la nature des gens ?

Un long doigt fut pointé sur son visage.

— Écoute-moi bien attentivement, parce que je ne le redirai pas.

— Tu ne voudrais pas plutôt me frapper encore une fois ? Je sais que j'en apprendrai plus comme cela…

Lassiter le projeta de nouveau contre le mur.

— Ferme-la. Et écoute-moi. Tu as gagné.

— Je te demande pardon ?

— Tu as eu ce que tu voulais. Wellsie est condamnée pour l'éternité…

— Qu'est-ce que…

Un troisième plaquage l'interrompit.

— C'est fini. Terminé. (Il désigna la porte fermée de la chambre d'Automne.) Tu as réduit toutes tes chances à néant quand tu l'as massacrée.

Tohr perdit les pédales, laissant exploser ses émotions.

— Tu ignores de quoi tu parles, putain ! Tu ne sais rien ! Tu n'as pas la moindre idée de toute cette histoire, ni de moi, ni d'elle… ni de ton boulot ! Qu'est-ce que tu as foutu ici pendant l'année ? Rien ! Tu es resté assis là à regarder des talk-shows pendant que ma Wellsie disparaissait ! Tu es une satanée perte de temps !

— Vraiment. Très bien ; toi qui es si intelligent, que dis-tu de cela ? (Lassiter le lâcha et recula.) Je démissionne.

— Tu ne peux pas démissionner.

Lassiter lui fit un doigt d'honneur.

— Je viens tout juste de le faire.

L'ange se retourna et repartit dans le couloir.

— Tu démissionnes ! C'est génial… génial, putain ! Quand on parle de rester fidèle à son caractère, fils de pute égoïste !

Il n'obtint qu'un nouveau doigt d'honneur.

Avec un juron corsé, Tohr esquissa un geste pour le suivre, avant de s'arrêter. Se retournant, il donna un coup de poing dans le mur, frappant si fort le béton qu'il sentit ses articulations se briser. Et ça alors, la douleur qui se mit à palpiter dans le dos de sa main n'approchait pas, et de loin, la souffrance dans sa poitrine.

Il était totalement à vif, à l'intérieur comme à l'extérieur.

Partant dans la direction opposée à celle de l'ange, il se retrouva devant la lourde porte en acier qui donnait sur le parking. Sans savoir ce qu'il faisait ni où il allait, il l'ouvrit en grand d'un coup sec et sortit dans l'air froid, tourna à droite, remonta le plan incliné, dépassant les places de stationnement vides délimitées par de la peinture jaune.

Il alla tout au fond, jusqu'au mur le plus éloigné, et posa les fesses sur l'asphalte froid et dur, et s'adossa contre le béton humide.

Alors qu'il respirait fortement, il eut l'impression de se trouver sous les tropiques. C'était probablement le dernier effet des chaleurs sur son corps : même s'il avait été assommé par les médicaments, il avait été largement exposé. Ses couilles lui faisaient mal comme si elles étaient prises dans un étau, son pénis était toujours bandé et ses articulations endolories comme s'il était resté contracté même pendant son brouillard de morphine.

Serrant les dents, il resta assis seul et regarda droit devant lui, dans l'obscurité.

C'était l'unique endroit sûr pour lui à l'heure actuelle.

Sans doute pour un moment.

Quand Layla entendit les cris, elle passa la tête hors du gymnase pour voir qui hurlait, et retourna immédiatement à l'intérieur. Tohr et Lassiter avaient une prise de bec, et elle ne voulait pas s'immiscer là-dedans.

Elle avait ses propres problèmes à gérer.

En dépit des chaleurs d'Automne, elle était restée à la clinique pour la nuit, sachant qu'elle avait récemment passé du temps au sanctuaire, et donc qu'il n'y avait aucune raison de s'inquiéter de son cycle. Mais surtout, elle n'avait nulle part ailleurs où aller. Vhif et John étaient sans doute en train de parler avec le roi et le Primâle dans la maison principale, et bientôt elle serait convoquée pour connaître son destin.

Face à un possible exil – ou pire, la mort pour avoir aidé un traître –, elle avait passé des heures et des heures à aller et venir sur le sol couleur de miel du gymnase, passant devant les bancs, puis l'entrée de la salle de physiothérapie, et enfin la porte du couloir, avant de repartir en sens inverse.

Son anxiété était telle qu'elle dévidait la tension comme une pelote de laine, les fils tordus remontant pour lui enserrer la gorge et s'enroulant autour d'elle pour lui comprimer les entrailles.

Elle pensait sans cesse à Xcor et à son lieutenant. Ils s'étaient tous deux servis d'elle, mais surtout le second. Xcor avait refusé de prendre sa veine. Il avait lutté et, quand elle avait passé outre à sa résistance, elle avait lu un profond regret dans ses yeux parce qu'il savait précisément dans quelle position il la mettait. L'autre soldat n'avait pas eu de tels scrupules.

Oui, elle l'accusait : quoi qu'il lui arrive, ce serait sa faute à lui. Elle se réincarnerait peut-être en fantôme et pourrait le hanter pour le restant de ses nuits… bien sûr, en supposant qu'elle soit condamnée à mort. Et si ce n'était pas le cas, qu'adviendrait-il d'elle ? Ils la dépouilleraient certainement de ses devoirs ici, ainsi que de son statut d'Élue. Où irait-elle ? Elle n'avait rien à elle, rien qui ne lui ait été accordé par la faveur du roi ou du Primâle.

Tournant en boucle, elle fit face une fois de plus au vide de son existence, et se demanda quel dessein elle servirait à l'avenir…

La porte s'ouvrit à l'autre bout de la salle, et elle s'arrêta.

Ils étaient venus la chercher tous les quatre : le roi, le Primâle, Vhif et John Matthew.

Se redressant, elle traversa le gymnase jusqu'au milieu, en soutenant leurs regards. Quand elle fut assez près, elle s'inclina jusqu'à terre et n'attendit pas que l'on s'adresse à elle. L'étiquette était le cadet de ses soucis.

— Seigneur. Je suis prête à accepter toute la responsabilité...

— Relève-toi, Élue. (Une main apparut devant ses yeux.) Relève-toi et tranquillise-toi.

Quand elle eut un hoquet de surprise et leva la tête, le sourire du roi était aimable, et il n'attendit pas sa réponse. Se penchant vers elle, il prit sa main dans la sienne et l'aida à se relever de sa position suppliante. Et quand elle jeta un coup d'œil au Primâle, son regard était d'une gentillesse incroyable.

Elle se contenta de secouer la tête et s'adressa à Kolher.

— Seigneur, j'ai nourri ton ennemi...

— Connaissais-tu son identité à l'époque ?

— Non, mais...

— Croyais-tu que tu aidais un soldat tombé au combat ?

— Eh bien, oui, mais...

— L'as-tu cherché par la suite ?

— Absolument pas, mais...

— As-tu effectivement dit à John et à Vhif où il se trouvait quand vous avez quitté la ville hier soir ?

— Oui, mais...

— Assez de « mais », dans ce cas. (Le roi sourit de nouveau et posa la main sur son visage, lui caressant légèrement la joue en dépit de sa cécité.) Tu as un grand cœur, et ils le savaient. Ils ont profité de ta confiance, et se sont servis de toi.

Fhurie hocha la tête.

— J'aurais dû t'informer de qui tu nourrissais dès le départ, mais la guerre est une affaire compliquée et vicieuse, et je ne voulais pas que tu sois aspirée dans ses tourbillons. Il ne m'est jamais venu à l'esprit qu'Affhres ferait appel à toi, mais je ne devrais pas en être surpris. La bande de salopards est totalement sans pitié.

Elle plaqua soudain sa main libre sur sa bouche, en retenant un sanglot.

— Je suis désolée… je vous le jure à tous les deux… je n'avais pas idée…

Fhurie s'approcha et l'attira contre lui.

— Ça va. Tout va bien… Je ne veux plus que tu y penses.

Comme elle tournait la tête sur le côté pour l'appuyer contre sa large poitrine, elle sut que c'était impossible. Involontairement ou pas, elle avait trahi sa seule famille, et ce n'était pas le genre de chose que l'on pouvait tout simplement écarter d'un haussement d'épaules, même si sa stupidité avait été pardonnée. Et ces heures de tension qui venaient de passer, alors que son destin lui était encore inconnu et qu'elle avait découvert toute l'étendue de sa solitude, n'étaient pas non plus faciles à oublier.

— La seule chose que je te demande c'est, si l'un d'eux te recontacte, de nous prévenir immédiatement, reprit Kolher.

Elle s'écarta et eut la témérité de tendre le bras vers la main du roi. Comme si Kolher savait ce qu'elle voulait, il lui offrit sa paume sans hésiter et elle vit le grand diamant noir étinceler à son doigt.

Inclinant la tête et posant les lèvres sur le symbole de la monarchie, elle parla en langue ancienne.

— *Sur tout ce que j'ai et de toute mon âme, je le jure.*

Alors qu'elle scellait le pacte avec le roi en présence du Primâle et de deux témoins, une image de Xcor lui traversa l'esprit. Elle se rappelait chaque détail de son visage et de son corps de guerrier…

Surgi de nulle part, un éclair de chaleur la traversa.

Mais cela n'avait pas d'importance. Son corps était peut-être un traître, mais pas son cœur ni son âme.

Elle se redressa et dévisagea le roi.

—Laissez-moi vous aider à le retrouver, s'entendit-elle dire. Mon sang coule dans ses veines. Je peux…

Vhif l'interrompit.

—Absolument pas. C'est hors de question…

Elle l'ignora.

—Laissez-moi prouver ma loyauté.

Kolher secoua la tête.

—Ce n'est pas nécessaire. Tu es une femelle de valeur, et nous ne mettrons pas ta vie en danger.

—Je suis d'accord, ajouta le Primâle. Nous affronterons ces guerriers. Tu n'as à t'inquiéter de rien, et maintenant, je veux que tu prennes soin de toi. Tu as l'air épuisée et tu dois être affamée ; va te chercher à manger et dors à la demeure.

Kolher hocha la tête.

—Je suis désolé que nous ayons été aussi longs à venir te voir. Beth et moi étions à Manhattan pour nous détendre, et nous ne sommes rentrés qu'à la tombée de la nuit.

Layla hocha la tête et approuva tout ce qui fut dit, mais seulement parce qu'elle était soudain trop fatiguée pour rester debout plus longtemps. Heureusement, le roi et le Primâle partirent peu après, puis Vhif et John prirent le relais. Ils la ramenèrent à la demeure, l'emmenèrent dans la cuisine et la firent s'asseoir devant le plan de travail pendant qu'ils ouvraient le réfrigérateur et les placards du garde-manger.

C'était gentil de leur part de vouloir la servir, surtout dans la mesure où ils ne savaient même pas faire cuire un œuf. Néanmoins, penser à la nourriture lui retournait l'estomac et lui donnait des haut-le-cœur.

—Non, merci, dit-elle en repoussant les restes du Premier Repas. Oh… douce Vierge scribe… non.

Comme ils se préparaient des assiettes de dinde, de purée de pommes de terre et d'une sorte de mélange de brocolis, elle tenta de ne rien voir ni sentir.

— Qu'est-ce qui ne va pas ? demanda Vhif en se glissant sur le tabouret à côté d'elle.

— Je ne sais pas.

Elle aurait dû être soulagée que Kolher et Fhurie lui aient pardonné sa faute. Au lieu de quoi, elle était plus nerveuse que jamais.

— Je ne me sens pas bien… Je veux aider. Je veux m'amender. Je…

À côté du micro-ondes, John se mit à signer quelque chose… mais quoi qu'il ait dit, Vhif secoua la tête et refusa de traduire.

— Qu'a-t-il dit ? demanda-t-elle. (Comme elle n'obtenait pas de réponse, elle posa la main sur le bras du mâle.) Qu'a-t-il dit, Vhif ?

— Rien. John n'a absolument rien dit.

L'autre mâle n'apprécia pas de se faire rembarrer, mais il ne protesta pas non plus tandis qu'il préparait une seconde assiette, sans doute pour Xhex.

Une fois que John se fut excusé pour aller nourrir sa *shellane*, le silence de la cuisine ne fut rompu que par le bruit des couverts de Vhif sur son assiette.

Il ne fallut pas longtemps avant que Layla soit sur le point de perdre les pédales et, pour s'empêcher de crier, elle se mit à faire les cent pas.

— Tu devrais vraiment te reposer, marmonna Vhif.

— Je n'arrive pas à me calmer, on dirait.

— Essaie de manger quelque chose.

— Douce Vierge scribe, non. J'ai l'estomac retourné, et il fait tellement chaud ici.

Vhif fronça les sourcils.

— Non, il ne fait pas chaud.

Layla se contenta de se remettre à marcher, de plus en plus vite, et elle supposait que c'était parce qu'elle essayait d'écarter les images dans sa tête : Xcor levant la tête vers elle.

Xcor prenant sa veine. Le grand corps de Xcor… son corps massif de guerrier étendu devant elle et visiblement excité par la saveur de son sang…

— À quoi diable penses-tu ? demanda Vhif d'un air sombre.

Elle s'arrêta net.

— À rien. À rien du tout.

Vhif remua sur son tabouret, puis repoussa brusquement son assiette à moitié pleine.

— Je devrais te laisser, dit-elle.

— Non, ça va. Je suppose que je suis irascible, moi aussi.

Quand il s'éloigna du plan de travail avec son assiette, elle parcourut du regard son torse et ses yeux s'écarquillèrent. Il était… excité.

Tout comme elle.

Les restes des chaleurs d'Automne, visiblement…

La vague la submergea si vite qu'elle eut à peine le temps de s'agripper au plan de travail en granit pour rester debout, et qu'elle fut incapable de répondre quand elle entendit Vhif crier son nom au loin.

Le désir possédait son corps, empoignait son ventre, la faisait céder sous sa force.

— Oh… douce Vierge scribe…

Entre ses jambes, son sexe s'ouvrit et cet épanouissement n'avait rien à voir avec Xcor, Vhif ou toute autre puissance extérieure.

L'excitation venait de l'intérieur.

Ses chaleurs…

Cela n'avait pas suffi. Les visites au sanctuaire n'avaient pas suffi à l'empêcher d'être prise par les chaleurs d'Automne…

La vague de désir suivante menaça de la faire tomber à genoux, mais Vhif fut là pour la rattraper avant qu'elle heurte le carrelage dur. Comme il l'attirait dans ses bras, elle sut qu'elle n'avait plus beaucoup de temps pour être rationnelle.

Et elle comprit que la résolution qui s'empara soudain d'elle était à la fois profondément injuste et totalement indéniable.

—Sers-moi, dit-elle, interrompant ce qu'il lui disait. Je sais que tu ne m'aimes pas, et je sais que nous ne serons pas ensemble après cela, mais sers-moi pour que je puisse avoir quelque chose qui soit à moi. Pour que tu puisses avoir quelque chose qui soit à toi.

Quand le sang quitta le visage de Vhif et qu'il écarquilla ses yeux vairons, elle poursuivit, haletante.

—Nous n'avons pas vraiment de famille, tous les deux. Nous sommes tous les deux seuls. Sers-moi… sers-moi et change tout cela. Sers-moi pour que nous ayons chacun la possibilité d'avoir un avenir qui nous appartiendra au moins en partie… Sers-moi, Vhif… Je t'en supplie… Sers-moi…

Chapitre 62

Vhif était quasiment sûr qu'il se trouvait dans un univers parallèle. Parce qu'il était impossible que Layla soit en train de vivre ses chaleurs… et qu'elle se tourne vers lui pour traverser cette épreuve.

Non.

C'était seulement une image inversée de la façon dont le monde réel fonctionnait, un monde où ceux à la biologie pure se reproduisaient entre eux afin de créer des générations d'enfants biologiquement purs et donc supérieurs.

— Sers-moi et donne-nous quelque chose à nous…

Les hormones montèrent encore d'un cran, l'interrompant. Sa voix revint pourtant bientôt, avec les mêmes mots.

— Sers-moi…

Lorsqu'il commença à haleter, il n'aurait su dire si c'était dû à l'énergie sexuelle dans son sang ou au vertige créé par cette falaise inattendue en haut de laquelle il était suspendu dans le vide.

La réponse était non, bien sûr. Non, absolument pas, jamais d'enfant, certainement pas avec quelqu'un qu'il n'aimait pas, certainement pas avec une Élue vierge.

Non.

Non…

Putain, non, merde, non, Seigneur, non, bordel de merde, non…

— Vhif…, grogna-t-elle. Tu es mon seul espoir, et je suis le tien…

Eh bien, en fait, ce n'était pas vrai, du moins la première partie. N'importe quel autre mâle dans cette maison – ou sur la planète – pouvait s'occuper d'elle. Et bien entendu, juste après ils devraient répondre de leurs actes devant le Primâle.

Ce n'était pas le genre de conversation pour laquelle il se portait volontaire.

Sauf que… eh bien, elle avait raison pour la seconde partie. Dans son délire, dans son désespoir, elle exprimait exactement ce à quoi il réfléchissait depuis maintenant des mois. Comme elle, il n'avait rien de vraiment à lui, aucune perspective d'amour véritable, aucune raison durable de se lever à chaque crépuscule en dehors de la guerre. Quel genre de vie était-ce là ?

Très bien, se dit-il. *Va voir ailleurs*. La réponse à tout cela n'était pas de coucher avec cette Élue.

— Vhif… je t'en prie…

— Écoute, laisse-moi t'amener à Doc Jane. Elle prendra soin de toi comme il convient…

Layla secoua violemment la tête.

— Non. J'ai besoin de toi.

Surgie de nulle part, une pensée l'assaillit : les enfants constituaient un avenir qui vous appartenait. Si l'on s'en occupait bien, ils ne vous quittaient jamais vraiment, et l'on ne pouvait pas vous les enlever si on les protégeait correctement.

Merde, si Layla concevait, même le Primâle ne pourrait rien faire, parce que Vhif serait… le père. Ce qui dans la société vampire était le statut ultime, en dehors d'être roi… et Kolher n'interviendrait jamais dans une question aussi intime.

D'un autre côté, si elle ne tombait pas enceinte, ils lui défonceraient probablement les couilles pour avoir souillé une femelle sacrée…

Attendez une minute. Était-il vraiment en train d'y songer ?

— Vhif…

Il pourrait aimer un enfant, se dit-il. L'aimer avec tout ce qu'il était et tout ce qu'il serait jamais. L'aimer comme il n'avait jamais aimé personne, pas même Blay.

Fermant brièvement les yeux, il se rappela cette nuit où il était mort et s'était retrouvé devant la porte de l'Estompe. Il pensa à cette image qu'il avait vue, cette petite femelle…

Oh, Seigneur…

— Layla, dit-il d'une voix rauque en la remettant debout. Layla, regarde-moi. Regarde-moi.

Comme il la secouait, elle parut reprendre ses esprits, observant son visage tandis qu'elle lui enfonçait ses ongles dans les biceps.

— Oui…

— Es-tu sûre que c'est ce que tu veux ? Est-ce que tu en es absolument certaine ? il faut que tu sois sûre…

Pendant une fraction de seconde, une expression parfaitement lucide et comme venue du fond des âges passa sur ses beaux traits torturés.

— Oui, j'en suis certaine. Faisons ce qu'il faut. Pour l'avenir.

Il étudia son visage avec attention, juste pour en être sûr. Fhurie allait être énervé mais, après tout, même les Élues avaient le droit de choisir, et elle le choisissait lui, ici et maintenant : comme il ne voyait qu'une détermination inébranlable, il hocha la tête, la prit dans ses bras et sortit de la cuisine.

Sa seule pensée, quand il atteignit le pied du grand escalier, était qu'ils allaient concevoir pendant les prochaines heures, et que l'enfant et Layla survivraient à tout : la grossesse, l'accouchement et les quelques heures critiques qui suivraient.

Lui et Layla allaient mettre une fille au monde.

Une fille blonde aux yeux de la même forme que les siens, et au début de la même couleur que ceux de l'Élue…

avant qu'ils changent pour devenir l'un bleu et l'autre vert comme ses yeux à lui.

Il allait avoir sa propre famille.

Son propre avenir.

Enfin.

Quand Xhex sortit de la douche, elle sut que John était de retour, parce qu'elle saisit son odeur aussi bien que les effluves de quelque chose de sacrément délicieux. Remettant les cilices qu'elle avait retirés avant de se laver, elle s'enroula dans une serviette et entra dans la chambre à pas de loup.

— Oh, de la dinde, dit-elle tandis qu'il déposait un plateau sur la commode à son intention.

Tournant les yeux vers elle, il s'attarda sur son corps comme si c'était elle qu'il désirait manger, mais il se contenta de sourire et retourna préparer ce qu'il leur avait rapporté.

— Le timing est parfait, murmura-t-elle en montant sur le lit. Je suis affamée.

Une fois que tout fut installé correctement, les serviettes, l'argenterie, le verre et l'assiette sous cloche, il lui apporta le plateau et le plaça sur ses cuisses. Puis il se retira à l'autre bout de la pièce pour avaler son propre repas sur la chaise longue.

Aurait-il préféré la nourrir de sa main ? se demanda-t-elle alors qu'ils mangeaient en silence. Les vampires mâles aimaient faire cela… mais elle n'en avait jamais eu la patience. La nourriture était de l'énergie pour le corps, pas un truc pour jouer à la Saint-Valentin.

Il semblait qu'ils soient tous les deux capables de s'exclure l'un l'autre, pas vrai. Et il se passait quelque chose : la grille de John montrait un conflit, au point que ses émotions étaient quasiment figées.

— Je vais y aller, dit-elle tristement. Après avoir vu ma mère, j'irai…

— *Tu n'es pas obligée*, signa-t-il. *Je ne veux pas que tu partes.*

— Tu en es certain ?

Quand il hocha la tête, elle ne put s'empêcher de s'interroger, compte tenu de l'état de sa grille.

Mais allons, quelques heures au pieu n'allaient pas réduire la distance qui s'était établie entre eux dernièrement…

Brusquement, il prit une profonde inspiration et cessa de jouer avec la nourriture dans son assiette.

— *Écoute, j'ai besoin de te dire quelque chose.*

Elle posa sa fourchette et se demanda à quel point ce serait douloureux.

— D'accord.

— *Layla a nourri Xcor.*

— Quoi !… Je suis désolée, est-ce que j'ai bien compris ?

Quand il hocha la tête, elle se dit… Eh bien, elle avait su qu'un drame se jouait dans le quartier des théâtres, mais elle n'aurait jamais deviné que c'était aussi grave.

— *Elle ignorait son identité. Affhres l'a piégée : il l'a appelée, l'a trouvée et l'a amenée à Xcor.*

— Seigneur…

Comme si le roi avait besoin d'une raison supplémentaire pour tuer cet enfoiré !

— *Voilà le topo. Elle veut aider à le retrouver, et avec son sang dans les veines de Xcor… elle le peut. Elle savait où il se trouvait la nuit dernière, elle l'a parfaitement senti. Elle pourrait vraiment t'aider.*

Xhex oublia complètement la nourriture, tandis que l'adrénaline parcourait son corps.

— Oh, mince, si je pouvais seulement l'amener à proximité de lui… Quand l'a-t-elle nourri ?

— *À l'automne.*

— Merde. Quel temps perdu !

Elle sauta sur ses pieds et ramassa son pantalon en cuir qui gisait par terre. Mince, il était déchiré en deux…

— *Il y en a d'autres dans le placard.*

— Oh, merci. (Elle se dirigea vers la penderie et essaya de ne pas se sentir déprimée quand elle aperçut leurs vêtements rangés ensemble. Mon Dieu…) Euh, sais-tu où elle se trouve ?

— *Dans la cuisine avec Vhif.*

Comme la grille de John changeait, Xhex s'arrêta, alors qu'elle était en train de sortir un nouveau pantalon. Plissant les yeux par-dessus son épaule, elle demanda :

— Qu'est-ce que tu ne me dis pas ?

— *Kolher et Fhurie ne veulent pas l'impliquer. Elle a offert son aide et ils l'ont repoussée. Si tu te sers d'elle, ils ne devront jamais le savoir ; je ne peux pas te dire les choses plus clairement.*

Xhex cligna des paupières et retint sa respiration.

— *Personne ne doit le savoir, Xhex. Pas même Vhif. Et il va sans dire que tu devras la protéger.*

Quand John croisa son regard d'un air résolu, elle se fichait complètement de tout cela. En lui révélant cette info, il venait de les choisir, elle et sa quête, plutôt que son roi et le Primâle de l'espèce. Bien plus, il lui avait potentiellement donné la clé pour infiltrer la bande de salopards, et l'envoyer dans la gueule du loup.

En parlant de joindre l'acte à la parole.

Xhex oublia le pantalon et s'avança vers lui pour prendre son visage entre ses mains.

— Pourquoi me dis-tu cela ?

— *Cela t'amènera à eux*, articula-t-il.

Elle repoussa les cheveux de son beau visage tendu.

— Continue ainsi…

— *Et quoi ?*

— … et je te serai redevable.

— *Je peux choisir comment tu vas me récompenser ?*

— Oui. Tu peux.

— *Alors je veux que tu reviennes vivre avec moi. Ou que tu me laisses vivre avec toi. Je veux que nous soyons de nouveau ensemble, pour de bon.*

Battant furieusement des paupières, elle se pencha et l'embrassa lentement, minutieusement. Les mots n'avaient aucune importance. Il avait raison sur ce point. Mais ce mâle, qui s'était montré aussi inébranlable qu'un mur de briques au printemps dernier, lui dégageait désormais le passage pour qu'elle trouve la gloire.

— Merci, chuchota-t-elle contre sa bouche, mettant tout ce qu'elle ressentait dans ce simple mot.

John lui fit un grand sourire.

— *Moi aussi, je t'aime.*

Quand elle l'eut embrassé une fois de plus, elle s'écarta de lui, enfila un pantalon neuf et attrapa son débardeur. Alors qu'elle le passait par la tête, elle…

Tout d'abord, elle crut que la vague de chaleur qui la parcourait était due au fait qu'elle se tenait juste en dessous de la bouche d'aération du plafond. Mais quand elle se déplaça et que la sensation ne la lâcha pas, elle baissa la tête pour regarder son corps.

Jetant un coup d'œil à John, elle le vit se raidir et observer son propre giron.

— Putain, murmura-t-elle. Qui diable a ses chaleurs, à présent ?

John alla consulter son téléphone, puis haussa les épaules.

— Je ferais sans doute mieux de sortir d'ici.

Les *symphathes* étaient généralement capables de contrôler leur fertilité à volonté, et elle avait toujours eu de la chance sur ce point. Néanmoins, étant métisse, elle n'avait pas envie de prendre le risque alors que quelqu'un était en train de s'envoyer en l'air à proximité.

— Tu es certain que ma mère en avait fini quand vous êtes descendus voir Layla ? Merde, je suis prête à parier que c'est elle. Je suis prête à parier que c'est l'Élue…

Un grognement retentit à travers le mur de droite. Où se trouvait la chambre de Vhif.

Le martèlement sourd qui suivit ne pouvait avoir qu'une seule signification.

— Nom de Dieu, est-ce que Vhif…

Sauf qu'elle connaissait la réponse. Dirigeant ses sens vers la chambre voisine, elle observa leurs grilles. Pas d'amour entre eux ; plutôt de la détermination de chaque côté.

Ils faisaient cela avec un but qu'elle ne pouvait que deviner. Mais pourquoi voudraient-ils un enfant ? C'était complètement fou, surtout vu la position de l'Élue… et celle de Vhif.

Comme un autre pic dans les chaleurs menaçait de la dominer, Xhex se précipita sur sa veste et ses armes.

— Je dois vraiment y aller. Je ne veux pas être exposée, juste au cas où.

John hocha la tête et se dirigea vers la porte.

— Je vais voir ma mère à présent. Layla sera occupée un moment, mais après, je lui parlerai et je te dirai comment cela s'est passé.

— *Je serai là. Attendant de tes nouvelles.*

Elle l'embrassa une fois, deux fois… une troisième fois. Puis il ouvrit la porte et elle partit…

À l'instant où elle posa le pied dans le couloir, les hormones la frappèrent violemment, lui faisant perdre l'équilibre.

— Oh, merde, non, marmonna-t-elle. Elle courut vers les marches puis se dématérialisa jusqu'à la porte dissimulée sous la cage d'escalier.

Plus elle s'éloignait, plus elle se sentait redevenir elle-même. Mais elle s'inquiétait pour sa mère. Dieu merci, il existait des médicaments pour adoucir les souffrances de cette épreuve.

Tohr n'avait pas pu la servir. Impossible.

Débouchant du tunnel dans le bureau, elle parcourut le couloir du centre d'entraînement à grandes enjambées. Il n'y avait rien de particulier dans l'air, et ce fut un soulagement. La période de fertilité était violente, mais la bonne nouvelle était que, quand elle était terminée, les hormones redescendaient assez rapidement… même si la femelle avait généralement besoin d'une journée pour se remettre complètement.

Passant la tête dans la principale salle d'examen, elle ne trouva personne. De même que dans les deux salles de réveil. Mais sa mère était là, elle la sentait.

— Automne ? appela-t-elle en fronçant les sourcils. Houhou ? Où es-tu ?

La réponse vint de bien plus loin, là où les étudiants avaient autrefois cours.

Marchant dans cette direction, elle dépassa les premières salles de classe et trouva sa mère assise à l'une des tables installées devant le tableau noir. Les plafonniers étaient allumés et elle était seule.

Ce n'était pas bon. Où que les pensées de la femelle l'emmènent… ce n'était pas une bonne situation.

— *Mahmen ?* dit Xhex en laissant la porte se refermer derrière elle. Comment vas-tu ?

C'était le moment de procéder avec précaution. Sa mère était aussi immobile qu'une statue et tout aussi parfaite : tout chez elle était précisément arrangé, depuis ses cheveux nattés serrés jusqu'à ses vêtements soigneusement assortis.

Cette perfection apparente était pourtant fausse, ce n'était rien qu'une illusion de sang-froid qui ne faisait que lui donner l'air encore plus fragile.

— Je ne vais pas bien. (Automne secoua la tête.) Pas bien. Pas bien du tout.

Xhex avança jusqu'au bureau du professeur et posa ses armes et sa veste.

— Au moins tu es honnête.

— Ne vois-tu pas ce que j'ai à l'esprit ?

— Ta grille est éteinte. Tu es difficile à déchiffrer.

Automne hocha la tête.

— Éteinte… oui, c'est tout à fait cela… (Un long silence s'ensuivit, après lequel sa mère regarda autour d'elle.) Sais-tu pourquoi je suis venue ici ? Je pensais que des émanations du savoir dispensé ici déteindraient sur moi. Ça ne marche pas, j'en ai peur.

Xhex posa les fesses sur le bureau.

— Est-ce que Doc Jane t'a examinée ?

— Oui. Je vais bien. Et avant que tu poses la question, non, on ne m'a pas servie. Je ne le souhaitais pas.

Xhex poussa un soupir de soulagement. En dehors de la santé mentale de sa mère, ils n'avaient pas besoin d'affronter les risques physiques d'une grossesse et d'un accouchement, même si c'était peut-être égoïste.

Mais bon, elle venait juste de retrouver la femelle et elle ne voulait pas la perdre si vite.

Quand Automne tourna les yeux vers elle, elle y lut une franchise nouvelle.

— J'ai besoin d'un endroit où vivre. Loin d'ici. Je n'ai pas d'argent, pas de travail, pas de perspective, mais…

— Tu peux emménager avec moi. Aussi longtemps que tu le souhaites.

— Merci. (Elle détourna le regard et contempla le tableau noir.) Je m'efforcerai d'être une bonne invitée.

— Tu es ma mère. Tu n'es pas une invitée. Écoute, que s'est-il passé ?

La femelle se leva.

— Pouvons-nous y aller tout de suite ?

Mince, cette grille était totalement fermée. Condamnée. Enveloppée d'autoprotection. Comme si elle avait été attaquée.

Ce n'était clairement pas le moment de forcer les choses.

— Euh, oui. Bien sûr. On peut y aller. (Xhex se leva du bureau.) Est-ce que tu veux aller voir Tohr avant de partir ?

— Non.

Xhex attendit une explication, mais aucune ne vint. Ce qui lui en apprit beaucoup.

— Qu'a-t-il fait, *mahmen* ?

Automne leva le menton, sa dignité la rendant plus belle que jamais.

— Il m'a dit ce qu'il pensait de moi. De façon assez succincte. Donc maintenant, je suis persuadée que lui et moi n'avons rien de plus à nous dire.

Xhex étrécit les yeux, tandis que la colère lui nouait les tripes.

— Si nous y allions ? demanda sa mère.

— Oui… bien entendu…

Mais elle allait découvrir ce qui s'était passé ; il n'y avait aucun doute là-dessus.

Chapitre 63

Une fois les volets ouverts et toute la lumière du ciel chassée par la nuit, Blay quitta la salle de billard avec l'intention de voir comment allait Saxton dans la bibliothèque avant de monter prendre une douche en vue du Premier Repas.

Il n'alla pas plus loin que le tronc du pommier en mosaïque dans le vestibule.

S'arrêtant net, il baissa la tête vers ses hanches. Une érection palpitante avait jailli et cette excitation était aussi inattendue qu'exigeante.

Qu'est-ce que… levant les yeux, il se demanda qui d'autre avait ses chaleurs. C'était la seule explication.

— Tu préféreras peut-être ne pas connaître la réponse.

Se retournant, il découvrit Saxton sous l'arcade menant à la bibliothèque.

— Qui ?

Mais il le savait. Il le savait, putain.

Saxton fit un geste élégant en indiquant la pièce derrière lui.

— Ne veux-tu pas entrer prendre un verre avec moi dans mon bureau ?

Le mâle était également excité et le pantalon de son beau costume à chevrons déformé au niveau de la braguette… sauf que l'expression sur son visage n'allait pas avec l'érection. Il semblait abattu.

— Viens, répéta-t-il avec un nouveau signe de la main. S'il te plaît.

Les pieds de Blay se mirent en route, l'emmenant dans le chaos qu'était devenue la bibliothèque depuis que Sax avait reçu sa « mission ». Quelle qu'elle soit.

Quand Blay fut entré, il entendit les doubles portes se refermer avec un cliquetis et il chercha dans son esprit pour trouver quelque chose à dire.

Rien. Il n'avait… rien. Surtout quand au-dessus de sa tête, au niveau du plafond décoré de moulures en plâtres, des bruits sourds commencèrent à se faire entendre.

Même les cristaux du chandelier cliquetèrent, comme si l'énergie sexuelle se diffusait à travers les solives.

Layla avait ses chaleurs. Vhif la servait…

— Tiens, bois ça.

Blay prit ce qu'on lui offrait et l'avala cul sec comme s'il avait le ventre en feu et qu'il s'agissait d'eau. Mais cela n'eut pas l'effet attendu. Le brandy descendit et atterrit en une boule brûlante dans son estomac.

— Un autre ? demanda Saxton.

Quand il hocha la tête, le verre disparut et revint bien plus lourd. Après avoir avalé le numéro deux, il dit :

— Je suis surpris…

De découvrir à quel point il se sentait mal. Il avait cru que tous les liens entre lui et Vhif avaient été tranchés. Pff. Il aurait dû s'en douter.

Il refusa néanmoins d'achever cette pensée à voix haute.

— … de découvrir que tu peux supporter ce désordre, ajouta-t-il à la place.

Saxton se dirigea vers le bar et se versa sa propre dose d'alcool.

— Ce fatras est nécessaire, je le crains.

Comme Blay s'approchait du bureau, il fit tourner le brandy dans son verre pour le réchauffer, et tenta de parler de manière sensée.

— Je suis surpris que tu n'utilises pas davantage les ordinateurs.

Saxton recouvrit discrètement son travail avec un autre volume relié de cuir.

— Prendre des notes à la main manque d'efficacité et me donne le temps de réfléchir.

— Je suis surpris que tu en aies besoin : ton premier instinct est toujours le bon.

— Beaucoup de choses te surprennent aujourd'hui.

Une seule, véritablement.

— Je faisais juste la conversation.

— Mais bien sûr.

Finalement, il regarda son amant. Saxton s'était installé sur un canapé en soie de l'autre côté de la pièce, les jambes croisées : ses chaussettes rouges apparaissaient sous la couture parfaitement repassée du pantalon et ses mocassins luisaient à force d'être régulièrement cirés. Il était aussi raffiné et coûteux que le meuble ancien sur lequel il était assis, un mâle parfaitement élégant d'une lignée parfaitement renommée avec un goût et un style parfaits.

Il était tout ce que l'on pouvait souhaiter…

Quand ce foutu lustre se mit de nouveau à tinter au-dessus de sa tête, Blay dit d'une voix rauque :

— Je suis toujours amoureux de lui.

Saxton baissa les yeux et épousseta le haut de sa cuisse, comme s'il pouvait y avoir la moindre peluche dessus.

— Je sais. Tu croyais que ce n'était plus le cas ?

Comme si c'était stupide de sa part.

— Je suis tellement fatigué de tout cela. Vraiment.

— Je le crois.

— Je suis tellement…

Oh ! Seigneur, ces bruits sourds, cette confirmation audible de tout ce qu'il refusait de voir depuis un an…

Pris d'une soudaine vague de violence, il jeta le verre de brandy contre la cheminée de marbre, brisant l'objet.

— Putain ! Putain !

S'il en avait été capable, il aurait sauté pour arracher cette saloperie de lustre de ce plafond de merde.

Il se retourna et se dirigea à l'aveuglette vers la porte, trébuchant au passage sur les livres, dérangeant les piles et manquant même de se cogner dans la table basse.

Saxton arriva avant lui et bloqua la sortie de son corps.

Blay avait les yeux rivés sur le visage du mâle.

— Dégage de mon chemin. Immédiatement. Tu ne veux pas que je sois près de toi.

— N'est-ce pas à moi de décider ?

Blay descendit le regard vers ces lèvres qu'il connaissait si bien.

— Ne me provoque pas.

— Ou quoi ?

Alors que sa poitrine commençait à se soulever, Blay comprit que le mâle savait précisément à quoi il s'exposait. Ou tout du moins, croyait le savoir. Mais quelque chose s'était désaxé ; c'était peut-être les chaleurs, ou bien… Merde, il ne savait pas, et il s'en fichait complètement.

— Si tu ne dégages pas de mon chemin, je vais te plier sur ton bureau…

— Prouve-le.

Mauvaise chose à dire. Avec le mauvais ton. Au mauvais moment.

Blay poussa un rugissement qui fit trembler les vitraux. Puis il empoigna son amant par la nuque et balança carrément Saxton en travers de la pièce. Quand le mâle se rattrapa sur le bureau, les papiers s'envolèrent, puis les feuilles de bloc-notes jaunes et celles sorties de l'imprimante retombèrent comme de la neige.

Saxton tordit le buste pour regarder derrière lui ce qui lui arrivait dessus.

— Trop tard pour fuir, gronda Blay en ouvrant précipitamment sa braguette.

Tombant sur le mâle, il arracha brutalement les épaisseurs qui le séparaient de sa cible. Quand il n'y eut plus aucune barrière, il montra les crocs et mordit Saxton à l'épaule à travers ses vêtements, coinçant le mâle sous lui alors même qu'il lui saisissait les poignets et les clouait au sous-main en cuir.

Puis il le pénétra avec violence et lâcha bride à tout ce qu'il avait en lui, son corps prenant le contrôle... même si son cœur restait loin, très loin.

La cabane, ainsi que Xhex l'avait appelée, était un logement très modeste.

Tandis qu'Automne déambulait à l'intérieur, peu de choses entravaient sa route. La cuisine américaine n'était constituée que de placards et de plans de travail. La pièce à vivre n'offrait guère plus que la vue sur le fleuve, avec seulement deux chaises et une petite table pour tout ameublement. Il n'y avait que deux chambres, l'une avec deux matelas, l'autre avec une grande estrade de repos bizarre. Et la salle de bains était petite mais propre, avec une seule serviette pendue au pommeau de douche.

— Comme je te l'ai dit, annonça Xhex depuis la pièce principale, ce n'est pas très grand. Il y a aussi un sous-sol aménagé où tu pourras te réfugier en journée, mais l'accès se fait par le garage.

Automne revint des toilettes.

— Je trouve que c'est magnifique.

— C'est bon, tu peux être honnête.

—Je pense ce que je dis. Tu es une femelle qui préfère le fonctionnel. Tu aimes que les choses tournent bien et tu n'aimes pas perdre ton temps. C'est un magnifique espace pour toi. (Elle parcourut de nouveau la pièce du regard.) Toute la plomberie est neuve. De même que les radiateurs. La cuisine offre beaucoup d'espace pour préparer à manger, avec une plaque à six feux au lieu de quatre, et elle fonctionne au gaz donc tu n'as pas à te soucier de l'électricité. Le toit est en ardoise et donc résistant, et les planchers ne grincent pas; alors je suppose que la charpente est aussi bien entretenue que le reste. (Elle se tourna d'un coin à un autre.) De chaque angle, on peut regarder dehors à travers une fenêtre, ainsi tu ne seras jamais attaquée par surprise, et je vois qu'il y a des verrous en cuivre partout. C'est parfait.

Xhex ôta sa veste.

—C'est, euh... très perspicace de ta part.

—Pas vraiment. C'est évident pour quelqu'un qui te connaît.

—Je... je suis vraiment contente que ce soit ton cas.

—Tout comme moi.

Automne se dirigea vers les fenêtres qui donnaient sur le fleuve. Dehors, la lune jetait une vive lueur sur le paysage enneigé, et la lumière réfractée paraissait bleue à ses yeux.

« Tu es amoureuse de moi. Ne te fatigue pas à le nier : tu me le dis dans ton sommeil tous les jours. Et tu sais très bien que je suis avec toi uniquement pour tirer Wellsie de l'Entre-Deux. Donc, je rentre parfaitement dans ton schéma. »

—*Mahmen ?*

Automne se concentra sur le reflet de sa fille dans la vitre.

—Je suis désolée, qu'y a-t-il ?

—Veux-tu me raconter ce qui s'est passé entre Tohr et toi ?

Xhex n'avait pas encore retiré ses armes et, debout dans cette pièce, elle lui paraissait si puissante, si sûre d'elle et si forte...

Elle ne s'inclinerait jamais devant un mâle, ni personne d'autre, et c'était merveilleux. C'était une bénédiction sans mesure.

— Je suis si fière de toi, dit Automne en se retournant pour faire face à la femelle. Je veux que tu saches que je suis très, très fière de toi.

Xhex baissa les yeux et se passa une main dans les cheveux comme si elle ne savait que faire du compliment.

— Merci de m'accueillir, poursuivit Automne. Je m'efforcerai de travailler tout le temps que je demeurerai ici et contribuerai à l'entretien d'une façon ou d'une autre.

Xhex secoua la tête.

— Je te répète que tu n'es pas une invitée.

— C'est possible, mais je ne serai pas un fardeau.

— Vas-tu me parler de Tohr ?

Automne observa les armes qui étaient toujours suspendues dans les holsters en cuir et se dit que les reflets de l'acier étaient très semblables à la lumière dans les yeux de sa fille : une promesse de violence.

— Tu ne dois pas être en colère contre lui, s'entendit-elle répondre. Ce qui s'est passé entre nous était mutuellement consenti, et s'est achevé pour… une bonne raison. Il n'a rien fait de mal.

Tandis qu'elle parlait, elle ne savait pas vraiment ce qu'elle en pensait, mais une chose était sûre : elle ne créerait pas de situation où Xhex pourchasserait le mâle, toutes armes dehors…

— Est-ce bien compris, ma fille ?

Ce n'était pas une question, mais un ordre ; le premier qu'elle ait jamais donné qui résonne comme celui d'un parent à son enfant.

— Ne lui demande pas pourquoi nous nous sommes séparés, et n'aborde même pas le sujet avec lui.

— Donne-moi une raison de ne pas le faire.

— Tu connais les émotions des autres, n'est-ce pas ?

— Oui.

— Quand as-tu croisé pour la dernière fois quelqu'un qui se soit fait tomber amoureux d'une personne ? Qui ait ordonné à ses sentiments de prendre une direction donnée, alors que, dans son état naturel, son cœur restait fidèle à une autre.

Xhex poussa un juron.

— Jamais. C'est la recette du désastre… mais on peut toujours énoncer les choses avec respect.

— Enrober ses paroles ne change pas la nature de la vérité. (Automne contempla de nouveau le paysage enneigé et le fleuve en partie gelé.) Et je préfère connaître la réalité que vivre un mensonge.

Entre elles, le silence dura un moment.

— Est-ce une « raison » assez valable, ma fille ?

Xhex poussa un autre juron, mais ensuite, répondit :

— Je n'aime pas cela… mais, oui, c'en est une.

Chapitre 64

Tohr resta assis dans le parking pendant Dieu seul sait combien de temps. Au moins une nuit et un jour, peut-être même une ou deux autres nuits ? Il l'ignorait, et il s'en fichait.

C'était un peu comme être de retour dans le ventre maternel, d'après lui. Sauf qu'il avait les fesses engourdies et que son nez coulait à cause du froid.

À mesure que sa colère homérique retombait et que ses émotions se calmaient, ses pensées se firent vagabondes, traversant les époques de sa vie, errant dans les paysages des différentes périodes, rebroussant chemin pour en réexaminer les pics et les vallées.

Un putain de long trajet, dont il sortit épuisé à la fin, même si son corps n'avait pas remué pendant des heures.

Sans surprise, les deux endroits qu'il avait le plus visités étaient les chaleurs de Wellsie… et celles d'Automne. Ces événements, et leurs suites respectives, étaient les montagnes qu'il avait le plus gravies. Les différentes scènes lui étaient alternativement apparues sous la forme de visions, jusqu'à ce qu'elles se mêlent, formant un patchwork d'actions et de réactions, les siennes et celles des femelles.

Après toutes ces ruminations, trois résolutions s'imposèrent à son esprit.

Il allait devoir s'excuser auprès d'Automne, bien entendu. Seigneur, c'était la seconde fois qu'il lui faisait du mal, la première remontant à presque un an, à la piscine : dans les deux cas, sa mauvaise humeur avait fait sortir le pire de lui-même à cause du stress qu'il subissait, mais ce n'était pas une excuse.

Ensuite, il allait devoir retrouver l'ange et débiter une nouvelle tirade de « je suis désolé ».

Quant à la troisième résolution… eh bien, la troisième était en fait la plus importante, celle qu'il devait tenir avant les deux autres.

Il devait entrer en contact avec Wellsie une dernière fois.

Prenant une profonde inspiration, il ferma les yeux et força ses muscles à se détendre. Puis, avec plus de découragement que d'espoir, il ordonna à son esprit fatigué de se libérer de toute pensée et de toute image, de se vider de tout ce qui l'avait tenu en éveil durant tout ce temps, d'expulser les regrets, les erreurs et la douleur…

Son ordre finit par être exécuté, et la randonnée mentale incessante ralentit jusqu'à ce que toute cette exploration cognitive cesse complètement.

Concentrant son subconscient sur un seul but, il s'abandonna au sommeil et attendit dans cet état de repos jusqu'à ce que…

Wellsie vint à lui en dégradé de gris, dans ce paysage désolé de brouillard, de vent glacial et de rochers. Elle était si loin, désormais, que la portée de son champ de vision lui permettait de voir l'une des formations rocheuses vacillantes de près…

Sauf qu'elle n'était, en fait, pas en pierre.

Aucune ne l'était.

Non, il s'agissait des silhouettes voûtées d'autres personnes souffrant comme elle, leurs corps et leurs os s'effondrant progressivement sur eux-mêmes jusqu'à ce qu'ils ne soient plus que des monticules de cendres emportées par le vent.

— Wellsie ? appela-t-il.

Quand son prénom s'envola vers l'horizon sans limite, elle ne le regarda pas.

Elle ne parut même pas reconnaître sa présence.

La seule chose qui remuait était le vent froid qui sembla brusquement se précipiter vers lui, soufflant en travers de la plaine grise, soufflant sur lui, soufflant sur elle.

Quand la rafale se prit dans les cheveux de Wellsie, des mèches voletèrent autour d'elle...

Non, pas des mèches. Ses cheveux étaient à présent des cendres, des cendres qui furent emportées par le courant invisible vers Tohr et l'atteignirent comme de la poussière, lui piquant les yeux.

Au final tout son être serait emporté et il ne resterait plus rien d'elle.

— Wellsie ! Wellsie, je suis là !

Il l'appela pour la réveiller, pour attirer son attention, lui dire qu'il était enfin prêt, mais peu importe combien il cria, ou le nombre de fois où il agita les bras, elle ne s'intéressa pas à lui. Elle ne leva pas la tête. Elle ne remua pas... pas plus que son fils.

Pourtant le vent soufflait toujours, emportant des particules infinitésimales de leurs silhouettes, les érodant peu à peu.

Pris de peur, il se changea en grand singe, feulant et sautant, hurlant de toute la force de ses poumons et agitant les bras de plus belle, mais, comme si les lois de la fatigue s'appliquaient même dans cet autre monde, il finit par perdre son énergie et tomba par terre sur le sol poussiéreux.

Ils étaient assis dans la même position, comprit-il.

Et ce fut alors que la vérité paradoxale lui apparut.

La réponse était en rapport avec ce qui s'était passé avec Automne, le sexe et le sang... et pourtant n'avait rien à voir avec cette dernière. Elle avait un rapport avec tout ce que Lassiter avait essayé de l'aider à faire... et pourtant ne concernait rien de tout cela. Elle n'impliquait même pas vraiment Wellsie.

C'était lui. Tout... lui.

Dans son rêve, il baissa le regard pour s'observer et, brusquement, la force lui vint avec un calme qui avait tout à voir avec le siège de son âme... et le fait que le chemin pour sortir de sa souffrance – et extraire Wellsie de la sienne – venait d'être illuminé par la main du Créateur.

Finalement, après tout ce temps, tout ce merdier, toute cette douleur, il savait quoi faire.

Cette fois-ci, quand il parla, il ne cria pas.

— Wellsie, je sais que tu peux m'entendre : tiens bon. Il faut juste que tu m'accordes un petit plus de temps, mais je suis enfin prêt. Je suis seulement désolé que cela m'ait pris si longtemps.

Il ne s'attarda qu'un bref moment, jetant tout son amour dans sa direction comme si cela pouvait garder intact ce qu'il restait d'elle. Puis il se retira, s'arrachant du rêve avec un sursaut de volonté herculéen qui fit tressauter son corps sur le sol de béton...

Posant la main devant lui, il s'empêcha de tomber la tête la première et se mit immédiatement sur ses pieds.

Dès qu'il fut debout, il prit conscience que, s'il n'allait pas pisser immédiatement, sa vessie allait exploser sans préavis.

Il redescendit la rampe à grandes enjambées, pénétra dans la clinique et entra dans les premières toilettes qu'il trouva. Quand il en sortit, il ne s'arrêta pas pour saluer qui que ce soit, même s'il entendait des voix ailleurs dans le centre d'entraînement.

Dans la maison principale, il trouva Fritz dans la cuisine.

— Eh, mec, j'ai besoin de ton aide.

Le majordome abandonna aussitôt la liste de courses qu'il était en train de rédiger.

— Seigneur ! Vous êtes vivant ! Oh, louée soit la Vierge scribe, tout le monde vous a cherché…

Merde. Il avait oublié qu'il y avait des conséquences quand on disparaissait des écrans radar.

— Oui, désolé. Je vais envoyer un message à tout le monde.

En supposant qu'il puisse retrouver son téléphone ? Probablement en bas à la clinique, et il n'allait pas perdre de temps à retourner là-bas.

— Écoute, ce dont j'ai vraiment besoin, c'est que tu viennes avec moi.

— Oh, seigneur, ce sera un plaisir de vous servir. Mais vous devriez peut-être aller voir le roi pour commencer… Tout le monde s'est tellement inquiété…

— Je te propose un marché. Tu conduis et je t'emprunterai ton téléphone. (Quand il sentit l'hésitation, il baissa d'un ton.) Il faut qu'on y aille maintenant, Fritz. J'ai besoin de toi.

L'appel à servir était précisément la motivation dont le majordome avait besoin. Avec un profond salut, il répondit :

— Comme vous le désirez, seigneur. Et je devrais peut-être vous empaqueter quelques denrées ?

— Bonne idée. Donne-moi cinq minutes.

Quand le majordome hocha la tête et disparut dans le garde-manger, Tohr contourna le pied de l'escalier et grimpa les marches couvertes d'une moquette rouge deux par deux. Il cessa de courir quand il atteignit la porte de John Matthew.

Il obtint une réponse immédiate au coup frappé lorsque John lui ouvrit brusquement. Comme son visage montrait de la surprise, Tohr leva les mains pour se défendre, car il savait qu'il allait se faire hurler dessus pour avoir disparu une fois encore.

— Je suis désolé de…

Il n'eut pas l'occasion de finir. John se jeta sur lui et le serra si fort dans ses bras que sa colonne vertébrale craqua.

Tohr lui rendit immédiatement la pareille. Et pendant qu'il étreignait son seul fils, il parla d'une voix basse et nette.

— John, je veux que tu prennes ta soirée et que tu m'accompagnes. J'ai besoin que… tu viennes avec moi. Vhif aussi peut nous accompagner, et cela nous prendra toute la nuit, peut-être même plus longtemps. (Quand il le sentit hocher la tête contre son épaule, Tohr prit une longue inspiration pour se calmer.) Bien, fils. C'est… bien. Il me serait impossible de faire cela sans toi.

— Comment ça va ?

Layla ouvrit ses paupières lourdes et son regard remonta du corps de Vhif à son visage. Habillé de pied en cap, il se tenait près du lit. Il était grand et distant et lui sembla gêné sans en être impoli.

Elle savait ce qu'il ressentait. Le feu intense de ses chaleurs passé, ces heures de tension, de va-et-vient et de griffures étaient finies et balayées, reléguées à une étrange note de bas de page qui semblait déjà disparaître de sa mémoire comme un rêve. Quand tous les deux avaient été happés par l'expérience, il leur avait semblé que rien ne serait plus jamais pareil, qu'ils seraient transformés à jamais par l'éruption volcanique.

Mais à présent… le paisible retour à la normale apparaissait tout aussi puissant, et semblait avoir remis les compteurs à zéro.

— Je crois que je suis prête à me lever, dit-elle.

Il s'était montré généreux pour la nourrir à sa veine et lui apporter à manger, et elle était restée au lit pendant au moins vingt-quatre heures après coup, comme c'était la tradition au sanctuaire quand le Primâle avait partagé la couche d'une Élue.

Mais il était temps de se remuer.

— Tu peux rester ici, tu sais. (Il se dirigea vers son placard et commença à s'armer pour la nuit.) Repose-toi encore un peu. Détends-toi.

Non, elle l'avait assez fait.

Se soulevant sur ses avant-bras, elle s'attendit à sentir la tête lui tourner et fut soulagée que ce ne soit pas le cas. Tout au contraire, elle se sentait forte.

Il n'y avait aucune autre manière de l'exprimer. Elle avait l'impression que son corps était… fort.

Glissant les jambes sur le côté du matelas, elle porta son poids sur ses pieds nus et se leva lentement. Vhif se précipita instantanément à côté d'elle, mais elle n'avait pas besoin d'aide.

— Je crois que je vais prendre une douche, annonça-t-elle.

Et après cela ? Elle ignorait totalement ce qu'elle allait faire.

— Je veux que tu restes ici, dit Vhif comme s'il lisait dans ses pensées. Tu vas rester ici. Avec moi.

— Nous ignorons si je suis enceinte.

— Raison de plus pour y aller doucement. Et si tu l'es, tu vas continuer à vivre avec moi.

— Très bien.

Après tout, ils seraient embarqués là-dedans ensemble… à supposer qu'il y ait quelque chose « là-dedans ».

— Je sors me battre, mais j'ai tout le temps mon téléphone portable avec moi, et je t'en ai laissé un sur la table de nuit. (Il montra le sien et désigna celui posé à côté du radio-réveil.) Appelle-moi ou envoie-moi un message en cas de besoin, d'accord ?

Son visage était mortellement sérieux, son regard concentré sur elle avec une intensité qui lui donna une idée de sa détermination sur le champ de bataille. Rien ni personne ne se mettrait en travers de son chemin si elle l'appelait à l'aide.

— C'est promis.

Il hocha la tête et se dirigea vers la porte. Avant d'ouvrir pour sortir, il s'arrêta et parut chercher ses mots.

— Comment saurons-nous si tu…

— Fais une fausse couche ? Je vais commencer par avoir des crampes, puis je saignerai. J'ai vu cela se produire de l'autre côté un certain nombre de fois.

— Cours-tu le moindre danger, si c'est le cas ?

— Pas à ma connaissance… pas aussi tôt.

— Ne devrais-tu pas rester alitée ?

— Après les premières vingt-quatre heures, si cela doit marcher, cela marche… que je bouge ou pas maintenant n'a guère d'importance : les dés sont jetés.

— Tu me tiendras au courant ?

— Dès que je le saurai.

Il se retourna et sembla regarder fixement la porte un moment.

— Cela va marcher.

Sur ce point il était beaucoup plus confiant qu'elle, mais c'était gratifiant de connaître sa conviction et son désir qu'elle soit enceinte.

— Je serai de retour à l'aube, dit-il.

— Je serai là.

Après son départ, elle prit une douche, pendant laquelle elle s'appliqua à passer et repasser le savon sur son bas-ventre. Il lui semblait bizarre qu'une chose potentiellement aussi importante se produise dans son propre corps, sans qu'elle puisse avoir conscience des détails.

Mais ils le sauraient bien assez tôt. La plupart des femelles saignaient au cours de la première semaine si cela devait arriver.

Quand elle sortit de sous le jet, elle se sécha et découvrit qu'il avait gentiment disposé une de ses robes sur le plan de toilette, et elle l'enfila, de même que quelques sous-vêtements au cas où une fausse couche surviendrait.

Dans la chambre principale, elle s'assit sur la couverture, chaussa ses ballerines, puis…

Elle n'avait rien à faire. Et le silence et l'immobilité étaient de mauvais compagnons pour son anxiété.

Spontanément, l'image du visage de Xcor resurgit dans son esprit.

Poussant un juron à voix basse, elle craignit de ne jamais oublier la façon dont il l'avait regardée : ses yeux la dévisageant comme si elle était une vision qu'il ne parvenait pas à comprendre totalement, mais qu'il serait pourtant toujours reconnaissant d'avoir aperçue ne serait-ce qu'une fois.

Contrairement aux souvenirs de ses chaleurs, les sensations qu'elle avait éprouvées quand ce mâle s'était intéressé à elle étaient aussi incandescentes qu'au moment où elle les avait vécues. Elles n'avaient pas été estompées par le temps qui s'était écoulé depuis leur rencontre. Sauf que… avait-elle simplement tout imaginé ? Était-il possible que le souvenir soit vif uniquement parce qu'il s'agissait d'un fantasme ?

Visiblement, s'il fallait se fier aux chaleurs, la vraie vie s'effaçait vite.

Mais ce n'était pas le cas de son envie d'être désirée…

Un coup frappé à la porte la fit se reprendre.

— Oui ?

À travers le panneau, une voix féminine répondit :

— C'est Xhex. Je peux entrer ?

Elle n'avait aucune idée de la raison pour laquelle la femelle voulait la voir. Néanmoins, elle appréciait la compagne de John et recevrait toujours la *shellane* de celui-ci avec plaisir.

— Oh, je t'en prie, entre… Bonjour, c'est une agréable surprise.

Xhex referma derrière elle et regarda partout d'un air gêné, en évitant le visage de l'Élue.

— Donc, euh… comment te sens-tu ?

Effectivement, elle avait l'impression que beaucoup de gens allaient lui poser cette question au cours de la semaine à venir.

— Plutôt bien.

— Bon. Oui… c'est bien.

Un long silence.

— Y a-t-il quelque chose que je puisse faire pour toi ? demanda Layla.

— En fait, oui.

— Alors dis-moi et je ferai absolument tout mon possible.

— C'est compliqué. (Xhex plissa les yeux.) Et dangereux.

Layla mit la main sur son ventre comme pour protéger son bébé au cas où il y en aurait un.

— Que cherches-tu ?

— Sur l'ordre de Kolher, j'essaie de retrouver Xcor.

Layla sentit sa poitrine se contracter et sa bouche s'entrouvrit pour lui permettre de mieux respirer.

— Ah bon.

— Je sais que tu es au courant de ce qu'il a fait.

— En effet.

— Je sais également que tu l'as nourri.

Layla cligna des yeux quand le souvenir de ce visage cruel et étonnamment vulnérable lui revint. Pendant une fraction de seconde, elle éprouva l'instinct absurde de le protéger, mais c'était ridicule, et ce ne serait pas quelque chose qu'elle permettrait.

— Bien sûr que je vous aiderai, toi et Kolher. Je suis heureuse que le roi soit revenu sur sa précédente position.

Voilà que la femelle hésitait.

— Et si je te disais que Kolher ne doit pas le savoir ? Personne ne doit être au courant, surtout pas Vhif. Est-ce que cela te ferait changer d'avis ?

John, se dit-elle. John avait appris à sa compagne ce qui s'était passé.

— Je comprends que je te mets dans une position difficile, mais tu connais ma nature, dit Xhex. Je me servirai de tout ce que j'ai à ma disposition pour obtenir ce que je veux, et je veux retrouver Xcor maintenant. Je ne doute pas d'être capable de te protéger, et je n'ai aucune intention de te laisser approcher de lui. J'ai seulement besoin de connaître à peu près la zone où il se pose chaque nuit, et je m'occuperai du reste.

— Tu vas le tuer ?

— Non, mais je vais livrer à la Confrérie les munitions pour le faire. L'arme utilisée pour tirer sur Kolher était un fusil à longue portée, pas le genre de chose qu'on emporte sur le champ de bataille une nuit normale. En supposant qu'ils ne l'aient pas détruit, ils le laissent derrière eux quand ils sortent. Si je peux mettre la main dessus et que nous pouvons prouver ce qu'ils ont fait, les choses suivront leur cours naturel.

Des yeux doux, songea-t-elle… Le mâle avait eu des yeux si doux quand il l'avait dévisagée. Mais en fait, c'était l'ennemi de son roi.

Layla se sentit hocher la tête.

— Je t'aiderai. Je ferai tout mon possible… et je ne dirai rien.

La femelle s'approcha d'elle et lui posa la main sur l'épaule avec une douceur surprenante.

— Je déteste devoir te mettre dans cette position. La guerre est une affaire très, très moche qui a pour spécialité de mettre en péril les gens bien comme toi. Je sens à quel point tu es déchirée, et je suis désolée de te demander de mentir.

C'était adorable de la part de la *symphathe* de s'inquiéter pour elle, mais son conflit n'était pas dû au fait qu'elle devrait mentir à la Confrérie, mais au fait qu'elle éprouvait des sentiments pour le guerrier qu'elle allait aider à tuer.

— Xcor s'est servi de moi, dit-elle comme si elle essayait de s'en convaincre.

— Il est très dangereux. Tu as eu de la chance de t'en être sortie vivante.

— Je ferai ce qu'il faut. (Elle leva les yeux vers Xhex.) Quand partons-nous ?

— Tout de suite. Si tu t'en sens capable.

Layla puisa des forces au tréfonds d'elle-même. Puis hocha la tête.

— Laisse-moi prendre mon manteau.

Chapitre 65

Plusieurs heures plus tard, alors qu'elle était assise à son bureau au Refuge, Marissa répondit à son téléphone portable et ne put s'empêcher de sourire.

— C'est encore toi.

La voix à l'accent bostonien de Butch était rocailleuse. Comme d'habitude.

— Quand rentres-tu à la maison ?

Elle consulta sa montre et se demanda où était passée la nuit. Mais bon, c'était toujours ainsi quand elle travaillait. Elle arrivait dès que le soleil était sous l'horizon et, avant même qu'elle s'en rende compte, la lumière menaçait d'apparaître à l'est et la ramenait au complexe.

Dans les bras de son mâle.

Ce qui était loin d'être une corvée.

— D'ici environ quarante-cinq minutes ?

— Tu pourrais venir tout de suite…

La façon dont il s'attarda sur les mots suggérait une tout autre signification pour ce verbe que « rentrer à la maison ».

— Butch…

— Je ne suis pas sorti du lit, ce soir.

Elle se mordit la lèvre, se l'imaginant nu entre les draps qui étaient en bataille à son départ.

— Ah non ?

— Hum, non. (Il traîna sur la syllabe, du moins jusqu'à ce qu'il n'ait plus de souffle.) J'ai pensé à toi…

Sa voix était si grave, si rauque qu'elle sut exactement ce qu'il se faisait et, l'espace d'un instant, elle ferma les yeux et s'offrit quelques images mentales franchement magnifiques.

— Marissa… rentre à la maison…

Se reprenant d'un coup, elle s'arracha au sort qu'il était en train de lui lancer.

— Je ne peux pas partir tout de suite. Mais je vais me préparer à décoller, que dis-tu de cela ?

— C'est parfait. (Elle sentit Butch sourire.) Je t'attends… et écoute, toute plaisanterie mise à part, prends tout le temps dont tu as besoin. Mais reviens ici avant d'aller au Dernier Repas. Je veux t'offrir un hors-d'œuvre que tu n'oublieras pas.

— Tu es déjà assez inoubliable.

— C'est ça, ma belle. Je t'aime.

— Je t'aime aussi.

Quand elle mit fin à l'appel, son grand sourire heureux resta plaqué sur son visage. Son compagnon était un mâle du genre traditionnel, « de la vieille école » comme il le disait lui-même, avec tous les préjugés qui allaient avec : les femelles ne devaient jamais rien payer, ni ouvrir une porte, ni mettre de l'essence dans leur voiture, ni traverser une flaque de boue, ni porter quelque chose qui n'entre pas dans un sac à sandwich… voilà. Mais il ne se mettait jamais en travers de son travail. Jamais. C'était la seule partie de sa vie où elle décidait, et il ne se plaignait jamais de ses horaires, de sa charge de travail ou de son niveau de stress.

Ce qui était juste l'une des nombreuses raisons pour lesquelles elle adorait le frère. Les femelles et les enfants déshérités qui séjournaient au Refuge formaient une sorte de famille pour elle, à la tête de laquelle elle se trouvait : elle administrait l'établissement, le personnel, les programmes, les ressources et, le plus important, tous ceux qu'elle recueillait sous ce toit. Et elle adorait son travail. Quand Kolher lui avait donné son accord pour fonder l'association caritative, elle avait failli reculer, mais elle était heureuse d'avoir lutté contre sa peur pour découvrir sa vocation professionnelle.

— Marissa ?

Levant les yeux, elle aperçut l'une des nouvelles psychologues sur le seuil de son bureau.

— Bonsoir. Comment s'est passée la séance de groupe ce soir ?

— Très bien. Je remplirai mon compte-rendu d'ici environ une heure, quand nous aurons fini de préparer des cookies dans la cuisine. Je suis désolée de te déranger, mais un mâle attend dehors avec une livraison.

— Vraiment ? (Elle consulta le calendrier fixé au mur en fronçant les sourcils.) Nous n'avons rien de prévu.

— Je sais, c'est pourquoi je n'ai pas déverrouillé la porte. Il a dit que tu le connaissais, mais il n'a pas donné son nom. Je me demande si nous ne devrions pas appeler la Confrérie ?

— À quoi ressemble-t-il ?

La femelle leva une main au-dessus de sa tête.

— Très grand. Massif. Il a des cheveux noirs avec une mèche blanche sur le devant.

Marissa se leva si vite que son fauteuil grinça sur le sol.

— Tohrment ? Il est vivant ?

— Je te demande pardon ?

— Je m'en occupe. Tout va bien, retourne dans la cuisine.

Marissa sortit à toute vitesse de son bureau et descendit les marches. S'arrêtant devant l'entrée principale, elle regarda l'écran de sécurité installé par V., puis ouvrit immédiatement la porte.

Elle se jeta dans les bras du frère sans réfléchir.

— Oh, mon Dieu, où étais-tu ? Tu as disparu pendant des nuits !

— Pas vraiment. (Il lui rendit gentiment son étreinte.) Je m'occupais seulement de régler quelques affaires. Mais tout va bien.

Elle recula d'un pas, mais garda les mains sur ses biceps épais.

— Est-ce que ça va ?

Tout le monde à la demeure savait qu'Automne avait subi ses chaleurs et elle imaginait à quel point cela avait dû être difficile pour lui. Et elle avait espéré, comme eux tous, que la relation qui grandissait entre le frère et la silencieuse aristocrate déchue le guérirait. Au lieu de quoi, il avait disparu une fois la période de fertilité de celle-ci achevée, et Automne avait quitté la maison.

Pas de dénouement heureux, visiblement.

— Écoute, je sais que tu acceptes les donations, pas vrai ? demanda-t-il.

Respectant son choix de ne pas répondre à sa question, elle cessa son enquête.

— Oh, oui, totalement. Nous acceptons tout, nous sommes devenues expertes dans l'art de la récup.

— Bien, parce que j'ai des choses que j'aimerais donner aux femelles, peut-être. Je ne suis pas certain que tu puisses en avoir l'usage, mais…

Il se retourna et la mena jusqu'au monospace de la Confrérie, qui était garé à l'entrée de l'allée. Fritz était assis sur le siège conducteur, et le vieux majordome sortit du véhicule dès qu'elle approcha.

Pour une fois, il n'arborait pas de sourire réjoui. Mais il s'inclina profondément.

— Madame, comment vous portez-vous ?

— Oh, très bien, Fritz, merci.

Elle se tut tandis que Tohr faisait glisser la portière latérale…

Un coup d'œil à l'intérieur et elle cessa de respirer.

Éclairés par le plafonnier du véhicule, se trouvaient entassés ce qui semblait être des vêtements dans des paniers à linge, des cartons, des sacs ouverts. Il y avait également des jupes, des chemisiers et des robes toujours sur leurs cintres, posés soigneusement dessus.

Marissa se tourna vers Tohr.

Le frère était silencieux et fixait ses chaussures… et il n'avait visiblement aucune envie de croiser son regard.

— Comme je te l'ai dit, je ne suis pas certain que tu puisses en avoir l'usage.

Elle se pencha et effleura du doigt l'une des robes.

La dernière fois qu'elle l'avait vue, Wellsie la portait.

Il s'agissait des vêtements de sa *shellane.*

D'une voix qui se fêla, elle chuchota :

— Es-tu certain de vouloir donner tout cela ?

— Oui. Tout jeter me semblait être un véritable gâchis, et elle ne l'aurait pas approuvé. Wellsie aurait voulu que ses affaires servent à d'autres personnes, c'était important pour elle. Elle détestait le gaspillage. Mais en revanche, j'ignore tout des tailles pour les femelles.

— C'est très généreux de ta part. (Elle observa le visage du mâle, prenant conscience que c'était la première fois depuis son retour après l'assassinat qu'elle l'entendait prononcer son nom.) Nous distribuerons tout.

Il hocha la tête, évitant toujours son regard.

— J'ai aussi apporté les produits de beauté non entamés. Comme son shampoing et son après-shampoing, sa crème hydratante, le savon Clinique qu'elle aimait. Wellsie était très pointilleuse dans le choix de ses cosmétiques – quand elle avait trouvé un produit qu'elle appréciait, elle avait tendance à y rester fidèle –, elle faisait aussi souvent des stocks, donc il y en avait beaucoup quand j'ai vidé notre salle de bains.

Oh, et j'ai aussi mis certains de ses ustensiles de cuisine : ses poêles en cuivre préférées et ses couteaux. Je peux les donner à une association caritative humaine si tu…

— Nous prendrons tout ce que tu as.

— Voilà le matériel de cuisine. (Tohrment contourna le véhicule et ouvrit le hayon pour le lui montrer.) Et je sais que tu n'autorises pas les mâles à entrer, mais je peux peut-être déposer tout cela dans le garage ?

— Oui, oui, s'il te plaît. Laisse-moi aller chercher quelques bras supplémentaires pour nous aider…

— J'aimerais me charger du déchargement moi-même, si ça ne t'ennuie pas.

— Oh oui, bien sûr… oui.

Se reprenant, elle courut jusqu'aux portes du garage et tapa le code sur le clavier fixé à côté.

Pendant que le battant de gauche se soulevait lentement, elle revint vers eux et demeura à côté du majordome pendant que Tohrment effectuait des allers et retours à un rythme régulier. Transportant les possessions de sa compagne avec soin, il érigea une haute pile bien ordonnée juste à côté de la porte menant à la cuisine.

— Il vide la maison ? murmura-t-elle à Fritz.

— Oui, madame. Nous avons travaillé toute la nuit : John, Vhif, lui et moi. Il a fait leur suite et la cuisine, pendant que les autres mâles et moi nous occupions du reste de la maison. Il m'a demandé de revenir avec lui après le coucher du soleil pour qu'on puisse déménager tous les meubles et toutes les œuvres d'art de la demeure.

Marissa posa la main sur sa bouche pour que son expression de surprise soit moins apparente. Mais elle n'avait pas à se soucier que sa réaction mette Tohr mal à l'aise, car le frère était uniquement concentré sur sa tâche.

Quand le monospace fut vidé, il referma le garage et revint vers elle. Alors qu'elle essayait de trouver les mots convenables pour exprimer sa gratitude, son grand respect et sa profonde compassion, il l'interrompit en sortant quelque chose de sa poche : un sac en velours.

— J'ai encore une chose. Tu me donnes ta main ?

Quand elle tendit la paume, il défit le cordon. Retournant le pochon, il déversa…

— Oh, mon Dieu ! s'exclama Marissa avec un hoquet de surprise.

Des rubis. De gros rubis sertis avec des diamants. Beaucoup de rubis : un collier… non, un collier et un bracelet. Des boucles d'oreilles, aussi. Elle dut tenir les bijoux à deux mains.

— Je les ai achetés pour elle en 1964. Chez *Van Cleef et Arpels*. Ce devait être pour notre anniversaire d'union, mais je ne sais pas à quoi je pensais. Wellsie n'était pas une grande amatrice de bijoux, elle préférait l'art. Elle disait toujours que les bijoux manquaient de simplicité. Enfin, tu sais, je les avais vus dans un magazine chez Audazs… dans *Town and Country*. Je trouvais qu'ils iraient bien avec ses cheveux roux et je voulais faire un truc exagéré et romantique, juste pour prouver que j'en étais capable. Elle n'y attachait pas vraiment d'importance, mais chaque année à compter de ce jour, chaque année sans faute, elle sortait la parure du coffre-fort et la mettait. Et chaque année – chaque année – je finissais par lui dire qu'ils n'étaient pas à la hauteur de sa beauté… (Il s'arrêta net.) Je suis désolé, je divague complètement.

— Tohr… je ne peux pas les accepter. C'est beaucoup trop…

— Je veux que tu les vendes. Que tu les vendes, que tu prennes l'argent et que tu t'en serves pour agrandir la maison derrière. Butch disait que tu avais besoin de plus d'espace. Je pense qu'ils doivent valoir 250 000 dollars, peut-être plus.

Wellsie aurait adoré ton œuvre ici ; elle l'aurait soutenue, aurait été bénévole auprès des femelles et des gamins, elle se serait vraiment impliquée. Donc, tu vois, je ne pourrais pas leur trouver un meilleur usage que celui-ci.

Marissa se mit à battre des paupières très vite : c'était cela ou laisser les larmes couler. C'était simplement… il se montrait si brave…

— Tu es sûr ? demanda-t-elle d'une voix enrouée. Es-tu certain de vouloir faire tout cela ?

— Oui. Il est temps. Me cramponner à toutes ces choses ne l'a pas ramenée et ne la ramènera jamais. Mais au moins cela pourra aider les femelles de cette maison, donc rien ne sera gaspillé. C'est important pour moi que les choses que nous avons achetées ensemble, possédées ensemble, utilisées ensemble… ne soient pas, tu sais, gâchées.

Sur ce, Tohr se pencha et l'étreignit brièvement.

— Porte-toi bien, Marissa.

Puis il referma les portes du monospace, aida le majordome à s'installer sur le siège conducteur et, avec un dernier salut de la main, se dématérialisa dans la nuit déclinante.

Marissa regarda la fortune dans ses mains, puis de nouveau le monospace que Fritz faisait sortir avec précaution de l'allée. Elle suivit le véhicule jusqu'à la rue, tout en remettant les gemmes dans leur petit sac. Alors qu'il faisait demi-tour, elle leva le bras et agita la main. Il fit de même.

S'entourant de ses bras pour se réchauffer, elle regarda les feux arrière s'éloigner jusqu'à disparaître.

Le poids des gemmes toujours dans ses mains, elle fit demi-tour vers la maison et imagina l'extension qu'elle pourrait faire construire dans le jardin de derrière, créant plus de chambres pour d'autres femelles et leurs enfants, surtout en sous-sol, où l'on était à l'abri pendant la journée.

Ses yeux se voilèrent de larmes, et cette fois-ci, il ne fut pas question de les empêcher de couler sur ses joues. Comme le bâtiment devant elle se brouillait, l'avenir lui apparut clairement : elle savait exactement quel nom elle donnerait à cette nouvelle aile.

Wellesandra, cela sonnait si bien.

Chapitre 66

Layla n'était jamais sortie à l'approche de l'aube auparavant, et elle trouva intéressant de noter qu'il y avait un réel changement dans l'air, une vitalité qu'elle sentait sans la voir : le soleil était effectivement puissant, capable d'illuminer le monde entier, et la lumière croissante déclenchait des picotements d'alerte sur sa peau, comme un instinct profondément ancré dans sa chair lui répétant qu'il était temps de se diriger vers la maison. Pourtant elle ne voulait pas partir.

— Comment ça va ? demanda Xhex derrière elle.

En vérité cela avait été une longue nuit. Elles avaient parcouru la banlieue de Caldwell pendant des heures, tournant dans l'obscurité, traquant Xcor et ses combattants, ce qui s'était révélé assez facile à faire. La conscience qu'elle avait du mâle était aussi nette que si celui-ci était éclairé par des spots, car le lien qui s'était créé entre eux lorsqu'elle l'avait nourri des mois auparavant n'avait toujours pas disparu. Et quant à lui… Xcor paraissait si absorbé par son combat qu'il ignorait qu'elle se trouvait à la périphérie ; en tout cas, s'il était conscient de sa proximité, il ne l'approchait pas, pas plus que l'autre soldat.

— Layla ?

Elle jeta un coup d'œil à la femelle.

— Je sais exactement où il est. Il n'a pas bougé.

— Ce n'est pas ce que je t'ai demandé.

Layla ne put retenir un petit sourire. L'une des grandes surprises de la nuit avait été la *symphathe*, qu'elle n'aimait plus vraiment définir ainsi. Xhex avait l'esprit affûté comme un rasoir et une force physique digne d'un mâle, mais il y avait en elle une chaleur qui ne cadrait pas avec ces caractéristiques : elle n'avait pas quitté Layla d'une semelle, tournant autour d'elle comme une *mahmen* autour de son enfant, toujours attentionnée et attentive, parce qu'elle savait que, pour l'essentiel, sa protégée effectuait une tâche inconnue dans des circonstances troublées.

— Je vais bien.

— Non, pas du tout.

Comme Layla reportait son attention sur le signal de son sang à environ deux pâtés de maisons de là, elle demeura silencieuse.

— Je suis certaine que tu en as déjà conscience, murmura Xhex. Mais tu fais vraiment ce qu'il faut.

— Je sais. Il change de position.

— Oui, je le sens.

Brusquement, Layla se tourna vers un signal lumineux et haut perché vers l'ouest : le plus haut gratte-ciel de la ville. Alors qu'elle se concentrait sur les lumières blanches et rouges qui clignotaient à son faîte, elle se le représenta debout dans le vent froid au sommet du monument, revendiquant la ville.

— Crois-tu qu'il soit mauvais ? demanda-t-elle d'une voix enrouée. Je veux dire, tu peux percevoir ses émotions, non ?

— Jusqu'à un certain point.

— Alors… est-il mauvais ?

La femelle poussa un long soupir lent, comme si elle regrettait ce qu'elle devait partager.

— Il ne faudrait pas parier sur lui, Layla. Ni pour toi, ni pour personne, et pas seulement à cause du problème Kolher. Xcor est hanté par des choses sinistres.

— Ainsi, c'est une âme tourmentée.

— Tu n'as pas besoin de lire en lui pour le savoir. Pense simplement à ce qu'il a fait à ton roi.

— Oui. Oui, en effet.

Passer de Vhif à Xcor. Elle montrait là un fabuleux talent en matière de choix de mâles…

— Il se déplace rapidement, dit Layla d'un ton pressant. Il s'est dématérialisé.

— Voilà. C'est là que tu interviens.

Layla ferma les yeux et fit abstraction de tous ses sens à l'exception de l'instinct qui lui permettait de trouver son propre sang.

— Il se déplace vers le nord.

Comme elles l'avaient décidé plus tôt, toutes deux avancèrent d'abord d'un kilomètre et se retrouvèrent ; puis de cinq kilomètres et enfin de dix en dix… l'instinct de Layla agissant comme une boussole et orientant leur course.

Et pendant toute la manœuvre, le temps demeura une donnée essentielle, car l'aube arrivait à toute allure : une lueur dangereuse prenait place dans le ciel et gagnait en force.

La dernière étape de leur course les fit se retrouver dans une forêt dense, à bien deux kilomètres du dernier endroit où il s'était arrêté.

— Je peux t'approcher davantage, murmura Layla.

— Il ne bouge plus ?

— Non.

— Alors vas-y. Maintenant… *go* !

Layla jeta un dernier regard dans la direction de Xcor. Elle savait qu'elle devait partir, car si elle pouvait le sentir, l'inverse était peut-être vrai également. L'espoir, bien sûr, était que s'il le pouvait, il ne serait pas en mesure de réagir assez vite, que sa disparition dans un environnement protégé par la *brhume* dans le nord de l'État interromprait sa piste et lui ferait barrage, non seulement en ne lui donnant aucun indice sur sa destination, mais aussi en brouillant tellement ses capteurs sensoriels qu'il serait envoyé dans une direction différente comme de la lumière réfléchie à la surface d'un miroir.

La peur lui fit manquer un battement de cœur et elle s'accrocha à cette sensation, la reconnaissant comme plus réelle que son évaluation du temps qu'ils avaient passé ensemble quand il s'était nourri sur elle.

— Layla ? Vas-y !

Douce Vierge scribe, elle l'avait condamné à mort cette nuit...

Non, se reprit-elle. Il l'avait fait lui-même. En supposant que l'on découvre ce fusil dans les quartiers de la bande de salopards, et qu'il prouve ce que les frères escomptaient qu'il prouve, Xcor avait déclenché l'engrenage qui mènerait à sa perte des mois auparavant.

Elle serait peut-être le rouage intermédiaire, mais la décharge électrique qui arrêterait le cœur de Xcor serait due aux propres actes de ce dernier.

— Merci de m'avoir donné l'occasion de faire ce qu'il fallait, dit-elle à Xhex. Je rentre à la maison tout de suite.

Sur ce, elle se dématérialisa pour se rendre loin du vallon boisé en se focalisant sur la demeure, et arriva dans le hall d'entrée juste au moment où la lumière du jour commençait à lui piquer les yeux.

La sensation n'était pas à mettre sur le compte des larmes. Non, ce n'étaient pas les larmes, c'était l'aube toute proche.

Des larmes versées pour ce mâle seraient... indignes d'elle à tous points de vue.

— Il faut qu'on y aille, mon pote.

John hocha la tête quand Vhif lui parla, mais il ne bougea pas. Debout au milieu de la cuisine de Wellsie, il souffrait d'une sorte de choc culturel.

Les placards étaient vides. Le garde-manger également. De même que les tiroirs et les deux cagibis, les étagères au-dessus du bureau intégré, ainsi que le bureau lui-même.

Il déambula, faisant le tour de la table qui se trouvait dans l'alcôve, en se souvenant des dîners que Wellsie avait servis dessus. Puis il longea le comptoir de granit, imaginant ses saladiers remplis de pâte à pain et recouverts de torchons, ses planches à découper avec des piles d'oignons émincés ou de champignons en lamelles, sa boîte à farine, son pot à riz. Devant la cuisinière, il faillit se pencher pour humer l'arôme du ragoût, de la sauce bolognaise et du cidre chaud.

— John ?

Il se retourna, avança vers son meilleur ami... et le dépassa, débouchant dans le salon. Merde, c'était comme si l'endroit avait été en quelque sorte bombardé. Les tableaux avaient été décrochés des murs, il ne restait rien hormis les crochets en laiton semblables à des griffes : tous les cadres étaient entassés dans un coin, les œuvres d'art appuyées les unes contre les autres, séparées par d'épaisses serviettes-éponges.

On avait également déplacé les meubles, tout avait été trié par catégories : chaises, tables de chevet, lampes... Seigneur, les lampes. Wellsie n'aimait pas les plafonniers, et cela signifiait qu'il y avait, quoi, une centaine de lampes de tailles et de formes différentes dans la maison.

Idem avec les tapis. Elle détestait la moquette, il y avait donc des tapis d'Orient – il y avait eu des tapis d'Orient – partout sur le plancher et le marbre. Mais à présent, comme tout le reste, ils avaient été roulés avec leur protection et empilés comme des bûches contre le grand mur du salon.

Les plus beaux meubles et toutes les œuvres d'art seraient emportés dans le nord, à la demeure, le personnel se chargerait de faire venir un camion de déménagement. Ce qui resterait serait donné au Refuge ou, en cas de refus, envoyé à une association caritative humaine ou à l'Armée du Salut.

Mince… même après avoir travaillé dix heures d'affilée tous les quatre, il restait encore beaucoup à faire. Néanmoins, la première grande impulsion semblait être la plus importante.

Surgi de nulle part, Tohr se plaça sur son chemin, arrêtant net son vagabondage.

— Salut, fils.

— *Oh, salut.*

Comme ils se donnaient l'accolade, il songea que c'était un soulagement d'avoir de nouveau les mêmes relations, après des mois d'éloignement. Le fait que le frère l'ait amené ici pour qu'il l'aide était une marque de respect qui l'avait surpris et profondément touché.

Mais bon, comme Tohr l'avait dit pendant le trajet, Wellsie appartenait autant à John qu'à n'importe qui d'autre.

— J'ai renvoyé Vhif, au fait. Je suppose que c'était une circonstance atténuante… et je te surveille.

John hocha la tête. Il avait beau adorer son ami, il lui paraissait normal que Tohr et lui se retrouvent seuls ensemble dans la maison, même si ce n'était que pour quelques instants.

— *Comment ça s'est passé au Refuge ?* signa-t-il.

— Très bien. Marissa était… (Tohr s'éclaircit la voix.) Tu sais, c'est une femelle adorable.

— *Totalement.*

— Elle était très heureuse des donations.

— *Tu lui as donné les rubis ?*

— Oui.

John hocha de nouveau la tête. Tohr et lui avaient fouillé la maigre collection de bijoux de Wellsie. Le collier, le bracelet et les boucles d'oreilles avaient été les seules choses de réelle valeur qu'elle possédait. Le reste était plus personnel : de petites breloques, deux paires de créoles, une de petits diamants. Ils allaient garder tout cela.

— Je pensais ce que j'ai dit, John. Je veux que tu te serves dans le mobilier si tu le souhaites. Dans les œuvres d'art, aussi.

— *Il y a un Picasso ici que j'aime beaucoup, en fait.*

— Il est à toi, alors. Tout, quoi que ce soit, est à toi.

— *À nous.*

Tohr inclina la tête.

— C'est vrai. À nous.

John déambula une fois de plus dans le salon et le bruit de ses pas se répercuta contre les murs.

— *Qu'est-ce qui t'a fait décider que ce soir était le bon ?*

— Ce n'est pas une chose en particulier. Plutôt une accumulation.

John dut reconnaître qu'il était heureux de cette réponse. L'idée que cela ait pu être lié uniquement à Automne l'aurait mis en colère, même si cela aurait été injuste envers elle.

Les gens évoluaient. C'était normal.

Et peut-être que cette colère persistante était le signe qu'il devait lui aussi lâcher un peu plus prise.

— *Je suis désolé de ne pas m'être mieux comporté avec Automne.*

— Oh, non, c'est bon, fils. Je sais que c'est difficile.

— *Est-ce que tu vas t'unir à elle ?*

— Non.

John leva les sourcils.

— *Pourquoi pas ?*

— C'est compliqué… en fait, non. C'est assez simple. J'ai foutu en l'air notre relation la nuit d'avant-hier. Il n'y a pas de retour en arrière possible.

— *Oh… merde.*

— Oui. (Tohr secoua la tête et regarda autour de lui.) Oui…

Tous deux demeurèrent là, côte à côte, parcourant des yeux le bazar qu'ils avaient créé dans le bel arrangement qui prévalait autrefois. D'après John, l'état de la maison ressemblait désormais assez à leurs vies après l'assassinat de Welssie : balayée, vide, sens dessus dessous.

Pourtant, c'était plus vrai à présent. L'ordre faux, préservé par le refus d'avancer, était un mensonge dangereux.

— *Tu vas vraiment vendre la propriété ?*

— Oui. Fritz appellera l'agent immobilier dès que la journée aura commencé. À moins que… eh bien, si toi et Xhex la voulez, il va sans dire que…

— *Non, je suis d'accord avec toi. Il est temps de lâcher prise.*

— Écoute, je veux savoir si tu peux prendre les deux prochaines nuits. Il reste beaucoup de choses à faire ici, et j'apprécie de t'avoir avec moi.

— *Bien sûr. Je ne manquerais ça pour rien au monde.*

— Bien. Tant mieux.

Tous deux se dévisagèrent.

— *Je suppose qu'il est temps d'y aller.*

Tohr hocha lentement la tête.

— Oui, fils. Il est vraiment temps.

Sans un mot de plus, ils sortirent par la porte d'entrée, verrouillèrent… et se dématérialisèrent jusqu'à la demeure.

Tandis que ses molécules s'éparpillaient, John eut l'impression qu'il aurait dû y avoir une sorte de proclamation ou d'échange capital entre eux, un drapeau du dialogue planté, une pierre gravée… quelque chose.

Mais bon, contrairement au traumatisme, il supposait que la guérison était douce et lente…

Le bruit léger d'une porte que l'on refermait, plutôt qu'un claquement.

Chapitre 67

Plusieurs nuits après l'arrivée d'Automne à la cabane de Xhex, une serviette fit tout basculer.

Ce n'était qu'une serviette à main blanche, fraîchement sortie du sèche-linge, destinée à être accrochée dans la salle de bains et utilisée par l'une d'entre elles. Rien de spécial. Rien qu'Automne n'ait déjà fait à la demeure de la Confrérie ou au sanctuaire pendant de longues décennies.

Mais c'était là le problème.

Comme elle la tenait entre ses mains et sentait la chaleur et la douceur du tissu-éponge, elle se mit à réfléchir à toutes les lessives qu'elle avait faites. Et aux plateaux de nourriture qu'elle avait apportés aux Élues. Et aux lits qu'elle avait faits. Et aux piles de blouses, de tenues chirurgicales et de serviettes…

Des années et des années à effectuer un travail de servante dont elle avait été fière…

« *Tu joues les martyres depuis des siècles.* »

—Non.

Elle plia la serviette. Puis la déplia.

Tandis que ses mains travaillaient machinalement, la voix coléreuse de Tohr refusa de céder. En fait, elle retentit même encore plus fort dans sa tête quand elle sortit et vit le plancher brillant parce qu'elle l'avait ciré, les fenêtres étincelantes et la cuisine propre comme un sou neuf.

« *Ce* symphathe *était ta faute. Je suis ta faute. Le poids du monde est tout entier ta faute…* »

— Arrête ! siffla-t-elle, en posant les mains sur ses oreilles. Arrête, ça suffit !

Hélas, ses tentatives pour ne plus l'entendre furent contrecarrées. Tandis qu'elle déambulait dans la petite maison en boitant, elle se retrouva prise au piège, non par les limites du toit et des murs, mais par la voix de Tohrment.

Le problème était que, où qu'elle porte ses pas ou son regard, elle voyait quelque chose qu'elle avait frotté, repassé ou lustré juste en face d'elle. Et ses projets pour la nuit prévoyaient encore plus de ménage, même si ce n'était visiblement pas nécessaire.

Finalement, elle se força à s'asseoir sur l'une des deux chaises qui faisaient face au fleuve. Allongeant la jambe, elle regarda le mollet qui ne ressemblait plus à rien ni ne fonctionnait plus correctement depuis très longtemps.

Tu aimes être une victime, ta vie tourne autour de cela.

Trois nuits, se dit-elle. Il lui avait fallu trois nuits pour s'installer ici et se glisser dans le rôle de la servante…

En fait, non, elle avait commencé dès qu'elle s'était réveillée le premier soir.

Assise toute seule, elle huma le parfum citronné de la cire pour meubles et ressentit un besoin irrésistible de se lever, de trouver un chiffon et de se mettre à frotter les tables et les plans de travail. Ce qui faisait partie de son schéma, pas vrai ?

Avec un juron, elle se força à rester assise tandis que cette horrible conversation avec Tohrment repassait en boucle dans son cerveau…

Immédiatement après le départ de Tohr, elle avait été en état de choc. Puis étaient venues de grandes vagues de colère.

Ce soir, néanmoins, elle entendait ses mots pour de bon. Et vu qu'elle était encerclée par les preuves de son comportement, il était difficile de réfuter ce qu'il avait dit.

Il avait raison. Aussi cruelle que l'expression de la vérité ait été, Tohrment avait raison.

Même si elle avait enrobé cela sous la formule de « service aux autres », son « devoir » avait moins été une pénitence qu'une punition. Chaque fois qu'elle avait nettoyé derrière les autres, baissé la tête sous sa capuche ou avait filé pour qu'on ne la remarque pas, elle avait ressenti une piqûre douloureuse et satisfaisante dans son cœur, une petite entaille qui guérissait presque aussitôt qu'infligée...

Des dizaines de milliers d'entailles, pendant d'innombrables années.

En réalité, aucune des Élues ne lui avait jamais demandé de nettoyer derrière elle. Ni la Vierge scribe. Elle l'avait fait d'elle-même, coulant sa propre existence dans le moule d'une servante sans valeur et effectuant des courbettes pendant des siècles.

Et tout cela à cause de...

Une image de ce *symphathe* lui revint à l'esprit et, l'espace d'un bref instant, elle se rappela son odeur, la sensation de sa peau trop glissante et la vue de ses mains à six doigts sur sa chair.

Pourtant quand la bile monta dans sa gorge, elle refusa de céder. Elle leur avait donné, à lui et à ses souvenirs, bien trop de poids pendant bien trop d'années...

Brusquement, elle se revit dans sa chambre, dans la demeure de son père, juste avant son enlèvement, donnant des ordres aux *doggen*, insatisfaite de tout autour d'elle.

Elle était passée de maîtresse à servante de son plein gré, se jetant d'un extrême à l'autre, d'une supériorité inconditionnelle à une infériorité auto-infligée. Ce *symphathe* avait été l'agent de liaison, sa violence reliant les deux extrémités du spectre de telle sorte que, dans son esprit, l'une découlait de l'autre, la tragédie l'emportant sur le droit et laissant dans son sillage une femelle ruinée qui avait fait de la souffrance son nouveau *statu quo*.

Tohrment avait raison ; elle s'était punie depuis lors… et refuser les médicaments pendant ses chaleurs n'avait constitué qu'une infime partie de cette punition : elle avait choisi cette souffrance, comme elle avait choisi sa place inférieure dans la société et comme elle s'était donnée à un mâle qui ne pourrait jamais, au grand jamais, être à elle.

« Je me sers de toi, et la seule personne qui y gagne quelque chose, c'est toi ; Dieu sait que moi, cela ne m'a mené à rien. La bonne nouvelle, c'est que toute cette histoire te donnera une remarquable excuse pour te torturer encore plus longtemps… »

Le besoin de s'attaquer à la saleté, de frotter de ses mains jusqu'à ce que la sueur perle sur son front, de travailler jusqu'à ce que son dos lui fasse mal et que sa jambe hurle de douleur était si fort qu'elle dut agripper les bras du fauteuil pour rester à sa place.

— *Mahmen ?*

Elle se retourna et tenta de s'arracher à cette spirale intérieure.

— Ma fille, comment te portes-tu ?

— Je suis désolée d'être rentrée si tard. La journée a été… chargée.

— Oh, c'est bon. Puis-je te faire quelque chose à… (Elle s'arrêta.) Je…

La force de l'habitude était si puissante qu'elle se retrouva cramponnée à la chaise une fois de plus.

— C'est bon, *mahmen*, murmura Xhex. Tu n'as pas besoin de me servir. Je ne veux pas que tu le fasses, en fait.

Automne posa une main tremblante sur l'extrémité de sa tresse.

— Je me sens complètement perdue ce soir.

— Je le sens. (Xhex s'approcha, forte et assurée dans ses vêtements de cuir.) Et je sais pourquoi, donc tu n'as pas à t'expliquer. Il est bon de lâcher prise. Il le faut si tu veux avancer dans la vie.

Automne porta son attention sur les vitres noires, s'imaginant le fleuve derrière.

—J'ignore quoi faire de moi-même si je ne suis plus une servante.

—C'est ce qu'il te faut découvrir : ce que tu aimes, où tu veux aller, comment tu veux remplir tes nuits. C'est la vie, si on a de la chance.

—Au lieu de possibilités, je ne vois que du vide.

Surtout sans…

Non, elle ne penserait pas à lui. Tohrment avait été plus que clair sur l'état de leur relation.

—Il y a quelque chose que tu devrais probablement savoir, dit sa fille. À propos de lui.

—Ai-je mentionné son nom ?

—Tu n'en as pas besoin. Écoute, il…

—Non, non, ne me dis rien. Il n'y a rien entre nous. (Douce Vierge scribe, c'était douloureux à dire.) Il n'y a jamais rien eu, donc je n'ai rien besoin de savoir à son sujet…

—Il a vidé sa maison, celle où il vivait avec Wellsie. Il a passé toute la nuit dernière à emballer des trucs, à donner ses affaires, à préparer le mobilier pour le déménagement… Il vend la maison.

—Eh bien… tant mieux pour lui.

—Il va venir te voir.

Automne bondit de sa chaise et s'approcha des fenêtres, le cœur battant à grands coups dans sa poitrine.

—Comment le sais-tu ?

—Il me l'a dit, quand je suis allée faire mon compte-rendu au roi. Il a dit qu'il voulait venir s'excuser auprès de toi.

Automne plaqua les mains sur les vitres glacées, ce qui lui engourdit rapidement le bout des doigts.

— De quoi donc, je me le demande. Sa perspicacité ? Ou l'honnêteté dont il a fait preuve quand il a dit ne rien ressentir pour moi… que je n'étais qu'un moyen de libérer sa bien-aimée ? Les deux sont justes et, du coup, mis à part le ton qu'il a employé, il n'a pas de raison de me présenter des excuses.

— Il t'a blessée.

— Pas plus que je ne l'étais déjà avant. (Elle ôta les mains de la fenêtre et les frotta l'une contre l'autre pour les réchauffer.) Nos chemins se sont croisés à deux reprises au cours de nos vies, et je ne peux pas dire que je souhaite que cette relation se poursuive. Même si son analyse de ma personnalité et de mes défauts est correcte, je n'ai pas besoin qu'on me le réexplique, même enrobé de « je suis désolé ». Ce genre de chose vous reste assez bien à l'esprit dès la première fois.

Il y eut un long silence.

— Comme tu le sais, dit calmement Xhex, John et moi avons rencontré des problèmes. De gros problèmes, tellement gros que je ne pouvais plus vivre avec lui même si je l'aimais. J'ai vraiment cru que c'était fini entre nous. Ce qui m'a convaincue du contraire, ce n'est pas ce qu'il a dit, mais ce qu'il a fait.

La voix de Tohr revint : *« Tu sais très bien que je suis avec toi uniquement pour tirer Wellsie de l'Entre-Deux. »*

— Il y a une différence, ma fille. Ton compagnon est amoureux de toi et, au bout du compte, cela veut tout dire. Même si Tohrment laisse sa *shellane* partir, il ne m'aimera jamais.

« La bonne nouvelle, c'est que toute cette histoire te donnera une remarquable excuse pour te torturer encore plus longtemps… »

Non, pensa-t-elle. Elle en avait terminé avec tout cela.

Il était temps de changer de façon de penser.

Et même si Automne n'avait aucune idée de ce qu'elle ferait, elle était certaine qu'elle y arriverait.

— Écoute, je dois filer, dit Xhex. Mais j'espère que cela ne prendra pas longtemps ; je rentrerai dès que possible.

Automne lui jeta un coup d'œil par-dessus son épaule.

— Ne te presse pas pour moi. J'ai besoin de m'habituer à être seule, et je ferais bien de commencer dès ce soir.

Quand Xhex quitta la cabane, elle veilla à verrouiller derrière elle, en regrettant de ne pouvoir faire plus pour sa mère que simplement donner un tour de clé : la réorientation intérieure d'Automne était extrême et la grille émotionnelle de la femelle complètement retournée.

Mais c'était ce qui arrivait quand les gens finissaient par avoir une image claire et nette d'eux-mêmes après une éternité de sublimation.

Ce n'était pas une expérience agréable à vivre. Et c'était difficile d'en être témoin. Difficile de l'abandonner, mais Automne avait raison. Il venait un moment dans la vie de chacun où l'on prenait conscience que, en dépit de l'acharnement à se fuir soi-même, où que l'on aille, on finissait toujours par être confronté à ce que l'on était vraiment : les addictions et les compulsions n'étaient que des fanfares distrayantes, masquant des vérités déplaisantes, mais finalement indéniables.

La femelle avait vraiment besoin de prendre du temps pour elle. Du temps pour réfléchir. Du temps pour découvrir. Du temps pour pardonner… et avancer.

Quant à Tohrment ? Une partie de Xhex voulait vraiment retenir contre lui ce qu'il avait pu dire à sa mère. Sauf qu'elle l'avait fréquenté et savait donc que sa souffrance était loin de rivaliser avec celle d'une mâchoire brisée. Difficile de savoir dans quelles proportions c'était à cause du merdier avec Automne ou à cause de Wellsie ; son instinct lui soufflait pourtant qu'ils le découvriraient bien assez tôt : le frère venait à peine de commencer à vider sa maison et à donner les vêtements de sa compagne.

Sa fin de partie était assez évidente.

Alors on verrait à quel point il aimait Automne.

Sur ce, Xhex se dématérialisa en direction de l'est. Elle avait passé toute la journée sur le territoire du repaire de Xcor, n'approchant jamais à moins de trois cents mètres : la grille du mâle lui était apparue clairement dès qu'elle s'était trouvée à sa portée, et elle avait veillé à obtenir également des informations sur celles de ses soldats avant de partir vers le nord, vers la demeure, pour faire son compte-rendu au roi.

Et voilà qu'elle était de retour sous le voile de la nuit, se déplaçant lentement dans la forêt, tout en projetant ses sens de *symphathe*.

Elle se rapprocha de la zone où les grilles étaient concentrées pendant la journée et se dématérialisa par intervalles réguliers de cent mètres, en prenant son temps et en se servant des branches des pins comme couverture. Merde, ce genre de mission lui faisait vraiment apprécier les conifères, leurs branches fournies ne se contentant pas de la dissimuler aux regards, mais lui fournissant également un sol dépourvu de neige sur lequel elle ne laissait pas d'empreintes de pas, tandis qu'elle se déplaçait d'un tronc à l'autre.

La ferme vide qu'elle finit par trouver était exactement ce à quoi elle s'attendait. Bâtie en vieilles pierres grossières, elle était robuste et comportait peu de fenêtres : c'était le bunker idéal. Et bien entendu, le plus ironique était que, avec son toit couvert de neige et ses cheminées accueillantes, le bâtiment semblait tout droit sorti d'une carte de Noël.

Oh, oh, oh ! Joyeuse Baston !

Tandis qu'elle repérait les environs, le monospace garé sur le côté lui parut appartenir à un autre monde : une intrusion malvenue de la modernité dans ce qui semblait être une image résolument désuète. Et elle eut la même impression à la vue des câbles électriques fixés au coin de la bâtisse.

Xhex se dématérialisa jusque derrière la maison. Il était impossible de savoir s'il y avait du courant ou pas : aucune lumière n'était allumée à l'intérieur. La maison était noire comme un four.

La dernière chose qu'elle souhaitait, c'était déclencher une alarme.

Sauf qu'un rapide coup d'œil jeté à une fenêtre lui fit froncer les sourcils. Pas de volets... à moins qu'ils ne soient à l'intérieur ? Plus important, pas de barreaux en acier. Mais bon, le sous-sol était prioritaire, après tout.

Contournant le bâtiment, elle regarda à travers chaque fenêtre, puis se dématérialisa jusqu'au toit pour vérifier les lucarnes du dernier étage.

Totalement vide, se dit-elle en fronçant de nouveau les sourcils. *Et pas très bien défendu.*

De retour au niveau du sol, elle sortit ses deux pistolets, prit une profonde inspiration et...

Reprenant forme dans la maison, elle se positionna en mode attaque, tournant le dos à un angle du salon vide et poussiéreux, ses automatiques pointés devant elle.

La première chose qu'elle remarqua fut que l'air était aussi froid dedans que dehors. Est-ce qu'ils n'avaient pas de chauffage ?

La deuxième chose fut... l'absence d'alarme sonore.

La troisième : personne ne surgit de nulle part, prêt à défendre le territoire.

Cela ne signifiait pas pour autant que tout irait comme sur des roulettes. Il était plus probable qu'ils se fichaient complètement de tout ce qui se trouvait à la surface.

Avec précaution, elle se dématérialisa jusqu'au seuil de la pièce suivante. Et ainsi de suite. Logiquement, l'escalier menant au sous-sol devait se situer dans la cuisine... et ça alors, elle découvrit que ses suppositions étaient justes.

Quelle surprise, la porte qui barrait l'entrée de la cave arborait un solide verrou neuf en cuivre.

Il lui fallut cinq bonnes minutes pour forcer cette saleté et, pendant toute l'opération, elle fut sur les nerfs. Toutes les soixante secondes, elle s'arrêtait et écoutait attentivement, même si ses sens *symphathes* étaient totalement en éveil durant tout ce temps, puisqu'elle avait laissé ses cilices à la cabane.

Quand elle finit par faire jouer le verrou, elle entrouvrit légèrement la porte, et ne put s'empêcher de laisser échapper un rire sec : les charnières grinçaient assez fort pour réveiller un mort.

C'était un vieux tour qui avait fait ses preuves, et elle était prête à parier que chaque porte et fenêtre de la maison était tout aussi peu huilée ; les marches craquaient probablement comme les os d'une vieille femme si l'on y appuyait le moindre poids. Oui, exactement comme le faisaient les gens avant que l'on invente l'électricité : une bonne oreille et l'absence de WD-40 constituaient une alarme qui n'avait jamais besoin de batterie ni d'une source d'énergie.

Coinçant sa lampe torche entre ses dents pour pouvoir garder un flingue dans chaque main, elle balaya du pinceau lumineux l'escalier en bois brut. En bas se trouvait un sol en terre battue, et elle se dématérialisa jusque-là, pivotant rapidement en position défensive.

Beaucoup de couchettes : trois lits superposés et un seul sur tout le côté.

Des vêtements de grande taille. Des bougies pour la lumière. Des allumettes. De la lecture.

Des cordons d'alimentation pour téléphone portable. Un autre pour ordinateur.

Point final.

Pas d'arme. Pas d'objet électronique. Rien qui offre un véritable moyen d'identification.

Mais bon, la bande de salopards était nomade à l'origine, il était donc évident que leurs effets personnels étaient peu nombreux et faciles à transporter… et c'était en partie la raison pour laquelle ils étaient si dangereux : ils pouvaient déménager en un clin d'œil sans laisser d'empreinte significative derrière eux.

Pourtant, il s'agissait vraiment de leur saint des saints, le site où ils étaient relativement vulnérables pendant le jour… et ils se protégeaient en conséquence : les murs, le plafond et le dos de la porte étaient recouverts de grillage en acier. Impossible de descendre ou de remonter autrement que par la voie d'accès.

Elle fit lentement le tour de la cave, cherchant des trappes, l'entrée d'un tunnel, n'importe quoi.

Il leur fallait un endroit où stocker des munitions quelque part ici : même en étant aussi mobiles qu'ils aimaient l'être, il leur était impossible de sortir nuit après nuit en achetant chaque fois juste assez de balles pour tenir jusqu'à l'aube.

Ils avaient besoin d'une cache.

Reportant son attention sur la couchette isolée, elle supposa qu'il s'agissait de celle de Xcor, vu son statut de chef, et il n'était pas nécessaire d'être un génie pour comprendre que s'il existait une cachette, elle se trouverait par là ; il était exactement le genre d'esprit soupçonneux qui ne faisait pas pleinement confiance à ses propres soldats.

Menant les investigations avec sa lampe torche, elle chercha un mécanisme déclenchant une bombe, une alarme ou une trappe. Ne trouvant rien, elle rengaina ses armes un moment et souleva le cadre métallique contre le mur. Puis elle tira d'une de ses poches un détecteur de métaux miniature, se mit à scanner le sol en terre battue et…

— Salut les mecs, murmura-t-elle.

Son petit appareil avait découvert les contours nets d'un rectangle qui mesurait environ un mètre vingt par quatre-vingt-dix centimètres. Elle s'agenouilla et se servit de l'un de ses couteaux pour dégager la terre tout autour. Quoi que ce soit, c'était profondément enterré…

Xhex se figea quand son ouïe fine l'informa qu'une voiture venait de s'arrêter devant la ferme.

Pourtant, il ne s'agissait pas de l'un des bâtards. La grille émotionnelle était bien trop simple.

Une *doggen*, arrivant avec des provisions ?

Se dématérialisant jusqu'au sommet des marches, elle referma la porte aussi doucement que possible pour ne pas réenclencher le verrou puis retourna s'occuper de la boîte enterrée. Travaillant trois fois plus vite, elle garda une oreille attentive aux bruits de pas en provenance du rez-de-chaussée…

Sur la longueur du rectangle, elle se servit de la pointe de son couteau pour fouiller la terre à la recherche d'une poignée. Ne trouvant rien, elle répéta l'opération sur la largeur…

Bingo. Écartant la terre, elle empoigna un anneau, coinça de nouveau sa lampe torche entre ses dents et tira dessus de toutes ses forces. Le couvercle pesait aussi lourd qu'un capot de voiture et elle dut retenir un grognement…

Waouh. En parlant d'arsenal.

Dans la grosse boîte en dessous se trouvaient des pistolets, des fusils de chasse, des couteaux, des munitions, des produits de nettoyage… tout cela dans un environnement bien ordonné et visiblement étanche.

Au milieu de toutes ces armes se trouvait un long étui à fusil noir en plastique dur.

Elle sortit l'objet et le posa sur le sol en terre à côté d'elle. Un regard à la serrure lui fit pousser un juron. Elle était activée par empreintes digitales.

Peu importait. Ce satané truc était assez gros pour abriter un, voire deux fusils à lunette. Donc elle l'emporterait.

D'une main sûre et rapide, elle referma le couvercle de la boîte, rabattit la terre dessus à coups de pied et aplatit la surface pour que le sol soit de nouveau dur. Effacer ses traces lui prit moins de temps qu'elle n'avait cru et, avant de s'en rendre compte, elle refit basculer le lit pour le remettre à sa place.

Prenant l'étui dans la main gauche, elle écouta. La *doggen* se déplaçait au rez-de-chaussée, et la grille de la femelle était aussi neutre qu'à son arrivée : elle n'avait rien entendu, ne savait rien.

Xhex jeta un coup d'œil autour d'elle et se dit qu'il était peu probable que la servante dispose de la clé de la cave. Xcor était trop méfiant pour ça. Néanmoins, s'attarder ici n'était pas sûr. Même s'ils ne laissaient la *doggen* accéder qu'au rez-de-chaussée, l'un des salopards pouvait être blessé sur le champ de bataille à tout moment et, même si elle n'hésiterait pas à se battre contre l'un d'entre eux, voire chacun d'entre eux, si le fusil impliqué dans l'attentat contre le roi se trouvait vraiment dans cet étui, elle devait faire sortir l'arme immédiatement.

Le temps était venu d'une petite rencontre.

Quand elle se dématérialisa en haut de l'escalier, son poids sur la marche supérieure fit craquer le bois.

De l'autre côté de la porte, la *doggen* s'exclama :

— Seigneur ? (Il y eut un silence.) Attendez, je vais prendre position.

C'était quoi ce bordel ?

— Je suis prête.

Xhex saisit la poignée, ouvrit, et sortit, s'attendant à découvrir une espèce de cauchemar tout droit sorti du Kama-sutra.

Au lieu de quoi, la vieille femelle se tenait dans un coin de la cuisine face au mur et se couvrait les yeux de ses mains.

Ils ne voulaient pas qu'elle soit capable de les identifier, se dit Xhex. Intelligent. Très intelligent.

Opportun, également, vu qu'elle aurait dû perdre de précieuses minutes à effacer ses souvenirs. En outre, la « position », semblait-il, allait sauver la vie de cette *doggen* plus tard, quand Xcor finirait par découvrir que sa tanière avait été visitée en son absence.

Si l'on ne voyait jamais personne, il était impossible de protéger un intrus.

Xhex ferma la porte et le verrou s'enclencha tout seul. Puis elle se dématérialisa pour sortir de la maison, en serrant l'étui à fusil contre sa poitrine.

Une bonne chose que l'objet ne soit pas trop lourd.

Et si Dieu le voulait, Viszs ne serait pas de service ce soir.

Chapitre 68

De retour au complexe de la Confrérie, Tohr tint la porte du sous-sol ouverte et s'écarta quand John le dépassa pour descendre les marches.

Tandis qu'il le suivait, le corps de Tohr était raide, surtout au niveau du dos et des épaules. Mais ses exercices nocturnes de déménageur étaient terminés. Après une dernière séance de trois heures ce soir, la maison qu'il avait partagée avec Wellsie était officiellement vide, et sur le point d'intégrer le réseau des agences immobilières de Caldwell. Fritz avait rencontré l'agent dans la journée, et ils avaient convenu d'un prix élevé, sans pour autant être démentiel. Si Tohr devait supporter les coûts de cette maison pendant encore quelques mois, ou même jusqu'à la fin du printemps, c'était bien.

Pendant ce temps, les meubles et les tapis avaient été emportés jusqu'au garage de la demeure ; les tableaux, les gravures et les dessins se trouvaient entreposés dans la partie climatisée du grenier ; et la boîte à bijoux était désormais dans le placard de Tohr, sur l'étagère au-dessus de la robe d'union.

Donc c'était… terminé.

Au pied de l'escalier, John et lui traversèrent d'un bon pas une immense pièce, puis la chaufferie où la chaudière massive, qui dégageait assez d'énergie pour tenir au chaud la partie principale de la maison, menaça de leur frire le visage et le corps quand ils passèrent à côté.

Leurs pas résonnaient fortement, tandis qu'ils poursuivaient leur route, et l'air refroidit rapidement à mesure qu'ils s'éloignaient de la chaudière et atteignaient la seconde moitié du sous-sol. Celle-ci était divisée en pièces de stockage, dont l'une accueillerait bientôt le reste des meubles de Tohr, et une autre servait d'atelier personnel à V.

Non, pas pour ce genre de travail.

Il utilisait son appartement-terrasse pour cela.

La forge de Viszs se trouvait ici.

Le bruit du monstre cracheur de feu du frère commença par un bourdonnement grave ; et lorsqu'ils tournèrent au dernier coin, le rugissement sourd était assez puissant pour étouffer le bruit de leurs rangers. En fait, la seule chose qui dominait le vacarme étaient les coups du marteau de V. sur le métal noir brûlant.

Quand ils arrivèrent sur le seuil de l'étroite salle en pierre, V. était en plein travail, son torse nu et ses épaules luisant dans la lumière orange des flammes, son bras musclé se levant pour frapper inlassablement. Sa concentration était farouche, ainsi qu'il convenait. La lame que ce morceau de métal allait devenir aurait la responsabilité aussi bien de maintenir en vie son propriétaire que de tuer l'ennemi.

Le frère leva les yeux quand ils apparurent, et hocha la tête. Après deux coups supplémentaires, il posa le marteau et coupa l'arrivée d'oxygène qui alimentait le foyer.

— Comment ça va ? demanda-t-il alors que le puissant grondement se muait en ronronnement.

Tohr jeta un coup d'œil à John Matthew. Le gamin avait eu un comportement modèle pendant tout le processus, ne faiblissant jamais au cours de ce travail sinistre consistant à démanteler toute une vie de précieux souvenirs.

C'était si difficile. Pour tous les deux.

Au bout d'un moment, Tohr regarda son frère… et fut incapable de trouver ses mots. Sauf que V. hochait déjà la tête et se relevait. Ôtant les lourds gants de cuir qui montaient jusqu'à ses coudes, il s'écarta.

— Oui, je les ai, annonça le frère. À la Fosse. Venez.

Tohr opina du chef, parce que c'était tout ce qu'il avait à partager. Néanmoins, tandis qu'ils s'éloignaient en file indienne tous les trois et revenaient dans un silence triste vers les marches, il posa la main sur la nuque de John et la garda là.

Le contact les réconforta tous les deux.

Quand ils émergèrent dans la cuisine, le personnel était trop occupé à préparer le Dernier Repas pour qu'un des serviteurs les remarque vraiment, ils n'eurent donc heureusement à affronter ni question, ni aimable offre d'aide, ni supposition sur les raisons de leur gravité.

Ils passèrent devant le garde-manger, traversèrent le vestibule jusqu'à la porte dissimulée sous l'escalier et descendirent dans le tunnel pour éviter le froid hivernal.

Comme ils tournaient à droite et prenaient la direction opposée au centre d'entraînement, Tohr ne parvenait pas à croire que cela arrivait. Ses rangers ralentirent même à une ou deux reprises, comme s'ils essayaient de le détourner de cette dernière tâche.

Néanmoins, il était résolu.

Devant la porte qui menait à la Fosse, V. tapa le code, ouvrit et leur montra le chemin, indiquant qu'ils devaient passer les premiers.

L'endroit où Butch et V. vivaient avec leurs *shellanes* était comme d'habitude, sauf qu'il était plus propre à présent que des femelles cohabitaient ici : les *Sports Illustrated* étaient convenablement empilés sur la table basse ; la cuisine n'était plus envahie de bouteilles vides de whisky et de vodka, et les sacs de gym et les blousons de cuir n'étaient plus suspendus n'importe où.

Les quatre ordinateurs de V. occupaient toujours un coin entier de la pièce, et l'énorme télé à écran plasma demeurait le plus gros objet de l'endroit.

Certaines choses ne changeraient jamais.

— Elle est dans ma chambre.

En temps ordinaire, Tohr ne l'aurait pas suivi dans ses quartiers privés, mais ce n'était pas une situation ordinaire.

La chambre de V. et de Doc Jane était petite et comportait plus de livres que de place pour dormir, des piles d'ouvrages de physique et de volumes de chimie jonchaient la moquette à tel point que l'on avait du mal à la sentir sous ses pieds. Le bon docteur veillait pourtant à ce que l'endroit ne soit pas totalement une porcherie, ce qui se voyait à la couverture bien tirée et aux oreillers attentivement disposés contre la tête de lit.

Dans le coin, Viszs ouvrit le placard et tendit le bras vers l'étagère du haut, luttant en dépit de sa taille pour…

Le paquet enveloppé de velours noir qu'il sortit était assez grand et lourd pour devoir être tenu à deux mains, et il poussa un grognement quand il recula et le porta jusqu'au lit.

Tandis qu'il posait l'objet, Tohr dut se forcer pour continuer à respirer.

Elle était là. Sa Wellsie. Tout ce qui restait d'elle sur Terre.

Il s'accroupit devant elle, tendit la main et défit le nœud de satin sur le dessus. De ses mains tremblantes, il ouvrit le sac de velours et le repoussa, révélant une urne en argent gravée de motifs Art déco sur ses quatre côtés.

— Où as-tu trouvé cela ? demanda-t-il en passant l'index sur le métal luisant.

— Audazs la conservait dans une antichambre. Je crois que c'est du Tiffany, qui date des années 1930. Fritz l'a polie.

L'urne ne faisait pas partie de leurs traditions.

Les cendres n'étaient pas censées être conservées.

Elles devaient être libérées.

—C'est magnifique.

Il leva la tête vers John. Le visage du gamin était pâle, ses lèvres serrées... et d'un geste vif, il s'essuya l'œil gauche.

—Nous sommes prêts à effectuer sa cérémonie de l'Estompe, pas vrai, fils?

John opina du chef.

—Quand? demanda V.

—Demain soir, je pense.

Comme John hochait de nouveau la tête, Tohr dit:

—Oui, demain.

—Tu veux que je parle à Fritz et que je l'organise? demanda V.

—Merci, mais je m'en chargerai. John et moi le ferons. (Tohr reporta son attention sur la belle urne.) Lui et moi la laisserons partir... ensemble.

Debout à côté de Tohr, John avait du mal à garder son calme. Difficile de savoir ce qui l'atteignait le plus: le fait que Wellsie se trouve de nouveau dans la pièce avec eux, ou que Tohr soit agenouillé devant l'urne comme si ses jambes ne le portaient plus.

Les deux nuits précédentes avaient constitué un brutal exercice de réorientation. Non qu'il ait ignoré que Wellsie avait disparu; c'était juste que... déménager tout dans cette maison avait rendu le fait si sonore qu'il y avait désormais un hurlement constant dans sa tête.

Bon sang, elle ne saurait jamais qu'il avait franchi la transition, qu'il était un combattant plutôt honorable ni qu'il s'était uni. S'il avait un jour un enfant, elle ne le tiendrait jamais dans ses bras, ne verrait pas son premier anniversaire, n'assisterait ni à ses premiers pas ni à ses premiers mots.

Son absence donnait à sa propre vie une apparence moins pleine, et il avait l'affreuse impression que ce serait toujours le cas.

Comme Tohr inclinait la tête, John se rapprocha et posa la main sur sa large épaule, se rappelant que, quelles que soient les difficultés qu'il éprouvait, ce que Tohr traversait était mille fois pire. Mais merde, le frère s'était montré fort, décidant tranquillement et raisonnablement quoi faire de tout, depuis les jeans jusqu'aux pots et aux poêles, travaillant à un rythme régulier en dépit du fait qu'il devait être à vif intérieurement.

Si John avait été déçu par le comportement du frère auparavant, ce n'était certainement plus le cas à présent…

— Viszs ? appela une voix féminine dans le couloir.

John se retourna. Xhex était là ?

Tohr se racla la gorge et remit le sac en velours en place.

— Merci, V. D'avoir si bien pris soin d'elle.

— V. ? Tu as une minute ? appela Xhex. Je dois… Oh, merde.

Elle s'arrêta avant d'atteindre le seuil, lorsqu'elle prit conscience de la pesante atmosphère qui régnait dans la chambre. Tohr se releva et fit un signe de tête à John accompagné d'un sourire trop généreux pour être compris.

— Tu ferais mieux d'aller voir ta femelle, fils.

John hésita, mais alors V. avança d'un pas, passa les bras autour de son frère et lui chuchota quelques mots.

Accordant un peu d'intimité aux deux mâles, John se rendit dans le salon.

Xhex ne fut pas surprise de le voir ici.

— Je suis désolée, je n'avais pas l'intention d'interrompre quoi que ce soit.

— *C'est bon.* (Son regard se posa sur l'étui qu'elle tenait à la main.) *Qu'est-ce que c'est?*

Même s'il savait… Nom de Dieu, avait-elle trouvé le…

— C'est ce que nous devons découvrir.

Pris d'une soudaine panique, il l'examina attentivement, cherchant des traces de blessure. Mais il n'y en avait aucune. Elle était entrée et sortie en un seul morceau.

John n'avait pas l'intention de le faire, mais il se jeta sur elle et l'enlaça avec force, la serrant contre lui. Quand elle lui rendit son étreinte, il sentit l'étui à fusil lui rentrer dans le dos et il fut simplement… sacrément content qu'elle soit en vie. Si content, putain…

Merde, il chialait.

— Chut, John, tout va bien. Je suis en sécurité. Je vais bien…

Pendant qu'il frissonnait, elle le serra avec toute la force et la puissance de son corps, les maintenant ensemble, le couvrant exactement du genre d'amour profond que Tohr avait perdu.

Pourquoi certains étaient-ils chanceux et d'autres pas? Cela lui paraissait être la plus cruelle des loteries.

Quand il finit par s'écarter, il s'essuya le visage puis signa :

— *Viendras-tu à la cérémonie d'Estompe de Wellsie?*

Il n'y eut aucune hésitation.

— Absolument.

— *Tohr a dit qu'il aimerait que nous le fassions tous les deux.*

— Bien, c'est une bonne idée.

À ce moment-là, Viszs et Tohr apparurent dans le salon et les deux frères portèrent immédiatement leurs regards sur l'étui.

— Tu es fantastique, putain, dit V. avec une sorte de respect.

— Arrête de jouer les lèche-culs, on ne l'a pas encore ouvert. (Elle le tendit au frère.) C'est une serrure à empreintes digitales. J'ai besoin de ton aide.

V. eut un sourire diabolique.

— Loin de moi l'idée de ne pas venir en aide à une dame. Allons-y.

Pendant que ces deux-là emportaient l'étui vers le plan de travail de la cuisine, John attira Tohr. Désignant du menton l'urne couverte de velours, il signa :

— *As-tu encore besoin de moi ce soir ?*

— Non, fils, reste avec ta femelle. Je dois sortir un moment, en fait. (Il caressa le velours.) Mais je vais d'abord l'installer dans ma chambre.

— *D'accord, OK. Cool.*

Tohr lui donna une accolade brève et puissante, puis sortit par la porte donnant sur le tunnel.

Depuis la cuisine, Xhex demanda :

— Comment vas-tu… Eh bien, oui, ça va marcher.

L'odeur du plastique fondu força John à se retourner. V. avait retiré son gant et posé son index incandescent contre le mécanisme de verrouillage, et de la fumée acide montait du point de contact en volutes gris foncé.

— Mes empreintes digitales ont tendance à marcher sur n'importe quoi, déclara le frère.

— Visiblement, murmura Xhex, les mains sur les hanches, son corps tendu penché en avant. Tu as déjà fait du barbecue avec ce machin ?

— Seulement d'éradiqueurs, et ils ne sont pas comestibles.

Restant en arrière, John observa sa compagne à distance et… eh bien, il était tout simplement impressionné par la femelle. Qui faisait des trucs pareils ? Entrer dans la tanière sécurisée de la bande de salopards. Fouiller pour trouver un fusil. Mettre la main dessus. Et revenir comme si elle n'avait rien fait de plus incroyable que commander un café.

Comme si elle sentait son regard peser sur elle, elle lui jeta un coup d'œil.

Ouvrant la vanne à ses émotions, pour qu'il n'y ait plus la moindre barrière entre eux, il lui dévoila tout ce qu'il ressentait…

— C'est fait, annonça V. en retirant sa main lumineuse et en remettant son gant.

Tournant l'étui vers Xhex, le frère annonça :

— Et si tu nous faisais l'honneur ?

Xhex reporta son attention sur l'étui et l'entrouvrit. Le verrou disloqué tomba en miettes.

À l'intérieur se trouvaient deux fusils encastrés dans un rembourrage noir en polystyrène, ainsi que des lunettes à longue portée.

— Bingo, souffla-t-elle.

Elle avait réussi, se dit John. Il était prêt à parier sa couille gauche que l'une de ces armes allait se révéler être le fusil qui avait tiré sur Kolher.

Elle avait réussi, bon sang.

Du plus profond de ses tripes, une gigantesque vague de fierté monta, réchauffant tout son corps, étirant ses lèvres en un sourire si large que ses joues lui faisaient mal. Contemplant sa femelle et la preuve essentielle qu'elle avait rapportée, il était prêt à parier qu'il faisait de l'ombre autour de lui, tant il était radieux.

Il se sentait si incroyablement… fier.

— Sacrément prometteur. (V. referma l'étui.) J'ai l'équipement dont nous aurons besoin à la clinique, ainsi que la balle. On va s'y mettre.

— Une minute.

Xhex se tourna vers John. S'approcha de lui. Prit son visage entre ses mains. Comme elle le dévisageait, il sut qu'elle lisait chaque parcelle de tout ce qu'il ressentait.

Se haussant sur la pointe des pieds, elle appuya ses lèvres contre les siennes et prononça trois mots qu'il ne s'attendait pas à réentendre de sitôt.

— Je t'aime. (Elle l'embrassa une fois de plus.) Je t'aime tellement, mon *hellren*.

Chapitre 69

Sur l'autre rive de l'Hudson, au sud du complexe de la Confrérie, Automne était toujours assise dans l'obscurité de la cabane, occupant la même chaise sur laquelle elle s'était installée au début de la nuit. Elle avait depuis longtemps éteint les lampes d'un ordre mental, et l'absence de lumière autour d'elle lui donnait l'impression que le paysage enneigé brillait comme en plein jour à la lueur de la lune.

Le large fleuve était immobile, même s'il n'était gelé que sur les berges.

Depuis sa position privilégiée, elle n'avait guère admiré le panorama devant elle, mais s'était attardée sur les étapes de sa vie.

De nombreuses heures s'étaient écoulées depuis que Xhex était passée la voir, la lune avait changé de position, faisant se déplacer en rond les ombres noires projetées par les arbres comme les ailes d'un moulin à vent sur le sol blanc. À bien des égards, le temps n'avait pas de signification, mais un effet : plus elle réfléchissait à sa vie, plus elle se voyait clairement, ses dernières prises de conscience n'étaient plus un choc, mais plutôt l'aboutissement d'une lente imprégnation…

Qui commençait à transformer son être intérieur…

Tout d'abord, la silhouette noire qui se découpa soudain sur le paysage hivernal lui apparut comme une nouvelle ombre projetée par un tronc d'arbre à la lisière de la propriété. Sauf qu'elle se mit alors à bouger.

C'était vivant.

Ce n'était… pas un animal.

C'était un mâle.

Un brusque accès de peur la fit se redresser d'un coup, mais son instinct vint à la rescousse et lui apprit immédiatement de qui il s'agissait. Tohrment.

Tohrment était là.

Sa première pensée fut de descendre dans la retraite du sous-sol et de prétendre qu'elle ne l'avait pas vu… et considérant la façon dont il attendait sur la pelouse, lui laissant largement le temps de l'identifier, il semblait lui offrir cette porte de sortie.

Mais elle n'allait pas fuir. Elle l'avait fait trop souvent de différentes façons pour une vie entière, voire plusieurs.

Se levant de sa chaise, elle se dirigea vers la porte qui donnait sur le fleuve, la déverrouilla et l'ouvrit en grand. Croisant les bras sur sa poitrine pour lutter contre le froid, elle releva le menton et attendit qu'il approche.

Ce qu'il fit. Avec une expression de morne détermination, le frère s'avança lentement, ses lourdes bottes s'enfonçant dans la couche supérieure de neige craquante. Il avait toujours le même aspect, toujours grand et large, avec ses cheveux épais à la mèche blanche, et son beau visage grave marqué de rides distinguées.

Il était étrange qu'elle note une sorte de métamorphose en lui, se dit-elle.

Visiblement, elle projetait sur lui sa propre transformation.

Quand il s'arrêta devant elle, elle se racla la gorge pour faire passer le chatouillis de l'air glacial. Néanmoins, elle ne prit pas la parole en premier. Elle laissa ce privilège à Tohr.

— Merci d'être sortie, dit-il.

Elle se contenta de hocher la tête, ne souhaitant pas faciliter les excuses rapides qu'il était sur le point de lui présenter. Non, elle ne lui faciliterait plus la tâche… ni à lui ni aux autres.

— J'aimerais te parler un peu, si tu as le temps ?

Vu comme le vent froid transperçait ses vêtements, elle fit un nouveau signe de tête et recula à l'intérieur. La cabane ne lui avait pas paru particulièrement chaude auparavant ; mais à présent, l'atmosphère était tropicale. Et étouffante.

Elle se rassit sur sa chaise et le laissa décider s'il souhaitait rester debout ou pas. Il choisit la première option et se plaça juste devant elle.

Après une profonde inspiration pour se donner du courage, il parla de façon claire et succincte, comme s'il avait préparé son discours :

— Il m'est impossible de m'excuser assez pour ce que je t'ai dit. C'était profondément injuste, et impardonnable. Il n'y a pas d'excuse, alors je ne vais pas essayer de me justifier. Je vais seulement…

— Tu sais quoi ? l'interrompit-elle d'un ton calme. Une partie de moi a envie de te dire d'aller au diable… de prendre tes excuses, tes yeux fatigués et ton cœur lourd et de ne plus jamais, au grand jamais, m'approcher de nouveau.

Au bout d'un long silence, il hocha la tête.

— OK. Je comprends. Je respecte totalement…

— Mais, l'interrompit-elle une fois de plus, j'ai passé toute la nuit assise sur cette chaise, à réfléchir à ton soliloque et à ta franchise. En fait, j'ai rarement pensé à autre chose depuis que je t'ai quitté. (Brusquement, elle jeta un coup d'œil vers le fleuve.) Tu as dû m'enterrer par une nuit semblable, pas vrai ?

— Oui, en effet. Sauf qu'il neigeait.

— Cela a dû être difficile de creuser le sol gelé.

— Oui.

— Tes ampoules l'ont prouvé, effectivement. (Elle reporta son attention sur lui.) Pour être honnête, j'ai failli être anéantie quand tu as quitté ma chambre au centre d'entraînement. C'est important à mes yeux que tu le comprennes. Après ton départ, j'ai été incapable de penser ou de ressentir quoi que ce soit, hormis mon souffle, et seulement parce que mon corps fonctionnait tout seul.

Il émit un bruit au fond de sa gorge comme si ses regrets l'empêchaient de parler.

— J'ai toujours su que tu n'aimais que Wellsie, et pas seulement parce que tu me l'as dit dès le départ, mais parce que cela a toujours été évident. Et tu as raison : je suis vraiment tombée amoureuse de toi et j'ai essayé de te le cacher – du moins consciemment – parce que je savais que cela te causerait un mal insupportable ; l'idée que tu aies laissé une femelle s'approcher si près de toi… (Elle secoua la tête tandis qu'elle imaginait de quelle façon il aurait encaissé le choc.) Je voulais vraiment t'épargner toute peine supplémentaire, et je souhaitais sincèrement que Wellsie soit libérée. Son état était presque aussi important pour moi que pour toi, et pas pour me punir, mais parce que je t'aimais véritablement.

Douce Vierge scribe, il était si immobile. Il respirait à peine.

— J'ai entendu dire que tu avais mis en vente la maison que vous habitiez, dit-elle. Et que tu avais donné toutes ses affaires. Je suppose que c'est parce que tu essaies de trouver une nouvelle façon de la libérer pour qu'elle rejoigne l'Estompe, et j'espère que cela va marcher. Pour vous deux, j'espère que cela va marcher.

— Je suis venu pour parler de toi, pas d'elle, dit-il doucement.

— C'est gentil de ta part, et sache que je détourne la conversation sur toi, non parce que j'ai l'impression d'être la victime d'un amour non partagé qui s'est mal terminé, mais parce que notre relation à cette époque s'est toujours fondée sur toi. Ce qui est ma faute, mais aussi la nature du cycle que nous venons d'achever.

— Un cycle ?

Elle se leva, souhaitant les mettre sur un pied d'égalité.

— Les saisons effectuent un cycle complet, et nous avons fait de même. Quand nos chemins se sont croisés la première fois, il n'a été question que de moi, de mon égoïsme et de la tragédie que j'avais vécue. Cette fois-ci, il n'a été question que de toi, de ton égoïsme et de la tragédie que tu avais vécue.

— Oh, Seigneur, Automne…

— Ainsi que tu me l'as souligné, nous ne pouvons nier la vérité, et nous ne devrions pas le faire. Par conséquent, je suggère que l'un comme l'autre, nous cessions de lutter plus longtemps. Nous sommes dorénavant parvenus à l'équilibre, nos fautes mutuellement commises l'un vis-à-vis de l'autre ont été effacées par des actes et des paroles qu'aucun de nous ne peut reprendre. Je regretterai toujours de t'avoir mis dans cette position en volant ta dague pour me tuer il y a tant d'années, et tu n'as pas besoin de me dire que tu ressens un profond chagrin alors que tu te tiens devant moi : c'est écrit sur ton visage. Toi et moi… c'est un cercle parfait, et il est bouclé.

Il cligna des yeux, soutenant son regard. Puis il se passa le pouce au-dessus du sourcil et se frotta le front comme s'il lui faisait mal.

— Tu as tort pour la dernière partie.

— Je ne vois pas comment tu peux argumenter contre cette logique.

— J'ai beaucoup réfléchi, moi aussi. Je ne vais pas me disputer à ce sujet avec toi, mais je veux que tu saches que je n'étais pas avec toi uniquement pour sauver Wellsie. Je n'en ai pas pris conscience sur le moment, ou je n'ai pas pu me l'autoriser… Je n'en sais foutre rien. Mais je suis persuadé que tu entrais largement en compte dans ce choix et, après ton départ, il est devenu évident…

— Tu n'as pas besoin de t'excuser.

— Ce ne sont pas des excuses. Il faut que tu saches que lorsque je me réveille, je tends la main vers toi et regrette que tu ne sois plus là à côté de moi. Il m'arrive de commander de la nourriture en rab pour toi, avant de me rappeler que tu n'es plus là pour que je puisse te nourrir. Et quand j'emballais les vêtements de ma compagne décédée, tu étais toi aussi dans mon esprit. Ce n'était pas que Wellsie, Automne, et je pense que je l'ai su après tes chaleurs et que c'est pour cela que j'ai pété les plombs. J'ai passé une journée et demie assis par terre, dans l'obscurité, à essayer de comprendre toute cette histoire ; et je ne sais pas… je suppose que j'ai fini par trouver le courage d'être vraiment honnête avec moi-même. Parce qu'il est difficile, quand on a aimé une personne de toute son âme, et que celle-ci a disparu, que quelqu'un d'autre arrive et marque son territoire sur ton cœur. (Il leva la main à hauteur de la poitrine et se frappa le sternum.) Il lui appartenait, à elle et à elle seule. À tout jamais. Tout du moins, c'est ce que je croyais… mais cela ne s'est pas passé ainsi, tu as fait ton apparition… et au diable cette histoire de cycle, je ne veux pas que ce soit fini avec toi.

Ce fut au tour d'Automne de se sentir frappée, son corps s'engourdissant alors qu'elle luttait pour comprendre ce qu'il disait.

—Automne, je suis amoureux de toi, c'est la raison de ma venue ici ce soir. Et nous ne sommes pas obligés d'être ensemble, et tu n'es pas obligée d'oublier ce que j'ai dit, mais je voulais que tu l'entendes de ma bouche. Et je souhaitais également te dire que je suis en paix avec cela, parce que… (Il prit une profonde inspiration.) Tu veux savoir pourquoi Wellsie est tombée enceinte ? Pas parce que je voulais un enfant. Parce qu'elle savait que, chaque nuit quand je quittais la maison, je risquais de me faire tuer sur le champ de bataille et, comme elle le disait, elle voulait quelque chose qui la pousse à continuer à vivre. Et si c'était moi qui avais disparu ? Elle se serait taillé une vie pour elle, et… le truc étrange c'est que j'aurais souhaité qu'elle le fasse. Même si cela devait inclure quelqu'un d'autre. Je suppose que j'ai compris que... elle n'aurait pas voulu que je porte son deuil éternellement. Elle aurait voulu que j'avance... et c'est ce que j'ai fait.

Automne ouvrit la bouche pour parler, mais rien n'en sortit.

L'avait-elle vraiment entendu dire que...

— Alléluia, putain !

Comme elle poussait un cri de surprise et que Tohr dégainait sa dague noire, Lassiter apparut au milieu de la pièce.

L'ange applaudit un peu, puis leva les mains vers le ciel comme un prêcheur.

— Enfin !

— Doux Jésus, siffla Tohr en baissant son arme. Je croyais que tu avais démissionné !

— OK, je ne suis toujours pas ce mec né dans une étable. Et crois-moi, j'ai essayé de filer ma démission, mais le Créateur n'a pas prêté attention à ce que je disais. Comme d'habitude.

— Je t'ai appelé à plusieurs reprises et tu n'es pas venu.

— Eh bien, au début, j'étais sacrément en pétard contre toi. Ensuite, je ne voulais tout simplement pas me mettre en travers de ton chemin. Je savais que tu allais faire un gros coup. (L'ange s'approcha et posa la main sur l'épaule d'Automne.) Ça va ?

Elle hocha la tête et parvint à articuler quelque chose qui ressemblait à « hum-hum ».

— Alors, c'est bon, hein ? demanda Lassiter.

Tohr secoua la tête.

— Ne la force à rien. Elle est libre de choisir sa vie, ainsi qu'elle l'a toujours été.

Sur ce, il se retourna et se dirigea vers la porte. Juste avant de l'ouvrir, il jeta un regard à Automne par-dessus son épaule et riva ses yeux bleus aux siens.

— La cérémonie de l'Estompe de Wellsie aura lieu demain soir. J'aimerais beaucoup que tu sois là, mais je comprendrais parfaitement que tu ne veuilles pas venir. Et Lassiter, si tu restes avec elle, et je le souhaite, rends-toi utile et fais-lui une tasse de thé avec des tartines, d'accord ? Elle aime le pain au levain grillé des deux côtés, avec du beurre doux, de préférence baratté, et un peu de confiture de fraise. Et elle prend de l'Earl Grey avec une cuillerée de sucre.

— Quoi… est-ce que je ressemble à un majordome ?

Tohrment la dévisagea une éternité, comme s'il lui donnait une occasion de voir à quel point il était fiable, stable et avait les pieds sur terre… solide d'une façon qui n'avait rien à voir avec son poids, et tout à voir avec son âme.

Il avait, en réalité, été transformé.

Après un dernier signe de tête, il sortit dans le paysage enneigé… et se dématérialisa.

— Tu as la télé ici ? entendit-elle Lassiter demander depuis la cuisine, tandis qu'il ouvrait et refermait des placards.

— Tu n'es pas obligé de rester, marmonna-t-elle, encore sous le choc.

— Dis-moi seulement que vous avez la télévision et je serai un homme heureux.

— On l'a.

— Eh bien, tu sais quoi ? c'est mon jour de chance… et ne t'inquiète pas, je nous distrairai. Je parie que je peux nous dénicher un marathon de *Real Housewives*.

— Un quoi ? demanda-t-elle.

— J'espère que ce sera l'émission dans le New Jersey. Mais j'accepterais Atlanta. Ou Beverly Hills.

Se reprenant, elle se tourna pour le regarder, et ne put que cligner des yeux, aveuglée par toutes les lampes qu'il avait allumées.

Oh, attendez, ce n'était que lui, qui étincelait.

— Qu'est-ce que tu racontes ? demanda-t-elle, trouvant incroyable que le mâle parle d'émissions de télé humaines dans un moment pareil.

Depuis la cuisinière, l'ange eut un sourire énigmatique et lui fit un clin d'œil.

— Imagine un peu : si tu t'autorises à croire Tohr et que tu lui ouvres ton cœur, tu pourras te débarrasser de moi pour toujours. Tu n'as qu'à te donner à lui, corps et âme, et je disparaîtrai définitivement... et tu n'auras plus à te demander ce qu'est *Real Housewives*.

Chapitre 70

Le soir suivant, dès que la nuit fut tombée, Ahssaut, fils d'Ahssaut, traversa à grandes enjambées sa maison de verre pour se rendre dans le garage. Quand il dépassa la porte donnant sur l'arrière de sa demeure, il jeta un coup d'œil à la vitre que l'on avait remplacée à l'automne.

La réparation était parfaite. Au point qu'il était impossible de voir qu'il s'était passé quelque chose de violent.

On ne pouvait pas en dire autant des événements qui s'étaient déroulés au cours de cette nuit atroce. Alors même que les jours du calendrier défilaient, que les saisons changeaient et que la lune montait et descendait, il était impossible de réparer ce qui s'était passé, il n'y avait aucun moyen de raccommoder ce désastre.

Non que Xcor le souhaite, supposait-il.

Oui, ce soir il allait enfin avoir une idée précise de l'ampleur des dommages infligés.

La *glymera* était tellement lente à réagir que c'en était ridicule.

Activant le système d'alarme avec l'empreinte de son pouce, il entra dans le garage, verrouilla la porte et contourna la Jaguar. La Range Rover garée tout au fond avait d'immenses pneus tout terrain dont le profond relief ressemblait à des griffes ; son dernier achat avait enfin été livré cette semaine : il avait beau adorer la XKR, il en avait assez d'avoir l'impression de conduire un cochon huilé sur de la glace.

Une fois installé dans le 4 × 4 sérieusement modifié, il sortit par la porte du garage ; puis il fit marche arrière, demi-tour et attendit que la porte soit baissée.

Elan, fils de Larex, était une vraie petite merde, le genre d'aristocrate qui énervait prodigieusement Ahssaut : l'excès de consanguinité et d'argent l'avait isolé des réalités de la vie. Le mâle n'était pas plus capable de se frayer un chemin sans les attributs de sa position sociale qu'un bébé abandonné dans le froid.

Et pourtant, en vertu des exigences du destin, ce mâle était désormais en position d'effectuer plus de changements qu'il n'en était digne : suite aux attaques, il était le seul vampire de rang élevé au Conseil qui ne soit pas un frère, à l'exception de Vhengeance, qui était tellement lié à la Confrérie qu'il aurait tout aussi bien pu avoir une dague noire sanglée sur la poitrine.

Par conséquent, Elan était celui qui avait convoqué la petite réunion « non officielle » de ce soir.

Qui, une fois de plus, n'inclurait pas Vhengeance. Et qui allait probablement aborder la question d'une insurrection éventuelle.

Même si quelqu'un d'aussi intello qu'Elan ne nommerait certainement pas les choses ainsi. Non, les traîtres en cravate et chaussettes en soie avaient tendance à formuler leur réalité en termes bien plus raffinés… même si les mots n'y changeraient rien…

Ahssaut roula à une allure soutenue et le trajet jusqu'à la maison d'Elan lui prit trois bons quarts d'heure, même si les autoroutes étaient toutes salées et les rues dégagées. Naturellement, il aurait pu s'épargner du temps en se dématérialisant, mais si les choses dégénéraient, s'il risquait de se retrouver blessé et incapable de se faire disparaître, il devait donc s'assurer de disposer d'un abri et d'un moyen de s'échapper efficaces.

Il n'avait tenu sa sécurité pour acquise qu'une seule fois, longtemps auparavant. Plus jamais depuis lors. Et, oui, la Confrérie était constituée de membres très intelligents. Impossible de savoir si cette cabale naissante serait attaquée ce soir ou pas, surtout si Xcor devait y faire une apparition.

La retraite d'Elan était une gracieuse maison en briques, d'inspiration victorienne, dont chaque pic et chaque angle s'ornait de boiseries semblables à de la dentelle. Située dans une paisible petite bourgade d'à peine trente mille humains, elle se dressait en retrait de la rue qui la desservait, et une rivière sinuait sur un côté de la propriété.

Quand il descendit de voiture, il ne ferma pas les boutons d'écaille de son manteau en poil de chameau, ni n'enfila ses gants. Pas plus qu'il ne boutonna sa veste croisée.

Ses pistolets étaient près de son cœur, et il voulait y avoir accès rapidement.

Tandis qu'il s'approchait de la porte d'entrée, ses belles bottines noires claquaient sur l'allée déblayée et son souffle s'échappait de sa bouche en petits nuages blancs. Au-dessus de lui, la lune brillait comme une lampe halogène, aussi ronde qu'une assiette, l'absence de nuage et d'humidité permettant à son véritable pouvoir de se déverser des cieux.

Les rideaux de toutes les fenêtres avaient été tirés, si bien qu'il ne pouvait voir combien d'invités étaient arrivés, mais il n'aurait pas été surpris qu'ils soient déjà tous réunis, en s'étant dématérialisés pour se rendre sur place.

Les imbéciles.

Il appuya sur la sonnette de sa main nue, et la porte lui fut immédiatement ouverte en grand par un majordome *doggen* en livrée qui s'inclina profondément devant lui.

— Maître Ahssaut. Bienvenue, puis-je prendre votre manteau ?

— Non, tu ne peux pas.

Il y eut une hésitation, du moins jusqu'à ce qu'Ahssaut lève un sourcil en direction du serviteur.

— Euh, mais bien entendu, messire… Je vous en prie, suivez-moi.

Des voix, toutes masculines, submergèrent ses oreilles tandis que l'odeur de cannelle du cidre chaud se faufilait dans ses narines. Suivant le majordome, il se laissa conduire dans un salon majestueux encombré de lourds meubles en acajou, aussi anciens que la maison. Et au milieu des antiquités se trouvaient une bonne dizaine de mâles aux silhouettes minces, vêtus de costumes, avec un nœud papillon ou une cravate autour du cou, qui entouraient leur hôte.

Il y eut un flottement perceptible dans la conversation quand il fit son apparition, ce qui suggérait qu'au moins certains d'entre eux ne se fiaient pas à lui.

C'était probablement la seule idée sage émanant de ce groupe.

Son hôte s'écarta de la masse et s'approcha de lui avec un sourire suffisant.

— Que c'est aimable à toi d'être venu, Ahssaut.

— Merci de m'avoir invité.

Elan fronça les sourcils.

— Où est mon *doggen* ? Il aurait dû prendre ton manteau…

— Je préfère le garder. Et j'irai m'asseoir là-bas. (Il désigna de la tête un fauteuil dans un coin qui offrait la plus large visibilité sur la pièce.) J'ai l'impression que nous allons bientôt commencer.

— En effet. Avec ton arrivée, nous n'attendons plus qu'une personne.

Ahssaut plissa les yeux en apercevant la légère ligne de transpiration qui suintait entre le nez et la lèvre supérieure du mâle. Xcor avait choisi le bon pion, se dit-il en s'éloignant pour s'installer dans son fauteuil.

Un courant d'air froid annonça l'arrivée du dernier invité.

Quand Xcor débarqua dans la pièce, il y eut largement plus qu'une simple accalmie dans la discussion. Chaque aristocrate se tut, et la foule se réorganisa de façon subtile alors que chacun faisait un pas en arrière.

Mais bon, surprise ! Xcor avait plus d'un compagnon avec lui.

Tous les membres de la bande de salopards apparurent sur ses talons et formèrent un demi-cercle autour de leur chef.

Vu de près en chair et en os, Xcor était exactement comme toujours : grossier et laid, le genre de mâle dont la mine et la posture suggéraient que sa réputation de violence s'appuyait sur des faits réels et non sur des conjectures. En vérité, debout au milieu de ces avortons, dans leur environnement de luxe et de civilité, il était prêt et parfaitement capable d'éliminer tout ce qui respirait dans cette pièce, et les mâles derrière lui étaient exactement pareils : chacun était habillé pour la guerre, et prêt à la déclencher au moindre signe de leur chef.

Examinant leur groupe, Ahssaut lui-même dut reconnaître qu'ils étaient impressionnants.

Quel idiot, cet Elan : lui et ses mondains de la *glymera* n'avaient pas idée de la boîte de Pandore qu'ils avaient ouverte.

Avec une petite toux empressée, Elan s'avança pour s'adresser à tous en tant que chef, même s'il n'était pas seulement éclipsé par la taille des soldats, mais aussi par la force de leur présence elle-même.

— Je crois que les présentations ne sont pas nécessaires, et il va sans dire que si l'un d'entre vous (à ces mots, il regarda les membres du Conseil) parle de cette réunion, il y aura des représailles qui vous feront souhaiter le retour des attaques.

Au fur et à mesure qu'il parlait, il monta en puissance, comme si endosser le manteau du pouvoir, même donné par quelqu'un d'autre, constituait une sorte de masturbation pour son ego.

— J'ai estimé qu'il était important de tous nous réunir ce soir.

Il se mit à faire les cent pas, les mains dans le dos et le buste penché en avant comme s'il s'adressait à ses chaussures cirées.

— À différents moments au cours de cette dernière année, les estimés membres du Conseil sont tous venus me voir pour m'informer non seulement de leurs pertes catastrophiques, mais aussi de leur frustration devant la réponse proposée par le régime actuel en vue d'un redressement significatif.

Ahssaut haussa les sourcils au mot « actuel » : ce soulèvement avait plus progressé qu'il ne l'avait supposé si ce terme était ainsi lancé à la ronde...

— Ces entrevues ont eu lieu sur une période de plusieurs mois, mais les plaintes et les déceptions ont été d'une constance inébranlable. Par conséquent, et après de longues délibérations avec ma conscience, je me suis retrouvé pour la première fois de ma vie à remettre en question l'actuel chef de notre espèce, au point d'être forcé à l'action. Ces gentilshommes (en employant ce terme ridicule, il désigna d'un geste de la main le groupe de soldats) ont exprimé des inquiétudes comparables, ainsi qu'une certaine volonté de... comment le formuler... d'effectuer un changement. Comme je sais que nous sommes tous du même avis, j'ai songé que nous pourrions discuter de l'étape suivante à donner à notre action.

Sur ce, les dandys exhibèrent leur connaissance du guide pratique de la conversation, en réitérant, avec leurs propres mots interminables, exactement ce que venait d'affirmer Elan.

Visiblement, ils avaient le sentiment qu'agir ainsi était une occasion de prouver le sérieux de leurs intentions à la bande de salopards, mais Ahssaut doutait que Xcor soit touché par tout ce baratin. Ces membres de l'aristocratie étaient des outils fragiles et remplaçables, chacun d'eux d'un usage limité et facile à casser, et Xcor devait en avoir conscience. À n'en pas douter, il allait continuer à travailler avec eux jusqu'à ce qu'il n'ait plus besoin de leurs services, et alors il briserait leurs dérisoires manches en bois avant de les jeter.

Alors qu'Ahssaut se renfonçait dans son fauteuil pour écouter la suite de la réunion, il n'éprouvait pas particulièrement d'affection ni de respect pour la monarchie. Mais il était certain que Kolher était un mâle de parole, et que l'on ne pouvait pas en dire autant de ces rustres de la *glymera* : le groupe entier, à l'exception de Xcor et de ses mâles, lécherait le cul du roi jusqu'à en avoir les lèvres engourdies… et ce, jusqu'à ce qu'ils causent sa mort. Après cela ? Xcor se servirait lui-même, et lui seul, au diable tous les autres.

Kolher avait affirmé qu'il autoriserait le commerce avec les humains à se poursuivre sans entraves.

À l'inverse, Xcor était du genre à ne pas permettre à d'autres pouvoirs de s'élever… et avec tout l'argent que représentait le trafic de drogue, tôt ou tard Ahssaut se retrouverait avec une cible dans le dos.

Si ce n'était pas déjà le cas.

— … et le domaine familial reste à l'abandon à Caldwell…

Quand Ahssaut se leva de son fauteuil, tous les guerriers tournèrent les yeux vers lui.

S'avançant dans la foule, il prit soin de montrer ses mains, pour qu'ils n'aillent pas croire qu'il avait tiré une arme.

— Excusez mon interruption, je vous en prie, dit-il sans en penser un seul mot. Mais je dois vous laisser, à présent.

Elan commença à postillonner alors que Xcor baissait les paupières.

S'adressant au véritable chef dans cette pièce, Ahssaut parla clairement.

— Je ne ferai mention de cette réunion à personne, que ce soit aux individus présents dans cette pièce ou à quelqu'un d'autre, ni ne parlerai de ce qui y a été dit pendant que j'y assistais. Je ne suis pas un politique, pas plus que je n'ai de vues sur le trône ; je ne suis qu'un homme d'affaires ne cherchant qu'à continuer à prospérer dans les cercles commerciaux. En quittant cette réunion et en démissionnant ici même du Conseil, j'agis conformément à mes propos, ne cherchant ni à promouvoir ni à faire obstacle à vos projets, quels qu'ils soient.

Xcor sourit froidement, le regard chargé d'une intensité mortelle.

— Je considérerai quiconque sortant de cette pièce comme mon ennemi.

Ahssaut hocha la tête.

— Qu'il en soit donc ainsi. Mais sache que je défendrai mes intérêts de façon appropriée contre les intrus de toute sorte.

— Comme tu le souhaites.

Ahssaut sortit sans se presser, du moins jusqu'à ce qu'il soit installé dans sa Range Rover. Une fois à l'intérieur du 4 × 4, il se dépêcha de verrouiller les portières et de démarrer le moteur pour partir.

Tout le long du trajet de retour, il resta les sens en alerte sans tomber pour autant dans la paranoïa. Il estimait que Xcor pensait chaque mot qu'il avait prononcé en le désignant comme son ennemi, mais il avait également conscience que le mâle allait avoir les mains occupées. Entre la Confrérie, qui était sans le moindre doute un terrible adversaire, et la *glymera*, qui allait ressembler à une horde de chats sauvages, beaucoup de choses détourneraient son attention.

Pourtant, tôt ou tard, le mâle concentrerait ses forces sur Ahssaut.

Heureusement, il était prêt désormais, et le resterait.

Et attendre ne l'avait jamais dérangé.

Chapitre 71

Alors que Tohr émergeait de la douche, nu et dégoulinant, il entendit frapper à la porte de sa chambre un coup puissant et un peu étouffé, comme s'il avait été donné du plat de la main et non avec le poing… et après tant d'années passées dans la Confrérie, il comprit qu'il ne pouvait s'agir que d'un seul mâle.

— Rhage ? (Il s'enroula une serviette autour de la taille et alla ouvrir.) Mon frère, qu'est-ce qu'il y a ?

Celui-ci se tenait dans le couloir. Son visage d'une beauté incroyable affichait une expression solennelle, et une robe en soie blanche nouée à la taille par un simple cordon blanc drapait ses larges épaules. En travers de sa poitrine, ses dagues noires étaient glissées dans un étui en cuir blanc.

— Eh, mon frère… Je, euh…

Il s'ensuivit un moment de gêne auquel Tohr mit un terme.

— Tu ressembles à un beignet couvert de sucre, Hollywood.

— Merci. (Le frère regardait fixement la moquette.) Écoute, je t'ai apporté quelque chose. De la part de Mary et moi.

Ouvrant sa large main, il lui tendit une lourde Rolex en or, celle que portait Mary et que le frère lui avait offerte quand ils s'étaient unis. C'était un symbole de leur amour… et de leur soutien.

Tohr prit l'objet et sentit la chaleur résiduelle du métal.

— Mon frère…

— Écoute, nous voulons seulement que tu saches que nous sommes avec toi… J'ai ajouté des maillons pour qu'elle soit à la taille de ton poignet.

Tohr enfila le bijou et, oui, il allait à merveille.

— Merci. Je la rendrai…

Rhage écarta les bras et lui donna une accolade typique de lui : le genre qui vous mettait la colonne vertébrale sous tension et vous forçait à gonfler la cage thoracique après coup juste pour vous assurer que vous n'aviez pas un poumon perforé.

— Je n'ai pas de mots, mon frère, dit Hollywood.

Comme Tohr lui donnait une claque dans le dos, il sentit le tatouage du dragon frémir, comme si, lui aussi, offrait ses condoléances.

— C'est bon. Je sais que c'est difficile.

Après le départ de Rhage, Tohr venait à peine de refermer sa porte quand on frappa de nouveau.

Passant la tête par l'entrebâillement, il découvrit Fhurie et Z. côte à côte. Les jumeaux portaient la même robe et le même cordon que Rhage, et leurs yeux étaient exactement comme ceux, bleu turquoise, de Hollywood : tristes, tellement tristes.

— Mon frère, déclara Fhurie en avançant d'un pas pour l'étreindre.

Quand le Primâle recula, il lui tendit quelque chose de long et d'ornementé.

— Pour toi.

Dans sa main se trouvait un ruban en gros-grain blanc d'un mètre cinquante de long sur lequel on avait brodé au fil d'or, avec soin et de façon magnifique, une prière pour la force.

— Les Élues, Cormia et moi-même sommes tous avec toi.

Tohr prit un moment pour dérouler la bande et déchiffrer les caractères en langue ancienne, récitant les mots ancestraux dans sa tête. Cela avait dû prendre des heures, songea-t-il. Et beaucoup, beaucoup de mains.

— Mon Dieu, c'est superbe…

Comme il retenait ses larmes, il se dit : *Fantastique, merde.* Si la simple préparation de la cérémonie le mettait déjà dans cet état, il serait dans une condition lamentable quand celle-ci aurait véritablement lieu.

Zadiste se racla la gorge. Et ensuite le frère qui détestait toucher les gens se pencha et passa les bras autour de Tohr. L'étreinte fut si légère que Tohr ne put s'empêcher de se demander si cela était dû au manque d'entraînement. Soit cela, soit Tohr avait l'air aussi fragile qu'il se sentait.

— Ceci vient de ma famille, pour la tienne, dit-il d'une voix douce.

Le frère lui présenta un petit morceau de parchemin et les doigts de Tohr se mirent à trembler quand il l'ouvrit.

— Oh… merde…

Au centre se trouvait l'empreinte d'une petite main en peinture rouge. Celle d'un enfant. Celle de Nalla…

Il n'y avait rien de plus important ni de plus précieux pour un mâle que sa progéniture, surtout quand il s'agissait d'une femelle. L'empreinte était donc le symbole que tout ce que Z. possédait et tout ce qu'il était, à présent et dans l'avenir, était engagé pour soutenir son frère.

— Putain, dit simplement Tohr en prenant une inspiration tremblante.

— Nous te verrons en bas, annonça Fhurie.

Ils durent refermer la porte.

Tohr recula et s'assit sur le matelas. Il étala le ruban sur ses cuisses et regarda fixement l'empreinte de l'enfant.

Quand un autre coup résonna, il ne leva pas la tête.

— Oui ?

C'était V.

Le frère paraissait raide et gêné, mais bon, c'était probablement le plus pudique d'entre eux quand il s'agissait d'exprimer ses sentiments.

Il ne dit rien. Il n'essaya pas non plus de le prendre dans ses bras, ce qui était aussi bien.

Au lieu de quoi, il posa un étui en bois à côté de Tohr sur le lit, souffla de la fumée de son tabac turc et retourna vers la sortie comme s'il était impatient de quitter la pièce.

Sauf qu'il s'arrêta juste avant.

— Je suis avec toi, mon frère, dit-il à la porte.

— Je sais, V. Tu l'as toujours été.

Alors que le mâle hochait la tête et sortait, Tohr se tourna vers l'étui en acajou. Défaisant les attaches en acier noir, il souleva le couvercle et ne put retenir un juron à voix basse.

La paire de dagues noires était… époustouflante. Il en tira une, s'émerveilla de la façon dont elle tenait dans sa main, puis aperçut les symboles gravés dans la lame.

D'autres prières, quatre, une sur chaque face de chaque arme.

Toutes pour la force.

Ces dagues n'étaient pas vraiment conçues pour se battre ; elles avaient trop de valeur. Seigneur, V. avait dû y travailler pendant une année, peut-être plus… même si, bien sûr, comme tout ce qui sortait de la forge du frère, elles étaient mortelles…

Le suivant fut Butch. C'était forcément lui.

— Ou… (Tohr dut s'éclaircir la voix.) Oui ?

Oui, c'était bien le flic. Vêtu comme tous les autres de la même robe blanche avec son cordon blanc.

Quand le frère traversa la pièce, il avait les mains vides. Mais il n'était pas venu sans rien.

— Par une nuit pareille, dit-il d'un ton rauque, je n'ai que ma foi. C'est tout ce que j'ai, parce qu'il n'existe pas de mots pour t'apaiser… Je le sais d'expérience.

Il leva les mains derrière son cou et tritura quelque chose. Quand il repassa les mains devant lui, il tenait la grosse chaîne et le lourd crucifix en or qu'il ne quittait absolument jamais.

— Je sais que mon Dieu n'est pas le tien, mais puis-je te le mettre ?

Tohr opina et baissa la tête. Quand la clé de voûte de la foi catholique du mâle fut pendue à son cou, il leva la main et toucha la croix.

Tout cet or, cela faisait un poids incroyable. Mais la sensation était agréable.

Butch se pencha et pressa l'épaule de Tohr.

— Je te vois en bas.

Putain. Il n'avait rien d'autre à ajouter.

Pendant un moment, il se contenta de rester assis là, à tenter de se reprendre. Jusqu'à ce qu'il entende quelque chose à la porte. Un grattement, comme si…

— Seigneur ? dit Tohr en se forçant à se lever pour traverser la pièce.

On ouvrait la porte au roi. Quel que soit l'état dans lequel on se trouve.

Kolher et George entrèrent ensemble, et son frère fit preuve de sa franchise caractéristique.

— Je ne vais pas te demander comment tu tiens le coup.

— J'apprécie, seigneur. Parce que je suis sacrément mal.

— Le contraire serait étonnant.

— C'est presque plus dur quand les gens sont gentils.

— Oui. Bon. Je suppose que tu vas devoir t'en avaler un peu plus.

Le roi fit quelque chose avec son doigt. Puis il lui tendit…

— Oh, putain, non. (Tohr leva les mains pour refuser alors même que le mâle était aveugle.) Non, non. Impossible. Strictement impossible, bordel…

— Je t'ordonne de le prendre.

Tohr poussa un juron. Attendit de voir si le roi allait changer d'avis.

Sans succès.

Comme Kolher se contentait de garder les yeux immobiles, Tohr comprit qu'il allait perdre cette bataille.

Avec un sentiment d'irréalité totale qui lui donna le vertige, il tendit la main et prit l'anneau serti d'un diamant noir qui était le seul que le roi ait jamais porté.

— Ma *shellane* et moi sommes là pour toi. Porte-le pendant la cérémonie pour que tu saches que mon sang, mon corps et mon cœur sont à toi.

George haleta et remua la queue comme pour soutenir son maître.

— Putain de merde.

Cette fois-ci, ce fut Tohr qui tendit les bras vers son frère, et l'accolade lui fut rendue avec vivacité et puissance.

Après le départ de Kolher et de son chien, Tohr se retourna et s'adossa contre la porte.

Le dernier coup fut discret.

Se raidissant pour avoir au moins l'air d'un mâle, même s'il se sentait comme une vraie mauviette à l'intérieur, il découvrit John Matthew dans le couloir.

Le garçon ne prit pas la peine de signer quoi que ce soit. Il se contenta de prendre la main de Tohr et de déposer dans la paume…

La chevalière d'Audazs.

— *Il aurait souhaité être là pour toi*, signa John. *Et sa bague est tout ce que j'ai de lui. Je sais qu'il aurait souhaité que tu la portes pendant cette cérémonie.*

Tohr regarda fixement les armoiries frappées sur le métal précieux et pensa à son ami, son mentor, le seul père qu'il ait jamais vraiment eu.

— Cela représente… plus que tu ne peux l'imaginer.

— *Je serai juste à côté de toi*, reprit John. *Tout du long.*

— Pareil pour toi, fils.

Ils s'étreignirent, puis Tohr referma silencieusement la porte. Retournant vers le lit, il passa en revue tous les symboles de ses frères... et sut que, quand il affronterait cette épreuve, ils seraient tous avec lui... non que leur présence ait jamais été remise en question.

Mais il manquait quelque chose.

Automne.

Il avait besoin de ses frères. Il avait besoin de son fils. Mais il avait aussi besoin d'elle.

Il espérait que ce qu'il lui avait dit suffirait, mais il y avait des choses sur lesquelles on ne pouvait pas revenir, des choses dont on ne guérissait pas.

Et peut-être avait-elle raison au sujet de cette histoire de cycle.

Néanmoins, il pria pour qu'il y ait plus que cela. Il pria vraiment.

Debout dans le coin de la chambre de Tohr, Lassiter demeurait invisible. Bonne chose. Observer les allées et venues des mâles avait été difficile. C'était un foutu miracle que Tohr ait réussi à surmonter tout cela sans faillir.

Mais tout venait enfin à point, se dit l'ange. Enfin, après tout ce temps, après toute cette... eh bien, franchement, cette merde... les choses tournaient enfin dans la bonne direction.

Après avoir passé la nuit et la journée précédentes avec une Automne très silencieuse, il l'avait quittée au coucher du soleil pour qu'elle mijote dans ses propres réflexions, persuadé qu'en fait elle se repassait la visite de Tohr en boucle dans sa tête et ne trouvait rien d'autre que de la sincérité dans ses paroles.

Si elle se montrait ce soir, il serait libre, putain. Il l'avait fait. Oui, bon, d'accord, ils l'avaient fait. En vérité, il n'avait été qu'un joueur sur le banc de touche dans toute cette histoire… à l'exception du fait qu'il aimait beaucoup ces deux-là. Et Wellsie, aussi.

En face de lui, Tohr se dirigea vers le placard et parut se donner du courage.

Sortant une robe blanche, le frère l'enfila puis retourna vers le lit pour ceindre sa taille du magnifique ruban apporté par Fhurie. Après cela, il ramassa le parchemin plié donné par Z., le coinça dans le nœud, puis sangla un étui blanc sur son torse, dans lequel il glissa les deux magnifiques dagues noires de V. Il passa la chevalière à son majeur gauche et le diamant noir au pouce de sa main droite.

Avec l'étrange satisfaction du devoir accompli, Lassiter pensa à tous ces mois où il avait été de retour sur Terre et se rappela de quelle façon lui, Tohr et Automne avaient œuvré de concert pour sauver une femelle qui à son tour… eh bien, de façons très différentes, libérerait chacun d'entre eux.

Oui, le Créateur savait ce qui allait se passer quand il lui avait donné sa mission : Tohr n'était plus le même. Automne n'était plus la même.

Et Lassiter non plus n'était plus le même : il lui était simplement impossible de se déconnecter de tout cela, d'être blasé, d'agir comme si rien n'avait d'importance… et le plus drôle était qu'il n'avait vraiment pas envie de se retirer.

Merde, beaucoup de purgatoires disparaîtraient ce soir, se dit-il tristement, à la fois réels et symboliques : quand Wellsie passerait dans l'Estompe, il sortirait enfin de sa prison. La libération de la femelle signifierait que Tohr serait soulagé de son fardeau et que tous deux seraient libres.

Quant à Automne ? Eh bien, avec un peu de chance, elle s'autoriserait à aimer un mâle de valeur – et à en être aimée en retour – si bien qu'après toutes ces années de souffrance, elle pourrait enfin commencer à revivre ; elle reviendrait à la vie, ressuscitée, de retour d'entre les morts…

Lassiter fronça les sourcils lorsqu'une étrange alarme se mit à sonner dans sa tête.

Regardant autour de lui, il s'attendait à moitié à ce que des éradiqueurs descendent la façade de la demeure en rappel ou atterrissent dans les jardins en sautant d'un hélicoptère. Mais non…

Revenue à la vie, ressuscitée… de retour d'entre les morts.

Purgatoire. L'Entre-Deux.

Oui, se dit-il. Là où se trouvait Wellsie. Allô ?

Alors qu'une panique bizarre et désincarnée se saisissait de lui, il se demanda quel était son problème, putain…

Tohr se figea et regarda vers le coin de la chambre.

— Lassiter ?

Avec un haussement d'épaules, l'ange supposa qu'il pouvait aussi bien se rendre visible. Il n'avait pas de raison de se cacher, même si, quand il reprit forme, il garda son angoisse pour lui. Dieu… qu'est-ce qui clochait chez lui ? Ils étaient sur la ligne d'arrivée. Tout ce qu'Automne avait à faire, c'était se pointer à la cérémonie de l'Estompe et, vu la façon dont elle étalait ses vêtements sur son lit quand il était parti pour venir ici, il était assez évident qu'elle ne comptait pas frotter les sols de la cabane toute la nuit.

— Salut, dit le frère. Je suppose que ça y est.

— Oui. (Lassiter se força à sourire.) Oui, ça y est vraiment. Je suis fier de toi, d'ailleurs. Tu t'en es bien sorti.

— Quel éloge. (Il écarta les doigts et regarda les bagues.) Mais tu sais quoi ? Je suis vraiment prêt à le faire. Je n'aurais jamais cru dire cela un jour.

Lassiter hocha la tête pendant que le frère se retournait et se dirigeait vers la porte. Juste avant de l'atteindre, Tohr s'arrêta devant le placard, fouilla dans l'obscurité et tira un pan de la robe rouge.

Pendant qu'il caressait le tissu délicat entre son pouce et son index, ses lèvres remuèrent comme s'il parlait au satin… ou à son ancienne compagne… ou, merde, peut-être simplement à lui-même.

Puis il lâcha la robe, la laissant reprendre place dans le vide silencieux où elle était suspendue.

Ils sortirent ensemble et Lassiter s'arrêta pour lui donner une dernière accolade avant de s'éloigner devant lui dans le couloir aux statues.

À chaque pas qui le rapprochait des marches, la sonnette d'alarme dans sa tête retentissait plus fort, jusqu'à se réverbérer dans tout son corps, au point que son estomac devint acide et ses jambes cotonneuses.

C'était quoi son problème, bordel ?

C'était le bon moment, la fin heureuse. Alors pourquoi ses tripes lui disaient-elles que l'échec était tapi dans les coulisses ?

Chapitre 72

Quand Tohr sortit de sa chambre dans le couloir d'un noir d'encre, il accepta une brève accolade de l'ange puis le regarda s'éloigner vers la lumière du palier.

Mince, sa respiration lui paraissait assourdissante. Et son pouls également.

Ironiquement, il s'était trouvé exactement dans le même état quand lui et Wellsie s'étaient unis : son système nerveux était sens dessus dessous. Et bizarrement, le fait que sa réponse physiologique soit identique dans ce contexte lui prouvait que le corps était une machine répétitive en matière de stress, l'adrénaline fonctionnant de la même façon, peu importe que le déclencheur soit bon ou mauvais.

Au bout d'un moment, il commença à descendre le couloir en direction de l'escalier monumental, éprouvant du réconfort à sentir les symboles de ses frères sur lui. Quand on s'unissait, on s'engageait seul : on rejoignait sa femelle le cœur au bord des lèvres et l'amour dans les yeux, mais on n'avait besoin de rien ni de personne d'autre, car il n'était question que d'elle.

Quand on exécutait la cérémonie de l'Estompe, en revanche, on avait ses frères avec soi, pas seulement dans la même pièce, mais aussi près que possible : les poids à ses mains et autour de son cou, le nœud à sa taille étaient tout ce qui lui permettrait de rester debout. Surtout quand la douleur surgirait.

Lorsqu'il atteignit le haut des marches, il sentit le sol onduler sous ses pieds et l'impression de roulis déplaça son point d'équilibre dans un moment où il avait vraiment besoin que celui-ci reste en place.

En bas, on avait décoré le vestibule de longues draperies de soie blanches qui tombaient des moulures du plafond, si bien que tout, depuis les détails architecturaux jusqu'aux colonnes, en passant par les meubles et le sol, était recouvert de blanc. On avait éteint toutes les lampes électriques dans la demeure, et d'énormes bougies blanches fixées sur des torchères ainsi que des feux allumés dans les cheminées de chaque côté du vestibule constituaient la seule source de lumière.

Chaque membre de la maisonnée se tenait à la lisière du grand espace, les *doggen*, les *shellanes*, et les invités, tous vêtus de blanc conformément à la tradition. Les membres de la Confrérie avaient formé une ligne depuis le centre, commençant par Fhurie, qui allait officier, suivi de John, qui participerait à la cérémonie avec Tohr. Kolher venait ensuite. Puis V., Zadiste, Butch, et Rhage en dernier.

Wellsie se trouvait au centre de tout, dans sa magnifique boîte en argent, sur une petite table également couverte de soie.

Tant de blanc, pensa Tohr. Comme si la neige s'était introduite subrepticement et s'était accumulée en dépit de la chaleur.

Cela avait un sens : la couleur était réservée aux unions. Pour la cérémonie de l'Estompe, c'était tout le contraire, la palette monochrome symbolisant à la fois la lumière éternelle dans laquelle le défunt serait englobé et l'intention de la communauté de rejoindre un jour le mort dans ce lieu sacré.

Tohr fit un pas, puis un autre, et un troisième…

À mesure qu'il descendait, il observait les visages tournés vers lui. Ces gens étaient son entourage, et avaient été celui de Wellsie. C'était la communauté au sein de laquelle il continuait à vivre, et celle qu'elle avait quittée.

Même dans la tristesse, il était difficile de ne pas se sentir béni.

Ils étaient si nombreux à l'accompagner dans cette cérémonie, même Vhengeance, qui faisait désormais véritablement partie de la maisonnée.

Et pourtant Automne ne se trouvait pas parmi eux ; du moins, d'après ce qu'il pouvait voir.

Arrivé en bas des marches, il se mit en position devant l'urne, les mains jointes devant les hanches, la tête baissée. Pendant qu'il s'installait, John le rejoignit et prit la même position même s'il était pâle et que ses mains semblaient incapables de cesser de trembler.

Tohr tendit la main et toucha l'avant-bras de John.

— C'est bon, fils. Nous allons traverser cette épreuve ensemble.

Immédiatement, les tremblements cessèrent, et le garçon hocha la tête comme s'il était un peu réconforté.

Dans les instants ralentis qui suivirent, Tohr songea vaguement qu'il était étonnant qu'une foule de cette importance soit aussi silencieuse. Il n'entendait que les craquements du feu dans les cheminées de chaque côté du vestibule.

Sur la gauche, Fhurie se racla la gorge et se pencha vers une table sur laquelle on avait étendu de la soie blanche. Avec des gestes gracieux, il la souleva pour dévoiler un gigantesque bol en argent rempli de sel, un pichet d'eau en argent et un livre ancien.

Prenant le volume, il l'ouvrit et s'adressa à tous en langue ancienne.

— *En cette nuit, nous sommes venus ici pour commémorer le décès de Wellesandra, compagne du frère de la dague noire Tohrment, fils de Nhuisance ; fille de sang de Relhique ;* mahmen *adoptive du soldat Therreur, fils d'Audazs. En cette nuit, nous sommes venus ici pour commémorer le décès de l'enfant à naître Tohrment, fils du frère de la dague noire Tohrment, fils de Nhuisance ; fils de sang de la défunte et bien-aimée Wellesandra ; frère adoptif du soldat Therreur, fils d'Audazs.*

Fhurie tourna la page et l'épais parchemin émit un léger bruissement.

— *Conformément à la tradition, et dans l'espoir que cela sera agréable aux oreilles de la Mère de l'espèce, et source de réconfort pour la famille endeuillée, j'appelle tous ceux qui se trouvent en ces lieux à prier avec moi pour le passage dans l'Estompe de ceux qui nous ont quittés…*

Tant de voix s'élevèrent quand Fhurie prononça les phrases et les fit répéter par l'assemblée, les intonations féminines et masculines se mêlant si bien, que les mots perdirent leur sens pour Tohr et qu'il n'entendit qu'une morne déclamation.

Il jeta un coup d'œil à John. Le garçon battait beaucoup des paupières, mais il retenait ses larmes comme le mâle de valeur qu'il était.

Tohr reporta son regard sur l'urne, et lâcha la bride à son esprit pour qu'il lui repasse les images des différents moments qu'ils avaient partagés lui et Wellsie.

Son évocation du passé s'acheva sur la toute dernière chose qu'il avait faite pour elle avant qu'elle soit tuée : poser des chaînes sur les pneus du 4 × 4. Pour qu'elle ne patine pas dans la neige.

OK, à présent c'était lui qui battait des paupières comme un abruti…

La cérémonie se changea en brouillard à ce moment-là, il prononça les paroles appropriées quand il le fallait, et demeura silencieux le reste du temps. Il découvrit qu'il était content d'avoir attendu si longtemps pour le faire. Il n'était pas certain qu'il lui aurait été possible de supporter tout cela à un autre moment.

Sur ce, il jeta un coup d'œil à Lassiter. L'ange luisait de la tête aux pieds, ses piercings en or reflétant la lumière autour de lui et en lui, pour en décupler la magnificence.

Bizarrement, il ne paraissait pas heureux. Il avait les sourcils froncés comme s'il essayait d'additionner des nombres dans sa tête et se retrouvait avec un total qu'il n'appréciait pas…

— *Je vais à présent demander à la Confrérie de présenter ses condoléances aux endeuillés, à commencer par Sa Majesté Kolher, fils de Kolher.*

Tohr décida qu'il s'imaginait des choses et reporta son attention sur ses frères. Au moment où Fhurie s'écartait de la petite table, Kolher fut discrètement guidé par V. jusqu'à se retrouver devant le bol de sel. Remontant les manches de sa robe, le roi tira l'une de ses dagues noires et passa la lame sur l'intérieur de son avant-bras. Quand du sang rouge brillant apparut à la surface de l'entaille, le mâle tendit le bras et laissa quelques gouttes tomber dans le sel.

Tous les frères firent de même, soutenant le regard de Tohr tandis qu'ils réaffirmaient en silence leur deuil partagé pour tout ce qu'il avait perdu.

Fhurie fut le dernier, Z. tenant le livre alors qu'il achevait le rituel. Puis le Primâle saisit le pichet et prononça les paroles sacrées en versant l'eau, changeant le sel taché de rose en saumure.

— *Je vais à présent demander au* hellren *de Wellesandra de se dévêtir.*

Tohr veilla à retirer l'empreinte de la main de Nalla avant de dénouer la ceinture des Élues, et posa les deux sur la robe une fois ôtée.

— *Je vais à présent demander au* hellren *de Wellesandra de s'agenouiller une dernière fois devant elle.*

Tohr fit ce qu'on lui ordonnait et tomba à genoux devant l'urne. À la lisière de son champ de vision, il aperçut Fhurie s'approcher de la cheminée en marbre sur la droite. Des flammes, le frère tira un fer primitif, rapporté de l'Ancienne Contrée longtemps auparavant, forgé par des mains inconnues, bien avant que l'espèce dispose d'une mémoire collective.

Son extrémité faisait environ quinze centimètres de long et au moins trois centimètres de large, et la ligne de symboles en langue ancienne était si chaude qu'elle émettait une lueur jaune et non rouge.

Tohr prit la posture correcte, serra les poings et se pencha en avant pour que ses articulations soient appuyées sur la lourde couverture blanche que l'on avait étendue sur le sol. Pendant une fraction de seconde, il ne put penser qu'à la mosaïque représentant un pommier qui se trouvait sous lui, ce symbole de renaissance qu'il commençait à n'associer qu'à la mort.

Il avait enterré Automne au pied de l'un d'entre eux.

Et à présent il disait adieu à Wellsie au-dessus d'un autre.

Comme Fhurie s'arrêtait à côté de lui, le souffle de Tohr commença à sortir en grandes bouffées, ses côtes se rétractant et s'ouvrant brusquement.

Quand on s'unissait et que l'on vous gravait le nom de votre *shellane* dans le dos, on était censé supporter la douleur en silence, pour prouver que l'on était digne à la fois de son amour et de l'union.

Souffler. Souffler. Souffler…

Pas avec la cérémonie de l'Estompe.

Souffler-souffler-souffler…

Pour la cérémonie de l'Estompe, on était censé…

Strong

—Quel était le nom de ta défunte? demanda Fhurie.

À ce signal, Tohr prit une énorme bouffée d'oxygène.

Quand le fer fut posé sur la peau à l'endroit où le nom avait été gravé tant d'années auparavant, Tohr hurla son nom, chaque once de douleur dans son cœur, son esprit et son âme jaillissant d'un seul coup, et le son se répercuta dans tout le vestibule.

Le cri était son dernier adieu, sa promesse de la retrouver de l'autre côté, son amour rendu public une dernière fois.

Cela dura une éternité.

Puis il s'affaissa tellement que son front toucha le sol, alors qu'en travers de ses épaules, sa peau le brûlait comme si le fer était encore là.

Mais ce n'était que le début.

Il tenta de se redresser, mais il avait perdu toute tonicité musculaire : avec l'aide de John, il reprit sa position.

Sa respiration reprit de nouveau le dessus, ce halètement rythmique et superficiel le revigorant et restaurant son énergie.

La voix de Fhurie était désormais rauque au point d'être enrouée.

— *Quel était le nom de ton défunt ?*

Tohr inspira un autre hectolitre d'oxygène et se prépara à recommencer.

Cette fois-ci, le nom qu'il hurla était le sien et la douleur d'avoir perdu son fils de sang le transperça si profondément qu'il eut l'impression que l'intérieur de sa poitrine saignait.

Il cria plus longtemps la seconde fois.

Puis il s'effondra sur ses bras, le corps épuisé, même si ce n'était pas encore terminé.

Dieu soit remercié pour John, se dit-il, quand il sentit qu'on le redressait sur les genoux.

Au-dessus de lui, Fhurie annonça :

— *Pour le sceller dans ta peau à jamais, et pour lier notre sang au tien, nous devons à présent achever le rituel pour tes bien-aimés.*

Il ne haleta pas cette fois-ci. Il n'en avait pas l'énergie.

Le sel le piqua si fort qu'il en perdit la vue et que son corps se mit à convulser, ses membres tressautant de façon incontrôlable tandis qu'il tombait sur le flanc, alors même que John tentait de le maintenir droit.

Oui, il ne put que rester allongé devant tous ces gens, dont beaucoup pleuraient ouvertement, sa douleur devenant la leur. Scrutant les contours de leurs visages, il aurait voulu tous les réconforter d'une façon ou d'une autre, leur épargner ce qu'il avait subi, apaiser leur chagrin…

Automne était tout au fond, près de l'arche menant à la salle de billard, en chair et en os.

Elle était vêtue de blanc, avec les cheveux tirés en arrière et avait posé ses mains délicates sur sa bouche. Elle avait les yeux écarquillés et rougis, les joues humides, et arborait une telle expression d'amour et de compassion que cela estompa immédiatement la douleur de Tohr.

Elle était venue.

Elle était venue pour lui.

Elle éprouvait toujours de l'amour… pour lui.

Tohr se mit à pleurer pour de bon, avec des sanglots qui secouaient sa poitrine comme autant d'explosions. Tendant le bras vers Automne, il lui offrit la main, lui faisant signe d'approcher parce que, en ce moment où il lâchait prise après ce voyage douloureux et apparemment sans fin, où elle, et elle seule, l'avait rejoint, il ne s'était jamais senti aussi proche de quiconque…

Pas même de sa Wellsie.

Revenue à la vie, ressuscitée… de retour d'entre les morts.

Face à Tohr qui se tordait de douleur à cause du rinçage au sel, Lassiter serrait les dents, non par compassion, mais parce que sa tête le rendait fou.

Revenue à la vie, ressuscitée… de retour d'entre les morts…

Tohr se mit à sangloter, puis tendit son bras massif, la main ouverte… en direction d'Automne.

Ah oui…, songea Lassiter, *la dernière partie.* Le destin avait exigé le sang, la sueur… et les larmes, non pour Wellsie, mais pour une autre. Pour Automne.

C'était la fin, ces larmes versées par le mâle pour la femelle qu'il s'était enfin autorisé à aimer.

Précipitamment, Lassiter leva la tête vers le plafond, vers les guerriers représentés sur leurs montures farouches, vers le fond d'un bleu soutenu…

Le rayon de soleil sembla jaillir de nulle part, traversant la pierre, le mortier et le plâtre de ce qui se trouvait au-dessus d'eux. La lumière brillante était si forte que même Lassiter dut plisser les yeux alors que l'éclat venait arracher une femelle de valeur à un enfer qu'elle ne méritait pas…

Oui, oui, là, au centre du dôme, avec son bébé dans les bras, Wellsie apparut à son tour, aussi brillante et vibrante qu'un arc-en-ciel. Illuminée intérieurement et extérieurement, les couleurs lui étaient revenues, marquant sa renaissance, parce qu'elle était sauvée, parce qu'elle était libre… ainsi que son fils.

Et juste avant d'être engloutie, depuis les hauteurs célestes, elle observa Tohr, puis Automne, même si aucun d'eux ne l'aperçut, pas plus que la foule. Son visage n'exprimait que de l'amour pour ce couple ; pour le *hellren* qu'elle avait dû abandonner, pour la femelle qui lui avait épargné ses propres tourments, pour l'avenir qu'ils construiraient ensemble.

Puis, avec une expression inoubliable et paisible, elle leva la main pour dire adieu à Lassiter… et disparut, la lumière les absorbant elle et son fils et les emportant vers un endroit où les morts étaient chez eux et en repos pour l'éternité.

Alors que la lumière s'estompait, Lassiter attendit sa propre explosion lumineuse, son propre soleil venu le chercher, son propre retour définitif auprès du Créateur.

Sauf que…

Il était toujours… là où il se trouvait.

Ressuscitée, revenue à la vie… de retour d'entre les morts…

Quelque chose lui échappait, se dit-il. Wellsie était libre, mais…

À ce moment-là, il porta son attention sur Automne, qui avait saisi la jupe de sa robe blanche et faisait un pas en avant, en direction de Tohr.

Surgi de nulle part, un second éclair de vive lumière traversa le plafond…

Mais il n'était pas venu pour lui. Il venait… pour elle.

L'esprit de Lassiter fit le lien avec autant de vitesse et de puissance qu'un éclair : elle était morte depuis longtemps. Elle s'était suicidée…

L'Entre-Deux. Différent pour chacun. Fait sur mesure.

Tout passa au ralenti alors que cette seconde vérité lui était dévoilée : Automne s'était trouvée dans son propre Entre-Deux durant tout ce temps, voyageant jusqu'au sanctuaire et servant les Élues pendant toutes ces années, puis redescendant sur Terre pour achever le cycle commencé dans l'Ancienne Contrée avec Tohrment.

Et maintenant qu'elle l'avait aidé à sauver sa *shellane*… maintenant qu'elle s'était autorisée à l'aimer et à abandonner son chagrin et sa tragédie personnelle…

Elle était libre. Tout comme Wellsie.

Putain de merde ! Tohr allait perdre une autre femelle…

— Non ! hurla Lassiter. Non !

Quand il quitta la ligne et plongea en avant, tentant d'arrêter le lien qui se formait entre eux, les gens se mirent à crier, et quelqu'un voulut l'attraper, comme pour l'empêcher de se mettre en travers du chemin. Mais cela n'avait pas d'importance.

Il était trop tard.

Parce qu'ils n'avaient pas besoin de se toucher. L'amour était là, de même que le pardon pour les fautes passées et présentes, ainsi que l'engagement de leurs cœurs.

Lassiter n'avait pas encore achevé de plonger, quand le dernier rayon de lumière vint le chercher, l'attrapant au vol, l'arrachant au présent et le faisant remonter, alors même qu'il hurlait contre la cruauté du destin.

Son but entier avait abouti à condamner Tohr à vivre une nouvelle tragédie.

Chapitre 73

En vérité, Automne n'avait pas été certaine de vouloir venir à la demeure… jusqu'à ce qu'elle s'y retrouve. Et elle n'avait pas été certaine de ses sentiments pour Tohrment… jusqu'à ce qu'elle le voie en train de scruter la foule et qu'elle sache qu'il la cherchait. Et elle ne lui avait pas complètement rouvert son cœur… jusqu'à ce qu'il tende la main vers elle, perdant le contrôle de lui-même au moment où leurs regards s'étaient croisés.

Elle l'avait aimé avant aujourd'hui, ou avait cru que c'était le cas.

Mais elle n'était pas allée jusqu'au bout. La partie essentielle qui lui manquait était le fait de se percevoir non comme quelqu'un d'indigne qu'il fallait punir, mais comme un individu ayant une valeur et une existence à vivre après la tragédie qui l'avait si longtemps définie.

Quand elle s'avança, ce ne fut pas en tant que servante ni femme de chambre, mais en tant que femelle de valeur… qui allait rejoindre son mâle, l'étreindre et être avec lui aussi longtemps que la Vierge scribe l'y autoriserait.

Sauf qu'elle n'y arriva pas.

Elle n'avait pas traversé la moitié du vestibule quand son corps fut frappé par une sorte de force.

Elle fut incapable de comprendre ce qui s'emparait d'elle : un instant elle se précipitait vers Tohr, répondant à sa demande silencieuse de le rejoindre, traversant la pièce en se concentrant sur celui qu'elle aimait…

Le suivant, une immense lumière d'une source inconnue tombait sur elle, l'arrêtant net.

Sa volonté ordonna à son corps de continuer sa course jusqu'à Tohr, mais une force plus importante la revendiqua et réussit à l'emmener : d'une traction aussi indéniable que la gravité, elle fut arrachée de la terre vers la lumière. Et tandis qu'elle s'élevait dans l'air, elle entendit Lassiter crier, l'aperçut se précipiter en avant comme s'il souhaitait empêcher son départ…

Ce fut ce qui lui donna l'énergie de se débattre contre ce puissant courant. Luttant farouchement, elle se battit de toutes ses forces, mais il était impossible de se libérer de ce qui l'avait capturée : peu importe combien elle batailla, elle fut incapable d'empêcher son ascension.

En bas, le chaos régnait, les gens couraient vers Tohr et le redressaient. Au moment où il la regarda, son visage était un masque de confusion et d'incrédulité… puis il se mit à sauter comme pour essayer de l'attraper, comme si elle était un ballon dont il cherchait à saisir la ficelle. Quelqu'un attrapa le mâle, qui perdit l'équilibre… John. Et le Primâle se précipita à son côté. Ainsi que ses frères…

La dernière image qu'elle emporta ne fut pas celle de Tohrment entouré des frères, mais celle de Lassiter.

L'ange était à côté d'elle, montant également, et la lumière les absorba tous les deux jusqu'à ce qu'ils disparaissent, jusqu'à ce qu'elle ne soit plus rien du tout, même plus consciente…

Quand Automne reprit connaissance, elle se tenait dans un vaste paysage blanc, si étendu qu'il n'avait pas d'horizon.

Devant elle se trouvait une porte. Une porte blanche munie d'une poignée blanche avec un halo autour du chambranle comme si une lumière vive l'attendait de l'autre côté.

Ce n'était pas ce qui l'avait accueillie la première fois qu'elle était morte.

De nombreuses années auparavant, quand elle avait repris ses esprits après s'être enfoncé cette dague dans le ventre, elle s'était retrouvée dans un paysage blanc différent, avec des arbres, des temples, des pelouses et peuplé par les femelles Élues de la Vierge scribe, où elle avait continué à vivre sans poser de questions, acceptant un destin qu'elle estimait ne pas avoir choisi mais être la conséquence inéluctable de ses choix sur Terre.

Ceci, pourtant, n'était pas le sanctuaire. C'était l'entrée de l'Estompe.

Que s'était-il passé ?

Pourquoi avait-elle…

L'explication lui vint brusquement quand elle prit conscience qu'elle avait enfin laissé partir le passé et ouvert son cœur pour embrasser tout ce que la vie avait à offrir… se libérant ainsi de son propre Entre-Deux, même si elle n'avait pas eu conscience de s'y trouver.

Elle avait quitté son Entre-Deux. Elle était… libre.

Mais Tohrment était en bas.

Son corps se mit à trembler de rage : la colère en elle était si profonde et si vive qu'elle eut envie de déchiqueter cette porte et d'avoir une sérieuse discussion avec la Vierge scribe, le Créateur de Lassiter ou n'importe quel connard qui décidait de leurs destins.

Avoir traversé tant d'épreuves, pour découvrir finalement que la récompense n'était qu'un nouveau sacrifice, la rendait furieuse au point d'en devenir violente.

Abandonnant toute retenue, elle laissa libre cours à sa colère et se jeta contre le portail, le martelant de ses poings, l'arrachant de ses ongles, le frappant de ses pieds. Elle proféra des jurons et traita de tous les noms les forces sacrées…

Quand des bras se refermèrent autour de sa taille et se mirent à la tirer en arrière, elle attaqua son agresseur, montra les crocs et mordit un avant-bras musclé…

— Putain de merde ! Aïe !

La voix indignée de Lassiter mit un terme à sa crise, immobilisant son corps jusqu'à ce qu'elle reprenne son souffle en haletant.

Cette satanée porte était parfaitement intacte. Indifférente. Insensible.

— Bande d'enfoirés, hurla-t-elle. Bande d'enfoirés !

L'ange la força à se retourner et la secoua.

— Écoute-moi. Tu ne nous aides pas. J'ai besoin que tu te calmes, bordel.

À force de volonté, elle se reprit. Puis se mit rapidement à sangloter.

— Pourquoi ? Pourquoi nous font-ils cela ?

Il la secoua de nouveau.

— Écoute-moi. Je ne veux pas que tu ouvres cette porte ; reste ici, point. Je vais faire mon possible, OK ? Je n'ai pas grand-chose pour faire levier, il se peut que je n'aie rien du tout, mais je vais faire une tentative. Tu restes exactement où tu es et, pour l'amour de Dieu, n'ouvre pas ce truc. Une fois que tu l'auras fait, tu te retrouveras dans l'Estompe et je ne pourrai plus rien changer. On est d'accord ?

— Que vas-tu faire ?

Il la dévisagea un long moment.

— Il est possible que je devienne enfin un ange ce soir.

— Que… Je ne comprends pas… ?

Lassiter tendit la main et la posa sur sa joue.

— Vous avez tellement fait pour moi, tous les deux. Merde, nous avons tous traversé nos propres Entre-Deux, d'une certaine façon. Donc je vais offrir tout ce que j'ai pour vous sauver… on verra si c'est suffisant.

Elle referma la main sur la sienne.

— Lassiter…

Il recula et lui fit un signe de tête.

— Reste là et n'aie pas trop d'espoir. Le Créateur et moi ne sommes pas en excellents termes, il est possible que je sois inciné sur place. Auquel cas, ne le prends pas mal, mais tu seras baisée.

Lassiter se retourna et marcha dans la blancheur, jusqu'à ce que son large corps disparaisse.

Fermant les yeux, Automne s'entoura de ses bras et pria pour que l'ange accomplisse un miracle.

Elle pria de toute son âme…

Chapitre 74

En bas sur Terre, Tohr eut l'impression de perdre l'esprit. Lassiter avait disparu. Automne avait disparu.

Et une logique implacable le poussa à se demander pourquoi il n'avait pas deviné les mécanismes qui avaient œuvré sur eux au cours de l'année écoulée.

Wellsie avait été coincée dans l'Entre-Deux à cause de lui.

Et Automne… avait été coincée dans l'Entre-Deux par sa propre faute.

Mais en l'aimant, et en pardonnant, non seulement à lui mais aussi à elle-même, elle avait été libérée… Exactement comme Lassiter, elle avait obtenu ce qu'elle ignorait même avoir cherché : on lui avait accordé au bout du compte l'entrée dans l'Estompe, celle qu'on lui avait refusée quand elle avait pris sa propre vie dans une crise de terreur et de souffrance.

À présent, elle était libre.

— Oh… Seigneur…, dit-il en se laissant tomber dans les bras de John. Oh… putain de merde…

Désormais, tout comme sa Wellsie, elle avait disparu de sa vie, elle aussi.

Levant une main vers son visage, il le frotta vigoureusement, se demandant s'il n'allait pas se réveiller… comme s'il s'agissait peut-être du pire cauchemar que son inconscient ait jamais pu construire… oui, comme s'il allait se réveiller d'un moment à l'autre et s'arracher du lit pour se préparer à la cérémonie de l'Estompe qui, dans le monde réel, ne se finirait pas ainsi…

Il n'y avait qu'un seul problème avec cette théorie : son dos le brûlait toujours à cause du sel et du marquage au fer. Et ses frères couraient toujours en tous sens, en s'échangeant des paroles paniquées. Et quelque part, quelqu'un hurlait. Et tout autour, la lueur des chandelles fournissait assez de lumière pour déterminer qui restait dans le vestibule et qui était parti…

— Oh, putain…, répéta-t-il, la poitrine soudain si vide qu'il se demanda si on ne lui avait pas retiré le cœur à son insu.

Le temps s'écoula, il finit par assimiler la nouvelle et fut emmené dans la salle de billard. On lui mit un verre entre les mains, mais il le laissa posé sur sa cuisse, et renversa la tête en arrière pendant que John Matthew réconfortait Xhex, que Fhurie parlait à Kolher et échafaudait des plans pour que le roi aille affronter la Vierge scribe.

À ce moment-là, V. se joignit à la conversation et se porta volontaire pour intercéder auprès de sa mère.

Ce qui fut immédiatement refusé. Uniquement parce que la proposition de Souffhrance d'accompagner le roi avait été acceptée.

Blablabla…

Il n'avait pas le cœur de leur dire que l'issue était jouée d'avance. En outre, il avait déjà fait son deuil une fois… il possédait donc au fond de lui les compétences requises pour s'en remettre, non ?

Ouais.

Pour l'amour du ciel, qu'avait-il bien pu faire dans une vie antérieure pour mériter cela ? Que diable avait-il…

Le bruit de la sonnette de la porte d'entrée retentit faiblement derrière lui. Néanmoins, tout le monde se figea.

Toutes les personnes connaissant la demeure se trouvaient déjà là.

Les humains ne pouvaient pas les trouver.

Les éradiqueurs n'auraient pas dû en être capables.

Et c'était également vrai pour Xcor…

La sonnette laissa échapper son exigence rauque une fois de plus.

Comme un seul homme, les frères ainsi que Souffhrance, Xhex, Vhif, John et Blay sortirent leurs armes.

On empêcha *manu militari* Fritz d'aller dans le hall d'entrée, Viszs et Butch se chargèrent de regarder l'écran.

Tohr se fichait complètement de savoir qui se tenait de l'autre côté de la porte, quand bien même il se serait agi de la Vierge scribe en personne, mais il tourna son attention vers le vestibule.

Un cri retentit, un cri d'excitation teinté de l'accent de Boston. Puis d'autres exclamations suivirent, une véritable légion : elles furent bientôt trop nombreuses pour que l'on en comprenne la teneur.

Quelqu'un vêtu d'une robe blanche entra avec V. et son pote.

Peu importait…

Tohr bondit sur ses pieds, aussi vivement que si quelqu'un avait branché son postérieur à une batterie de voiture.

Automne se tenait sous les arcades de la pièce, les yeux éblouis et les cheveux en bataille, comme si elle avait traversé une soufflerie…

Tohr se fraya un passage entre les larges corps mâles, écartant les gens qui se trouvaient sur le chemin menant jusqu'à elle. Et quand il y arriva, il s'arrêta en dérapant. La prit par les épaules. L'examina de la tête aux pieds. La secoua un bon coup pour prendre conscience de sa présence physique.

— Est-ce que… c'est vraiment toi ?

En réponse, elle l'entoura de ses bras et le serra si fort qu'elle lui coupa la respiration… et Dieu merci. Parce que cela signifiait qu'elle était réelle, non ? Ce devait être cela… non ?

— Lassiter… Lassiter a réussi… Lassiter m'a sauvée…

Il tenta de suivre ce qu'elle disait.

— Que… que dis-tu… Je n'y comprends rien du tout…

L'histoire vint en plusieurs fois, après force répétitions, parce que l'esprit de Tohr n'arrivait tout simplement pas à suivre. Elle raconta qu'elle avait atteint l'Estompe et que cet ange avait débarqué et lui avait dit…

— Il a dit qu'il donnerait tout ce qu'il avait pour nous sauver. Tout…

Tohr recula et palpa le visage d'Automne, sa gorge, ses épaules. Elle était aussi réelle que lui. Elle était aussi vivante que lui. Elle avait été… sauvée par l'ange ?

Sauf que Lassiter avait dit qu'il serait libéré si cela fonctionnait.

La seule explication possible était qu'il avait échangé son avenir… pour le leur.

— Cet ange, murmura-t-il. Ce foutu ange…

Tohr se pencha et embrassa Automne aussi profondément et longuement que possible. Et ce faisant, il prit la décision de rendre hommage à Lassiter, à lui-même et à sa femelle de son mieux, pour toutes les années qui lui restaient à vivre sur Terre.

— Je t'aime, lui dit-il. Et tout comme Lassiter, je vais donner tout ce que je possède pour nous deux.

Comme Automne hochait la tête et lui rendait son baiser, il la sentit plus qu'il ne l'entendit répondre :

— Je t'aime.

La prenant dans ses bras, il l'attira contre lui et ferma les yeux, le corps tremblant de trop d'émotions. Mais il connaissait le résultat, et il lui convenait.

La vie était courte, quel que soit le nombre de jours que l'on vous accordait. Et les gens étaient précieux, chacun d'entre eux, peu importe combien de personnes on avait la chance d'avoir dans sa vie. Et l'amour… l'amour méritait que l'on meure pour lui.

Et que l'on vive pour lui, également.

Chapitre 75

Alors que l'aube approchait à la fin d'une nuit obscure et que la lune plongeait bas dans le ciel, Xcor quitta le centre-ville de Caldwell. Après cette réunion ridicule avec la *glymera*, lui et ses salopards s'étaient réunis au sommet de leur gratte-ciel, mais il avait été incapable de digérer les stratégies ou les discussions des aristocrates.

Dès qu'il eut ordonné à ses soldats de retourner à leur nouvelle base, il s'échappa seul dans l'air nocturne froid, sachant précisément où il devait aller.

Dans la prairie, la prairie baignée de lune avec le grand arbre.

Comme il reprenait forme dans le paysage, il ne le vit pas couvert de neige, mais vibrant des couleurs de l'automne, avec les branches de l'érable garnies de feuilles rouge et or, au lieu d'être nues.

Traversant la neige, il gravit la légère butte et s'arrêta quand il arriva à l'endroit où il avait aperçu l'Élue pour la première fois… et pris son sang.

Il se souvenait de chaque détail : son visage, son odeur, ses cheveux. La façon dont elle se déplaçait et le son de sa voix. La structure délicate de son corps et l'effrayante fragilité de sa peau lisse.

Il la désirait ardemment et son cœur froid priait en pleurant pour obtenir une chose que le destin, il le savait, ne lui accorderait jamais.

Fermant les yeux, il mit les mains sur les hanches et baissa la tête.

La Confrérie avait découvert leur tanière dans cette ferme.

L'étui à fusil dont Syphon se servait pour conserver les instruments de son commerce d'assassin avait disparu.

Celui qui l'avait pris était venu et reparti la nuit précédente. Ce qui signifiait que, au coucher du soleil, ils avaient emballé leurs quelques affaires et s'étaient dispersés pour trouver un nouveau repaire.

Il savait que l'Élue était à l'origine de cela. Il n'arrivait pas à imaginer par quel autre moyen la Confrérie aurait pu localiser leur tanière. Et une autre chose était claire : la Confrérie allait utiliser le fusil pour prouver de façon indiscutable que la balle reçue par Kolher des mois auparavant provenait de leur arme.

Que c'était rigoureux de leur part.

Oui, Kolher était un si bon roi. Si attentif à ne pas agir à la hâte et sans preuve… et pourtant il était à l'évidence capable d'utiliser toute arme à sa disposition.

Non que Xcor accuse l'Élue de quoi que ce soit… absolument pas. Néanmoins, il devait découvrir si elle allait bien. Il devait simplement s'assurer que, même si ses ennemis s'étaient servis d'elle, ils ne l'avaient pas maltraitée.

Oh, comme son cœur vicieux se serrait à l'idée qu'elle ait pu être blessée d'une façon ou d'une autre…

Tandis qu'il évaluait ses options, un vent froid se mit à souffler du nord, essayant de le pénétrer jusqu'au cœur. Mais il était trop tard. Cet organe était déjà entaillé.

Cette femelle l'avait tailladé comme aucune blessure de guerre n'aurait jamais pu le faire, et vu son apparence, il ne s'en remettrait jamais.

C'était une bonne chose qu'il n'affiche jamais ses émotions, car mieux valait que personne ne sache que son talon d'Achille avait fini, après toutes ces années, par se révéler à lui.

Et à présent… il lui fallait la retrouver.

Au moins pour apaiser sa conscience, pour ce qu'il en avait, il devait la revoir.

Chapitre 76

Vhif ignorait ce que signifiait tout ce bordel. Putain, des gens qui allaient et venaient dans le vestibule, des emmerdes à n'en plus finir… jusqu'à ce qu'Automne revienne.

S'il y avait bien un moment pour lâcher le mot « putain », c'était ce soir.

Mais au moins, cela se terminait bien, tout était arrangé et la cérémonie achevée : pendant qu'Automne était debout à côté de Tohr, John avait été marqué au fer à deux reprises, une pour Wellsie et une pour le frère perdu qu'il n'avait jamais connu. Puis, une fois que le sel avait eu scellé ses plaies, tout le monde était monté sur le toit de la maison, où l'on avait ouvert l'urne de Wellsie pour la libérer et ses cendres avaient été emportées vers les cieux par les rafales d'un rare vent d'est.

À présent, tout le monde redescendait à table pour manger et reprendre des forces ; après quoi ils iraient sans doute s'écrouler dans leurs chambres dès qu'ils pourraient s'éclipser poliment.

Tout le monde en avait marre, lui y compris, et cette conviction le fit se tourner vers Layla alors qu'ils atteignaient le vestibule.

— Comment vas-tu ?

Merde, cela faisait trois jours d'affilée qu'il lui posait sans arrêt la question et chaque fois elle lui répondait qu'elle allait bien et ne s'était pas encore mise à saigner.

Elle n'allait pas saigner. Il en était certain, même si elle devait encore s'en persuader.

— Je vais bien, répondit-elle avec un sourire, comme si elle appréciait sa gentillesse.

La bonne nouvelle était qu'ils s'entendaient vraiment bien. Il avait craint après les chaleurs que les choses ne deviennent bizarres entre eux ou quelque chose du genre, mais ils étaient semblables à une équipe qui aurait couru un marathon, atteint son but et se tiendrait prête pour le prochain défi.

— Est-ce que je peux t'apporter à manger ?

— Tu sais, j'ai faim.

— Et si tu montais t'allonger et que je t'apportais quelque chose ?

— Ce serait adorable, merci.

Oui, c'était agréable qu'elle lui sourie de cette façon simple et chaleureuse, de cette façon qui faisait qu'il l'aimait comme un membre de sa famille. Et pendant qu'il l'escortait jusqu'au bas des marches, c'était agréable de lui sourire de la même manière.

Toute cette simplicité disparut quand il se retourna. Dans la bibliothèque, par les portes ouvertes, il aperçut Blay et Saxton qui discutaient. Puis son cousin fit un pas et attira Blay dans ses bras. Alors qu'ils s'étreignaient tous les deux, Vhif prit une profonde inspiration et eut l'impression de subir une petite mort personnelle.

Il supposait que c'était ainsi que les choses s'achevaient entre eux.

Des vies séparées, des avenirs séparés.

Difficile de penser qu'ils avaient commencé par être inséparables…

Brusquement, le regard bleu de Blay croisa le sien.

Et ce que Vhif y découvrit le fit défaillir : l'amour étincelait sur ce visage, un amour pur, non entravé par cette timidité qui faisait vraiment partie de sa réserve naturelle.

Blay ne détourna pas les yeux.

Et pour la première fois… Vhif non plus.

Il ignorait si cette émotion était suscitée par son cousin – c'était probablement le cas – mais il la prit quand même : il soutint le regard de Blaylock et laissa tout ce qu'il avait dans le cœur se montrer sur son visage.

Il se contenta de tout lâcher.

Parce qu'il y avait une leçon à tirer de cette cérémonie de l'Estompe ce soir : on pouvait perdre ceux que l'on aimait en un clin d'œil… et il était prêt à parier que, quand cela arrivait, on ne pensait pas à toutes les raisons qui avaient pu vous éloigner, mais à toutes celles qui faisaient que l'on était restés ensemble.

Et, à coup sûr, on souhaitait désespérément avoir eu plus de temps. Même quand on avait eu des siècles…

Quand on était jeune, on trouvait que le temps était un fardeau, quelque chose dont il fallait se défaire aussi vite que possible pour devenir adulte. Mais c'était un leurre : une fois adulte, on prenait conscience que les minutes et les heures étaient la chose la plus précieuse que l'on possédait.

Personne n'avait l'éternité. Et c'était un putain de crime de gâcher ce que l'on vous donnait.

Ça suffit, pensa Vhif. *Ça suffit avec les excuses, la fuite, les tentatives pour être quelqu'un d'autre, n'importe qui.*

Même s'il se faisait démolir, même si son précieux petit ego et son crétin de cœur étaient brisés en mille morceaux, il était temps d'arrêter les conneries.

Il était temps d'être un mâle.

Alors que Blay commençait à se redresser, comme s'il venait de recevoir le message, Vhif pensa : *C'est cela, mon pote. Notre heure est venue.*

Épilogue

La nuit suivante, Tohrment roula sur le flanc et trouva le corps d'Automne entre les draps. Elle était tiède et enthousiaste quand il la monta, écartant les cuisses pour lui, l'accueillant quand il s'enfonça profondément en elle et se mit à remuer.

Ils s'étaient endormis ensemble, sombrant dans le genre de repos que l'on obtenait après un long voyage éprouvant.

— Donne-moi ta bouche, ma femelle, dit-il doucement dans l'obscurité.

Tandis qu'elle lui tendait ses lèvres, il laissa son corps prendre le dessus, l'orgasme ne ressemblant pas à un séisme, mais plutôt à une vague, au soulagement d'une tension plutôt qu'à une explosion chaotique d'étoiles. Et comme il continuait de la chevaucher à ce rythme paisible, faisant l'amour à sa chère Automne, il s'assurait qu'elle était réelle, qu'ils étaient tous deux réels.

Quand ce fut fini, il alluma une seule lampe sur la table de nuit d'un ordre mental et caressa son visage du bout des doigts. La façon dont elle lui sourit lui fit entièrement croire à l'existence d'un Créateur bienveillant.

Ils allaient s'unir, se dit-il. Et il ajouterait son nom, celui qu'il lui avait donné, juste en dessous de celui de Wellsie. Et elle serait pleinement sa *shellane* pour le temps qu'il leur resterait à vivre ensemble.

— Veux-tu quelque chose à manger ? chuchota-t-il.

Elle sourit un peu plus.

— S'il te plaît.

— Je reviens tout de suite, dans ce cas.

— Attends, j'aimerais venir avec toi. Je ne sais pas ce dont j'ai envie.

— Alors nous descendrons ensemble.

Il leur fallut du temps pour sortir vraiment du lit, enfiler leurs pyjamas et parcourir le couloir aux statues jusqu'à l'escalier.

Automne s'arrêta sur le palier, comme si elle se rappelait la nuit précédente et n'approchait l'endroit qu'avec méfiance, comme si elle risquait d'être aspirée une fois de plus dans l'Estompe.

Avec un hochement de tête compréhensif, il la prit dans ses bras.

— Je vais te porter.

Levant les yeux vers son visage, elle lui posa la main sur la joue et n'eut pas besoin de parler. Il savait exactement à quoi elle pensait.

— Je n'arrive pas à croire que Lassiter nous ait sauvés, moi non plus, dit-il.

— Je ne veux pas qu'il souffre.

— Moi non plus. C'était un mec bien. Un véritable… ange, en l'occurrence.

Tohr commença à descendre les marches avec précaution parce qu'il transportait un chargement précieux. Au bas de l'escalier, il s'arrêta un moment pour regarder la représentation du pommier sur le sol. Il avait laissé deux femelles au pied d'un tel arbre… et à présent il en ramenait une dessus, grâce à cet ange qui avait réussi à accomplir un miracle.

Ce fils de pute allait lui manquer ; vraiment. Et il lui serait éternellement reconnaissant de…

La sonnette de la porte d'entrée retentit, fortement et distinctement.

Fronçant les sourcils, Tohr jeta un coup d'œil à l'horloge près de la porte de l'office. 14 heures ? Qui diable pouvait…

Le carillon se fit de nouveau entendre.

Traversant le sol en mosaïque, prêt à appeler ses frères en renfort s'il le fallait, il observa l'écran…

— Bordel… de merde.

— Qui est-ce ?

Tohr posa Automne, déverrouilla le portail interne et plaça sa femelle derrière lui au cas où la lumière du soleil s'insinuerait à l'intérieur.

Lassiter entra comme si les lieux lui appartenaient, son air fanfaron complètement de retour sur son visage, son sourire plus large et espiègle que jamais, ses cheveux blonds et noirs semés de flocons de neige.

Comme Tohr et Automne le dévisageaient bouche bée, il leva devant eux deux énormes sacs *McDonald's*.

— Je nous ai apporté des Big Mac, dit-il joyeusement. Je sais que tu les enchaînes, tu te rappelles ?

— Qu'est-ce que… (Tohr resserra sa prise sur sa *shellane*, juste au cas où… eh bien, merde, vu la façon dont les choses se déroulaient ces derniers temps, tout pouvait arriver.) Qu'est-ce que tu fais ici ?

— C'est ton jour de chance, espèce d'enfoiré. (L'ange tournoya sur lui-même, faisant scintiller ses piercings et se soulever les sacs.) Il est apparu que nous étions tous les trois mis à l'épreuve, et j'ai moi aussi réussi. À l'instant où j'ai plaidé votre cause, j'ai été libéré… et après y avoir réfléchi un moment, j'ai décidé que je préférais être sur Terre à faire le bien que là-haut dans les nuages. Parce que, tu sais, j'ai mis des choses en route, et ce truc, la compassion, me va bien au teint. En plus, il n'y a pas de *Maury* au paradis.

— Ce qui le distingue de l'enfer, souligna Tohr.

— C'est bien vrai. (L'ange secoua son chargement de calories et de graisses.) Alors, vous en dites quoi ? J'ai des frites, aussi. Pas de sundaes. Je ne savais pas combien de temps cela prendrait avant que quelqu'un vienne m'ouvrir, et je ne voulais pas qu'ils fondent.

Tohr regarda Automne. Puis tous deux regardèrent l'ange.

D'un seul mouvement, ils s'avancèrent et l'étreignirent et, surprise ! le fils de pute fit de même.

— Je suis vraiment content que cela se termine bien, chuchota Lassiter avec un grand sérieux. Pour vous deux.

— Merci, mec, répondit Tohr. Je te suis redevable… Merde, je te dois tout.

— Tu en as fait beaucoup tout seul.

— Hormis la dernière partie, fit valoir Automne. C'était toi, Lassiter.

— Pff. Qui compte ? Entre amis, vous savez.

Tous les trois s'écartèrent, puis après un moment de gêne, entrèrent dans la salle à manger. Alors qu'ils s'asseyaient à une extrémité de la table et que Lassiter leur distribuait la nourriture, Tohr ne put s'empêcher de rire. Lui et l'ange avaient débuté leur relation sous les auspices des arches dorées… et voilà qu'elles scellaient également leurs retrouvailles.

— C'est bien mieux que cette caverne, pas vrai ? murmura Lassiter en lui tendant des frites.

Tohr jeta un coup d'œil à Automne, sans réussir à croire qu'ils avaient parcouru autant de chemin.

— Oui. Vraiment, totalement… définitivement mieux.

— En plus, cette maison a le câble.

Quand Lassiter leur fit un clin d'œil, Tohr et Automne se mirent à sourire.

— Oui, l'ange. Vraiment… Et quand tu voudras la télécommande, tu n'auras qu'à la prendre.

Lassiter éclata de rire.

— Merde, tu es vraiment reconnaissant.

Tohr dévisagea Automne et se retrouva à hocher la tête.

— Tu peux parier tes fesses là-dessus. Éternellement reconnaissant… Je te suis… éternellement… reconnaissant.

Sur ce, il embrassa sa femelle… avant de mordre dans son Big Mac.

Lexique des termes et des noms propres

Abhîme **:** enfer.
Abstrux nohtrum **:** garde personnel du roi ayant le droit de tuer, nommé à son poste par le roi.
Brhume **:** dissimulation d'un certain environnement physique, création d'un champ d'illusion.
Chaleurs : période de fertilité des vampires femelles, d'une durée moyenne de deux jours, accompagnée d'intenses pulsions sexuelles. En règle générale, les chaleurs surviennent environ cinq ans après la transition d'un vampire femelle, puis une fois tous les dix ans. Tous les vampires mâles sont réceptifs à des degrés différents s'ils se trouvent à proximité d'un vampire femelle pendant cette période qui peut s'avérer dangereuse, caractérisée par des conflits et des combats entre des mâles rivaux, surtout si le vampire femelle n'a pas de compagnon attitré.
Chaste : vierge.
Chrih **:** symbole d'une mort honorable dans la langue ancienne.
Cohmbat : conflit entre deux mâles revendiquant les faveurs d'une même femelle.
Confrérie de la dague noire : organisation de guerriers vampires très entraînés chargés de protéger leur espèce de la Société des éradiqueurs. Des unions sélectives au sein de l'espèce ont conféré aux membres de la Confrérie une

force physique et mentale hors du commun, ainsi que des capacités de guérison rapide. Pour la plupart, les membres n'ont aucun lien de parenté et sont admis dans la Confrérie par cooptation. Agressifs, indépendants et secrets par nature, ils vivent à l'écart des civils et n'entretiennent que peu de contacts avec les membres des autres castes, sauf quand ils doivent se nourrir. Ils font l'objet de nombreuses légendes et d'une vénération dans la société des vampires. Seules des blessures très graves – balle ou coup de pieu dans le cœur, par exemple – peuvent leur ôter la vie.

Courthisane **:** Élue formée dans le domaine des arts du plaisir et de la chair.

Doggen **:** dans le monde des vampires, membre de la caste des serviteurs. Les *doggen* obéissent à des pratiques anciennes et suivent un code d'habillement et de conduite extrêmement formel. Ils peuvent s'exposer à la lumière du jour, mais vieillissent relativement vite. Leur espérance de vie est d'environ cinq cents ans.

Élues : vampires femelles élevées au service de la Vierge scribe. Elles sont considérées comme des membres de l'aristocratie, mais leur orientation est cependant plus spirituelle que temporelle. Elles ont peu, si ce n'est aucune interaction avec les mâles, mais peuvent s'accoupler à des guerriers à la solde de la Vierge scribe pour assurer leur descendance. Elles possèdent des capacités de divination. Par le passé, elles avaient pour mission de satisfaire les besoins en sang des membres célibataires de la Confrérie, mais cette pratique est tombée en désuétude au sein de l'organisation.

Éradiqueur : être humain dépourvu d'âme, membre de la Société des éradiqueurs, dont la mission consiste à exterminer les vampires. Seul un coup de poignard en pleine poitrine permet de les tuer ; sinon, ils sont intemporels. Ils n'ont nul besoin de s'alimenter ni de boire et sont impuissants.

Avec le temps, leurs cheveux, leur peau et leurs iris perdent leur pigmentation : les éradiqueurs blondissent, pâlissent et leurs yeux s'éclaircissent. Ils dégagent une odeur de talc pour bébé. Initiés au sein de la Société par l'Oméga, les éradiqueurs conservent dans une jarre de céramique leur cœur après que celui-ci leur a été ôté.

Esclave de sang : vampire mâle ou femelle assujetti à un autre vampire pour ses besoins en sang. Tombée en désuétude, cette pratique n'a cependant pas été proscrite.

L'Estompe : dimension intemporelle où les morts retrouvent leurs êtres chers et passent l'éternité.

Ghardien **:** tuteur d'un individu. Les *ghardiens* exercent différents degrés de tutelle, la plus puissante étant celle qui s'applique à une femme *rehcluse* : le *ghardien* est alors nommé *gharrant*.

Gharrant **:** protecteur d'une femelle *rehcluse*.

Glymera **:** noyau social de l'aristocratie, équivalant vaguement au beau monde de la Régence anglaise.

Granhmen **:** grand-mère.

Hellren **:** vampire mâle en couple avec un vampire femelle. Les vampires mâles peuvent avoir plusieurs compagnes.

Honoris **:** rite accordé par un offenseur permettant à un offensé de laver son honneur. Lorsqu'il est accepté, l'offensé choisit l'arme et frappe l'offenseur, qui se présente à lui désarmé.

Intendhante **:** Élue au service personnel de la Vierge scribe.

Jumheau exhilé **:** le jumeau maléfique ou maudit, celui né en second.

Leelane **:** terme affectueux signifiant « tendre aimé(e) ».

Lewlhen **:** « cadeau » en langue ancienne.

Lhenihan **:** fauve mythique connu pour ses prouesses sexuelles. En argot actuel, fait référence à un mâle à la taille et à l'endurance sexuelle surnaturelles.

Lhige **:** marque de respect utilisée par une soumise sexuelle à l'égard de son maître.
Lys **:** instrument de torture utilisé pour énucléer.
Mahmen **:** « maman ». Terme utilisé aussi bien pour désigner une personne que comme marque d'affection.
Menheur **:** personnage puissant et influent.
Mharcheur **:** un individu qui est mort et est revenu de l'Estompe pour reprendre sa place parmi les vivants. Les *mharcheurs* inspirent le plus grand respect et sont révérés pour leur expérience.
Nalla ou ***nallum*** **:** être aimé.
Oméga : force mystique et malveillante cherchant à exterminer l'espèce des vampires par rancune contre la Vierge scribe. Existe dans une dimension intemporelle et jouit de pouvoirs extrêmement puissants, mais pas du pouvoir de création.
Première famille : roi et reine des vampires, ainsi que leur descendance éventuelle.
Prétrans : jeune vampire avant sa transition.
Princeps **:** rang le plus élevé de l'aristocratie vampire, après les membres de la Première famille ou les Élues de la Vierge scribe. Le titre est héréditaire et ne peut être conféré.
Pyrocante **:** point faible d'un individu ; son talon d'Achille. Il peut s'agir d'une faiblesse interne, une addiction par exemple, ou externe, comme un(e) amant(e).
Rahlman **:** sauveur.
Rehclusion **:** statut conféré par le roi à une femelle issue de l'aristocratie à la suite d'une demande formulée par la famille de cette dernière. La femelle est alors placée sous la seule responsabilité de son *ghardien*, généralement le mâle le plus âgé de la famille. Le *ghardien* est alors légalement en mesure de décider de tous les aspects de la vie de la *rehcluse*, pouvant notamment limiter comme bon lui semble ses interactions avec le monde extérieur.

Revhanche : acte de vengeance à mort, généralement assuré par un mâle amoureux.

***Shellane* :** vampire femelle compagne d'un vampire mâle. En règle générale, les vampires femelles n'ont qu'un seul compagnon, en raison du caractère extrêmement possessif des vampires mâles.

Société des éradiqueurs : organisation de tueurs à la solde de l'Oméga, dont l'objectif est d'éradiquer les vampires en tant qu'espèce.

***Symphathe* :** désigne certains individus, appartenant à l'espèce des vampires, qui, entre autres, ont la capacité et le besoin de manipuler les émotions d'autrui (afin d'alimenter un échange énergétique). Ils ont de tout temps fait l'objet de discriminations et parfois même de véritables chasses à l'homme. Ils sont aujourd'hui en voie d'extinction.

***Tahly* :** terme d'affection dont la traduction approximative serait « chérie ».

Le Tombeau : caveau sacré de la Confrérie de la dague noire. Utilisé comme lieu de cérémonie et comme lieu de stockage des jarres de céramique des éradiqueurs. Dans le Tombeau se déroulent diverses cérémonies, dont les initiations, les enterrements et les mesures disciplinaires prises à l'encontre des membres de la Confrérie. L'accès au Tombeau est réservé aux frères, à la Vierge scribe et aux futurs initiés.

***Trahyner* :** terme d'affection et de respect utilisé entre mâles. « Ami cher ».

Transition : moment critique de la vie d'un vampire mâle ou femelle lorsqu'il devient adulte. Passé cet événement, le vampire doit boire le sang d'une personne du sexe opposé pour survivre et ne peut plus s'exposer à la lumière du jour. La transition survient généralement vers l'âge de vingt-cinq ans. Certains vampires n'y survivent pas, notamment les mâles. Avant leur transition, les vampires n'ont aucune force physique, n'ont pas atteint la maturité sexuelle et sont incapables de se dématérialiser.

Vampire : membre d'une espèce distincte de celle d'*Homo sapiens*. Pour vivre, les vampires doivent boire le sang du sexe opposé. Le sang humain leur permet de survivre, bien que la force ainsi conférée soit de courte durée. Après leur transition, qui survient vers l'âge de vingt-cinq ans, les vampires ne peuvent plus s'exposer à la lumière du jour et doivent s'abreuver de sang à intervalles réguliers. Ils ne sont pas capables de transformer les êtres humains en vampires après morsure ou transmission de sang, mais, dans certains cas rares, peuvent se reproduire avec des humains. Ils peuvent se dématérialiser à volonté, à condition toutefois de faire preuve de calme et de concentration ; ils ne peuvent pendant cette opération transporter avec eux d'objets lourds. Ils ont la faculté d'effacer les souvenirs récents des êtres humains. Certains vampires possèdent la faculté de lire dans les pensées. Leur espérance de vie est d'environ mille ans, ou plus dans certains cas.

Vierge scribe : force mystique œuvrant comme conseillère du roi, gardienne des archives vampires et pourvoyeuse de privilèges. Existe dans une dimension intemporelle. Ses pouvoirs sont immenses. Capable d'un unique acte de création, auquel elle recourut pour conférer aux vampires leur existence.

***Vhigoureux* :** terme relatif à la puissance des organes génitaux masculins. Littéralement : « digne de pénétrer une femelle ».

BRAGELONNE – MILADY,
C'EST AUSSI LE CLUB :

Pour recevoir le magazine *Neverland* annonçant les parutions de Bragelonne & Milady et participer à des concours et des rencontres exclusives avec les auteurs et les illustrateurs, rien de plus facile !

Faites-nous parvenir votre nom et vos coordonnées complètes (adresse postale indispensable), ainsi que votre date de naissance, à l'adresse suivante :

Bragelonne
60-62, rue d'Hauteville
75010 Paris

club@bragelonne.fr

Venez aussi visiter nos sites Internet :
www.bragelonne.fr
www.milady.fr
graphics.milady.fr

Vous y trouverez toutes les nouveautés, les couvertures, les biographies des auteurs et des illustrateurs, et même des textes inédits, des interviews, un forum, des blogs et bien d'autres surprises !

Achevé d'imprimer en janvier 2014 par Hérissey à Évreux (Eure)
N° d'impression : 121722 - Dépôt légal : février 2014
Imprimé en France
81121136-1